KB016682

어제 만나자

어제 만나자

초판 1쇄 인쇄 2024년 7월 19일
초판 1쇄 발행 2024년 7월 26일

지은이 심필
펴낸이 박세현
펴낸곳 서랍의 날씨

기획 편집 곽병완
디자인 김민주
마케팅 전창열
SNS 홍보 신현아

주소 (우)14557 경기도 부천시 조마루로 385번길 92 부천테크노밸리유1센터 1110호
전화 070-8821-4312 | **팩스** 02-6008-4318
이메일 fandombooks@naver.com
블로그 http://blog.naver.com/fandombooks

출판등록 2009년 7월 9일(제386-251002009000081호)

ISBN 979-11-6169-301-9 (03810)

서랍의날씨는 팬덤북스의 가정/육아, 문학/에세이 브랜드입니다.

서랍의날씨

프롤로그

관에 갇혔다.

숨이 붙은 채 말이다.

나는 숨이 붙은 채 관에 갇혔다. 나를 가둔 자, 그는 관에 뉘인 나를 땅 위에서 바라보고 있었다. 나는 겁에 질려 몸부림을 치기 시작했다. 제한된 공간 안에서 살아있음을 증명하는 하찮은 꿈틀거림. 벌레에게나 닿을 법한 경멸 섞인 눈빛이 땅 위에서 쏟아져 내렸다. 그는 마치 갇힌 짐승에게 먹이를 주듯 무언가를 툭 하니 던졌다. 그것은 꽤나 묵직하게 흉골을 때렸다. 얼마 남지 않은 숨이 잠시 멎는 듯했다. 그러나 아파할 겨를이 없었다. 나는 잽싸게 양손으로 그것을 부여잡았다. 총이었다.

나는 누운 채 팔을 뻗어 그의 얼굴을 겨누고 방아쇠를 당겼다. 격발. 그러나 경쾌한 폭발음도, 음속으로 공간을 가르는 탄두도, 분쇄되는 그의 얼굴도 없었다. 빈 총이었다.

그래도 나는 포기하지 않았다. 혹시 모를 신의 총알이 약실 어딘가에 남아있지 않을까? 연달아 방아쇠를 당겼다. 실린더가 회전하고, 해머가 튕겼다. 그렇게 여섯 번의 공허한 딸각거림이 지나가고, 총은 비어 있음을 알렸다. 나는 그저 그를 노려보는 수밖에 없었다. 눈알이 뽑혀 나가듯, 모든 근육을 눈가에 모아서. 그것이 그에게 닿을 수 있는 유일한 날카로움이었다.

자신을 죽이고자 하는 못난 자의 애절한 헛짓. 그는 나를 비웃었다. 주머니에 손을 넣고 있던 그가 무언가를 꺼내 들고는 관을 향해 던졌다. 손가락 두 마디 정도의 그것은 내 이마 정중앙에 꽂혔다가, 관바닥으로 떨어졌다.

그가 말했다.

"선물이다."

떨어진 선물이 구르는 소리가 귓가에 들렸다. 그것은 구르다가 어깨에 닿아 멈추었다. 나는 손을 뻗어 그 선물을 쥐고 확인하였다. 총알이었다.

총알과 총. 나는 그를 바라보았다. 그는 무심한 표정으로 손을 좌에서 우로 쓸었다. 졸개들에게 보내는 신호였다. 순간 발끝의 관짝 위로 관뚜껑이 걸쳐졌다. 이어 관뚜껑이 옆으로 미끄러지며 빛을 잡아먹기 시작했다.

순간 나의 심박이 치솟았다. 심장이 댐에 뚫린 구멍처럼 혈류를 뿜어냈다. 핏물이 몸의 혈관을 밀어내는 듯했다. 나는 오른손으로 총알을 부여잡고 왼손으로 권총의 실린더를 밀어 약실을 개방했다. 이어서 쥐고 있는 총탄을 약실에 넣으러 했다. 그때 관뚜껑이 움직이며 하체를 반쯤 덮었다. 공간을 잡아먹는 어둠과, 끔찍한 마찰의 굉음. 팔과 손이 덜덜 떨려오기 시작했다. 총알을 넣는 미세한 움직임, 겁먹은 내 근육은 그것을 해내지 못했다. 실수로 총알을 가슴팍 위로 떨구었다. 나는 그것을 다시 집어 들고는 모든 근육을 손끝에 집중하기 시작했다. 관뚜껑이 하체를 완전히 뒤덮을 즈음, 나는 비로소 약실에 총알을 넣을 수 있었다.

나는 그를 바라보았다. 눈동자 위에 확대경을 씌운 듯 그의 미간이 또렷하게 보였다. 그곳이 그가 준 선물이 닿을 곳이었다. 그때, 다시 한 번 관뚜껑이 움직였다. 비스듬히 덮여오는 관뚜껑은 어느새 관을 뒤덮기 직전이었다. 이제 관 밖의 치들이 한 번의 용을 쓰면 관은 완전히 덮이리라.

장전된 탄약은 하나, 약실은 여섯 개. 육분의 일의 확률. 신이 있다면 단 한 발로 그의 머리통을 조각 낼 수 있으리라. 관뚜껑이 움직이기 시작했다. 나는 단단히 손잡이를 부여잡고 일직선으로 팔을 뻗어 신의 뜻에 기댈 준비를 마쳤다.

반드시 명중시켜 주마. 내 반드시 네 미간에 총알을 박아 네 뇌수를 온 사방에 흩뿌려주마. 네 더러운 영혼이 담긴 그릇은 산산히 조각나 오물로 남으리라. 내 비록 산 채로 관에 갇혀 삶을 비루하게 마무리 하더라도, 너를 죽일 수만 있다면, 너를 죽일 수만 있다면. 나는 손가락에 온 힘을 다해 방아쇠를 끌어당겼다.

딸깍. 헛방아쇠. 신의 뜻은 나에게 있지 않았다. 총알은 발사되지 않았다.

그러나 신의 뜻은 중요하지 않았다. 그의 뜻이 중요한 것이었다. 내가 총구를 하늘로 뻗었을 때, 그는 그 자리에 없었다. 그는 이미 뒷걸음질 쳐 사라진 뒤였다. 처음부터 그는 육분의 일의 확률로도 총을 맞아줄 생각이 없었다.

쿵. 관뚜껑이 완전히 덮이며 공간을 밀폐했다. 총은 뚜껑에 밀리며 힘없이 아래로 떨어졌다. 빛이 소멸되었다. 완전한 어둠 위로 흙더미가 관 뚜껑에 쌓여가는 소리가 들려왔다.

완전히 밀봉된 후에야 나는 선물의 의미를 깨달았다. 그가 준 총알은 그의 머리에 박힐 복수의 총알이 아니었다. 그것은 죽음을 무력하게 기다리는 수밖에 없는 나의 머리에 박힐 총알이었다.

그렇기에 그것은 선물일 수 있었다.

온몸에 가득 찼던 증오는 구멍 난 풍선 속 공기처럼 순식간에 빠져나갔다. 숨이 가빠지기 시작한 것이다. 빛 한 줄기조차 없는 완전한 어둠은 나를 극도의 흥분상태로 내몰았다. 나는 그 상황에서 벗어나고 싶었다. 그러나 흙더미가 쌓이는 소리는 점점 더 두터워졌다. 나는 탈출이라는 희망과 함께 묻혀가고 있었다.

여기서 벗어난다는 것은 나의 오체가 모래보다 가는 알갱이로 흩뿌려져 땅 위로 샘솟아 오른다던가, 음파에 올라탈 만큼 가벼워져 휘파람 소리에 실린 멜로디가 되던가, 육신을 떠난 영혼만으로 존재하는 수밖에 없었다. 가능성이 있는 것은, 마지막뿐이겠지.

나는 몸을 살짝 살짝 비틀어가며 관이 허락한 공간이 어느 정도인지를 파악하기 시작했다. 그 절망적인 꿈틀거림이란. 누군가 뚜껑너머에서 나의 몸짓을 봤다면 감명받을지도 모르리라. 보라, 이미 숨줄이 끊긴 저 치의 삶을 이어가고자 하는 애절한 의지를. 사실이었다. 살고 싶었다. 아니, 이렇게 죽기는 싫었다. 허나 얼마 지나지 않아 그것은 헛된 욕심임이 드러났다. 채 몇 마디의 관절을 움직이기도 전에 죽음이라는 두 글자가 온몸에 또렷이 박혔다. 팔을 뻗어보았다. 팔이 반 정도 접힌 채 손바닥이 관뚜껑에 닿았다. 기껏해야 사십오도는 되려나. 무릎을 제대로 굽힐 수도 없었다. 그리고 이 작은 움직임 하나하나를 관의 측면이 막아섰다. 할 수 있는 것은 없다. 관은 묵묵히 내게 비참한 종말을 받아들일 것을 강요하고 있었다.

한동안 기억의 흐름이 끊어졌다가 붙었다. 나는 예고없이 찍힌 사진처럼 갑작스레 순간의 나를 자각했다. 소리를 내뱉은 기억이 없었다. 그러나 나의 목은 연달은 고성으로 타들어 가고 있었다. 관뚜껑을 두드린 기억이 없었다. 그러나 주먹에서 흐른 뜨슨 피가 팔뚝을 타고 흘러내리고 있었다. 관 벽을 긁은 기억이 없었다. 그러나 검지와 중지의 손톱이 뒤로 젖혀져, 찢어진 손등을 쓸어내릴 때 걸리적거렸다.

진정하자. 나는 호흡을 고르며 잠시 자리를 비운 이성이 되돌아올 시간을 가졌다. 서서히 숨이 가라앉자 나는 최대한 이성적인 사고를 하기로 하였다. 현실 인식, 나는 차가운 겨울 땅에 묻힌 관 속이다. 추론, 나는 어떻게 되는 것인가? 나는 목이 말라 죽는 것인가? 배가 고파 죽는 것인가? 움직이지 못해 죽는 것인가? 얼어 죽는 것인가? 애석하게도 모든 추론의 결론은 죽음이었다.

그리고 희망, 나는 애써 희망이라는 녀석을 끄집어냈다. 혹시나, 갑작스러운 지진 해일이 밀어닥쳐 물에 잠기진 않을까? 혹시나, 운석이 관 위를 직격하여 모든 것을 짓이기진 않을까? 혹시나, 천사 같은 살모사가 기어들어와 나를 물어주지는 않을까? 다시 한 번 애석하게도 모든 희망의 결론도 죽음이었다.

이성의 패배를 직감한 그 순간. 어디선가 웃음소리가 들려왔다. 웃음은 관 벽 여기저기를 때리고 귀를 파고들었다. 어디서 들려오는 웃음일까, 소리의 향방을 좇기 위해 온몸을 비비적댔다. 그러나 좁디 좁은 공간은 움직임을 극도로 제한하였고, 결국 나는 몇 번의 도리질만 하다 지쳐버렸다. 그리고 다시 한 번 나를 둘러싼 환경을 몸으로 느끼고 나서야, 나는 그 웃음소리가 나의 입에서 흐르고 있음을 인식했다. 나는 양손으로 내 주둥이를 틀어막고 웃음을 죽였다. 그러나 감각기관의 오작동은 그것이 끝이 아니었다. 싸구려 오동나무 관의 거친 표면 사이로 무언가가 피어오르기 시작한 것이었다. 붉은 연기였다. 붉은 연기는 마치 살아있는 듯 관의 남은 공간을 쏘다니기 시작했다. 나는 입으로는 연신 웃음을 흘리면서, 두 눈으로는 연기의 움직임을 지켜보았다. 붉은 연기는 서서히 얼굴로 다가오더니, 귓가를 스윽 감았다가, 순식간에 뒤로 빠졌다. 그리고 그 순간, 마치 눈꺼풀에 붉은 셀로판지를 씌운 것처럼 모든 것이 붉어졌다. 그리고 그 번쩍임 뒤에, 이번에는 푸른 셀로판지가. 이어서 각양각색의 셀로판지가 마치 틈을 알아채지 못할 정도로 빠르게 돌아가는 영화 필름처럼 눈 위를 훑고 지나갔다.

관에는 색이 있을 수 없어. 그리고 그 어떤 색도 이렇게 꿈틀댈 수 없어. 그것은 머릿속에서 일으키는 착란이었다.

나는 정신이 아늑해지는 느낌이었다. 그대로 끝없는 색의 교차 속으로 빠져들 것 같았다. 나는 내 두 눈을 파내고 싶은 심정이었다. 어차피 눈은 지금 내게 가장 쓸모없는 기관이 아니던가. 과감해도 될 법한 시기였다. 나는 열 손가락을 눈 위에 올린 채 서서히 힘을 주기 시작했다. 조금씩 힘이 들어가면서 두 눈알이 찌부러지는 느낌이 들었지만, 문제는 그 미친 듯한 색. 색은 눈이 멀어갈 수록 더욱 더 과감하게 빛을 바꿔가며 머릿속을 때려댔다. 어차피 보이는 것을 보는 눈이 아니야. 문제가 있는 것은 눈이 아니라, 내 머리이겠지. 나는 두 손을 눈에서 뗀 뒤 귀를 막고 비명을 질러 대기 시작했다.

색은 내 고함을 리듬삼아 더욱 더 극렬하게 출렁였다. 그만, 그만! 나는 드러누운 채 관 바닥을 두드리기 시작했다. 그만, 그만, 그만 하란 말이야! 그때, 손 끝에 딱딱한 무언가가 걸렸다. 나는 손을 뻗어 그 무언가를 잡아챘다. 그래, 총, 나에게는 총이 있었지.

나는 손을 더듬어 총알을 쥐고는 이를 장전하였다. 이어 심호흡을 하고 총구를 관자놀이에 맞대었다. 자, 이제 다 왔어. 갈 수 있는 곳까지, 닿을 수 있는 곳까지, 나는 끝의 끝에 도달한 거야.

그런데 빌어먹을. 손가락이 움츠러드는 일 센티의 움직임. 그 빌어먹을 작은 거리가 좁혀지지 않았다. 몇 번이고 호흡을 고르고, 손가락에 바싹 힘을 주어봤지만, 도무지 방아쇠는 당겨지지 않았다. 제기랄. 제기랄! 나는 스스로의 나약함을 자책하듯 총구로 몇 번이고 관자놀이를 때렸다. 귓가가 멍하니 울리며 참기 힘든 고통이 머리통을 쥐어짰지만, 결국은 방아쇠를 당길 수 없었다.

나는 왜 고통을 끊어내는 과감한 결단을 내리지 못한 것일까? 왜 이토록, 영혼이 망가져 가는 상황에서도 나약한 것인가. 문득 내가 갇힌 지 얼마나 되었으려나 생각해보았다. 굶주린 기운은 없었다. 몸이 굳어가는 느낌도 아직이었다. 냉기도 그럭저럭 버틸 만했다. 결론은 하나였다. 아직은, 아직은 죽을 만큼은 아닌 것이야. 아직 나는, 덜 괴로운 것이야.

나는 무의미한 자책을 거두었다. 나는 알고 있었다. 시간은 죽음의 편이었다. 시간이 흐르고, 못 견딜 만큼 괴로움이 커져버리면, 결국 나는 자연스럽게 이 방아쇠를 당길 수밖에 없을 것이리라. 나는 서두르는 것을 멈추었다. 털썩, 나는 관자놀이에 맞닿은 총을 아래로 내리고 말았다.

나에게 남은 것은 시간뿐이었다. 도무지 견딜 수 없는 그 시간까지 말이다. 그래, 그 순간이 오면 기꺼이 방아쇠를 당기면 될 일. 결정을 내리고, 실행을 미루자 마음이 조금씩 잔잔해졌다.

시간을 채울 무언가가 필요했다. 현재에 절망하고, 미래를 두려워하다가 또 다시 착란이 번질지 모를 일이었다. 나는 그의 선물이 담긴 권총을 굳게 부둥켜 쥐고는, 과거를 돌아보기로 생각했다. 어떤 고민도, 선택도 필요 없는, 돌이킬 수 없는 과거를 말이다.

그리고 끝없이 늘어선 과거의 기억들 중 내가 고른 것은 12월 29일. 나는 12월 29일부터 삶을 되감기로 결정하였다. 거기가 나를 기다리고 있는 죽음의 출발점이기 때문이다.

목차

Day 1 :

12월 29일

동수는 병원이 싫었다. 아니, 동수는 병원이 특별히 싫었다. 질병, 치료, 고통, 수술, 죽음. 보통의 사람들이 병원에서 느끼는 공포심 때문이 아니었다. 동수는 병원 구석구석에 묻어 있는 지적인 기운이 싫었다. 의사가 내뱉는 말, 차트에 끄적이는 단어, 간호사들간 대화, 곳곳에 붙어있는 게시글까지. 무엇 하나 눈과 귀에 감기는 맛이 없이 이질감이 느껴졌다.

전혀 다른 세계였다. 이런 저런 경험이 많다고 떠벌리기 좋아하는 동수이지만, 병원에는 동수의 거친 경험으로는 닿을 수 없는 지적인 벽이 있었다. 게다가 오늘같이 보호자로 오는 날이란. 차라리 환자였다면 앓는 척 외면이라도 하겠건만. 동수는 환자를 대신하여 신경외과의가 내뱉을 주문들을 열심히 해석해야 했다.

어느덧 기다린 시간이 두 시간을 넘어가고 있었다. 끈적한 하품이 새어 나왔다. 도내에서 꽤나 큰 병원인지라 사람이 바글댔다. 큰 병원일 수록 절박한 사람들이 모여드니까 병원의 배짱도 늘어난게지. 환자의 시간과 의사의 시간은 다르게 흘렀다. 저저번도 그랬고, 저번도 그랬다. 하지만 오늘은 늘어져서는 안 되는 날이다. 남은 하루가 팽팽한 날이다. 동수는 점점 초조해져갔지만, 어쩌겠는가. 그놈의 지적인 벽이 동수에게 인내를 강제하고 있었다.

열두살 어린 동생, 동호는 최근 들어 부쩍 차분해졌다. 녀석은 기다림이 지겹지도 않은 지 멍하니 벽만 바라보고 있었다. 초점이 흐려진 눈과 반쯤 벌어진 입, 윗니와 늘어진 아래턱 사이로 혼이 빠져나간 듯한 표정. 그때도 그랬다. 동수는 몇 달 전, 감기 한 번 앓은 적 없는 타고난 강골인 동호가 먼저 병원에 가자는 이야기를 꺼낸 순간이 기억났다.

"동호야, 너 뭐 보고 있냐?"

"저게 뭐지."

"아무것도 없는데. 너 뭐, 귀신이라도 보이냐?"

"아니, 천장에 저거. 찬 바람 나오는."

"에어컨?"

"형, 나 말이 생각이 안나. 찬 바람이 나오는 기계, 이걸 아는데 에어컨이라는 말이 떠오르지 않아."

"니가 원래 똑똑한 스타일은 아니잖냐."

"머리가 이상해. 병원에 가자."

부랴부랴 도내 가장 큰 병원에 예약을 하여 검사를 받고, 검사를 받고, 또 검사를 받고. 의사를 만나 결론을 듣기까지가 또 하세월이었다. 기다리고, 또 기다렸는데, 빌어먹을, 너무 오래 기다리잖아. 동수는 다시 한 번 시계를 보았다. 고작 이 분이 지나 있었다. 동수는 벌떡 일어서 접수대로 향했다.

"저기, 지금 의사선생님이 진료를 보고 있긴 해요?"

접수대의 남자 간호사는 동수를 힐끔 보더니 모니터 앞으로 시선을 돌리며 무심히 말했다.

"순서 되면 불러드릴 테니 기다리고 계세요."

"아니요, 아니, 지금 두 시간 넘게 기다리고 있는데. 의사 양반 지금 저 안에 있기는 한 거야? 저 방으로 들어가는 사람도 없고, 나오는 사람도 없는데 뭘 언제까지 기다리란 말이야."

"기다리고 계세요."

간호사는 동수에게 눈길조차 주지 않은 채 모니터만 바라보며 말했다.

"병원도 약속을 지켜야 할 거 아냐. 왜 돈 내는 사람한테만 약속 지키라고 해. 아저씨, 내 말 안 들려?"

모니터를 툭 툭 치고 나서야 간호사가 고개를 돌렸다. 간호사도 성이 나는지 벌떡 일어나며 말했다.

"바빠 죽겠구만 진짜."

순간 간호사는 남자 뒤에서 무언가가 솟아오르는 듯한 느낌에 움찔하였다. 그것은 사람이 의자에서 일어나 몸을 곧추세우는 움직임이 아니었다. 마치 거대한 발사체가 창공으로 날아오르기 위한 추진력을 얻는 듯한 느낌이었다.

196cm, 138kg.

동호였다.

생사의 긴박한 순간을 다루어 본 경험이 있는 간호사는 역시나 판단이 빨랐다. 채 동호가 동수 옆에 서기도 전에 간호사는 잽싸게 자리에 앉아 어디론가 전화를 걸었다. 이어 무언가를 줍는 척 고개를 바닥에 처박고는 말했다.

"선생님 오고 계셔요. 바로 들어가세요."

채 삼 분이 지나지 않아 한 의사가 날랜 발걸음으로 다가왔다. 마치 달리듯 뛰어오던 의사의 발걸음은 환자들이 모여 있는 진료실 앞에서 서서히 느려지며 교양을 되찾았다. 의사는 우아하게 진료실 문을 열고 사라졌다.

"강동호씨, 3번 방 들어가세요."

간호사가 환자를 불렀다. 그러나 동호는 자신의 이름을 듣고도 아무런 반응이 없었다.

"동호야."

"응."

"들어가자."

—

먼저 진료실 문을 연 사람은 동수였다. 책상 앞의 의사는 동수를 힐끔 쳐다보고는 곧바로 모니터로 시선을 돌렸다.

"강동호씨?"

"아니요, 저는 형이고, 여기."

쾅 소리가 났다. 언제나 그렇듯 문은 동호의 덩치에 비해 다소 모자랐다. 동호는 위쪽 문가에 머리를 찧었다. 그러나 부딪히고도 아무렇지 않은 듯 고개를 숙여 진료실로 들어섰다.

동호를 보고 놀란 의사는 마치 용수철 인형 같았다. 깜짝상자 안에 갇혀 있던 그는 뚜껑이 열리자 발포되듯 튀어 오르며 일어섰다.

"많이 기다리셨지요."

의사도 인간이었다. 지적인 벽 위에 올라탄 채 아래를 내리깔아 보던 눈빛은 사라지고, 압도적인 야수를 마주하자 생존을 위해 삽시간에 권위를 집어 던지는 인간의 굴종적인 모습이 드러났다. 의사가 자리에 앉아 차트를 뒤적이는 사이, 이를 본 동수의 목소리에 힘이 들어갔다.

"아니, 사람을 불러 놓고 말이야, 참, 의사양반 너무하시네."

허나 노년의 의사는 노련했다. 그는 차갑게 식은 얼굴로 무심코 한 마디를 툭 던졌다.

"큰일인데요."

끓어오르던 동수의 냄비가 순식간에 얼음장 위로 내던져졌다. 눈빛은 싸늘하게 식어버리고 척추는 얼어붙은 듯 곧아버렸으며, 혀가 굳어 어긋난 쇳소리가 터져 나왔다.

"저, 선생님, 저, 어떤."

큰일인데요. 의사가 기세를 앗아서 관계의 우위를 점하는 데는 딱 한 마디만 필요할 뿐이었다.

"자, 저희 병원에 9월 28일날 처음 오셨고요, 그때 증상이 잘 잊어버린다, 자주 혼란스러워한다, 충동적이다, 이런 기분이나, 행동, 정신기능 변화를 말씀하셨고요."

동호가 병원에 가자고 말을 한 이후, 그제서야 동수도 동호의 달라진 점들이 눈에 들어오기 시작했다. 말이 어눌해져 있었다. 형, 음식 잡는 막대기 좀 건네 줘. 말의 맥락을 이해하거나 비유나 은유를 감지하는 것이 둔해져갔다. 형, 배가 터지게 먹었다며, 뱃살이 찢어진 거야? 당시에는 그저 코웃음을 치고 넘어갔지만, 막상 지나고나서 되돌아보니 동호는 이미 어딘가가 망가져 있었다.

의사를 처음 만난 날, 동수는 이렇게 말했다.

"제 동생이 원래부터 막 이렇게 똑똑하거나 약삭빠른 놈은 아니었는데요, 요새 좀 이상해요. 그러니까 그걸 하나하나 다 말할 수는 없는데, 아, 뭐냐면요. 아이큐가 50 정도 빠진 것 같아요. 그리고 뭔가 몸 쓰는 것도 좀."

변화를 스스로 감지한 동호는 말을 줄여 스스로를 보호했다. 입을 열면 자신을 얼뜨기 취급하는 시선이 늘어갔기에, 스스로 싹을 잘라낸 것이었다. 문제는 동호의 변화가 머리에만 국한된 것이 아니었다는 것이다. 말이 줄어들자 행동에서 느껴지는 변화가 도드라지기 시작했다. 몸을 쓰는 업을 가진 동호의 몸이 어그러지는 것이 눈에 걸리기 시작한 것이다.

"그리고 12월 13일날 오셔서 간단한 테스트를 받고, MRI를 찍으셨고요."

13일, 이미 동호의 몸은 삐걱거리고 있었다. 일상 생활에서도 반응이 눈에 띄게 둔해졌다. 이름을 불러도 반응이 늦은 판에, 훈련이나 운동은 말할 것도 없었다. 합이 맞지 않는 어긋난 팔과 다리, 동호는 마치 몸 구석구석에 신이 내린 줄이 꿰어 있는 인형 같았다.

"자, 이제 MRI 결과를 말씀드리는데요, 여기 한 번 보세요."

의사는 모니터를 돌려 화면에 뜬 사진을 보여주며 말을 이어 갔다.

"뇌 조직이 많이 위축되어 있어요. 그죠? 여기 보면 너덜너덜 하잖아요. 보이지요?"

동수의 눈에 보일 리가 없었다. 동수는 잠자코 의사의 말을 듣기만 했다.

"이게 말입니다, 외부 충격. 그러니까 머리에 충격이 반복적으로 발생하면 뇌가 이 머리 안에서 흔들리게 됩니다. 뇌진탕을 거듭해서 경험하는 거예요. 그리고 뇌가 자주 흔들리면 신경에 손상이 갑니다. 자, 신경은 뭘 하느냐, 신경은 정보를 뇌로 전달하는 놈인데 그 녀석에 문제가 생긴다, 이 말입니다. 어떤 문제냐 하면."

의사는 양소매를 걷어 올렸다. 이어 가슴 넓이의 거리를 두고 양손의 검지손가락을 뻗었다. 그리고 빠르게 왼쪽 검지를 움직여 오른쪽 검지 위에 맞대었다.

"자, 왼쪽 검지가 신호, 오른쪽 검지가 뇌. 정상적으로는 이렇게 간단 말이죠. 그런데 이게 문제가 생기면, "

이번에는 아주 천천히 왼손을 움직였다.

"이렇게 느리게 가던가, 아니면."

그리고 이번에는 다시 왼손을 빠르게. 그러나 왼쪽 검지와 오른쪽 검지는 앞뒤로 어긋나 닿지 않았다.

"이렇게 제대로 가지 않던가."

이어 의사는 손을 내리고는 마치 외우기라도 한 듯 빠르게 말을 이어갔다.

"신경다발 전선이 손상됐습니다. 기억을 잘 못할 겁니다. 언어 능력도 떨어지고, 신체 실행 기능도 저하됩니다. 악화되면 기억 상실이나 우울증이 올 수도 있고요, 심해지면 파킨슨병이나 루게릭병, 알츠하이머로 악화될 수 있습니다."

파킨슨, 루게릭, 알츠하이머. 동수는 도무지 알아들을 수 있는 말이 없었다.

"선생님, 그래서 병명이 뭡니까?"

"정확하게 진단을 내릴 수는 없습니다. 이게 뇌를 꺼내서 뇌 조직을 검사해야 알 수 있어요. 머리를 까야 하니까 살아있을 때는 검사를 못 하는 셈이지. 그래도 지금 의심되는 것이라 하면, 전문 용어로는 만성외상성뇌병증이라고 합니다. 일명 펀치드렁크."

동수의 귀에 익숙한 단어가 꽂혔다.

"펀치요?"

"환자분, 격투기 선수지요?"

"네."

의사는 손깍지를 꼈다. 마치 글러브 같은 모양의 주먹이 생겼다.

"많이 맞아서 생긴 증상입니다."

동호가 맞는 장면이 동수의 뇌리를 스치며 지나갔다. 마치 사진처럼 기억 한 장이 빠르게 스쳤다. 그리고 두 장, 세 장, 네 장, 다섯 장. 동호의 뇌가 고장나기까지 맞아온 장면들이 영화처럼 길게 이어졌다.

"그럼 수술해야 하나요?"

의사는 답이 없었다.

"그, 선생님, 수술비는 어느 정도가 드나요?"

의사는 안경 콧대를 들쳐 올렸다. 두터운 렌즈 뒤에 숨은 눈이 커졌다 작아졌다.

"보호자분, 환자분은요."

의사가 잠시 침을 집어삼켰다.

"고칠 수가 없습니다."

—

점심시간을 훌쩍 넘기고서야 두 형제는 병원을 나섰다. 두 시간을 기다려 만난 의사는 십 분도 안되는 시간동안 청천벽력을 남겼다. 뇌는 반복된 충격으로 손상이 심하게 갔으며, 고치는 것은 불가능하다. 앞으로 이름도 어려운 병으로 악화될 가능성이 크다. 그리고 조금이라도 그 속도를 늦추고 싶다면, 격투기를 관두어야 한다.

시간이 마치 반 보 뒤에서 뒤를 쫓는 듯한 급한 하루였지만, 병원을 나서자 왠지 모든 것을 내려놓고 싶은 마음이었다. 동수는 깊은 한숨을 몰아쉬고는 담배에 불을 붙였다. 따라 나온 동호는 이 사태의 심각성을 아는지 모르는지. 여전히 반쯤 벌어진 턱에서 담배 연기보다 굵은 김을 뿜어내고 있었다.

언뜻 보면 참으로 순한 얼굴이었다. 깊은 눈이 아래로 처진 탓이었다. 툭 튀어나온 눈썹 뼈 그늘에 숨어 반쯤 어둠에 잠긴 듯한 눈이었다. 게다가 눈꼬리가 늘어져 어딘가 억울한 느낌을 주기까지 했다. 때문에 한겨울에도 바싹 밀고 다니는 머리에도 불구하고 눈빛엔 험악한 기운이 없었다. 천치처럼 턱이 밑으로 늘어지기 시작한 것은 얼마 되지 않았는데, 도리어 둔해 보이는 눈초리와 어울리는 느낌도 주었다.

다만 조금 더 가까이에서 찬히 뜯어보자면 숨길 수 없는 세파의 흔적이 서늘하게 묻어 있었다. 흉터와 상처가 얼굴 곳곳에 쌓여 있었다. 아물기 전에 다시 찢긴 피부는 제멋대로의 결로 덧입혀져 있었다. 콧등에서는 왼쪽으로 휘어졌다가 코끝에서는 오른쪽으로 휜 콧날은 S자 곡선을 그리고 있었으며, 인중과 턱에는 모낭마저 뜯어진 흉으로 곳곳에 수염이 비어 있었다.

그리고 한걸음 떨어져 몸이 눈에 들어오면, 눈이 주는 순한 느낌 따윈 일순간에 증발해버린다. 머리를 받치는 목은 거목의 그루터기처럼 두꺼웠다. 마치 겹겹의 근육을 나이테처럼 두르고 있는 듯했다. 게다가 두터운 흉곽. 그것은 훈련 따위로 부풀릴 수 있는 부피감이 아니었다. 타고나지 않으면 존재할 수 없는, 마치 여섯 번째 손가락 같은 느낌이었다. 나무 위를 헤매는 짐승의 그것처럼 길게 늘어진 팔 끝에 솥뚜껑처럼 달려있는 거대한 손. 수저를 쥔다, 타자를 친다, 코를 후빈다. 그의 손에서는 이런 일상의 손의 기능을 전혀 상상할 수 없었다. 그것은 그저, 무기였다.

동호의 우람한 몸을 마주하는 자들은 등골 사이를 타고 한파가 몰아치는 느낌이었다. 무방비로 야생 짐승을 만났을 때 폭발하는 생존의 본능이랄까. 장대한 골격에 덧입혀진 고압적인 근육은 마치 온몸을 붉은 경고장으로 휘감은 듯했다. 손발의 안쪽으로는 살점이 묻어 있는 발톱이 있을 법했고, 우람한 턱 속에서는 날카로운 송곳니가 붉은 고기를 잘게 잘게 갈고 있는 듯했다.

그리고 누가 이 남자를, 저 야수와 같은 배에서 나왔다고 짐작하겠는가. 동수는 어디에서도 눈에 띄지 않는 지극히 평범한 남자였다. 굳이 관심을 갖고 찬찬히 뜯어보고 나서야, 뭐, 따지자면 추남의 범주에 속하겠지, 라는 평이 나올 법했다. 가늘게 찢어진 눈매였지만 각없이 일자로 펼쳐진 탓에 안광 따위는 느껴지지 않았다. 그저, 작은 눈일 뿐이었다. 그 위를 마치 검은 솜사탕 같은 털뭉치들이 모여 간신히 눈썹을 이루고 있었다. 코는 대라든지, 날이랄 것이 없었다. 눈과 같은 선에서 출발하여 완만한 각도로 살짝 뻗쳤을 뿐인 코는, 냄새를 맡는 것과 숨을 쉬는 것 외에 어떤 미적 기능이 있으리라 상상할 수 없었다. 나머지는 그저, 없으면 티가 났겠지 싶은 신체의 기관. 언뜻 언뜻 보이는 벌어진 앞니가 못배우고 가난한 인상을 더할 뿐이었다.

평균에 다소 못 미치는 키, 초라한 골격 위에 나잇살만 덧댄 몸까지. 두 형제는 닮은 점이 없었다. 아니, 형 동수는 동생 동호보다 나은 점이 없었다. 그럼에도 불구하고 동수에게 동호는 언제나 어린 동생, 철부지일 뿐이었다. 항상 어딘가가 답답하고, 어딘가가 굼뜨고, 어딘가가 미련한 동생. 아직 어려. 기억을 잃어가기엔 아직 어리단 말이다. 남은 인생을 바보로 살기엔, 아직 너무 어리다고.

"형."

"왜."

"오늘 하는 거지?"

"뭘."

"시합."

빌어먹을 시합. 하필이면 오늘 동호의 시합이 잡혀 있었다. 한숨이 절로 나왔다. 무슨 수를 써서라도 오늘 시합은 피하고 싶은 마음이 굴뚝같았다. 그러나 수가 없었다. 시계를 보았다. 시간이 빠듯했다.

"해야지."

동수는 피고 있던 담배를 집어 던졌다. 그리고 느린 걸음으로 차를 향해 나아갔다.

—

동수는 힘껏 차키를 돌렸다. 차가 바르르 떨었다. 그러나 이내 김빠지는 소리와 함께 움직임이 죽었다. 다시 한 번 차키를 돌렸다. 이번에는 떨림이 격해진 대신 빠르게 식어버렸다. 이 썩을 놈의 똥차. 동수는 손바닥으로 핸들을 거칠게 내리쳤다.

조수석에는 동호가 몸을 꾸깃꾸깃 접은 채 간신히 쑤셔 박혀 있었다. 동호가 낑낑대며 몸을 기울이더니, 차키를 뽑아 들고는 침을 퉤퉤 뱉었다. 이어 동호는 느리게 차키를 넣었다, 뺐다를 수 차례 반복했다. 이어 키가 꽂힌 채 위아래로 몇 번 움직임을 주더니, 부드러운 스냅으로 키를 돌렸다. 그제야 똥차의 시동이 걸리고 달릴 채비를 알렸다. 형제는 마주보고 씨익 웃었다.

지금은 똥차이지만, 아니, 처음부터 똥차였지. 똥차는 동호가 MMA 선수로 데뷔하여 첫 우승을 거두었던 4년 전, 단체에서 준 하사품이었다. 포스터에 대회 이름보다 더 크게 써 있던 고급 중형세단이 이 누런 똥차일 줄이야.

누가 운전을 했던 차일까? 차에는 알 수 없는 냄새가 배어 있었다. 담뱃내나 지린내도 아닌 기묘하고 서늘한 악취. 아마도 이전 주인은 차에서 삶을 마감했을 만큼 이 차를 사랑했었나보다. 어떻게 운전을 했던 차일까? 유리창이 온전했던 것은 그나마 다행이었다. 운전석 왼쪽 바닥에 큰 구멍이 나 있어 겨울철마다 페달을 누르는 발이 시렸다. 어떻게 구해온 차일까? 폐차장으로 향하다 굴러 떨어진 것을 누군가 주워온 듯한 차였다.

차를 하사 받은 날, 동호는 실망한 기색이 한가득이었다. 흠씬 두들겨 맞아가며 얻어낸 결과물이 이런 빛 바랜 똥차라니. 그래도 어쩌겠는가? 선물이 마음에 안 든다고 칭얼댈 수는 없는 법 아닌가. 그래도 첫 차, 기왕에 타고 다닐 바엔 신나게 타자. 동호의 긴 다리로는 엑셀과 브레이크를 번갈아 밟기 힘들 만큼 운전석이 좁았다. 운전은 동수의 몫이었다. 동수는 옆자리에 동호를 태운 채 신나게 달리기 시작했다. 고장난 라디오를 뒤로 하고 핸들을 드럼삼아 두드려가며 노래를 불러 댔다. 왼쪽 눈 밑에 시퍼런 피멍이 든 동호도 그제서야 웃어 보였다.

그 뒤로 4년 간, 똥차는 열심히 두 형제를 실어 날랐다. 처음부터 똥차였던 똥차가 점점 더 망가져가는 만큼, 싱싱했던 동호의 몸도 망가져갔다.

"동호야."

동호의 멍한 초점이 느릿느릿 방향을 틀었다.

"이제 어쩌지."

"뭘?"

"너 운동 그만하라는데."

"누가."

"같이 들었잖아. 아까 의사 선생님이 그랬잖아."

동호는 말이 없었다.

—

삼 년간의 옥살이가 끝을 향할 수록 동수는 설렘이 커져갔다. 죄 없는 옥살이였다. 동수는 철창 속의 삶이 끝나면 죄지은 자의 환대가 있으리라 기대했다. 분명 그것은 응당한 기대와 바람이었다. 그러나 출소 날, 교도소 앞에서 동수를 맞은 것은 초로의 아버지와 동호, 두 사람뿐이었다. 동수는 두 사람을 보자마자 자기도 모르게 실망의 한숨을 내뱉고 말았다. 죄를 지은 자는 어디 있는가? 죄를 떠넘긴 자는 어디 있는가? 절로 나온 한숨이었지만 동수는 그날 이후 그 한숨을 두고두고 후회했다. 쉬어서는 안 될 숨도 있는 법이었다.

동수가 떠난 사이 동호는 씨름선수의 삶을 관두고 고향에서 아버지를 모셨다. 아버지는 당시 정신이 심각하게 병든 상태라 툭하면 벌거벗은 채 산세를 헤매곤 했다. 아들 중 누군가가 아버지를 따라 산 속 고향집으로 들어가야 했고, 갇힌 형 대신 그 짐을 동생이 졌다.

삼 년. 자식이라는 짐을 온전히 동생에게만 얹어 두었던 삼 년. 내 반드시, 내 반드시 성공하여 동호의 삶에 볕을 쬐어주마. 생두부를 씹으며 그렇게 다짐했건만. 동수가 동호를 꾀어내 격투기장으로 밀어 넣는 데까지는 채 반 년도 걸리지 않았다. 볕이라고는 한 줄기 들지 않는 그 지하 격투기장으로 말이다.

“동호야, 격투기 좋아하지?”

“아니.”

“그럼, 싸움 잘하지?”

“몰라.”

“인마, 저번에 보니 싸움 잘 하더만.”

“언제?”

그때, 이 녀석아, 결혼식장에서 말이야. 라고 말을 하려다 동수는 입을 닫았다.

"니가 싸움을 못할 리가 있냐? 그렇게 몸뚱이가 큰데."

"싫어."

"싸움하는 거? 왜?"

"아프잖아."

"야, 니가 때리면 안 아프지."

"그건 그렇지."

"그럼, 딱 한 번만 싸워보자. 안 아프게, 딱 한 번만."

"혼자?"

"당연하지, 너 혼자 싸워야지."

"형은?"

"나?"

동수는 잠시 머뭇거리다 답했다.

"걱정 마. 형이 너 봐 줄게. 그러니까 너는 선수, 나는 코치."

그렇게 억지로 밀어 넣은 격투기판. 시작은 서커스와 다름없었다. 룰도 잘 알지 못한 동호는 그저 거대한 덩치로 관중의 호기심을 끄는 코끼리일 뿐이었다. 상대방은 동호보다 20cm는 작고, 50kg는 가볍지만, 기술이 뛰어난 조련사. 동호는 자신에게 펼쳐질 일은 짐작도 하지 못한 채, 링 위에 오르기 직전까지도 묻고 또 물었다. 형, 정말로 때려도 되는 거야?

그래, 넌 저 안에 때리러 들어가는 거야. 그러나 두 사람은 때리는 것도 방법이 있고, 배워야 한다는 것을 몰랐다. 초심자의 행운은 없었다. 여전히 의심이 실린 동호의 주먹은 허공을 가를 뿐이었다. 챔피언이었다는 상대방은 노련했다. 애초에 공정하지 못한 체급 차이, 오히려 반칙이 공정하게 느껴질 정도였다. 어느 순간 상대방은 동호의 뒤를 파고 들더니 팔꿈치로 연달아 뒷통수를 내리 찍었다. 동호는 정신을 잃었다. 후두부 가격은 반칙이었다. 그러나 결과는 조련사의 반칙패가 아닌, 코끼리의 실신패였다.

그 뒤로 룰을 외우고, 기초 체력을 다지고, 기본기를 익히고, 기술을 몸에 새겨, 첫 승을 넘어, 똥차를 타내고, 챔피언이 되기까지. 동호의 칠 년이 동수의 머리를 스르륵 스쳐 지나갔다. 한 경기, 한 경기, 때마다 참으로 많이 맞았다. 부족한 기술을 맷집으로 버텨가며 견뎌낸 철창 안의 시간들. 유독 머리를 두들겨 맞던 동생의 모습이 기억에 남았다. 돌주먹이 관자놀이를 강타했고, 팔꿈치가 눈썹 사이를 깊게 팼으며, 손바닥이 턱주가리를 들쳐 올렸다. 그 맷값으로, 먹고, 마시고, 자고, 먹고, 마시고, 자고. 동생은 그렇게, 바보가 되어갔구나.

"동호야."

"응."

"이번이 마지막이다."

동수는 침을 꿀꺽 삼켰다. 갑작스러운 은퇴 선언이었다. 동호가 이를 받아들일 수 있을까? 계속해서 챔피언에 있겠다고 고집하면 어떻게 하지. 앞으로 어떻게 먹고 사냐고 물으면 무어라 답해야 하나. 그리고, 내가 격투기를 떠나면 형은 어쩔 것이냐는 물음에는 답을 할 수 있을까.

"알고 있어."

"어?"

"더 이상 안 해. 이러다 죽어."

동호도 알고 있었다. 바보도 죽음이 서성대는 것은 알고 있었다.

"그래. 오늘이, 마지막이야."

힘주어 엑셀을 밟았지만 똥차는 툴툴대기만 할 뿐, 속력을 내지 않았다. 에라이 썩을 놈. 노한 마부가 채찍을 후려치듯 몇 번이고 애먼 엑셀을 차 댔지만, 그 뿐이었다.

—

목적지로 향하는 길. 동수는 갑작스러운 은퇴전을 앞둔 동호가 여간 신경쓰이는게 아니었다. 동호는 멍하니 창 밖을 바라보고 있었다. 그러고보니 언젠가부터 동생의 속을 알 수 없었다. 한때는 눈가에 서린 기운만 봐도, 콧구멍의 윤곽만 봐도, 입꼬리의 각도만 봐도 알 수 있었던 동생인데. 얼이 빠진 이후로는 도무지 그 속을 알 수 없었다. 어쩌면 동생은, 얼이 빠진 이후 그냥 그대로 비어 버린 것은 아닐까.

그때였다.

"형."

"어, 왜."

"오늘이 마지막이잖아."

"응. 마지막이야."

"우리말이야, 우리 이 일은 왜 시작하게 된 거야?"

비어 버린 줄 알았던 동호가 묵직한 질문을 찌르고 들어왔다.

말이 없어진 것은 동수 쪽이었다.

왜 시작하게 되었을까? 머리에 떠오른 것은 마혁수, 지역의 폭력집단 광장파의 우두머리 마장식의 하나뿐인 아들이 벌인 일이 출발점이었다. 그러나 모든 불행의 인과관계가 그러하듯, 이면에는 많은 원인이 뿌리깊게 얽혀 있었다.

한때 장식과 동수가 같이 묶여 어울리던 때가 있었다. 20년도 더 거슬러야 닿는 과거, 청춘이라는 사기극을 내세워 그릇됨을 용서받던 시절이었다. 비슷한 시기에 깡패 집단에 발을 담근 두 남자는 같이 어우러진 채 악에 물들어갔다.

"혁수야, 여기 돈! 어여, 어여! 큰아버지한테 어여!!"

꼴랑 만 원 한 장. 동수가 멀찌감치 떨어져서 돈을 딸랑 거리면 또래에 비해 걸음이 늦었던 혁수 녀석은 아득바득 기어와서 기어코 손에 돈을 쥐어 채고 말았다. 허나 동수도 거침없이 고약하던 시절이었다. 힘주어 돈을 되 빼앗아 애의 눈물을 뽑아내고는 장쾌히 웃어 보였다.

별 볼 일 없는 허튼 녀석들이 모여서 뭉쳐 지내던 시절, 장식은 이십 대 초반부터 가정을 꾸리고 아이를 가진 유일한 조직원이었다. 골려먹기는, 애가 귀여워서 그러지. 저 조그만 애가 벌써부터 돈에 침 흘리는 거 봐, 나중에 돈장군이 되겠어. 반쯤 애정 섞은 동수의 너스레였지만, 애가 딸린 장식은 만 원 한 장마저 간절한 마당에 무릎이 까진 애를 골려 먹는 동수가 가증스러웠다.

허나 혈기왕성한 그 시절은 주먹이 관계의 위 아래를 나누는 중요한 잣대였다. 동수는 작은 주먹이 매섭다는 말을 입버릇처럼 달고 살며 패악질을 일삼았다. 타고난 싸움꾼과는 거리가 멀었지만 거침없이 주먹을 지르는 패기가 있었다. 때문에 주먹질에는 재주가 없는 장식은 혈기를 누르고, 울화를 삭혀야 했다.

애가 드문 조직이었다. 시간이 흘러도 어쩐지 조직의 또래들 중에는 가정을 꾸리지 않는 사람들이 대부분이었다. 이 일을 하는데 처자식이 가당키나 하냐. 험한 일은 혼자 하는게 도리어 안전한 법이야. 지금도 들러붙는 여자들을 감당하기 어려운데 뭣하러 한 기둥에 묶여. 훗날 십수 년의 시간이 지나고 나서야 무리 중 장식을 제외한 모두가 가정을 가질 수 있는 최저의 기준선에도 못 미치는 얼치기였음이 드러났지만. 치기에 취해 흐린 미래가 자신의 선택이라고 착각하던 그 시절. 동수는 유독 혁수를 이뻐했다. 아니, 유독 이뻐했다고 기억했다.

동수는 기억하고 있었다. 혁수가 처음 두 발 자전거를 타게 된 날, 뒤에서 따라 뛰며 자전거를 잡아준 사람이 동수였다. 혁수가 구정물을 뒤집어쓰고 온 날, 목욕탕에서 때를 벗겨준 사람이 동수였다. 혁수가 문제집 살 돈을 잃어버려 울고 있을 때, 문제집을 가져다준 사람이 동수였다.

동수는 기억하지 못했다. 서서 타는 묘기를 보여준답시고 동수는 혁수의 자전거 뼈대를 엿가락처럼 휘어 놓았다. 혁수는 물이 뜨겁다며 울부짖었지만, 동수는 정수리를 부여잡고 온탕 속으로 연신 처박았다. 동수가 동네 서점에서 잠바 품에 감추어 들고 나온 문제집, 혁수가 본 첫 번째 도둑질이었다.

그렇게 기억들은 누군가에게는 선의로만 남아 기대감을 불렀고, 누군가에게는 악의와 뒤섞인 채 앙심으로 남았다. 반쯤은 묻힌 채로, 수 년이 지나 17세 혁수가 사고를 친 그때까지 말이다.

장식이 비범함을 드러내기 시작하면서 동수와의 간극은 벌어져갔다. 장식은 셈에 특출한 재주가 있었다. 조직이 한창 도박으로 판을 벌려 나가던 시점, 장식의 돈냄새를 맡는 재주는 빛을 발했다. 혁수가 중학교를 들어갈 무렵, 마장식의 이름 뒤에 사장님이라는 직함이 붙었다. 혁수가 고등학교를 들어갈 무렵, 마장식은 회장님으로 불리었다. 이 모든 것이 너무나 빠르게 벌어졌다.

동수는 여전히 삼류 오락실에서 동전을 긁어 담고 있었다. 회장님이 급하게 동수의 집 앞으로 찾아온 것은 십 년 전. 오십 줄을 목전에 둔 지금의 동수가 마흔을 앞둔 시절이었다. 마장식, 회장님이 전한 말은 복잡했다.

혁수가 폭력사건에 휘말리게 되었다. 혈기 넘치는 철부지들 간에 벌어진 사소한 다툼이었다. 이런저런 시비가 있었고, 이런저런 다툼이 있었다. 머릿수에서 밀렸던 혁수가 발목 인대가 늘어나는 부상을 당했다. 인대가 어떤 부위더냐, 하마터면 평생을 휠체어 위에서 보낼 뻔하였다. 지고는 못사는 성격이라기엔, 애비가 그리 가르친 탓이 크다만. 며칠 후 몇몇을 데리고 가해자에게 보복을 가했는데 말이다, 운이 없는 것인지 하늘이 벌을 내린 것인지. 녀석이 육 개월 간 병원신세를 져야 하고, 평생 한쪽 귀가 들리지 않는다고 하더라. 정의라고는 눈꼽만치도 관심이 없는 경찰이 치적을 올리겠다고 나섰는데, 조사 과정에서 공권력을 믿고 얼마나 오만 방자하던지. 날이 갈수록 혁수의 억울함이 하늘에 닿을 지경인데 말이다.

대화의 막바지, 회장님의 부탁은 간단했다.

"네가 혁수 대신 자수를 해라."

동수인 이유는 헛웃음이 났다. CCTV를 통해 가해자는 광장파의 조직원으로 특정이 된 상황이었다. 그리고 영상에 드러난 주범의 체구에 맞는 사람은 광장파 중 혁수, 그리고 동수뿐이었다.

동수는 단칼에 거절을 내뱉을 작정이었다. 고민할 가치가 없는 제안이었다. 먼저 동수 자신, 불혹을 앞두고도 동수는 자리를 잡지 못하고 있었다. 정기적으로 돈이 나올 구석이 없어 후배들 뒤처리나 해주며 푼돈을 받아먹고 있었다. 게다가 동년배가 회장님 완장을 찬 마당에, 앞으로 버틸 날이 육 개월이 될지, 일 년이 될지 모를 일이었다. 그리고 동호, 불과 넉 달 전 동호는 도청 소속의 씨름 실업팀에 힘겹게 자리를 잡았다. 뒤늦게 씨름에 눈을 텄다는 이야기를 들으며 백두급에서 나름 이름을 알려가고 있었다. 동호가 빛을 발할 때까지는 형으로서 잘 버텨줘야 했다. 덧붙여, 연자. 네 살 연상의 연자는 동수가 만난 여자 중 처음으로 결혼을 입에 올린 사람이었다. 앞으로 보나 뒤로 보나, 동수가 짓지도 않은 죄로 시간을 허비할 시기가 아니었다.

그렇게 거절의 말을 내뱉으려는 순간. 장식이 덥석 무릎을 꿇더니 상체를 바닥에 납작 엎드렸다. 동수는 화들짝 놀라 허리를 굽혔다. 회장님 왜 이러세요. 그리고 채 거절의 말을 내뱉기 전, 장식의 뱀 같은 혓바닥이 쏟아낸 말들이란. 회장은 무슨, 나 장식이다. 혁수 애비 장식이다. 동수야, 혁수, 이제 겨우 열일곱 살이다. 우리들 중 하나 있는 자식새끼다. 너도 그렇게 이뻐해줬던 애, 겨우 열일곱이란 말이다. 우리들 중 그 누구도 고작 열일곱에 삶이 망가지진 않았다. 그 많은 놈들 사이에서 혁수가 기억하는 삼촌은 너 하나뿐이다. 지금도 나중에 동수 삼촌 챙겨줄 거라고 입에 달고 산단 말이다. 제발 이번 한 번만, 내가 아닌 혁수를 생각해서. 한 번만 도와주지 않으련. 이제 열일곱, 아직 어른을 시작하기에도 몇 년이 남은 놈을 생각해서 말이다.

동수가 기억하는 것은 여기까지. 자수를 하러 가는 순간에도, 수의로 갈아입는 순간에도, 옥에 갇히는 순간까지도. 동수는 스스로를 어린 조카를 위해 험한 길을 대신 밟은 순교자마냥 뿌듯하게 여겼다. 물론 장식의 약속을 잊은 것은 아니었다. 장식은 달콤한 약속들을 연달아 내뱉었다. 네가 나오기만 하면. 네가 나오기만 하면. 네가 나오기만 하면.

동수는 손사래를 치며 장식의 입을 막았다. 그런 이유 때문이 아닙니다, 자식 같은 혁수가 힘들다는데. 장식의 뒷말은 묻어둔 채 동수는 옥에서 삼 년을 보냈다. 가끔은 뿌듯하기까지 하던 그 삼 년의 세월. 그리고, 출소를 하고 나서야 동수는 깨달았다. 자신이 옥에서 보낸 시간은 마혁수 따위 때문이 아닌, 잊고 지내고 있었다고 믿었던 장식의 약속 때문이었다는 걸.

달콤한 약속들은 지나고 나서 보니 독이었다. 장식이는 남은 가족을 잘 보살피마 약속했다. 그 사이 아버지는 병원 한 번 못 가보고 병세가 악화되었고, 동호는 실업팀을 빈손으로 나와 아버지를 보살펴야 했다. 장식이는 출소 이후 그럴듯한 자리를 비워주마 약속했다. 출소 이후 장식은커녕 조직의 그 누구도 동수를 찾지 않았다. 동수는 그제야 깨달았다. 왜 그런 단순한 것도 알지 못했을까? 과도한 충성만큼 잊혀지기 쉬운 것은 없다는 것을.

돌이켜보니 마흔 살의 삼 년도 17세의 삼 년 만큼이나 중요한 시절이었다. 삶이 바뀐다면 같이 살고 싶다던 여자는 떠나간 지 오래였으며, 횟집을 같이 해보자던 친구는 우정을 뒤로했고, 자리를 내어준다던 주물공장을 하던 친척은 고개를 돌렸다. 그렇게 동수는 옥에서 많은 것을 잃은 채 걸어 나왔다.

거기서 그 부자를 확연히 잘라냈어야 했건만. 그것이 끝이 아니었다. 동수에 이어 동호마저 이 지옥의 진흙탕으로 끌고 들어온 녀석도 혁수, 그 자식이었다. 그러나 동수는 왜 격투기를 시작했냐고 묻는 동호에게 혁수 때문이란 말을 꺼낼 수 없었다.

“나 때문이지 뭐. 이 개 같은 짓거리, 나 때문에 시작했지. 미안하다.”

—

시내를 가로질러 목적지로 향하는 길. 옆으로 시립 체육관이 보였다. 그래, 저기에서부터 시작이었다지. 들리는 말로 혁수가 격투기 사업에 손을 대기 시작한 것은 동수가 감옥에 갇히던 시기 즈음이었다. 동수에게 자수를 부탁하며 머리를 조아린 장식은 말했다.

"동수야, 우리가 왜 이 모양이겠니? 못 배워서 그런 거 아니겠냐? 그래도 내 아들은 고등학교는 졸업해야 하지 않겠냐? 대학교도 가면 좋고. 사람 답게 말이야."

장식의 말은 허언이었다. 사람다운 사람이 되고 싶은 생각 따위는 없었다. 동수의 자수로 사건이 마무리된 이후 혁수는 바로 학교를 뛰쳐나왔다. 그깟 학교, 배울 것이라고는 없어. 혁수는 학교 밖에서 크게 성공하겠다며 떠벌려 댔다. 난, 사업을 할 거야. 혁수는 자신에게도 사업가의 피가 흐른다며 힘줄을 자랑해댔다. 난, 힘 센 아버지가 있단 말이야. 혁수는 마장식이란 뒷배를 서슴없이 과시하였다.

그리고 혁수가 시작한 첫 번째 사업, 격투기였다. 소년의 꿈 치고는 제법 큰 꿈이었다. 아버지의 돈과 덩치 큰 졸개들을 무기 삼아 혁수는 사업을 준비했다. 먼저 전국의 체육관을 뒤져 적당한 주먹들을 모았다. 신사적으로 돈으로 유인하거나, 건달 답게 날붙이로 위해를 가했다. 그렇게 꿰어낸 녀석들을 모아 과감하게 시립 체육관을 빌려 첫 시합을 열었다. 그리고, 크게 실패하였다.

사업보다는 가진 자의 취미활동에 가까웠다. 혁수는 기껏해야 동영상으로 눈에 익은 설익은 기술로 동급생을 괴롭히는 소년이었다. 근육의 부딪힘에 환호하는 왜소한 소년이었다. 누가 세고, 누가 약한지 가르는 서열놀이에 맛들인 철부지 소년이었다. 산 넘어 닿는 지방에서 열린 뜬금없는 삼류 격투기 시합에 누가 관심을 갖겠는가? 관람석은 공짜표를 쥐고 온 선수의 동료들이 대부분이었다. 우락부락한 사람들이 득시글대니 소수의 일반 관람객들은 기가 눌려 응원은커녕 숨소리조차 눈치껏 뱉었다.

호박이라도 베겠답시고 2회, 3회, 4회, 배짱 좋게 시합을 이끌어갔지만. 갈수록 크게 망했다. 점점 더 엉망이 되어갔다. 선수도 없고, 체계도 없었다. 소 똥을 치우고 밭을 매던 동유럽의 노동자는 유럽 MMA 챔피언으로 분해 미개한 한국을 도살하러 왔다는 요상한 말을 내뱉었다. 팔씨름 챔피언이라는 사내는 뺨만 때릴 수 있다는 불공평한 규칙을 고수했다. 동남아시아에서 왔다는 트랜스젠더 선수는 여성부에서 싸우다 팬츠 밖으로 고환이 빠져나와 항의를 들었고, 복서라던 사내는 몰래 주먹 위에 굳은 석고를 덧대고 싸우다 글러브가 찢어져 새허연 주먹이 드러나기도 했다.

결국 대회는 중지되었다. 이후 끔찍한 소문이 들렸다. 실은 사업을 말아먹은 녀석은 다른 놈이었다더라, 괜히 회장님의 귀에다 헛바람을 넣었다가 사단이 났다더라. 누군가는 회장님이 녀석의 불알을 도려냈다고 했다. 누군가는 회장님이 녀석의 얼굴 거죽으로 마스크를 떴다고 했다. 또 누군가는 회장님이 녀석의 밑구멍에 총알을 박았다고 했다.

사실을 아는 녀석들은 속으로 코웃음을 쳤다. 그래, 딴 녀석이라면 회장님이 그랬을 지도 모르겠지만. 이 놈들아, 말아먹은 부하녀석은 혁수란 말이다. 장식이의 금쪽같은 아들, 혁수. 혁수를 위해서라면 회장님은 자기 불알도 도려내고, 자기 얼굴 거죽도 벗겨내고, 자기 밑구멍에도 총구를 쑤셔 박을 것이란 말이다.

허나 망했다고 수군대던 사업은 놀랍게도 끝이 아니었다. 사업은 정비에 들어갔다. 수리공은 마장식. 회장님이 재주를 부리기 시작했다.

그리고 그 즈음, 동수가 출소를 했다. 철창 밖으로만 나서면 기다리고 있을 것이라 기대한 새출발의 기회는 어디에도 없었다. 머무를 곳은 아버지의 집 밖에 없었다. 산세가 험한 중턱에 자리잡은 외딴 마을, 그렇지 않아도 쓸쓸한 마을은 세월이 흐르는 사이 폐가촌이 되어있었다. 스무 살에 뛰쳐나온 이후로는 돌아보기도 싫었던 그 집에서 동수는 하릴없이 시간을 죽이는 수밖에 없었다.

그렇게 석 달쯤 지났을까. 먼저 인기척을 느낀 것은 동호였다.

"형, 누가 왔나 본데."

동수가 문을 열자, 앞마당에 땀을 뻘뻘 흘리고 있는 마장식과 마혁수가 보였다. 동수는 마치 벌레를 포착한 개구리가 튀어 오르듯 맨발로 뛰쳐나갔다.

"아이고, 회장님, 아이고, 회장님. 어떻게 이런 험한 길을, 아이고 회장님."

드디어 옥살이의 보답을 받는구나! 가난이란 궁지에 몰린 종놈의 근성이 껍질을 깨고 튀어나왔다. 동수는 연신 허리를 굽혀대며 회장님을 안으로 들였다. 그 와중에도 주둥이는 쉼없이 궁색스런 말을 지껄여 댔다.

"회장님, 집이 누추해 죄송합니다. 회장님, 오시는 길이 험해 죄송합니다. 회장님, 먼저 찾아 뵙지 못해 죄송합니다."

그렇게 장식을 안방으로 들이는데. 동호가 방문 앞에 우뚝 선 채 형의 굽신거림을 어리둥절하게 지켜보고 있었다.

"야 인마, 얼른 비켜 이놈아! 너, 회장님 몰라? 퍼뜩 인사 안 해?"

동호는 머쓱한 표정으로 허리를 구십도가 넘게 접으며 다급한 형의 지시를 따랐다.

"어이구 혁수야, 오랜만이다. 이야, 못 보는 사이 어른이 되었네. 이야, 아주 눈빛이 회장님을 닮아서 아주 그냥 총기가 넘치네. 혁수야, 너도 어여 들어와. 여, 여, 이쪽으로."

동수가 그토록 이를 갈며 증오하던 갓 스무 살이 된 풋내기에게 굴종적으로 손짓을 해댔건만. 혁수는 동수는 쳐다보지도 않은 채 툭 하니 한 마디를 내뱉을 뿐이었다. 하, 참. 숨 좀 돌립시다. 혁수의 시선은 이미 동호의 거대한 몸에 휘감겨 있었다. 자기도 모르게 입맛을 쩝쩝 다지며 말이다.

그제서야 장식이 아들을 불러들이고. 그렇게 세 사람의 시간이 흐르기 시작했다.

"이 외진 곳을 어떻게 알고서 오셨나요, 회장님. 오시는 길에 별 일은 없으셨습니까, 회장님. 그 간 잘 지내셨죠, 회장님."

동수의 호들갑이 넉살로 느껴질 즈음. 마장식이 입을 열었다.

"미안하다."

동수의 목과 허리가 절로 앞으로 굽혀졌다. 마장식은 담담한 어조로 말을 이어 나갔다. 동수는 말이 쉬어가는 순간마다 마치 추임새처럼 목과 허리를 오뚜기처럼 굽혔다 폈다를 반복했다.

"네가 출소했다는 이야기는 알고 있었다. 어찌 먼저 연락하지 않았느냐? 최근에 일이 많아 정신없이 바빴다. 네 도움이 간절한데, 어찌 도와줄 생각이 들지 않더냐?

우리 부자가 너에게 갚지 못할 빚을 지고 있음은 알고 있다. 선을 베풀고도 어찌 되받을 생각은 안 하였느냐? 네 덕에 혁수도 옳게 살기 위해 노력하고 있다. 혁수가 어떻게 지내는지 어찌 궁금하지 않을 수 있더냐? 네가 이런 곳에 처박혀 있을 줄은 알지 못했다, 어찌 노력해서 일 할 생각은 하지 않는 것이냐? 아버지가 편찮으시다고 들었다, 어찌 아들 된 도리를 하고 싶은 생각이 들지 않더냐?

그나저나 동호, 네 동생, 오랜만에 보는구나.

그래, 동호는 어찌 지내느냐? 여전히 건장하구나. 씨름을 그만두었다는 이야기는 들었다. 그 뒤로도 운동을 쭉 해왔나보구나. 아니, 타고난 장사이니까 굳이 운동을 안 해도 기력이 쇠할 리 없겠지. 무언가를 타고난다는 것은 대단한 축복이야. 우리 같은 범인들은 그것을 모르는 법이지. 노력으로 얻지 않은, 선택 받아 얻은 것이 있다는 것은. 그래서 난 참 탐이 났단 말이야. 동호의 그

체격과 체격에 자연스럽게 깃든 기백이 말이야. 동호가 가진 체격과 기백, 그건 분명 쓰임새가 있는 것이야. 모래판은 이미 지난 이야기이지. 분명한 것은 말이야, 여기 이곳, 이 무너져 가는 외딴 집은 아니란 것이야. 동수야, 이 집은 너무 좁다. 나도 말이지, 타고난 것이 있어. 난 사람의 쓰임새가 잘 보이거든. 같이 일을 해보고 싶다. 쓰임새가 맞는 곳에서 말이야."

동수의 허리가 빳빳하게 굳었다. 한없이 굽실거리던 목근육에 바싹 힘이 깃들었다. 순식간에 부릅뜬 두 눈에 핏기가 차올랐다.

"회장님. 나가 주세요."

—

마장식이 회장이라는 명패를 달고 있는 광장그룹. 이런저런 사업체라는 껍데기를 휘두르고 있지만, 조직의 뿌리는 폭력단이었다. 기부라든지, 봉사활동이라든지, 조직은 마치 신사인양 점잔을 빼고는 했지만, 정작 문제와 맞닥뜨리면 주먹을 앞세우는 근본은 변함이 없었다. 주먹으로 앗은 돈으로 새로운 영역에 발을 딛었고, 주먹으로 경쟁자들을 짓이겨 사업을 확대했으며, 주먹으로 겁박하여 나라님들의 무릎을 꿇렸다.

마장식이 반도에서도 손꼽힐 만한 동호의 주먹을 탐내는 것은 어찌 보면 당연한 일이었다. 일찌감치 장식의 속셈을 눈치챈 동수는 행여나 동호가 조직에 얽힐까 봐 전전긍긍하기 일쑤였다.

주먹을 앞세우는 자들은 종국에 파멸한다. 동수는 쓰러져간 수많은 조직 내 검투사들을 기억하고 있었다. 출발점은 순탄하다. 주먹을 들이밀기만 해도 상대방은 오금을 저릴 것이고, 저린 자와의 대화는 언제나 평화로운 법이니까. 허나 곧 주먹을 맞대 보려는 자들이 나타난다. 순조로운 대화는 사라지고 험한 주먹이 오고 간다. 그래, 동호는 이 선까지야 무난히 넘어갈지도 모르지. 그러나 그들마저 모두 뉘이고 나면 기다리는 것은 근육으로도 어찌할 수 없는 것들. 낫, 도끼, 칼, 동수의 눈에는 예리하게 갈라진 동호의 살결이 그려졌다. 그리고 그 살결 사이로 용암처럼 피어오르는 핏물이 그려졌다. 동수의 눈에는 몸에서 떨어져 나간 동호의 팔뚝이 그려졌다. 그리고 그 단면 사이로 보이는 허연 뼈대가 그려졌다.

종종 조직은 동호를 탐내는 낌새를 비추었다. 별 볼 일 없는 형이 여태껏 붙어있는 것도 동생 때문이라는 말이 공공연했다. 때마다 동수는 모르쇠로 넘어갔지만, 마장식이 집까지 찾아와 욕심을 드러낼 줄은 상상조차 하지 못했다. 지금 제안을 잘라내야 한다, 지금 뿐이다. 동수는 자세를 고쳐 잡고 칼같이 장식의 제안을 뿌리쳤다.

생각보다 대찬 동수의 반응에 장식도 당황한 티가 났다. 허나 혁수가 대화가 비어버린 틈을 순식간에 파고들었다.

"이 새끼가, 어디 회장님한테 가라 마라야."

말을 마친 혁수는 바로 동수의 뺨을 후려쳤다. 고개가 돌아간 동수에게 혁수가 두 번째 따귀를 날리려는 순간, 장식이 손을 뻗어 이를 막아서며 외쳤다.

"당장 나가!"

장식이 노한 고성을 내뱉었다. 기세가 꺾인 혁수는 툴툴대며 자리를 떴다.

동수를 마주하고 앉은 장식은 담배를 꺼내 들고는 불을 붙였다. 첫 한 모금, 장식의 코에서 뿜어져 나온 연기가 방 안을 자욱이 메웠다. 그리고 그것이 마지막이었다. 장식은 담뱃불이 타고 들어가 하얀 재로 변하여 바닥에 쌓일 때까지 쉬지 않고 말을 쏟아냈다.

"성 낼 필요 없다, 동수야. 내 너를 보아온 지가 어언 20년이다. 네가 무슨 생각하는지 다 안다. 설마 우리가 동호를 그리 쓰겠냐? 네 동생 아니냐, 강동수의 동생. 방패 따위로 쓸 생각은 전연 없으니 오해하지 마라. 네 동생은 스포츠맨이다. 꾸준한 훈련과 규칙에 기반한 시합, 그리고 공정한 승패에 익숙한 스포츠맨. 우리는 동호를 스포츠맨으로 키우고 싶은 게다. 너 혁수가 격투기 사업을 하는 것은 알고 있지? 애가 처음 하는 일이니 뭐, 어려운 일도 있었지. 첫술에 배부를 리 있겠냐? 잠시간 내가 정말 공들여 그 사업을 뜯어고쳤다. 어떻게 달라졌는지는 찬찬히 이야기하도록 하고. 이젠 정말, 내가 자신한다. 한국 최고, 아시아 최고의 격투기 시합이 될 것이다. 그리고 아시아 최고의 격투기 대회의 챔피언, 그게 우리가 생각하는 동호의 모습이다. 동수야, 잘 알겠지? 네 동생은 챔피언. 그리고 너는 챔피언의 코치. 지금 당장 결정할 필요 없다. 충분히 시간을 두고 생각하고 말이야, 찬찬히 이야기해줘도 된다. 그건 그렇고, 동수 이 자식아. 나 한 달

뒤에 결혼한다. 그, 이 뭐 어쩌다 보니 또 하게 되었네. 이게 뭐, 됐다. 남사스럽게 쓸데없는 소리 하지 말고. 여기, 청첩장이고. 내, 아직 니 보스 맞지? 이날 와서 말이야 보스 경사도 좀 축하해 주고. 동생도 같이 와라, 잊지 말고 꼭."

말을 마친 장식은 쏜살같이 일어나 문을 나서려 했다. 동수는 자기도 모르게 나서려는 장식의 손목을 휘어 챘다. 잠시간 이어진 힘의 균형, 시선의 균형. 동수는 지지 않고 장식을 잡아 두고 굽힘없이 장식을 노려봤다. 네 글자. 싫습니다. 그 네 글자가 입 밖으로 튀어나오려는 순간.

"동수야. 도울 수밖에 없는 것 보다는, 돕는 것이 낫잖냐."

말을 마친 장식은 동수의 팔을 뿌리치고 문을 나선 뒤 혁수를 데리고 떠났다. 동수는 배웅을 하러 나서지 않았다. 그저 방에 홀로 멍하니 앉아 장식의 말을 곱씹을 뿐이었다.

—

버림받은 기억은 잊혀지는 상처가 아니다. 특히 동수는 마음의 상처가 잘 어물지 않는 사람이었다. 어머니가 가족을 버린 기억은 무려 30년이 넘도록 마음에 남아 남녀 관계의 미래를 틀어막곤 했다.

아직 감옥으로 버림받은 기억이 생생히 남아있었다. 장식의 제안이 귀에 감길 리 없었다. 물론 잠시 기대했던 바가 없는 것은 아니었다. 오락실이라도 하나 내어주었으면 모를 일이었지. 콜

라텍이라도 하나 맡겨주면 감사히 받았을 지도 모른다고. 허나, 찾는 것은 내가 아니라 동호라고? 지들 때문에 삼 년을 버린 내가 아닌, 동호란 말이야?

동수는 동호의 의사는 묻지도 않고 결론을 내렸다. 그래, 동호가 탐이 났겠지, 허나 제안은 내게도 왔어. 격투기 코치라고? 그게 뭐하는 건데? 몰라, 하기 싫어. 그걸로 끝, 내가 하기 싫으면 동호도 없는 거야.

동수가 굳이 식장을 찾은 것은 옛정이나 미련 때문 따위가 아니었다. 동수는 그것을 나름의 복수라고 여겼다. 동수는 보스에게 자신도 뜻을 거스를 선택권이 있음을 보이고 싶었다. 그것을 계기로 광장파와는 완전히 연을 끊을 생각이었다. 축하라는 포장지 속에 거역과 불복과 항명을 담고 싶었다.

식장을 찾은 동수와 동호는 첫째로 그 거대한 규모에 놀랐다. 호화로운 식장은 물론이거니와, 식장을 가득 메운 하객의 규모에 놀랐다. 둘째로 자리에 놀랐다. 동수와 동호의 자리는 꽤나 중한 곳에 있었다. 바로 건너편 테이블에 혁수를 비롯한 장식의 가족들이 있었고, 동석한 테이블에는 그룹의 중역들이 함께했다.

거룩한 식이 거행되는 내내, 동수는 배배 꼬인 듯한 혁수가 거슬렸다. 동수뿐만 아니라 주변의 여럿이 혁수의 눈치를 보느라 진땀을 빼고 있었다. 신랑 입장 구호에 맞추어 장식이 힘차게 걷자 청중은 기립박수로 그를 맞았다. 허나 혁수는 자리에 앉아 나이프로 스테이크를 으깨고 있을 뿐이었다. 신부가 입장할 때는 번쩍 일어서더니만, 혼자 뒤를 돌아 신부를 등지고 박수를 치는 기행을 보였다. 주례사가 이어지던 때는 고요를 깨는 재채기를 세 번이나 연달아 질러 댔다. 누가 봐도 고의적인, 우렁찬 고함 같은 한 여름의 재채기였다.

혁수에겐 지 애비의 결혼식이 마음에 들 리 없었다. 대체 세상의 어떤 무뢰배가 네 번째 결혼식을 이리 성대하게도 치른단 말인가? 게다가, 네 번째 어머니라니. 혁수의 친모는 혁수가 걸음마를 떼기도 전에 죽었다고만 들었다. 그녀가 이십 년 가까이 정신병원에 갇혀 있다는 것을 알게 된 것은 불과 몇 년 전이었다. 네 엄마는 벗어날 수 없는 것에 중독이 되어있어. 치료가 불가능하기 때문에 가두어 둘 수밖에 없단다. 모정을 모르고 자라난 지라 아쉬움은 없었지만, 막대한 배신감이 응어리처럼 남아있었다.

두 번째 어머니가 남편에게 맞아 지르는 비명소리는 여전히 혁수의 귀 언저리에 남아있었다. 그녀는 반 년 만에 흔적도 없이 도망을 쳤다. 세 번째 어머니는 혼인한 지 일 년 만에 이혼 소송을 걸어 법정에서 큰 돈을 챙겼다. 누구나 부러울 법한 부자 이혼녀가 되었어야 할 그녀는 돈을 받기 직전 실종됐다. 그 사이 아들보다도 어린 여자를 또 다시 옆에 들인 애비의 혼인이 마음에 들리가 있겠는가? 절륜의 미모라면 그래, 아버지도 결국엔 수컷이려니 하고 넘어갈 법하지만. 투박하기 짝이 없는 외모에 매춘부 출신이라는 저 각다귀가 새엄마라니. 장식이라는 이름도 회장님이라는 직위도 천륜에 앞서지는 못했다. 혁수는 거리낌없이 자식으로서 불편한 심기를 드러내고 있었다.

불똥이 어디로 튈 지 모르는 쇳물 같은 혁수의 심기가 불행히도 동수에게 닿고 말았다. 식이 끝나고 장식이 식장을 돌며 하객에게 인사를 건네기 시작했다. 하객들은 전부 자리에서 일어나 축언을 건넬 준비를 하고 있었다. 동수는 달랐다. 당당하게 말할 것이야, 허리를 굽히지 않고, 시선도 피하지 않고 단단하게 말하는 거야. 이제 마지막입니다. 전 광장파와 연을 끊습니다. 동수는 연신 마지막이라는 말을 연습이라도 하듯 입 속으로 읊고 있었다. 그때 혁수가 다가왔다.

"동수야."

동수는 당황하였다. 혁수가 어느새 마사장으로 불린다는 이야기는 들었으나, 기저귀 찬 시절부터 조카로 여겨온 혁수가 갑작스레 까마득한 아랫사람 취급을 하니 어찌할 바를 몰랐다. 당황한 동수가 시선을 옆으로 피했다. 그러나 혁수는 동수의 뒷덜미를 부여잡고는, 동수의 넥타이를 매만지며 말을 이어갔다.

"어유, 우리 동수. 예의없는거 봐라. 이런 자리에 모가지에 지퍼를 차고 오셨네."

말을 마친 혁수가 지퍼 넥타이의 매듭부분을 확 잡아당겼다. 지퍼가 풀리며 넥타이가 여름철 개 혓바닥마냥 축 늘어졌다.

"동수 여기 왜 왔어?"

"회장님에게 전할 말이 있어서."

"회장님? 왜? 무슨 말?"

"마지막이라고."

"마지막?"

"그래."

"뭐가 마지막이야?"

혁수의 눈에 뒤에 앉아있는 거한이 눈에 들어왔다. 동호였다.

"아, 아, 아. 그, 동생 일 말이지? 안 하겠다고?"

"그래."

"배짱 좋아, 우리 동수. 그래서, 그럼 덩어리는 누가 해?"

순간 동수의 시선이 혁수의 미간 사이에 꽂혔다.

"동수야, 덩어리 방패는 누가 하냐고. 응? 우리 사업하다 보면 알잖아, 누가 나 대신에 찔리고, 베이고, 잘리고, 찍히고, 응? 피를 흘려줘야 하잖아. 니 동생 덩치 큰 바보라며, 니 동생 아니면 누가 덩어리 하냐고."

그 뒤로 벌어진 난장판. 동수의 주먹이 혁수의 턱을 올려쳤다. 주변의 덩치들이 순식간에 몰려들어 동수를 옭아맸다. 혁수가 동수를 향해 주먹을 되돌려 주려는데 도리어 나가 떨어진 것은 혁수였다. 뒤에서 튀어 오른 동호가 혁수를 눕힌 것이다. 혁수 위에 올라탄 동호는 주먹질을 이어갔다. 주변의 덩치들이 순식간에 동수에서 동호로 옮겨붙었다. 그러나 그들은 속수무책으로 나가떨어졌다. 동호를 떼어낸 것은 덩치들 중 그 누구도 아닌, 동수였다.

동호를 억지로 당겨도 보고, 형이야, 형, 고함을 질러도 보고, 욕설을 늘어놓으며 그만하라고도 해보았지만. 동호는 주먹질은 계속해서 이어졌다. 동수는 동호 앞에서 무릎을 꿇고 손바닥을 비비며 말했다.

"그만해, 그러다 형이 죽어."

동호의 주먹이 그제서야 멈추었다. 그러자 바닥에 깔린 혁수의 얼굴이 드러났다. 혁수의 얼굴은 자신의 스테이크처럼 짓이겨져 있었다.

그 순간 동수의 머릿속에 문득 든 생각은. 어라, 동호 녀석. 정말로 싸움을 잘 하잖아? 잘 할 거라고 으레 추측만 했지, 저, 저 덩치들을 한 주먹에 눕히는 거 봐. 그러고 보면 동호가 어디에서 싸웠다는 이야기를 들어본 적이 없었네. 눈 앞에서 보니 장난 아닌걸? 어쩌면 정말, 챔피언이 될 수도 있겠어.

동수는 알고 있었다. 동호가 혁수에게 주먹을 꽂는 순간, 미래가 결정되었다는 것을. 동호는 격투가가 되어야 했다. 마장식과 마혁수의 뜻대로.

어차피 저들의 뜻대로 격투장에 들어서야 할 바에는

챔피언이 되는 것이 낫지 않겠어?

언제나처럼 동수는 절망이 과할 때 체념에 가까운 긍정을 찾았다.

—

부푼 풍선의 바람이 빠지듯 똥차가 매연을 뱉어내고는 멈추어 섰다. 광장빌딩 앞이었다.

낡은 건물의 입구에는 등산화 할인이라는 플래카드가 아직 휘날리고 있었다. 회전문이 돌아가고 있었지만, 그 뒤로 보이는 매대는 텅 비어 있었다. 광장파는 오래 전 도시 변두리에 위치한 지하 일층, 지상 삼층짜리 건물을 샀다. 이층과 삼층은 조직의 본거지로, 상설 할인 매장이 들어선 일층은 합법적인 사업을 하고 있다는 위장막으로 삼기 위함이었다. 폭력단이 소유한 건물이라는 소문이 돌자 아웃렛은 반 년 만에 망해버렸지만, 딱히 빈 자리를 손보지 않아 앞마당 주차장부터 일층까지는 고요함이 꽉 차 있는 폐허 같았다.

그리고 지하, 창고가 있던 빈 자리에 격투기 경기장이 들어섰다. 건물이 선 땅 아래에서 생사에 가장 근접한 경기가 치루어지고 있었다. 끓어오르는 열기로 충만한 지하와 황량함이 느껴지는 지상. 건물 전체가 마치 지하의 철창을 덮기 위한 포장지 같은 느낌이었다.

동수가 먼저 차에서 내렸다. 동호가 좁은 차문 사이로 빠져나오기 까지는 약간의 시간이 필요했다. 동수는 그 사이 담배를 입에 물었다. 이어 동호가 스트레칭을 하며 긴 시간 구겨져 있던 몸을 펴기 시작했다.

날이 꽤 찼다. 추운 날은 담뱃불도 더 빨리 타들어가는 느낌이었다. 냉기를 느낀 동수는 목을 감싼 폴라티를 위로 잡아당겼다. 동수는 겨울이면 터틀넥을 즐겨 입었다. 입을 만한 터틀넥이 없으면, 티나 셔츠 속에 목만 있는 목폴라라도 꼭 입어야 마음이 놓였다. 목을 따뜻히 하기 위해서였다. 게다가 그 위로 금목걸이까지 부적삼아 올리면 따스한 기운이 뿜어져 나오는 듯했다. 몇 년 전, 병원의 의사는 이렇게 말했다.

"천식이 많이 좋아졌습니다."

천식은 아주 어린 시절부터 동수를 괴롭혀왔다. 좁아진 기관지 사이를 비집고 들락거리는 공기가 만들어내는 쌕쌕 거리는 소음, 숨을 들이켜고 들이켜도 해소되지 않는 답답한 가슴, 끝을 모르고 이어지는 기침까지. 천식은 지긋지긋하게 동수를 괴롭혔고, 증상이 심할 때는 기관지를 확장해주는 약을 뿌려주는 흡입기 없이는 밖에 나서지조차 못할 정도로 괴로운 시간을 보냈다.

놀랍게도 교도소 생활을 시작하자 천식 증상은 사라져 버렸다. 이해할 수 없는 병의 증발이었다. 출소 후 찾아간 의사는 천식이 거의 사라졌음을 확인해주었다.

"딱 두 가지만 조심하시면 될 것 같아요. 첫 째, 찬 공기."

의사는 찬 공기는 천식의 적이라 말하였다. 그때부터 터틀넥을 사 모으는 동수의 취미가 시작되었다.

"두 번째, 담배."

턱 끝까지 터틀넥을 끌어당기면서도 담배를 입에 물고 있는 꼴이란. 적어도 연기는 따뜻하잖아. 동수는 얼마 남지 않은 마지막 연기를 깊게 빨아들였다.

동수는 다 핀 담배를 내던지고 건물 입구로 발을 뗐다. 허나 동호는 차 옆에서 멍한 눈빛으로 우두커니 서 있을 뿐이었다. 동수가 옆으로 다가갔다.

"뭐 해, 안 와?"

동호의 시선이 차 문 손잡이에 묶여 있었다. 문에는 핏자국이 덕지덕지 묻어 있었다.

"형. 차 말이야, 또 고장 나면 어쩌지?"

—

두 달 전 경기였다. 상대방은 몽골에서 왔다는 거대한 체구의 남자였다. 또 어딘가 공사장에서 체격 좋은 남자를 꾀어왔겠지, 몇 분 맷값으로 몇 달 치 월급을 벌 수 있다며. 동수는 사내를 대수롭지 않게 여겼다.

"동호야, 별 거 아냐. 그냥 두들겨 패면 돼."

동호는 30전이 넘어가는 베테랑이었다. 어느덧 챔피언이라는 칭호가 꽤나 어울리는 선수가 되어있었다. 매일 거르지 않고 운동을 하며 타고난 체력에 기술까지 덧대 점점 국내에서는 적수가 사라져갔다. 하기사, 한국에서는 동호에 어울리는 덩치를 찾는 것도 쉽지 않은 법이니.

때문에 몇 년간 동호는 주로 외국인들을 상대로 경기를 해왔다. 대부분 격투기의 기본조차 갖추지 못한 체격만 장사인 선수들이었다. 동호는 격투기는 아무것도 모르던 과거의 자신과 싸우듯 그들을 손 쉽게 때려눕혔다.

동수의 예상대로 몽골 장사도 별 볼 일 없는 선수였다. 동수가 동호의 코치역할을 해온 것도 어언 칠 년, 눈칫밥이 만만치 않았다. 얼추 몸 매무새와 헛손질만 보아도 상대방을 가늠할 수 있었다. 몽골 남자는 꽤나 훌륭한 골격을 갖고 있었으나 격투가의 몸이 아니었다. 근육이 너무 비대했다. 팽팽한 가슴근육은 펀치에 해가 될 만큼 컸고, 두터운 목근육과 팔뚝은 아둔한 느낌까지 주었다. 내장에도 근육이 잡힌 듯 툭 불거져 나온 복부 근육은 약물로 부풀린 몸임을 뚜렷이 드러내고 있었다. 헛손질을 보아하니 나름의 길바닥 경험은 있겠지, 어쩌면 고향에서는 패악질을 일삼아도 누구도 건드리지 못했을 거야. 허나, 격투가로서는 형편없는 녀석. 그는 형제가 우습게 보아도 무리 없을, 그런 정도의 초심자였다.

철창 안으로 두 사람이 들어서고, 시합 종이 울리고, 주먹이 맞닿았다. 예상한 대로 몽골 사내는 허둥대기 바빴다. 일 분 정도가 지나자 상대의 깜냥을 파악한 동호는 코칭석의 동수에게 눈을 찡긋했다. 수신호를 달라는 뜻이었다.

격투기는 힘을 겨루어 생사를 다투는 싸움이 아니다. 격투기는 스포츠이다. 스포츠에서는 승자와 스타가 등치되지 않는다. 아니, 승자보다 스타가 더 위대하다. 모든 승자가 스타가 될 수는 없는 법, 허나 동수는 동호를 스타로 만들어냈다. 동수는 마치 극을 그려내는 연출자처럼, 경기에 살을 붙이고 양념을 뿌려서 더욱더 극적인 승부를 만들었다. 그것이 보는 사람의 피를 더욱 끓게 만들고, 보다 진한 감동을 안겨주었다. 수신호를 통해서 말이다.

동호는 자신이 게임을 결정할 수 있다는 판단이 서면 동수의 수신호를 기다렸다. 수신호는 세 가지였다. 손바닥을 아래로 향한다. 조금 더 가지고 놀아라. 아무리 실력 차가 크다 하더라도 갑작스레 끝나는 김빠진 경기는 누구도 좋아하지 않았다. 때문에 적당한 쇼타임을 가져가는 것은 동호 같은 챔피언에게 필요한 중요 역량이었다. 잔공격 정도는 맞아주되, 큰 주먹은 흘려라. 몸통 중심으로 두들기되, 쓰러뜨려서는 안 된다.

주먹을 꽉 쥔다. 이제 끝내라. 공방전도 길어지면 하품을 부른다. 동수는 적당한 시기가 오면 주먹을 움켜쥐어 KO 사인을 보냈다. 동수가 주먹을 쥐면 동호의 펀치 궤적이 달라졌다. 그리고 대부분 상대방은 얼마 버티지 못하고 쓰러졌다.

손바닥을 확 펼친다. 멈춰라, 그리고 맞아라. 동호가 챔피언을 넘어서 대회에서 가장 인기있는 선수가 된 이유는 팔할이 맷집이었다. 웬만한 공격도 너끈히 버텨내는 맷집이 있었고, 맷집을 의지에 따라 펼쳐낼 수 있는 재능이 있었다. 맷집은 순식간에 접전을 만들어 경기에 서사를 부여했다. 일방적으로 상대방을 두들기다가도, 몇 차례 공격을 허용하여 크게 휘청하였다가, 느즈막히 이루어 내는 역전승. 주먹이 승패를 결정했다면, 손바닥은 이야기를 만들어냈다.

저번 경기는 예상치 못하게 2분만에 끝났지. 겁쟁이 녀석이 엄살을 부리고 나자빠졌으니 말이야. 오늘은 조금 더 물을 끓여도 되겠어. 손바닥이 활짝 펼쳐졌다. 동호의 양팔이 안면을 가렸다. 몽골 사내의 주먹이 커버 위로 쏟아졌다. 형편없는 연타였다. 전부 커버에 막힌 탓에 아무런 충격도 주지 못하는 헛심이었다. 하지만 동호는 슬쩍 슬쩍 몸을 뒤흔들며 힘을 받아주는 척했다. 주먹이 먹힌다는 착각은 늪지대로의 질주이다. 곧 상대는 체력이 바닥날 것이다. 그때가 되면 무서운 것은 상대방의 힘빠진 주먹이 아니라, 언제 뿜어져 나올지 모르는 토사물이다.

어라, 꽤나 근성이 있는 놈인 걸. 그럴싸한 그림이 나오잖아. 동수는 내심 놀랐다. 상대의 연타가 끊길 기색 없이 이어졌기 때문이다. 개중 몇몇은 커버 사이를 뚫고 들어가 안면에 얹히기도 했다. 바위에 바스라지는 메추리알 수준이겠지만, 동호의 맷집을 모르고 보면 몽골 사내가 승기를 잡아가는 듯 보일 법했다. 오죽하면 동수도 보는 맛이 느껴질 정도였다. 그래, 조금 더 승부를 극적으로 가져가보자. 동수의 손바닥이 활짝 펼쳐진 채 굳어 있었다. 일라운드를 마무리하는 공이 울렸다.

동호가 코너로 돌아와 의자 위에 앉았다. 그런데, 동호가 심상치 않았다.

"야, 너 괜찮아?"

동호가 숨을 아주 거칠게 몰아쉬고 있었다. 보통은 맷집으로 버틴 동호는 고른 숨을 쉬고, 도리어 상대방의 숨소리가 이쪽까지 들려왔었다. 허나 동호가 아주 오랜만에, 마치 무언가를 토해내듯 거친 숨을 쉬고 있었다.

"아파."

잠깐, 동호가 아프다고 한 게 언제가 마지막이었더라. 순간 서늘한 기운이 동수의 등줄기를 찔러 댔다. 그러고보니 동호의 얼굴 여기저기에 피멍이 올라있었다. 저놈, 생각보다 묵직한 주먹을 갖고 있었나? 아니, 그럴 리가 없는데. 상대방을 가늠하는 것은 주먹을 맞댄 선수보다 더 잘 안다고 자신해온 동수였다. 몽골 사내는 분명 특별한 주먹이 아니었다. 그렇다면, 내가 몰랐던 문제가 있는 것일까?

"동호야."

동호는 고개를 푹 숙인 채 거칠게 숨을 고를 뿐이었다. 동수는 동호의 앞으로 가 무릎을 굽혀 앉은 뒤 얼굴을 마주보았다.

"동호야, 강동호!"

동호가 서서히 고개를 들었다. 처음보는 눈빛이었다. 동호의 눈이 비어 있었다.

"다음 라운드는 제대로 하는 거야. 실력대로 하면 어차피 저 새끼는 너한테 아무것도 못 해. 자, 자, 여기 봐 봐."

동수는 동호의 눈 앞에서 주먹을 불끈 쥐었다.

"자, 주먹. 무슨 뜻인지 알지? 바로 끝내 버려. 알겠지?"

동호가 고개를 끄덕였다. 다음 라운드를 알리는 공이 울렸다.

그리고, 두 사내의 난타전이 시작되었다. 수비만 할 때는 드러나지 않았던 것들이 비로소 보이기 시작했다. 동호는 상당한 충격을 입은 상태였다. 다리가 잠겨 있었다. 스텝이 전혀 밟히지 않았다. 동호의 다리는 마치 철창 바닥에 뿌리를 내린 고목나무처럼 굳어 있었다. 주먹이 눈에 띄게 둔해졌다. 전혀 몽골 사내의 급소에 닿지 않았다. 그리고 무엇보다, 자랑하던 맷집, 맷집이 집을 비웠다. 잔 주먹에도 고개가 훌떡 훌떡 젖혀졌다. 허리가 꽈배기처럼 뒤틀렸다. 동호가 달라져 있었다.

심상치 않은 동호의 모습에 동수의 집중력이 예리해졌다. 다행이었다. 살펴본 사내는 형편없는 선수임이 틀림없었다. 사내는 전혀 주먹에 체중을 실을 줄 몰랐고, 스텝으로 공격을 회피할 줄 몰랐으며, 상대의 몸놀림을 읽는 눈이 없었다. 어딘가 망가진 듯한 동호, 처음부터 수준이 낮았던 사내, 두 사람이 뒤엉켜 번잡스러운 주먹다짐이 지속되었다.

여유는 진작에 사라진지 오래였다. 동수의 주먹은 진작부터 굳게 쥐어져 있었다. 그것은 승리를 하라는 수신호를 넘어 승리를 바라는 간절함이 되어있었었다. 동수는 주먹을 쥔 채 철창을 두드리며 연신 외쳤다.

"그렇지! 동호야, 그래!"

그리고 마침내 상대가 넘어갔다. 전처럼 승리를 점찍는 확실한 한 방은 없었다. 쏟아지는 주먹 세례가 완전히 연소된 상대방을 적셨을 뿐이다. 그렇지, 지금이야! 넘어진 상대 위에 올라타 위에서 내리 찍으라고! 하지만 동호는 쓰러진 상대를 우두커니 쳐다볼 뿐이었다.

"강동호! 야 이 새끼야! 여유 부릴 때가 아니야!"

동수는 세차게 철창을 두드리며 외쳤다. 그러나 동호는 굳어 있었다. 다행이었다. 상대방은 쓰러진 채 정신을 잃었고, 심판은 양팔을 휘저으며 경기가 끝났음을 고했다.

심장이 타들어가는 기분이었다. 동수는 자신도 모르게 가슴팍을 움켜쥔 채 문을 열고 철창 안으로 뛰어들어갔다. 동호에게 다가가 끌어안으려는 순간. 동호의 눈빛이 완전히 죽어 있었다. 자신도 모르게 멈칫, 동수가 도움을 부르기 위해 뒤를 돌아보는 순간. 동호가 앞으로 거꾸러졌다. 쿵.

애초에 경기장에 의료진 따위는 없었다. 숨겨진 경기장으로 구급차를 부를 수도 없었다. 동수가 직접 동호를 싣고 응급실로 향해야 했다. 동수는 정신을 잃은 동호를 부축하여 지상으로 오르는 계단으로 향했다. 바른 땅에서도 동호를 메고 가는 것은 버거운 일인데, 빌어먹을 계단은 너무나 좁았다. 동수는 그대로 등 위에 동호를 들쳐 멨다. 용케도 두 다리가 계단을 오르기 시작했다. 초인적인 힘이었다. 심지어 계단을 오르고 나서는 뜀박질도 하기 시작했다. 그렇게 동수는 이기고도 쓰러진 챔피언을 업고 뛰었다.

그리고 똥차. 동호를 업은 채 계단은 올라도 빌어먹을 차 문을 여는 것은 쉬운 일이 아니었다. 주머니에서 차키를 꺼내 문을 열려 하는데, 굽혀진 허리 때문인지 바지 주머니에서 키가 빠져나오지 않았다. 그 사이 무게 중심이 기울어 동호가 앞으로 쏠렸다. 이어 동호가 얼굴을 창문에 철푸덕 부딪혔고, 이어 스르르 쓸려 내려왔다. 동호는 얼굴에 난 모든 구멍에서 피를 흘리고 있었다. 눈, 코, 귀, 입. 동호의 얼굴이 미끌어 내려간 차 문위로 붉은 핏길이 따라 그려졌다.

동수는 차키를 꺼내 문을 열어 힘겹게 동호를 집어넣었다. 그리고 운전석으로 와 차키를 쑤셔 박고 시동을 거는데. 똥차, 빌어먹을 똥차. 똥차가 움직이지 않았다.

"형."

"어, 그래, 동호야. 정신 차렸어?"

"나 이겼어?"

"당연하지!"

"이상해."

"뭐가, 어떤데!"

"형, 빨리 가자."

"어디를, 어디를!"

"병원."

똥차는 말을 듣지 않았다. 결국 동호를 병원으로 실어 나른 것은 뒤늦게 도착한 구급차였다. 구급차를 기다리는 와중에 동호는 연신 병원을 읊어 댔다. 그리고 몇 시간 전, 병원은 오늘이 동호가 은퇴하는 날임을 알렸다.

다시 한 번 차가 움직이지 않으면 어떡하냐고? 또 병원에 늦으면 어떡하냔 말이지. 동호야, 병원은 아침에 다녀왔잖아? 오늘은 병원 갈 일이 없을 거야. 그냥 기분 좋게, 마지막 경기를 이기는 거야. 그리고 내일, 모래, 글피, 모르겠어. 그때 일은 그때 생각하자. 하지만, 혹시나 또 이 차로 병원에 가야한다면? 만약 그때처럼 또 다시 움직이지 않는다면? 모르겠다. 난 모르겠어.

동수는 동호의 물음에 답을 하려다 입을 닫았다. 대신 차 문 손잡이에 있는 피딱지를 긁었다. 툭 하니 덩어리가 떨어져 내렸다. 이어 소매로 남아있는 핏가루를 털어냈다. 동수가 앞서서 격기장으로 향했다. 동호는 말없이 동수의 뒤를 따랐다.

—

건물에 들어서자 한기가 느껴졌다. 넓게 트인 공간에 남은 것은 텅 빈 매대와 구석구석의 거미줄 뿐. 이 낡은 건물이 버티는 것은 어쩌면 이 한기가 지하의 열기를 식혀주기 때문 아닐까? 동수는 쇠문을 잡아당겨 동호와 지하로 이어진 계단으로 향했다.

본디 아웃렛의 창고로 쓰이던 곳이었다. 물건을 실어 나르는 너른 엘리베이터와 계단이 있었지만 그리 향하는 철문은 쇠사슬로 굳게 잠긴 지 오래였다. 경기장으로 향하는 길은 오직 비상구로 쓰이던 좁은 계단 뿐. 은밀함은 그 계단부터 시작이었다.

계단에 들어서자 냄새가 달리 났다. 철창의 쇳내라면 쇳내이고, 선수들의 핏내라면 핏내가 훅하고 들어왔다. 동수는 고개를 돌려 뒤를 따르는 동호를 바라봤다. 동호는 그 날 이후 종종 코에서 피가 터져 흘렀다. 다행히 쇳내인 듯 핏내인 듯 시큼한 그 냄새는 동호에게서 나는 것이 아니었다. 공간에 배어 있는 냄새였다.

지하에서는 경기 준비가 한창이었다. 하지만 여느 경기장과 다르게 관중이 없었다. 마장식은 격투기 사업을 재건하면서 가장 먼저 관중을 걷어냈다. 표 값이 푼돈이라 생각하여 포기한 것이 아니었다. 마장식은 처음부터 철저히 시합을 숨길 생각이었다.

사람들을 비운 자리를 대신 채운 것은 여섯 대의 고성능 카메라였다. 스포츠 중계 쪽에서 갈고 닦은 전문 카메라맨이 돌리는 네 대의 카메라와, 몇 년 전 추가로 들어온 두 대의 로봇카메라까지. 여섯 대의 카메라가 철창 안에서 벌어지는 모든 것을 샅샅이 잡아냈다. 핏방울이 터져 나와 상대방의 눈알에 묻고, 눈두덩이가 찢어지며 몇 가닥의 눈썹이 떨어지고, 킥이 빗나가 엄지 발톱이 두 갈래로 쪼개지는 것까지, 카메라는 모든 것을 담아냈다.

그리고 마장식은 이 숨겨놓은 대회를 자신이 운영하는 도박사이트에만 공개하였다. 꽤 큰 액수의 보증금을 지급하고 엄격한 절차를 거쳐 회원으로 가입된 자들 만이 경기를 볼 수 있었다. 단순히 승패에만 돈이 걸리는 게 아니라, 첫 펀치, 첫 테이크다운, 라운드 별 승자 등에도 베팅을 할 수 있도록 세분화된 재미요소를 집어넣었다. 그러자 시합은 불과 몇 회 만에 음지에서 입소문이 나기 시작했다.

시합이 가능성을 보이자 마장식은 다음 단계로 나아갔다. 격투기 중계장이었다. 오래전부터 지역에는 도박이 묻어 있었다. 카지노가 있었기 때문이다. 마장식은 카지노 인근, 꾼들이 모일만한 거리에 격투기 중계장을 차렸다. 도박꾼들도 쉬어가는 날이 있었다. 장식은 그런 날을 골라 시합을 열어, 대형 화면을 통해 경기를 중계했다. 중계장은 그야말로 대박이 났다. 들리는 말로는 시합이 있는 날은 카지노에 필적하는 돈이 오고 간다고 하였다.

동수의 머리로는 그것이 어떻게 가능한지 이해할 수가 없었다. 돈이 모이는 방식도, 돈이 뿌려지는 방식도 이해하기 어려웠다. 그리고 그 중간에서 주머니를 채우는 사업 구조는 더더욱 알기 어려웠다. 그 녀석은 도대체 이런 생각을 어디서 뽑아내는 것이지. 하긴, 그러고 보면 옛부터 마장식은 돈놀이에는 타고났다고 했지.

어렸을 때는 알지 못했던 사실. 머리가 좋은 것을 드러내는 일은 깡다구나 주먹질을 드러내는 것만큼 쉽고 단순하지 않다는 것. 비슷한 선에서 출발하였지만 변곡점을 지나자 장식은 저 만치 앞서나갔다. 서서히 조직이 지역을 잡아먹으며 영역을 넓혀갈 때, 동수는 여전히 몽둥이를 들고 다니기 바빴다. 허나 마장식은 작은 도박장을 이어받아 머리를 굴리기 시작했다. 그리고 그 도박장이 지역 경제를 위협한다는 신문 기사가 나오기까지는 채 몇년이 걸리지 않았다. 몇년 뒤에는 마사장, 그리고 몇년 뒤에는 마회장. 이제는 광장그룹이 도시의 뒷문을 지킨다는 말이 공공연하게 돌 정도로 큰 인물이 되어있었다.

과거를 훑자 동수는 비참한 기분에 휩싸였다. 그러나 어찌할 수 없는 참담함은 달콤한 말 한 마디에 쉬이 휘발되었다.

"챔피언 형제님, 오셨습니까!"

왕재 녀석이 달달한 말로 끈적하게 들러붙으며 두 형제를 맞았다. 왕재는 조직 내에서 동수에게 빚을 진 몇 안되는 사람이었다. 왕재는 혁수 밑에서 도박과 관련된 돈거래를 담당하던 녀석이었다. 천성이 신의가 모자란지라 숨어서 작당을 거듭하다가, 몇년 전 배당률로 장난을 치던 것이 걸렸다. 용서를 구걸해도 아쉬운 마당에 날랜 다리로 내빼다가 결국 잡히고 말았다. 열이 오른 혁수가 평생 바퀴 위에서 살게 해주마하고 발목에 칼을 들이댔다. 그때 동수가 자신이 책임을 지겠다며 나서서 왕재의 다리를 살려 두었다. 공짜는 아니었다. 왕재가 해먹은 돈의 다섯 배를 보증금 삼아 얹어줘야 했다.

왕재는 보는 이로 하여금 불쾌함을 이끌어내는 선천적인 재주가 있었다. 활강하는 갈매기 날갯죽지처럼 위로 찢어진 채 가운데로 쏠린 얍실한 눈, 아첨을 수시로 튕겨내는 꼴사나운 혓바닥, 허공을 맛이라도 보듯 날숨을 쩝쩝 내뱉는 입버릇까지. 동수의 갑작스러운 선의도 왕재에 대한 환심에서 비롯된 것은 아니었다.

동수는 단지 셈이 빠른 사람이 필요했다. 동수의 머리로는 격투기 판이 돌아가는 구조를 도무지 이해할 수 없었다. 파이트머니니, 상금이니, 보너스니, 주는 대로 받는 것도 버거웠다. 게다가 사이버머니에, 배당률에, 도저히 동수의 머리로는 돈 관리가 되지 않았다. 그렇다고 동생을 공짜로 두들겨 맞게 할 수는 없는 법. 기회다 싶어 옆에 둔 왕재는 적어도 다리 값은 해내고 있었다. 적게 들어온 대전료를 받아내거나, 모르고 넘어간 상금을 짚어 주기도 하였으니 말이다.

"형님들, 부회장님이 오늘 기대하라시더만, 완전 대박인데요."

왕재는 간사한 웃음을 흘리며 대진표를 건넸다. 도박과 연계되어 음성적으로 돌아가는 대회이다 보니 선수 수급이 쉽지 않았다. 당일 아침 대진표가 결정되는 일도 허다하였다. 동수는 대진표를 받아 들고 살펴보기 시작했다.

일곱 경기 모두 체급별 챔피언 결정전이었다. 선수 풀이 좁다 보니 허구한 날 챔피언 결정전이 벌어졌지만, 오늘처럼 전부 몰아서 진행하는 것은 처음 있는 일이었다. 혁수는 최근 지하 경기장의 철창을 미국의 유명 대회에서 쓰는 것과 같은 것으로 교체

했다. 꽤나 큰 투자였다. 투자금을 빨리 회수하겠다는 의지가 담긴 대진이었다.

동수는 이미 오래 전부터 대진 따위에는 관심이 없었다. 무제한 급인 동호는 누구랑 붙어도 그만이었다. 대부분 동호에 맞는 덩어리에 맞춰 구해온 녀석들이었다. 골격만 큰 외국인, 들어본 적은커녕 제대로 이름조차 읽기 힘든 자들이었다. 이력이야 다들 화려했다. TUC 3회 무제한급 우승자, FFCM 초대 챔피언, ABFZ 랭킹 1위. 문제는 전부 날조된 거짓이란 것. 대부분 여차여차해서 구해진, 동수의 감독하에 펼쳐지는 동호의 쇼에 속한 고깃덩이에 불과했다.

그러나 오늘은 달랐다. 동수는 위에서부터 대진표를 훑어 내려갔다. 꽤 공을 들였어, 이 게임, 꽤 재미있겠는걸. 이 둘은 원한이 있는데 말이야. 어라, 이 둘은 예전에 승부를 내지 못했었지? 여성부도 오늘은 화끈하겠는데. 그렇게 여섯 게임이 지나고, 마지막 동호의 이름이 적힌 대진. 그리고, 상대방은.

바실리안코 보브..? 잠시만, 바실리안코 보브찬친? 동수는 고개를 돌렸다. 동호가 멍한 눈빛으로 바라보고 있었다. 동수는 자신도 모르게 대진표를 구기고 말았다.

—

동호의 데뷔전은 자기보다 작은 상대와의 경기였다. 반칙도 변명이 되지 않는 현격한 체급차이, 완패였다. 굳이 변명을 하자면 동호가 익힌 씨름은 격기랑은 거리가 있었다. 게다가 그 씨름마저 관둔 채 운동이랑 담을 쌓고 삼 년의 시간을 보낸 뒤였다.

이후 체육관을 다니며 차근 차근 배우기 시작했다. 씨름을 했던 가닥이 남아있었는지 체력이 금세 올라왔다. 주변에서는 감을 타고났다 했는데, 실로 타격 실력도 눈에 띄게 늘기 시작했다. 동호는 성실하게 몸을 단련하는 재주가 있었다. 하루도 거르지 않고 매일 매일 열심이었다.

하지만 이 노력을 모르는 자들은 동호를 이렇게 설명하곤 했다. 맞아가며 배운 놈. 동호의 덩치는 환호성을 불렀다. 때문에 동호는 두 달에 한 번씩은 꾸준히 경기를 나섰다. 초반에는 체급에 맞는 선수를 구하지 못해 극도로 단련된 작은 선수들과 주로 시합을 가졌다. 때마다 동호는 처참하게 얻어 맞고 죽사발이 난 채 패배했다.

작은 선수들은 머리를 노렸다. 맷집을 타고난 동호의 통나무 같은 몸통은 두들겨 봐야 반응이 없었다. 맷집이 닿기 어려운 곳, 관자놀이, 인중, 턱, 소위 급소. 맷집이 강한 동호가 쓰러지는 과정은 그야말로 잔학했다. 저렇게 맞아도 되는 걸까? 관객들이 이런 두려움이 들 때부터가 시작이었다. 열 번 찍어 넘어가는 고목나무처럼 동호가 쓰러지고 나면, 동호의 이목구비는 한데 뭉쳐진 두부 같았다.

첫 승을 거둔 날도 참 많이 맞았다. 연승에 실패한 날은 더 많이 맞았다. 그리고 다시 재기하는 날도 많이 맞았다. 그런 과정을 거쳐 동호는 슬슬 패배를 잊어갔으며, 4년 만에 토너먼트 우승을 하고 챔피언이 되었다.

그리고 그 다음 상대가, 바실리안코 보브찬친이었다. 첫 번째 방어전이었던 셈이다. 화려한 경력을 줄줄이 달고 있었지만 동수는 헛웃음을 지었다. 어디 또 구라를. 오죽하면 철창에 들어가기 직전, 동수는 이렇게 말을했다. 오늘은 노래방이 땡긴다, 어여 상금 받아 가자. 첫 방어전을 앞둔 챔피언에게 내린 코치의 지시는 그것뿐이었다.

그리고 시작된 경기, 3라운드쯤 되자 동수는 아직도 버티고 있는 동호가 증오스러울 지경이었다.

"동호야, 그만 해! 쓰러져버려!"

아무리 외쳐도 동호는 버티고 맞고 있었다. 동수는 게임 도중 심판에게 외쳤다.

"심판, 그만 해! 졌다고!"

심판은 못들은 척했다. 그러니까, 어딘가에서 수건을 던지면 된다고 하던데. 번뜩 생각이 떠오른 동수는 철창 안으로 수건을 던졌다. 심판은 모르는 척 공중에서 수건을 낚아 채더니, 다시 철창 밖으로 던졌다. 동수는 저 멀리 모니터 앞 혁수를 찾았다. 한 걸음에 혁수에게 달려가 멱살을 잡아 챘다. 야 이 새끼야, 저거 어떻게 해야 끝나, 저러다 죽는다고! 혁수가 말했다. 그건 심판이 결정해야지. 아니면 선수가 포기하던가. 아저씨 같은 코치는 그런 권한이 없어요.

4라운드 중반. 결국 동수가 철창을 넘어갔다. 코치가 경기장에 난입하고 나서야 패배를 선언 받을 수 있었다. 동호는 집에서 꼬박 두 달을 누워지냈다. 동수는 가끔 그런 생각을 했다. 동호는 그 날의 충격에서 하루도 회복된 적이 없다고.

형제는 대기실로 들어섰다. 거친 시멘트 벽과 바닥이 푸른 빛을 발하고 있었다. 곧 첫 번째 경기가 시작이 될 터이고, 두 시간 정도가 지나면 동호의 차례가 올 것이다. 그 전까지 몸을 풀며 시합 준비를 해야 했다.

오늘 이후로 동호는 은퇴를 할 것이다. 허나 은퇴전의 상대가 바실리안코라면, 그것은 너무나 잔인한 마무리였다. 대개 동수는 대기실에 들어서면서 동호에게 상대방을 알려주었다. 하지만 오늘은 그 이름을 입에 올리는 것조차 두려웠다. 동수는 한참을 머뭇거리다 말을 꺼냈다.

"동호야, 잘 들어."

동수는 스트레칭을 하고 있는 동호를 벤치에 앉혔다. 그리고 무릎을 꿇고 동호의 눈을 바라보며 말했다.

"오늘이 마지막 경기다. 알지?"

"응."

"오늘 상대는 바실리안코야."

동호는 이름을 듣고는 잠시 생각에 빠졌다. 동수는 짧은 시간, 동호의 눈빛에 공포가 서리는지를 알아내야 했다.

"누군데?"

"바실리안코 말이야, 너, 너 예전에 한 번 붙었던."

"몰라."

몰랐다. 동호가 기억조차 못할 줄은 몰랐다. 언제나처럼 상대방 따위는 신경 쓰지 않는 태도였다.

'인마, 왜 기억이 안 나? 그 왜, 니가 그랬잖아. 그 자식은 양팔에 미사일을 두르고 있다며. 너 여기, 이 상처 그놈이 낸 거야. 눈 밑이랑 코 뼈도 부러졌었잖아. 한동안 눈만 감으면 꿈에서 그놈이 널 때려 대서 잠도 못 잔거, 기억 안 나?'

동수는 기억을 끄집어내 주려다 입을 닫았다. 패배의 기억은 도움이 되지 않았다. 겁에 질리기라도 하면 더 큰일이었다.

"그래, 그냥 전처럼 하면 돼. 준비하자."

옷을 갈아입고, 줄넘기로 체온을 끌어 올리고, 스트레칭으로 몸을 풀고. 동호는 여느 때와 다름없어 보였다. 동수는 그 모습이 도리어 불안했다

"형. 잡아줘."

동호가 미트를 동수에게 던지며 말했다. 동수가 미트를 잡고 동호 앞에 섰다. 여느 때와 다름없이 동수는 동호의 주먹을 받아내기 시작했다.

원. 투. 피하고, 원. 투. 다시, 원. 투. 피하고. 이상했다. 동호가 피해야 할 타이밍이었는데, 동수의 미트가 동호의 귀에 얹힌 것이었다. 미트가 둔탁한 소리를 내며 동호의 고개를 돌렸다. 자, 다시. 정신 차리고, 집중하고. 자, 원. 투. 피하고. 원.

동호는 가장 기본적인 원투를 미트에 꽂지 못했다. 투가 빗나가면서 동호의 자세가 무너졌다.

"정신 안 차려 인마! 다시!"

원. 투. 퍽. 원. 투. 퍽. 동호는 동수의 미트를 피하지 못했다. 커

버를 한 채 굳어버린 것이었다. 야! 너 왜 이래! 동수가 소리를 높이는 순간. 동호가 커버로 가린 얼굴 밑으로 툭 하니 핏방울이 떨어졌다.

동수는 멍하니 동호의 발치를 바라보았다. 피가 꽤 많이 떨어져 발치에 고이듯 모이기 시작했다. 이어 모인 곳 옆에 또 하나의 작은 피 웅덩이가 고이고 있었다.

동호가 서서히 가드를 내렸다. 동호의 눈과, 코, 그리고 귀에서 피가 흐르고 있었다.

"동호야."

동호는 말이 없었다.

"너 왜 그래. 왜, 지금 어때."

"몸이 이상해."

—

그때였다. 누군가가 대기실의 문을 두드렸다.

"동수형님."

왕재였다. 문이 열리고 있었다. 동수는 급하게 미트를 문으로 던졌다. 미트가 문에 부딪혀 떨어지자 문이 다시 닫혔다. 왕재가 문 틈 사이로 말을 전했다.

"죄송합니다. 여기 찾으시는 손님이 오셔가지고요."

"기다려."

동수는 급하게 수건으로 동호의 얼굴을 닦았다. 그리고 바닥에 떨어진 핏물도 닦아냈다. 흰 수건이 순식간에 붉게 물들었다. 이어 문가에서 동호를 볼 수 없도록 문을 등진 자세로 동호를 앉혔다.

"쉬고 있어."

기다리라고 했건만. 문이 다시 열리고 있었다. 왕재 이 새끼가. 동수는 피 묻은 수건 뭉치를 집어 들고는 던지려다가 그만. 그곳에 개눈이 서 있었다.

개눈은 두피를 반으로 가르는 가르마를 탄 머리를 살랑거렸다. 길게 늘어진 머리 끝은 턱 끝에 닿아 있었다. 마치 싸구려 무대에서나 볼 법한 연극막 같았다. 두툼한 몸집과 덕지덕지 붙은 볼살과는 어울리지 않았다. 게다가 완벽한 대칭으로 떨어지는 머리와 달리, 이마를 사선으로 가로지르는 검은 안대는 불협화음을 내고 있었다. 딴에는 날아간 한쪽 눈을 가리려는 나름의 수였겠으나, 오히려 비어 버린 눈을 강조하는 느낌이었다.

"어이."

개눈이 대기실로 들어섰다. 이어 두 명의 험상궂은 사내가 뒤를 따라 들어왔다.

하필이면 오늘, 이 시간에. 동수는 수건을 내려놓으며 말했다.

"나가서 이야기하시지요."

"나가요는, 이 아저씨야. 짖는 소리 마시고요..."

상황을 파악한 왕재가 이리저리 눈치를 보다 입을 열었다.

"저, 사장님. 지금 저희가 이럴 시간이 없어서요. 기왕이면 다음에, 저, 다음에..."

왕재는 말을 끝내기도 전에 쩍 하는 소리와 함께 나가떨어졌다. 뒤에 선 남자 중 하나가 쓰러진 왕재의 가슴을 구둣발로 밟았다.

왕재가 쓰러지는 소리에 수건에 얼굴을 파묻고 있던 동호가 고개를 살짝 들었다.

"형."

"잡것들은 빠지시고, 강동수씨!"

개눈이 공격적인 목소리로 동수의 이름을 외쳤다. 동호가 몸을 일으키기 시작했다. 완전히 일어서자 피가 굳어 콧대에 붙어있던 수건이 툭하니 떨어졌다. 거구의 남자가 얼굴이 피범벅이 된 채 개눈을 노려보고 있었다.

자기도 모르게 뒤로 손을 뻗어 대기실 철문의 손잡이를 잡은 것은 가장 뒤에 있던 남자였다. 이어 발로 왕재의 가슴을 누르던 남자도 조심스레 발을 떼었다. 개눈은 마지막까지 자세를 잡고 서 있었다. 그것만으로도 사내로서 충분한 기개를 보인 셈이었다. 허나 그 사이 한쪽 눈은 순식간에 시선을 틀어 허공을 바라보고 있었다.

동수가 다시 말했다.

"나가서 이야기하지."

개눈은 고개를 살짝 살짝 뒤틀며 머뭇머뭇 대다가 무어라 웅얼대기 시작했다.

"그게, 그러지 뭐. 뭐 여기가 공기가 좀 탁하네, 곰팡이가 피었나본데 뭐..."

"문 밖에서 기다려."

개눈은 뒷걸음질을 치며 삽시간에 문 밖으로 사라졌다. 졸개 중 배움이 짧아 보이는 녀석도 뒷걸음질을 쳤다. 그 와중에 졸개 중 얼굴이 기름진 녀석은 문간 사이에 얼굴을 들이밀고는 말했다.

"강동호 화이팅! 오늘 당신한테 걸었으니 무조건 이겨요!"

동호의 피 묻은 시선이 남자에게 닿았다. 남자는 질겁하여 허겁지겁 뒷걸음질을 치다가 자빠질 뻔하였다. 왕재도 마치 저 세계의 마물이라도 본 양, 기겁한 눈으로 동호를 바라보며 허둥지둥 문을 나섰다.

"동호야, 쉬고 있어. 어디 좀 다녀올게."

"어디가."

"잠깐 아까 그 사람이랑 할 말이 있어서."

"언제 와?"

"금방 와."

"올 거지?"

다행히 피는 멈춘 듯했다. 동수는 동호의 등을 살포시 두드리고는 문 밖으로 나섰다.

동수가 문 밖으로 나오자마자 개눈의 부하 둘이 양 옆으로 팔짱을 꼈다. 동수가 힘을 주어 뿌리쳐보려 했으나 뜻대로 되지 않았다.

"아니 왜 겁을 주고 그래."

개눈은 겁먹은 모습에 자존심이 상한 듯 성을 내고는 뚜벅뚜

벽 앞으로 걸어 나갔다. 동수는 두 사람에 끼인 채 끌려갔다. 경기장은 어느새 첫 번째 시합을 준비중이었다. 포박되어 끌려 나가는 중, 동수는 혁수와 눈이 마주쳤다. 혁수는 씨익하고 뜻 모를 웃음을 지어 보일 뿐이었다.

지하를 올라왔지만 개눈의 졸개는 여전히 팔짱을 풀지 않고 있었다. 잠깐, 어디 가는기야. 여기서 이야기 해. 그러나 개눈은 뚜벅뚜벅 걸어나가 광장빌딩을 나섰다. 동수는 이들을 뿌리치려 몸을 이리저리 뒤틀어봤지만 소용없었다. 그렇게 네 사람은 검은 SUV 앞에 섰다.

어디 가는데, 어디 가는데. 동수가 저항을 이어갔지만 SUV의 문이 열렸다. 한쪽 팔을 붙잡고 있던 남자가 팔을 풀고 뒷좌석 안으로 들어갔다. 순간적으로 팔짱이 풀린 사이, 동수는 다른 한 사람을 뿌리치고 운전석 앞에 있던 개눈에게 다가가 멱살을 잡았다.

"나 시간 없어. 곧 시합 시작이라고. 여기 있어야 해!"

"이 새끼가."

개눈 자식 유도를 배웠나 본데. 순간 동수의 몸이 공중으로 붕 하고 떴다가 쿵 하고 떨어졌다. 신의 손이 폐를 쥐어짜는 듯 숨이 턱하니 막혔다. 숨을 주세요, 숨을. 켁켁대며 바닥을 구르는 사이 졸개들이 다시 동수를 일으켜 세우고는 차의 뒷좌석에 태웠다.

"사무실 가서 이야기합시다."

개눈의 사무실은 전에 찾아갔던 기억대로라면 머지 않은 곳이었다. 얼마 지나지 않아 네 사람은 개눈의 사무실에 도착했다. 통명스럽게 부릅뜬 한쪽 눈이 그려진 간판, 그리고 밑에 쓰여진 원 아이드 캐피탈. 뒤로는 반쯤 지워진 천당 전당포 라는 글자가 흐릿하게 보였다. 두터운 철문을 열자 감옥처럼 쇠기둥이 늘어진 철창이 있었다. 철창 옆에 난 문은 다섯 개의 잠금 장치를 풀어야 열렸다. 마치 금고의 그것처럼 두꺼운 문이었다. 실내는 밖으로 난 창 하나 없었다. 어둠 속에서 개눈이 조명을 켰다. 마치 둥근 갓 안에 있는 듯한 전구 하나가 힘없이 켜졌다. 두 남자가 동수를 의자에 앉혔다. 조명 아래 책상을 마주하고 동수와 개눈이 자리 잡았다.

책상 표면이 반사한 조명 빛에 은근 눈이 시렸다. 보기 힘든 거대한 철제 책상이었다. 거대한 철강판에 철제다리를 조잡하게 엮은 사제 책상이었다. 넓게 펼쳐진 금속의 매끈한 표면이 날카로운 느낌을 주었다. 조금 더 이질적인 느낌을 주는 것은 의자였다. 역시나 쇠로 만들어진 둔탁한 의자였는데, 마치 바닥에 고정된 듯한 느낌이었다. 몸을 살짝살짝 뒤틀어도 의자는 전혀 흔들림이 없었다.

“똥구멍이 시리지?”

실로 철제 의자는 겨울 냉기에 차갑게 식어 얼어붙은 듯했다. 엉덩이가 시큰거리는 것을 넘어 대장을 굳게 얼리는 느낌이었다. 반대편 개눈은 바퀴 달린 의자에 앉아 허리를 뒤로 잔뜩 젖히고 있었다.

“수다나 떨자고 모신 것은 아니니까, 본론 들어갑시다.”

개눈은 말 중간 중간에 손가락으로 머리를 갈라 넘기는 버릇이 있었다. 때마다 활짝 드러났다 이내 가려지는 둥근 얼굴의 늘어진 볼살에서 지저분한 욕망이 느껴졌다.

"자, 이 몸에게 빌려간 돈이 얼마지."

"오천만 원."

빌어먹을 돈. 반 년전, 동수는 개눈에게 오천만 원을 빌렸다.

"그럼, 갚아야 되는 돈은 얼마요?"

"육천만 원."

오천만 원을 빌리고자 개눈을 찾아왔을 때. 이자 계산에는 줄줄이 복잡한 셈이 들러붙었다. 개눈은 아주 친절하게 계산식을 들이밀었다. 동수는 전혀 이해가 가지 않았지만, 아는 체하고 넘어가버렸다. 돈이 필요한 상황도 급했고, 배우지 못한 티를 내기엔 체면이 상했다. 그리고 그 결과가, 육개월만에 천만 원이 불어난 이자였다.

"당신 돈 갚기로 한 게 언제인지 기억나? 며칠이나 밀린건지 알고나 있냐고."

매일 오후 한 시면 기분이 더러워졌다. 개눈 녀석이 청구서를 보내는 시간이었기 때문이다. 개눈은 갚아야 하는 날짜와 매일매일 불어나는 채무금액에 대해 문자로 알려왔다. 그리고 문자에 따르면 동수는 삼 일 전까지 돈을 갚아야 했다.

"삼 일."

"그래. 지금이라도 갚으면 바로 보내 줄게. 어쩌시겠어?

"삼 일만 줘. 삼 일이면 갚을 수 있어."

"삼 일? 어떻게? 한국은행이라도 털게?"

"삼 일 내로 다시 가져올 수 있어."

"이 아저씨가 또 아가리질이네."

개눈이 동수의 입을 집게손가락으로 푹 찔렀다. 개눈의 검지가 동수의 앞니에 닿았다. 개눈은 힘주어 동수의 앞니를 밀쳤다. 동수의 고개가 검지를 따라 뒤로 젖혀졌다가 제자리로 돌아왔다.

"이 주둥이에서는 어찌 구라만 튀어나올까? 당신 나한테 뭐 한다고 돈 빌려갔어?"

—

"형, 나 결혼하려고."

열 달 전, 동생과 나란히 누운 채 반쯤 잠이 든 동수는 동호의 말을 듣자마자 벌떡 일어났다. 뭐? 결혼? 아니, 아니, 결혼은 둘째 치고, 너가 여자가 있었어?

도무지 믿을 수 없는 이야기들이 동호의 입에서 쏟아져 나왔다.

형, 하빌로프 알지?

뭐? 하빌로프? 그 무슨 스탄에서 왔다는 그 개자식? 어디선가 나타난 하빌로프는 제법 뛰어난 레슬링 실력을 갖고 있었다. 날랜 몸놀림을 보고 동수도 제법 놀랄 정도였다. 주변에서는 아시아 땅에 묶인 게 아깝다는 말을 하곤 했다. 그러나 얼마 지나지 않아 그가 왜 아시아 땅, 그것도 한국의 지방 격투기 단체 소속인지가 여실히 드러났다. 개차반의 인성, 그는 그야말로 폭군 그 자체였다. 술에 떡이 된 채 동네 노인들을 두들겨 패기도 하고, 라운드걸 앞에서 자신의 팬티 속에 손을 집어넣고 생식기를 주무르는 것이 카메라에 잡힌 적도 있으며, 쓰러진 상대에게 두 번 큰절을 하여 망자취급을 하는 세러머니도 발칙하기 짝이 없었다. 허나 하빌로프가 항시 예를 갖추어 공손히 대하는 상대방이 있었으니, 동호였다. 몇 체급이 다른 거구 앞에서는 그렇게 순할 수가 없었던 하빌로프, 그는 어눌한 한국어로 농담 따먹기를 하며 동호에게 친근하게 굴곤 했다. 둘은 어찌 마음이 맞는지 종종 어울리며 시간을 죽이곤 했다. 하지만 동수는 광포한 하빌로프와 동호가 제법 친하게 지내는 꼴이 영 찜찜했다.

"형, 하빌로프가 여자를 소개시켜줬어."

뭐? 하빌로프가 여자를? 하빌로프는 무슬림 국가에서 왔다지만 그다지 교리에 신경 쓰지 않는 듯 이런 저런 여자에게 끊임없이 껄떡대었다. 감히 취향을 가늠할 수 없을 정도로 보이는 여자마다 추근대는 것을 서슴지 않았다. 남녀노소, 배우자나 애인의 유무를 막론하고 무차별적으로 찔러 댄 탓에 발정난 코쟁이로 소문이 났다. 그런데, 그런 하빌로프가 여자를 소개해줘? 동수는 말도 서툰 하빌로프가 이국 땅에서 알고 지내는 여자가 있다는 것도 믿기 어려운데, 더욱이 그 여자를 동호에게 소개해줬다는 것도 도무지 이해가 가지 않았다.

"형, 그 여자랑 결혼을 하려고."

뭐? 결혼을? 동호는 두 달 전 여자를 만났다고 하였다. 물론 동수도 결혼을 경험하지 못했지만, 두 달은 인생의 결정을 하기에는 너무 짧은 시간임은 알고 있었다.

"몇 살이야?"

"삼십 대?"

"뭐 하는 사람이야?"

"회사원?"

"결혼은 처음이야?"

"아마도?"

동호는 아는 게 없었다. 그저, 예뻐, 착해, 나를 좋아해, 나를 좋아해, 나를 좋아해. 그것이 끝이었다. 순간 동수는 울화가 터졌다. 이 멍청한 녀석아, 뭘 알고 결혼을 하겠다는 거야, 그 여자가 누군지 알긴 아는 거야, 네가 무슨 결혼이야, 네가 무슨 준비가 되어있다고, 입 안에서 빌어먹을 말들이 튀어나오려던 순간.

"형, 신혼집을 살 수 있을까? 나 열심히 일했잖아."

동호의 말을 듣자 동수는 무너지는 기분이었다.

동호는 형이 철창 밖에서 손짓하는 대로 칠 년을 두들겨 맞으며 벌어왔다. 동수도 알고 있었다. 본인이 동호의 주먹에 빌붙어 산 것과 다름없다는 것을. 동호가 힘겹게 벌어온 맷값은 고스란히 기생충의 주머니로 향했다. 동호는 돈을 쓸 구석이 없었다. 그저 운동만 하면 그만인 녀석, 대신 동수가 그 돈을 열심히 써댔다. 뻔하고 하찮은 소비에 크나큰 씀씀이였다. 술값, 술값, 옷값, 밥값, 술값, 술값, 술값. 돈을 쓸 때마다 동수는 값 싼 핑계를 되뇌일 뿐이었다. 어차피 내 몫만 갈라낼 수 없는 돈이야, 같이 번 돈이니까. 나도 말이야, 나름 괜찮은 코치이지 않겠어?

일주일 뒤 제수씨가 되겠다는 사람과 점심 식사자리를 함께 했다. 동수는 그녀를 대차게 대할 생각이었다. 궁금한 것도, 따질 것도 많았으니까. 그러나 만나자마자 동수는 마치 무언가에 홀린 듯 대화에 녹아들기 시작했다. 놀랍게도 그녀는 동호가 그린 그대로였다. 자연스러운 인상에 참해 보이는 미소, 그리고 선함이 묻어나는 말투까지.

"아주버님, 인상이 참 좋으시네요. 동호씨는 처음에 보고 좀 무섭다고 오해했었는데."

그녀는 동수를 꼬박꼬박 아주버님이라 칭하며 은근한 칭찬을 더했다.

"제가 어렸을 때부터 몸이 좀 약한 편이어서, 동호씨의 건강한 매력에 끌렸어요."

야수, 반인반수, 파괴적 공포, 그간 동호 앞에 붙었던 수식어에 비하면 건강한 매력이란 말은 달달하기 짝이 없었다.

"되도록이면 건강할 때 아이를 갖고 싶은 마음에 둘 다 서두르게 되었어요."

형제에게 아이란 사라져가는 신기루 같은 존재, 그녀는 가질 수 없는 선물을 들이밀며 두 형제의 열등감을 달래 주었다.

"배움이 깊진 않지만, 열심히 살았다고 자부해요. 스무 살 이후에는 일을 쉰 적이 없어요."

앞서 던진 공감대 위로 차별점이 도드라졌다. 일 다운 일을 해본 경험이 없는 동수에게 존경심이 피어나기 시작했다.

"모아 놓은 돈이 있어요. 동호씨도 열심히 살아왔다고 들었어요. 둘이서 힘을 합치면, 집도 살 수 있을 것 같아요."

"그럼, 그럼, 물론이지. 우리 제수씨가 참, 진짜 대단한 사람이네. 이렇게 응? 집 사는데 먼저 힘을 합치자는 사람이 참 드문데 말이야. 이야, 동호가 진짜 사람 하나 잘 만났네. 내가 말이지, 우리 챔피언 코치도 하지만 말이야, 매니저도 겸하고 있어서 상금 관리도 하고 있단 말이요, 동호, 열심히 살았지. 내가 대충 가늠해도 말이야, 동호 모은 돈에다가 조금만 더 얹으면 말이지, 그깟 아파트 한 채 사는 것은 아무것도 아니야."

호탕한 웃음과 함께 대범하게 지르고 만 동수. 그저 제수씨 돈은 거두어라, 그간 모은 돈으로도 집 한 채 정도는 충분하다며 허세를 부리지 못한 것이 못내 아쉬울 뿐이었다.

허나 허장성세는 돈 앞에서는 통하지 않는 법. 모아 놓은 돈? 집을 사는 돈과 비교하자면 푼돈일 뿐이었다. 모아 놓은 푼돈 위에, 지금 동호와 살고 있는 집에 묶인 돈을 더하고, 거기다가 제수씨가 보탠다던 돈까지 얹어도, 시 변방의 낡은 빌라 한 채를 사기에도 한참이 모자랐다. 나야 뭐, 고시원에서라도 버티면 되지. 단단히 각오하고 숫자를 이리저리 맞추어 봤지만 패기 있게 내지른 약속이 허언이 될 모양새였다.

헌데 일이 풀리려니 용케 풀려가기 시작했다. 조직에서 부동산 쪽을 만지던 녀석이 어쩐 일인지 아파트 생각이 없냐며 옆구리를 찌르기 시작한 것이다.

"옆 조직에서 알던 녀석인데 말이야, 도박 빚을 졌다지 뭐야,

급하게 해외로 튀어야 한다는데, 일주일도 안 남았다더라고, 이거 이거 완전 거저먹는 똥값인데, 어찌 형님이 낼름하실 생각 없으쇼? 뭐요? 조금 더 깎을 수는 없냐고? 저, 저, 저, 심보 보소. 똥값도 깎으려 드네, 차라리 내 똥구멍에서 똥을 파내 드쇼! 뭐라고? 지금 사는 집부터 비워야 한다고? 그래, 그 정도 늦어지는 건 내가 알아서 막아줄 테니, 그래, 고만큼 딱 빼고, 삼 일 내에 눈 앞에 턱 가져다 주소. 삼 일이요, 삼 일!"

그렇게 해서 비는 돈, 그 돈이 오천만 원이었다. 큰 돈이라면 큰 돈이지만, 어찌어찌 하면 급하게라도 마련할 수 있을 것 같은, 그 빌어먹을 오천만 원.

그간의 맷값이 비는 부분을 설명할 수 없었기에, 동호에게 빚을 얻을 수는 없었다. 동수 이름으로 돈을 빌어야 할 판이었지만, 전과자인 데다가 안정적인 직업이 없는 동수는 금융권이 등을 돌린 사람이었다. 대체 어디에서 삼 일만에 돈을 구해야 할까? 빌려줄 돈이 있으면서도 내게 빚을 지고 있는 사람. 한 사람뿐이었다.

마혁수. 자존심도 돈 앞에서는 통하지 않는 법이었다.

—

하루만에 오천만 원이 떨어졌다. 그것도 현금으로. 그러나 혁수의 주머니가 아닌, 사채업자 개눈의 주머니에서였다.

허구한 날 드나들던 광장빌딩이었지만, 어쩐지 다리가 후들거려 혁수의 사무실까지 닿는데 한참이 걸렸다. 절로 목이 타고 땀이 흘러 넘치는 와중에 수시로 화장실에서 소변을 쏟아내야 하는, 마치 온몸의 수분이 하나 같이 몸을 등지고 도망가려는 듯한 기분. 빚을 지려는 자는 그런 법이었다.

부회장님, 부회장님, 부회장님. 호칭을 실수하지 않기 위해 몇 차례고 연습을 하고. 몸에 자세를 익히기 위해 몇 번이고 고개를 숙여가며 몸을 풀었건만. 혁수의 사무실 문 앞에 있는 문지기놈은 동수에게 길조차 열어주지 않았다.

"무슨 일이세요?"

"부회장님께 드릴 말씀이 있다."

"뭐요?"

"부회장님께 직접 말씀드리겠다."

"혹시, 돈 문제예요?"

다 빠진 줄 알았던 물기가 다시 모여 식은 땀줄기로 흘러내렸다. 이 자식이 어떻게 알아챈 것이지? 돈이 급하다는 소문이라도 들은 것일까? 아니, 나 따위의 소문이 널리 갈 리가 없는데. 설마 궁곤한 기운이 이 초라한 몸뚱이에서 노골적으로 뿜어져 나오기라도 하나? 답을 못 하고 우물쭈물하는 사이, 문지기 녀석은 피식 비웃음을 날리고는 문을 열고 방으로 들어갔다.

문지기는 곧 문을 열고 나오더니 명함 하나를 건넸다. 부릅뜬 눈이 어딘지 모르게 볼썽사나운 그림 뒤에 전화번호가 적혀 있었다. 그 짝으로 연락하쇼. 부회장님이 말씀 전해 놓으신다 하십니다.

그렇게 만난 개눈이라는 자는 아주 상냥한 자세로 동수를 맞았고, 채 십 분도 걸리지 않아 돈이 담긴 가방을 동수에게 훌렁 건넸다. 돈을 빌리는 조건은 덕지덕지 붙어있었으나, 그까짓 오천만 원, 지금 집을 빼어도 금방, 몇 경기만 뛰어도 금방, 지저분한 돈놀음 이야기는 귀에 닿지 않았다. 그저 집, 동호의 집, 동호 가족의 집. 집이 눈앞에서 아른거릴 뿐이었다. 그러나 그 집이 동호의 집이 되는 일은 없었다. 그 돈이 집값이 되는 일도 없었다.

돈이 들어오는 과정도 간단했고, 나가는 과정도 간단했다. 동수는 돈다발을 들고 집에 들어갔다. 반라의 동호가 낯뜨거운 미소를 짓고 있었다. 이불 속에 파묻힌 제수씨의 머리칼이 슬쩍 보였다. 동수는 가방을 놓고 허둥지둥 집을 나왔다. 두어 시간 뒤 동수는 다시 집에 들어갔다. 가방이 없었다.

"동호야, 여기 있는 가방 어디 갔어?"

"가방? 무슨 가방?"

"아니, 여기에 내가 가방 놔뒀었다고."

"형, 가방보다 말이야, 내 와이프 어디 갔지? 바로 옆에서 잠들어 있었는데?"

가방뿐이 아니었다. 집을 사기 위해 준비해 둔 현금도 전부 사라져 있었다. 그것이 끝이었다.

—

"당신 나한테 뭐 한다고 돈 빌려갔냐고."

"집을 살 생각이었다."

"근데 왜 안 샀어?"

"일이 좀 있었다."

"그래서, 그 돈 어따 썼는데?"

"안 썼다."

"그럼 왜 안 갚아?"

"그럴 일이 있다."

"지금 나랑 말장난 트자는 거야?"

개눈이 벌떡 자리에서 일어났다. 앉아있던 의자가 뒤로 밀렸다. 의자 바퀴 소리를 따라 개눈이 뒷걸음질 치며 어둠 속으로 숨어들었다.

개눈은 동수가 앉아있는 의자와 같은 철제의자를 번쩍 들고 어둠 속에서 나타났다. 이어 의자를 바닥에 내리고는 이리저리 위치를 잡기 시작했다. 바닥과 직각으로 된 ㄴ자 모양의 지지대가 있었다. 개눈은 의자의 뒷다리를 지지대 사이에 끼웠다.

"당신, 돈 나올 구석 없지?"

"어떻게든 만들어 올게. 조금만 시간을 줘."

"원금이 오천인데, 이자가 벌써 천이야. 이거 못 갚는 거야. 올해 가기 전에 정리해야지. 당신 같은 사람은 이자 놀음으로 인생에 개목걸이 채워도 의미가 없어."

맞는 말이었다.

"그래서 말인데, 그 격투기 말이야. 그거 말이지, 도박장이 크잖아. 그 돈을 좀 만지면 어떨까?"

틀린 말이었다. 선수는 절대 판돈에 손을 대면 안 되었다. 그것은 대회에서 절대 금기시되는 규칙이었다.

"그건 안 돼."

"왜 안 돼?"

"우린 선수야. 선수가 도박에 엮인 게 알려지면 난 죽어."

"아니, 왜 안 되냐고."

"걸리면 죽는다니까."

"그러면, 내 돈은 안 갚아도 안 죽는다는 말이네?"

순간 동수의 눈 앞으로 무언가가 휙 하니 떨어졌다. 뒤에 있던 졸개 중 하나가 삽시간에 동수의 목에 무언가를 감았다. 매듭이 지어진 굵은 밧줄이었다. 동수는 반사적으로 두 손을 목과 밧줄 사이에 쑤셔 넣었다. 이어 개눈이 앉은 채로 두 발을 탁자 모서리에 올렸다. 개눈의 손에는 위에서 떨어진 밧줄이 감겨 있었다. 개눈은 고정된 의자 등받이에 힘껏 체중을 실은 자세로 밧줄을 당기기 시작했다. 그러자 천장에 붙어있는 고정된 도르래가 돌아가기 시작했다. 서너 번 당기자 동수의 몸이 공중에 떴다.

"하나, 둘, 셋, 넷."

개눈이 천천히 숫자를 세기 시작했다. 죄어드는 밧줄이 뇌로 향하는 산소를 막아섰다. 다섯, 여섯. 서서히 눈이 희미해져갔다. 숫자를 세는 목소리가 메아리처럼 아늑하게 들려왔다. 일곱, 여덟. 열까지만, 열까지만 참자, 열 까지만. 아홉, 열, 그리고 열하나. 열은 끝이 아니었다. 이 얼마나 하찮은 기대감이었는가, 고작 숫자 하나에 생사의 여부를 걸고 버텼으니. 열이 지나자 동수의 머릿속에 죽음이 그려졌다. 열둘, 열셋. 순간 개눈이 손에서 밧줄을 놓았다. 동수가 바닥에 철퍼덕하고 떨어졌다. 아직 숨을 고르기도 전인데 뒤에 있는 남자가 동수를 일으켜 세워 의자 위에 앉혔다.

눈물과 콧물, 침이 범벅이 되어 질질 흐르고 있었다. 서서히 시야가 되돌아왔다. 흐려진 시야 속에서 저승사자의 안대가 겹쳐 보였다.

"다시 말해 봐. 안 되는 이유가 뭐라고?"

"돼, 돼! 씨발 된다고!"

동수는 밧줄에서 벗어나기 위해 발버둥을 쳤다. 허나 그럴수록 밧줄은 점점 더 목을 죄어오는 느낌이었다.

"이거, 이거 풀어, 이거 풀어주면, 하라는 대로 다 할게."

"게임에다 돈을 걸어."

"내가 무슨 미래에서 온 줄 알아? 아니, 내가 어떻게 아냐고! 누가 이길지, 질지 어떻게 아냐고!"

"그럼, 그럼, 미래에서 왔을 수도 있지. 아저씨, 잘 생각해 봐요. 당신이 정할 수 있는 게 있잖아."

동수가 승패를 정할 수 있는 게임, 동호의 게임. 동생의 승부에 개입하라는 뜻이었다. 어쩌면 개눈의 말대로 승부에 손을 댈 수도 있으리라. 바실리안코를 상대로 이기는 것은 나의 뜻대로 되지 않겠지만, 지는 것이라면 나의 뜻대로.

하지만 그것은 동호의 마지막 시합이었다. 동수는 그 승부를 더럽히기 싫었다.

"그건 안 돼. 절대 안 돼."

순간 개눈이 다시 밧줄을 잡아 챘다. 개눈은 또 다시 숫자를 셌다. 미안하다, 아니 죄송하다는 말이 목젖에서 막혔다. 발버둥 치며 말을 뱉으려 해도 짐승같이 낑낑댈 뿐이었다. 어느덧 열둘, 열셋. 인간이란 참 단순했다. 간절한 기대감이 들었다. 그리고 열다섯, 열여섯. 지옥 같은 3초가 흐르고 나서야 동수는 다시 나자빠질 수 있었다. 동수는 다시 한 번 일으켜 세워졌다.

"파도, 파도 어어."

혀가 말렸는지 말이 먹혔다.

"뭐라고? 다시 말해봐."

개눈이 채근했지만 소리가 안 나오기는 매한가지였다. 동수의 눈에 책상 위의 펜이 보였다. 동수는 급한대로 주머니에서 왕재가 건넨 대진표를 꺼내 들어 그 뒤에 쓰기 시작했다.

판돈 없음. 돈 필요

이 와중에 또 다시 사채업자에게 돈을 빌리려 하다니. 동수는 종이를 개눈에게 건네고 개눈의 손에 감긴 밧줄만 바라보고 있었다. 언제 밧줄이 당겨질지 몰라 숨이 넘어가는 기분이었다. 허나 어쩌겠는가? 도박에 뛰어들고 싶어도 판돈이 없었다.

허나 개눈은 밧줄로 성을 내는 대신 의외의 반응을 보였다.

"얼마, 얼마면 되는데?"

동수는 검지 손가락 하나를 펴 보였다. 개눈이 하찮은 웃음을 날렸다.

“뭐, 일억?”

동수가 다섯 손가락을 펼치더니 세차게 좌우로 흔들었다.

“뭐? 아니라고?”

동수가 죽어가는 목소리로 말했다.

“일, 일, 일 분만.”

셈이 필요했다. 어차피 실패하면 그것이 목숨 값이니 내키는 대로 불러볼까도 했지만. 허튼 소리라 생각이 들면 개눈이 손에 쥔 밧줄이 팽팽해질 것이었다. 개눈이 자리를 뒤로 빼 어둠 속으로 숨어들었다.

동수는 머리를 굴리기 시작했다. 밧줄로 조여 댄 탓에 산소가 부족하여 뇌가 굳은 것인지, 아니면 태생적으로 셈에 약한 뇌가 이름값을 하는 것인지. 일 분이 훌쩍 넘어가는 느낌이었지만 머리는 묵묵부답이었다. 허나 개눈은 묵묵히 동수를 기다려주고 있었다. 수금이 밀린 사채업자에게 어울리지 않는 인내심이었다. 동수는 예기치 못한 참을성에 화답이라도 하듯 온몸의 근력, 기력, 정력을 정수리에 집중시켰다.

그러나 답은 머리에서가 아닌, 손에서 나왔다. 문득 손에 쥐인 종이가 눈에 들어왔다. 동수는 대진표를 뒤집었다. 옆에 왕재가 적어둔 배당률이 적혀 있었다. 왕재 녀석은 경기를 앞두고 재미로 보라며 그때까지 배당률을 적어 두곤 했었다. 그리고, 마지막 게임의 배당률은. 바실리안코, +60, 강동호... -250? 동호가, 동호가 바실리안코보다 이길 확률이 높다고? 도대체 왜? 저번 경기를 졌는데? 허나 이런저런 복잡한 생각을 따질 겨를이 없었다. 그렇다면 만약, 바실리안코에게 돈을 걸고 동호가 진다면, 육천만 원을 벌기 위한 돈은.

"일억."

어둠 속에서 개눈이 조명 아래로 모습을 드러냈다.

"뭐?"

"일억. 할 수 있어."

개눈은 답을 듣고는 다시 어둠 속으로 몸을 감추었다. 동수는 짧은 시간 동안 개눈의 표정을 읽으려 집중했지만 무엇도 알아챌 수 없었다. 등골 사이의 땀줄기가 거세졌다. 이미 쌓인 빚 위에 또 빚을 얹는다. 도합 일억 육천. 허튼 요구라 생각한 개눈이 손에 어떤 무기를 쥐고 나타날 지 모를 일이었다.

그러나 다시 나타난 개눈의 손에는 검은 가방이 들려 있었다. 개눈은 가방의 지퍼를 활짝 열어 테이블 위로 던졌다. 오만원권이 가득 들어있었다. 개눈은 동수의 뒤로 돌아와 목에 감긴 밧줄을 부여잡고는, 동수의 귀에 대고 물었다.

"언제까지?"

"오늘."

"오늘 안으로. 빌려간 오천에 이자 천, 그리고 이 돈 일억까지. 일억 육천을 들고 오는 거야."

개눈은 목에 감긴 올가미를 손수 풀어주고는 말없이 방을 빠져나갔다.

의외였다. 이렇게 쉽게 돈다발이 떨어질 줄은 감히 짐작조차 못한 일이었다. 그러나 대체 개눈이 무엇을 보고 지갑을 또 열었는지 생각할 겨를은 없었다. 졸개 중 하나가 문을 열어주었다. 동수는 가방을 들쳐 메고 황급히 뛰쳐나갔다.

밧줄이 움켜쥐었던 목덜미가 쓰라렸다. 신물이 올라오며 식도를 찢는 듯했다. 입 밖으로 피 섞인 붉은 침뭉치가 고깃덩어리처럼 쏟아졌다. 간신히 숨을 다듬고 전화를 걸었다. 말을 내뱉는데 부어오른 목젖이 입을 가로막아 소리가 먹혀 들어갔다. 동수는 기를 쓰며 고래고래 소리를 질렀다.

"왕재야!"

"말씀하세요, 형님."

"너, 차 있지."

"아니요."

"그럼 거기, 컥, 거기, 뭐 타고 갔어."

"오토바이요."

"이 씨발, 야. 문자 봐. 안 오면 죽어."

더 이상 소리가 나오지 않았다. 동수는 왕재에게 자신의 위치와 함께 당장 오라는 문자를 보냈다. 여전히 숨이 고르지 못했다. 목 위의 모든 것을 벗겨내고 싶었다. 동수는 금목걸이를 벗은 뒤, 폴라티의 밑단을 뒤집어 올렸다. 목덜미를 감싸던 탄력이 벗겨지자 그제야 숨이 트이는 느낌이었다. 동수는 폴라티를 집어 던졌다. 허연 내복이 흉하게 드러났지만, 숨 쉬는 게 우선이었다.

숨을 고르는 사이 왕재의 오토바이가 도착했다. 동수는 급하게 오토바이 뒤에 올라탔다. 왕재의 허리와 자신의 배 사이에 돈

가방을 단단히 고정시켰다. 어느정도 자세가 잡히자 동수는 왕재의 헬멧을 툭툭 쳤다. 왕재가 뒤를 돌아봤다. 제기랄, 아직도 목이. 목소리가 계속 먹히는 와중에도 동수는 기를 쓰며 외쳤다. 은행, 은행!

왕재의 오토바이가 속도를 높이기 시작했다. 중간 중간 고르지 못한 비포장 도로 위를 달릴 때면, 동수는 몇 번이고 바닥에 떨어질 뻔했다. 하지만 돌바닥 위에서 구르는 한이 있더라도 목숨이 매달린 동아줄을 움켜쥐는 심정으로 손에서 가방 끈을 놓지 않았다.

왕재의 오토바이가 한 협동 조합 앞에서 멈추었다. 남은 시간이 다급하게 줄어들고 있었고, 생명이 아슬아슬하게 이어지고 있었다.

"너, 여기 와봤어?"

"아니요. 처음인데요."

"계좌는 있어?"

"뭐, 짜친 거 하나 있긴 있어요."

"니 통장에 돈을 넣을 거야. 따라 들어와."

"네? 무슨 돈을요?"

주절 주절 이야기를 늘어놓을 시간이 없었다. 꼭 필요한 말만 뱉어야 목도 성할 듯싶었다. 마감 시간이 지난 은행 입구는 닫혀 있었다. 어디선가 돈이 많은 사람들은 마감 이후에도 은행에 갈 수 있다는 말을 들은 동수였다. 동수는 닫힌 문을 거세게 두드렸다. 그러자 한 남자가 문을 열고 나왔다.

"고객님, 마감되었습니다."

동수는 문 틈 사이로 돈가방을 집어 던졌다. 가방이 바닥에 떨어지며 지폐뭉치가 튀어나왔다. 지방 협동조합에서는 보기 힘든 뭉칫돈이었다. 직원이 잠시 고민하더니 문을 열어주었다. 동수는 왕재를 앞세워 은행 안으로 들어서며 말했다.

"저 돈. 니 통장에 넣어."

직원이 가방 밖으로 떨어진 돈을 가방에 채워 담고 있었다. 이를 본 동수가 가방에 달려들어 직원을 밀어내고 직접 주워담았다. 이어 가방을 왕재에게 넘겼다. 왕재는 가방을 든 채 창구에 앉았다. 무릎 위에 놓인 가방이 꽤 묵직하게 느껴졌다. 비록 자신의 돈은 아니지만 비어 있는 통장이 채워질 생각을 하니 왕재의 숨이 가빠졌다. 왕재는 가방을 창구 위로 올린 뒤, 느릿느릿 직원 앞으로 가방을 밀어 넣으며 짐짓 거만하게 말했다.

"싹 다 통장에 넣어주세요."

직원이 생글생글 웃으며 답했다.

"신분증이요."

왕재는 가방을 열어 돈 뭉치를 꺼내기 시작했다. 오만원권 한 뭉치. 그리고 두 뭉치. 세 뭉치, 네 뭉치, 그리고, 스무 뭉치. 창고에 쌓아 올린 돈 뭉치는 왕재는 처음보는 큰 금액이었다. 돈 세는 기계가 바삐 돌아가고 있었다.

"일억 원입니다."

"네."

일억. 왕재의 침이 절로 꿀떡하고 넘어갔다. 직원은 몇 분간 자판을 두드리더니 답했다.

"끝났습니다."

왕재의 핸드폰에 알림이 왔다. 일억 원 입금. 왕재가 동수와 눈을 마주치고는 고개를 끄덕했다. 왕재와 동수는 은행을 빠져나왔다. 일억 원의 돈다발이 들어있던 빈 가방과 함께.

동수는 은행을 빠져나오자 마자 왕재의 어깨를 붙잡으며 말했다.

"지금 들어간 돈, 전부 다 사이버머니로 환전해서 걸어."

"네? 무슨 사이버머니요?"

"그, 왜 있잖아, 돈 걸 때 쓰는 돈, 지금 바로 걸어."

"아, 코인이요? 그걸 어디다 걸어요?"

"오늘 시합에 베팅."

"아니, 형님, 저 죽어요. 이거 알려지면 저 죽는다고요."

"내가 책임질게."

"안 돼요, 절대 못 합니다."

동수는 입고 있던 자켓 지퍼를 내려 목을 드러냈다. 군데군데 피딱지가 굳은 시뻘건 밧줄자국이 목을 빙 둘러있었다.

"나 죽다 살아온 새끼야. 지금 눈에 뵈는 게 없어. 당장 걸어."

"이게 무슨."

"내가 너, 오백만 원. 오백만 원 줄게. 그러니까 지금 당장 걸라고!"

왕재가 침을 꿀꺽 삼키더니 핸드폰을 만지작 대기 시작했다.

"다 환전했어요. 걸기만 하면 됩니다."

"마지막 게임에 다 걸어."

"동호형님 게임에요?"

"그래."

"승이요?"

하필이면 속에서 무언가가 올라와 목을 막았다. 식도가 찢어진 건가. 마치 잿물을 뿌린 듯 타는 듯한 고통이 느껴졌다. 덩어리를 내뱉기 위해 몇 번이고 헛기침을 했다. 그러자 시뻘건 핏덩어리가 뭉친 채 툭 하니 튀어나왔다. 동수는 덩어리를 발로 짓이기며 말했다.

"아니, 패."

—

경기장으로 되돌아온 동수는 급하게 지하로 뛰어내려갔다. 철창 안에서는 벌써 다섯 번째 경기가 진행중이었다. 동수는 한걸음에 대기실로 내달려 문을 열었다. 동호는 멍하니 벤치 위에 앉아있었다.

"야 챔프, 뭐 해."

"형."

"야, 너 조금 있으면 경기 시작이야. 몸 풀어야지."

"형."

"왜?"

"나 안 할래."

이런. 동수의 목숨이 달랑거리는 폭탄선언이었다.

"왜."

"나 죽을 거야."

"인마, 니가 챔피언이야, 죽긴 왜 죽어!"

"나 기억났어. 그 남자 무서워."

처음이었다. 동호가 시합을 앞두고 감정을 드러낸 것은. 언제나 무덤덤한 자세로, 일이 주어져 임할 뿐인 노동자의 태도로 경기에 임해온 동호였다. 그래, 동호도 사람이니까 겁을 먹을 수도 있지. 별 일 아닐 거야. 게다가 아침에 병원에도 다녀왔으니 응당 겁이 났겠지. 별 일 아닐 거야. 오늘은 언제나처럼 아무 일도 생기지 않아. 동수는 오히려 자신을 먼저 설득했다.

동수는 동호에게 다가가 목덜미에 손을 대며 진정시켰다. 동호는 숨을 급하게 몰아쉬고 있었다. 온몸이 땀으로 미끈거리고 불같이 타오르고 있었다. 근육이 뭉친 것으로 보아 몸을 풀어서 달아오른 것이 아니었다. 동호를 끓어 올린 것은 공포심이었다.

"동호야. 딱 한 게임만. 딱 한 게임만 하자."

동수는 동호를 끌어안으며 말했다.

"진짜 마지막이야. 너 죽지 않아. 형이, 형이 이번에는 말이지, 너 이기라고 안 할게."

"나 죽을 것 같은데."

"걱정하지 마. 절대 안 죽어."

"안 하면 안 돼?"

"안 돼."

"왜?"

"너가 안 하면, 내가 죽는다."

순간 밖에서 환호성이 들려왔다. 관중이 없는 경기장이었기에 스피커에서 터져 나온 소리였다. 누군가가 K.O를 당한 것이었다. 다급한 동수는 동호의 어깨 밑으로 양팔을 끼운 뒤 힘주어 들어올렸다. 이어 양손에 펀치 미트를 꼈다. 동호가 마지못해 몸을 풀 준비를 마쳤다.

"자, 자, 집중해서. 원, 투."

— 기억을 잘 못할 겁니다. 언어능력도 떨어지고, 신체 실행 기능도 저하됩니다.

동호의 몸은 전혀 말을 듣지 않았다. 수천, 수만번도 더 반복해서 익힌 동작인데 동수의 허술한 궤적이 계속해서 동호의 안면에 꽂혀 들었다. 상대방의 주먹이 전혀 눈에 들어오지 않는 듯했다.

"너, 주먹 안보여?"

"보여."

"그런데?"

동호는 말이 없었다.

불안한 것은 동수였다. 미트를 벗어 던지고 벤치에 앉은 뒤 머리를 감싸 안았다.

— 악화되면 기억상실이나 우울증이 올 수도 있고요.

괜찮아, 한 번 정도는 괜찮겠지. 오늘 이후로는 악화될 일이 없어. 이름도 모를 그 외국병에 걸릴 일은 없을 꺼야. 순간 밖에서 다시 한 번 환호성 소리가 들렸다. 쾅쾅. 밖에서 누군가가 문을 두드리며 건조하게 말했다.

"강동호 선수, 마지막 게임, 3분 뒤 입장입니다."

동수는 수건으로 동호의 몸에 묻은 땀을 닦아준 뒤, 글러브를 점검해주었다. 그리고 동호의 양 어깨를 부여잡으며 말했다.

"동호야, 잘 들어. 자, 이거 뭐야."

동수가 바닥을 향해 손바닥을 펼쳐 보였다.

"계속 싸워라."

"좋아, 이건."

동수가 주먹을 꽉 쥐었다.

"끝내라."

"좋아. 마지막."

동수가 손바닥을 쫙 펼쳤다.

"맞아라."

"그래, 동호야, 넌 내 말만 잘 들으면 돼. 알겠지? 너 절대 안 죽어. 내 손, 이 손 보면서 게임하면 돼. 알았지?"

동호가 고개를 끄덕거렸다. 스피커를 통해 입장음악이 나오기 시작했다. 두 사람은 대기실 문을 열고 철창으로 향했다.

—

소란스레 입장 음악이 울렸지만 관객 없는 경기장의 적막을 가리는 덮개일 뿐이었다. 관객의 환호성이 없는 격투장은 마치 심판대처럼 느껴졌다. 관객의 흥을 돋우어 원초적인 욕망을 채우는 스포츠가 아닌, 더 강한 사람이 덜 강한 사람의 육체를 벌하는 심판대. 그리고 동수는, 죽음의 공포를 내세우며 결전을 회피하려는 동생을 이끌고 심판대로 향하고 있었다. 그리고 동생을 처단당하도록 할 생각이었다. 돈, 돈 때문에.

철창 안에는 도전자 바실리안코가 먼저 입장해 있었다. 예전에는 말이야, 관객이 있었던 때는 말이지, 이쯤 되면 환호성을 통해서 상대방에 대한 짐작이 가능했었단 말이지. 동호에게 쏟아지는 함성이 큰 경기는 대부분 쉽게 이겼고, 반대인 경우는 고전하곤 했다. 하지만 오늘은 관객의 반응 없이도 경기의 결과를 알 수 있었다. 바실리안코, 동호를 이겼던 남자. 오늘도 당신이 이길 거야. 아니, 반드시 당신이 이기도록 만들어낼 거야.

그 어느 때보다 세밀하고 날카로운 연출이 필요했다. 크게 다치지 않으면서도 깔끔한 패배가 필요했다. 생이 달린 단막극, 동수는 부담감과 버겁게 맞서고 있었다. 동호는 언제나처럼 덤덤한 표정이었다. 그 사이 감정이 좀 다잡힌 모양새였다. 죽일듯이 자신을 노려보고 있는 철창 안의 바실리안코를 보고도 아무런 감정의 동요가 없어 보였다. 그렇게 무심하게 문을 열고 철창으로 들어서는 동호를 동수가 잡아챘다.

"동호야."

동수는 동호의 눈 앞에 오른손 주먹을 불끈 쥐어 보였다. 그리고는 왼손 검지로 그 주먹을 가리켰다.

"잘 봐."

동호가 고개를 끄덕이고 경기장 안으로 들어섰다. 동호의 은퇴식이 시작되고 있었다.

"강동호 화이팅!"

진심이었을까, 아니면 진심을 가리기 위한 더 큰 거짓이었을까? 그사이 머뭇머뭇 왕재가 옆으로 다가왔다.

"형님."

왕재가 스윽하고 종이를 건넸다. 대진표 옆에 이전 경기들의 최종 배당률과 승패가 적혀 있었다. 동호가 시합 전 최종 점검을 받는 사이, 동수는 잽싸게 동호의 배당률을 확인했다. 막판에 들어간지라 변화는 없었다. 그래, 동호는 탑독, 언더독 바실리안코의 승리에 일억을 걸었고, 동호가 지면, 빚, 빚에서부터의 자유.

그런데 잠깐만, 순간 묻어두었던 생각이 떠올랐다. 바실리안코는 동호를 이겼던 녀석인데? 몇 년 전이긴 했지만 동호를 묵사발을 내놨었다고. 그런데, 그 녀석이 언더독이라고? 도박사들이 바실리안코의 패배 확률이 이렇게나 높다고 본 것이야? 도대체 왜?

"선수 앞으로."

심판이 링 가운데에서 외쳤다. 두 선수가 천천히 무대 가운데로 걸어 나왔다. 그런데 동호가 기다리고 있었다. 상대방 바실리안코가 무대 중앙으로 걸어 나오는 것을 기다리고 있었다.

바실리안코가 다리를 절고 있었다.

—

"왕재야! 저 새끼 왜 저래."

"그게, 뭐 오토바이를 타다가 사고가 나서."

"아니, 아니 저 새끼 왜 제대로 걷질 못하냐고."

"조금 됐다던데요. 저러고 싸운지."

"아니, 저런 몸으로 무슨 쌈박질을 한다는 거야, 뭐, 뭐, 여긴 삼류 도박판이라고 규칙도 없어? 규칙 위반 아니야?"

"모르겠어요. 그냥, 얼마 전부터 저러고 싸운대요. 절름발이로."

동수가 자기도 모르게 두 주먹으로 철망을 내리쳤다. 둔탁한 소리가 퍼져 나갔다. 글러브 터치를 마친 동호가 갑작스러운 소리에 뒤를 돌아봤다. 동수는 철망 사이에 손가락을 집어넣고 쥐어 뜯을 듯이 움켜쥐었다. 언뜻 동생의 승리를 바라는 간절한 몸짓으로 보일 법했지만, 실은 동생이 행여나 승리를 낚아챌까 봐 안절부절하는 모습이었다.

동수의 머리가 급하게 돌아가기 시작했다. 입장 전까지만 하여도 동호의 망가진 몸이 패배를 든든하게 확보한 느낌이었지만, 지금은 행여나 동호가 이길까 봐 숨이 가빠왔다. 빠르면 1라운드에도 맞고 쓰러지도록 판을 짤 생각이었지만 상대가 불구일 줄은 상상조차 못했다. 누가 봐도 승부조작이라면 분명 뒤를 캘 것이 분명했으니, 일단 1라운드는 지켜보며 상황을 보고, 2라운드에. 동수가 이래저래 머리를 굴리는 사이 두 선수의 경기가 시작되었다.

수 년 전 자신을 압도했던 필생의 적을 챔피언이 되어 다시 마주한 남자, 여전히 챔피언의 기억 속에서 공포의 대상으로 남아 있는 동구권의 전통 강호. 경기는 두 병신이 벌이는 난장판에 가까웠다. 동호의 첫 번째 원투는 거리도, 방향도 엇나간 헛질이었다. 눈이 받아들이는 정보를 머리가 전혀 해석하지 못했다. 그리고 그 헛방에 반응하다 바실리안코는 엉덩방아를 찧을 뻔했다. 바실리안코의 다리는 완전히 고장나 삐걱대고 있었다. 제대로 된 지시를 내리지 못하는 머리를 가진 녀석, 고장난 다리로 간신히 서있을 뿐인 녀석, 두 조합이 얽힌 채 광대 두 놈이 아수라장을 이루고 있었다.

얼마 지나지 않아 경기장 바닥에 피가 떨어지기 시작했다. 거리감을 잃은 동호의 주먹이 심판의 코뼈를 무너뜨린 탓이었다. 입식 전문인 바실리안코는 그 피에 미끄러져 벌러덩 드러눕고는 아무렇지 않은 듯 그래플링으로 가자며 손가락을 까딱댔다. 동호의 하이킥이 바실리안코의 정수리 위를 훑고 지나갔다. 바실리안코는 바람에 놀란 듯 한 박자 느리게 허리를 굽히다 그대로 쓰러지고 말았다. 코가 박살난 심판은 경기를 제대로 보지 못했다. 바실리안코가 하이킥에 혼절한 줄 알고 동호를 막아선 뒤 KO 선언을 하려다가, 노, 노, 노. 바실리안코가 아무렇지 않게 검지 손가락을 좌우로 뒤흔들며 거세게 항의하자 뒷걸음질치며 주춤대고 말았다. 그렇게 1라운드가 끝이났다.

"이길 것 같아?"

선수가 쉴 수 있는 의자를 내준 뒤 물도 건네기 전에 동수가 다급히 물었다. 동호는 대답 없이 거친 숨을 몰아쉴 뿐이었다.

"몸은, 몸은 어때."

"이겨야지."

"아니, 너 몸은 어떻냐고."

동호가 말없이 동수를 바라보다가 고개를 다시 떨구었다. 하긴, 라운드 내내 동호는 자신의 몸이 엉망이 되었다는 것을 보였을 뿐이니까.

"동호야. 무리하지 마."

동호는 답이 없었다.

"강동호! 잘 들어. 너 아직 젊다. 여기서 더 몸 망가지면 안 돼. 알지?"

동호는 답이 없었다. 일 분이 지나갔다. 2라운드가 시작되었다.

2라운드가 시작되자마자 동호의 잽이 바실리안코에 적중했다. 이어서 스트레이트. 바실리안코가 휘청댔다. 연습해왔던 공격 패턴은 아니었다. 머리가 고장 난 동호는 몸이 기억하는 대로 싸우기 시작했다.

바실리안코도 절름대는 몸놀림으로 용케 반격을 가했다. 턱에 꽂힌 어퍼컷으로 동호에게 천장을 보여주기도 했다. 그러나 그럴듯한 싸움은 그 뿐이었다. 다리가 잠긴 두 사람은 점점 그 자리에 곧이 선 채로 주먹을 주고받기 시작했다. 동호가 한 방, 바실리안코가 한 방, 동호가 두 방, 바실리안코가 두 방. 마치 순번을 짜고 주먹을 주고받는 듯했다.

어차피 주먹에 체중을 싣는 법은 잊은 두 사람이었다. 주먹은 곱게 얼굴에 화장품을 펴 바르는 마사지사의 손길이 연상되었다. 그러나 어찌되었든 백 킬로가 넘어가는 거한들의 주먹, 서서히 주먹을 받아내는 몸이 들썩거리기 시작했다.

동수는 직감적으로 알 수 있었다. 저 솜사탕 펀치로는 아무 결론도 나지 않아. 그러나 곧 저것도 쌓이게 되면 누군가의 무릎을 꿇리게 되겠지. 선수들이 휘청일 때마다 동수의 심장은 감전이 된 듯 벌렁거렸다. 하지만 바실리안코가 휘청거릴 때, 동수는 명치에 대못이 꽂히듯 심장이 더욱 찌릿거렸다.

경기는 결국 맷집 대결로 흐르는 양상이었다. 문득 싸늘한 기운이 눈가를 스쳐 지나갔다. 맷집이란 어쩌면 정신력의 영역. 머리가 망가졌더라도 동호의 맷집이 닳을 리는 없으니. 저 멍청한 녀석은 애당초 아픈 걸 무서워하질 않았으니까. 만약 저렇게 버티다가 바실리안코가 먼저 쓰러진다면.

동수는 자기도 모르게 목덜미를 다시 한 번 만졌다. 바실리안코는 동수의 목에 걸린 밧줄을 잡고 있었다. 그가 먼저 쓰러지면, 동수의 목도 날아갈 것이었다.

그때였다. 동호는 바실리안코의 주먹을 기다리고 있었다. 그러니까, 바실리안코가 때릴 차례. 허나 바실리안코는 주먹을 내기는커녕 허리를 굽히고 낑낑대고 있었다. 순간 동호가 동수를 바라봤다. 동호는 자신이 게임을 조율할 수 있다는 확신이 들면 동수를 바라보고 작전을 기다렸다. 눈빛은 말하고 있었다. 형, 어서 주먹을 쥐고 이 게임을 끝내게 해줘.

하지만 동수는 주먹을 쥐지 않았다. 아니, 주먹을 쥘 수 없었다. 그저 두 손으로 철망을 부둥켜 쥐고 있을 뿐이었다. 동호가 눈빛을 쏘아 대며 작전을 재촉했다. 동수는 천천히 오른손 손바닥을 피고는 철창에 붙였다.

맞아. 더 맞아.

동호에게 왜를 생각할 겨를은 없었다. 그 사이 회복한 바실리안코가 다시 몇 대의 펀치를 뽑아냈다. 그래, 아직까지는 견딜만해. 동호는 주먹에 턱이 돌아가는 와중에 동수를 다시 한 번 바라보았다. 동수는 여전히 손바닥을 펼치고는 계속 맞으라는 신호를 내고 있었다. 그리고 또 다시, 이어지는 바실리안코의 주먹. 꽤 만만치 않은 펀치였다. 이미 찢어진 눈 밑 살점을 받치는 뼈가 부러지는 느낌이었다. 그래도 아직까지는 괜찮을거야, 그런데 왜, 형의 손바닥은 아직도 저 모양인 거지? 조금 더 맞아야 한다는 말인가? 그리고 다시 이어지는 연타. 관자놀이 쪽이 흔들려 시야가 흐려졌다. 잠깐만, 이제는 정말 안 되는데. 눈이 여덟 개가 된 것 같아. 그런데 형은, 왜 아직도 맞으라는 것이지? 설마 내가 여기서, 이렇게 맞다가, 죽었으면, 죽었으면 하는 것인가?

바실리안코의 주먹이 미간을 파고 들었다. 주먹이 주는 떨림이 뒷통수로 전달되며 뇌를 뒤흔들었다. 순간 눈 앞에 어둠이 드리워졌다. 마치 낮과 밤을 뒤바꾸는 스위치가 켜진 듯, 동호에게 순식간에 밤이 찾아왔다.

동호는 그대로 쓰러져버렸다. 2라운드 2분 48초. 바실리안코의 승리였다.

동호는 쓰러진 채 움직임이 없었다. 심판이 다급하게 진행요원을 불렀다. 철창의 문의 열리고, 진행요원이 들것을 들고 들어갔다. 이어 동호는 들것에 실린 채 대기실로 옮겨졌다. 동수는 들것을 따라가며 연달아 동호의 팔을 주물렀지만 동호는 움직임이 없었다. 괜찮겠지, 괜찮을 거야. 조금 아프더라도 어차피 이번이 마지막이니까. 대기실에 도착해서도 동호는 눈을 뜨지 못했다.

십 분쯤 지났을까? 한 배불뚝이 남자가 땀을 뻘뻘 흘리며 들어왔다. 목에 걸린 청진기를 보아하니 의료진인 듯했다. 급하게 뛰어온 것인지 호흡이 거칠었다. 그는 땀에 미끌려 흘러내리는 안경을 연신 들쳐 올리며 들것 위의 동호에게 다가섰다.

"강, 강 동호씨."

남자는 그 자리에 우두커니 서서 바닥의 동호를 쳐다보고 있었다. 그는 입술이 가려운 듯 혀를 낼름거리며 입술을 훑더니, 땀의 짠내에 인상을 찌뿌렸다. 이어 그는 뒷주머니에서 손수건을 꺼내 땀을 닦았다. 싸구려 손수건이 미처 먹지 못한 땀방울들이 아래로 쓸려 동호의 얼굴 위로 떨어졌다. 동수는 순간 벌컥 짜증이 솟았다.

"뭐하고 있어!"

허나 남자는 씩 웃어 보일 뿐 특별한 반응이 없었다. 손수건을 다시 뒷주머니에 쑤셔 넣더니 그제야 쭈그리고 앉아 청진기를 끄적대기 시작했다.

쭈그리고 앉은 남자가 뒷주머니에서 다시 손수건을 꺼내 들어 땀을 닦았다. 그때 남자의 뒷주머니에서 무언가가 슬쩍 삐져나왔다. 스무 장은 되었을까, 오만원권 뭉치의 끝자락이었다.

별안간 동수는 돈 생각이 났다. 잠깐만, 돈을 가진 왕재. 왕재가 어디갔지? 왕재가 어느 순간부터 옆에 없었다.

다급해진 동수는 대기실에서 뛰쳐나왔다. 왕재의 전화기는 꺼져 있었다. 동수는 왕재를 찾아 여기저기를 쑤시기 시작했다. 사라진 왕재때문에 정신이 뒤틀릴 즈음, 갑자기 누군가가 뒤에서 동수의 어깨를 움켜쥐었다. 마혁수였다.

"뭘 그렇게 찾으십니까."

"아니, 그냥."

"동생이 피떡이 되서 뻗어 있는데, 형이라는 사람은 딴짓거리나 하고 말이야. 개판이야, 개판."

"아니, 그게 아니고."

"저기, 제대로 한 거 맞아?"

순간 동수는 멈칫하고 말았다. 목주변이 다시금 시큼거리기 시작했다.

"그게 무슨 소리야."

"됐고, 진짜. 이젠 그 몸도 못 써먹겠네. 아니, 이기라고 아예 떠먹여줬건만, 그걸 지고 앉았어? 근데 말이지, 그래도 아저씨 동생이에요. 당신 동생이란 말이야. 씨발 형이란 사람이 그래도 돼?"

동수는 말이 없었다.

"아저씨, 빨리 동생 몸이 성한지나 확인하세요. 아저씨 동생 말이야, 깨어났대요. 그런데 누가 그러던데. 여기, 여기,"

혁수가 손가락으로 동수의 미간을 툭툭 건드리며 말했다.

"많이 상한 거 같다던데."

이어 혁수는 손가락으로 동수의 미간을 밀쳤다. 몇 걸음 뒤로 밀리자 동생 생각이 났다. 동호가 깨어났구나. 동수가 몸을 돌려 대기실로 향하려는데, 혁수가 어깨를 부여잡으며 막아섰다.

"이따가 내 방에서 좀 봅시다. "

—

대기실 안, 동호는 홀로 바닥에 뻗어 있었다. 동수는 무릎을 꿇고 동호의 상태를 살폈다. 얼굴에 살껍데기가 있어봤자 얼마나 있다고, 그 살덩이 중 성한 곳이 없었다. 곰팡이가 피어오른 듯 푸르게 부풀어 오르거나, 화산이 피어나듯 붉게 찢어져 있었다. 그깟 솜주먹에 이 꼴이 나다니. 처참했다. 동호가 서서히 눈꺼풀을 들어올렸다.

"졌지?"

"응."

동호가 다시 눈을 감았다.

"괜찮아, 이제 이 짓거리도 그만하자. 오늘이 마지막이야. 응? 이제 우리 둘 다 그만 하는거야. 그리고 이제,"

"좋아?"

"뭐가?"

"내가 져서 좋냐고."

"야, 그게 무슨 말이야. 나 너 형이야. 너, 인마, 나 너 형이라니까!"

순간 대기실의 문이 활짝 열렸다. 왕재인가 싶어 동수가 다급히 뒤를 돌아봤다. 허나 혁수의 문 앞을 지키던 문지기 녀석이었다. 녀석은 말없이 문 밖으로 나오라는 손짓을 했다.

동수는 몸을 돌려 다시 동호를 바라보았다. 오해를 풀고 싶었다. 아니, 오해일 뿐이라 속이고 싶었다. 동호의 손을 꼭 잡는데, 빌어먹을 인기척이 여전히 등 뒤에서 느껴졌다.

"나가, 이 새끼야."

"지금 가시지요."

"나가!"

성이 난 동수가 옆에 있는 미트를 집어다가 문지기에게 던졌다. 하지만 문지기는 날아드는 미트를 공중에서 부둥켜 잡고는 나지막이 말했다.

"지금 가자고 이 개새끼야."

맞잡은 동호의 손에 힘이 들어갔다. 꽉 잡은 손. 동수는 그 뜻을 알고 있었다.

'형, 내가 구해줄까.'

동호는 언제나 그랬다. 형이 위기에 처한 듯 싶으면 그 거구를 아끼는 법을 몰랐다.

동수는 동호의 눈을 바라보다가 동호의 손을 가슴 위로 올린 뒤, 서서히 손을 빼냈다.

'동호야. 쉬고 있으렴.'

문지기가 동수의 뒤를 따르고 있었다. 동호가 온전치 않은 마당에 왕재 녀석도 찾아야 하는데, 혁수까지 난리를 치니 동수의 속은 타들어 가는 듯했다. 건물 삼층 혁수의 방, 동수는 깊은 한숨과 함께 방으로 들어섰다.

—

가만있어 보자. 그러고보니 이 방은, 예전에 회장님이 쓰던 방이었구나. 압도적으로 너른 방은 윗사람의 위엄을 드러내고 있었고, 창문 밖으로 보이는 황량한 시야는 예전 그대로였다. 무언가 비밀스러운 방으로 연결되어 있는 듯한 철문은 더욱 더 단단해진 느낌, 동수는 문득 아주 오래 전, 이 방에서 충성맹세 비슷한 유치한 구호를 외쳤던 기억이 났다.

허나 달라진 방의 주인은 방에 고약한 괴팍함을 더했다. 방은 마치 무기 수집가의 진열대 같았다. 눈에 익은 단도, 도검, 정글도, 도끼 같은 날붙이 수십 종이 벽에 진열되어 있었으며, 유물전에서나 보았을 법한 오래된 창들도 매끈한 날을 번쩍이고 있었다. 금봉, 육모방망이, 만력쇠, 철퇴, 편곤, 동수 같은 문외한이 보아서는 알아챌 수도 없는 둔기들은 방의 냉기에 육중함을 더하고 있었으며, 갑옷, 방패 등이 곳곳에 걸려 마치 토막난 신체가 전시된 듯한 느낌이었다.

너른 책상 위에 혁수가 걸터앉아 있었다. 혁수는 한 손에 마치 몽둥이처럼 명패를 들고 다른 손바닥을 내리치고 있었다. 명패에는 '부회장 마혁수'가 새겨져 있었다.

방에는 혁수 외에 다른 졸개들 셋이 있었다. 다들 몸뚱이가 탄탄한 것이, 과연 혁수가 말했던 덩어리 방패가 무엇인지를 온몸으로 보이고 있었다. 과연 저들은, 혁수로 향하는 칼에 기꺼이 찢길 뱃가죽을 내어주고, 혁수를 향하는 도끼에 기꺼이 도려내질 관절을 내어줄 법했다.

다만 동수는 어딘지 모르게 이 모든 광경이 우스꽝스러운 느낌이었다. 노골적으로 공격성을 과시하는 듯한 무기들, 빳빳한 자세로 이미 사체마냥 굳어있는 덩어리들, 이 모든 것과 상반되게 한없이 자유로운 자세로 늘어져 앉아 은은한 표정을 짓는 혁수의 모습. 동수는 과장된 몸짓으로 구애를 하는 나약한 짐승이 떠올랐다.

애비의 씨를 마치 복제한 듯이 물려받은 혁수 녀석은 왜소하기 짝이 없었다. 남들 보다 한 뼘은 모자라는 키에, 가슴통은 협소하다는 느낌을, 팔다리는 가냘프다는 느낌을 주었다. 하기사 지 애비도 머리를 앞세워 조직을 잡아먹었으니, 자식 녀석이 왜소하긴 해도 비범한 재능을 물려 받았겠지. 라고 하기에는, 배움이 얕고 말이 거칠어 이마저도 고개를 갸우뚱하게 만들었다. 동수의 눈에 더욱 더 우스운 꼴은 문무를 동시에 겸비했음을 어떻게든 드러내고자 하는 녀석의 가증스러운 눈속임이었다. 항시 뻣뻣하게 곧아 있는 등뼈 위로 작은 머리통이 위태롭게 달려있었다. 날카로운 콧대에 걸친 둥근 안경에서 지적인 부드러움이 느껴지냐고? 천만에, 울대 근처에 타오르는 불꽃을 그린 천박한 문신과 어울려 난삽한 부조화를 이룰 뿐이었다. 힘겹게 키운 가슴 근육을 어떻게든 보이려는 듯 셔츠 단추 두 개를 풀어놓았지만, 그 아래로 치솟은 새가슴은 옹졸하기 짝이 없었다. 곱게 포마드를 발라 짧은 머리를 단정히 뒤로 넘긴다고 없던 세련됨이 솟아나겠느냐, 비천하고 간사스러운 성품에 기름질로 광만 낼 뿐이지.

순간 방 한 켠에 길게 늘어 서있는 산수화가 그려진 병풍이 눈에 들어왔다. 그래, 이제는 예술적인 소양까지 갖추었음을 드러내고 싶은 가보지, 천박한 녀석이 말이야. 동수는 피식하고 비웃음을 날릴 뻔했다.

"동수야. 앉아."

개자식. 혁수를 향한 동수의 시선은 언제까지나 코흘리개 시절에 머무르고 있었다. 짐짓 위엄 있는 목소리로 애비의 동료 뻘 되는 사람을 까 내리고 있었지만, 이 개자식아, 불과 몇 년 전까지 삼촌 삼촌거리며 바짓단을 붙잡고 늘어지던 넌, 여전히 내 눈에는 철부지일 뿐이란 말이다.

십수 번을 속으로 열을 내고 저주에 가까운 독설을 내뱉으며 깎아내렸지만, 결국 명패를 쥐고 있는 자 앞에서 별 수 있겠는가. 동수는 책상 앞에 놓인 소파 위로 크게 털썩 하고 주저앉았다.

"어이 동수. 거기 말고."

"뭐?"

"그 소파 가격이요, 당신 목숨 값보다도 비싸요. 알아?"

순간 덩어리들이 동수를 일으켜 세우고는 바닥에 무릎을 꿇렸다.

"이게 뭐하는 짓이냐!"

"넌 이제 뭣도 아냐."

"뭐?"

"동수야, 눈깔 힘 안 빼? 넌 이제 뭣도 아니라고. 니 동생은 말이야, 절름발이한테도 쳐발렸어요, 너도 니 동생도, 뭣도 아니란 말이야."

"그만!"

동수가 고함을 질렀다.

"나도 이제 그만 할란다. 그래, 니 말대로 이제 챔피언도 아니고, 뭣도 아니니. 이제 싸움판 집어 치우고 그만할라니, 더 이상 나보고."

"뭐? 그만둔다고? 누구 마음대로?"

혁수가 말을 자르고 들어섰다.

"아니, 누구 맘대로 그만둬? 너네 뭣도 아닌 형제가 니네 맘대로 그만둔다고?"

"할 만큼 했어."

"할 만큼 했다고. 그래. 할 만큼 했지. 그 덜떨어진 동생이야 뒤지든 말든, 눈이 벌게서 한 탕 해먹었으니, 당신만 생각하면 할 만큼 한 거지."

한 탕. 동수는 그대로 얼어붙었다.

"그 새끼 꺼내 와."

졸개 두 녀석이 옆방으로 난 철문을 열고는 머리에 마대자루를 뒤집어쓴 채 포박된 남자를 끌고 들어왔다. 이어 졸개들은 소파 옆으로 그를 던지듯 뿌리쳤다. 자빠진 남자가 재빨리 무릎을 꿇고 앉았다. 졸개가 두건을 벗겨냈다. 왕재였다.

"동수야, 얘 알지? 니가 살려준 새끼잖아. 맞지?"

동수는 고개를 끄덕였다.

"오늘 말이야, 막판에 누가 챔피언 경기에 아주 거액을 걸었더라고. 거, 동수네 병신이 지는 데다가 말이야. 어땠겠어, 그놈이 아주 싹쓸이를 했지. 뭐 규칙은 규칙이니 돈은 꽂아줬는데, 영 수상해서 말이야. 뒤를 좀 캐 보니 어허, 이 자식이더라고. 근데요, 이 새끼 얼마나 급했는지 말이야, ATM에서 현금을 뽑고 있더라고."

왕재는 홀로 진앙 위에 선 듯 몸을 덜덜 떨고 있었다.

"이상해서 말이야. 데리고 와서 좀 말을 들어보니, 이놈 말이 글쎄 동수 니가 돈 장난을 시켰다고 하더라고? 동수야, 아니지?"

다짜고짜 잡아떼는 것 외에는 할 수 있는 것이 없었다.

"모르는 일입니다."

"그래, 그래. 내가 그럴 줄 알았어. 너, 일어나."

혁수가 셔츠 소매를 걷어붙였다. 조잡한 문신이 가득 메워진 앙상한 팔뚝이 드러났다.

"이 격투기라는 게 말이야, 난 그렇게 생각해. 이건 말이지, 그 근대화된 결투다, 이 말이야. 그냥 싸움박질이 아니라, 명예를 걸고 벌이는 결투 말이야. 불과 백 년 전까지만 해도 저 외국 남자들은 자기 명예가 실추되었다고 생각하면 목숨 걸고 결투를 벌였다고. 근데 사회가 발전을 했답시고 말이지, 사람 목숨가지고 이래저래 하면 안된다며 스포츠로 만들어버렸는데 말이야. 결투나 격투기는 본질은 같아. 격투에서 졌다, 이건 죽은 거나 마찬가지야. 규칙이 그 사람을 살려줬을 뿐이지.

그러니까 말이지, 격투도 목숨을 건 결투와 같다, 그리고 명예가 중요하다. 이건데 말이야, 내가 보기엔 여기 있는 왕재 명예가 아주 드러워졌어. 넌 동수가 시켜서 한 짓이라 했는데, 동수는 아니라잖아. 왕재 명예가 아주 똥밭을 굴러 다닌다고. 그래서 나는 우리 왕재가 명예를 회복할 수 있는 기회를 주려고 해. 뭐냐면 말이지, 왕재 너, 나랑 결투를 하자."

혁수가 자세를 고쳐 잡았다.

"여기 있는 무기 중에 아무거나 잡아라. 그걸 들고 너랑 내가 여기서 결투를 벌인다. 내가 죽으면 네 명예가 회복되는 것이고, 네가 죽으면 니 명예도 같이 죽는 것이고. 무기 고르는 시간, 딱 십 초 준다. 시작."

얼이 빠진 채 허둥지둥 대던 시간이 삼 초. 역시 왕재는 숫자에 감이 있었다. 삽시간에 눈알을 돌리며 쓸 만한 무기를 찾기 시작했다. 머릿속으로 재빠른 계산이 돌아갔다. 공격 범위가 긴 무기가 좋을 텐데, 창? 허나 어느새 창을 집어올 만큼 시간이 남아있지 않았다. 그렇다면 옆에 걸려있는 무기 중에 쉬이 잡을 수 있는. 긴 거리를 베어낼 수 있는. 일본도.

왕재가 옆에 걸린 일본도를 꺼내 들고는 엉거주춤 자세를 잡기 시작했다. 그 일본도로 용케 혁수를 베어낸다 해도 명예 따위가 회복될 리 없었다. 혁수가 털 끝이라도 다친다면 그 즉시 왕재는 처단될 게 분명했다. 그렇지만 긴박한 상황은 이런 저런 판단을 밀어냈다. 살고 보자. 왕재가 쥔 칼날이 덜덜 떨리고 있었지만, 그 끝은 어쨌든 혁수를 향하고 있었다.

"그걸로 하게?"

왕재가 고개를 끄덕였다.

"좋아. 이제 내가 무기를 고를 차례네."

그리고, 혁수의 손이 향한 곳은. 혁수는 왕재처럼 서두르지 않았다. 그저 책상 위에 걸터앉은 자세 그대로, 팔만 뻗어서 책상 위에 놓인 작은 상자에 손을 향했다. 딸깍. 휘황 찬란한 금장으로 뒤덮인 상자의 뚜껑이 열렸다. 그리고 혁수는, 권총을 꺼내 들었다.

혁수는 장전을 하고 총으로 왕재를 겨누고는 외쳤다. 결투 시작, 셋! 둘!

왕재는 일본도를 떨구고는 무릎을 꿇었다. 결투를 시작도 못 한 왕재는 마치 아이처럼 소리내어 엉엉 울고 있었다.

혁수는 풀죽은 표정으로 총구를 내리고는 어깨를 위로 치켜들었다. 그리고는 총구를 졸개에게 향했다. 졸개 두 녀석이 동시에 화들짝 놀랐다. 혁수는 총구로 병풍을 가리키고는 위 아래로 까딱거렸다. 그러자 졸개 녀석들이 잽싸게 산수화 병풍을 양 옆에서 맞들고는 위치를 옮기기 시작했다. 두 녀석은 병풍을 왕재의 뒤편에 놔두었다. 그 꼴을 보던 혁수가 책상에서 뛰어내리며 버럭 화를 냈다.

"이 등신아, 더 앞으로, 그래, 아니! 더! 더!"

혁수는 총구를 이리저리 휘두르며 병풍이 놓일 방향을 지시했다. 뜻대로 졸개들이 병풍을 놓지 못하자 점점 목소리가 높아졌다.

"이 새끼들아, 저기다 대라고! 머리통 튀지 않게!"

병풍이 세워진 곳은 무릎을 꿇고 울고 있는 왕재 앞이었다. 값비싼 카페트가 왕재의 뇌수로 더럽혀지는 것을 막기 위한 가림막이었다. 혁수는 왕재 뒤로 돌아가서는 뒷통수에 총구를 댔다. 총이 맞닿은 것을 알게 된 왕재가 더 크게 소리내어 울부짖기 시작했다.

"겁쟁이네 이거, 결투를 포기하다니. 자, 이제 KO 신호 간다. 십!"

왕재는 울부짖으며 고개를 돌려 뒤를 확인했다가, 총구를 보고 다시 고개를 처박고는 덜덜 떨며 삶이 끊어져가는 끔찍한 소리를 내고 있었다.

"구! 팔칠육오사!"

구를 외친 뒤에 잠깐 뜸을 들인 혁수는 순식간에 다섯 개의 숫자를 이어 불렀다. 사에서 멈추자 왕재가 끄억 끄억 소리를 내며 온몸을 부르르 떨어 댔다. 혁수는 이를 보고는 주변을 둘러보며 낄낄댔다. 하지만 그 누구도 죽음을 앞두고 떠는 혁수의 너스레를 받아주지 않았다.

"아, 이거 뭐야, 아아, 왜 똥을 지려!"

혁수가 순간 코를 틀어막으며 말했다. 꿇어앉은 왕재의 하얀 바지가 누렇게 젖어 들더니, 갈색으로 물들어갔다. 지독한 냄새가 순식간에 방 안에 퍼졌다.

"씨발, 드러워서. 삼! 이!"

"그만!"

동수가 카운트를 막아섰다. 왕재는 동수의 소리에 맞추어 기절한 듯 앞으로 고꾸라졌다.

"잘못했습니다. 제가 잘못했습니다. 맞아요, 제가 돈을 걸고 승부를 만졌습니다."

혁수가 총을 거두고 동수를 바라보며 말했다.

"동수야, 니가 그런 거 맞아?"

"네. 제가 잘못했습니다."

"뭘 잘못했는데?"

"돈을 걸고 선수를 지게 만들었습니다. 전부 제 탓입니다. 선수는 잘못한 게 없습니다."

"왜 그랬어?"

"잘못했습니다. 다시는 얼씬도 하지 않겠습니다. 저희 형제, 이제 완전히 조직을 떠나겠습니다."

"그냥 그렇게 간다고?"

혁수가 다시 책상 위로 걸터앉았다.

"이 사람아, 잘못을 했으면 벌을 받아야지."

혁수는 총의 장전을 풀고는 다시 상자에다가 총을 집어넣었다.

"저 새끼 끌고 나가."

혁수가 방에 있는 사람들을 모두 밖으로 물렀다. 졸개들은 기절한 왕재를 질질 끌고 방을 나갔다. 질질 끌려 나가는 왕재는 누런 꼬리를 남겼다.

"동수야, 잘 들어. 내가 방법을 알려줄게."

혁수는 동수에게 방법을 알려주기 시작했다. 벌을 받을 수 있는 방법을.

—

혁수의 방을 나선 시각. 어느새 꽤 깊은 밤이 되어있었다. 피로가 마치 그림자처럼 들러붙은 느낌이었다. 벌이라, 벌. 어떻게 하면 되지? 그러나 동수는 이내 생각을 거두고 머리를 비우려 노력했다. 골치 아픈 일은 언제나 뒤로 미루는 습관. 그 습관이 발목을 잡아 자신의 삶을 진창으로 이끌었다고 생각해온 동수였으나, 이번만큼은 재주처럼 느껴질 정도였다. 고민을 거듭한다 한들 또렷한 답이 나올 리 없는 일, 동수는 고민을 거두고는 다가올 내일로 짐을 미루었다.

게다가 내일 벌어질 일에 앞서, 오늘의 남은 일부터 처리해야 했다. 우선 동호. 쓰러져 있는 것을 두고 나온 지 꽤 많은 시간이 지났다. 과연 동호는 괜찮을까? 그리고 돈, 날아간 돈에 뒷골이 쓰라려 왔다. 그러나 그 모든 것에 앞서 무엇보다 자신, 동수는 몹시 지쳐 있었다. 온종일 이런저런 일에 시달린 동수는 그저 쉬고 싶은 마음뿐이었다.

모르겠다. 일단 어떻게든 빨리 하루를 접어버리자. 집에 가야지. 동수는 대기실로 가기 위해 계단으로 향했다. 그때, 문지기가 동수를 멈추어 세웠다.

“누가 기다리고 있던데.”

“뭐?”

“누가 기다린다고요.”

“누가.”

“저기. 저쪽에.”

문지기는 거나한 자세로 턱을 치켜들어 복도로 난 창을 가리켰다. 유리창은 빌딩 앞 너른 광장을 향하고 있었다. 동수는 창가로 다가섰다. 낮에 주차해둔 똥차가 눈에 들어왔다. 똥차 옆에는 검은 SUV가 서 있었다. 그리고, SUV와 똥차 사이에 어마어마한 덩치의 사내가 반바지만 입은 반라의 상태로 우두커니 서 있었다. 동호였다.

동호의 건너편에 세 명의 남자가 서있었다. 뒤통수 밖에 보이지 않았지만 누구인지 단번에 알 수 있었다. 개눈이었다.

동수는 한달음에 건물 밖으로 뛰쳐나갔다. 동호에게 가까워질수록 근육 위로 마치 아지랑이처럼 피어오르는 열기가 보였다. 동수가 뛰어오는 모습을 보고도 동호는 미동도 하지 않고 개눈 무리를 노려보고 있었다. 엉망이 된 얼굴 속에서 전의를 담은 눈빛이 유독 도드라졌다.

"어이, 이 아저씨가 뭔가 오해가 있나 본데. 알잖아. 우리는 이 아저씨랑 볼 일 없어. 당신이랑 할 이야기가 있다고."

개눈이 말을 마치자 동호가 반 보 앞으로 나아갔다. 셋은 순간 움찔하였다.

"형씨, 이 분 왜 이래. 저기, 저, 옷 좀 입혀. 아니 날이 이렇게 추운데."

"동호야."

동수가 팔을 뻗어 동호의 가슴팍을 막아섰다. 문득 손바닥을 통해서 동호의 심장박동이 느껴졌다. 쿵 쾅쿵 쾅　쿵 쾅. 그것은 사람의 심박이 아니었다. 불규칙한 박자, 마치 어딘가가 고장 난 엔진소리 같았다.

"아저씨, 빈 손으로 왔어?"

동수의 손에는 약속한 일억 육천이 들려있지 않았다. 빈손을 본 개눈의 목소리가 순식간에 바뀌었다. 졸개 중 하나의 손이 양복 안주머니로 들어갔다. 안주머니 속 칼날이 빛을 뿜는 느낌이었다. 다른 졸개의 손이 옆에 세워 둔 방망이로 향했다. 몽둥이가 뼈를 으스러뜨리는 소리가 나는 듯했다.

위험을 직감한 동호가 다시 반 보 나아갔다. 하지만 동수는 더 큰 위험을 감지하였다. 동수의 손을 통해 팽팽한 가슴근육을 뚫고 나올 듯 심장이 튀어 오르고 있음이 느껴졌다. 동호를 막아야 했다. 동호는 누구와 맞설 수 있는 상황이 아니었다. 몸이 얼마 버티지 못하고 무너지리라. 그렇다면 그 다음은, 동수. 두 형제는 마치 도미노처럼 연달아 쓰러질 것이 분명했다.

동수가 뛰기 시작했다. 달음질, 위험에서 벗어나는 동물적 본능. 직감이 동수에게 달아날 것을 지시하고 있었다.

"뭐야, 뭐야, 저 새끼 튀는 거야?"

이어 세 남자가 동수의 뒤를 쫓아 달리기 시작했다.

어디로 가야하지? 쉼없이 두 다리를 채찍질하면서 동수는 생각하고 또 생각했지만 답이 있을 리 없었다. 한 바퀴 텅 빈 광장을 돌고 나니 눈 앞을 가로막고 있는 광장빌딩이 보였다. 동수는 앞길을 막고 있는 장애물과 맞부딪히기로 했다. 그대로 속도를 높여 문에 몸을 들이 받았다. 문이 열리며 눈에 익은 일층 매대가 보였다. 동수는 직감하였다. 내가 잘 알고 있는 이곳, 이곳이라면. 둔해져버린 두 다리에 기대지 않고도 살 길을 찾아낼 수 있어.

생각한 대로였다. 공터였으면 진작에 잡혔겠지만, 광장빌딩 안에서는 달랐다. 머릿속으로 동선이 절로 그려지고 있었다. 그리고 그 동선을 따르다 보니 단박에 잡히는 일은 벌어지지 않았다. 동수는 곧바로 이층으로 뛰어올랐다. 빈 방으로 들어서고, 이어진 옆 방으로 가면서, 탁자를 넘겨서 출구를 막아서고. 다시 문 밖으로 나가서 소파를 밀어 문을 막고, 당구대가 있는 건너 방으로. 당구공을 던져서 걸음을 멈춘 사이 문을 막고, 큐대를 휘두르며 거리를 벌렸다가, 또 다시 문을 열고 복도로.

허나, 낡은 건물의 도움도 거기까지였다. 동수는 결국 일층 뒷마당으로 뛰쳐나갔다. 엄청나게 큰 대형 덤프트럭이 서 있었다. 동수는 트럭 뒤로 숨어들었다. 그러자 개눈의 졸개 두 놈이 양쪽으로 각을 좁히며 뒤로 다가왔다. 동수는 잽싸게 트럭 아래로 기어들어가 빠져나온 뒤 내달리기 시작했다. 뒤늦게 쫓아온 개눈이 동수를 잡으려고 팔을 뻗쳤으나 용케 피해 다시 건물 안으로 들어섰다.

어차피 나가는 길은 결국 하나뿐, 그 길을 앞서지 않으면 뿌리칠 방도가 없었다. 사력을 다해 뛰고 뛰어 돌아온 곳은 결국은 건물 입구였다.

문을 부술 듯이 발로 걷어차고 밖으로 나섰다. 멀리 동호가 보였다. 동호에게 외쳤다.

"차 타! 차 타!"

그러나 동호는 차 앞에서 머뭇대고 있을 뿐이었다. 등 뒤로 남자 셋이 따라나서는 발걸음이 들렸다. 타라고 이 병신아! 그제야 동수의 눈에 차가 들어왔다. 옆으로 뒤집어져 있는 2톤짜리 검은 SUV가.

동수가 숨통을 뒤집어가며 달려오는 사이, 동호는 뉘어진 SUV의 한쪽 앞바퀴를 계속 붙들고 있었다. 낑낑대던 동호는 결국 차바퀴를 뽑아내고 말았다. 그리고 동수가 동호를 지나칠 때 즈음, 동호는 뽑아 든 바퀴를 광장빌딩을 향해 냅다 집어 던졌다. 동수가 차에 올라타는 사이, 바퀴는 점점 속도를 붙여가며 앞으로 나아가더니, 바닥의 무언가에 부딪혀 높게 튀어 올랐다. 개눈 무리는 이미 건물 입구에서부터 추격을 멈추고는 뒤집어진 차를 보며 멍하니 서있을 뿐이었다. 튀어 오른 바퀴가 개눈의 부하 중 한 녀석에게로 향했다. 바퀴는 녀석의 머리를 후려치고는 그대로 굴러가 회전문을 박살내고 건물 1층으로 굴러 들어갔다.

똥차의 운전석에 오른 동수는 키를 뽑아들었다. 열쇠 구멍에 키를 꽂으려다가 잠깐, 침을 퉤퉤 뱉고는 열쇠를 꽂아 넣고. 부드럽게, 부드럽게. 제발, 제발, 제발. 가여운 똥차는 죽어가는 노인의 마지막 탄식 같은 소리를 내뱉었다. 덜컹 덜컹. 다행히 시동이 걸렸다. 뒤늦게 온 동호는 아직도 차에 타지 못한 채 낑낑대고 있었다. 고장난 몸이 잘 접히지 않는 듯했다. 기다릴 틈이 없었다. 동수는 냅다 엑셀을 밟았다. 반쯤 걸쳐진 동호의 몸이 쿵 소리를 내며 앞으로 부딪혔다가 그 반작용으로 차로 쏙하니 들어왔다. 시선을 틀어 백미러를 보았다. 한 녀석이 쓰러진 개눈 무리는 당황한 듯 빌딩 앞에 우두커니 서있었다. 썩을 놈의 똥차는 거북이 구르듯 느리게 구르고 있었다. 빌딩에서 멀어져 도로에 진입하기 전까지, 행여나 다시 달림질을 한다면 따라 잡히지 않을까? 동수는 걱정이 되어 개눈 무리에서 눈을 떼지 못했다. 그러나 그 누구도 똥차를 쫓아오지 않았다. 개눈 무리는 그 자리에 그대로 굳어 있었다.

집에 도착한 두 사람은 씻지도 않은 채 바로 침대 위로 겹쳐지듯 쓰러졌다. 할 말이 많은 두 형제였다. 병원에서의 일도, 형의 목에 상처가 남은 일도, 동생의 시합 중에 펼쳐진 손바닥도, 왕재가 머리에 구멍이 날 뻔한 일도, 사채업자가 쫓아왔던 일도, 그리고 내일 할 일도. 그러나 형제는 아무런 말없이 잠 들었고, 밤은 마치 옥죄듯 두 사람을 좁혀갔다.

Day 2 :

12월 30일

삼계탕의 고소한 향이 동수의 코 속을 솔솔 파고들었다. 새벽 장사를 마친 뒤 점심장사를 준비하는 시간. 아래층에 있는 삼계탕집이 솥을 팔팔 끓이면 누릿한 국물내가 방바닥에서부터 피어올랐다. 동수는 종종 이 국물내음에 젖어 잠에서 깨어나곤 했다. 하지만 유독 고된 어제를 보내고 맞이한 아침, 동수는 삼계탕향에 취한 채 반쯤은 잠들고 반쯤은 깨어 있는 상태를 즐기고 있었다.

"형."

꿈에서 들린 듯한 동호의 목소리. 동수는 부름을 외면했다. 그러나 얼마 지나지 않아 퍽, 보드라운 무언가가 동수의 이마를 때렸다. 뿌연 시야를 열었더니 두루마리 휴지가 바닥에 허연 꼬리를 늘리며 굴러가는 것이 보였다.

동호가 커튼이 쳐진 창가에 서 있었다. 동호는 손가락으로 틈을 만들어 창 밖을 보고 있었다.

형제의 집은 시장 끝자락에 자리잡은 낡은 건물 이층에 있었다. 건물 전체를 육수냄새로 적신 삼계탕집이 일층에 있었고, 옆에는 유리가게가 있었다. 건물 밖에 쌓아 둔 유리는 솥에서 나는 열기에 허연 색을 입었다 벗었다를 반복했다. 시장 터라지만 장이 서는 날을 제외하고는 대부분 조용하고 평화로웠다.

때문에 유심히 창밖을 내다보는 동호의 모습이 생소했다. 동수는 이내 별 일 아니겠지 하고 고개를 돌렸다.

방 하나에 좁은 거실과 주방이 딸린 작은 집이었다. 이제 중년에 들어선 두 남자가 같이 살기에는 터무니없이 비좁았으나. 현실은 현실로 따라야했다. 한때는 형제의 공간을 분리하는 달콤한 꿈을 꾼 적도 있었지만, 그 꿈은 쉬이 깨어지고 말았다.

"형."

동호가 다시금 불렀다. 동수는 그제야 몸을 일으켰다. 동수는 침대 위에서 몸을 일으키고 나서야 어제 입은 옷을 고스란히 입고 잤음을 깨달았다. 씻지도 않고 뻗은 지라 몸 구석구석이 찝찝했고, 밧줄에 조여졌던 목은 안쪽 어딘가가 찢어졌는지 여전히 쓰라렸다.

기지개를 피며 하루를 여는 준비를 갖추는데, 돌연 동호가 창가에서 벗어나 성큼성큼 걸어 문으로 다가섰다. 그제서야 동수도 심상지 않음을 눈치채고는 벌떡 일어섰다. 동호는 현관에 난 문구멍에 눈을 붙이고 있었다. 그러나 어딘가가 불편한지 자꾸 눈을 끔벅대다가는, 귀를 바싹 붙였다. 동수가 자신에게 다가오는 기척이 느껴지자 손바닥을 펼친 채 팔을 뻗어 동수를 멈추어 세운 뒤, 검지 손가락을 입술 위로 올렸다.

문 밖에서 계단을 오르는 발소리가 들려왔다. 동호는 두 주먹을 웅크린 채 팔꿈치를 갈비뼈 옆에서 휘저었다. 옷을 챙기라는 뜻, 동수는 급하게 농에서 폴라티를 꺼내 입고, 자신과 동생의 자켓을 챙겼다. 차키와 담배, 라이터, 핸드폰은 자켓에 고스란히 들어있었다. 자신의 자켓은 걸치고, 동호의 자켓은 손에 든 채 고개를 돌렸을 때. 동호는 문 뒤로 대여섯 발자국 떨어진 채 문을 노려보고 있었다.

—

개눈은 마치 혹처럼 부풀어오른 만호의 머리통부터 마음에 들지 않았다. 전날 타이어로 머리를 얻어맞은 만호는 밤 내내 기절해 있었다. 창수는 뭐가 그리 비통한지 만호 옆에서 계속 눈물을 훔쳤다. 정작 필요한 시기에 한 녀석은 몸이, 한 녀석은 마음이 망가지자 개눈은 제 발로 뛰어야 했다. 고장난 차를 수리 맡기고, 오토바이 세 대를 구해왔으며, 형제의 집을 알아냈다. 한 숨 못 자고 발품을 팔아 일을 해결하고 돌아왔더니 두 녀석은 사무실 간이침대에서 코를 드르렁대고 있었다. 열이 뻗친 개눈은 냅다 바가지로 변기물을 퍼 얼굴에 쏟아부었다. 그제서야 두 녀석은 머리를 긁적대며 눈을 떴다. 만호는 얻어맞은 부분이 흉물스럽게 불룩 튀어나와 있었다. 어딜가도 눈에 띌 만큼 거대한 머리통은 은밀해야 하는 추적과는 영 어울리지 않았다. 머리통이 깨져서 죽지 않은 게 어디야 하며 스스로를 달래 보아도 짜증은 가시질 않았다.

타이어로 두들겨 맞은 분이 풀리질 않았는지 만호는 끝없이 주둥이를 나불거렸다. 내가 말이야, IMF 금고도 딸 놈이라고. 감옥에서 문을 따는 법을 배웠으니 맡겨만 달라고 했다. 내가 말이야, 몽둥이만 쥐고 있으면 총이랑도 겨뤄볼 만하다고. 중학교 때 검도부 도대표였다며 문을 열자마자 덩치 큰 놈의 머리통을 쪼개 놓겠다 했다. 영 안 풀리면 그 녀석이 우리 차를 박살냈듯이 자신도 그 녀석의 차를 박살내겠다 했다. 작고 낡은 그 똥차를.

세 남자가 오토바이 세 대에 나누어 탄 채 동수의 집 앞에 도착하였다. 오토바이를 세우자마자 일층 식당에서 한 아주머니가 고무장갑을 낀 분홍손으로 이래저래 소리를 질러 댔다.

"삼 인분 줄까? 뭐? 밥 먹으러 온 게 아니라고? 근데 왜 남의 가게 앞에다가 대고 난리야, 썩 꺼지지 못 해!"

안 그래도 기세 등등한 만호가 후드를 까고 두배는 부풀어진 머리통을 보여주며 윽박을 질렀다.

"아지매, 나 오늘 건들지 마쇼. 확 그냥 가게 뒤집어 엎어버릴라."

아주머니는 국물을 우리던 국자로 만호의 머리통을 내리쳤다. 만호는 얼굴 곳곳에 푹 익은 닭껍질을 붙인 채 데구르르 굴렀다. 그 와중에 국물에 눈알이 익었다며 장님이 되었다는 호들갑은 어찌나 떨던지. 이어 개눈과 창수에게도 국자 흠뻑 삼계탕이 쏟아졌다. 예상치 못한 소란은 개눈이 아주머니에게 오만 원짜리 두 장을 쥐어주고 나서야 마무리되었다.

복수의 시간, 세 남자는 삼계탕집 옆에 난 작은 계단을 타고 오르기 시작했다. 이 건물 2층이랬다. 하필이면 창수가 앞장서서 계단을 올랐다. 계단은 너무나 좁은 탓에 한 사람이 오르기도 버거울 정도였다. 세 사람은 현관문 앞에 마주하고 난 뒤에야 순서가 잘못되었음을 깨달았다. 자물쇠를 다룰줄 아는 만호가 제일 뒤에 있었다. 결국 세 사람은 다시 밑으로 내려와서 순서를 정비하고 다시 계단을 올랐다. 앞에 선 만호가 심호흡을 하고, 조심스레 뒷주머니에서 문을 따기 위한 도구를 꺼내는 순간.

우당탕. 현관문이 그대로 계단 위 세 사람을 덮쳤다. 동호가 육중한 몸으로 밀쳐낸 현관문은 뒤로 넘어간 세 남자 위로 마치 양탄자처럼 덮였다. 이어 동호와 동수가 현관문을 밟고 아래로 뛰어내려갔다.

계단 위 삼인조는 현관문에 깔린 채 바둥대고 있었다. 중간쯤에 끼어버린 현관문 탓에 셋은 오도가도 못하는 신세가 되었다. 동수는 재빠르게 똥차로 뛰어갔다. 그러나 동호는 서두르지 않았다. 동호는 개눈 무리의 오토바이 핸들을 360도로 꺾어 부수기 시작했다. 그리고는 박살난 오토바이를 계단 입구에 던져놨다. 그렇게 세 대를 다 부수고 나서야 똥차에 올랐다. 똥차가 유유히 출발할 때까지 개눈 무리는 계단과 현관문 사이에서 허우적거리고 있었다.

똥차의 페달 옆에는 작은 구멍이 있었다. 발을 집어넣으면 쏙 하고 빠질 정도의 구멍. 처음부터 있었던 구멍이라 이제는 신경조차 쓰이지 않았지만, 한겨울이 되면 구멍으로 들어오는 한기에 발이 시렸다. 하늘이 맑은 만큼 날이 시린 날이었다. 아래에서부터 세차게 몰아치는 바람에 동수는 콧구멍이 시큰거릴 지경이었다.

동호는 창 밖만 바라보고 있었다. 분명 질문이 많을 텐데. 말 없는 동호가 여간 신경쓰이는것이 아니었다. 집을 급습한 자들의 정체가 무엇인지, 그리고 집에서 도망나와 어디로 향하고 있는지, 동호는 아무런 말이 없었다.

"동호야, 너 바다 본 지 얼마나 됐냐."

"몰라."

"니 나랑 말고 따로 간 적 있나."

"아니."

"와, 그럼 그게 7,8년 전인가? 우리 왜, 아버지 모시고 장수항 근처 갔었잖아. 기억 나?"

옥살이를 마치고 나온 동수는 동호와 함께 아버지를 모시고 장수항에 갔었다. 아주 오래전부터 대륙으로 사람을 실어 나르던 장수항, 항구 주변으로 횟집이 즐비하고 비좁은 모래사장도 있던 곳이었다. 회와 걸친 술이 얼큰해진 세 남자는 해가 질 즈음 바닷가로 향했다. 쌀쌀한 날씨였지만 동수는 그렇게 바다가 들어가고 싶었다. 바위 같은 동호는 움직이지 않았다. 에라 모르겠다, 동수는 훌렁 옷을 벗어 던지고는 아버지를 들쳐 업고 바다로 들어갔다. 얼레벌레 따라온 동호와 함께 세 부자는 신나게 물놀이를 하였다. 옥에서 나와 무언가를 씻어내고 싶었던 마음, 그 마음이 동수를 바다로 잡아당겼다.

바다란 말에 창 밖을 향한 동호의 시선이 살짝 동수 쪽으로 기울었다.

"기억 나."

"재밌었지?"

"응."

"지금 그 바다 갈거야."

"왜?"

"일 하러."

일 이란 말에 동호는 다시 고개를 창가로 돌렸다.

"동호야, 너는 뭐, 궁금한 거 없냐? 이렇게 갑자기 바다를 간다는데 말이야, 응? 아침에 누가 막 집으로 쳐들어오고."

"있어."

"뭐."

"나 왜 졌어?"

"야, 바실리안코 너도 알잖아. 그 새끼 졸라 센 놈이야. 저번에도 그 새끼가 이겼잖아, 어제도 그냥 그놈이 더 셌던 거야."

"형 때문에 졌어."

"아니야 인마, 내가 왜."

동수는 고개를 돌려 동호를 바라보았다. 얼빠진 듯한 반쯤 벌어진 입, 피딱지가 군데군데 얹힌 입술, 여기저기 부어 오른 울퉁불퉁한 얼굴, 상한 두부같이 퍼져버린 퍼런 멍. 그 위를 어딘가 성이 난 듯한 표정이 덮고 있었다.

"형이 지시했잖아. 지라고."

"아니라고, 이 새끼야!"

동수는 차가 움찔할 정도로 고함을 질렀다.

"그거는 인마, 이미 지나간 거고. 그냥 게임 진 거야. 너 은퇴했다니까? 진 이야기는 그만 해. 그런 거 말고 말이야, 오늘 응? 어디 가는지, 거길 왜 가는지, 거기서 뭐하는지, 넌 뭘 해야 하는지, 그런 거를 물어야 할 거 아냐."

"형."

"왜."

"나 말이야."

그리고 동호는 한참 말이 없었다. 다음 말을 기다리던 동수는 곁눈질로 계속해서 동생을 힐끔거렸으나, 동호는 눈만 꾸벅꾸벅 댈 뿐, 별다른 말이 없었다.

"왜, 말을 해."

"나 어제 다쳤나 봐."

"왜, 어디 아파?"

"아니."

"그러면?"

"왼쪽 눈이 안 보여."

—

병원에 갈 엄두가 안 났다. 아니, 잠시 차를 세우고 어떤지 살펴볼 여유도 없었다. —어떤데, 완전히 새까매? 반 정도가 안 보이는 것 같아. 반? 동호야, 그거 일시적인 거니 너무 걱정하지 마. 사람 눈알 뒤에는 그, 시신경이라는 게 붙어있는데 말이지, 그게 뭐냐면 니 뇌랑 눈을 연결해주는 거야. 근데 그 시신경이란 게 어, 충격에 좀 약해요. 동호야, 너 눈은 멀쩡해. 반 정도 안보이는 건 흔한 일이야. 정말 안 좋으면 이게 아예 안 보인다고. 그럼 병원에 가야 하는데 말이야, 형도 인마, 막 피곤하고 그러면 반 정도 안 보일 때 많아. 근데 그거, 쉬면 괜찮아져. 이제 뭐 격투기도 안 하는데, 그냥 쉬면 나으니까, 어여, 어여, 잠시라도 차에서 자. 알겠지?—

동수도 모른다. 두 눈의 반의 반이 먹통이 된 것이 어떤 의미인지. 그러나 할 수 있는 것은 허튼 위로 말고는 없었다. 눈보다는 일단 살고 봐야지. 그렇게 동수는 금세 변명거리를 만들어내고는 걱정을 뒤로 미루었다. 어쩔 수 없다, 괜찮을 거다. 어쩔 수 없다, 괜찮을 거다. 마치 주문처럼 스스로를 설득하면서.

어느덧 두 형제는 장수항에 도착하였다. 수 년 만에 찾은 장수항은 기억과 많이 달라져 있었다. 남루했던 항구 건물은 신식 2층 건물로 바뀌었고, 너른 주차장도 갖추고 있었다. 양 옆으로 늘어졌던 횟집들은 주변정비와 함께 사라지고, 세 부자가 물을 튀겼던 해변은 철조망으로 막혀 있었다. 무엇보다도 이름, 장수항이라는 옛이름 대신 장수 국제 여객터미널이라는 근사한 이름표를 달고 있었다.

예부터 중국을 드나드는 여객선이 모이던 곳이었다. 한때는 보따리상들이 양손에 한아름씩 짐을 짊어지고 모여들었지만, 언젠가부터 화려한 색감의 관광객이 주류가 되었다. 주차장에 들어선 동수의 눈에도 가장 먼저 띈 것은 관광버스에서 내리는 등산복 차림의 무리들이었다.

동수는 출구 근처 가장 가까운 곳에 주차를 하였다. 서서히 긴장감이 오르고 있었다. 동수는 긴장을 누르기 위해 담배불을 붙이고는 묻어두었던 전날의 기억을 되살렸다. 혁수가 말한 벌값을 치러야 할 시간이었다.

- 12월 30일 오전, 장수여객터미널. 웨이다오에서 들어오는 배. 거기에 탄 월터를 만나라. 접선 이후 전화를 해라.

혁수는 쪽지를 넘겼다. 월터의 번호, 월터를 만난 후 걸어야 할 번호. 그것이 전부였다.

월터가 누구인지, 그를 왜 만나야 하는지, 그를 만나서 무엇을 해야 하는지. 무엇도 알 수 없었다. 그러나 동수는 그다지 궁금한 것도 없고, 알고 싶지도 않았다. 다만 동수가 궁금한 것은, 아니 두려운 것은 대체 왜 이 일이 그토록 비싼 것인지였다. 동수는 돈 때문에 공중에 목이 매달렸다. 동수는 돈 때문에 동호의 마지막 시합을 망쳤다. 동수는 돈 때문에 왕재의 머리통이 총탄에 짜개지는 것을 볼 뻔도 하였다. 그런데 그 값이 겨우 사람을 만나는 것으로 퉁쳐진다니. 대체, 누구이길래?

담배가 좋은 것은 고민과 잡념을 짧게 끊어준다는 것. 동수는 다 태운 꽁초를 땅에 떨구었다. 두 형제는 장수항 터미널로 들어갔다.

터미널은 정신이 없었다. 출국을 대기하는 무리와 입국 수속을 마치고 나온 무리가 뒤엉켜 소란스러웠다. 중국과의 연결고리이다 보니 들리는 소리는 중국어가 반, 중국어처럼 들리는 한국어가 반의 반, 귀에 익은 한국어가 반의 반이었다. 어디 자리를 잡고 앉아 안 그래도 쑤시는 몸을 달래 보려 했으나, 빈 자리 없이 관광객이 빼곡히 들어 차 있었다.

옆에 선 동호의 몸에서 핏내가 났다. 동호의 자켓 속 셔츠에 피가 묻어 있었다. 보이는 꼴과 풍기는 냄새에서 선명한 폭력과 위험의 기운이 느껴졌다. 군중 속에서 굳이 도드라질 필요는 없었다. 동수는 동호를 이끌고 터미널 내 위치한 작은 기념품가게에 들어섰다. 정체를 알 수 없는 문구가 가슴에 새겨진 검은 셔츠가 눈에 들어왔다. 사이즈 XXL, 동수는 선반 가장 밑단에서 셔츠를 끄집어내 동호에게 넘겼다.

동호는 셔츠를 받아 들더니 대뜸 자켓을 벗어서 카운터 위에 올려놓았다. 그리고는 거침없이 입고 있던 셔츠를 벗어 던졌다. 순간 근육이 덕지덕지 덮인 동호의 육중한 몸이 드러났다. 여기저기서 수군대는 소리가 들렸다. 관광객과 흥정을 하던 가게 주인이 화들짝 놀라 동호를 나무랐다.

"계산하고! 저기 화장실 가서 입어요!"

허나 동호는 볼멘소리를 귓등으로 흘리고는 새로운 셔츠를 비닐포장에서 꺼내기 시작했다. 여주인이 손바닥으로 동호의 등을 철썩 내리치면서 가게 밖으로 밀쳐냈다. 몇몇 관광객들이 이를 보고는 겁을 먹고 피하기 시작했다. 동호는 주인의 난리통에 가게 밖으로 걸어 나와 새로운 셔츠를 껴입었다.

"에라 모르겠다, 중고로 파세요."

동수는 거스름돈도 포기하고 만 원 짜리 세 장과 동호가 입고 있던 셔츠를 주인에게 넘기고는 가게를 나섰다.

배가 터미널에 도착했다는 표시가 떴다. 곧 전화를 해 봐야지. 동수는 혁수가 준 전화번호가 적힌 쪽지를 주머니 속에서 움켜쥐었다.

—

"야, 이 새끼 뭐야. 여기, 여기."

터미널 보안실, 쉼없이 돌아가는 24대의 모니터를 보던 중 영복의 눈에 상의를 벗은 남자가 들어왔다. 뒤이어 세 명의 건장한 사내가 모니터 앞으로 모여들었다. 마약팀 소속의 경찰들, 다들 체격이라면 뒤쳐지지 않는 거한들이었지만 모니터 속 남자 앞에서 주눅이 드는 느낌이었다.

"그, 저, 아줌마가 때리는데."

그리고 그 남자의 등을 한 여자가 철썩 때리기 시작했다. 이어 손으로 남자를 격하게 밀쳐 내기까지 했다. 남자는 쭈뼛대며 가게 밖으로 벗어났다.

혹시 모른다, 시선을 끌기 위해 소란을 피우는 덫일지도 모른다. 영복은 입국장 모니터도 놓치지 않기 위해 연달아 시선을 이리저리 움직여야 했다. 월터가 탔다는 배에서 사람들이 쏟아져 나오고 있었다.

마침 전화기가 울렸다. 장반장이었다

장반장 개자식, 속 빈 떠벌이놈. 수사를 진두지휘 해야 할 장반장은 꼭 결정적인 순간에는 몸을 사렸다. 장반장은 이번 작전에는 특히나 소극적이었다. 영복이 직을 걸 기세로 밀어붙이지 않았다면 추진조차 되지 않았으리라. 그렇게 영복이 밤을 세워가며 주도적으로 준비를 했건만, 정작 타겟의 입국을 앞두고 장반장은 꽁지를 내뺐다.

"내가 다른 첩보를 접수했다 말이지, 이거이거, 급하게 담당 검사랑 이야기를 해야겠는데."

장반장은 장수항을 훌렁 둘러보고는 핑계를 대고 사라졌다. 그러나 주차장을 향한 CCTV 속 장반장의 차는 그대로였다. 썩을 녀석은 온기가 빵빵한 차안에서 줄담배나 피우다, 쇠고랑이 찰칵 소리를 낸 뒤에야 나타날 게 뻔했다.

"네, 장반장님."

"에, 곧 들어올 시간이네?"

"네, 입국 수속 진행 중입니다."

"별 일 없고?"

그러니까, 누가 봐도 심상치 않은 거인녀석이 이 날씨에 웃통을 벗고 있는데요, 모니터를 다시 보니 남자는 가게에서 산 셔츠 포장을 뜯은 뒤 입고 있었다.

"잠잠합니다."

"사건 마무리되면 바로 전화해."

장반장 개자식, 담뱃불을 붙이는 소리가 틱하니 나더니 갑작스레 전화가 끊겼다. 오늘도 털 끝 하나 다치지 않을, 장반장 개자식.

어제 오후, 발신자를 숨긴 전화가 시작이었다. 나이를 가늠하기 어려운 목소리의 남자였다. 남자는 대뜸 마약반의 최대 관심사를 언급했다.

―들어는 보셨나, 월터 백.―미국 최대의 마약조직이 눈을 까뒤집고 찾는다는 그 사람. 그 자의 몸값이 중진국의 GDP에 달한다는 말이 돈다지. 영복도 그에 대해 알고 있었다. 흔치 않은 FBI의 수사 공조 요청이 있었기 때문이다. ―반드시 잡아야 하네, 월터 백. 그 자가 내일 오전 웨이다오에서 장수항으로 입국을 해.―전화는 거기까지였다.

제보는 부실했다. 짧은 전화 한 통으로는 그 어떤 수사의 근거도 입증하기 어려웠다. 그러나 영복은 강렬한 직감에서 헤어나올 수 없었다. 월터, 사라진 월터가 한국으로 돌아온다. 내일, 장수항을 통해. 상사의 떨떠름한 호응 속에서도 영복은 강력하게 수사를 밀어붙였고, 단 하룻밤 사이 짜인 작전이 결과를 기다리고 있었다.

그때였다. 한 무리의 사내들이 터미널로 들어서는 것이 CCTV에 잡혔다. 상하의, 그리고 셔츠와 구두까지 온통 검은색으로 통일한 복장은 지역의 마약집단, 달구지파임을 상징하는 특징이었다. 영복의 눈이 잽싸게 수를 세기 시작했다. 세 무리로 나누어 움직이는 녀석들은 각각 셋 씩. 총 아홉 명의 건달 무리. 18개의 눈이 쉴 새 없이 돌아가며 주변을 살피고 있었다. 영복은 직감했다. 그들도 월터를 찾고 있다. 영복은 급하게 게이트 앞 부하들에게 전화를 걸었다.

"딸보랑 막내 빼고 전부 보안실로 들어와!"

게이트 앞에 배치된 경찰은 다섯 명이었다. 영복은 재빨리 그 중 셋을 거두고, 비교적 얼굴이 알려지지 않은 둘만 남겼다. 무리 지어 있는 경찰의 냄새를 달구지파 녀석들이 맡지 못할 리 없었다.

달구지파도 월터를 노리고 왔음이 분명했다. 영복은 급히 작전을 바꾸었다. 제보뿐인 영복은 월터를 알아볼 방법이 없었다. 사진은커녕 그의 키, 몸무게, 체형, 특징, 무엇 하나 아는 것이 없었다. 허나, 달구지파는 다르다. 그들은 월터가 누군지 알고 있으리라. 차라리 달구지파 녀석들이 월터를 잡으면, 그 다음을 치는 것이야. 예상치 못한 달구지파의 등장에 팽팽한 긴장감이 돌았으나, 영복은 자신이 순간적으로 뒤튼 작전이 제법 마음에 들었다.

비좁은 상황실에 들어선 거구의 일곱 경찰, 공간이 열기로 후끈거리기 시작했다. 입국장 앞의 두 사람도 눈알을 굴리느라 정신이 없을 터였다. 한 겨울임에도 강력부 마약과 아홉 경찰이 긴장감과 열기로 땀에 젖어 들고 있었다. 장반장, 주차장에 차를 대놓고 히터를 최대치로 올려놓은 개자식 장반장을 제외하고 말이다.

—

원덕은 엉덩이에 좀이 쑤셔서 가만히 있기가 어려울 지경이었다. 싸구려 휠체어는 처음부터 마음에 들지 않았다. 몇 차례고 엉덩이를 들썩이며 퍼즐을 끼워 맞추듯 쑤셔 넣어야 간신히 앉을 수 있었다. 싸구려 합성섬유로 엮은 시트 부분은 무게를 이기지 못하고 축 늘어져 앉자마자 허리에 통증이 느껴졌다. 게다가 조금이라도 움직일라 치면 부하를 견디지 못한 바퀴가 내는 삐걱대는 소음이란. 처음으로 휠체어에 앉은 순간, 열이 뻗친 원덕은 그 자리에서 벌떡 일어났다. 엉덩이에 끼인 휠체어가 같이 따라섰다. 야! 한국 들어 갈라면 눈에 안 띄어야 한다며! 이게 씨발 눈에 안 띄어?

중국인 브로커는 양손을 맞잡은 채 원덕을 달래고 달랬다. 이 동네에는 당신처럼 뚱뚱한 사람이 없어요, 휠체어는 이게 제일 큰 것이에요, 어쩔 수 없어요, 조금만 참으세요, 한국 들어갈 때까지만요.

그리고 꼬박 하루가 지났다. 원덕은 휠체어 위에 앉은 채 배를 타고 중국에서 한국으로 향했다. 빌어먹을 여객선은 어찌나 출렁대던지 뱃멀미가 끊이지 않았다. 게다가 휠체어가 엉덩이를 쥐어짠 탓에 내장 속 무언가가 빠져나갈 구멍은 입 밖에 없었다. 어디서 구해온 요강 같은 항아리를 앞에 두고 원덕은 몇번이고 토를 쏟았다.

간신히 버티고 버텨 드디어 배가 장수항 근처에 도달했다. 분명 두부같이 허연 내 엉덩이에 곰팡이가 폈을 게야. 조금만 더 참자, 조금만 더 참자. 한국 땅을 밟기까지는 마지막 관문인 입국심사가 남아있었지만, 원덕은 시간과의 싸움만으로 이미 지쳐 있었다. 시간과의 싸움에는 왕도가 없다. 그저 그 지긋지긋한 권태에 견디는 것뿐.

어느덧 배에서 내려 입국장으로 향하는 길. 배에서는 몰랐는데, 한국의 겨울이 이렇게 추웠다고? 동남아 창고에 숨어있을 때, 드디어 배편이 마련되었다며 찾아온 남자는 숨 고를 틈도 없이 원덕의 손을 잡고 이끌었다. 맨몸으로 빠져나와 잠시간 브로커를 만났던 중국 남부를 거쳐 장수항까지, 원덕은 줄곧 여름 행색이었다. 하늘색 반팔 셔츠 위에 껴입은 낚시 조끼와 국방색 카고 반바지 차림. 한국에 가까워질수록 서서히 몸이 시려 오기 시작했다. 배 안에서 어찌어찌 긴 셔츠를 구해 껑겨입었으나, 휠체어 밖으로 허옇게 나온 다리가 영 아려 왔다. 게다가 추위뿐인가. 저 뚱보 장애인은 춥지도 않나? 하반신이 마비되면 추위도 못 느끼나? 주변의 시선이 느껴지기 시작한 원덕은 초조해졌다.

원덕은 고개를 돌려 휠체어 뒤에 선 여자를 쳐다봤다. 중국인 브로커는 두 명의 중국 동포를 구해왔다. 여자 하나, 남자 하나였다. 브로커가 말했다.

이 여성이 엄마 역할을 할 겁니다.

그러나 여자는 원덕의 엄마라기엔 너무 마르고 왜소했다. 원덕이 성을 냈다.

이 아줌마가 나랑 어디가 닮았어, 누가 이 조그만 여자를 내 엄마라고 생각하겠어! 휠체어나 제대로 밀겠냐고!

중국인 브로커는 양손을 맞잡은 채 원덕을 달래고 달랬다. 이 동네에는 당신처럼 뚱뚱한 사람이 없어요, 휠체어는 당신이 조금만 도와주세요, 이렇게, 이렇게 손으로 밀어서. 어쩔 수 없어요, 조금만 참으세요, 한국 들어갈 때까지만요.

"아줌마."

아줌마는 들은 척도 안 한 채 낑낑대며 휠체어를 지탱하고 있었다. 뒤로 밀리는 것을 버텨내는 것도 힘겨워 보였다. 원덕은 양손으로 바퀴를 잡은 채 다시 한 번 여자를 불렀다.

"아줌마!"

그러자 여자는 손바닥으로 원덕의 정수리를 내리치며 조용히 말했다.

"엄마."

열불이 차올랐지만 어쩌겠는가.

"엄마."

그제야 여자가 대답했다.

"왜, 아들?"

"그거, 그거, 입고 있는 거. 겉에 거 하나만 벗어서 나 줘."

"아들, 추워?"

"그래. 빨리 벗어 줘."

"싫어."

"아, 왜! 몇 겹씩 껴입었잖아. 저기 통과할 때까지, 잠깐만, 응?"

"나도 추워."

"이 씨발, 진짜. 돈 안 준다?"

여자는 이번에는 위에서 원덕의 뺨을 후려쳤다. 원덕이 쓰고 있는 노란색 색안경이 흘러내렸다. 말 이쁘게 하자. 그러고는 여자는 겉에 입고 있는 핑크색 패딩을 벗어서 원덕의 배 위에 집어 던지듯 올렸다. 여자는 핑크색 패딩 속에 똑같이 생긴 초록색 패딩을 입고 있었다. 원덕은 색안경을 고쳐 쓰고, 받은 패딩을 다리 위에 올려 허연 맨다리를 가렸다. 죽여버릴 거야, 죽여버릴 거야. 입 안에서 몇 번이고 저주를 우물대며 말이다.

안 그래도 휠체어로 열이 오른 원덕이 더 예민하게 성이 난 것은 핸드폰 때문이었다. 중국인 브로커는 작은 파우치 안에 뱃표와 가짜 여권, 그리고 핸드폰을 담아 건넸다. – 요 세 놈은 잘 보관해야 합니다. 핸드폰은 한국에 도착하면 켜요. 전화가 올 겁니다. 그 사람을 따라가세요. –

나온 지 몇 년은 돼 보이는 중고폰이었다. 그리고 원덕은 잠시, 아주 잠시 그 핸드폰으로 게임을 즐겼을 뿐이었다. 이틀이 꼬박 걸리는 뱃길은 너무나 고되었기에, 간만에 쥔 핸드폰으로 퍼즐 게임을 즐겼을 뿐이다. 그리고 그 핸드폰을 양손에 움켜쥐고 풍만히 부풀어 오른 배 위에 올려 둔 채, 아주 잠시 잠이 들었을 뿐이다. 그러나 깨어났을 때 원덕의 두 손은 휠체어 밑으로 떨어져 있었고, 배 위의 핸드폰은 사라져 있었다.

고작 십오 분쯤 잠들었을까? 잠들기 전에도 엄마라 불리우는 여자는 휠체어 뒤에 있었고, 잠에서 깨어나는 순간에도 엄마라 불리우는 여자는 휠체어 뒤에 있었다.

"내 핸드폰, 핸드폰 어디 갔어!"

벌컥 성을 내도 여자는 모르쇠로 일관할 뿐이었다. 마음같아선 온 배를 뒤져서 핸드폰을 찾아내 훔쳐간 녀석을 바다에 빠뜨리고 싶었지만. 원덕은 빌어먹을 바퀴 위였다. 게다가 배 위의 핸드폰을 훔쳐간 사람은 아무리 생각해도 엄마 역할을 하는 여자인 듯했다. 원덕은 분을 삼키고 나름 계획을 짰다. 입국장만 빠져나가면 이 아줌마한테 십만 원을 더 건네는 거야. 핸드폰을 다시 사겠다고 말이지. 만약 그때도 모르는 척을 한다면. 이 엄마년의 모가지를 붙들어 메고 온몸을 털어서 찾아낼 거야. 입국장만 빠져나가면.

그래도 말이지, 그깟 핸드폰. 난 지켜냈다고. 저 먼 미국땅에서부터 돌고 돌아 목적지 직전까지, 수만 리를 거쳐오면서도 결국엔 난, 이 가방을 지켜냈다고.

마치 복대처럼 원덕의 배를 둘러싼 끈, 그리고 끝에 매달린 허리색. 원덕은 누구의 손도 닿을 수 없도록 허리색을 등 뒤로 돌려놓았다. 원덕의 덩치를 고려하면 엉덩이 뒤로 가방을 숨긴 것과 다름없었다. 휠체어에 앉아있으면서도 원덕은 단 한 번도 허리색을 풀지 않았다. 가방이 등에 배겨 척추뼈를 짓누르고, 땀이 차올라 등허리에 욕창이 피어나는 느낌이 들 때도 원덕은 끈을 풀지 않았다. 여권이 고국의 입장권이라면, 가방은 새로운 삶의 입장권. 원덕은 최대한 등을 휠체어에 기대며 그 사이로 느껴지는 가방의 부피감에 안도했다.

드디어 원덕의 입국심사 차례가 왔다. 비록 가짜이지만 두 사람 모두 한국여권을 쥐고 있었다. 게다가 브로커의 작전이 통한 것인지. 휠체어에 올라탄 고도비만의 장애인을 힘겹게 옮기는 어머니를 향하는 심사관의 애처로운 눈빛이 느껴질 정도였다. 문제는 물건이 들어있는 가방, 배편에는 밀수꾼이 많아 세관에서 짐 조사를 이 잡듯이 한다던데. 어디선가 풍문을 들은 기억이 난 원덕은 괜히 마음이 조여오는 느낌이었다.

그러나 심사대의 그 누구도 원덕이 마약을 갖고 있음을 의심하지 않았다. 입국 심사는 무탈하게 진행되었고, 그렇게 원덕은 칠 년 만에 한국 땅을 밟았다. 엄밀히 말하면, 한국 땅을 밟은 것은 원덕이 올라탄 휠체어의 바퀴이지만.

어느새 입국장을 벗어나는 마지막 자동 게이트가 눈에 보였다. 살짝의 경사가 있었는지 뒤에서 여자가 낑낑대더니 나지막이 욕설까지 내뱉고 있었다. 어서 원덕도 힘을 보태라는 의미였다. 마음이 한결 놓인 원덕이 바퀴에 힘을 보태며 볼멘소리를 칭얼거렸다. 아줌마, 힘이 그것밖에 안 돼? 돈 값을 해야지! 원체 거구인데다가 험상궂은 인상인 원덕은 다리를 못쓰는 남자이지만 어딘가 위협적이었다. 지나가는 사람들이 두려움 섞인 눈길을 보내기 시작했다. 하지만 엄마는 달랐다. 그녀는 다시 한 번 원덕의 뺨을 후려쳤다. 이번에는 노란 색안경이 떨어져 나갔다. 원덕도 참을 수 없었다.

"이제 휠체어는 지긋지긋 해, 한국에 들어왔으니 상관없잖아."

원덕이 분을 참지 못하고 벌떡 일어서려는 순간. 한 남자가 원덕의 어깨를 지긋이 누르며 말했다.

"원덕씨, 아직 끝난게 아닙니다."

남자는 안경을 주워다가 원덕에게 돌려주었다. 빡빡머리에 검은색 중절모를 쓴 남자. 코 밑에 풍성한 콧수염을 달고 있는 남자. 그리고 짙은 선글라스를 쓰고 있는 남자. 그는 중국인 브로커가 주선해 준 두 번째 중국동포였다.

브로커는 신신당부를 했다. 터미널 빠져나올 때까지 긴장을 늦추면 안됩니다. 그 앞에 누가 진을 치고 있을지 몰라요. 원덕의 뒤를 쫓는 프란시스는 지독한 인간이었다. 동남아에서 도망나올 때에는 그녀가 보낸 사냥꾼 서넛이 총칼을 들고 원덕을 쫓았다. 죽을 고비를 넘겨가며 도착한 중국에서도 브로커는 흙가지하실에 원덕을 보름이나 숨겨야만 했다. 브로커의 말은 귀에 새길 가치가 있었다. 프란시스라면 어디에 어떤 함정을 파두었을지 모를 일이었다.

휠체어와 여자가 심사관의 눈을 가리는 역할이었다면, 남자는 미끼였다. 프란시스가 준비해 놓았을 덫에서 벗어나기 위한 미끼.

"원덕씨, 저 문을 지나가야 끝입네다. 내, 이제 준비하겠습니다."

남자가 가방의 앞 주머니를 열고는 준비한 비닐봉지를 들어보였다. 원덕이 고개를 끄덕였다. 남자는 하얀 가루가 들어있는 지퍼백의 끝부분을 살짝 뜯고는 바지 주머니에 쑤셔박았다.

그는 뚜벅뚜벅 게이트를 향해 걸어 나갔다. 미리 뜯어 놓은 그의 검은 바짓단에서 하얀색 가루가 조금씩 새고 있었다. 누가 봐도 그는 수상해 보였다. 드라마 속 인물을 흉내 낸 듯한 차림새, 흘려 대고 있는 하얀색 가루. 너무나 노골적인 학예회 수준의 분장이었다. 출발 전, 그의 꼴을 본 원덕이 브로커에게 성을 냈다. -대체 이 꼴에 누가 속아넘어간단 말이야, 누가 봐도 내가 마약상이라는 차림새잖아!-브로커는 웃으며 말했다. 당신이 향하는 곳은 한국입니다. 마약상에 대해서는 잘 알지 못할거에요.

원덕은 다소간의 거리를 두고 휠체어에 오른 채 남자의 뒤를 따랐다. 남자가 다가서자 자동문이 열렸다. 남자의 바짓단은 어느새 허연 가루가 잔뜩 묻어 걸을 때 마다 마치 구름 위를 걷는 듯 가루가 피어올랐다. 밖으로 나선 남자는 게이트 앞을 서성댔다. 날 잡아 가소.

브로커의 말이 맞았다. 문 틈으로 검은 양복을 맞춰 입은 덩치 큰 녀석들이 보였다. 자동문이 닫혔다. 원덕은 휠체어를 굴려 게이트에 다가섰다. 자동문이 열렸다. 덩치들은 눈빛을 주고받더니, 미끼를 물고자 몰려들기 시작했다. 자동문이 닫혔다. 원덕은 거세게 바퀴를 굴려 자동문에 가까워졌다. 자동문이 열렸다. 덩치 세 녀석이 미끼와 엉켜 있었다. 자동문이 닫혔다. 이제 다음은 원덕을 위해 문이 열릴 것이다. 원덕을 앞에 두고 자동문이 열렸다. 어랏, 저놈들은 누구지. 덩치 세 녀석 위에 새로운 덩치 두 녀석이 엉켜 있었다. 도리어 미끼는 멀뚱대며 상황을 지켜볼 뿐인데, 둘로 나뉜 패에 속한 덩치들끼리 주먹과 고함을 섞고 있었다.

원덕은 입국장을 나섰다. 엉킨 무리를 피해 도망가는 원덕의 팔놀림이 거세졌다. 휠체어가 속도를 내며 구르기 시작했다. 뒤를 따라오는 어머니가 버거울 만큼.

—

"달구지파가 움직입니다."

입국장 게이트 앞에 있는 딸보에게서 전화가 왔다. 영복의 눈도 입국장 게이트를 비치는 모니터에 고정되어 있었다. 딸보의 말대로 달구지파 녀석들이 뭉쳐서 게이트로 다가서고 있었다. 게이트 앞에는 검은 중절모와 선글라스를 쓴 한 남자가 있었다.

"어쩔까요."

"잠시만."

조금만 더. 달구지파가 녀석을 잡아 챌 때까지. 영복은 숨을 참은 채 기다렸다. 수상한 남자는 게이트를 나선 뒤에도 그곳을 떠나지 않고 서성대고 있었다. 달구지파와의 거리가 좁혀지고 있었다.

달구지파 녀석 중 하나가 남자에게 바싹 붙었다. 무어라 대화가 오고 가는 듯했다. 그러던 중, 갑자기 실랑이가 벌어졌다. 달구지파 녀석이 남자의 배낭을 낚아채려 했고, 남자는 이에 저항하기 시작했다.

"잡아!"

경찰 둘이 달구지파에게 달려들 준비를 했다. 그리고 그들이 채 첫 걸음을 떼기도 전, 영복과 나머지 여섯은 보안실을 뛰쳐나가 게이트로 달리기 시작했다.

게이트 앞, 수에서 앞선 달구지파 녀석들이 딸보와 막내를 두들기고 있었다. 영복은 본능적으로 동료들에게 향하는 발걸음을 돌려 월터에게 향했다. 월터는 멀뚱히 서서 소란을 바라보고 있었다. 영복은 멀리서 날아올라 월터의 가슴팍에 옆차기를 날렸다. 얻어맞은 월터가 저 멀리 나가 떨어졌다. 한동안은 움직이지 못할 것이었다.

구대 구. 동수로 맞이한 싸움은 거칠게 흘러갔다. 의자를 휘두르는 놈이 있었고, 주머니칼을 꺼내 드는 녀석도 있었으며, 옆을 지나가던 관광객을 인질로 쓰는 녀석까지 생겨났다. 치열하게 싸움을 치르는 와중에도 영복은 장반장 생각이 났다. 꼴보기싫은 그 개자식이라도 이 자리에 있었다면.

그렇게 한참 동안 치고 박는 아수라장이 이어졌다. 뒤죽박죽 엉킨 열여덟의 움직임이 서서히 사그라들기 시작했다. 승기가 기울기 시작한 것이었다. 정수리가 찢긴 영복은 흘러내린 피로 한쪽 눈이 보이지 않았다. 소매로 피를 훔쳐내고 주위를 둘러보았을 때, 서 있는 사람은 영복 하나뿐이었다. 나머지는 쓰러진 채 앓는 소리를 내고 있거나, 뒤엉킨 채 뒹굴고 있거나. 그러나 경찰은, 용케 달구지파 전원의 손목에 수갑을 채운 뒤였다.

—

월터의 전화기는 꺼져 있었다. 연신 통화버튼을 누르는 동수의 속이 타들어 갔다. 서서히 입국장에서 사람들이 나오기 시작하는데 월터를 알아볼 길이 없었다. 불안한 동수는 연신 머리를 헤집었고, 동호는 이를 묵묵히 지켜보고 있었다.

순간 게이트 바로 앞에서 큰 소리가 났다. 두 형제의 시선이 동시에 게이트 앞으로 쏠렸다. 서너 명은 되어 보이는 덩치들이 한 남자의 멱살을 쥐어 채고 있었다. 어라, 싶은 순간 이번에는 뒤에서 다른 덩치 두 녀석이 달려들었다. 같은 목표를 두고, 두 무리가 부딪히고 있었다.

"저 새끼인가 봐."

"응?"

"저 새끼가 월터라고."

"월터가 누군데?"

"우리가 잡아야 할 새끼."

순간 어디선가 또 다른 무리의 남자들이 달려와 싸움판이 커졌다. 스무 명에 가까운 사내들이 벌이는 싸움판은 거세고, 사납고, 격했다. 그 사이 월터는 어딘가에 파묻혔는지 눈에 보이지 않았다.

"형, 저기 뻗어 있는 놈. 재만 잡아오면 끝이지?"

"잠깐만, 가만있어 봐."

동수는 판세를 읽느라 정신이 없었다. 월터를 기다리는 무리가 둘이나 있다는 것은 혁수에게 듣지 못한 사실이었다. 당장 월터를 잡겠다고 싸움에 휘말렸다간 일이 틀어질 것이 분명했다. 동수는 조금 더 기다리며 한쪽이 승기를 잡을 때까지 기다렸다. 격렬한 전투, 승기를 잡은 쪽도 비실댈 것이리라.

"간다."

허나 말을 마친 동호가 뚜벅뚜벅 걸어 나가기 시작했다. 동호는 개의치 않고 아사리판으로 나아가기 시작했다. 화들짝 놀란 동수가 동호의 팔뚝을 붙잡았으나, 동호는 동수의 팔을 거세게 뿌리쳤다. 동수의 손이 단박에 쓰윽하고 빠졌다. 동수의 팔을 뿌리치며 동호는 옆으로 지나가던 누군가와 퍽 하고 부딪혔다. 콰당하고 넘어지는 소리가 났다. 그러나 동호는 본능에 이끌리듯 뒤도 돌아보지 않고 핏물 터지는 싸움판으로 나아가고 있었다.

"강동호, 이 등신새끼야. 저기 칼 꺼낸 거 안보여? 지금 들어가면 죽을지도 모른다고!"

어떻게든 동호를 붙잡아야 하는데. 동수의 앞길을 무언가가 막고 있었다. 휠체어였다. 휠체어가 옆으로 넘어져 있었고, 휠체어 위의 남자가 낑낑대고 있었다. 동수의 팔을 뿌리치던 동호가 휠체어를 밀던 여자를 밀쳤고, 이에 중심을 잃은 여자가 쓰러지며 휠체어까지 옆으로 엎어진 것이었다.

동수는 휠체어 위의 남자부터 살폈다.

"죄송합니다. 죄송합니다."

땀을 뻘뻘 흘리던 남자는 연신 욕설을 하며 낑낑대고 있었다. 더 이상 지체할 수 없었다. 동호를 막아서야 했다. 그런데, 동수와 동호 사이로 사람들이 떼로 뭉쳐 모여들고 있었다. 순식간에 마치 벌떼처럼 모여든 사람들 때문에 동수는 나아갈 수가 없었다. 동호와의 거리가 점점 멀어져갔다.

동호가 후려친 여자가 쓰러지며 여자의 가방이 의자의 팔걸이에 걸렸다. 여자가 바닥으로 넘어지며 체중을 못이긴 가방이 부욱하고 찢어졌다. 그리고 찢어진 가방 사이로 시뻘건 백위안짜리 중국 돈 수십장이 바닥으로 뿌려졌다. 그 돈을 본 사람들이 돈을 줍기 위해 순식간에 몰려든 것이었다.

갑작스럽게 벌어진 소란에 동수는 혼란스러웠다. 한시 바삐 동호를 말려야 할 참, 일단은 넘어진 휠체어부터 일으켜 세우려 했다. 그러나 남자의 몸이 워낙 육중한 탓에 넘어진 휠체어는 꼼짝도 하지 않았다. 그렇게 휠체어를 쥐고 힘을 쓰는 가운데, 동수의 눈에 문득 여자가 들어왔다. 휠체어를 끌던 여자는 넘어진 환자는 전혀 신경 쓰지 않고 바닥에 떨어진 돈을 가져가려는 사람들을 때리고, 할퀴고 있었다. 휠체어를 탄 자의 보호자라면 휠체어가 넘어졌을 때 응당 그 자부터 챙기는 것이 본능이 아니었던가. 그러나 돈만 신경 쓰는 저 여자가 남자의 보호자라면. 어쩌면 모든 것은 거짓이고, 이 남자는.

"월터?"

동수는 휠체어 위의 남자를 바라보며 말했다.

"왜!"

동수는 그 자리에서 벌떡 일어섰다. 이어서 자신의 금목걸이를 목에서 뺀 뒤 동호에게 집어 던졌다. 목걸이는 동호의 머리 위로 넘어갔다. 동호의 앞으로 목걸이가 툭하니 떨어졌다. 어랏. 이것은. 동호가 목걸이를 보고 걸음을 멈추었다.

"동호야! 강동호!"

동호가 부름을 따라 고개를 돌려 뒤를 바라보았다. 동수가 손바닥을 활짝 편 채 동호를 바라보고 있었다.

"멈춰."

동호는 발걸음을 멈추고 돌아섰다. 동호가 멈추었음을 안 동수가 손가락을 아래로 향했다. 동호가 방향을 바꿔 다시 돌아오기 시작했다. 동호는 돈을 줍는 사람들을 간단히 옆으로 밀쳐냈다. 동호는 휠체어를 단숨에 들어올리고는 바로 세웠다. 그리고는 휠체어 손잡이를 부둥켜 쥔 채 동수를 바라보았다.

"뛰어."

동호가 휠체어를 밀며 출구로 뛰기 시작했다. 동수도 그 뒤를 따라 내달리기 시작했다.

동수와 동호, 그리고 휠체어 위의 월터는 주차장까지 단숨에 내달렸다. 휠체어 경사로가 있었지만 동호는 그대로 휠체어를 집어 든 채 계단을 내려갔다. 계단을 내려옴과 동시에 쿵 하니 휠체어를 내려놓았다. 충격에 안장부분이 부욱하고 찢어지며 월터의 한쪽 엉덩이가 아래로 떨어졌다. 야, 이 개새끼야! 허나 휠체어는 멈춤없이 내달렸다. 월터는 온 힘을 다해 양팔로 휠체어를 움켜쥐고 간신히 버텨냈다.

셋은 똥차에 도달했다. 동수가 뒷문을 열었고 동호가 월터를 덥석 들어올리더니 뒷자리에 던지듯이 밀어 넣었다. 이어 휠체어를 이리저리 접으려다가, 방법을 모르겠다는 듯 반쯤은 구기다시피 휠체어를 찌그러뜨린 채 월터의 옆자리에 쑤셔박고는 조수석에 올라탔다.

동수는 똥차에 시동을 걸고 있었다. 그런데, 이 빌어먹을 똥차가. 빌어먹을 똥차가. 아무리 열쇠를 돌려도 움직일 생각이 없었다. 자, 침착하게. 동수는 열쇠를 꺼내들어 침을 퉤퉤 뱉고, 서서히 키를 꽂아 넣고, 위 아래 살살 흔들어봤지만. 그래도 똥차는 아무런 움직임이 없었다.

"형."

"어?"

"이 차 말이야."

"응."

"죽었어."

말을 마친 동호가 문을 열고 뛰쳐나갔다. 야, 어디가! 동수가 소리를 질렀지만 동호는 뒤도 돌아보지 않고 어디론가 달려나갔다. 아이고 나 죽네, 짐승녀석들이 장애인을 대하는 거 보소. 뒷자리에서 월터가 볼멘소리를 늘어놓고 있었다. 허나 대응할 겨를이 없었다. 동수는 다시 한 번 키를 꺼내 들고 침을 퉤퉤 뱉었다.

—

장반장은 전화 통화에 정신이 없었다. 장수항 주차장 가장 외진 곳에 마치 숨어들 듯 차를 대 놓았지만, 차안에서 새어나오는 쩌렁쩌렁한 통화 소리가 꽤 멀리까지 새어나갈 정도였다. 급하게 준비한 계획은 무엇 하나 뜻대로 되는 것이 없었다.

"왜 안 돼, 그게 왜 안 되냐고, 너 내가 누군지 몰라? 나 장반장이야!"

아무리 다그치고 윽박을 질러도 그들은 말을 듣지 않았다. 이십 년에 가까운 경찰생활을 통해 알게 된 잔챙이들까지 하나하나 다 관리했던 것은 이런 급한일에 도움이 될까 해서였지만. 장반장이 급한 상황에 놓여있다는 것은 도리어 약점이 되어 그들은 뻔히 보이는 거짓말을 늘어놓으며 배짱을 부리고 있었다.

"자, 그래, 알았어. 한 장 더 올리면, 가능하겠지?"

결국 그들을 움직이게 만드는 것은 돈뿐이었다. 시가에 빠삭한 장반장은 헛돈을 써야 한다는 것에 분통이 터졌지만 별 수 없었다. 성이 끝까지 올라 참지 못할 때에는, 가슴팍에 있는 권총집 위를 어루만지며 녀석들의 몸통에 구멍을 내는 자신을 그리며 분을 삭힐 뿐이었다.

마지막 녀석은 특히나 고약했다. 애처로운 목소리까지 뒤섞어 보았으나, 녀석은 자잘한 이유들을 끌어 모아 부탁을 완고하게 거절했다. 짐짓 녀석은 정가의 몇 배를 뜯으려는 눈치였다. 넌더리가 난 장반장은 결국 성을 내고 말았다.

"이런 야바위꾼 새끼, 내가 널 진작에 옥에 쳐 넣었어야 하는데!"

예상대로 상대방은 침묵으로 답했다.

"알겠어, 알겠어! 다섯 장 더 얹어서. 전화 끊고 바로 보낸다!"

녀석의 인내심이 이겼다. 전화를 끊은 장반장은 송금을 하기 위해 핸드폰을 만지작거렸다.

그때였다. 똑똑똑. 차창에서 소리가 들렸다.

소리를 따라 장반장의 고개가 돌아갔다. 그러나 보이는 것은 허리춤의 벨트뿐이었다. 뭐지, 거인인가? 다시 한 번 그가 창문을 두드렸다. 아니, 뭐하는 새끼야. 장반장은 버튼을 눌러 창문을 내리고, 그의 얼굴을 확인하기 위해 창문 쪽으로 다가섰다. 원체 거구라 얼굴을 보려면 머리를 창 밖으로 빼내 들어야 할 판이었다.

쿵. 장반장은 불청객의 얼굴을 확인하기도 전에 인중에 주먹을 맞고 기절하고 말았다.

—

뒷좌석의 월터는 연달아 헛시동을 거는 운전석의 동수를 보며 점점 불안해졌다. 정체를 알 수 없는 남자는 식은땀을 흘리며 열쇠를 휘젓고 있었다. 월터는 호흡을 가다듬고 차를 한 바퀴 둘러보고는 말했다.

"이건 움직일 수 있는 차가 아냐."

동수는 대꾸도 하지 않고 열쇠를 돌리는데 몰입해 있었다. 한참을 쑤시다 열쇠를 뽑아 든 동수는 마음을 다잡기라도 하는 듯 심호흡을 하고는 열쇠를 빨아댔다. 이어 곱게 침을 묻힌 열쇠를 무척이나 조심스럽고 매끄러운 움직임으로 구멍에 쑤셔 박았다. 뒷자리에서 이를 지켜보던 월터는 한숨을 쉬며 말했다.

"차라리 택시를 부르지 그래."

"입 닥쳐."

"어떻게, 뒤에서 내가 밀어주기라도 할까?"

동수가 고개를 돌려 뒤를 바라보며 말을 받았다.

"밀긴 뭘 밀어. 다리도 고장 난 앉은뱅이 새끼가."

순간 월터가 왼다리를 뻗어 운전석 뒤를 걷어찼다. 동수는 허리를 돌려 주먹으로 월터의 왼쪽 무릎을 내리찍었다. 반사적인 반격이었다. 월터가 순간적으로 양손으로 무릎을 감싸쥐었다. 화들짝 놀란 동수가 말했다. 어어, 어, 미안, 미안해. 그러나 월터는 다시 다리를 뻗어 운전석을 걷어차기 시작했다. 월터의 다리가 멀쩡한 것을 알아챈 동수는 월터의 정강이를 주먹으로 내리치며 발길질을 막았다.

두 사람이 차안에서 다투는 사이, 똥차 옆으로 한 중형 세단이 멈춰 섰다. 두 사람의 시선이 동시에 세단으로 향했다. 운전석에서 태연히 내린 사람은 놀랍게도 동호였다.

"타."

두 사람이 동시에 차에서 내렸다. 며칠만에 두 다리로 선 월터는 다리를 펴는데 시간이 걸렸다. 끙끙대며 몸을 일으켜 세우더니 이내 똥차에 비스듬이 기대어 거친 호흡을 몰아쉬기 시작했다. 그 사이 동수는 동호가 새로 구해온 차를 살폈다. 한 남자가 뒷자리에 기절해 있었다.

"동호야, 이 차 어디서 났어?"

"저기."

"훔쳤어?"

"응."

순간 멀리서 경찰의 사이렌 소리가 들려왔다. 시시비비를 따질 시간이 없었다. 동수가 먼저 급하게 운전석 위로 올라탔다. 똥차보다는 조금 큰 차, 동호도 한결 편하게 조수석에 올라탔다. 문제는 월터였다. 월터는 여전히 똥차에 기댄 채 다리를 덜덜 떨고 있었다. 동호가 순식간에 튀어나가서는 월터를 불쑥 뽑아 들었다. 언뜻 봐도 백 키로가 넘는 거구의 월터는 순식간에 뽑혀 들리자 당황하여 허공에서 팔다리를 바둥댔다. 동호는 월터를 뒷좌석에 쑤셔 넣고는 조수석에 올라탔다.

뒷좌석으로 던져진 월터는 무언가에 부딪혔다. 옆자리에 한 남자가 쓰러져 있었다. 월터는 남자의 옆구리를 손가락으로 푹푹 찔러보았다. 그러나 남자는 꿈쩍도 하지 않았다.

"여기, 여기, 이거 시체야?"

순간 차가 급하게 출발했다. 똥차의 더딘 출발에 익숙했던 동수는 갑작스레 차가 튀어나가자 하마터면 주차장 턱에 차를 부딪힐 뻔했다. 갑작스러운 출발에 동호와 월터도 크게 앞 뒤로 흔들렸다.

차는 거친 움직임으로 주차장을 빠져나갔다. 네 사람이 탄 차가 우회전을 하자마자, 사이렌을 울리는 경찰차들이 연달아 장수항의 주차장으로 들어섰다.

—

찢어진 정수리에 아무리 솜을 대고 있어도 피가 계속 흘러나왔다. 당장이라도 병원으로 향하고 싶은 마음을 짓누르며 영복은 전화기를 집어 들었다. 월터를 잡았다. 제보는 사실이었다. 그를 맞이하는 마약집단도 있었으며, 경찰은 무리를 전부 잡아들였다. 이제 이 사실을 장반장에게 전할 차례였다. 전화를 받은 장반장은 느긋느긋한 발걸음으로 나타나겠지. 그에게 현장을 인계하고 병원에서 간단한 치료를 받고 복귀하면, 마치 자신의 공인 양 거드름을 피우고 있을 게야. 순간 혈압이 올랐는지 아물어가던 정수리에서 다시금 피가 뿜어져 나왔다.

그러나 장반장은 전화를 받지 않았다. 두 통, 세 통, 네 통. 장반장, 이 개자식, 따뜻한 히터 기운에 잠이 들었나? 영복은 장반장이 숨어들듯 차를 댄 곳을 알고 있었다. 영복은 당장 장반장을 찾아가 그의 얼굴에 주먹을 날릴 심산이었다. 영복은 터미널 밖으로 나와 주차장에 들어섰다.

허나 장반장의 차가 보이지 않았다. 그때 거칠게 비틀거리는 차의 엉덩이가 눈에 들어왔다. 장반장의 차는 급한 궤적을 그리며 주차장을 빠져나가고 있었다.

스쳐 지나가듯 본 차 속에는 장반장 혼자가 아니었다. 조수석에 한 명, 뒷좌석에는 두 명, 차에는 네 명의 남자가 타고 있었다. 다시 한 번 강렬한 직감이 영복의 깨진 머리통을 후려쳤다. 쫓아야 한다, 장반장의 차에 무언가가 숨겨져 있다.

영복은 피가 새어 나오는 머리를 부여잡은 채 자신의 차로 달려갔다. 급하게 시동을 걸고 내달렸다. 뒤늦게 지원을 나온 경찰차들이 옆을 스쳐지나갔다. 그러나 한 손으로는 정수리를 부여잡고, 한 손으로는 핸들을 부여잡은 영복은 그들에게 눈길조차 주지 않았다.

ㅡ

거리의 걸인으로 숨어든 시절. 우연히 알게 된 남자는 원덕에게 말했다. 한국으로 돌아갈 생각이 없습니까? 미국은 자의로 밟은 땅이 아니었다. 미국에서 보낸 지옥 같은 칠 년, 한 순간도 한국을 잊은 적이 없던 원덕은 망설임 없이 말했다.

"가겠습니다."

남자는 원덕을 돕겠다는 사람이 있다고 말했다. 대신, 그가 하늘에서 내리는 동아줄에는 조건이 달려있었다. 또 다시 마약, 더러운 비즈니스. 두 번 다시 백색의 오물과 관련된 일은 하고 싶지 않았지만. 어느덧 사십 대 중반, 한 푼 없는 비렁뱅이, 쫓기고 있는 외지인. 원덕은 먹고 살 방법은 그 일 밖에 없음을 인정해야 했다. 그렇게 그를 따라나섰다.

라오스를 거쳐 중국에서 만난 브로커가 말했다.

"이제 배를 타고 한국으로 들어가면 됩니다. 그러나, 당신을 찾는 자가 전 세계에 있다더군요. 자신을 숨기세요."

그렇게 그는 원덕을 휠체어 위에 앉혔다. 원덕은 물었다.

"자, 이제 한국에 들어가면 누구를 만나, 어디로 가야하오?"

브로커는 고개를 가로저었다.

"난 모릅니다."

"그럼 한국에 가면 어디에서 살고, 무슨 일을 한단 말이오?"

브로커는 다시 고개를 가로저었다.

"난 모릅니다."

원덕은 브로커의 멱살을 부여잡고 뒤흔들었다. 브로커의 고개가 위아래로 끄덕였다.

"말 해, 말하라고!"

브로커는 이렇게 말했다.

"꼬리의 운명입니다. 일이 틀어지면 언제든지 잘려 나갈 꼬리는 다음 일을 알아서는 안 되는 겁니다."

무엇 하나 확신할 수 없는 불안한 귀국이었다. 입국장의 소란은 브로커의 작전대로 용케 피해갔으나, 대체 어떤 무리가 자신을 노리고 엉켰는지도 알 수 없는 마당에, 그저 우연히, 복권이나 벼락처럼 만난 두 남자는 엉터리였다. 그들은 굴러가지도 않는 차로 도망을 칠 계획이었다. 게다가 두 번째 차에는 마치 죽은 듯 꿈쩍도 하지 않는 남자가 있었다.

원덕은 남자의 코 밑에다가 손가락을 대어 숨을 쉬고 있는지를 확인하였다. 그러나 강하게 뿜어져 나오는 히터 열기 때문에 날숨을 확인하기가 쉽지 않았다.

"이 사람 죽었어?"

원덕의 말에 별안간 동수도 불안해졌다. 설마 동호가 일 분 사이에 사람을 죽이고 차를 훔쳐온 것은 아니겠지. 동수는 슬쩍 눈을 돌려 동호를 바라보았다. 동호는 창 밖을 바라보고 있었다.

"잠들었어."

동호가 형의 시선을 느끼기라도 한 듯 무심히 답했다. 그제야 안심이 된 동수가 거들었다.

"동료야. 그 사람, 어젯밤이 힘들었거든."

"동료? 너네 누군데. 무슨 일 하냐고. 그리고 지금 어디 가는 거야."

안 그래도 머릿속이 복잡한 동수였다. 일단 고향집으로 가서 몸을 숨기고 있다가, 혁수의 지시에 따를 생각이었다. 허나 용케 목표물은 손에 넣었으나, 똥차 탓에 절도와 납치까지 저지르게 되었으니 일이 꼬여가는 느낌이었다. 남자가 깨어나기 전에 어딘가에 차를 버리고 다시 갈아타야 하나, 그렇다면 뒷정리는 어떻게 해야 하는 것이지, 고향집까지는 차가 없으면 가기 힘든데. 온갖 질문이 이어지고 힘겹게 답을 찾는 고리로 머릿속이 엉켜가는 가운데, 원덕의 응석을 받아 줄 여유는 없었다.

"너네 누구냐고."

"거 참 꼬치꼬치 캐물어 대네. 형제다, 형제!"

형제? 둘은 마치 개미와 코끼리 같았다. 첫 질문부터 너절한 거짓말로 둘러대는 모양새에 원덕의 의심이 싹트기 시작했다.

"너 뭐하는 새끼야."

"뭐? 새끼?"

"그래. 뭐하는 새끼냐고."

"보면 몰라? 운전하는 새끼잖아. 그러는 넌 뭐하는 새끼냐?"

"내가 어떤 사람인지도 몰라?"

"말해 봐. 너 누군데?"

"백원덕."

순간 동수가 급하게 차를 갓길에 세우고는 뒤를 돌아보며 물었다.

"뭐? 너 누구라고?"

"백원덕."

"월터는 누군데?"

"나다."

"장난치지 마."

"내가 월터 맞아. 미국 이름, 몰라? 길수, 크리스. 경빈, 케빈, 원덕, 월터."

이 새끼, 이거 범죄자구만. 범죄자들이나 이름을 두 개씩 쓰고 그러지. 사람 헷갈리게 말이야, 깜짝 놀랐네. 그렇게 동수가 볼멘소리를 흘리며 다시 운전대를 잡을 때. 문득 룸 미러에 비친 갓길에 정차된 차가 눈에 들어왔다. 백 미터 즈음 떨어졌을까. 지극히 평범한 4차선 도로, 갑작스러운 정차를 피해가려면 충분히 피해갈 수 있건만 뒤차는 멈추어 있었다. 혹시, 내 뒤를 쫓고 있는 것인가? 동수는 뒤차의 움직임을 주시하면서 천천히 갓길을 벗어나 도로로 진입했다. 아뿔싸, 뒤차도 동수를 따라 스르륵 도로로 미끄러져 들어오고 있었다.

—

"믿음이 없어."

원덕이 낮은 목소리로 혼잣말을 내뱉었다. 원덕은 두 사람을 믿을 수 없었다. 옆에 있는 남자는 잠든 것이 아니었다. 두 사람도 형제일 리 없었다. 게다가 원덕은 전 세계가 눈을 부릅뜨고 찾는 범죄자, 그러나 그 둘은 자신이 범죄자임을 모르는 척 거짓말을 하고 있었다.

"어이, 조용히 해."

동수는 뒤를 따르는 차가 여간 신경 쓰이는 것이 아니었다. 미끼를 던지듯 속도를 줄여보았지만 뒤차는 추월해 나갈 기색 없이 같이 속도를 늦추었다. 뒤를 따르는 것 같지만 확신할 수도 없었다. 혹시나, 경찰? 어째야 하지, 어째야 하지. 속도를 내 볼까? 만약 그랬다가 사이렌이라도 울리면? 경찰과 추격전이라도 해야 한다는 것인가? 아니면, 거리를 줄이다가 급정거를 해볼까? 반대 차선으로 급하게 방향을 틀기라도 할까? 마음이 점점 심란해져 가는 가운데, 원덕이 웅얼대는 소리가 심기를 거스르기 시작했다.

"믿음이 없다고. 믿음이."

원덕의 머릿속이 복잡하게 꼬여갔다. 두 남자의 정체를 가늠할 수 없었다. 문득 칠 년 전, 한국을 떠나기 직전이 생각났다. 구사일생으로 납치의 위협에서 벗어난 원덕은 경찰에게 도움을 요청했다.

"저를 잡아가려는 녀석들이 있어요, 차라리 감옥에 넣어주세요."

경찰은 원덕을 안심시켰다.

"걱정마쇼."

다음날 한 사복경찰이 이 차와 똑 닮은 차에 원덕을 태워 어디론가 향했다.

"자, 일단 안전한 곳으로 몸부터 피하고 봅시다."

그리고 안전한 곳에 다다르자 뒷문을 열어 원덕을 맞이한 자는, 원덕을 납치하려던 녀석이었다.

"어디로 가는 거지?"

"좀 조용히 해."

조금만 더 가면 좌회전 신호가 나올 터. 그때 보자. 나를 따라 신호를 받는지, 가던 길로 가는지. 만약 신호를 기다린다면, 신호가 바뀌기 직전까지 기다렸다가 급하게 튀어나가는 거야. 동수는 반복적으로 사이드 미러를 힐끔거리며 나름의 작전을 짜고 있었다.

"어디로 가는 거냐고."

"좀 닥쳐! 너 경찰한테 잡히고 싶어? 감옥 갈 생각이냐고."

경찰. 순간 원덕의 온몸이 불안감에 휩싸였다. 원덕은 룸 미러를 통해 동수의 눈을 보았다. 동수의 시선도 뒤를 향하고 있었다. 그러나 두 사람의 시선은 맞닿지 않았다. 동수는 차창 너머 뒤를 바라보고 있었다. 시선을 좇아 원덕이 고개를 돌렸다. 앞 뒤가 텅 빈 도로, 뒤에 차 한 대가 따라붙어 있었다. 그리고 차 속의 운전자는 손에 마이크를 쥐고 있었다.

작열감이 관자놀이를 쑤시고 들어왔다. 갈증이 울대를 휘감으며 순식간에 차올랐다. 발진과 가려움이 동시에 몸 구석구석에 피어올랐다. 약, 약이 필요해. 원덕의 손이 주머니로 향했다. 조끼의 오른쪽 아래 주머니, 약봉지를 둔 주머니가 비어 있었다. 그 위의 주머니, 비어 있었다. 왼쪽의 주머니, 역시나 비어 있었다. 원덕은 마치 온몸을 긁어 대듯 상의, 하의 가리지 않고 주머니를 뒤집었다. 그러나 약봉지는 없었다. 도망치다가 잃어버린 것인가? 순식간에 금단현상이 퍼져 나갔다. 눈알의 핏줄이 말라붙어 가문 땅처럼 눈동자가 갈라지기 시작했다. 호흡이 거칠어지고 끓는 주전자의 주둥이처럼 콧구멍에서 김이 뿜어져 나왔다. 수십 마리의 모기가 몸에 들러붙어 핏줄을 찢어발기는 기분, 원덕은 다리를 긁기 시작했다.

그때였다. 양말 사이에 마지막 남은 약봉지를 넣어둔 기억이 났다. 원덕은 오른쪽 발목과 양말 사이에서 작은 비닐 팩을 꺼내 들었다. 신이시여. 그리고 조심스레 지퍼백을 열고는 손등 위에 하얀 가루를 털어놓았다. 그리고 이를 단숨에 들이켜기 위하여 크게 날숨을 들이마시고는 손등 위로 콧구멍을 대는 순간.

차 안으로 광풍이 몰아쳤다. 가루뭉치가 산산조각나 뒷좌석에 흩뿌려졌다. 마치, 바다 위에 뿌려지는 뼛가루처럼. 약가루는 차 뒷유리에 서려 있는 김에 들러붙어 허연 눈물처럼 흘러내리기 시작했다. 원덕의 이가 갈렸다. 제기랄, 약이 필요해.

—

어느덧 교차로. 동수는 좌회전 신호를 기다리고 있었다. 제발 그냥 가, 가던 길로 가란 말이야. 허나 뒤차는 역시나 꼬랑지에 들러붙었다. 좌회전 신호가 들어왔지만 동수는 움직이지 않았다. 뒤에 붙은 녀석도 경적을 울리며 재촉하지 않았다. 노란 불이 빨간 불로 바뀌는 순간, 동수는 급하게 핸들을 틀고 악셀을 밟았다. 차가 경쾌한 소리를 내며 튀어나갔다. 정지신호였지만 뒤차도 속도를 내며 들러붙었다. 동수를 쫓고 있음이 분명했다.

동수의 심박이 거칠어져서였을까? 운전석 창에 짙은 김이 번져가고 있었다. 손목으로 몇 번 쓰윽 닦아보았지만 금세 김이 서리며 시야를 가렸다. 빌어먹을. 동수는 버튼을 누르고 창문을 열었다. 마치 태풍이 몰아치듯 차 안으로 차디찬 바람이 휘몰아쳤다.

차의 심장이 터질 듯이 울리기 시작했다. 동수의 심박도 덩달아 치솟기 시작했다. 계기판 바늘이 속도계를 한 바퀴 돌 기세였다. 그러나 동수는 개의치 않고 차 바닥을 뚫고 나갈 기세로 오른다리에 힘을 주어 페달을 밟았다. 네 명이나 탄 차가 속도전에서 뒤차를 이길 리는 없겠지만, 모든 일에는 변수가 있는 법. 동수는 뒤따르는 차를 바라보며 이를 악 물었다. 어디, 두고 보자고. 신의 뜻이 누구에게 있는지.

엔진이 비명을 지르고 있었다. 발바닥에서 버거운 고통의 울림이 전달되었다. 그러나 생각보다 차는 빨리 지치고 말았다. 오른 발로 가하는 채찍질이 계속되었지만, 차는 앞으로 나아갈 힘을 잃고 비틀거렸다. 그리고 바람, 어느 순간 마치 태풍의 눈을 향해 질주하는 차처럼 차 안에 소용돌이가 휘몰아치고 있었다.

동수는 옆을 바라보았다. 동호가 상체를 반쯤 뒤틀어 뒤를 바라본 채 왼팔을 쭉 뻗고 있었다. 동호는 무언가를 부둥켜 쥐고 있었다. 동호가 움켜쥔 것은 당장이라도 길바닥으로 떨어져 나갈 듯 상체가 젖혀진 운전석 뒤 남자의 허리였다. 차 주인, 장반장이었다.

원덕은 마약이 날아가고 차가 속도를 올리자 장반장의 목덜미를 움켜쥔 다음 장반장 쪽 차 문을 열었다. 오른쪽 어깨로 차 문이 닫히는 것을 막아내면서, 두 손으로 움켜쥔 장반장의 머리를 차 밖으로 밀어냈다. 이어 오른손으로 장반장의 뒤통수를 움켜쥐고 도로면 위에 처박았다. 아슬아슬한 거리였다. 장반장의 얼굴이 갈리고 그 사이로 아스팔트 가루들이 파고들기까지, 불과 새끼 손가락 하나만큼의 거리만 남아있었다.

장반장은 바람이 얼굴을 때리는 충격에 잠시 정신을 되찾았다. 휘몰아치는 바람결에 힘겨이 실눈을 떴을 때, 눈 앞에는 마치 분쇄기의 칼날처럼 아스팔트 도로가 스쳐 지나가고 있었다. 장반장은 다시 정신을 잃고 말았다.

"당겨, 당겨!"

동수가 외쳤다. 용케 동호가 남자의 벨트를 부여잡고 몸 전체가 떨어져 나가는 것을 막고 있었다. 그대로 잡아당기면 다시 차 안으로 남자를 끌고 올 법했지만. 왼쪽 시야가 망가진 동호는 눈만 껌벅대며 힘을 못쓰고 있었다. 간신히 남자가 떨어지는 것만 막아내는 상황. 원덕은 남자의 두개골을 쥐고 도로에 처박은 채, 고개를 돌려 앞좌석을 향해 소리를 지르기 시작했다.

"내 말 잘 들어, 이 짭새 새끼야. 내가 시키는 대로 한다. 하나라도 어기면 니 동료의 얼굴이 날아갈 거야. 멈추지 말고 다음 교차로에서 우사항 쪽으로 차를 틀어. 알겠어?"

"알았어, 알았어."

동수는 연신 알았다는 말을 내뱉었다. 동수는 사이드 미러로 뒤의 차를 바라보았다. 뒤차는 속도를 내 점점 더 뒤로 들러붙고 있었다. 급하게 차를 세웠다가는 원덕이 무게중심을 잃고 앞으로 쏠리던가, 뒤에 붙은 차가 들이받을지 모를 상황. 무엇이 되었든 남자의 얼굴이 날아갈 것이 분명했다. 실랑이를 할 겨를 따윈 없었다.

"그리고 뒤에 따라오는 짭새, 당장 멈추라고 해."

"뭐? 내가 무슨 수로 뒤차를 멈춰."

도저히 참을 수 없었다. 애먼 사람의 얼굴이 곤죽이 될 상황에 처했지만 할 말은 내뱉어야 했다.

"난 몰라, 뒤엣놈이 누군지 몰라, 나도 경찰일까 봐 불안해 죽겠다고. 너만큼이나 나도 저 자식이 그만 따라왔으면 좋겠다고."

버럭 소리를 지르려는 순간. 놀랍게도 사이드 미러 속 뒤차는 멈추어 있었다. 두 차 사이의 간격은 점점 더 벌어져갔다.

—

속도를 내는 앞차를 따라붙으며 영복은 마이크를 쥐었다. 틈을 봐서 경고를 날리고 차를 들이받든지, 앞질러 가 세우든지 힘을 쓸 생각이었다. 순간 앞차의 문이 열리고, 안에서 누군가가 쏟아져 나왔다. 뒤통수가 쥐어 잡힌 남자는 얼굴이 도로에 갈리기 직전이었다. 그 자의 생명의 색이 바래가는 순간, 경찰의 본능이 눈을 떴다. 영복은 속도를 올려 앞차 뒤로 붙었다. 꽤나 거리가 좁혀졌을 때 영복의 눈에 들어온 것은. 장반장, 개자식 장반장이었다. 장반장이 분쇄되기 직전이었다.

영복은 그 즉시 브레이크를 밟아 차를 세웠다. 절로 거친 숨이 헐떡거리며 새어 나왔다. 영복은 위험에 처한 인질을 외면하였다. 직업 수칙을 어긴 것을 넘어, 인간의 도리를 등진 셈이었다. 그러나 영복의 속내는 이렇게 외치고 있었다.

뒈져라, 장반장.

장반장의 얼굴은 여전히 한 끝차이로 도로 표면을 마주하고 있었다. 그러나 장반장의 얼굴이 온전한지는 영복의 알 바가 아니었다. 빌어먹을 장반장 녀석, 뒈지면 그만이라지.

이제 장수항으로 되돌아갈 시간이었다. 차를 돌리며 다시 한 번 영복은 속으로 외쳤다.

그래, 뒈져라, 장반장.

—

원덕은 뒤차가 추격을 멈추고 돌아서는 것을 보고 나서야 장반장을 차 안으로 끌어당기며 털푸덕하고 주저앉았다. 동수는 진땀이 절로 솟았다. 경찰이란 오해를 받자마자 마치 오해가 옳았음을 증명이라도 하듯 뒤따르던 경찰이 멈추어 섰다. 어디서부터 아니라고 변명을 해야 할지 감도 오지 않았다. 그러던 중 교차로를 맞이했고, 동수는 자기도 모르게 원덕의 말대로 우회전을 하여 우사항 방면으로 차를 틀었다.

"이 미친놈아, 어디로 가라는 거야."

"우사항 가는 방면에 내 창고가 있어."

"거기를 지금 왜 가."

"필요한 게 있어."

"그게 뭔데."

원덕은 답이 없었다. 아니 답을 할 수 없었다. 극도로 긴장된 순간이 넘어가자, 집중력이 흐려진 원덕을 금단현상이 잡아 삼키고 있었다. 한기가 마치 용오름처럼 온몸을 타고 오른 뒤, 식은땀을 폭우처럼 쏟아냈다. 체온이 치솟아 정신이 흐려지기 시작했으며, 온몸의 근육이 뒤틀리는 듯 비명을 지르기 시작했다. 원덕은 순식간에 금단현상에 의식을 잠식당한 채, 그저 몸으로 고통을 받아내는 것 말고는 할 수 있는 것이 없었다.

앞좌석의 두 사람은 이를 알 리가 없었다. 동수는 일정이 꼬여가는 것이 불안할 뿐이었다. 우사항은 장수항 바로 옆에 있는 무역항, 그가 말한 창고로 향하는 수밖에 없었다. 그때였다.

"형. 차 세워."

옆자리의 동호가 얼굴이 검붉어진 채 거친 호흡을 몰아 쉬고 있었다. 동호라면 숨결의 냄새만으로도 어떤지 알 수 있다고 자부하던 동수였지만, 전혀 상태를 가늠할 수 없었다. 어제는 머리가, 오늘은 눈이 망가졌음을 알게 된 동생. 무언가 잘못된 것은 아닐까 걱정된 동수는 급하게 도로 옆에 차를 세웠다.

잿빛의 겨울바다가 스산한 냄새를 뿌리는 해안가 도로. 동호는 차가 멈추자마자 문을 열고 나섰다. 날것의 과격함이 느껴지는 호흡과 움직임, 동수는 그때서야 동호의 상태를 눈치챘다. 분노, 그것은 동호가 좀처럼 드러낼 줄 모르는 감정이었다. 동호는 분노하고 있었다.

눈 앞에서 사람의 얼굴이 갈기갈기 찢겨 나갈 위태로운 상황. 수많은 철창 안 전장을 헤쳐 나온 장수인 동호도 그토록 죽음을 가까이한 것은 처음이었으리라. 큰일이다. 막아야 한다. 동수는 문을 열고 튀어나갔다.

동수가 뛰쳐내려 차 반대편으로 돌아가는 사이, 동호는 뒷좌석 손잡이를 잡아당겼다. 그러나 문은 잠겨 있었다. 동수가 소란 이후 잠궈 놓은 탓이었다. 그러나 동호는 걸쇠 따위는 개의치 않았다. 그대로 잠긴 손잡이를 잡아당겼다. 툭 하니 잠금이 풀리는 소리가 나며 문이 열렸다. 그리고 원덕의 멱살을 붙잡고 문 밖으로 끌어내고는 오른팔을 당겨 주먹을 장전하는 순간. 동수가 팔에 매달리다시피 하며 주먹질을 막아섰다.

"동호야, 안 돼!"

"이 새끼, 나쁜 새끼야."

"안 돼, 이 사람이 있어야 돼."

동호가 동수의 시선을 마주하며 말했다.

"형, 그만하자. 이 일."

"안 돼 인마, 이 일 꼭 해야 해."

"왜?"

동수가 동호의 손아귀에서 원덕의 멱살을 풀어냈다. 원덕이 다시 뒷좌석으로 포개졌다.

"그냥 내 말 들어!"

"형. 난 어제도 형의 말 대로 했어."

"알겠으니까 이번 일만, 이번 일만 내 말 대로 하자고."

"말해봐. 왜 해야 해?"

"돈, 돈이 필요해."

"왜?"

잠시 동수가 머뭇대다가 말을 이어갔다.

"너 인마, 병원비! 치료를 받든 수술을 받든, 니 머리 고쳐야 할 거 아냐!"

동호의 입술이 파르르 떨렸다. 동호는 그저 속을 알 수 없는 비어 버린 눈빛으로 동수를 바라볼 뿐이었다.

그때였다. 차 안의 원덕이 발작을 일으켰다. 입에서 거품이 피어나오기 시작했다. 눈은 마치 자신의 정수리를 바라보듯 뒤집어져 있었고, 전신은 전기의자에 앉은 듯 부르르 떨리고 있었다.

놀란 동수가 원덕에게 다가가 몸을 흔들었다.

"야, 너, 너 왜 그래. 아 씨, 얘 왜 이래. 야, 야."

약, 약, 약. 원덕이 끊어져가는 목소리로 말했다. 무슨 약, 되물어도 그는 약이란 말만 되풀이할 뿐이었다.

더 이상 동호가 원덕을 때려눕힐 필요가 없었다. 원덕은 이미 스스로 무너져 있었다. 그리고 등 너머로 보이는 원덕에게 포개진 남자까지. 동수는 동호의 어깨를 부여잡고 말했다.

"잘 들어. 저 새끼 약이 필요한가 봐. 어찌됐건 사람은 살리고 봐야 하잖아. 그리고 저 뒤에 남자, 저 사람도 어떻게 해야 해. 우리 때문에 죽을 뻔 했잖아. 일단 저 새끼가 말한 창고로 가자. 거기서 다시 생각해 보자."

동호가 고개를 돌렸다. 형의 시선을 피해 바다를 바라보고 있었다. 마치 고래의 숨소리 같은 한숨이 뿜어져 나왔다. 그러나 동수는 이를 무시하고 운전석에 올라탔다. 동호는 꿈쩍하지 않고 있었다. 동수가 핸들 가운데를 두들겼다. 빵 빵 빵, 마치 라운드의 시작을 알리는 공소리와 같은 세 번의 클락션. 그제야 동호의 고개가 돌아갔다. 동호는 마치 철창에 들어서듯 거친 숨소리를 뱉으며 차 안으로 들어섰다.

—

동수는 절반쯤 정신이 나가버린 원덕을 부축한 채 힘겹게 창고문을 열고 있었다. 동호는 완전히 정신이 나가버린 장반장을 등에 업은 채 이를 지켜보고 있었다. 아니, 그러니까 열쇠가 어디에 있냐고. 원덕이 창고 벽 어딘가를 손가락질했지만 어디에도 열쇠는 찾을 수 없었다. 입에 차오르는 거품이 목을 타고 질질 흘러내리는 원덕은 제대로 손가락질도 할 수 없는 꼴이었다. 그때 동수의 눈에 그을음이 묻어 있는 벽 틈 사이의 헝겊이 눈에 들어왔다. 동수가 헝겊을 들추고, 속에 숨겨진 열쇠가 눈에 들어오는 순간. 쾅. 굉음에 놀란 동수와 원덕은 그대로 뒤로 쓰러졌다. 장반장을 등에 업은 동호가 그대로 문을 향해 달려 들이받았고, 자물쇠와 손잡이가 박살나며 요란한 소리를 낸 것이었다. 창고의 문이 활짝 열렸다.

창고는 언뜻 백 평이 넘어 보였다. 허나 내부를 살필 틈이 없었다. 동수는 원덕을 드러 눕힌 채 뺨을 살짝살짝 때리며 정신을 깨우기 시작했다.

"자, 들어왔어. 약, 약 어딨어."

약이란 말에 원덕이 가늘게 눈을 떴다. 원덕은 무릎을 짚어 제자리에 서기 시작했다. 마치 겨울바람이 쓸어 대는 황량한 나뭇가지처럼 두 다리가 덜덜 떨렸다. 원덕은 주변을 두리번 대고는 어디론가 천천히 걸어가기 시작했다. 비정상적으로 확장된 동공, 마치 근육을 상실한 듯 나풀거리는 두 팔, 그리고 온몸의 힘을 쥐어짜낸 듯한 어기적대는 발걸음. 원덕의 움직임은 좀비를 연상시켰다.

원덕은 벽에 붙은 철제 선반으로 다가갔다. 선반에는 끔찍하게도, 잘린 머리들이 나란히 진열되어 있었다. 쇄골 위로 잘려진 머리들은 어떤 것들은 대머리인 채, 어떤 것들은 머리털이 쓰여진 채 같은 미소를 짓고 있었다. 섬찟하기 짝이 없는 머리통들, 미용 연습용 헤드 마네킹이었다. 선반에 다가간 원덕은 머리통들을 헤집으며 무언가 찾기 시작하더니, 머리 중 하나를 덥석 쥐어들었다. 고운 얼굴의 입가로 붉은 색 루즈가 광대뼈까지 그어져 마치 입이 찢어진 여자를 연상시키는 더미 머리, 원덕은 그 머리통에서 가발을 벗겨냈다. 민머리가 드러나면서 바닥으로 무언가가 툭 하니 떨어졌다. 비닐 지퍼백이었다. 월터는 그 지퍼백을 집어 들고는 덜덜 떨리는 손으로 조심스레 안에 든 가루를 손등에 털었다. 그리고 나서, 츠으읍. 하얀 가루를 콧속으로 빨아들였다.

순식간에 약기운이 코를 타고 뇌를 직격하였다. 전보다 더 격렬한 움직임이 월터의 몸을 훑고 지나갔다. 감긴 눈꺼풀 뒤로 마치 꿈꾸는 듯한 눈알이 맹렬히 꿈틀댔다. 그리고 눈꺼풀이 열리자, 마치 짐승의 그것처럼 확장되었던 동공이 제 크기로 돌아와 있었다. 거품을 머금고 있던 입가에는 서서히 웃음이 번져갔다.

"싼다, 싼다, 싼다!"

전신으로 퍼져 나가는 쾌락을 천박함으로 토해낸 월터가 숨을 고르기 시작했다. 월터는 조끼 주머니에 있던 노란색 색안경을 꺼내 들었다. 이어 안경을 콧등에 올리며 말했다.

"쌌다."

—

동수는 허탈한 웃음을 지었다. 죽음에서 건져낸다는 각오로 왔건만, 월터는 쾌락이 필요할 뿐이었다. 월터는 약이 모자랐는지 다시 한 번 마약을 깊게 빨아들이고 있었다. 어찌되었던 장수항에서 월터를 빼내서 어딘가로 숨어든 상황, 동수는 한시바삐 골칫덩이 약쟁이를 혁수에게 넘기고 일에서 손을 떼고 싶은 마음뿐이었다.

완벽하게 임무를 완수했다기엔 딸려온 차 주인이 마음에 걸렸지만. 남자는 정신이 돌아올 기색이 없었다. 대충, 어찌어찌, 다시 장수항에 돌려놓으면 되겠지. 동수가 그렇게 불안과 고민을 뒤로 미루는 사이, 전화가 울렸다. 모르는 번호, 혁수의 번호였다.

"어때, 어떻게 됐어."

"같이 있습니다. 다만."

"응."

"말씀하신 분이 약쟁이가 맞습니까?"

"그 자와 같이 있는 건가? 사진을 찍어 보내 봐."

동수는 핸드폰을 들고 월터에게 다가갔다. 이어 마약에 젖어들어 비어 버린 동공으로 혼이 빠져 있는 월터의 얼굴을 찍은 뒤 혁수에게 보냈다.

"맞습니까?"

"맞지 않을까."

"이제 끝인가요? 어떻게 해야 하죠?"

"기다려."

"여기에서요? 여기가 어딘지 알아요?"

"아니, 말하지 마. 어디가 되었건 거기서 기다려. 내가 다시 전화를 줄 때까지."

끝이 아니었음을 알게 된 동수는 한숨을 내뱉었다. 그러나 고삐를 쥔 쪽은 혁수였다.

"알겠습니다."

"그리고. 그 자식. 월터. 묶어 두는 게 좋을 거야."

"네? 왜요?"

"약쟁이잖아."

전화는 그렇게 기다림이란 숙제만 던져준 채 끊겨버렸다.

전화통화가 이어지는 사이, 월터는 다시 한 번 약을 깊게 빨아들였다. 마치 수 십 개의 둔기로 일시에 구석구석을 얻어맞은 듯 온몸이 휘청였다. 5년간 가발 속에서 묵혀진 마약은 아주 높은 순도로 정제된 최고급 마약이었다. 길거리에 팔 용도였다면 몇 배는 양을 불려 희석했을 최상급 상품. 극심한 금단현상에 온몸이 삭아가던 월터는 마치 천년의 사막이 빗방울을 빨아들이듯 전신의 세포 하나하나로 약기운을 녹여냈다.

손가락, 발가락. 두 다리, 양팔, 눈, 코, 입, 귀. 온갖 신체기관이 서로 약기운을 탐내고, 앗아가느라 온몸이 휘청거렸다. 저러다 쓰러지겠어, 굳이 묶어 둘 필요까지야. 동수는 온몸이 제각기 오열하는 월터를 보면서 탄식하였다. 광장파는 오래 전부터 약에 대해서는 철저했다. 보스는 드러내놓고 약을 혐오하였고, 약을 하다 걸린 조직원은 단칼에 축출하였다. 그래, 괜히 회장님이 그러신 게 아니지. 눈 앞에서 약에 저며든 사내가 뒤틀리는 것을 지켜보는 것만으로도 동수는 끔찍한 기분이 들었다.

그때였다. 마치 요요처럼 멋대로 사방팔방을 헤집던 월터의 시선이 한 곳으로 쏠렸다. 동호였다. 아니, 동호의 어깨, 아니, 동호의 어깨에 메어있는 허리쌕이었다.

"짭새 새끼들아, 가방 훔쳤냐."

가방은 월터의 허리에 매달려있다가 차에서 월터를 끄집어 내는 과정에 떨어졌다. 동호는 이를 주워 들고 있을 뿐이었다. 헌데 이를 바라보는 월터의 눈에 불 같은 살기가 이글대고 있었다. 내놔. 어차피 녀석의 가방, 동호는 어깨에 걸쳐진 가방 끈을 내려 손에 쥐고는 월터에게 던지려 했다. 그러나 이를 동수가 막아서고는 말했다.

"공손하게 부탁해."

그러나 월터는 공손할 생각이 없었다. 월터는 벽에 붙은 선반으로 다가갔다. 선반에는 각종 실험도구들이 있었다. 월터는 그 중 긴 유리 플라스크를 잡아들고는 그대로 선반에 내리쳤다. 플라스크는 가운데가 깨지며 날카로운 유리봉이 되었다.

"이번에는 안 돼. 니들 짭새 새끼들 뜻대로 되지 않아."

플라스크의 끝부분은 작은 칼날들이 솟아오른 듯 날카로웠다. 충분히 위협적인 무기였다. 그리고 무기보다도 위험한 것은 그것을 쥔 사람. 월터는 마약에 취해서 판단력이 흩어져 있었다. 월터는 말을 마치자 마자 플라스크를 들고 동호에게 뛰어들었다.

자신을 해하려는 수많은 주먹질과 발길질의 수풀을 헤치며 살아온 동호였다. 월터의 위협은 걸음마를 시작한 젖먹이가 젓가락을 쥐어 들고 달려드는 것과 다름없었다. 동호는 잽싸게 몸을 뒤틀어 날카로운 끝을 피한 뒤, 손바닥으로 플라스크를 내리쳤다. 플라스크는 땅에 떨어져 산산조각이 났고, 동시에 동호의 솥뚜껑 같은 두 손이 월터의 가슴을 파고들었다. 그리고, 부웅. 두 손에 밀려난 월터의 몸이 공중을 가르고 날아갔다.

월터가 떨어진 곳에서 신음이 터져 나왔다. 그러나 월터의 입에서는 아니었다. 월터는 환청이 들리나 싶었지만, 신음은 자기 아래에 깔린 한 남자의 입에서 터져 나온 것이었다. 월터 아래에 마치 떡판 위의 떡뭉치처럼 구겨진 장반장이 있었다.

"묶어야겠어."

동호의 체격과 기운을 보고도 거침없는 공격성. 월터가 제정신이 아니라고 판단한 동수는 월터를 묶어 두기로 생각하고 주변을 둘러보았다. 그제야 창고 구석구석이 찬찬히 눈에 들어왔다. 헤드 마네킹이 줄지어 놓인 4단 철제 선반이 가운데 통로를 중심으로 대칭으로 늘어져 있었고, 곳곳에 미용 장비들이 어질러져 있었다. 창고의 정 가운데에는 프레임에 LED 전구가 박힌 미용실 경대 세 개와, 그 앞으로 미용실 의자가 놓여있었다. 미용의자를 경계선으로 반대편에는 이름을 알 수 없는 온갖 실험도구들이 놓여 있었다. 감성의 극단과 이성의 극단이 한데 뭉쳐져 오묘한 부조화를 드러내는 공간이었다.

선반 한 구석에 알루미늄 은박테이프가 한 무더기로 쌓여 있었다. 동수는 나지막이 동호에게 말했다.

"저기 말이야, 테이프 보이지? 저거를 의자에 칭칭 감으면 저 새끼 묶어 둘 수 있겠지?"

"누구?"

"저기, 저 미친놈."

동수가 월터를 바라보며 그를 향해 턱 끝을 살짝 들어올렸다. 월터는 쓰러진 남자 위에 올라탄 채, 그의 상체를 더듬고 있었다.

월터의 손이 남자의 옆구리에서 서서히 빠져나왔다.

월터의 손에는 총이 들려 있었다.

—

동호에 의해 던져져 장반장 위로 떨어진 월터는 다시 달려들기 위해 튀어 오를 준비를 했다. 그런데 바닥을 짚은 손 밑에 두둑한 무언가가 잡혔다. 지갑이었다. 월터는 남자의 지갑을 손에 쥐고 펼쳐들었다. 쩍 갈라지는 지갑 사이로 보인 것은 그의 신분증, 경찰 공무원증이었다.

월터는 화들짝 놀라 뒤로 넘어갈 뻔하였다. 간신히 팔로 바닥을 짚어 균형을 잡았다. 그제서야 보이지 않던 남자의 정체가 눈에 선명히 들어오기 시작했다. 벨트에 찬 갈색 수갑집 속에 숨은 은빛 수갑이 눈에 보였다. 멜빵이려니 했던 가죽끈은 어깨죽지 밑에 육중한 무언가를 달고 있었다.

월터는 장반장의 인중을 콕 찍어보았다. 장반장은 아무런 반응이 없었다. 이번에는 검지를 튕겨 장반장의 눈꺼풀을 툭 하니 때렸다. 역시나 아무런 반응이 없었다. 그제서야 월터는 장반장의 옆구리에서 조심스레 권총을 꺼내 들었다.

"뭐야!"

뒤늦게 월터가 총을 꺼내든 모습을 알아챈 동수가 고함을 질렀다. 쭈그려 앉은 채 총을 쥐고 있던 월터는 갑작스러운 고함에 놀라 균형을 잃고 뒤로 넘어갔다. 짧은 찰나 손에 쥔 권총이 뒤로 넘어지며 잘못 발사될 것이 두려워진 월터는 반사적으로 총에서 슬쩍 손을 뺐다. 쿵. 월터는 양손으로 땅을 짚은 채 엉덩방아를 찧었다. 손을 떠난 총은 데구루루 회전하며 미끄러져갔다.

총은 정확히 동수와 월터의 가운데에서 멈추었다. 세 사람의 눈이 일시에 한 점으로 쏠렸다.

총을 사이에 두고 마주한 세 사람. 여섯 개의 눈이 다양한 방향으로 시선을 맞추었다. 셋 모두 총과는 거리가 먼 사람들이었다. 그러나 총을 손에 쥐는 순간 새로운 힘의 추가 생길 것은 또렷하게 알고 있었다. 세 사람의 작은 움직임 하나하나가 선명한 의미를 지니기 시작했다.

동수의 발가락이 꿈틀대며 구두가죽이 들썩였다. 주저앉은 월터의 팔에 힘이 실리며 체중이 슬쩍 앞으로 옮겨갔다. 동호의 오른발이 슬쩍 뒤로 움직이며 딛을 준비를 했다. 동수의 오른손이 슬며시 허리춤으로 올라왔다. 월터의 허리가 서서히 앞으로 굽혀졌다. 동호의 왼쪽 무릎이 구부러지며 튀어 오르기 직전이었다. 그리고, 동수가 첫 번째 발걸음을 떼려는 순간.

"잠깐!"

월터는 주저앉은 상태로 손바닥을 펼친 채 팔을 뻗으며 외쳤다. 다시 무너진 자세로 되돌아간 월터는 총을 차지할 생각을 버렸음을 분명히 했다. 애초부터 월터가 둘을 상대로 총을 차지할 가능성은 없었다. 월터는 팔로 건듯 엉덩방아를 찧은 채 점점 뒤로 물러섰다. 어느덧 월터는 벽에 붙은 테이블에 닿았다. 당황한 동수와 동호는 그저 월터를 바라보고 있을 뿐이었다.

"너희는 두 명이야. 총 같은 거 없어도 나보다 세잖아. 저거, 건드리지 말자. 다 같이 건드리지 않는 거야. 저거 잡으면 누가 죽을 지도 모른다고."

말을 마친 월터가 서서히 테이블을 붙잡고 일어서기 시작했다. 웃기는 소리. 동수는 틈을 주지 않고 잽싸게 달려나가 총을 잡아 채고는 총구를 월터에게 향했다. 월터는 비명을 지르며 그 자리에 다시 주저앉고 말았다.

"미안, 미안! 살려줘!"

"너 이거 저 사람한테서 찾았지?"

동수가 총 끝으로 장반장을 가리키며 물었다. 월터는 고개를 끄덕였다.

"동호야, 저 사람 좀 뒤져봐."

동호가 쓰러진 장반장에게 다가갔다. 동수는 총구를 내리고 총을 살펴보기 시작했다. 여섯 발의 총알이 들어가는 리볼버, 손에 잡히는 무게감이 상당했다.

"살려줘, 살려줘요."

그토록 짜릿한 순도 높은 마약의 효과도 총 앞에서는 순식간에 증발해버렸다. 월터는 쭈그려 앉은 채 고개를 푹 숙이고는 양팔을 뻗은 뒤 애걸하듯 외쳤다. 총 따위가 없어도 힘의 우위는 확실하였다. 동수는 괜히 위험한 무기를 손에 쥐고 있을 필요가 없다고 생각했다. 그 사이 동호가 장반장에게서 반짝거리는 무언가를 뽑아 들었다. 수갑이었다. 동수는 총을 상의 안주머니에 쑤셔 박고는 남자에게 다가갔다.

동호가 동수에게 지갑을 건넸다. 동수는 지갑을 펼친 채 뚫어져라 이를 들여다보았다. 경찰 신분증. 사진 속 남자는 쓰러진 자의 얼굴과 똑 닮아 있었다. 장동철 반장. 복잡해진 머릿속, 동수는 지갑을 붙들고 한동안 굳어 있었다.

—

"저기, 경찰 어르신들."

동수와 동호의 시선이 동시에 월터에게 향했다. 잠시 총과 장반장에게 한눈을 판 사이, 월터는 선반 앞에 일어나 있었다. 그의 손에는 작은 비닐 지퍼백이 쥐어져 있었다. 월터는 지퍼백을 열고는 안에서 무언가를 꺼내 들어 손바닥 위에 올렸다. 콩알 크기의 하얀색 덩어리였다.

"제가 예전에 만들어둔 약인데요, 긴장을 푸는데 이만한 게 없습니다. 어찌 한 번 드셔보실라우?"

"너, 더 이상 약 그만 해."

"아니아니, 이건 내가 할 게 아니야. 누가 그러던데. 현실을 도피하기 위해서 마약을 한다고. 에이, 그게 아니지. 마약은 새로운 세계를 열어주는 것이고. 현실을 도피하려면 말이야, 잠을 자야지. 잠보다 좋은게 없어요."

월터는 손바닥 위에서 하얀 콩알들을 굴리며 말했다.

"이렇게 입자가 부드러운데, 요렇게 동그랗게 잘 뭉치기도 잘 뭉친단 말이야."

월터는 무어라 계속 중얼대고 있었다. 월터가 무슨 마약을 하던지간에 그는 더 이상 위험이 아니었다. 진짜 위험은 쓰러진 경찰. 동수는 장반장의 몸을 뒤지기 시작했다. 우리 형제는 경찰을 때려눕히고, 경찰을 납치하고, 경찰차를 훔친 것인가. 동수는 돌아갈 수 없을 만큼 한없이 넓은 강을 한달음에 건너온 듯한 느낌이었다.

"주목!"

순간 낮게 깔린 월터의 목소리가 창고를 쩌렁쩌렁하게 채웠다. 동호와 동수, 두 사람의 고개가 동시에 월터를 향했다. 월터는 무언가를 팽팽히 잡아당긴 채 두 사람을 바라보고 있었다. 월터는 왼손으로 새총을 쥐고는 오른손으로 팽팽히 고무밴드를 당긴 채 형제를 겨누고 있다. 뭐지? 새총? 장난을 치는 것인가? 동수의 눈이 동그라졌다.

월터가 손을 놓았다. 하얗게 말린 무언가가 동호의 콧등에 턱하니 꽂혔다가 바스러졌다. 하얀 가루가 마치 꽃가루처럼 동호의 코 주변으로 피어올랐다. 동호는 반사적으로 킁킁댔다. 그리고, 아무 일도 벌어지지 않았다.

"어? 거인이라 다른가?"

월터가 당황한 듯 고개를 갸웃대며 말했다. 이어 그는 다시 한 번 새총을 장전하였다. 두 번째 샷이 다시 한 번 동호의 코를 때렸다. 저 새끼가 장난치나? 성이 난 동호가 월터에게 다가서려는 순간. 쿵.

동호가 통나무처럼 옆으로 쓰러졌다. 이게 무슨 상황이지? 동수가 쓰러진 동호에게서 시선을 옮겨 다시 월터를 바라보았을 때, 이미 탄력을 잃은 고무줄이 새총 사이에서 흐물거리고 있었다. 동수의 인중에 하얀 가루가 얹히는 느낌이 살짝. 피어오른 가루가 콧구멍 속을 파고드는 보드라운 느낌이 슬쩍.

그리고, 쿵.

—

장반장의 의식이 서서히 돌아오고 있었다. 뚝하니 끊겨 있던 사고의 흐름이 조금씩 깨어나고 있었다. 아직 감각이 온전히 돌아오기 전, 장반장이 제일 먼저 느낀 것은 포박상태의 갑갑함이었다. 장반장은 의식을 잃은 사이 몸에 별 일이 없었는지 확인하고픈 본능에 몸 구석 여기저기를 꿈틀여 보았다. 하지만 마치 진공 포장된 고깃덩이처럼 온몸이 꽁꽁 싸매어진 느낌이었다. 장반장은 세밀한 근육과 통각에 집중하며 신체의 끝자락부터 움직이기 시작했다. 손가락 발가락의 마디는 온전하군, 조이고 품에 따라 팔다리 근육도 반응하고 말이야, 핏물도 혈관을 잘 타고 다니는 듯한데. 온전하다는 확신이 서서히 번져 나가자 장반장은 비로소 자신이 아닌 주변을 파악하기 시작했다.

퀴퀴한 냄새가 안개처럼 콧속을 맴돌고 있었다. 오랫동안 버려진 장소의 냄새였다. 고막 어딘가가 고장난 것은 아닌가 싶을 정도의 적막이 이어졌다. 장반장은 떨궈진 목을 피며 서서히 시야를 들어올렸다. 누군가의 발끝이 눈에 들어왔다. 사람이었다. 거대한 샌들 위에 얹힌 양말 목 위로 다리털이 수북했다. 남자였다. 그리고 공격적인 느낌이 들 정도로 불거진 배와 겹겹이 지방을 두른 두터운 목. 그리고 얼굴, 어딘지 모르게 낯익은 남자가 장반장 앞에 우뚝 서 있었다.

거구의 체격에 마치 용병처럼 짧은 머리의 남자였다. 남자의 눈이 장반장의 시선과 맞닿았지만 그는 아무런 반응이 없었다. 장반장은 그를 살펴보기 시작했다. 체구에 어울리지 않는 순박한 인상이었다. 흔치 않은 노란색 색안경은 타고난 소박함을 가리기 위한 엉성한 변장 같은 느낌이었다.

순간 남자의 왼쪽 눈 끝자락이 파르르 떨렸다. 이에 따라 남자의 눈빛도 미세한 떨림을 이어갔다. 순간 장반장의 시선이 날카롭게 당겨졌다. 남자의 불안정한 눈빛, 장반장에게는 익숙한 그것. 약쟁이의 눈빛이었다.

장반장은 경험적으로 그들이 얼마나 위험한지 잘 알고 있었다. 충동적으로 사고하고, 우발적으로 행동하며, 돌연히 폭발하는 습성. 남자도 언제 어떻게 감정과 행동이 요동칠지 모르는 법, 장반장의 묶여있는 등줄기에 기합이 들어가며 쇄골뼈가 바짝 펴졌다. 그러나 온몸을 옥죄는 압박, 장반장은 분명 약쟁이의 돌발에 대처할 만한 상황이 아니었다.

눈빛이 맞닿은 것만으로도 남자의 돌발행동을 부를지 모를 일, 장반장은 시선을 거두고 자신의 상태부터 확인하였다. 눈에 들어온 것은 자신의 살. 장반장은 허연 삼각팬티와 양말을 제외하고는 벌거벗은 상태였다. 한겨울의 냉기가 알몸 구석구석으로 파고들고 있었다. 장반장은 살짝 살짝 몸을 비틀어 보았다. 의자 뒤 두 손은 수갑에 묶여 있었다. 그리고 허리와 가슴이 포장된 김밥처럼 은박테이프로 칭칭 감긴 채 의자에 붙어있었다. 몸부림으로는 벗어날 수 없는 결박. 그러니까, 내 명줄은 온전히 저 녀석의 두 손에 달려 있구나. 언제 약기운이 올라 돌아버릴지 모르는 저 약쟁이의 두 손에. 장반장은 불안해졌다.

집중하여 기억을 돌리고 돌려봤지만. 눈 앞의 녀석이 누군지도, 그 녀석이 무엇을 원하는지도, 여기가 어디인지도, 왜 이곳에 있는지도, 기억은 답을 주지 않았다. 장반장은 깊은 한숨을 내뱉으며 다짐했다. 우선은 말이지, 절대 녀석을 자극하면 안 되는 거야. 적어도 무언가를 알아낼 때까지는 최대한 명줄을 늘려보는 게야.

"어이. 짭새."

남자는 무언가를 장반장에게 툭 던지며 말했다. 허벅지 위로 장반장의 지갑이 펼쳐지며 떨어졌다. 녀석은 장반장이 누구인지 정확히 알고 있었다.

짭새. 비천한 약쟁이가 너무나 당당하게 장반장의 업을 비하하고 있었다. 장반장의 공직생활도 어느덧 20여 년이 훌쩍, 그 사이 꽤나 높은 자리까지 성공적인 경력을 이어왔다. 그가 마주한 수많은 약쟁이들 중에 경찰을 두려워하지 않는 자는 없었다. 그러나 남자는 두려움 대신 모욕을 뱉었고, 이는 개인적인 수모를 넘어 공권력에 대한 정면 도전으로 느껴질 정도였다. 모욕감에 장반장 관자놀이 근처의 핏대가 꿈틀거렸다.

"짭새, 귀딱지에 세멘을 쳐발랐나, 어이, 짭새!"

장반장은 묶여 있는 두 손을 꼼지락대기 시작했다. 오른손 검지로 왼손 손바닥에 참을 인자를 새기는 것, 분노를 잠재우는 장반장의 오래된 습관이었다. 참자, 참자, 참자. 장반장은 상황파악에 집중하기 시작했다. 그러니까, 나는 어디인가 하면. 장반장은 고개를 살짝 비틀어 앞뒤 좌우를 살폈다. 높은 층고와 천장의 구조를 보아하니 창고인 듯했다. 너른 바닥에 소복히 쌓인 먼지 위로 발자국이 이래저래 난 것을 보면 오랫동안 발길이 닿지 않은 곳인 듯싶었다. 그리고 좌우, 순간 오른쪽에 놓여있는 거울이 눈에 들어왔다. 비록 반편만 보일 뿐이지만 크게 다친 곳 없이 성한 몰골을 거울을 통해서 보고 나니 다소 안심이 되었다. 거울 주변에는 빙 둘러 LED 램프가 붙어있었고, 거울 밑으로 수납장이 이어져 있었다. 미용실에서 볼 수 있는 익숙한 경대였다. 그러고보니 자신이 묶여 있는 의자도 미용실에서 볼 수 있는 푹신한 회전의자였다. 그럼 이 녀석도 돌아가려나. 장반장은 엉덩이에 힘을 주어 봤지만 의자는 회전이 잠긴 듯 돌아가지 않았다. 다시 앞으로 고개를 향하는 찰나, 언뜻 뒤쪽에 거울에 반사된 사람의 형체가 보였다. 장반장은 뒤에 있는 자의 정체를 파악하기 위해 고개를 돌리려 했다.

순간 무언가가 장반장의 이마를 강타하였다. 이마 뼈가 조각나는 듯한 고통이었다. 그것은 장반장의 옆 이마를 패고는 툭 하니 바닥으로 떨어졌다. 너트였다. 고개를 들어 앞을 보았다. 눈앞의 남자는 새총을 쥐고 있었다.

"어디 짭새가 총 앞에서 한눈을 팔아."

당혹스러움과 고통이 동시에 퍼져 나갔다. 새총, 자신에게 해를 가할 무기로는 한 번도 생각해보지 못한 것이었다. 허나 남자의 새총은 나뭇가지에 싸구려 고무줄을 엮은 장난감 수준이 아니었다. 금속 손잡이 부분의 만듦새나 두터운 고무를 보아하니 꽤 전문적인 장비인 듯했다. 그래도, 새총이라니. 경찰을 위협하는 도구가, 고작 새총이라니. 그때 남자가 기대고 있는 선반 위에 놓인 자신의 권총이 눈에 들어왔다. 장반장의 고개가 절로 떨구어졌다. 살인적인 파괴력의 새총이지만 그래도 총에 비하자면. 장반장은 다시 한 번 그를 자극하지 않기로 마음먹었다.

"너, 이거 잡는 새끼지?"

남자가 옆에서 작은 지퍼백을 집어들고는 흔들어댔다. 지퍼백 속 하얀 가루가 물결쳤다. 이어 그는 지퍼백을 열어 가루약을 한 움큼 쥐어 들어 자신의 주먹 위에 올린 뒤, 쓰읍하고 단숨에 빨아들였다. 순간 그의 목이 뒤로 젖혀졌다. 싼다! 남자는 천박한 단어를 크게 내지르고는 퍼져나가는 약기운을 즐기고 있었다. 약쟁이를 잡아넣으며 보낸 20여년의 세월, 보란듯이 자신의 눈앞에서 약을 들이켜는 녀석은 처음이었다.

그래, 눈 앞의 약쟁이. 그러고보니 나는 쥐새끼가 한국으로 숨어든다는 장수항에 있었지. 그러니까 이 녀석의 정체는,

"월터."

장반장이 나지막히 월터의 이름을 말했다. 월터가 씨익 웃어 보였다.

"나이스 투 밋 유."

인사를 마친 월터가 장반장을 향해 다가왔다. 이어 두 손으로 장반장의 뒷통수를 강하게 부여잡고는 있는 힘껏 뒷통수를 당겨 자신의 뱃속에 품었다가, 뒤로 빼기를 반복하며 말했다.

"잘 묶여 있네. 짭새, 나 잡을 생각 아니었어? 어쩌냐, 내가 너를 잡았네."

월터의 배에서는 썩은 고름내가 났다. 셔츠에 진하게 배어 든 뱃기름이 장반장의 입술에 덕지덕지 묻었다. 호흡기를 거치는 장반장의 숨결마다 월터의 악취가 풍겨왔다. 장반장은 어떻게든 그 악취를 뱉어내고 싶은 마음이었다. 킁, 킁, 킁, 장반장은 크게 심호흡 세 번을 하고는 썩은내를 가래침에 섞어 퉤하고 뱉어냈다.

"어쭈, 짭새. 제법 빠는 법을 아는데?"

월터가 능글거리는 웃음을 지으며 말했다.

"이 친구 약에는 짬이 있구만. 땡기면 말을 하시지, 여기 많은데."

월터는 약봉지를 손바닥 위에 탈탈 털고는 주먹을 움켜쥐었다. 마치 주먹에 불이라도 붙은 듯 하얀 가루가 피어올랐다. 이어 주먹을 펴고는 손바닥을 장반장의 얼굴에 부벼대기 시작했다. 장반장은 고함을 지르고 고개를 틀어가며 어떻게든 벗어나려 했지만 소용없었다. 장반장의 코와 입 주변에 하얗게 약가루가 피어올랐다. 숨을 쉴 때마다 가루가 호흡기를 찌르고 파고드는 느낌에 장반장은 몸부림쳤다. 장반장은 어떻게든 이를 뱉어낼 생각에 도리어 힘껏 숨을 들이켜 가루를 빨아대고는 침으로 뱉어내려 했다. 그렇게 킁. 킁. 킁

"어이구, 킁, 킁, 킁, 더 센 걸로 달라고?"

"이 개새끼야!"

강제로 장반장의 몸으로 흡수된 정체모를 허연 가루. 장반장의 인내도 거기까지였다.

—

자기도 모르게 욕설이 터져 나온 장반장은 자신에게 놀란 상태였다. 그토록 참을 인자를 새기며 흥분을 누르려 했건만, 억지로 마약을 쑤셔 넣는 터에는 자제할 방도가 없었다. 그러나 분노는 순식간에 사그러들었다. 월터가 새총을 들고 다가오고 있었다. 터진 둑의 물길마냥 급속도로 공포가 쏟아져 내렸다. 월터가 자신의 이마 위에 새총을 올리고, 고무줄을 힘껏 잡아당기자 의자가 요동칠 정도로 장반장의 다리가 덜덜 떨리기 시작했다.

"뭐라고?"

월터는 질문을 한 뒤 답을 듣기도 전에 손을 놓았다. 고무줄이 철썩하고 장반장의 이마를 때렸다. 이마 위 얇은 피부가 채찍질로 갈기갈기 찢겨 나가는 듯했다.

월터가 다시 한 번 고무줄을 잡아 당겼다. 아직 눈썹 위로 고통이 고여 있던 장반장은 본능적으로 눈을 질끈 감고 온몸을 뒤틀기 시작했다. 꿈틀대기를 한참, 그러나 고무줄은 날아오지 않았다. 달라진 낌새에 상황파악을 해야 했지만 감은 눈을 뜨기가 쉽지 않았다. 한껏 고개를 뒤튼 채 장반장은 조심스레 실눈을 떴다. 고무줄은 여전히 팽팽히 당겨져 있었다. 장반장은 자기도 모르게 다시 한 번 눈을 질끈 감았다. 그러나 여전히 고무 총탄은 날아오지 않았다. 장반장은 다시 한 번 실눈을 뜨고 월터를 바라보았다. 여전히 고무줄을 장전하고 있던 월터가 낄낄대는 소리를 내며 웃고 있었다.

"가만히 있어. 너, 그러다가 눈 맞아. 너 눈 속에 먹물, 그거 터진다고 인마."

장반장은 생각을 고쳐먹었다. 그래, 저 미친놈 말이 맞아. 한 번 잘못 맞아 눈을 때리면 애꾸가 되고, 두 번 잘못 맞으면 장님이 되겠지. 그것보다는 이마가 걸레짝이 되는 게 훨씬 나은 셈이야. 장반장은 고개를 돌려 서서히 자신의 이마를 월터가 겨눈 곳에 대고 움직이지 않았다. 알 수 없는 의기가 솟는 기분이었다. 다시 한 번 철썩, 새총이 발사되었다.

어랏, 뭐지? 다시 한 번 고무 채찍을 얻어맞은 장반장이었지만, 의아함이 고통에 앞섰다. 살점을 찢어내던 고통이 어딘가 달라져 있었다. 보다 깊은, 머리 뒤쪽 어딘가가 흔들리는 느낌이었다. 이어 시야가 또렷해졌다, 흐려졌다를 반복하고, 초점이 겹쳤다, 흩어졌다를 이어갔다. 월터가 다시 고무줄을 당기고 있었다. 하지만 그 모습은 마치 슬로우모션을 보듯 늘어지고 흐려져 있었다.

새총, 그깟 새총. 무섭지 않아. 장반장은 두려움이 뒷통수를 뚫고 빠져나간 기분이었다. 눈앞에 팽팽히 당겨진 고무줄이 전혀 무섭지 않았다. 도리어 이런 애들 장난 같은 상황이 시시하게 느껴질 정도였다. 장반장은 자기도 모르게 비실비실 웃음을 흘렸다. 이깟 새총, 그냥, 확, 물어 뜯어버리면 될 것.

순간 장반장이 고개를 앞으로 빼고 입을 벌리며 새총을 물어뜯으려 했다. 월터가 황급히 한 발자국 뒤로 물러나며 새총을 뒤로 뺐다. 장반장은 그치지 않고 계속해서 흔들어 대며 허공을 물어 댔다. 유일한 무기가 주둥이밖에 남지 않은 장반장은 짐승이 된 듯한 기분이었다. 그르르르. 한 마리의 개처럼 장반장은 아가리를 놀리고, 이빨을 부딪혀 대며, 목젖을 떨어 으르렁댔다.

"벌써 약빨이 올랐구만."

월터가 씨익 웃어 보이며 말했다. 궁합이 좋은 약이었다. 장반장은 삽시간에 약기운에 취해갔다. 약기운은 위험에 직면한 장반장의 공격성을 극한으로 끄집어냈다. 월터가 다시 고무줄을 당겨 장반장의 미간을 정조준 하였지만, 장반장은 더 이상 무서워하지 않았다. 그저 계속해서 그르렁대며 월터를 노려볼 뿐이었다.

"너 안 무섭구나?"

"왈왈! 왈! 왈!"

월터가 손가락을 놓았다. 짝. 장반장의 이마가 찢어졌다. 쩍. 허나 장반장은 눈도 깜박 않고 월터를 노려보며 계속해서 짖어 댔다. 장반장의 양 입가에 거품이 피어올랐다. 찢어진 이마에서 피어오른 핏방울이 콧날을 타고 뚝뚝 떨어지고 있었다. 장반장은 혀를 날름거려 인중에 고인 피를 핥아 먹었다. 왈왈왈. 장반장이 더욱 요란하게 울부짖기 시작했다.

장반장이 새총을 두려워하지 않자 월터는 김이 샌 느낌이었다. 괜시리 약을 먹인 바람에 흥이 죽은 느낌이었다. 보다 강렬한 자극이 필요했다. 월터는 툭하니 새총을 바닥에 집어 던졌다.

이를 본 장반장도 서서히 흥분이 가라앉기 시작했다. 촉매처럼 장반장을 자극하던 폭력이 꺼지니, 반작용 같던 공격성도 힘을 잃었다. 여전히 약기운이 온몸을 휘어잡고 있었지만, 개처럼 짖어 대던 소음의 빈자리에 이성이 내려앉기 시작했다.

"풀어줘."

"싫어."

월터는 무심하게 답을 한 뒤 장반장이 묶인 의자 옆 테이블을 뒤지기 시작했다. 서랍을 여니 헤어핀을 비롯한 각종 미용도구가 들어있었다. 월터는 이래저래 서랍을 뒤져보다가 다시 닫았다.

"그럼 말해."

"뭘?"

"대체 나한테 원하는 게 뭐야."

장반장이 그르렁대듯이 따져 물었다. 월터는 답 대신 아래 서랍에서 무언가를 끄집어냈다. 줄이 칭칭 감긴 헤어 드라이어였다. 하나를 집어 들자 이래저래 꼬인 전원줄과 함께 다른 드라이어가 따라 올라왔다.

"나한테 원하는 게 뭐냐고."

장반장이 고함을 지르며 월터를 다그쳤다. 월터가 뽑아올린 드라이어를 내려놓고는 장반장의 눈앞으로 다가왔다.

"그런 거 없어."

"원하는 게 있으니 이렇게 묶어 둘 것 아냐."

"아니 없어. 난 그냥. 경찰이 아프면 돼."

작업대로 다가간 월터가 다시 한 번 약봉지를 들어올렸다. 톡톡, 소량을 손등 위에 털고는. 쓰읍. 잠시간 월터는 고개를 아래로 처박고 몸을 들썩여댔다. 입을 부르르 떨며 고개를 든 월터의 눈이 해일처럼 출렁이고 있었다.

—

양손에 두 개의 드라이어를 거머쥔 월터는 마치 서부의 총잡이 같은 그럴싸한 자세를 취했다. 구십도로 굽힌 팔꿈치, 바람 버튼 위에 올려진 검지 손가락, 적당히 굽혀진 양 무릎까지. 그는 마치 총을 발사하듯 양손을 번갈아 앞으로 뻗어가며 버튼을 눌러댔고, 때마다 드라이어에서는 바람이 쏟아져 나오는 소리가 요란히 울렸다. 월터는 번갈아 드라이어로 헛총질을 해대며 조금씩 장반장에게 다가오기 시작했다.

아직까지 약기운이 남은 장반장도 두려움이 없었다. 허공을 물어뜯는 입놀림에서 월터를 뜯어먹겠다는 의지가 느껴졌다. 그러나 장반장의 기개는 오른손에 쥔 드라이어가 주둥이에 쑤셔박히고, 뜨거운 바람을 탄 탄알이 입안을 헤젓자 순식간에 녹아내렸다.

드라이어의 열풍, 그리고 강풍이 순식간에 장반장의 입안에 휘몰아쳤다. 양 볼이 풍선처럼 팽창되어 늘어난 입공간을 뜨거운 바람이 데웠다. 오래 사용하지 않아 시끄러운 소리를 내는 드라이어였다. 그러나 그보다 울림이 큰 장반장의 비명이 모터 소리를 덮고 퍼져나갔다.

삼 초쯤이었을까. 잠깐의 열기였다. 그러나 열기는 순식간에 장반장의 온몸에 스며들었다. 호흡기를 타고 내려간 열기는 장반장의 심장과 폐, 가슴팍을 말렸다. 피와 수분이 순식간에 증발하는 느낌이었다. 그리고 뼈와 살점을 통해 머리를 타고 올라간 열은 뇌를 익혔다. 마치 찜통 속에서 익어가듯 장반장의 뇌가 말랑댔다.

"자, 이제 식혀 줄게."

월터는 오른손의 드라이어를 뽑아 들더니, 이어 바로 왼손의 드라이어를 쑤셔 박았다. 이번에는 찬바람이었다. 찬바람마저 온기를 머금고 있었지만, 워낙 열풍이 강했던지라 주둥이가 싸늘해지는 느낌이 들었다. 그러나 바람은 바람, 이를 정면에서 맞이한 장반장의 혀는 바싹 말라버려 마치 해풍에 마른 생선처럼 건조해졌다.

오른손의 열풍 한 발, 왼손의 냉풍 한 발. 데우고 식히고. 월터는 이 탄알을 여섯 발이나 번갈아 쐈다. 그 사이 장반장의 눈은 눈물을 잃어 벌겋게 충혈이 되고, 숨을 쉴 때마다 마른 숨구멍이 쓰라렸으며, 익어버린 폐는 공기를 빨아들이는 것도, 뱉는 것도 버거워했다.

"너, 너의 주둥이는 뭐 하라고 있는 것이냐? 말해봐."

월터가 드라이어의 주둥이로 장반장의 부르튼 입술을 툭툭 치며 말했다. 장반장은 무어라 말을 내뱉으려 했으나, 혀와 입술이 말을 듣지 않아 웅얼거림에 그쳤다. 뭐? 뭐? 월터는 귀를 장반장의 입 앞으로 가져갔다. 그러나 바싹 귀를 대도 들리는 것은 웅얼댐뿐이었다.

"뭐? 잘 들리지가 않는데, 뭐? 처먹는 데 쓴다고? 그건 짐승도 마찬가지야. 사람의 아가리가 정교하게 짜인 건 말이야, 말을 하라고 그런 거야. 말을 안 해? 그럼 사람의 주둥이도 쓸모가 없는 거라고."

월터의 오른손에 쥐인 총이 마치 비행기가 이륙하는 듯한 소음과 함께 열풍을 밀어냈다. 이를 본 장반장이 억지로 밀어내듯 말을 내뱉었다.

"말, 말, 해. 말, 한다고. 말!"

"말. 그래, 말, 말. 근데 말이야, 지금은 거짓말을 하는 주둥이는 필요가 없어. 너, 알지? 거짓말을 하면 혼이 날거야."

"알아."

말을 듣지 않는 익어버린 입과 혀로 장반장이 힘겹게 답을 했다. 월터가 좁게 모아진 드라이어의 끝으로 장반장의 입술을 헤집었다. 화상을 입은 입술은 이미 붉게 달아올라 있었고, 잇몸에서는 진물이 새어 나오기 시작했다.

"아이고, 주둥이에 혼을 내면 안 되겠네. 조금만 더 하면 타버리겠는데. 그러면 말이야."

월터는 테이블 위에 있던 미용가위를 집어들고는 장반장 가슴을 감고 있던 은박 테이프를 갈랐다. 장반장의 맨 가슴이 훤히 드러났다. 이어 월터는 오른손에 쥔 총의 총구를 장반장의 젖꼭지 위에 댔다. 겁먹은 장반장의 눈이 동그랗게 부풀어올랐다. 그러나 월터는 개의치 않고 방아쇠를 당겼다. 백도가 넘는 뜨거운 바람이 장반장의 젖꼭지를 직격했다. 다시 한 번 드라이어의 모터가 내는 불쾌한 소음과 장반장의 비명이 어우러졌다. 월터가 총을 거두자, 장반장의 붉게 부풀어오른 한쪽 유두가 드러났다.

"거짓말할 거야?"

"아니, 아니, 아니!"

"좋아. 자, 답해봐."

말을 마친 월터는 의자 밑 고정장치 레버를 발로 눌러 해제한 뒤 의자를 백팔십도 돌렸다. 장반장의 몸도 의자를 따라 뒤로 돌았다. 장반장 앞에는 일렬로 두 개의 의자가 놓여있었다. 바로 앞에 놓인 의자에는 덜덜 떨고 있는 다소 작은 남자가, 그리고 그 뒤로 정신을 잃은 채 늘어져 있는 거인이 있었다.

월터는 장반장의 귀에 얼굴을 바싹 붙이고 물었다.

"누구냐."

—

단꿈이었다. 동수는 길 위를 날고 있었다. 동수의 밑에는 위아래로 굽이가 심한 고갯길이 있었다. 그러나 날고 있는 동수에겐 얼핏 직선으로 곧게 뻗은 길로 보였다. 길 옆으로는 마치 유럽의 동화에서나 그려지는 아름다운 집들과 푸르고 너른 평야가 펼쳐져 있었다. 동수가 평생 눈에 담아보지 못한 생경한 아름다움, 그리고 날고 있다는 것. 동수는 이것이 얼마나 달콤한 꿈인지를 자각하고는, 꿈을 즐기는데 여념이 없었다.

순간 공습경보가 울리기 시작했다. 온 천지가 진동할 만큼 큰 소리가 울려퍼졌다. 하늘을 날던 동수는 균형을 잃고 추락하기 시작했다. 끝없는 추락이었다. 동수는 계속해서 추락하고 있었으나, 땅이 거리를 벌리며 멀어져간 탓에 추락만이 이어질 뿐이었다.

꿈에서 먼저 깨어난 것은 눈이 아닌 귀였다. 고막을 찢는 듯한 굉음과 고음이 귓구멍을 파고들었다. 두 번째로 깨어난 것도 눈이 아닌 코였다. 단백질이 굳어가며 풍기는 끔찍한 냄새가 콧가를 아른거렸다. 그리고 눈을 떴을 때, 이 모든 비명과, 냄새와, 연기가 한 남자에게서 나고 있음을 알 수 있었다.

동수는 등을 지고 앉아있지만 남자가 누군지 알고 있었다. 장동철 반장. 그리고 남자 앞에 선 남자도 알고 있었다. 백원덕, 월터. 월터가 양손에 드라이어를 쥐고는 장반장을 향해 열기를 가하고 있었다.

귀기서린 얼굴과 광포한 폭력. 월터는 미쳐 있었다. 그는 감히 경찰을 잔인하게 고문하고 있었다. 그 와중에 입가엔 미소가 서려 있었다. 동수는 아지랑이처럼 아른대던 정신을 되잡고 온전히 잠에서 깨어났다.

순간 장반장의 의자가 휑하니 돌아서며 동수와 장반장이 얼굴을 마주했다. 끔찍했다. 장반장의 얼굴은 열기로 부르터 온갖 곳에 붉은 흔적이 번져 있었다. 언제든지 고름이 차오를 것 같은 흉들을 제외하고는, 모든 수분을 쥐어짜낸 듯 메마른 꼴이었다. 한쪽 유두는 다른 쪽에 비해서 두 배는 부풀어 올라있었고, 하얀 팬티는 국부를 중심으로 축축히 젖어 있었다.

동수는 끔찍함에 몸부림을 쳤다. 그러나 이내 자신도 장반장과 같은 신세임을 깨달았다. 두 손은 의자 뒤로 묶여 있었다.

마주한 동수가 누구냐는 월터의 물음. 그러나 장반장은 아무런 말도 하지 않고 있었다. 장반장이 눈앞의 동수를 알 터가 없었다. 행여나 기억 속에서 흐려진 사람은 아닐까, 장반장은 마른 눈을 굴려가며 꼼꼼히 동수를 훑었다. 굳이 나누자면 추남의 범주에 속하겠지만, 그렇다고 기억에 남을 정도는 아닌, 분별하기 어려운 장례식장의 구두짝 같은 남자. 장반장은 아무리 기억을 뒤지고 뒤져도 흔적의 꼬리조차 잡지 못하자 절망 섞인 목소리로 답했다.

"몰라."

다시 의자가 반대로 돌아갔다. 동수에서 월터로, 장반장이 마주하는 얼굴이 바뀌었다. 월터는 두 드라이어를 동시에 장반장의 가슴에 댔다. 이어 두 총이 동시에 열탄을 쏟아냈다.

두 개의 불기둥이 가슴을 짓눌렀다. 심장을 보호하는 방패가 녹아내리기 시작했다.

월터는 주둥이보다 가슴팍에 훨씬 더 가혹했다. 한참 동안 드라이어의 모터가 돌며 살을 익혔다. 눕눕한 익는 냄새가 퍼져 나갔다. 피어오르는 연기가 공중으로 흩어져갔다. 장반장의 비명이 이어지다 흐느끼는 소리로 바뀌었을 즘. 장반장의 가슴에는 마치 오렌지 알처럼 붉고 거대하게 부풀어 오른 덩어리가 아로새겨졌고, 유두는 완전히 녹아내려 형체를 알아볼 수 없었다.

"월터, 미스터 월터. 그러면 안 돼요."

동수는 본능적으로 다음 차례는 자신임을 알고 있었다. 경찰은 얼마 버티지 못할 것이 분명했다. 동수는 달래듯 말을 이어갔다.

"월터씨, 이러면 안 돼요. 저 사람 경찰이잖아요, 경찰한테 그러다간 큰일 난단 말이야. 자, 자, 침착해요."

월터는 드라이어를 테이블 위에 올려 두고 동수 앞으로 다가왔다. 그는 딱한 눈빛으로 동수를 내려보더니, 신고 있던 샌들을 벗었다. 이어 한쪽 양말을 벗은 뒤 이를 돌돌 말아 동수의 입에 쑤셔 박았다.

동수의 입을 막고는 다시 장반장 앞으로 간 월터가 말했다.

"어쩌지? 모른다며? 저놈은 널 알고 있네."

"난 모라, 난 저 사라 모라."

"못 들었어? 당신 경찰인 거 알고 있네. 경찰한테 그러면 안 된다고 말도 하고."

"모르다고!"

"그럼 별 수 없네."

월터는 다시 드라이어를 집어 들었다.

"다시 고통을 줄 수밖에 없어."

드라이어의 주둥이에는 장반장의 살점이 묻어 있었다. 이를 본 장반장은 발작하기 시작했다. 목과 허리가 감겨 있었지만 온 힘을 다해 앞뒤로 들썩댔다. 울음소리인지 비명인지 알 수 없는 괴성이 발광처럼 퍼져 나갔다.

"개새끼. 개새끼. 모라. 난 저 사라 모라, 마응대로 해, 노겨, 다 노겨, 주겨, 주기라고 이 새끼야!"

"뭐라는 거야?"

"왈왈! 왈왈왈!!!"

장반장은 더 이상 말을 할 수 없었다. 입 전체가 화상으로 부풀어 오르고, 굳어버렸다. 턱근육이 녹아 내렸는지 아래턱이 뜻대로 움직이지 않았으며, 혀가 부풀어올라 발음이 뭉개졌다. 장반장은 말을 하는 대신 개처럼 짖어 댔다.

"짐승이 되어버렸네. 이제 끝."

월터는 다시 선반으로 다가서고는 다시 한 번 약을 들이켰다.

바르르 떨리는 몸의 진동은 신체의 끝에 있는 세포 하나하나까지 약의 기운을 퍼뜨리기 위한 움직임 같았다. 월터가 말을 이어갔다.

"잘 들어, 짭새. 저 뒤에 두 녀석이 말이야, 내 물건을 꽁으로 가져가려 했어. 미국에서부터 내가 목숨을 걸고 지켜온 물건을 말이야. 그렇게 남의 것을 뺐는 녀석은 깡패, 아니면 경찰밖에 없지. 그런데 말이야, 일이 꼬여버린거지. 차가 고장난거야. 그래서 급하게 차를 빌릴 수밖에 없었지. 누구에게? 바로 너, 뒤에서 모든 것을 지시한, 부패경찰 장반장."

"그르르렁…왈, 왈, 왈!"

"니들 한 패잖아. 내가 갖고 있는 물건을 빼돌리기 위해서. 넌 잔머리가 좋은 놈이더만. 기절한 척을 해서 범죄를 피해가려 했겠지. 지금처럼 아무 것도 몰라요, 둘러대려고 말이야. 그런데 어쩌나? 내가 모든 것을 알게 되었으니."

"아냐, 아냐. 누가 그래, 누가!"

"누구겠어, 니 뒤에 단춧구멍 눈깔이지."

말을 들은 장반장이 세차게 몸을 뒤틀어가며 반동으로 의자의 각을 돌렸다. 몇 번 낑낑대니 의자가 돌아갔고, 장반장은 동수를 마주보았다. 동수는 입안의 양말을 우물대고 있었다. 어떻게든 혀를 움직여 양말을 뱉어내고 싶었지만 그럴 수록 침에 젖은 양말은 점점 더 목구멍으로 말려들어갔다.

"네가 의식을 잃고 있는 동안 저 녀석이 모두 불었다. 새총만 잡아당겼을 뿐인데 술술 불더군. 너처럼 익어버릴 필요도 없었어."

장반장은 월터의 말이 진실인지 알 수 없었다. 그러나 동시에 거짓인지도 알 수 없었다. 얼핏 월터의 말이 그럴싸하게 들렸다. 누군지 모를 눈앞의 녀석은 월터의 물건을 노렸고, 월터의 말 대로 일이 꼬여버리자 경찰을 엮어 들어가 거짓과 변명을 늘어놓은 것. 그저, 경찰이 시키는대로 했을 뿐이에요. 속 편한 시나리오를 택한 셈. 생각이 거듭되자 점점 동수를 향한 분노가 차오르기 시작했다. 제기랄, 나는 이렇게 온몸이 익은 채로 녹아 내리는 중인데 이 개자식은 저렇게나 멀쩡한 몰골로, 잘도 거짓말을 나불댄 것이구나. 그깟 새총 따위에 겁을 먹어서, 그저 팽팽한 고무줄이 무섭단 이유로. 장반장의 마른 눈에 핏발이 차오르며 붉어져갔다. 모든 고통의 원흉이 동수로 쏠리고 있었다.

화가 치밀어 오른 장반장은 동수를 향해 발길질을 내질렀다. 장반장의 무릎 아래가 곧게 펴지며 발끝이 동수의 무릎을 때렸다. 닿네, 닿아. 거리 안에 있음을 알아챈 장반장이 다음 발길질을 내질렀다. 퍽. 이어 장반장은 마치 물에 빠진 조난자의 발길질처럼 미친듯이 동수의 다리를 걷어차기 시작했다.

"멍청한 녀석아."

동수는 기를 쓰고 소리를 질렀으나 양말에 막혀 되돌아올 뿐이었다. 몇 대 맞다 보니 동수도 화가 나기 시작했다. 도대체 왜, 저 새끼는 왜 그 차에 있었던 것이지. 게다가 왜 신분을 들켜버려서. 경찰 주제에 납치를 당하고, 고문을 당하다니, 이런 멍청하고 무능한 녀석. 동수도 지지 않고 장반장에 발길질을 하기 시작했다. 두 사람의 네 다리가 공중에서 이리저리 얽히고 설키고 있었다.

한참을 의자에 묶인 채 앞뒤로 요동치며 싸움을 벌이던 두 사람 중, 먼저 얼어붙은 것은 동수 쪽이었다. 동수의 다리가 굳자 이때다 싶어 연달아 몇 대를 걷어차던 장반장도 심상찮은 기운을 느끼고는 다리를 거두었다. 동수의 시선이 장반장의 뒤를 향해 있었다. 서늘한 기운이 풍겼다. 맞아, 진정한 위험은 저쪽이었지. 장반장은 몸을 튕기며 의자를 돌려 월터를 바라보았다. 월터, 원덕. 그가 장반장의 총을 두 손으로 움켜쥐고 장반장을 겨누고 있었다.

총구는 장반장을 향하고 있었으나, 그의 목표는 단순히 장반장의 몸에 총탄을 박는 것은 아닌 듯했다. 월터는 한쪽 무릎을 땅에 꿇은 채 아주 조심스럽게 총구를 움직여가며 조준점을 조정하고 있었다. 그는 분명, 또렷한 일직선을 찾는 중이었다.

"어이, 뒤에 놈, 젤 뒤에 거인이 니 동생이랬지?"

월터가 동수에게 물었다. 동수는 고개를 끄덕였다.

"너 자꾸 움직이면 동생부터 죽는다."

월터는 해머를 당겨 장전을 하였다. 장반장과 동수, 두 사람이 몸부림치기 시작했다.

"너희 셋은 똑같은 쓰레기이다. 단 한 놈도 일초라도 오래 살 이유가 없다. 세 놈 모두, 단 한 발로 꿰어버린다. 셋 다 동시에 지옥 땅을 밟게 될 거야."

장반장과 동수가 다급하게 울음소리를 이어갔으나, 월터는 신경 쓰지 않았다. 월터는 모든 신경을 가늠쇠에 집중하였다. 그러나 빌어먹을 마약을 너무 많이 들이켠 뒤였다. 약의 효과로 인해 초점이 곡선으로 중첩되는 느낌이었다. 월터는 다시 한 번 심호흡을 하고 총을 조준했다. 첫째 녀석의 아가리, 둘째 녀석의 미간, 그리고 셋째 녀석의 목을 단번에 뚫어낼 한 발, 하나의 총탄으로 세 사람의 목숨을 관통할 그 한 발을 쏘기 위해서.

후, 월터는 깊게 숨을 골랐다. 그럼에도 불구하고 초점이 한 군데로 모이지 않고 이리저리 뒤틀리고 겹쳤다. 그러나 주기적으로 두 눈이 같은 곳을 맞추어 보는 때가 있었다. 월터는 숨을 참고 때를 기다렸다. 지금이야, 그리고, 탕. 장반장이 여전히 발광을 떠는 것을 보니 이번 발은 실패. 그러나 장반장의 왼쪽 귀가 날아가 있었다. 반 뼘쯤 빗나갔구나. 영점이 잡혀가는 느낌. 좋아, 다음 한 방이면 세 놈을 동시에 펠 수 있어, 자신 있다고.

—

귀가 날아간 장반장은 미친듯이 몸을 움직여댔다. 절반쯤 시야가 가려진 동수도 목전에 차오른 죽음의 냄새에 다급해졌다. 딸각. 월터가 장전을 하는 소리가 들렸다. 그러자 장반장이 더욱 더 크게 몸을 흔들어댔다. 과녁이 심하게 요동치니 궁수도 쉬이 시위를 놓지 못하는 듯했다. 월터는 전보다 오래, 방아쇠를 당기지 않고 때를 기다리고 있었다.

장반장은 마치 그네를 타듯 반동을 이용하여 앞 뒤로 몸을 움직여댔다. 조금씩 테이프가 늘어날수록 움직임은 격해졌다. 동수의 눈에 바닥에 고정된 의자의 지지대가 조금씩 흔들리고 있는 것이 보였다. 월터 녀석이 뜻대로 세 사람을 한 번에 죽일 수는 없으리라. 그런 면에서 분명 지금의 장반장은 동수의 생명을 덮어주는 가림막이 되어주고 있긴 하지만. 이런 꼬락서니로는 찰나의 순간만 더 살 수 있을 뿐. 에라 모르겠다, 동수는 마음을 다잡고 있는 힘껏 다리를 뻗어 장반장 의자의 등판을 걷어찼다. 장반장의 상체에 붙어있던 테이프가 뜯어지며 장반장의 허리가 앞으로 접혔다. 장반장의 머리가 앞으로 기울자 총구가 동수를 정면에서 가리켰다. 빌어먹을. 동수는 다시 한 번 더 장반장의 의자를 걷어찼다. 우지끈 소리가 나며 밑둥의 지지대가 반쯤 뽑혀 나간 채 앞으로 기울기 시작했다. 그리고 한 번 더, 쾅. 장반장의 의자는 바닥에서 뽑혀 나가며 쿵 하고 바닥에 처박혔다.

장반장은 의자와 함께 앞으로 넘어가며 이마를 그대로 바닥에 쑤셔 박았다. 정신이 재빠르게 도망가는 것이 느껴질 정도의 충격이었다. 간신히 정신을 차린 뒤 고개를 치켜 뜨니 월터의 발목이 보였다. 장반장은 마치 애벌레처럼 몸을 꿈틀대며 의자 앞으로 나아갔다. 두어 번 크게 펄떡대니 수갑에 묶인 양팔도 쓰러진 의자 등판에서 빠져나왔다. 그리고 다시 한 번 철푸덕, 온몸을 튕겨 월터의 발끝에 도달한 장반장은 목을 뽑아 든 채 월터의 발끝을 씹으려 했다. 한 코에 세 사람을 꿰려던 계획이 틀어진 월터는 바닥에서 활어처럼 펄떡대는 장반장을 보고 당황한 기색이었다. 이어 그가 시퍼런 이빨을 드러내고 자신을 씹으려 하자 반사적으로 발을 뺐다. 허나 장반장의 성난 아가리는 멈출 줄을 몰랐다. 어떻게든 월터의 발을 물기 위해 입을 놀려 댔다. 월터는 입질을 피해 마치 탭댄스를 추듯 양 발을 번갈아 가며 들쳐 올리고 있었다.

생사의 갈림길에서 그래도 조금이나마 시간을 벌었다는 안도감 때문이었을까, 방금 전까지 뒷통수 언저리에 서성였던 죽음에 대한 기겁 때문이었을까? 아니면, 펄쩍펄쩍 뛰고 있는 월터의 한쪽 양말에서 보이는 역겨움 때문이었을까? 월터가 신고 있는 하얀색 양말은 누렇다 못해 마치 소변통에 담갔다 니코틴으로 찜을 찐 듯한 퀘퀘한 색이었다. 게다가 펄쩍 펄쩍 뛸 때마다 보이는 허연 각질이 두텁게 낀 발바닥이란 역하기 짝이 없었다. 그리고 그놈의 엄지 발톱. 엄지발가락을 길게 뒤덮고 삐져나온 발톱은 길쭉한 길이도 길이거니와, 발톱 밑으로 새카맣게 낀 때가 마치 검은색 패디큐어를 바른 듯했다. 그러니까, 저 발을 감싸던 양말이 지금 내 입 안에 있단 말이지. 이미 흥건히 젖은 채 마치 필터처럼 지속적으로 목구멍으로 침을 밀어 넣는 이 솜뭉치가 저 양말이란 것이지. 순간 구토가 터져 나왔다. 마치 내장이라도 뽑혀 나올 법한 깊은 토악질이었다. 그러자 토사물에 밀린 양말도 입 밖으로 툭 하니 튕겨져 나왔다.

그때, 동수 뒤편에서 무언가가 우지끈 하고 부러지는 소리가 들렸다. 동수는 고개를 틀어 오른편의 거울을 보았다. 동호였다. 잠에서 깬 동호가 바닥에 발을 딛은 채 일어서고 있었다. 동호가 힘을 주어 기립하자 의자는 뿌리째 뽑히더니 그대로 아래로 흘러내렸다. 이어 양 손목 위로 칭칭 감긴 테이프도 순식간에 틀어낸 동호는 자유로운 양팔을 앞뒤로 뒤흔들며 뚜벅뚜벅 걸어 나갔다. 월터를 향해.

월터는 총이 있는데. 동호 녀석은 총을 무서워하는 법을 알기나 할까? 동수는 세차게 외쳤다. 동호야, 거기 서, 강동호! 그러나 동호는 아랑곳 않고 월터에게 다가갔다. 월터가 다가오는 동호를 향해 총구를 겨누었다. 허나 격발 직전, 장반장이 월터의 새끼 발가락을 물어뜯었다. 아악! 월터는 차마 총을 쏘지 못하고 발을 뽑아 들었다. 그 틈을 놓치지 않고 동호는 월터를 붙들고는 그대로 들이매쳤다. 월터가 허공을 가르며 저 멀리 나가 떨어졌다.

"동호야!"

동수가 동호를 불렀다. 문득 동호가 차를 세우고는 월터를 벌하려던 순간이 생각났다. 동호를 제어해야 했다. 동수는 동호를 보다 세차게 불렀다.

"강동호!"

다행히 동호가 발걸음을 돌려 동수에게 다가왔다. 동수가 급하게 말했다. 이거, 이거 빨리 풀어줘! 동호가 동수의 뒤를 돌아가 양팔을 붙잡고는 양옆으로 강하게 잡아당겼다. 순간 팔목이 끊어지는 듯한 고통이 느껴졌다. 그러나 테이프는 여전히 감겨 있었다. 이 무식한 새끼야, 가위로 잘라! 동호는 화장대 위의 미용가위를 집어 들었다. 허나 빌어먹을 미용가위의 날구멍은 동호의 손가락에 비해 너무 좁았다. 이래저래 동호가 가위를 가지고 헛씨름을 하다가 간신히 테이프를 잘라내는 사이, 장반장이 우뚝 서 있었다. 처참한 몰골이었다. 누런 삼각팬티만 입은 채 얼굴과 가슴에는 얼룩덜룩한 화상이 붓으로 덧바른 듯 묻어 있었다. 수갑에 묶인 채 등 뒤로 돌아가 있는 양팔도 그대로였다. 다만, 장반장의 두 손 사이에는, 자신의 총이 들려 있었다.

내던져진 충격에 월터는 쉽사리 일어서지 못하고 있었다. 그 사이 등 뒤로 묶인 손으로 총을 집어 든 장반장은 어떻게든 월터에게 총구멍을 내주고 싶은 마음뿐이었다. 그의 등을 돌린 것은 살의라는 본능의 지시였다. 그는 손의 감각으로만 장전을 마친 뒤, 총의 위아래를 거꾸로 쥐고는 뒤를 돌았다. 월터의 정면에 등을 보인 채 위아래가 뒤집힌 총구로 월터를 겨눈 장반장, 하지만 불편한 자세 탓에 권총이 파르르 떨렸다. 떨림을 감지한 장반장은 권총의 손잡이를 자신의 엉덩이 골 사이에 끼운 뒤 마치 활처럼 척추를 펴 온몸의 힘을 총을 쥔 둔근에 집중하였다. 어느 정도 떨림이 잡히자 장반장은 냅다 방아쇠를 당겼다.

"주거! 주거! 주거 이 개새끼야!"

장반장은 격발 후 고개를 돌려 총알이 월터에게 닿았는지 확인하였다. 빗나갔다. 총소리에 놀라 깬 월터가 몸을 일으키고 있었다. 장반장은 재빨리 총을 다시 장전하였다. 월터는 장반장의 엉덩이에 끼인 채 자신을 겨누고 있는 총을 보고는 냅다 일어서서 지그재그로 뛰기 시작했다. 마치 닌자를 연상시키는 날랜 발놀음이었다. 좌 우로, 사선을 가로지르며 펄쩍 펄쩍. 장반장의 항문에서 두 번째 총알이 발사되었지만, 다시 한 번 월터를 비켜

갔다. 세 번째 장전이 이뤄지는 사이, 장반장에게 접근한 월터가 냅다 장반장의 꼬리를 움켜쥐었다. 있는 힘껏 힘을 당겨 총을 뽑아 들려 했지만, 장반장도 쉬이 총을 뺏기지 않았다. 그러나 장반장은 양손에 온전히 힘을 줄 수 없는 자세였다. 월터는 먼저 총을 쏘지 못하도록 방아쇠가 당겨지는 공간에 손가락을 껴 놓고는 힘을 주어 총구의 방향을 뒤틀기 시작했다. 월터의 두 손에 바싹 힘이 들어가는 그때, 어디선가 두 개의 손이 날아와 총신을 감싸 쥐었다. 동수였다. 총은 장반장의 엉덩이 사이에서는 뽑혀 나왔지만, 그 누구의 것도 아닌 채 공중에서 여섯 개의 손과 서른개의 손가락 사이에서 꿈틀대고 있었다. 그러나 엉거주춤 뒤로 총을 잡은 장반장과 중간에 옆에서 달려든 동수보다 월터 쪽으로 힘의 추가 기울고 있었다. 월터를 향하던 총구가 반 바퀴 돌아 장반장의 엉덩이골 사이를 파고들었다. 결국 총의 손잡이가 월터의 손에 잡히고, 월터가 총을 뽑아내기 직전, 마치 땅 위의 먹이를 사냥하는 독수리같이 거대한 무언가가 공중에서 여섯 개의 손을 향해 날아들었다. 동호였다. 그러나 동호의 손이 손등을 감싸 안기 전, 월터의 손가락이 먼저 방아쇠에 닿았다. 동호의 손이 총을 덮자마자 총성이 울려 퍼졌다. 탕. 굉음과 함께 순식간에 손들이 총에서 멀어지며 균형을 이루던 힘이 흩어졌다. 총은 공중에서 툭 하니 떨어졌다.

그리고 장반장, 장반장은 털썩하니 앞으로 무릎을 꿇었다. 그렇게 무릎을 꿇은 채로 장반장의 허리가 굽고, 가슴이 바닥을 향해 떨어졌다. 장반장이 쓰러졌다. 총알에 항문을 관통 당한 채로 말이다.

—

쓰러진 장반장의 상체가 서서히 미끄러지다, 정수리가 거울 테이블 다리에 닿으며 멈추어 섰다. 마치 항문으로 하늘을 마주하는 듯한 모양새였다. 치켜든 항문 주변이 피범벅이 되어있었다. 항문 아래쪽에서 발사된 총알은 내장을 뚫고 심장을 직격하였다. 즉시 사망이었다.

끔찍한 광경에 세 사람은 일시에 얼어붙었다. 특히 충격을 받은 쪽은 월터였다. 털썩하니 엉덩방아를 찧은 월터는 그 자세로 두 발을 계속 구르며 도망치듯 장반장에게서 멀어져갔다. 정신을 차린 동수는 잽싸게 떨어진 권총을 집어 들고는 자신의 허리춤에 꽂았다.

세 사람은 말이 없었다. 세 사람 모두 사람이 죽임당하는 것을 처음 보았다. 그들은 죽어버린 장반장의 항문을 멍하니 바라보았다. 분수처럼 피가 새어 나오는 항문은 마치 활어의 아가미처럼 움찔대고 있었다. 월터와 동호는 심한 충격에 빠져 있었다. 그리고 두 얼간이 사이에서 사태를 수습해야 할 것은 동수였다. 하지만 동수도, 경찰을 납치하여 죽여버린 마당에 무엇을 해야 할지 알 수 없었다.

동수는 동호의 뒤로 다가가 살그머니 손을 뻗어 동호의 눈을 가렸다. 그리고 조심스레 힘을 주어 동호의 고개를 돌렸다. 괜찮아, 동호야. 그만 봐. 동수는 어린 아이를 달래듯 동호를 부둥켜안았다. 동호의 몸이 떨리고 있었다. 동수는 동호의 등을 토닥였다. 동호는 동수의 어깨에 얼굴을 기댄 채 마음을 진정시켜 갔다.

그렇게 호흡이 잦아드나 싶더니만, 순식간에 다시금 동호의 호흡이 거칠어지기 시작했다. 몸에 힘이 들어가기 시작하는 게 느껴졌다. 동호가 쓰러진 월터와 눈이 마주친 것이다. 동호의 기어가 올라갔다. 팔을 뻗어 자신을 품은 형을 밀쳐내고는 월터를 향해 뚜벅뚜벅 나아갔다. 지금의 동호라면 월터의 사지를 두 손으로 찢어낼 지 모를 일. 동수는 온 힘을 다해 동호를 막아서려 했지만, 마치 중형 트럭처럼 밀고 들어오는 동호를 막는 것은 쉬운 일이 아니었다. 동수는 동호의 가슴에 얼굴을 파묻은 채 사람 인자 모양으로 버티며 동호를 막아섰다.

"강동호! 멈춰!"

"죽일 거야."

"안 돼 인마!"

"나쁜 새끼. 살인자 새끼."

"안 된다고."

"왜?"

"저 새끼가 죽으면 나도 죽어."

형이 죽는다는 말을 듣고 서야 동호의 발걸음이 더디어 졌다.

"형이 왜?"

"잘 들어. 월터가 죽으면 경찰은 분명 내가 월터도, 경찰도 죽였다고 생각할 거야. 난 저 인간이 경찰인지 몰랐어. 그렇지만 경찰을 납치한 건 나야. 그리고 저 미친놈이 경찰을 죽일 지도 몰랐어. 그렇지만 경찰을 여기로 데리고 온 것도 나야. 그러니까."

"잠깐만, 왜 형이야? 그건 내가."

동수가 말을 가로막았다.

"나야. 나라니까. 그러니까 너도 내 말 대로 해. 알겠어?"

동호가 깊은 숨을 쉬고는 털썩 주저앉았다. 주저앉은 월터와 동호, 두 사람 사이에 동수는 우두커니 서 있었다. 월터를 만났지만, 그는 폭력적인 마약 중독자였다. 그 와중에 경찰을 납치했으며, 그 경찰은 죽어버렸다. 상황을 타개할 해결책이 필요했지만 동수도 그저 그들처럼 바닥에 기대고 싶은 마음뿐이었다.

—

월터는 두 손으로 머리를 쥐어뜯고 있었다. 그가 드러내는 것이 뉘우침인지, 한탄인지, 후회인지, 억울함인지 알 수 없었다. 여전히 위험한 녀석, 동수는 총을 들고 월터를 겨눈 채 그에게 다가갔다.

"조끼, 벗어서 이리 줘."

월터가 고개를 들었다. 움직임을 따라 마치 소변줄기처럼 바닥으로 쏟아지던 눈물줄기가 뺨을 타고 흘러내렸다. 코에서는 알 수 없는 누런 액체가 질질 흘러내려 콧수염 위에 오물의 웅덩이마냥 고여 있었고, 양 입꼬리로 새어 나온 침은 길게 늘어진 채 마치 거미줄처럼 바닥과 맞닿아 있었다. 그것은 감정의 표현이라기 보다는, 배설에 가까웠다.

월터는 총을 보고는 순순히 조끼를 벗어서 동수에게 집어 던졌다. 동수는 조끼의 주머니를 뒤졌다. 마약봉지 서너 개가 여기저기 들어있었다. 이어 수갑 열쇠를 꺼내서는 장반장에게 다가가 묶인 두 손목을 풀어주었다. 장반장의 양팔이 힘없이 아래로 떨어졌지만, 마치 영혼이 항문으로 빠져나간 듯 붉은 밑구멍으로 하늘을 바라보는 자세는 그대로였다.

장반장의 수갑이 월터의 손목에 감겼다. 동수가 쇠고랑을 채우는데도 월터는 개의치 않고 머리를 쥐어뜯기 바빴다. 이어 동수는 월터의 귀가 닿지 않는 멀찍이 떨어진 곳으로 동호를 이끌고 갔다. 동수가 까치발을 들어 동호의 귀에 속삭이며 말했다.

"동호야, 잘 들어. 이제부터 이렇게 할 거야. 나는 장수항으로 다시 간다. 우리 차를 찾아야 해. 돌아가신 경찰의 차를 계속 탈 수는 없어. 그리고 어떻게 할지를 알아 올게. 그러니까."

동수는 숨을 고른 뒤 말을 이어갔다.

"너는 여기서 기다리고 있어. 그냥 저 사람 지켜보면서."

그리고 바라본 동호의 눈. 눈에는 두 가지 섬뜩함이 배어 있었다. 먼저 두 눈의 시선이 달랐다. 온전한 오른쪽 눈은 또렷하게 목적지를 찌르고 있었다. 그러나 왼쪽 눈은 같은 방향을 향할 뿐, 전혀 다른 곳을 보고 있었다. 오른쪽 눈이 바라보는 곳을 넘어 까마득한 어딘가를, 혹은 그곳에 미치지 못한 한 치 앞의 어딘가를. 분명 두 눈은 서로 다른 곳을 보고 있었다.

그러나 두 눈이 동시에 향한 그곳, 노여움과 울분을 꽈배기처럼 꼬아 놓은 시선이 한 남자를 베어낼 듯 날카롭게 그에게 닿아 있었다. 월터였다. 동수는 덜컥 겁을 먹었다.

"알지, 동호야. 동호야, 형 말 들어봐. 알지? 저 새끼 말이야."

동수는 동호의 가슴을 손가락으로 찔러가며 힘겹게 동호의 두 눈을 월터에게서 떼어냈다.

"살아있어야 돼. 꼭."

동호가 알겠다는 듯 고개를 끄덕거리며 두 눈을 껌벅였다. 그러나 미묘한 격차를 두고 열고 닫히는 눈꺼풀 사이의 괴리감이란. 동수는 차마 동호에게 눈이 괜찮냐고 물을 수 없었다. 망가져 가는 동생의 눈, 치유의 가능성을 짓이기고 있는 형. 동수는 다시 한 번 스스로에게 묻고 의미 없는 답을 냈다. 괜찮겠지? 괜찮을 거야.

—

월터가 쏜 약을 얻어맞고 잠든 시간이 꽤나 길었다. 어느덧 깊은 밤이었다. 장반장 차에 탄 동수는 시간을 확인하기 위해 핸드폰을 꺼내 들었다. 그리고 빌어먹을. 거의 반나절에 걸친 마혁수의 부재중 전화, 112통. 차게 식은 차의 내부가 순식간에 후끈 달아올랐다.

동수는 다급하게 전화를 걸었다.

"강동수?"

익숙하지 않은 목소리. 동수가 되물었다.

"누구냐."

"나? 돈 줄 사람."

"왜? 왜 돈을 줘?"

"월터를 받는 대가로."

"내가 약속한 사람은 네가 아닌데."

"이제 나다."

너, 개눈에게 빚이 있지. 네. 얼마가 필요해. 일억 육천입니다. 그래, 이 일을 마치면 이억을 주마. 혁수는 장수항에서 월터라는 자를 만나면 지은 죄를 무르고, 빚까지 갚아준다 하였다. 거기다가 얹어서 사천만 원까지. 동수는 고민없이 고개를 끄덕거렸다. 20년이 넘는 세월의 퇴직금이 주머니에 담기는 느낌이었다.

그러나 경찰이 죽어버렸다. 이 나라에 동수와 동호가 밟을 땅은 지워졌다. 남은 선택지는 나라를 등지는 것뿐, 더욱 더 돈이 간절해졌다. 그러나 약속된 이억 중 개눈에게 빚을 갚고 나면 떨어지는 돈은 고작 사천. 동수는 빚을 갚을 여유가 사라졌다. 반드시, 혁수가 약속한 돈이 필요했다.

돈을 준다는 사람이 바뀌었다는 말을 듣자 동수는 덜컥 겁이 났다. 동수는 힘을 주어 목소리를 낮게 깔았으나, 단어 사이사이에서 새어 나오는 떨림을 숨길 수 없었다.

"내가 널 어떻게 믿지?"

"강동수, 너는 꼬붕의 자세가 되어있지 않네. 오야붕이 일을 맡겼는데, 그걸 잡쳐 놓고도 돈 타령부터야? 잘 들어. 당장 월터를 데리고 오지 않으면 마혁수, 뒈진다."

"마혁수를 바꿔줘."

"뭐?"

"직접 이야기를 해야겠어."

"뜻대로."

이내 전화에서 마혁수의 목소리가 흘러나왔다. 연락이 되지 않은 것에 노기가 가득찬 목소리를 내뱉을 것을 예상했던 동수는 사뭇 차분한 혁수의 목소리에 기가 죽었다.

"강동수."

"부회장님, 늦어서 죄송합니다. 월터 이 친구가 마약 중독이 상당하더라고요, 그래서 중간에."

"아니야, 됐어. 잘못을 따지자면 너를 믿은 내 쪽이 크지."

"부회장님, 방금 통화한 사람이 자신이 돈 줄 사람이라는데요, 맞습니까?"

"그건 모르겠어."

"돈을 갖고 있는 것은 맞나요?"

"정확히 약속시간에 혼자서 돈이 든 가방을 들고 왔어. 그리고 그 가방을 휘둘러 날 기절시켰지. 돈으로 얻어맞은게지 뭐."

"정말입니까? 부회장님, 전 정말 돈이 필요합니다."

"지금 내 눈에 보여. 오만 원 다발이 가득 찬 가방이."

"정말, 정말이지요?"

"지금 난 거짓을 말할 수 없는 꼴이거든. 네 덕에 말이야."

"지금, 지금이라도 월터를 데리고 가면, 그 돈, 제가 받을 수 있습니까?"

"난 몰라. 돈 주인의 뜻에 따라 달렸지."

"전 부회장님과 약속을 하였습니다. 약속을 지켜주세요."

"약속을 지켜달라는 말은, 돈을 받게 해달라고?"

"네."

"그럴 가능성은 없어."

"네?"

"처음부터 네게 돈 줄 생각 따위는 없었거든."

"그게 무슨 소리인가요, 왜요? 왜?"

"내가 왜 너에게 돈을 줘야 하지? 넌 일회용품이야. 쓰고 나면 버려야지. 쓰레기처럼."

순간 다급하게 전화기를 뺏어드는 소리가 들렸다. 다시, 남자였다.

"에라이 썩을 놈이, 인간은 솔직한 게 독이라니까. 자 자, 강동수. 진정해. 이놈이 무슨 생각을 했는지는 모르겠지만 말이야, 나는 반드시 약속한다. 니가 월터를 데리고 오면 그게 얼마든 약속한 돈을 주겠어. 알겠어? 여기, 이 새끼가 말했잖아, 돈가방이 있다고. 이거 다, 네 거야. 월터만 데리고 와."

일회용품. 동수는 답이 없었다.

"어이, 어이. 강동수. 대답 안 해? 지금 당장. 여기 우둔산 중턱에 있는 무릉 공업소야. 여기, 여기로 와서. 월터 넘기고 돈 받아가. 강동수, 강동수? 이 새끼가 왜 답이 없어, 너 지금 당장 안 오면 말이야, 여기 있는 네 오야붕 새끼, 뒈질 줄 알아! 그럼 니가 어떻게 되는…"

동수가 전화기를 껐다.

—

근방에 상반장의 차를 버려 두고 동수는 걸어서 장수항에 들어섰다. 장수항에는 별다른 기운이 느껴지지 않았다. 마약밀수범과 관련된 소동이 있었지만, 아직까지 경찰 납치사건으로 번진 것은 아닌 듯했다. 동수는 먼저 주차장으로 향했다. 똥차는 아무 일도 없는 듯 그곳에 그대로 꽁꽁 얼어 있었다. 운전석에 올라탄 동수는 두근거리는 마음으로 차키를 꺼내 들었다. 할 수 있지? 할 수 있어. 조금만 더 버텨줘. 동수는 혓바닥을 내밀어 차키를 한 번 쓰다듬어 주었다. 혀에서 장반장에게서 풍기던 핏내가 느껴졌다. 그리고 서서히, 아주 조심스럽게. 키를 넣은 뒤, 쓰윽. 그리고, 드르르르릉. 성공이었다. 똥차가 젖 먹던 힘을 내고 있었다. 너도 어지간히 지쳐 있구나. 이번 일만 끝나면 네가 원하는 대로 고철이 될 수 있을 거야.

바다는 밤안개로 덮여 있었다. 차 안도 뿌옇게 김이 서려 있었다. 순간 나아갈 길이 막연해진 동수는 핸들을 부여잡고 고개를 처박았다. 어떻게 해야 할지 갈피를 잡을 수 없는데, 바른 삶은 저 멀리 아득하게 멀어져가고 있었다. 가까스로 박동을 이어가는 똥차와 같은 운명을 함께하고 있다는 예감. 똥차야, 넌 어디까지 갈 수 있겠니? 창고까지는 갈 수 있겠지? 오늘 밤은 말이야,

고향집을 찾아갈 생각인데 거기까지도 버텨줄 수 있겠어? 아니, 이 나라를 벗어날 수는 있겠니? 그냥 나랑, 동호랑 같이 말이야. 우리에게 남은 길은 없어. 땅속을 파고 들어가자. 뜨거운 핵을 건너서 지구 반대편으로 가면 어디일까나. 아마도 지금은 여름인 어딘가겠지? 똥차야. 어디로 가야할 지 모르겠네. 난 끝난 것 같아. 그래도 돈, 어찌됐건 돈을 받아야겠지? 내게 남은 것은, 동호와 그 돈 밖에 없어.

—

양손이 묶인 월터는 무엇을 어찌 해야 할지 알 수 없었다. 어떻게 해야 하는가, 행동과 관련된 사고는 체념에 가까웠다. 그리고 그 빈자리를 혼란스러운 사념이 파고들었다. 사람을 죽였다. 나는 총을 쏘아 사람을 죽였다. 사람을 죽였다는 사실은 혼란스러움 그 자체였다. 전에 느껴본 그 어떤 감정과도 같은 범주로 엮이지 않았다. 살인은 전에 없던 느낌을 창조해냈다. 예를 들면, 어깨죽지에 날개가 돋아나 고층 호텔 주변을 맴돌며 관음을 하는 기분, 투명인간이 되어 은행 금고에 쌓인 돈다발에 불을 붙이는 기분, 심장 대신 육기통 엔진이 달려 분당 500회로 심박이 내달리는 기분.

감정은 현실을 받아내는 반작용이라던가. 살인이라는 현실의 덩어리가 너무 큰 탓에 월터는 이를 받아낼 감정을 찾지 못하고 있었다. 월터는 감정의 빈자리를 도파민으로 채워 넣는데 익숙한 사람이었다. 월터의 중추신경계가 그 어느 때보다 강렬하게 신의 이름을 되뇌이며 도파민을 찾기 시작했다. 그러나 신은 하늘에서 가루를 뿌려주는 기적을 외면하고 있었다. 금단현상. 목을 태우고, 눈을 말리고, 사타구니를 간지럽혔다. 월터의 온몸이 들썩이기 시작했다.

먹은 것도 없는데 토악질이 시작되었다. 식도를 거스른 위액이 출구를 찾아 소화기와 호흡기를 헤집기 시작했다. 쿨럭, 쿨럭, 월터의 숨이 막혀갔다.

몇 발자국 떨어진 곳에서 월터의 발작을 바라보던 동호가 심상치 않음을 느끼고 월터에게 다가왔다. 동호는 KO를 당하던 흐릿한 순간이 기억났다. 때마다 형은 입 안의 마우스피스부터 뽑아 들었다. 호흡이 가장 중요하다고 했던가. 동호는 비닐봉지를 찾아 들어 월터의 입에 댔다. 월터의 과호흡이 서서히 가라앉았다.

호흡이라는 가장 본능적인 인간의 욕구가 해소되자, 월터는 더욱 더 강렬한 도파민의 욕구에 휩싸이기 시작했다. 동수는 마약봉지가 담긴 조끼를 선반 위에 올려 두었다. 일어선 채로 조금만 손을 뻗으면 닿을 거리. 그러나 월터의 몸은 이미 통제를 벗어나 제대로 일어서는 것조차 할 수 없었다. 어떻게 하면 닿을 수 있을까? 마약을 얻기 위해 월터의 뇌가 고속으로 소용돌이치기 시작했다.

한 두 발치 떨어진 곳에 앉아있는 덩치 큰 녀석. 결국 마약을 가져다줄 녀석은 그 녀석뿐이었다. 월터는 동호를 살피기 시작했다. 총기랄게 전혀 없는 맹한 눈빛. 마치 태어날 때부터 탁한 눈빛을 지닌 듯했다. 반쯤 엇나간 채 늘어진 턱을 아가미처럼 펄떡거리며 숨을 쉬는 꼴은 거대한 해양생물을 연상시켰다. 게다가 다소 어눌했던 말투까지, 가속을 거듭하던 월터의 뇌가 말하고 있었다. 총도 무서운 법을 모르던 저 녀석, 혹시나, 모자란 녀석 아닐까?

월터는 세로로 몸을 뒤틀어 누운 채 동호를 바라보며 말했다.

"너, 날 죽일 생각이야?"

"참고 있어."

"살려주면 안 돼?"

"고민 중이야."

"이미 넌 날 죽이고 있어. 그렇게 고민하는 게 나를 죽이고 있는 거라고."

"왜?"

"난 몸이 좋지 않아. 병이 가득하다고. 혈압도 높고, 혈당도 높고, 갑상선도 두껍고, 또, 무슨 콜레스테롤에 호르몬도 다 높고. 몸이 좋지 않아."

"내 알 바 아니야."

"아까 들었어, 니 형이 하는 말. 내가 죽으면 안된다며, 기억 안 나? 그런데 나는 죽어가고 있다고. 저기, 저기 약이 있는데, 넌 그냥 가만히 앉아서 내가 죽는 걸 보고만 있다고. 형이 돌아오면 어떻게 생각할까? 너가 나를 죽였다고 생각할 거야."

"약?"

멍청한 녀석. 뇌가 불알만한 고래 녀석이 찌를 물었다. 월터는 확신이 들었다. 한 번 속아 놓고도 또 다시 속고 있어. 이 멍청한 녀석은 마약이 무엇인지도 몰라.

"그래, 저기 조끼 안에 들어있는 하얀 약. 난 저 약이 없으면 죽어."

동호가 선반 쪽으로 다가가서는 조끼 안에서 하얀 약봉지를 꺼내 들고 와 월터의 눈앞에 들이밀었다.

"이거 말하는 거야?"

"그래, 그거, 여기, 나한테 좀 줘. 그래야 살 수 있어."

"정말이야?"

"그래. 너, 너는 사람을 죽이고 싶지 않잖아, 그치? 너 지금 내가 얼마나 괴로운지 알아? 나, 저 경찰 죽여서 너무나 마음이 아프다고. 그러니까 너는, 나를 죽이지마. 어서, 그 약을 줘."

잠시 고민하는 표정이 동호를 지나쳤다. 이어 동호가 단호한 목소리로 말했다. 그래, 알겠어. 동시에 월터의 중추신경계도 환호를 질렀다. 그래, 잘 됐어! 두어 발자국 떨어진 곳에 앉아있는 동호가 약봉지를 열었다. 그리고는 바닥에다가 가루를 전부 털어냈다.

"뭐야, 이 개자식아."

"와서 먹어."

개 같은 녀석. 월터는 지렁이처럼 세로로 누운 몸을 꿈틀이며 천천히 약을 향해 나아갔다. 코앞이었지만 사지가 말을 듣지 않는 월터에겐 마치 해왕성처럼 멀게 느껴졌다. 쿵쿵쿵, 월터는 마치 몸의 살점 절반이 날아간 횟감처럼 푸득이며 움직였다. 그렇게, 약이 눈앞으로 다가오고, 조금만, 조금만 더 꿈틀대면 코를 쑤셔 박고, 혀를 낼름거릴 수 있을 법한 그 거리에 달한 순간.

뽀얗게 쌓여 있던 가루가 한순간에 녹아내렸다. 어디선가 물줄기가 쏟아져 약가루를 빨아들인 채 고이고 있었다.

"안 돼, 안 돼!"

월터는 쏟아지는 물줄기를 따라 시선을 치켜 올렸다. 거대한 남자의 거대한 뿌리에서 누런 오줌이 쏟아지고 있었다.

"안 돼, 안 돼!"

월터는 계속해서 몸을 꿈틀대며 물줄기를 향해 다가갔다. 오줌방울이 바닥에서 튕겨올라 월터의 눈이며, 코이며, 입술 위를 때려 댔지만, 월터는 개의치 않고 다가가서는 바닥에 고인 오물을 향해 혀를 뻗었다. 마약, 마약을 머금고 있는 그 성수를 핥기 위해서 말이다.

"더러운 놈."

동호의 발끝이 강력하게 월터의 복부를 파고 들었다. 월터는 잠시간 공중을 가르고 어디론가 날아가는 느낌이었다. 발길질 한 번에 월터는 힘겹게 다가섰던 마약으로부터 멀어졌다. 안 돼, 한 입만, 한 입만. 그러나 순간 쩍하니 하늘이 쪼개지는 느낌이 들었다. 동호가 월터 위에 올라 타 뺨을 때리기 시작한 것이다. 야, 야, 약, 악, 월터는 무어라 말을 하고 싶었지만, 외자의 비명 외에는 말을 이어갈 수 없었다. 동호의 따귀 세례가 틈을 주지 않았기 때문이다. 쩍. 쩍. 쩍. 쩍. 마치 메트로놈처럼 월터의 뺨이 좌우를 번갈아 가며 뇌를 흔들어 댔다. 월터는 녹아내린 뇌가 흔들리는 입을 향해 흘러나오는 것 같았다.

"형! 형!"

월터가 간신히 단말마의 비명을 질러댔다. 형? 동호가 잠시 따귀를 멈추고는 되물었다.

"니 형, 형이 말했어. 나, 나 죽이지 말라고!"

"사람을 죽이는 법. 너가 알지. 난 몰라. 내가 잘 아는 건."

동호가 다시 따귀를 날리기 위해 오른손을 치켜들었다.

"사람을 아프게 하는 법이야."

죽음에 가장 가까운 선까지 사람을 아프게 하며 밥벌이를 해 온 동호. 과연 그 답게, 몇 번의 따귀가 더 이어지고, 양 볼의 실핏줄이 다 터지고 서서히 피멍이 올라오기 시작할 즈음. 월터는 정신을 잃고 기절하고 말았다. 어찌 보면 죽음까지는 한참 멀지만, 달리 보면 꽤 가까운 곳까지 월터는 두들겨 맞았다.

—

다시 창고에 돌아와 문을 열자마자 동수의 눈에 들어온 것은 죽은 듯 뻗어 있는 월터였다. 급하게 튀어간 동수는 월터의 가슴에 귀를 대고 심장박동부터 확인하였다. 허나 워낙 두둑한 살집 탓에 박동이 잘 들리지 않았다. 이를 지켜보던 동호가 나지막하게 말했다.

"걱정 마. 죽지 않았어."

“뭐? 사람 죽는 게 장난이야?”

“미안해, 형.”

“왜 이 꼴이야.”

“나를 바보로 알더라고.”

동수는 더 이상 할 말이 없었다. 지긋지긋했다. 동수는 서둘러 창고를 벗어나고 싶었다.

“빨리 가자. 오늘은 고향집에 갈 거야.”

왜 집에 가지 않냐고? 혁수가 집에서 진을 치고 기다리고 있을지 몰라. 혁수가 아니래도 아침에 찾아온 사채업자 녀석도 만만치 않지. 게다가 그 집은 현관문도 없잖아? 왜 고향집이냐고? 누가 그 산골까지 찾아오겠어, 거기라면 안전할 거야. 동수는 동호의 질문에 대한 답을 미리 짜 두고 있었다.

그러나 동호는 아무것도 묻지 않았다. 대신 동호는 동수의 얼굴을 바라보며 지긋이 말했다.

“형, 눈이 부었어.”

똥차 안에서 터졌던 눈물이 눈을 불렸나 보다. 동수는 겸연쩍은 말투로 대꾸했다.

“뭘 눈이 부어, 인마.”

“괜찮아?”

“그래, 별 일 없어. 너는, 너는 눈 어때, 잘 보여?”

동호는 대답대신 등을 돌리며 말했다.

“빨리 가자.”

—

월터의 허리쌕은 동호의 허리에 감겼다. 가방 안에는 정체 모를 약이 담겨있었다. 모든 약가루는 월터와 멀리해야 했다. 게다가 월터가 특별히 중시한 약이었다. 무언가가 안전히 운반되어야 한다면, 동호의 허리는 금고나 다름없었다. 그러나 월터, 그는 제어가 불가능한 광인이었다. 동수는 월터를 집에 데리고 갈 엄두가 나지 않았다. 동수는 월터를 창고에 두고, 다음 날 아침에 창고에 들르기로 했다.

어디다 잘 묶어 두면 좋을까? 동수는 수갑을 들고 고민하고 있었다. 창고에는 딱히 눈에 들어오는 곳이 없었다. 그러다 문득, 하늘을 향해 뒤를 벌린 채 굳어 있는 장반장이 눈에 들어왔다. 동수는 장반장에게 다가가 서서히 발목을 잡아당겼다. 장반장의 굳은 다리가 갑작스레 곧게 펼쳐지며 뚫린 가슴이 퍽하니 바닥을 찧었다. 장반장의 가슴 밑에 고여있던 피웅덩이가 작은 파고를 일렁이며 둥그렇게 퍼져 나갔다.

이어 동수는 기절한 월터를 끌고 와 장반장의 오른편에 눕히고는 월터의 오른 손목과 장반장의 오른 손목을 수갑으로 묶었다. 천장을 향해 기절한 남자, 바닥을 향해 죽은 남자, 두 남자의 손목이 쇠사슬로 이어졌다.

빌어먹을 녀석, 눈을 떴을 때 가장 먼저 보이는 것이 자신의 죄이기를. 동수는 발로 월터의 턱을 오른쪽으로 돌렸다. 경찰과 범법자, 피해자와 가해자, 산 자와 죽은 자가 차디찬 금속으로 이어져 있었다. 장반장도 역시 80kg는 훌쩍 넘어 보이는 거구, 사체에 묶여있다면 월터는 도망은커녕 옴짝달짝 못할 것이리라.

창고를 나선 두 형제는 다시 똥차에 올랐다. 목적지는 험하디 험한 길의 끝에 달하고 나서도, 한참을 수풀을 헤치고 나서야 살포시 윤곽을 드러내는 집이었다. 동수는 평소보다 매섭게 똥차를 몰았다. 어느덧 하루가 넘어가고, 일 년 중 마지막 날이 열리고 있었다.

—

동수가 아버지가 치매에 걸렸다는 사실을 들은 것은 감옥 안에서였다. 면회를 온 동호가 풀죽은 목소리로 말했다. 아빠가 아파. 동호는 하던 일을 관두고 아버지와 함께 살기 위해 산 속 고향집으로 들어간다고 했다. 동수는 차마 미안하다는 말조차 할 수 없었다.

아버지의 아버지의 아버지부터 살았다는 산 속 집. 동수가 고등학교를 졸업하기 이전까지 시절을 보낸 곳이기도 했다. 어차피 갈 곳도 없는데, 익숙한 시골집에서 잠시 머무는 것쯤이야. 옥에서 나와 가벼운 마음으로 고향집으로 들어갔던 동수는 얼마 지나지 않아 완전히 무너지고 말았다. 치매란 무서운 병이었다.

중요한 무언가를 자주 잊어버린다는 병. 동수가 생각했던 치매란 그 정도였건만. 동수가 경험한 아버지의 치매는 정신병 그 자체였다. 아버지는 수시로 환시와 환청에 시달렸다. 보이지 않는 공포를 보느라 땀에 젖어갔으며, 들리지 않는 속삭임에 꾀어 온종일 고함을 질러댔다. 보잘것 없는 효심이었지만, 아버지를 돌볼 수 있는 낮에는 그나마 다행이었다. 아버지는 잠을 잊고 살았다. 아버지는 잠든 동수의 정강이를 몽둥이로 내리쳤다. 동수는 한 동안 걷지를 못하였었다. 아버지는 잠든 동수의 목덜미를 물었다. 동수의 목에는 아버지의 이빨자국이 평생 남았다. 지구가 불타올라 산소가 사라져 서서히 죽는 꿈에서 깨면, 목을 조르고 있는 아버지의 얼굴이 보였다. 그리고 제정신이다 싶을 때는 감당할 수 없는 천진난만함이. 아버지는 미쳐버린 채 어려져갔다.

루이소체 치매, 렘수면 행동장애, 힘겹게 찾은 의사들은 언제나처럼 알아들을 수 없는 외국어를 쏟아낸 뒤 결국 같은 말을 반복했다. 치료제는 없습니다. 아버지와 같이 지내는 일 년, 빌어먹을 그 정신병이 동수의 영혼으로 옮겨붙는 느낌이었다.

세 부자가 다같이 미쳐가던 그 즈음 필연적인 탈출구가 뚫려버렸다. 마장식의 결혼식이 기점이었다. 일을 해야 했다. 동수는 거리낌없이 산 속 집을 떠났다. 동호는 마지막까지 버텼다.

"동호야, 너 젊다, 일을 해야지, 아빠도 그걸 바라실 거야. 걱정 마, 아빠를 돌봐 줄 사람을 미리 구해 놨어. 형만 믿고 따라오고, 여기 자주자주 오면 돼."

거짓말이었다. 동호가 일을 하지 않으면, 동수가 죽을 판이었다. 아버지는 의사를 표현하는 법을 잊은 지 오래였다. 언덕 하나를 넘어 사는 정체를 알 수 없는 남자, 죄를 짓고 도망쳤다는 소문이 흉흉한 남자, 동수는 그에게 일 년 간 잘 부탁한다며 백만 원을 건넸다. 바로 그가 아버지를 돌봐 줄 사람이었다.

홀로 조용히 미쳐 가길 바라는 마음으로 동수는 아버지를 버렸다. 그리고 3년 뒤, 아버지의 집을 찾았을 때는 어디에서도 아버지의 흔적을 찾을 수 없었다. 소문이 흉흉한 남자도 마찬가지였다. 마을이라는 공간 자체가 비어 있었다.

바퀴가 닿는 길이 멎는 곳. 동수는 꾸벅꾸벅 졸고 있는 동호를 깨워 차에서 내렸다. 산세가 제법 험준한 곳인 만큼 날이 더욱 차게 느껴졌다. 도통 추위를 모르는 동호가 떨고 있었다. 두 형제는 추위를 머금은 수풀을 헤치고 아버지의 집을 향해 나아갔다. 양팔과 양다리를 모두 헤적여야 다다를 수 있는 곳, 등줄기에 땀방울이 제법 맺힐 때 즈음 아버지의 집이 보였다.

앞마당의 잡초가 무성하였다. 마당의 수도꼭지는 꽁꽁 얼어붙어 있었다. 뒤편의 아궁이도 온기가 사라진 지 오래였다. 구석 구석 거미가 얽어 놓은 집들이 한기를 머금고 있었다. 집은 생기가 없었다.

아버지의 방, 동수의 방, 동호의 방, 세 개의 방이 있었지만, 형제는 입을 맞춘 듯 동수의 방으로 들어섰다. 가장 따뜻한 방이었다. 먼지 쌓인 깔개와 요를 깔고 두 형제는 이불 속으로 파고들었다. 입고 있던 자켓 그대로 숨어든 이불 속이었지만, 뼈마디가 시릴 만큼 추웠다. 그러나 고단한 하루를 보낸 몸은 격렬하게 잠을 달라고 떼를 쓰고 있었다.

빌어먹을 집. 얼어붙은 집은, 그 전체가 하나의 관이었다. 죽음에서 도망쳐 찾은 집은 관이 되어 있었다. 그러나, 관 속에서도 잠은 찾아왔다. 눕자마자 의식이 흐려져갔다.

씨알이 굵은 눈알이 펑펑 쏟아지고 있었다. 관 위로 소복히 눈이 쌓여가고 있었다.

Day 3 :

12월 31일

쥐는 굶주린 데다가 미쳐 있었다. 민가가 드문 곳에 사는 산쥐, 일평생을 굶주릴 운명을 타고난 셈이었다. 그렇지만 쥐는 황량함 속에서도 다른 쥐에 비해 살찌고, 건강하게, 오래오래 살 수 있었다. 쥐는 오감을 활용하여 먹이를 찾아내는 기술이 출중했다. 냄새는 물론이거니와 정점에 있을 때는 음식이 썩어가는 소리도 들을 정도였다. 드문 먹이를 감지하여 찾아 먹는 과정은 날랜 몸놀림이 필요했다. 쥐는 타고난 재빠른 몸을 갖고 있었다. 무엇보다 쥐의 가장 뛰어난 점은 생존에 대한 감각. 고양이, 삵, 부엉이, 그리고 인간, 천적에 대한 예리한 경계심이었다. 특히 각종 장비들로 사냥 기술을 강화하고 함정을 팔 수 있는 인간은 수많은 동족을 학살하였다. 허나 쥐는 인간을 주의하는 것을 넘어서 이해하는 수준이었고, 그 덕에 오래오래 살아갈 수 있었다.

자연스럽게 쥐는 무리의 지도자 역할을 맡았다. 적지 않은 수의 쥐떼가 그를 따라 위험을 피해 먹이에 닿았다. 그러나 문제는 산골에서 인간이 떠나면서부터였다. 인간은 쥐의 학살자임과 동시에 식량 공급처였다. 인간이 줄어들자 쥐떼는 굶주려갔다. 거의 모든 민가를 들쑤셨지만 쌀 한 톨도 찾아내지 못하는 지경에 이르자, 쥐떼는 동료의 살점으로 배를 채워가기 시작했다. 잔학극의 결말에 남은 자는 지도자 쥐뿐이었다. 마지막 동족의 꼬리까지 씹어 먹었을 즈음, 쥐는 미쳐버렸다.

그때 익숙한 향기가 났다. 몇 달간 맡을 수 없었던 인간의 냄새였다. 쥐는 냄새를 좇아 밤새 구릉을 넘고 산길을 달려왔다. 새벽녘이 되어서 도달한 냄새의 끝에서 인간을 발견한 쥐는 환호성을 질렀다. 찍. 찍.

미친 쥐는 두 구의 거대한 고깃덩이를 발견하였다. 그토록 예리했던 인간에 대한 경각심은 굶주림에 홀리고 동족의 맛에 실성한 나머지 사라진 지 오래였다. 고깃덩어리에서는 이런 저런 구멍에서 새어 나온 신선한 핏내가 났다. 쥐는 거친 숨을 몰아쉬고 있는 고깃덩이의 가슴 위로 올라탔다.

그리고 그 순간 꽂힌 예리한 경고, 이 녀석은 아니야. 배를 곯는 것에 앞서는 쥐의 마지막 생존 본능이었다. 그 고기는 얼음장 같은 냉기를 빨아들여 활화산 같은 열기로 뿜어냈다. 인간이 설치한 함정을 마주한 그때 그 느낌이었다. 쥐는 그의 몸에서 내려왔다.

그리고 그 옆에, 조금 작은 고깃덩이가 하나 더. 그가 내뿜는 육고기의 향내를 쥐는 더 이상 참아낼 수 없었다. 이곳저곳을 킁킁대며 훑다 보니, 유독 신선한 피가 덕지덕지 묻어 있는 곳이 코에 감겼다. 게다가 야들야들한 살점은 쥐의 쇠약한 앞니로도 충분히 뜯어낼 수 있을 듯했다. 미친 쥐는 그렇게, 물컹, 동수의 귓볼을 앞니로 잘근 씹어냈다.

—

아앗!

동수는 반사적으로 고통이 퍼져나가는 귓가를 부여잡았다. 손에 무언가가 물컹 잡혔다. 시린 눈을 뜨고 보니, 거대하지만 말라비틀어진 쥐새끼였다. 동수는 그대로 쥐를 벽으로 집어 던졌다. 퍽, 어딘가가 속으로 터지는 소리가 났다. 쥐는 그대로 바닥으로 떨어진 뒤, 비틀대며 어디론가 사라졌다.

창밖으로 어느새 햇살이 어른거리고 있었다. 영 유쾌하지 못한 하루의 시작이었다. 창가에 맺힌 고드름이 보였다. 창가의 얼음은 마치 창과 틀을 용접이라도 한 듯 단단히 굳어 있었다. 집은 냉동고였고, 냉동고 속에서 두 마리의 도축된 짐승이 신선도를 이어나간 느낌이었다.

탁한 정신이 맑아지자 동수는 대체 어떻게 이 추위를 버텨낸 것일까 생각했다. 몸과 영혼이 송두리째 굳었을 법한 추위였다. 그러다 문득, 옆자리에 누워있는 동호를 보자 동수는 그 이유를 알 수 있었다. 잠든 동호가 땀을 뻘뻘 흘려 대고 있었다. 드넓은 평야 같은 거대한 몸뚱이에서 마치 아지랑이처럼 열기가 뿜어져 나오고 있었다. 동수는 그 열기에 기대어 심박을 이어 나간 셈이었다.

동호의 몸은 정상이 아니었다. 불판처럼 달궈진 이마에서 손을 뗀 동수가 동호를 깨웠다. 동호야, 동호야, 너 괜찮아? 퉁퉁 부은 눈을 반쯤 뜬 동호가 말했다. 거뜬해. 동수는 알고 있었다. 그것이 거짓말임을. 동호도 알고 있던 것이었다. 아파서는 안 되는 날이었음을.

이틀째 씻지 못한 탓에 온몸이 찝찝했다. 그러나 추위 속 수도가 멀쩡할 리 없었고, 설사 물이 나온다 하더라도 냉수로 씻기엔 버거운 추위였다. 동수는 갈아입을 만한 옷이 있을까 싶어 옷장을 열었다. 옷장에는 검은 정장 세 벌만이 나란히 걸려있었다. 동수가 출소를 하던 날, 아버지와 동호는 흰 셔츠에 검은 정장을 입고 나타났다. 동호가 먼저 동수를 끌어안았다.

—형, 이제 다시는 갇히지 마.—

옥에 갇힌 사이 아버지는 알아보기 어려울 정도로 늙어 있었다. 동수가 아버지를 안으러 다가설 때, 동호가 동수를 막아 세웠다.

—미안해 형, 아버지가 겁이 많아졌어. 바지에 오줌을 쌀지도 몰라.—

동호는 동수의 정장도 준비해왔다. 무슨 정장이냐며 멋쩍게 퇴짜를 놓았지만, 동호의 생떼가 만만치 않았다. 그렇게 교도소 앞에서 옷을 갈아입고, 정문을 배경으로 세 부자는 사진을 찍었다. 그것이 세 사람이 같이 찍은 마지막 사진이었다. 그리고 그 사진을 마지막으로 정장은 몇 년 간 옷장 속에 묻혀 있었다.

동수는 동호의 정장부터 꺼내 들었다. 옷도 주인만큼이나 거대했다. 이거 입자. 동수는 뒤로 팔을 뻗어 옷을 건넸다. 그러나 동호는 옷을 받지 않았다. 동호는 여전히 바닥에 누워있었다. 동호는 바닥에 누운 채 손바닥으로 왼쪽 눈을 덮었다, 열었다를 반복하고 있었다.

"눈 괜찮아?"

동호는 답 대신 몸을 일으켜 세우기 시작했다. 동수는 이제껏 동호의 그토록 느린 움직임을 본 적이 없었다. 심지어 KO를 당해 링 바닥에 누웠다가 일어설 때도 그보다는 날랬었다. 동수가 덜컥 겁을 먹은 사이, 동호가 팔을 뻗으며 말했다.

"살려줘, 형."

살려 달라고? 잠시 귀를 의심하는 사이, 동호가 다시 말했다.

"잡아 달라고."

동수는 양손으로 동호의 손을 부둥켜 잡았다. 하마터면 당기는 힘에 이끌려가 동호 위로 쓰러질 뻔했지만, 용케 동수는 이를 버텨냈다. 그렇게 힘겹게 끙끙대며 일어난 동호는 서서히 옷을 갈아입기 시작했다.

동수는 아무렇지 않으려 했다. 정장을 입은 동호에게 거울을 건네며 폼이 난다며 배시시 웃어보이기도 하였다. 덕지덕지 떡진 머리를 헤집고, 듬성듬성 지저분하게 수염이 자란 턱을 쓸어내리며 장난을 걸어 보기도 하였다. 허나 때마다 숨이 컥컥 막히는 기분이었다. 내면의 솥에서 감정이 끓어올랐다. 밥값으로 매를 맞던 동생이 자기 자신을 잃어가고 있었다. 처절한 은퇴식으로 몸이 상한 동생이 눈을 잃어가고 있었다. 시간이 있다면 눈을 살릴 수 있을 지 모르는데, 도리어 형은 그 시간을 빼앗고 있었다. 그리고 그렇게 시간을 아껴 몸이 펄펄 끓어오르는 동생을 위험으로 밀어 넣어야 했다.

동호와 동수의 정장 모두 몸에 맞았다. 동수는 입고 입던 검은 목 폴라 위에 셔츠를 덧입었고, 동호는 쿰쿰한 냄새가 나는 빛바랜 티를 찾아 셔츠 속에 입었다. 넥타이는 번거로웠지만 목을 따뜻하게 감싸주는 느낌이 좋았다. 겨울 정장은 겨울 냉기에 비하면 시리긴 했지만 버틸만 했다. 그리고 월터의 가방, 동수는 월터의 허리쌕을 집어 들어 동호의 허리에 감았다.

형제가 집을 나섰다. 밤 새 내린 눈이 두터이 세상을 뒤덮고 있었다. 동호가 입을 열었다.

"형, 우리 오늘은 뭐 해?"

"돈 받아야지. 마지막이야. 월터를 데리고 갈 거야."

"누구한테?"

"그 자식을 필요로 하는 사람한테."

"그러면, 끝이야?"

"나도 몰라."

쌓인 눈 탓에 산기슭을 내려 차에 닿기조차 쉽지 않아 보였다. 동수는 잰 걸음으로 미끄러지듯 앞서 나갔다. 동호도 동수의 뒤를 따라 미끄러지기 시작했다. 12월 31일, 마지막 하루가 시작되고 있었다.

—

"원덕아, 일어나."

누군가가 월터의 귀에 대고 속삭였다. 월터는 온 기력이 말라버린 기분이었다. 월터는 손을 내저어 목소리를 밀쳐냈다.

"원덕아, 이제는 가야할 시간이야."

월터는 눈을 질끈 감은 채 짜증 섞인 목소리로 되물었다.

"어딜."

"천국."

지옥에 누워있는 기분이었는데 목소리는 천국을 말하고 있었다. 월터는 홀린 듯 눈을 떴다. 눈 앞에 익숙한 듯 익숙하지 않은 얼굴이 보였다.

"넌?"

"그래, 난 짭새. 니가 죽인 짭새야."

"그래, 짭새잖아. 천국이든 지옥이든 알아서 가시고요, 날 내버려둬."

월터는 성가신 듯 말을 되치고는 다시 눈을 감았다. 그러자 장반장이 묶인 팔을 들어올렸다. 수갑을 따라 월터의 팔목도 따라 올라갔다.

"이래서는 갈 수가 없어. 우리는 묶여 있다고."

"이봐, 넌 뒈졌잖아. 어차피 몸뚱이가 무슨 상관이야. 내버려두고 가면 될 거 아냐."

"원덕아, 여길 봐봐. 나도 노력했다고."

장반장이 수갑에 묶인 손목을 보여주었다. 수갑이 파고든 장반장의 팔목은 피부가 다 찢긴 채 괴사 직전의 푸른 색을 띠고 있었다.

"수갑이 안 풀려?"

"그래, 아무리 내리쳐도 꿈쩍 않더라고."

"그래서 천국에 가지 못 한다고?"

"그래, 이제 어서 가야한단 말이야."

"무슨 개소리야. 너, 장난치는 거지? 사실 죽은 것도 아니지?"

"잘 봐봐."

장반장이 뒤로 물러서며 말했다. 장반장은 누런 삼베 수의를 입고 있었다.

"어라, 진짜 죽었어?"

월터가 눈을 부비며 장반장에게 되물었다.

"그래, 원덕이가 내 총으로 날 쏴서 죽였잖아."

"근데 가슴팍이 멀쩡한데? 총구멍은 뭘로 메꿨어."

장반장이 다소 당황한 듯 머리를 긁적이며 주변을 두리번거렸다. 허나 곧 가슴팍에서 빨건 피꽃이 피어나와 수의 위로 번져나가기 시작했다.

"여기, 여기. 니가 남긴 총구멍."

"진짜 뒈지긴 뒈졌는가베."

"그래, 총알이, 슝 하고, 여 뒤편 똥꾸멍을 뚫고, 요, 요, 심장을 찢은 다음에 명치로 쏙 하고 빠져나왔잖아."

"맞아. 내가 부패한 짭새 녀석을 죽여버렸지. 근데 너 무슨 천국 타령이야? 짭새는 천국에 갈 일 없어."

다시금 장반장이 당황한 티를 냈다. 이번에는 몸 여기저기를 긁으며 딴청을 피워 댔다. 허나 곧 어깨죽지에서 허연 날개짝이 쩍하니 뻗쳐나왔다. 날개가 위 아래로 서서히 움직이기 시작했다.

"이거 봐, 하얀 날개."

"그래서 너가 천사라도 됐다는 거야?"

"그래, 난 실은 좋은 놈이었어. 천국 갈 만큼 좋은 녀석인데 그냥 좀 재수없게 죽은거지. 좋은 놈은 죽으면 천사가 되는 거야."

"무슨 천사가 삼베 옷을 입고 날개가 달렸어."

장반장은 도저히 천사의 몰골로 보이지 않았다. 누런 삼베 수의를 입은 상태로 가슴에 시뻘건 핏구멍이 뚫린 채 날개를 펼쳐 들고 천사 타령이라니. 월터는 귀찮다는 듯 시선을 돌렸다.

"원덕아, 부탁이야. 한 번만 믿어줘. 나 이제 진짜 천국 가야 된다고."

"그래, 믿어. 믿는다니까? 천국에 가든지 청국장을 처먹든지 알아서 하면 되잖아. 귀찮아 죽겠네."

"마지막이야. 한 번만 도와줘. 원덕아, 여기 여기, 내 뒤로 말이야. 보여? 뒤에 계단 보이냐고."

장반장이 몸을 살짝 비끼며 말했다. 등 뒤로 강렬한 빛이 쏟아져 들어왔다. 월터는 순간 두 눈이 찢어지는 느낌이 들었다. 반사적으로 손으로 눈을 가린 뒤 서서히 적응하고 보니, 장반장 말 대로 강렬한 빛줄기를 뿜어내고 있는 계단이 보였다.

"저기 계단, 딱 세 개만 올라가면 돼. 저기까지만 같이 가자."

"뭐? 나도 같이 가자고?"

장반장이 손목을 들어보이며 허탈한 표정을 지었다.

"싫어. 나도 같이 죽자는 거야?"

“아니야, 저 계단 끝까지만 올라가면 내 영혼도 이 구멍 난 몸을 떠날 수 있어. 그럼 나 혼자 가는 거야. 천국으로.”

“저기까지 어떻게 가라고. 내가 널 들쳐업기라도 하란 말이야?”

장반장은 대답대신 손목을 들어보이며 익살스러운 표정을 지었다.

“싫어, 싫어. 너 무거워, 힘든 거 안 해.”

“아니야, 봐봐. 나 여기, 나 날개 달렸잖아.”

장반장이 허연 날개를 들썩거리며 말했다.

“이거, 이거. 너 하나도 안 힘들어. 나는 그냥 내 날개로 날면 돼. 아니, 내가 위에서 팔로 너 잡아 줄게. 너는 그냥 가볍게 저 계단만 오르면 돼.”

“진짜지? 너 그거, 응? 쭉정이 날개가 말 안 듣는답시고 나한테 업히면 말이야. 그 날개 그냥 확 찢어버릴 거야. 천국이고 나발이고.”

장반장이 온화한 미소를 띤 채 고개를 끄덕였다. 결국 월터는 마지못해 상체를 일으켜 세워 앉았다. 삼 일간 비좁은 휠체어 위에 앉아있다가, 또 하룻밤을 차디찬 맨바닥 위에서 보냈더니 허리가 으스러지는 듯한 아픔이었다. 역시나 수갑 탓에 손목도 영 불편했으며, 무릎도 말을 듣지 않는 기분이었다. 순간 월터의 짜증이 솟구쳐 올랐다.

“에이, 씨발! 뒈져서까지도 사람 귀찮게 하네. 그래서, 뭐. 넌 천국가고, 난 뭔데. 나도 득 보는게 있어야 도와줄 거 아니야.”

"그럼, 그럼. 그, 천사의 천국행을 도와주면 말이지. 하늘 위에서 꽃가루 팡파레가 펑 하고 터질 거야."

"그래서 그게 뭐 어떻다고."

"아 그만 좀 꼬치꼬치 캐묻고 시키는 대로 해!"

장반장이 돌연 버럭하고 성을 냈다. 기세에 월터도 다소 놀라고 말았다. 그래, 산 사람 소원은 못 들어주었지만, 죽은 사람 소원이라니 들어주련다. 월터는 마음을 고쳐먹고 우뚝 일어섰다. 그러자 장반장이 월터의 뒤로 돌아갔다. 뒤에서 장반장의 날개가 푸드덕 푸드덕거리는 소리가 들려왔다. 장반장의 양팔이 월터의 겨드랑이 밑으로 파고들었다. 날개는 쓸모가 있었다. 장반장이 날아오르자 월터는 한결 몸이 가벼워지는 느낌이었다.

자, 첫 번째 계단. 가까이서 마주한 첫 번째 계단을 보아하니 어린 아이도 오를 법한 아주 낮은 것이었다. 월터는 손 쉽게 첫 번째 계단을 올라섰다. 허나 두 번째 계단은 달랐다. 발을 딛고 오르는 계단이라기보다는 온몸을 써서 타올라야 하는 장애물에 가까웠다. 양손을 딛고 힘껏 힘을 주어 다리를 올리려는데 그만 미끄러져 꽈당하고 뒤로 넘어갔다.

"씨발것!"

절로 욕설이 튀어나왔다. 원덕아, 힘을 내. 넌 할 수 있다고. 뒤로 나자빠졌지만 장반장은 하늘을 나는 탓에 월터의 등 뒤로 깔리지 않았다. 오히려 힘을 주어 월터를 일으켜 세웠다. 그래, 다시 한 번. 으악. 이번에는 다리가 제대로 올라갔다. 간신히 몸을 두 번째 계단위로 옮기고 나서. 마지막 계단. 그러나 마지막 계단은 도저히 오를 수 없는 아주 높은 곳에 있었다.

"이건 못 올라가. 나도 날개가 필요하다고."

"아니야, 올라갈 필요 없어. 저기, 계단 위에 머리가 있지? 그리고 그 머리 위로 말이야. 그래. 머리 위에 빛무리, 보여? 그걸 빼서 나한테 줘."

장반장의 말대로 마지막 계단 위에는 잘린 머리통이 있었다. 그리고 그 머리 위로 밝게 빛나는 금색 원의 빛무리가 보였다. 월터의 키로는 아슬아슬한 높이였다. 간신히 간신히, 월터는 위로 손을 뻗어 금색 빛무리, 헤일로를 휘어잡았다. 그리고는 세차게 빛무리를 끌어내리자 어디선가 종소리가 터져나왔다. 쨍, 쨍, 쨍.

순간 사방에서 폭죽이 터지기 시작했다. 이어 장반장의 말대로 하늘에서 꽃들이 가루처럼 쏟아지기 시작했다. 환상적인 광경에 월터의 기분이 순간 들떠올랐다. 월터는 떨어지는 꽃송이들을 손바닥으로 펼쳐받고는, 얼굴에 부비고, 향기를 맡고, 씹어서 맛도 보았다. 천국의 맛, 환상적이었다. 그것은 말 그대로, 환상적이었다.

활짝 웃는 장반장의 얼굴이 보였다. 월터도 따라 활짝 웃어 보였다. 그래. 이거지, 이거야. 잘 가라, 장반장. 뒈져버린 장반장, 잘 가라, 천국으로.

주변을 둘러보니 월터는 하늘을 날고 있었다. 장반장이 너른 날개를 푸드덕대며 월터의 가슴을 받친 채 마주보고 있었다. 손을 뻗어 구름을 잡았다. 구름 뭉치가 월터의 손에 쏙하니 잡혀들었다. 떨어지는 꽃송이 하나를 잡아 구름 위에 올렸다. 어여쁜 치즈 케이크 한 덩이 같았다. 냅다 입에다 케이크를 쑤셔넣었다. 순간 달콤함이 말라버린 몸 구석구석으로 젖어들며 촉촉함을 흩뿌렸다. 이것이 행복이자 이것이 천국이었다.

천국의 맛을 만끽한 월터가 장반장에게 말했다.

"어여 천국으로 안가고 뭐 해."

월터가 하늘 위에서 두 팔로 장반장을 힘껏 밀쳤다. 밀쳐진 장반장은 천국의 문을 향해 흘러가기 시작했다. 장반장은 함박웃음과 함께 두 손을 흔들며 월터와 작별을 고했다. 동시에 월터는 천국의 계단에서 땅으로 떨어졌다. 꽃송이 가루와 함께.

—

집을 나선 형제의 두 발을 쌓인 눈이 연신 잡아챘다. 몇 번이고 미끄러지는 것을 서로 잡아줘 가며 간신히 차에 닿았다. 똥차도 꽁꽁 얼어 있었다. 한참을 똥차와 씨름하며 어르고 달래고 나서야, 간신히 차의 엔진이 열을 뿜기 시작했다. 눈 쌓인 비포장도로는 낡은 차로 가기에는 너무 고되었다. 똥차는 마치 눈썰매처럼 미끄러져갔다. 불안과 긴장은 차가 길에 닿고난 이후에 사그라들었다.

어느덧 월터의 창고 앞, 굴곡 없이 쌓여 있는 눈은 간밤에 들고 난 자가 없다는 증거였다. 동수는 뽀드득 밟히는 눈에 안도감이 들었다. 전날 동호가 부순 문의 자물쇠는 그대로였다. 그렇게 창고 문을 열자마자 동수의 입에서 욕설이 터져 나왔다.

차라리 쇠사슬을 끊어내고 어디론가 사라졌다면 덜 놀랐겠건만. 월터는 대자로 누운 채 뻗어 있었다. 등 뒤에 장반장의 사체를 마치 거북이 등껍질처럼 포갠 채로 말이다. 월터가 뻗은 주변에는 비어 버린 약봉지가 하얀 가루들과 함께 떨어져 있었다. 월터의 근처에 가발 하나가 눈에 띄었다. 그리고 머리칼을 잃은 머리통이 높게 치솟은 서랍장 제일 위에 있었다. 그러니까 월터는, 피와 오물이 새어 나오는 장반장을 거꾸로 등에 업고는, 의자를 밟고 테이블 위로 올라가, 작은 상자를 딛고 선 뒤, 팔을 뻗어 서랍장 위 머리통에서 가발을 벗겨내고는, 그 속에 있던 약뭉치를 꺼내든 다음, 사체를 쿠션삼아 그대로 바닥으로 떨어진 채, 양껏 마약을 빨아댄 것이었다. 약에 취한 월터는 알 수 없는 그르렁 대는 소리를 내고 있었다. 동호에게 맞아 보랏빛으로 변한 양 볼에는 이 사이로 흘러나온 거품이 마치 산타클로스의 수염처럼 잔뜩 묻어 있었다.

거대한 구멍이 뚫린 장반장은 거구의 월터가 짓눌러 댄 탓에 주변으로 온갖 것들이 새어 나와 있었다. 구멍으로 쏟아져 나온 오물과 핏물이 바닥과 월터 사이에 갇혀 지독한 악취를 풍기고 있었다. 그 끔찍함 위에서 거품을 문 채 천연덕스럽게 베시시거리는 월터는 괴기스러울 정도였다. 순간 역겨움이 치밀어 오른 동수가 월터를 발로 거세게 걷어차기 시작했다.

"내려와, 시체 위에서 내려와!"

하지만 월터는 슬쩍 옆으로 조금씩 옆으로 밀릴 뿐, 여전히 장반장 위에 엎혀 있었다. 다시 월터를 걷어 차려는 순간, 동호가 동수를 막아섰다.

"형, 여기가 묶여있잖아."

동호의 말대로 동수는 두 사람의 손목이 연결된 쪽의 몸통을 걷어차고 있었다. 동수는 수갑 열쇠를 꺼내 들어 장반장의 변색된 손목에서 수갑을 풀었다. 이어 옆에서 발로 월터의 배를 힘껏 밀어냈다. 월터는 옆으로 반 바퀴를 구르며 장반장 위에서 미끄러져 내려갔다. 철푸덕, 월터의 얼굴이 바닥을 때리는 소리가 났다. 바닥을 향해 누운 두 남자의 등에 마치 하나의 창으로 꿴 듯 붉은 핏자국이 물들어 있었다.

동호가 월터의 겨드랑이 밑으로 팔짱을 끼고 그를 마른 곳으로 옮겼다. 동수는 구두를 벗어 들고는 밑창을 꺼내 들어 월터의 뺨을 후려치기 시작했다. 한 번, 두 번, 세 번. 월터의 눈에 초점이 돌아오기 시작했다.

"어, 너. 왜?"

"정신 차려."

"뭘?"

"정신 차리라고."

"갔어."

"뭐가."

"정신 말이야."

"어디로."

"천국, 천국, 천국."

월터는 완전히 약에 절에 있었다. 동수는 시간이 없었다. 마냥 정신을 차릴 때까지 기다릴 수 없었다. 갈 준비를 해야 했다. 동수는 정장 상의를 벗은 뒤 셔츠 소매를 걷어붙였다.

핏물과 오물과 내장이 뒤섞여 풍기는 썩은 내. 동수는 먼저 월터를 씻기기로 마음먹었다. 동수의 눈에 세면대가 들어왔다. 미용실에서 손님의 머리를 감길 때 쓰는 그것이었다. 동수는 고무호스를 구해와 수도꼭지에 꽂고는 물을 틀었다. 호스가 팽팽해지며 월터에게 시린 물이 쏟아져 나왔다. 동수는 월터의 얼굴에 물줄기를 집중시켰다. 어푸 어푸, 월터가 물 속에서 숨줄기를 잡아 대고 있었다.

동수는 호스를 동호에게 쥐인 후 선반에 있던 샴푸통을 꺼내들어 펌프를 눌렀다. 그러나 샴푸통의 주둥이로는 아무것도 나오지 않았다. 뚜껑을 열어보니 내용물이 굳어 있었다. 동수는 샴푸 대신 초록 빛깔의 주방세제를 두 손 가득히 담아오고는 월터의 얼굴에 쏟아 내렸다. 그리고는 마치 가마솥을 설거지하듯 거품으로 얼굴과 머리칼을 부벼댔다. 때에 맞추어 동호가 물줄기를 뿌리고, 동수가 거품을 쓸어내리고. 그렇게 머리가 씻겨 나갔지만, 마치 죽은 자의 모든 악취를 빨아들인 듯한 몸통에서 나는 고약한 냄새는 견디기가 어려웠다. 퉤, 동수는 바닥에 침을 한 번 뱉고는 월터의 옷을 벗겨내기 시작했다.

벌거벗은 월터의 온몸에 거품을 뒤집어 씌웠다. 월터는 헛것을 보는지 가끔씩 발버둥치듯 발작을 해댔다. 거품을 내고, 물을 뿌리고, 다시 한 번 주방세제의 거품을 몸뚱이에 덕지덕지. 몇 번을 씻어냈다 싶었지만 월터의 몸에 벤 썩은내와 주방세제의 오

이향이 뒤섞여 나는 역한 냄새는 가실 줄을 몰랐다. 더 이상 냄새를 걷어낼 방법이 없었다.

그렇게 마치 세차를 하듯 월터를 씻겨내는 사이, 어느새 아침해가 활짝 떠 있었다. 월터를 흠 하나 없이 온전하게 빨아 낼 여유는 없었다. 동수는 더 이상 씻기는 것을 포기하고 수건으로 월터의 몸을 닦아낸 뒤, 월터의 몸에 집에서 가져온 아버지의 양복을 입히기 시작했다. 한 때 풍채가 좋았던 아버지였다. 다소 꽉 끼긴 했지만 월터의 부푼 몸을 끼워 넣을 수는 있었다. 거구의 월터에게 옷을 입히는 일은 동수 혼자서는 불가능했다. 동생의 힘을 빌려 간신히 월터의 몸에 옷을 입히면서, 동수는 마치 수의를 입히는 장의사가 된 듯한 기분이었다.

그렇게 검은 정장을 입힌 월터를 차로 옮겼다. 동수는 차 문을 닫기 전 월터의 두 손목에 수갑을 채웠다. 자기가 죽인 시체 위에서 잠드는 것도 마다하지 않는 미친 녀석 월터는 여전히 정신을 못 차리고 있었다. 그렇게 월터를 똥차 뒷좌석에 가두고 창고로 돌아오니, 동호가 창고 안에서 먼 구석을 바라보고 있었다. 장반장이었다.

"형, 경찰은 두고 가?"

"같이 가야지."

"어디에?"

"트렁크에."

"괜찮을까?"

괜찮을 리가. 경찰의 시체를 트렁크에 넣고 다니는 것은 미친

짓이야. 그래도 동호야, 어쩔 수가 없어. 우리는 계획 따위를 세울 여유가 없어. 잡히는 대로 미친 짓이라도 하는 수밖에.

동수는 대답대신 장반장의 양 발목을 부여잡았다. 동호는 장반장의 겨드랑이에 팔을 쑤셔 넣었다. 두 형제가 동시에 장반장을 들어올렸다. 무언가가 아래로 쏟아지는 느낌이 들더니 무게가 가벼워졌다. 가벼워지는 느낌, 장반장을 옮기는 걸음걸음마다 가벼워지는 느낌이 들었다. 그러나 형제는 바닥을 바라보지 않았다. 형제의 시선은 똥차의 뒤꽁무니, 그곳을 향할 뿐이었다.

—

똥차가 다시 한 번 멈추어 섰다. 동수는 운전석에서 내려 차 밖에서 핸드폰을 만지고 있었다. 핸드폰을 하늘 높이 처들었다가 다시 땅 위로 내리기를 반복하던 동수는 돌연 짜증 섞인 주먹을 차에 내질렀다. 동호가 고개를 뻗으며 왜냐고 물었다. 동수는 들고 있는 핸드폰 화면을 보여주었다. 액정 속 네비게이션이 말하고 있었다.

길 없음

전화 속 의문의 남자가 말한 무릉 공업소, 그곳을 목적지로 하였건만 GPS는 계속 말썽을 부리고 있었다. 그저 이어진 길을 따라왔을 뿐인데, 돌연 없는 길을 간다고 한참 동안 먹통이 되었다. 갑작스레 또 다시 길을 찾았다고 했을 때, 삼각형은 몇 백 킬로미터는 떨어진 뚱단지같은 곳에 놓여있었다. 솟구치는 짜증을 억누르던 동수는 목적지까지 남은 시간이 30분에서 3시간으로, 그리고 5시간으로 변하는 것을 보고는 차를 세울 수밖에 없었다.

이리저리 지도를 살피다 보니 더욱 더 화가 치솟았다. 분명 목적지까지 향하는 멀쩡한 길이 있었다. 그러나 덜 떨어진 현대 기술은 잡스러운 비포장 도로를 골랐고, 때문에 춤추는 도로를 따라 마치 고깃배마냥 출렁이는 똥차 속에서 몇 번이고 울렁거리는 속을 견뎌야 했다. 2~3km만 더 가다가, 좌회전, 이후로는 큰 길을 따라 쭈욱. 동수는 핸드폰 속 지도를 몇 번이고 확인하여 길을 머리에 심은 뒤 운전석에다가 던지듯 핸드폰을 쑤셔 박았다.

지도는 거짓말을 하지 않았다. 얼마 지나지 않아 제법 길 다운 길을 맞이할 수 있었다. 목적지는 인적이 적은 외진 곳에 있었다. 때문에 길 다운 길이라봤자 2차선도 버거운 좁은 길이었지만, 비로소 바퀴가 튀는 느낌이 아닌 구르는 느낌이 들기 시작했다. 허나 차가 곱게 드나드는 길은 아니었다. 때때로 파인 곳을 만나 차가 크게 출렁거리면 마치 무언가에 받힌 듯한 느낌이 들었다. 그리고 다시 한 번, 덜컹. 동호가 쿵하니 천장에 머리를 박았다. 동수는 괜시리 미안해졌다.

"길이 영 좋지 않네."

"그래, 이 길은 좋은 길이 아니야."

뜻밖에 동수의 말을 받은 자는 동호가 아닌 뒷좌석의 월터였다. 형제는 반사적으로 고개를 돌렸다. 그 사이 정신을 차린 듯한 월터가 수갑에 묶인 두 손으로 안전벨트를 부둥켜 쥐고 있었다.

"정신 차렸나?"

"어디 가는 거지."

"정신 차렸냐고."

"그래."

월터의 정신이 제대로 돌아왔음을 확인한 동수는 입을 닫았다. 동수는 월터와는 어떤 말도 섞기 싫었다. 그러나 월터는 달랐다. 월터는 물음을 그치지 않았다.

"어디 가는 거냐고. 응? 이봐, 어디 가는지 알려줘야 할 것 아니야."

보채듯이 이어지는 질문에도 답이 없는 동수, 그 대신 동호가 서서히 몸을 뒤틀어 월터의 눈을 보며 말했다.

"천국. 니가 좋아하는 천국."

—

길을 타는 느낌이 이토록 생생하게 기억될 줄이야. 눈으로 덮여 있지만 특유의 황량함을 가릴 수 없는 배경. 양팔을 뻗은 채 두 번 정도 구르면 끝에 닿을 법한 좁은 도로폭, 그리고 무엇보다 이 출렁거림. 월터의 머릿속에 도로를 따라 울컹거리는 차의 리듬이 연주되고 있었다. 월터는 온몸으로 이 길을 기억하고 있었다.

칠 년 전, 월터는 이 길을 밟았었다. 도망의 끝이자, 시작이었다.

원덕은 자신이 개발한 신종 마약으로 인해 전 세계 마약상들의 타겟이 될 줄은 꿈에도 몰랐다. 두려워진 원덕은 숨어들었다. 어느 날, 불청객이 원덕이 숨어있던 방으로 들이닥쳤다. 서넛의 거한이 다짜고짜 원덕의 입을 틀어막고는 목을 움켜쥐었다. 목을 움켜쥔 자의 손과 팔뚝은 금빛 털로 뒤덮여 있었다.

비좁은 데다가 난잡스러운 방이 다행이었다. 들이닥친 자는 서넛이었지만 원덕 앞에 설 수 있는 자는 한 명뿐이었다. 원덕은 목이 졸리는 와중에 기를 쓰고 그를 밀어내었다. 힘겨루기가 이어지다가 성이 난 거한이 원덕을 힘껏 밀쳐냈다. 원덕은 그대로 뒤로 밀려나갔는데, 그곳에 창이 있었다. 그대로 이층 창 밖으로 튕겨져 나간 원덕은 바닥으로 굴러 떨어졌다. 깨진 유리창이 발바닥을 찢고 파들어갔지만 원덕은 냅다 달렸다. 원덕의 달음질이 멈춘 곳은 경찰서였다. 미국의 마약상, 현상금 그리고 불청객들. 차라리 옥을 택한 원덕은 경찰서 문을 열고 외쳤다.

“난 죄를 지었소. 난 새로운 마약을 만들었소. 그 제조법을 인터넷에 올렸다오. 전 세계 마약상들이 뒤집어졌다 하오. 그러니까 난, 국제적인 마약사범이란 말이오.”

유치장에서 하루를 보냈다. 그렇게 남은 삶이 철창 안에서 삭아가는구나 싶더니만. 다음 날, 사복경찰이 원덕을 유치장에서 빼내었다. 유치장 안에는 부랑자나 잡범이 두엇 있었지만 그는 원덕을 콕 집었다.

"어라? 왜 나만 나가나요?"

"양놈들이 잡으러 왔담서요, 몸부터 사려야지요."

안전한 곳으로 몸을 피하고 보자던 그 사복경찰은 자차에 원덕을 태우고는 힘껏 내달리기 시작했다. 그리고 시작된 낡은 길, 덜컹, 또 덜컹, 포장이 반쯤 되다 만 듯한 험한 길. 대머리의 잔털처럼 드문드문 자라난 볼품없는 나무들이 양 옆으로 이어진 이 길. 길의 끝에 도착한 곳은 전혀 안전한 곳과는 거리가 멀었다. 경찰은 수갑을 채운 원덕을 마치 화물을 끌어내리듯 험하게 끄집어냈다. 너른 마당을 가로질러 다가서는 공장 주변에는 소름 돋는 관들이 정돈된 채 쌓여 있었다.

"경찰 양반, 여기가 안전한 곳인가요."

"이 새끼야, 너 같은 새끼한테 안전한 곳 따위는 없어."

경찰은 닫힌 공장 문을 향해 원덕을 발로 밀어 찼다. 밀려나간 원덕이 문에 머리를 찧고 쓰러지자 안에서 사람들이 나왔다. 전날 밤 원덕의 집을 찾아온 금발의 불청객, 그들이었다.

그리고 거기까지. 경찰은 사라졌다. 원덕은 불청객들에게 두들겨 맞기 시작했다. 양팔로 머리를, 팔꿈치로 배를 감싸고 몽둥이 찜질을 당하는 와중에 공장에 쌓인 관짝이 눈에 들어왔다. 아, 죽는구나. 여기서 죽는구나. 관짝 앞에서 사람을 죽이면 처리하기도 쉽겠구나. 그러나 그들은 원덕을 쉬이 관에 넣어주지 않았다. 몇 날 며칠을 두들겨 맞았고, 원덕은 반쯤 날아간 정신으로 살았다. 어디인지, 몇 시인지, 무엇을 하는지도 알 수 없는 폭력의 나날이 이어지다가. 정신을 차려보니 미국이었다. 감옥에 가고 싶었건만, 차라리 쌀밥이라도 먹을 수 있는 고국의 철창 속에 있고 싶었건만. 원덕은 결국 미국 땅으로 넘겨지고 말았다.

그 날, 그 경찰이 이 길을 타고 관짝을 보관하는 창고에다가 나를 팔아넘겼지. 나는 감옥에 가는 줄 알고서는. 얼이 빠진 채 멍청하게 뒷좌석에 이렇게 앉아있다가. 남의 손에 넘겨져서 칠 년을 갇혀 지냈어. 이제 조금만 더 가면 너른 마당이 나타날테고, 관짝으로 가득 찬 창고가 나를 맞이할 거야. 그 속에는 도마뱀같은 녀석들이 날 기다리고 있다가 혓바닥을 내질러 낼름 나를 받아먹을테고. 이 두 놈은 나를, 거기다가 내가 목숨을 바쳐 가져온 약까지 얹어서 팔아먹고 두둑한 돈을 챙기겠지. 백원덕, 실수를 반복하지 마라. 그래, 실수를 반복하지 않아. 이렇게 멍청하게 차에 앉아서 인생이 넘어가는 실수 따위는, 다시는, 다시는 반복하지 않아.

순간 소실점 끝자락에 있는 도로 옆 나무에 무언가가 맺혀 있는 것이 보였다. 나무로 다가갈 수록 그것은 점점 더 크게 보이기 시작하였다. 그리고 그 뒤의 나무, 또 그 뒤의 나무에도 연달아 붉은 무언가가 맺히기 시작했다. 눈으로 하얗게 덮인 앙상한 가지 밑에 주렁주렁 달린 붉은 물체, 과실이 저렇게 클 리가 없는데. 월터는 눈을 크게 뜨고 스쳐지나가는 그 물체를 바라보았다.

장반장이었다.

—

길이 제법 괜찮아지자 동수는 안도의 한숨을 쉬었다. 네비게이션도 바른 길에 접어들자 정신을 차린 듯 곧게 목적지를 가리키고 있었다. 동수는 힘차게 페달을 밟았다.

"가지 않아."

순간 뒷좌석에서 불안한 음성이 튀어나왔다. 동수는 백미러로 월터를 보았다. 월터는 창밖을 보다가 겁에 질린 눈빛을 거두고 고개를 숙였다, 다시 바깥을 바라보는 행동을 반복하고 있었다. 한없이 그늘진 목소리와 혼란스러운 행동을 반복하는 월터에 동수는 불안해졌다.

"어디를 안 가."

"관. 관 짝."

"조용히 해."

초조해진 동수가 버럭 소리를 질렀다. 동수는 월터와 한시라도 빨리 이별하고 싶었다. 십 분만 지나면 목적지에 닿을 터, 약속한 돈과 바꾸면 평생 시선조차 닿을 리 없으리라. 구제불능의 약쟁이, 정체를 알 수 없는 저 가루 뭉치와 함께 싸그리 넘기고 나면 다시는 함께하지 않으리라.

그 순간 동수의 오른쪽 눈꼬리 끝에 허연 마약 뭉치가 걸쳐졌다. 수갑으로 묶인 월터의 두 손이 뒷좌석에서 뻗어 나와 있었다. 오른손은 동호의 아랫배에 눌린 허리쌕의 지퍼를 연 채 지퍼고리를 움켜쥐고 있었고, 왼손은 허리쌕에서 마약 뭉치를 끄집어 당기고 있었다. 순간적으로 빈 허리를 찔린 동호가 반사적으로 마약 뭉치를 맞잡았다. 그러자 월터가 한쪽 발은 운전석 뒷판에, 다른 발은 조수석 뒷 판에 올린 채 마치 줄다리기를 하듯 뒤로 누웠다. 동수의 의자 뒤로 월터의 발이 밀어내는 묵직한 압력이 느껴졌다. 허리를 뒤튼 동호의 자세가 불리하였으나, 힘은 불리하지 않았다. 동호의 양 팔뚝에 힘줄이 팽팽하게 올라섰다. 이 새끼가. 동수는 상체를 뒤틀어 주먹을 위로 치켜 올렸다. 마약 뭉치를 잡은 월터의 손목을 그대로 내리칠 심산이었다. 동수가 잔뜩 힘을 실은 주먹을 월터의 손목을 향해 내리 꽂는 그 순간.

쿵.

왼편에서 검은 물체가 똥차의 측면을 때렸다. 천지가 뒤집혔다, 바로 섰다, 뒤집히기를 반복했다. 마치 다람쥐통이 구르듯 똥차는 동그랗게 몸을 만 채로 데구르르 굴러갔다.

급하게 속도를 올린 검은색 SUV는 그대로 똥차의 측면을 들이받았다. 충격을 받은 똥차가 공중에 뜨는 순간, 동호와 월터가 팽팽히 맞잡고 있던 마약 봉지가 그대로 반토막이 났다. 똥차를 들이받은 무리는 처음에는 똥차에서 불이 난 줄 알았다. 허연 마약가루가 박살난 차유리 사이로 새어나와 마치 구름처럼 차를 감쌌기 때문이다. 한참을 구른 똥차가 옆으로 누운 채 멈추어 서자 뿜어져 나온 연기도 서서히 가라앉기 시작했다.

들이받은 측도 충격을 받은 것은 마찬가지였다. 아이고, 나 죽네. 앞좌석에 앉은 두 녀석이 죽는 소리를 징징댔다. 뒷좌석의 개눈도 하나 남은 눈알이 뽑혀 나가는 듯한 느낌이었지만, 개눈은 으레 두목의 위용을 되찾고 졸개의 뒷통수를 내리치며 말했다. 이 자식들이, 엄살은. 온몸이 지근거리는 와중에도 다섯 개의 눈알은 하얀 가루를 뿜어내며 뱃가죽을 발랑 드러낸 차를 바라보았다.

"저거, 저거, 장난 아닌거라. 저게 원래 똥차라 티가 안 나는 건데, 저, 저 찌그러진거 보이나. 저 정도면 안에 있는 놈들은 즉사다, 즉사."

개눈이 졸개들의 호들갑을 멈춰 세웠다.

"미련한 소리 마라. 저 정도로는 안 죽는다. 그리고, 저놈들 뒈지면 큰일이다. 다들 입 여물고, 자, 다들 일하러 가자."

세 사람이 삐그덕대는 몸을 뒤틀며 차에서 나왔다.

"이 새끼들, 잘도 도망다녔겠다."

뒤집어진 똥차를 보며 개눈은 통쾌함이 샘솟았다. 그러나 마음 한 켠에는 정말 두 형제가 죽어버린 것은 아닐까 걱정이 되기도 하였다. 죽기야 하겠어, 기껏해야 반병신이나 되었으려나. 개눈은 불안함을 달래며 슬금슬금 걸어갔다. 차 안에서 새어나온 하얀 가루는 얇은 휘장처럼 차를 감싼 채 아직도 공중을 헤매고 있었다. 개눈은 상의 목덜미를 코 끝까지 끌어올려 코를 막은 채 차 하부가 훤히 보이는 똥차를 향해 나아갔다.

별안간 운전석 문이 공중을 향해 벌렁 열리더니 쩍하고 떨어져 나갔다. 차로 다가서던 세 사람의 발걸음이 동시에 멈추어 섰다. 어라? 뭐지? 이어 거인 하나가 땅 속에서 솟구쳐 나오듯 문 사이로 불쑥 솟아올랐다. 그는 양팔로 문간을 잡고 자신의 몸을 끄집어냈다. 그 모습을 본 세 사람은 높디 높은 설산의 봉우리를 정복한 산악가가 생각이 났다. 이어 거인은 허리를 굽혀 차에서 무언가를 불쑥 뽑아 들었다. 그 모습은 바위에 박혀 있다던 보도를 뽑아 들었다는 왕을 연상시켰다. 이어 거인은 뽑아 든 남자를 조심스럽게 둘러업고는 차에서 내려와 그를 눕혔다. 그리고 고개를 들어 두리번, 두리번. 그의 눈은 앞면이 찌그러진 SUV와 똥차 앞에서 엉거주춤대고 있는 개눈 무리에게 꽂혔다.

전신이 하얀 가루로 뒤덮여있는 그가 손바닥으로 턱을 받친 채 고개를 양 옆으로 비틀었다. 어긋난 목뼈를 제대로 맞추는 듯했다. 그러자 머리에서 하얀 가루가 피어올랐다. 마치 분출 직전의 분화구같은 모습이었다. 이어 남자는 온몸에 묻은 하얀 가루를 쓸어내렸다. 그리고 남자는 저벅 저벅, 개눈 무리를 향해 다가서기 시작했다. 동호는 온몸에서 열기를 뿜어내고 있었다.

—

동수의 눈꺼풀이 조금씩 꿈틀대다가 슬쩍 틈이 벌어졌다. 그러자 눈꺼풀 위에 가라앉아 있던 하얀 가루가 굴러들어와 눈알을 때렸다. 동수는 반사적으로 눈을 질끈 감고 말았다. 눈알이 따끔거리고, 눈물이 샘솟아 흘러내렸다.

손으로 눈가를 털어내고 눈을 떴을 때, 하늘이 검어 있었다. 그 어둠을 배경삼아 총천연색의 무언가가 펼쳐지고 있었다. 그것은 붉은 어둠이었다. 암흑의 하늘을 뚫고 시뻘건 어둠이 우주의

깊이로 펼쳐졌다. 이어 그 어둠의 귀퉁이 어딘가에서 네온색의 푸르른 어둠이 마치 용의 날개짓처럼 피어올랐다. 그리고 그 붉고 푸른 어둠이 맞닿는 영역이 보랏빛 은하수를 그려내기 시작했다. 동수는 색의 향연 속으로 손을 뻗어보았다. 눈앞에서 펼쳐지는 비현실적인 빛들을 거머쥐기 위해. 허나 마디마디의 시간이 마치 억겁의 그것처럼 끝없이 늘어져갔다. 동수의 손끝은 영원을 관통하는 것처럼 천천히 나아갔다.

그렇게 느림에 갇힌 채 손에 쥘 수 없는 어둠을 바라보면서 동수는 서서히 두려움을 느꼈다. 색들은 온갖 현란한 움직임을 보이며 생동하게 꿈틀대고 있었다. 어둠은 무지개 빛으로 채색되었다가, 온갖 잡탕의 형광색으로 번뜩거렸다. 안 돼, 벗어나야 해. 설마 내 눈이 고장난 것인가? 동수는 눈을 질끈 감아보았다. 그러나 그 빛들은 눈알을 덮은 얇은 살꺼풀은 아무것도 아니라는 듯 살갗을 뚫고 동수의 뇌를 직접적으로 때려댔다. 눈이 아니라, 머리. 동수는 자신의 머리가, 뇌가, 영혼이 문제가 생겼음을 느꼈다.

동수는 시린 느낌에 주먹을 움켜쥐었다. 눈이 한 움큼 잡혔다. 냉기가 손바닥을 바늘처럼 찔러댔다. 동수는 냅다 눈을 움켜쥐고는 자신의 눈 위에 부벼댔다. 시린 기운이 얼굴에 닿자 매서운 속도로 고통이 온몸으로 퍼져나가기 시작했다. 고통이 온몸을 훑고 나서야 비로소 동수의 정신이 되돌아왔다. 하늘은 다시 푸르렀다.

사고다. 사고였다. 동수는 차에 타고있었던 마지막을 기억해냈다. 차에서 무슨 일이 일어났고, 곧 이어 무언가가 옆을 들이받았고. 온 세상이 데구르르 구르기 시작했고. 그리고 옆에 있던 동생. 동수는 동호 생각에 순간 겁이 났다. 온몸이 두들겨 맞은듯 고통스러웠지만 어떻게든 몸을 일으키려고 애를 썼다.

허나 몸이 말을 듣지 않았다. 아무리 힘을 주어도 몸은 머리의 지시를 무시하고 있었다. 동수는 목에 힘을 바짝 주었다. 울대에 힘을 집중하고, 간신히 간신히 턱을 당기고 머리를 들어올렸다. 발 끝이 눈에 들어왔다. 조금 더 머리를 끌어당겼다. 브이자로 벌어진 발 끝사이로 역동적인 움직임이 펼쳐지고 있었다. 거대한 짐승이었다. 허연 털을 뒤집어쓴 짐승이 세상을 헤집고 있었다. 과연 저것이, 눈덮인 산맥을 서성인다는 설화속의 설인, 발바닥이 크다는 그 녀석인가?

—

— 안 보여, 안 움직여, 그리고 아파. —

한쪽 눈이 먹통이었다. 동호는 마치 고장난 티비를 고치듯, 왼쪽 관자놀이를 손바닥으로 내리쳐 보았다. 그러나 눈은 티비처럼 그리 쉽게 고쳐지지 않았다.

검은 화면이 빛을 잡아먹고 있었다. 마치 눈알 위를 먹지로 뒤덮은 채 마음껏 문지른 듯한 느낌이었다. 봉사가 되어 버릴지 모른다는 공포보다 앞선 것은 격투가의 본능이었다. 동호는 생각했다. 왼쪽에서 오는 공격을 조심해야겠어.

전신에 접착제를 두른 듯한 기분이었다. 뻣뻣한 몸의 관절 어느 하나 말을 듣지 않았다. 사고가 난 후 직감하였다. 어서 빨리 차에서 빠져나가야 한다. 그러나 몸이 움직이지 않았다. 차라리 이렇게 옆으로 누운 채 죽어버릴까? 체념에 다가서던 찰나에 얼굴로 핏방울이 떨어졌다. 그래, 형이 있었지. 운전석의 동수가 쏟아내는 피였다. 나는 선수, 피는 나의 몫. 코치가 피를 흘려서는 안 돼. 말을 듣지 않는 관절은 도려내겠다는 각오가 섰다. 그렇게 운전석의 문을 뜯어내고, 위에서 형을 끌어올린 뒤, 땅 위로 내리고 나니. 온몸 구석구석이 마치 포상을 바라는 듯 외치고 있었다. 쉬게 해줘.

그러나 멀지 않은 곳에서 다가오는 이들이 있었다. 누군가가 나를 도우러 오는구나. 그러나 그것은 지친 몸이 바라는 간절한 소망일 뿐, 격투가의 본능은 경고음을 울리고 있었다. 저들이다. 저들이 차를 들이받고는, 나와 형의 끝을 보기 위에 다가오고 있구나. 동호는 무엇을 해야 할지 정확하게 알고 있었다. 동호는 주먹을 쥐었다.

주먹을 쥐는 손이 아팠다. 우뚝 일어서는 무릎이 쓰렸다. 꼿꼿이 세운 허리가 쑤셨다. 고개를 드는 목이 뻐근했다. 부릅뜬 눈이 따가웠다. 허나 아픔에 익숙해져야 할 때였다. 아픔을 받아내야 할 때였다. 그리고 아픔을 돌려줘야 할 때였다.

마치 세 발의 총알만 남은 저격수처럼. 동호는 세 발의 주먹이 날아가는 과정을 머릿속에 그렸다. 머리통이 부풀어 오른 녀석부터 턱에 한 방. 자연스럽게 다음 잡놈이 두 번째라고 생각할 즈음, 방심한 두목에게 한 방. 그리고 겁에 질렸을 남은 녀석에게 마지막 한 방. 그림 속 동호는 단 세 발의 펀치로 세 명의 적을 제압했다. 완벽한 승리인 듯했지만 실은 이마저도 극적인 대역전극이었다. 동호는 안 보이고, 안 움직이고, 아픈 몸으로 맞서야 했기 때문이었다.

전사에게 남은 총알은 단 세 발. 한 발이라도 빗나간다면? 전사를 뛰어넘어 인간이 되는 거야. 고환을 물어뜯고, 눈알을 할퀴고, 머리채를 뽑아 들고. 이기는 것이 아닌, 살아남는 것이 과제인 인간. 동호는 온몸에 사나운 기세를 장전한 채 다가오는 개눈무리를 향해 저벅저벅 걸어갔다.

삶은 예상대로 진행되지 않는다지만. 결기에 찬 각오로 짜낸 계획은 한 순간에 물거품이 되었다. 동호가 다가서는 것을 본 무리가 그대로 꽁무니를 내뺀 것이다. 그들은 동호를 보고는 화들짝 놀라더니, 뒤로 돌아서 줄행랑을 쳤다. 동호는 살았다는 안도감에 앞서 허탈할 지경이었다. 생에 대한 절박감 하나로 간신히 몸을 일으켰던 동호는 위험이 사라지자 그대로 털썩 주저앉고 말았다. 정신력이 신체를 짓눌렀던 시간이 지나자, 다시금 고통이 스멀스멀 기어올랐다. 시야가 붉으락 푸르락 악기의 현처럼 출렁거렸다. 귀를 울리는 이명은 고막을 찢을 듯 발톱을 세웠다. 그렇게 주저앉아 서서히 고통과 악수를 하려는 순간.

어라, 세 놈뿐이었는데 언제 여섯이 되었지? 아니, 지금은 아홉인데? 아니, 아니, 세 놈은 맞구나. 도망간 게 아니었나본데, 뭘 쥐고 있는게지? 몽둥이를 쥐고 있는 것인가?

차에서 몽둥이를 꺼내든 개눈 무리가 기세 등등하게 동호를 향해 다가오고 있었다. 허탈함이 순식간에 압도적 위험으로 바뀌었다. 개눈 무리가 달려오기 시작했다. 정신력과 투기를 끌어올릴 시간이 없었다. 살고자 하는 본능이 동호의 주먹에 다시금 힘을 쑤셔 넣었다.

—

주먹다짐이라면 익숙한 동호였지만 무기를 든 상대방은 달랐다. 몽둥이가 매서운 속도로 호를 그렸다. 몽둥이는 주먹보다 빨랐다. 동호는 상체를 뒤틀어 이를 간신히 피했다. 몽둥이는 주먹보다 길었다. 급소는 피했지만 허벅지를 때리는 것은 막지 못했다. 넓적다리 살갗이 찢어지고, 뼈가 산산조각 나는 기분이었다. 의지와는 무관했다. 동호는 그대로 무릎을 꿇고 말았다. 다음 몽둥이는 보이지도 않는 뒤편에서 다가왔다. 부웅하는 소리가 매서운 속도로 커졌다. 반사적으로 팔을 움츠려 옆구리를 막으려 했지만 몽둥이가 먼저였다. 피부와 근육과 뼈를 뚫고 고통이 고스란히 장기로 전달되었다.

그러나 고통 속에서 기회가 왔다. 팔뚝이 늦게 닫힌 탓에 두 번째 몽둥이가 옆구리와 팔뚝 사이에 끼어 버렸다. 뒤에서 몽둥이를 잡아 빼는 힘이 느껴졌다. 아니지, 쉬이 내줄 수 없지. 동호는 팔뚝에 힘을 주어 몽둥이를 잡아 놓은 뒤, 상체를 뒤틀어 뒤를 향했다. 동호와 몽둥이로 연결된 녀석이 눈에 보였다. 그대로 반대편 주먹을 뻗어 녀석의 턱에 명중. 그대로 나가떨어졌다. 멍청한 녀석이었다. 옆구리가 아닌 머리통을 내려쳤어야지.

허나 세 번째 녀석은 그다지 멍청한 편이 아니었다. 그가 휘두른 몽둥이가 동호의 머리통을 직격했다. 격한 움직임 속에서 동호는 머리카락 사이사이 숨겨져 있던 하얀 알갱이들이 공중으로 흩어지는 것이 보였다. 그리고 충격을 받는 순간. 절반의 화면이 암전되었다. 시야가 흐려지는 것과 달랐다. 그것은 그저 전원이 뽑혀버린 화면, 한 줄기의 빛도 받아낼 수 없는 깨져버린 렌즈였다. 동호는 직감했다. 왼쪽 눈을 잃었구나.

몸이 쓰러지고 있었다. 그 와중에 허벅지에 첫 번째 매질을 한 녀석이 다음 매질을 준비하는 것이 보였다. 녀석은 하늘 높이 몽둥이를 쳐들고, 동호가 쓰러지면 그대로 내리칠 준비를 하고 있었다. 동호는 본능적으로 녀석이 있는 쪽으로 몸을 틀고는 고꾸라지는 자신의 거대한 몸으로 녀석을 덮쳤다. 마지막 매질을 준비하던 녀석은 마치 붕괴하는 거대한 건물이 덮쳐오는 듯한 느낌이었다. 쓰러지는 건물을 인간이 받아낼 수 있겠는가? 녀석은 동호의 몸에 갇힌 채 겹쳐져 쓰러졌고, 동호의 몸은 녀석의 몸을 마치 관뚜껑처럼 덮고 있었다.

밑에 깔린 녀석이 빠져나가기 위해 발버둥을 치고 있었다. 비켜, 비키라고! 그러나 쉽게 치워질 몸이 아니었다. 동호의 눈에 녀석이 얼굴이 보였다. 어라, 이 녀석도 나처럼 눈깔이 하나뿐이네. 동호는 양팔로 감싸안아 품 안에 개눈을 가두었다. 이 즈음이 성대고, 그리고 이 옆쪽이 경동맥, 여기를 팔뚝으로 누르면, 어쩌면 이 녀석도 잡을 수 있겠는 걸? 동호의 팔이 개눈의 목을 파고 들었다.

그러나 두목을 잡을지 모른다는 희망은 순식간에 사라졌다. 동호의 눈을 앗아간 녀석이 남아있었다. 등에서 녀석이 내리치는 몽둥이질이 느껴졌다. 퍽. 퍽. 퍽. 퍽. 척추가 부러지지 않으려면 온몸의 힘을 등판에 몰아 놓고 버텨야 했다. 동호는 개눈에게 넣으려던 초크를 포기하고 팔뚝에서 힘을 뺐다. 개눈이 동호의 밑에서 빠져나가려고 안간힘을 쓰고 있었다. 고통은 점점 등골을 타고 오르고 있었다. 녀석이 때리는 부위가 점점 위로 올라오고 있었다.

— 어이, 깔린 양반. 너무 힘쓸 필요 없다고. 이제 저 친구가 내 머리통을 내려칠 거야. 그러면 끝, 네가 이긴다고. —

동호는 눈을 질끈 감고 참수를 맞이하는 마음으로. 다음 몽둥이질을 기다리고 있었다.

그러나 내리치고도 남을 시간이 지나도 움직임이 없었다. 동호는 상황을 파악하기 위해 허리를 일으켜 세웠다. 왼쪽 뒤편에서 무언가 소리가 났지만 고개를 아무리 틀어도 보이지 않았다. 왼쪽 눈이 전혀 보이지 않았기 때문이다. 허리까지 틀어야 무언가가 보일 법했다. 허리를 뒤틀려 하는데 아래에서 강한 압박이 느껴졌다. 동호는 다시 고개를 돌려 아래를 보았다. 깔려 있는 개눈이 허리를 튕겨대고 있었다. 개눈은 온몸을 비틀어대면서 쉴 새 없이 입을 놀리고 있었지만, 동호의 귀에는 들리지 않았다. 동호는 개눈의 눈을 똑바로 쳐다보기 위해 고개를 숙이고 얼굴을 마주하였다. 정확한 목표점을 확인하고자 함이었다. 고개를 숙이자 동호의 깨진 머리에서 흐르던 피가 순간 폭포수같이 쏟아져 내렸다. 피는 개눈의 남은 한 눈 위로 쏟아졌고, 개눈의 눈두덩이에 웅덩이처럼 고여버렸다. 한쪽 남은 눈 위에 피가 고여버린 개눈은 더 이상 볼 수 있는 게 없었다. 아니, 어쩌면 다행이었다. 마지막으로 눈에 보이는 것이 자신의 남은 눈을 앗아가는 주먹이라면, 그 나름대로 슬픈 일이 아니겠는가? 동호의 주먹이 활시위처럼 뒤로 당겨졌다. 목 근처까지 힘껏 당겨진 주먹은 잠시 힘을 모았다가 그대로 개눈 위의 붉은 과녁 위로 떨어졌다. 불스 아이. 남은 한 눈을 앗아갈 동호의 주먹, 그것이 자신의 눈동자 위에 명중하는 순간까지도 개눈은 주먹을 볼 수 없었다.

—

타이어에 맞아 머리통이 한껏 부풀어 오른 만호는 동호의 등판에 매질을 하는게 신이 날 지경이었다. 이 괴물 같은 새끼, 감히 바퀴를 던져? 치사하게, 바퀴를 던져? 동호의 등판은 성을 풀기에는 안성맞춤이었다. 보통 사람 같으면 첫 몽둥이에 척추가 으스라져 진작에 쓰러져 내려왔으리라. 그러나 이 아둔한 덩어리 녀석은 바싹 등근육을 조여 미련하게도 고통을 버텨내고 있었다. 그러나 뒷통수에도 근육을 기를 수는 없는 법, 마지막 한 타로 이 괴물도 죽음 앞에서 평등해지리라. 만호는 그 마지막 한 발을 아껴 두기라도 하듯, 조금씩 자세를 바꾸며 척추를 타고 매질이 꽂히는 지점을 올려가고 있었다.

삶에 대한 질긴 의지와 만호의 매질. 먼저 지친 쪽은 만호였다. 잘도 버텼겠다, 그래 여기까진 네가 이겼다고 치자고. 만호는 입꼬리를 씰룩이며 양손에 침을 뱉고는 배트를 움켜잡았다. 그리고 동호의 정수리 끝쪽으로 넘어가 어깨너비로 자리를 잡았다. 도끼처럼 내리 찍을까, 골프채처럼 옆으로 후릴까, 잠시 고민하던 만호는 부둥켜 쥔 몽둥이를 뒤통수 끝까지 잡아당겼다가, 힘껏 내리 찍었다.

그러나 배트의 끝이 동호의 머리에 닿기 전, 뒤에서 전력질주로 달려온 동수가 만호의 허리춤을 부둥켜 쥔 채 태클을 날렸다. 몽둥이가 저 멀리 나가떨어지고 두 남자는 뒤엉킨 채 한참을 굴러갔다. 이어 두 남자는 눈밭 위에서 포개진 채 싸우기 시작했다. 한 참의 힘겨루기와 주먹질이 오고 가고 나서야 만호는 기습을 가한 자를 알아차렸다. 이 녀석, 맨날 도망만 다니는 그 채무자 녀석이잖아? 만호의 입에서 비웃음이 터져 나왔다. 잠깐의 몸싸움으로도 알 수 있었다. 땅딸막한 체구에 이제는 힘이 빠진 초로의 사내, 동수는 위협이 되지 않는 상대방이었다. 나름 사채업자 밑에서 추심을 하며 건달 비스무레한 삶을 살아온 만호로서는 충분히 짓누를 수 있는 상대였다.

죽을 각오로 달려든 동수였지만, 물리력을 뒤집을 수는 없었다. 게으름과 손잡고 지내온 지난 수십 년의 세월이 일순간에 몰려든 파도처럼 벌을 내리는 듯한 기분이었다. 한창 나이의 상대방을 상대하기에는 동수의 몸은 너무 찌들어 있었다. 잠시간

우격다짐이 지나고 정신을 차렸을 때, 동수는 만호의 아래에 깔려 있었다.

만호의 주먹질이 시작되었다. 주먹을 따라 동수의 고개가 좌우로 연신 돌아가기 시작했다. 그러나 형편없는 싸움꾼의 얼굴에 잔주먹으로 흠집만 더하는 것은 그다지 재미있는 일이 아니었다. 만호는 결정적인 한 방이 당겼다. 그 괴물 녀석의 머리통을 겨누고 있던 마지막 한 방, 그러나 쏘지 못한 그 한 방처럼 치명적인 무언가가 필요했다. 잠시 주먹이 멈칫한 그 순간, 동수의 양복 상의 안주머니에서 반짝하는 무언가가 만호의 눈에 들어왔다. 만호는 그것을 뽑아 들고는 감탄을 금치 못했다. 그것은 총이었다. 장반장의 것이었다가, 장반장을 것으로 만든, 그 총이었다.

멍청한 녀석, 총이 있는데 그 물주먹으로 덤벼들었단 말이야? 총은 그 자체로 근사했다. 그리고, 만호의 손바닥에 감기자 더욱 근사하였다. 그리고, 무언가를 겨누자 그것은 더욱 더 근사하였다. 만호는 총을 움켜쥔 채, 총구를 동수의 입 속으로 꽂아버렸다.

총을 쥐자 만호는 무언가를 파괴하고 싶은 강렬한 충동에 사로잡혔다. 두목은 돈을 받아내야 한다고 했다. 채무자는 반드시 살아있어야 한다고 몇 번이나 강조했다. 그러나 극한의 긴장감 속에서 생사를 두고 벌어진 격렬한 승부에서 짜릿한 승기를 잡은 만호의 이성은 마비되어 있었다.

만호는 서서히 해머를 잡아당겼다. 실린더가 회전하고, 해머가 뒤로 당겨졌다. 그리고 방아쇠에 손가락이 걸쳐졌다. 순간의 고민이 뇌리를 스쳤다. 이제 정말 내가 손가락에 힘만 주면, 이 녀석은 죽는 것인가? 까짓 거 죽여보자. 험하게 살아온 삶, 정점을 찍어보는 거야. 내 손에는 총, 총이 있으니까. 난 이제 무적이라고. 이 나약한 자식은 조금 아쉽긴 하군. 이딴 놈은 총이 없어도 충분히 잡을 수 있는 상대방이니까. 맞아, 아까 그 녀석이 있었지. 덩치가 산 만한 그 녀석이라면 응당 내 총으로 잡을 법한 훌륭한 사냥감이 될 터이지. 근데 잠깐만, 그놈의 머리통을 깨부수기 직전이었는데. 그놈은 지금 뭘 하는 게지?

왼쪽 뒤편에서 동호의 주먹이 만호의 부풀어오른 관자놀이를 직격하였다. 마지막 남은 한 발, 그것은 동호가 날려온 그 어떤 주먹보다도 정확하고 치명적으로 급소를 가격하였다. 머리통이 부풀어오른 채 채무자의 입안에 총구를 쑤셔 넣고 있던 남자가 옆으로 쓰러졌다. 피가 고여 있던 머리통이 그대로 쪼개지며 갈라진 사이로 피를 뿜어냈다. 분수처럼 말이다.

동수는 밑에 깔린 채 자신의 위에 올라탄 남자를 마주보는 것이 힘겨웠다. 남자의 눈에서는 살기가 느껴졌다. 입안에 가득 찬 총에서 나는 차디찬 쇳내도 역했다. 사고가 무의미한 시간, 동수는 눈을 질끈 감고 말았다. 그러나 총구는 불을 뿜는 대신 여전히 냉기를 머금고 있었다. 눈을 뜨고 앞을 살피고 싶은 마음이 굴뚝 같았다. 그러나 동수는 겁이 나 눈을 뜰 수가 없었다. 눈을 뜨는 것을 신호로 녀석이 방아쇠를 당길 지 모를 일이었다.

입 안을 가득 채운 권총의 쇳내와 부피감은 여전하였다. 그러나 순간 목덜미까지 쑤시고 들어왔던 총신이 입밖으로 빠져나갔다. 어쩌면, 이라는 가능성이 떠오르는 순간, 익숙한 목소리가 들려왔다. 형. 위험이 가신 것일까? 동수는 용기를 내 눈을 떴다. 동호였다. 죽음 대신, 동생이었다.

—

만신창이가 된 두 형제의 포옹도 잠시. 둘은 그대로 눈밭 위에 쓰러져버렸다. 동수는 그대로 잠들고 싶었다. 냉기가 뼈마디를 스며들고, 찢어진 살결의 틈새를 고통이 파고들어도, 그저 잠들고 싶은 마음뿐이었다. 그러나 아직 남은 일이 있었다. 움직여야 했다. 동수가 먼저 몸을 일으켰다.

머릿속을 정돈하려 애를 썼지만 상황을 쉬이 정리할 수 없었다. 그러니까, 개눈 무리가 급습을 하였고, 그 과정에서 알 수 없는 약이 터져버렸지만, 어떻게든 살아남았고, 어쨌건 돈을 준다는 남자가 말한 공업소로 향해야 하는, 나와, 동호와, 월터. 월터. 월터가 기억난 동수가 급하게 동호에게 물었다.

"동호야, 월터는?"

그러나 동호는 쓰러진 채 답이 없었다. 주변을 둘러보아도 월터의 흔적이 없었다. 동수는 똥차를 향해 달려갔다. 똥차는 불경스럽게도 밑배를 훤히 드러낸 채 옆으로 뒤집어져 있었다. 동수는 단숨에 똥차 위로 올라가려고 차의 밑단을 짚었다. 그 순간 턱하니 손에 무언가가 걸렸다. 차 하단에 플라스틱으로 껍데기를 씌운 조악한 기계가 붙어있었다. 개눈, 이 썩을 놈. 위치 추적기를 붙여 놨구나. 동수는 이를 뜯어내 땅에 떨구고는 짓이겼다. 이어서 다시 한 번 힘주어 차 옆면을 타고 위로 문가로 올라갔다. 월터가 차 속에 있는지 확인하려 올라갔지만 내부를 확인할 필요가 없었다. 차 지붕에 기댄 채 앉아있는 월터의 정수리가 보였다.

"월터."

답이 없었다. 동수는 지붕을 타고 차에서 내려왔다. 무릎을 꿇고 월터를 마주보았다. 머리카락, 얼굴, 아니 온몸이 허연 가루로 덮여 있었다. 핏기가 없는 것을 보니 외상은 없는 듯했다. 그러나 깊은 안쪽 어딘가가 다친 것이 분명했다. 월터는 입가에 거품을 가득 물고 있었고, 눈알이 쉴 새 없이 흔들리고 있었다.

월터의 눈알은 사방으로 어떤 규칙도 없이 눈 구석구석을 찔러대고 있었다. 그의 눈에는 시선이 없었다. 양쪽 눈알이 제멋대로 구르고 있었기 때문이다. 그것은 눈 주변 근육을 써서 무언가를 보기 위한 의식적인 움직임이 아니었다. 살점을 발라낸 활어가 벌거벗겨진 자신의 뼈대를 바라보는 반사적인 움직임이었다. 불가능한 속도로 비틀대는 눈알에 동수는 기괴함을 느꼈다.

동수는 양손으로 눈을 모아 눈뭉치를 만들어 월터의 얼굴에 쑤셔 박고는 힘껏 문대었다. 어푸푸, 잠시간 월터가 숨을 고르는 소리가 났다. 눈을 털어냈을 때, 월터의 눈은 시선을 되찾고 동수를 바라보고 있었다.

"너 왜 그래."

“내가 어떤데.”

“너 인마, 눈깔이 막. 야, 너 괜찮아?”

“그럴리가.”

월터가 잔기침을 하였다. 방금 불을 뿜어낸 용의 아가리처럼, 허연 가루들이 연기처럼 피어올랐다.

“너무, 너무 많이 마셨어.”

동수는 월터의 짧은 머리를 잡아뜯었다. 머리칼에 묻어 있던 가루들이 동수의 손에 뭉쳐졌다. 이를 펼쳐들고는 월터에게 물었다.

“그래, 너 이거, 이거 니가 만들었지. 이거 뭐야.”

“약. 내가 만든 마약.”

악이 받친 동수가 월터의 멱살을 쥐어 채며 외치듯 말했다.

“그러니까 이 마약이 뭔데. 죽는 거야? 똑바로 말해 이 새끼야. 나도 동생도 마셨다고.”

“안 죽어.”

“어떻게 되는데.”

“그냥 돌아가는 거야.”

“어디로.”

“어제.”

“뭐?”

이해할 수 없는 답을 남긴 월터의 눈이 다시금 돌기 시작했다. 눈알은 마치 끊임없이 분열하는 세포 같았다.

월터는 제정신이 아니었다. 더 이상 무언가를 알아낼 수 없었다. 동수가 자리에서 일어나는 순간, 잠시간 땅을 짚었던 손에 붉은 무언가가 묻어 있었다. 피였다. 자신의 것도 아니고, 월터의 것도 아닌, 마치 땅에서 솟아난 듯한 피였다. 동수의 시선이 핏줄기를 따라갔다. 트렁크였다. 차가 구르며 트렁크 속 장반장도 무언가를 뿜어낸 것이었다. 동수의 입에서 한숨이 터져 나왔다.

약은 흩뿌려져 일부는 눈 사이로 스며들어 사라졌고, 일부는 바람을 타고 공중으로 흩어졌으며, 일부는 세 사람의 몸에 녹아들어 사라졌다. 월터는 제정신이 아니었다. 사채업자 세 녀석의 신음은 메아리처럼 울려 퍼지고 있었다. 장반장의 피는 허연 눈이 쌓인 바닥에 점점 붉은 땅을 넓혀가고 있었다. 그래도 무언가를 해야 하는데, 그래도 무언가를 해야 하는데. 동수는 중얼대며 생각에 빠져들었다.

—

동수와 동호의 눈이 똥차의 지붕을 가로질러 마주쳤다. 동호의 힘을 빌려 차를 바로 세운 뒤였다. 이내 두 사람은 목에 감긴 검은 넥타이를 풀었다. 동호는 자신의 넥타이로 창수의 두 손과 조수석 문가에 붙은 내부 손잡이를 묶었고, 동수도 자신의 넥타이로 개눈의 두 손과 핸들을 묶었다. 동호가 힘주어 창수의 팔을 당겨 매듭이 얼마나 단단히 묶였는지 확인을 하였다. 차체가 흔들릴 정도로 힘이 들어갔지만 손목은 그대로 붙어있었다. 동수가 고개를 끄덕거렸다. 다음은 개눈이었다. 운전석으로 다가온 동호가 허리를 굽혀 차 속으로 상체를 집어넣고는 매듭의 양 끝을 당겼다. 매듭은 팽팽했다. 자력으로는 도저히 손을 뺄 수 없을 정도였다.

동호가 몸을 빼는 순간, 개눈의 상체가 퍽하니 앞으로 쏠렸다. 개눈의 이마는 정확하게 핸들의 중심에 꽂혔다. 빠아앙. 똥차의 클락션이 울렸다. 동호가 개눈의 상체를 다시 의자 쪽으로 넘겼다. 그제야 클락션이 울음을 멈추었다. 핸들 가운데에 눈에서 흐른 피가 묻어 있었다. 동호는 손가락으로 핸들 가운데를 움켜쥐더니, 순식간에 힘을 주어 뜯어버렸다. 싸구려 가죽이 핸들에서 뜯겨 나가며 핸들 가운데 숨어있던 압력스위치가 드러났다. 그간 애정이 묻은 차였건만. 동호는 애완동물의 심장을 뜯어내는 심정으로 클락션 스위치를 뽑아 들었다.

마지막으로 동수가 점검을 할 차례. 동수는 뒷좌석으로 다가갔다. 만호의 머리통은 마치 외계인처럼 부풀어 있었다. 만호는 양손이 뒤로 묶인 채 뒷좌석에 누워있었다. 월터의 넥타이였다.

점검을 마친 동수가 똥차에서 몸을 뺐다. 하지만 한 사람이 남아있었다. 트렁크 속에서 죽어 있을 장반장. 동수는 트렁크를 열어 장반장의 꼴을 확인하려다가 생각을 고쳐먹었다. 끔찍한 꼴은 이만하면 됐어.

개눈에게 돈을 갚기 위해 시작한 일이었지만 이젠 더 이상 빚을 갚는 것은 무의미했다. 어떻게든 일의 대가를 받아내면, 고스란히 그 돈은 두 형제의 것이었다. 어차피 장반장을 납치한 순간부터 이 땅에 뿌리내릴 방법은 없었다. 돈을 받으면 그대로 장수항으로 가 나라를 뜰 생각이었다.

그때까지 사사건건 훼방만 놓아온 개눈은 경찰의 시체가 있는 똥차에 묶여 있어야 했다. 어차피 개눈 무리도 공권력, 법 따위의 범주 밖에 있는 존재들이었다. 그들이 경찰을 부를 리 없었다. 그리고 경찰에게 트렁크 속 경찰을 죽이지 않았다고 항변할 리도 없었다. 어쩌면, 가장 큰 골칫덩이인 죽은 경찰을 알아서 수습해 줄지도 모를 일이었다.

그냥 그렇게, 도망치듯 나라를 뜬다는 것. 허술하기 짝이 없는 얼치기 같은 계획. 하지만 그 이상의 답을 내기엔, 삶은 너무나 복잡하게 꼬여 있었다.

동수가 조심스레 동호에게 물었다.

"이 새끼들 말이야. 죽을까?"

동수는 다소 겁이 났다. 살아있는 개눈 무리라면 어떻게든 뒷수습이 될지 모르지만, 죽어버린 개눈 무리라면. 똥차가 품은 시체가 하나가 아닌, 넷이 되면 온 나라가 지옥 끝까지 차 주인을 찾아 쫓아올 것 같았다.

"아니."

계획대로 동호는 딱 세 방의 주먹만 날렸을 뿐이었다. 잠시간 정신을 잃었을 뿐, 죽지는 않을 것을 알고 있었다. 동호가 걱정하는 것은 녀석들이 일찍 깨어나는 것이었다. 형은 적어도 반나절은 녀석들을 차 안에 가두어 두어야 한다 하였다.

동호가 차 쪽으로 저벅저벅 다가갔다. 이어 차에 발길질을 하기 시작했다. 발바닥이 닿을 때마다 차 문이 푹푹 패여 가기 시작했다. 그렇게 운전석, 운전석의 뒷문, 조수석, 조수석의 뒷문. 동호는 차 주변을 한 바퀴 돌며 똥차를 두들겨 팼다. 그리고 동호가 다시 돌아 운전석 앞으로 되돌아왔을 즈음. 똥차는 거인이 손바닥에 올린 채 주무르기라도 한 듯 찌그러져 있었다.

"매듭이 풀려도 쉽게 나오진 못할 거야."

동호가 찌그러진 차 문 손잡이를 움켜쥐고 덜컹대며 말했다.

—

동수는 개눈의 SUV 안에서 시동을 켜고 히터를 최대한 올렸다. 어젯밤부터 누적된 체내의 냉기를 빼내고 싶었다. 똥차를 박살낸 거대한 가해자는 차 앞부분이 조금 찌그러졌을 뿐, 멀쩡히 온기를 잘 뿜어냈다. 따스함이 몸에 퍼지자 동수는 자신의 몸에 집중할 수 있었다. 똥차의 얇은 쇠껍데기가 탑승자를 보호할 리 있겠는가? 몸뚱이로 충격을 고스란히 받아낸 동수의 온몸이 쑤셔댔다. 그리고 바닥에 깔린 채 연달아 맞았던 주먹, 턱은 떨어져 나간 듯 감각이 없었고, 양 볼에는 핏기가 차올라 있었다. 그러나, 버틸 만했다. 어떻게든 버텨낼 수 있었다. 생의 마지막 날처럼 언제든 끊어질 듯 아슬아슬하게 이어온 하루를 조금 더 이어갈 수 있었다.

동수는 고개를 돌려 뒷좌석의 월터를 바라보았다. 월터는 여전히 눈이 사방으로 제멋대로 팽팽 돌고 있었다. 차가 구르며 셋이 들이켠 약이 무엇인지는 알 수 없었지만, 약을 쏟아붓듯 고스란히 얼굴로 받아낸 월터는 여전히 정신을 차리지 못하고 있었다. 그래도 숨은 붙어있었다. 약속한 2억, 숨이 붙은 월터로 받아낼 수 있었다.

그제서야 옆에 탄 동호가 눈에 들어왔다. 뒤늦은 걱정이었다. 먼저 자신을 걱정하고, 월터를 걱정하고 난 뒤였다. 곁눈질로 바라본 동호는 만신창이가 되어있었다. 머리에서 흘러나온 피가 굳은 것인지, 얼어붙은 것인지 얼굴에 덕지덕지 묻어 있었다. 의자에 앉은 채 자세를 조금씩 뒤틀 때도 깊은 탄식이 튀어나왔다. 숨이 가쁜지 들숨과 날숨이 변칙적으로 이어졌다.

동수가 나지막한 목소리로 물었다.

"동호야, 괜찮아?"

"이제 어떻게 되는 거야?"

언제나처럼 무미건조한 답이 올 것을 기대했건만. 동호는 대답대신 도리어 동수에게 되물었다.

"가서 돈 받아와야지."

"무슨 돈?"

"월터를 넘기는 대가."

"못 받을 것 같은데."

동수는 잠시 고개를 돌렸다. 동호의 말이 맞았다. 동수는 혁수 대신 돈을 준다는 자가 누군지도 알 수 없었다. 혁수도 믿지 못할 판에, 이를 모를 남자가 선뜻 약속의 대가, 그것도 이억 원의 현금을 건넨다는 것은 믿음직스러운 가정이 아니었다.

그래도 돈은, 반드시 받아내야 했다.

"아니, 받아낼 거야."

"돈을 받아낸다고. 그게 다야?"

"응."

"형."

"응?"

"나는 못할 것 같은데."

말을 마친 동호가 허리를 뒤틀어 동수를 정면으로 마주했다. 그러나 정면으로 마주보는 느낌이 없었다. 동호의 왼쪽 눈, 눈알에 온통 핏물이 차오른 탓에 흰자와 검은자를 구분할 수 없었다. 눈이 있어야 할 그 자리에 생기를 잃은 검붉은 핏덩이가 자리잡고 있었다. 동호의 한쪽 눈은 이미 죽어 있었다.

"동호야. 넌 할만큼 했어. 이제 니가 할 일은 없어."

"형. 원래 어제까지 아니었어? 우리는 일을 하고 돈을 받기로 했어. 하지만 일을 해내지 못 했어. 그럼 돈은 받는 게 아니라, 뺏는거야. 돈은 누가 뺏어? 형이?"

"아니? 너도 아니고, 나도 아니야."

동수는 안주머니에서 묵직하게 빛나는 무언가를 꺼내 들었다.

"얘가 할 거야."

장반장의 총. 두 발의 총알이 장전된, 장반장의 총이었다.

—

외진 도로였다. 차에 받히고, 차가 구르고, 다섯 사람이 곤죽이 되는 동안 그 어떤 차도 지나가지 않았다. 눈은 때로는 단색으로 세상을 덮어 더러움을 감추지만, 때로는 너무나 또렷하게 오물을 드러내기도 했다. 저 멀리 나가떨어진 똥차 주변으로 여기저기 붉은 흔적이 눈에 들어왔다. 누군가의 눈에 띌지도 모를 일, 동수는 피의 흔적을 보자 조바심이 났다.

동수는 몇 분전의 과거를 돌려보기 시작했다. 개눈 무리는 위치추적기로 똥차의 위치를 알고 있었지만, 동호가 차의 바퀴를 뽑아내고, 오토바이를 부순 탓에 하루 정도 발이 묶였으리라. 차를 수리하고 똥차를 잡아낼 계획을 세웠지만 똥차가 멍청한 길로 들어선 탓에 뒤를 좇는 것을 잠시간 헤맸을테고. 그러다 적절한 장소를 찾아내 먹잇감을 기다리다 냅다 들이받은 것이리라.

매복을 하기엔 적절한 장소였다. 도로가 합류하는 지점은 오르막의 정상 즈음이었다. 오르막을 오르는 먹잇감은 시야가 막혀 있었고, 속도를 낼 수 없는 곳이었다. 그럼에도 불구하고 살아남은 내가 다시 가야할 길은. 동수는 고개를 틀어 왼편을 바라보았다. 그 순간, 시야의 끝 즈음에서 곧게 뻗은 길을 타고 매서운 속도로 다가오는 새카만 점을 발견하였다. 동호의 무릎 위에 개눈의 쌍안경이 있었다. 동수는 쌍안경을 집어 들고 점의 정체를 확인하였다. 차였다.

제기랄. 동수는 급하게 기어를 바꾼 뒤 전속력으로 차를 뒤로 빼기 시작했다. 다행히도 개눈의 차는 똥차와는 달랐다. 차는 발바닥이 시키는 대로 재빠르게 움직였다. 동수는 한참을 후진하여 차를 숨기고는 쌍안경을 집어 들고 급하게 차에서 뛰쳐나갔다.

차는 점점 오르막을 올라 정점을 향하고 있었다. 그냥 가, 제발 그냥 가라고. 동수는 주문처럼 되뇌었지만. 차는 똥차가 들이받힌 그곳에 멈추어섰다. 검은 중형 세단이었다. 차는 그 자리에 멈추어선 채 한참 동안 그대로 서 있었다. 동호는 쌍안경을 확대하여 차를 살폈다. 차에 탄 자는 총 네 명, 뒷좌석에 탄 자들은 정신을 잃은 듯 보였다. 그때 조수석에서 누군가가 문을 열고 나왔다. 혁수였다.

혁수는 똥차를 향해 다가가고 있었다. 분명 동수의 차를 알아본 것이 분명했다. 이어 운전석에서 내린 남자가 혁수를 따라나섰다. 혁수의 졸개, 도수였다. 도수는 다리를 심하게 절뚝거리고 있었다. 온전하지 못한 움직임이었다. 어딘가가 부러지거나, 터지거나, 찢어진 듯했다.

동수의 머릿속이 복잡하게 꼬여 갔다. 혁수는 어딜 가는 것이었을까? 왜 부하들이 다친 것이지. 그리고 묶인 개눈 무리를 보고는 무슨 일을 벌일 것인가? 다행인 것은 그릇된 행동의 바구니 속에 같이 담긴 혁수가 경찰에 신고를 할 일은 없다는 것이었다. 동수는 조금 더 지켜보기로 하였다.

그것은 분명 동수의 차였다. 혁수는 언덕에 오르자마자 급하게 차를 세웠다. 멀리서 보아도 차는 심하게 구겨져 있었다. 일이 뒤틀리긴 하였지만 여전히 월터가 필요한 터, 혁수는 동수에게 생긴 일을 확인해야 했다.

차는 도로에서 한참 떨어진 빈 들판 한 가운데에 있었다. 혁수는 먼저 차에서 내려서는 조심스레 다가서기 시작했다. 그런데 뒤를 따르는 자가 없었다. 눈밭 위를 걷던 혁수는 뒤를 돌아보고는 혼자임을 깨닫고 다시 자신의 차로 다가갔다.

뒷좌석의 한 녀석은 칼이 배를 갈랐다. 내장이 쏟아지는 것을 간신히 얇은 근육막이 막아내고 있는 듯했다. 쓸모없는 녀석, 아웃. 뒷좌석의 다른 녀석은 몽둥이로 목뼈를 강타당했다. 목 아래로는 감각을 잃어버린 채 눈만 껌뻑일 뿐이었다. 쓸모없는 녀석, 아웃. 그리고 마지막, 운전석의 도수. 도수는 왼쪽 허벅지에 칼이 꽂혀 있었다. 그래도 쓸모가 있는 녀석이었다. 온전한 오른 다리로는 운전을 할 수 있고, 적어도 위험이 닥치면 허벅다리 칼집에서 칼을 꺼내들 수도 있으니.

"도수야, 당장 나오렴."

"그냥 가면 안될까요."

"어딜 말이야?"

"병원요."

혁수는 도수의 허벅지에 꽂힌 칼을 부여잡고 살짝 뒤틀었다

.너른 공터로 도수의 비명이 찌르듯 퍼져나갔다. 그제서야 도수는 절뚝이는 다리로 혁수를 따라나섰다.

혁수는 멀찍이서 똥차의 주변을 이리저리 살펴보았다. 곳곳에 선명한 핏자국이 폭력의 흔적을 드러내고 있었다. 서서히 똥차에 다가가서 내부를 살폈다. 차는 마치 폭탄이라도 맞은 양 사방의 유리가 깨진 채 여기저기가 찌그러져 있었다. 문은 당겨도 열리지 않았다. 운전석에는 단발머리의 남자가 핸들에 머리를 처박고 있었다. 혁수는 팔을 뻗어 남자의 뒷머리를 부둥켜 쥐고 고개를 젖혀 들었다. 개눈이었다. 개눈은 핸들에 양손이 묶여 있었다. 게다가 조수석과 뒷좌석의 졸개들까지, 무리는 차 내부에 단단히 얽매여 있었다.

조수석의 남자는 완전히 정신을 잃은 듯했으나, 개눈은 신음소리를 내고 있었다. 뒷좌석에 머리통이 부풀어 오른 남자만이 정신을 부여잡고 겁먹은 눈빛으로 혁수를 바라보고 있었다.

혁수는 개눈의 뒷머리를 쥐어 잡은 채 개눈에게 물었다.

"왜 여기 있는 거지."

그러나 개눈은 신음만 내뱉을 뿐 답이 없었다. 혁수는 주머니칼을 뽑아 들고 개눈의 목에 대고 다시 물었다.

"왜 여기 있냐고."

그러자 뒷자리에서 목소리가 들려왔다.

"형님, 혁수 형님이십니다. 지금 형님 목에 칼을 댔습니다."

혁수는 만호를 쏘아보며 말했다.

"넌 닥쳐."

그러나 만호는 지지 않고 말했다.

"그만하세요. 협박해도 모릅니다. 형님은 눈이 보이지 않아요."

"그건 알고 있어. 개눈이잖아."

"그게 아니라, 두 눈을 다 잃었단 말입니다!"

혁수는 개눈의 고개를 돌렸다. 안대에 가려지지 않은 한쪽 눈이 짓이겨져 있었다. 끔찍한 꼴에 혁수는 절로 한숨을 쉬며 개눈의 뒷머리를 놓았다. 개눈은 다시 머리를 핸들에 처박았다. 이어 혁수는 뒷자리 문 앞으로 다가갔다.

"그럼 네가 대답해. 너네 여기 왜 있어."

만호의 목소리가 벌벌 떨렸다. 그는 애원하듯 말했다.

"제발 살려주세요."

"나? 죽일 생각 없는데?"

"그게 아니라, 병원에 데려다 주세요. 그럼 다 말해드릴게요."

혁수는 주머니칼을 만호의 묶인 손등 위에 냅다 꽂았다. 길고 긴 비명소리가 끝나고, 만호가 입을 열었다.

"그 세 놈을 찾았어요. 그리고 우리 차로 들이받았습니다."

"그런데?"

"네?"

"차로 들이받았다며. 근데 왜 니들이 이 모양이야."

괴물이 있었습니다. 무기를 들고 셋이 달려들었지만, 도저히 감당할 수 없었습니다. 우리 셋은 괴물의 두 주먹에 두들겨 맞았어요. 사실을 내뱉기에는 너무 많이 다쳐 있었다. 만호는 남은 자존심을 지키고 싶었다.

"그 새끼들, 총이 있어요. 씨발, 총이 있다고요."

"총?"

"네. 그, 권총, 총을 들고 다닌다고요."

혁수가 피식 웃음을 날렸다.

"아무나 총을 구하는 줄 알아?"

"아니, 진짜라니까요."

"근데 니들 총 맞은 상처가 아닌데?"

말을 마친 혁수가 주머니칼을 뽑아 들었다. 다시금 만호의 비명소리가 울려 퍼졌다.

혁수는 차 주변을 둘러보기 시작했다. 여기저기 선명한 핏자국들이 처절한 활극의 흔적을 남기고 있었다. 그러다 문득, 차 후방에서 피가 고인 웅덩이를 발견하였다. 찢어진 살점에서 새어나온 피가 아닌, 찢긴 다발의 혈관이 쏟아낸 피였다. 핏물은 트렁크에서 여전히 뚝뚝 떨어지고 있었다. 혁수는 트렁크를 들어올리려 했으나 열리지 않았다. 너, 저기 잡아. 혁수는 도수와 함께 양쪽에서 트렁크를 뽑아 들었다. 삐걱거리는 금속 소리와 함께 트렁크 문이 활짝 열렸다.

차에는 가슴에 구멍이 뚫린 한 남자의 사체가 있었다. 남자의 명치에 뚫린 거대한 구멍, 그것은 분명 총알이 뚫고 간 흔적이었다.

혁수는 그 즉시 안주머니에서 총을 뽑아 들고는 차 옆면으로 돌아갔다. 사방이 뚫린 곳 어디에서 자신을 겨누고 있을지 모를 일이었다. 한기를 뚫고 진땀이 샘솟았다. 상황파악을 못하는 아둔한 도수가 어정쩡한 걸음걸이로 혁수 옆으로 붙었다. 혁수는 고개를 뽑아 들고는 차 속의 만호에게 물었다.

"그 새끼들 어디 갔어."

"몰라요. 정신을 잃었어요."

"얼마나 됐는데."

"몰라요."

혁수는 주변을 살폈다. 차가 받힌 지점에 있어야 할 받은 차는 없었다. 형제는 그 차를 타고 떠났음이 분명했다. 머리가 복잡해졌다. 오는 길에 지나친 차는 없었는데. 도대체 형제는 어디로 사라진 것이지? 혁수는 마치 사냥을 당하는 느낌이었다. 땀에 미끈거리는 총을 더 강하게 쥐어 잡았다.

혁수는 머릿속으로 시나리오를 짜기 시작했다. 아마도 어딘가에 숨어있다가 결국 공장으로 향했을 거야. 결국 돈을 받기 위해선 어제의 통화대로 월터를 그 장소로 데리고 가야 한다고 생각할 테니까. 그리고 그 둘이 월터와 함께 목적지로 향했다면, 그리고 정말로 총을 갖고 있다면. 지금 당장 공장으로 되돌아가야 한다.

차로 향하는 혁수의 발걸음이 빨라지기 시작했다. 중간지점즈음부터는 다급한 마음에 뛰기까지 하였다. 혁수는 날랜 몸짓으로 운전석에 올라탔다. 그러나 허벅지에 칼이 꽂힌 도수 녀석은 너무나 굼떴다. 빨리 와, 빨리 오라고! 소리를 질러봤지만 발자국처럼 뒤따르는 핏물만 진해질 뿐. 혁수는 시동을 걸고 반

원을 그려 차 방향을 돌렸다. 뛰라고, 뛰어! 절뚝이는 뜀박질을 기다리는 시간이 한없이 느리게 흘렀다. 도수는 옆좌석에 올라타고는 울먹이는 목소리로 물었다.

"저기, 저희 병원 가는 길 아닌가요?"

혁수가 도수의 주둥이를 틀어막을 주먹을 잡아당겼다.

—

쌍안경으로 혁수를 지켜보던 동수는 혼란스러웠다. 누구에게 월터를 건네고, 누구에게 돈을 받아야 할지도 알 수 없었다. 한 가지 분명한 것은 남자가 전한 목적지, 그곳에 돈이 있다는 것뿐. 그런데 목적지에서 나온 혁수가 황급히 차를 돌려 다시 되돌아가는 모양새는 불안감을 키웠다. 게다가 총, 혁수도 총이 있었다.

어찌해야 할지 고민에 빠진 사이 동호가 입을 열었다.

"뭘 그렇게 봐?"

"누가 왔어."

"누구?"

"혁수."

"뭘 하고 있어?"

"똥차 확인하고 자기 차로 돌아가고 있어."

"어때?"

"차를 돌렸어. 우리가 가려는 곳으로 돌아가려고 하나 봐."

"그렇게 놔둬도 돼?"

"어찌 할 수가 없어. 혁수도 총을 들고 있거든."

"총은 안 돼. 우리가 가진 건 총 뿐인데. 개눈처럼 여기다 묶어 놔야지."

"무슨 수로?"

"밟아. 그리고 받아."

벌에 쏘이듯 총을 막아야 한다는 생각이 동수의 뇌를 따끔하게 파고 들었다. 동호의 말이 맞았다. 동수는 나지막한 목소리로 말했다.

"동호, 벨트 매."

도수 녀석이 더딘 걸음 끝에 조수석에 올라탔다. 신호탄이었다. 기어를 바꾸고, 엑셀을 전 속력으로, 바퀴가 잠시 헛도는 느낌이 돌다가, 순간 차가 총알처럼 튀어나갔다.

혁수가 도수를 향해 주먹을 쏘는 순간. 주먹이 턱에 꽂히는 느낌이 어딘지 모르게 이상했다. 주먹이 마치 미끄러지듯 도수의 턱을 스치고 지나가 유리창을 때리는 느낌이었다. 쾅. 혁수는 운전석을 들이받은 SUV가 가한 충격에 조수석으로 날아가 도수와 포개졌다. 그리고 도수와 엉킨 채 한참을 굴렀다.

혁수의 차는 눈밭을 구르다가 똥차를 들이박고서 멈추어 섰다. 동수는 목뼈가 그대로 척추에서 뽑혀 나가는 기분이었다. 뒷좌석의 월터가 강하게 등받이를 들이받은 탓에 허리뼈가 어긋나는 느낌이었다. 그러나 살아있었다. 그리고 버틸 수 있었다.

월터는 뒷좌석에 엉망으로 일그러져 있었다. 눈두덩이를 벗어나기라도 하려는 듯 흰자와 검은자가 쫓고 쫓기는 눈알은 그대로였지만, 입에서 신음소리가 새어 나왔다. 그리고 동호. 동호야, 괜찮아. 불러도 답이 없었다. 옆에서 보이는 동호의 붉은 눈알에서는 아무런 신호도 읽을 수 없었다. 동수는 동호의 턱을 돌려 정면을 바라보았다.

동호의 남은 한 눈이 빠르게 돌고 있었다. 빌어먹을 웜터의 그 눈깔이었다.

뺨을 때려 보고, 턱을 조이고 흔들어 보고. 동호는 여전히 그대로였다. 그러나 마냥 동호가 제정신을 찾을 때까지 기다릴 수 없었다. 언제까지 혁수를 묶어 둘 수 있을지 모르는 상황, 남은 시간이 없었다. 동수는 차를 뒤로 빼 도로로 들어섰다. 그리고 그대로 목적지를 향해 달려 나갔다.

—

길의 끝자락에 목적지가 있었다. 무릉 공업사. 산골짜기에 위치한 길은 오가는 차 없이 한적하고 을씨년스러웠으나, 그 끝은 달랐다. 싸구려 외벽 패널이 둘러싼 허름한 공장이었지만, 공장 안에 가득 찬 열기가 차에서도 느껴졌다. 동수는 입구가 보이는 곳에 차를 세우고 들뛰는 심장을 가라앉히기 시작했다.

동수는 안주머니에 있는 총을 끄집어 들었다. 생사의 추가 달린 총은 무거웠다. 총을 앞세운 강탈, 계획이 필요했다. 그러나 계획을 그릴 만한 능력도, 경험도 없었다. 아무리 머리를 굴려도 그저 총을 겨누고, 손들어, 움직이지 마, 그리고 돈 내 놔. 싸구려 영화 속 은행강도의 모습이 그려질 뿐이었다. 그리고 그들의 어설픔만큼이나, 그들의 최후도 익숙하였다.

동수가 손에 쥔 총으로는 모자랐다. 보다 강력한 무언가가 필요했다. 위기 때마다 항시 옆에 있었던 무기와 방패, 동호가 필요했다. 동수는 동호를 바라보았다. 핏물에 잠긴 왼쪽 눈은 여전히 읽을 수 없었다. 그리고 세차게 돌아가던 오른쪽 눈. 놀랍게도 눈은 멈추어 있었다. 동호가 먼저 입을 열었다.

"형."

"너 괜찮아?"

"모르겠어. 그런데, 아프지 않았어. 눈이 잘 보였어."

"동호야. 정신 차려!"

버럭 소리를 지른들 동호의 뒤틀린 정신이 되돌아 오겠냐만. 동수는 혼자서는 감당할 자신이 없었다. 그때 문득, 과연 지금 동호의 온전한 정신이 필요한가라는 의문이 떠올랐다. 내가 필요한 것은 그저, 동호의 몸, 나와 함께 주먹을 휘둘러줄 몸, 그 뿐 아니겠는가? 동수가 입을 열었다.

"너 주먹 쥐어 봐."

대지같이 넓은 손등 위로 너른 강줄기처럼 굵은 핏줄이 솟아올랐다. 손가락을 잇는 관절은 대평원의 언덕처럼 강인해 보였다. 엄지와 검지 사이로 팽팽하게 당겨진 근육의 질감이 느껴졌다. 동호의 주먹, 동수가 동호에게 기대는 것은 그 뿐이었다. 제정신이 아니더라도 동호는 이 주먹을 나를 위해 휘둘러 줄 것이라는 믿음이 생겼다.

계획 따윈 없었다. 싸구려 영화 속 은행강도가 되어도 어쩔 수 없었다. 언제나처럼 그저, 가문 땅을 트는 물길처럼. 닿으면 닿는 곳으로, 스며들면 스며드는 곳으로. 동수가 총을 굳게 부여잡으며 말했다.

"가자."

동수는 공장 입구 근처에 차를 대고는 차문을 열고 나섰다. 정신이 낡은 필라멘트에 붙어 언제 꺼질 지 모를 위태로운 동호가 뒤를 따랐다. 공장은 평범하였다. 나무를 다루는 공장인 듯 여기저기 폐목재가 널브러져 있을 뿐이었다. 그러나 고작 스무 발자국 정도 될까? 입구에서 공장으로 향하는 길부터 사나움과 험악함이 드러났다. 눈 위를 붉은 송곳으로 찌른 듯 핏방울이 떨어진 자국이 곳곳에 박혀 있었다.

공장은 제조한 물건을 밖으로 나를 일이 많은 듯, 전면이 넓직하게 개방되어 있었다. 운송 차량이 쉽게 드나드는 구조였다. 뻥 뚫린 입구를 모텔 주차장에서 볼 법한 가림막이 길게 늘어져 내부를 가리고 있었다. 문이랄게 따로 없는 공장, 가림막 사이로 안에서 몇몇 사람들이 바삐 움직이는 것이 보였다. 치맛자락만큼이나 허술한 방어막이었다. 동수는 심호흡을 가다듬고는 가림막을 가르고 공장 안으로 들어갔다.

관, 그곳은 관을 만드는 곳이었다. 오동나무 목재가 한 켠에 가득 쌓여 있었고, 나무에서 관의 뼈대를 잘라내는 설비, 뼈대끼리를 붙이는 작업대, 뚜껑에 장식이나 표식을 새기는 기구, 도장을 하는 기구 등이 곳곳에 자리하고 있었다. 그리고 라인 끝에 다 만들어진 관을 보관하는 별도의 창고도 있었다. 그러나 내부는 엉망이었다. 한 무리의 광장파 사내들이 관들을 어지러뜨린 채 난장판을 만들고 있었다. 그들은 관에 박는 나무못을 뽑아 들어 여기저기에 집어 던지고는 망치나 빠루 따위로 관 뚜껑을 부수어대고 있었다. 그들은 부수어진 뚜껑 안에서 무언가를 열심히 찾고 있었다. 그 와중에 한 녀석이 망치를 집어 던지고는 허리를 우뚝 세웠다. 그는 관에서 집어 든 하얀 약 뭉치를 집어 들고는 기세등등하게 외쳤다.

"심봤다."

그리고 그 녀석은, 동수의 눈에도 익숙한 광장의 깡패 녀석이었다. 대체 저 녀석이 왜 이곳에? 눈앞에 펼쳐진 알 수 없는 광경에 동수가 당황하는 사이, 뒤편에서 동호가 묵직한 소리를 내며 가림막을 젖히고 들어왔다. 그러자 심을 봤다는 녀석이 소리를 듣고 뒤로 돌아섰다. 동수와 녀석이 눈을 마주쳤다.

"똥수 왔네, 똥수."

위세 다툼에 밀려난 늙은 조직원이 어떤 대접을 받는지는 젊은 시절의 경험을 통해서도 잘 알고 있는 동수였지만. 핏덩이 같은 녀석은 대담하게도 동수를 눈앞에서 조롱하였다. 그러나 비아냥은 오히려 얌전한 인사였다. 주변에서 관을 쪼개던 대여섯 놈들은 우뚝 일어서더니 이글거리는 눈으로 서서히 다가왔다. 부등켜 쥔 빠루와 망치를 놓지 않은 채.

동수에게 이곳은 월터를 넘기는 거래가 벌어지는 곳이어야 했다. 거래의 상대방이 기다리고 있어야 했으며, 그들로부터 돈을 앗아야 하는 곳이어야 했다. 그러나 동수를 맞이한 것은 공격성을 숨기지 않고 다가오는 광장파의 동료들이었다. 상황을 파악할 수 없었다. 그러나 눈앞의 일은 생각할 시간을 주지 않았다. 무기를 든 채 다가오는 형제들, 사고보다는 본능을. 동수는 주머니에서 총을 꺼내 들었다.

"멈춰."

잠깐의 당황한 기색이 무리를 훑고 지나갔다. 놈들은 다가오는 것을 멈추었다. 그리고 동수가 손에 쥐고 자신들을 가리키는 것이 무엇인지 자세히 보았다. 총이었다. 동수가, 아둔한 노친네 똥수가, 총을 겨누고 있다고? 설사 그 총이 진짜라 하더라도, 그는 진심으로 자신이 위험이 될 수 있다고 생각하는 것인가? 다름 아닌 동수가, 똥물 똥수가?

멈추어 선 녀석들이 눈빛을 주고받더니 비웃음을 터뜨렸다. 본디 비웃음은 입꼬리 즈음을 스쳐 지나가고 마는 법이지만, 개중에 몇몇은 마치 폭소를 터뜨리듯 웃어제끼며 대놓고 업신여김을 드러내었다.

"똥수야, 니가 무슨 총이야, 똥수야, 너 어떻게 쏘는 지나 아니, 똥수야, 그래서 뭐, 그 총을 집어던지기라도 하려고?"

어느 순간 웃음을 멈춘 그들이 저벅저벅 거리를 좁혀오기 시작했다. 그러자 동수는 그대로 굳어버렸다. 사람을 향해 총을 쏜다는 것, 손가락의 까닥거림만으로 생사이탈권을 쥔다는 것. 동수의 깜냥에는 과한 일이었다. 눈앞에서 장반장의 뚫린 가슴이 아른거렸다. 장반장이 쏟아낸 장기와 오물의 냄새가 코를 찔렀다. 총구가 불을 뿜을 시간이었지만, 방아쇠에 얹힌 손가락은 얼어 있었다. 결의도 겁을 먹고 얼어붙었다.

그들은 망치와 빠루를 당장이라도 내리 칠 각도로 움켜쥐고 동수의 코앞에 다가왔다. 이어 그들의 망치와 빠루가 궤적을 그리며 춤을 출 때, 동수는 알 수 없는 힘에 의해 앞으로 밀려나가는 느낌이었다. 무기를 든 사내들이 마치 유령처럼 동수 옆을 스치고 지나갔다. 그러나 동수는 선 자리 그대로였다. 그들이 동수를 흘려보낸 것이었다. 사내들은 동수는 안중에도 없었다. 그들이 망치와 빠루를 내리 꽂으려 한 목표물은, 동수 뒤편의 거대한 사내, 동호였다.

동수는 총을 쥔 자세 그대로 뒤로 돌아섰다. 마치 방패처럼 관뚜껑을 들고 망치를 막아서는 동호가 보였다. 동호는 어찌 망가진 눈으로 망치의 날랜 움직임이 보이는 것인지. 어찌 망가진 몸으로 그 큰 관뚜껑을 가볍게 휘두르는 것인지. 쏟아지는 망치와 빠루를 막아선 동수는 관뚜껑의 양쪽 옆면을 쥐어들고는 크게 휘둘렀다. 한 녀석이 관뚜껑에 턱을 정면으로 맞고 쓰러졌다. 그러나 공격은 사치였다. 공격이 만들어낸 빈틈 사이로 망치가 파고들어 옆구리를 찍었다. 순간 동호가 옆으로 넘어가는 듯하더니, 방패를 놓고 그대로 몸을 뒤로 굴려서는 동수 앞에 섰다. 거친 숨소리를 내뱉으며 마치 장벽처럼 동수 앞에 선 동호가 고개를 뒤틀어 멀어버린 눈으로 동수를 바라보며 외쳤다.

"이 병신아, 쏴!"

탕. 총알이 굉음을 내며 총구에서 튀어나갔다. 총알은 어딘가에 박혔지만 누구도 쓰러지지 않았다. 가장 앞 녀석을 정확하게 겨누었다 생각했건만. 동수에게 거리가 있는 사람을 맞출 재주가 있을 리 만무했다. 그러나 그 굉음은, 모두의 움직임을 한 순간에 굳혀버렸다.

굉음은 동수의 정신도 팽팽하게 잡아당겼다. 그제서야 왜 총을 쥐고 있는지 또렷하게 상기되었다. 나는 마약상을 빼돌린 범죄자, 마약을 운반한 범죄자, 경찰을 납치한 범죄자, 여러 사람에게 중상해를 가한 범죄자, 경찰을 죽였을 것이라 의심받는 살인용의자. 세상에 녹아들 가능성은 없는 전과자, 필요한 것은 돈. 이미 배설물을 튀겨버린 세상에서 벗어나게 해줄, 돈.

"동수야."

동수가 총으로 무뢰배들을 겨누고 있던 그 순간. 뒤에서 나지막한 목소리가 동수의 귀를 파고들었다. 귀를 따라 동수의 고개가 돌아갔다. 공장 안으로 연결된 사무실의 문. 그리고 그곳에, 마장식이 있었다.

—

동수의 총구가 순간적으로 뒤를 돌아 장식을 겨누었다. 총성으로 팽팽히 당겨진 신경이 마장식을 보자 끊어질 듯 예리해졌다. 등 뒤에 선 녀석들의 꿈틀댐이 느껴질 정도였다. 동수는 곧바로 총구를 돌려 녀석들을 다시 가리키고는 외쳤다.

"손 들어."

잠시 손에 쥔 무기에 힘이 들어갔던 녀석들이 일제히 도구를 떨구고는 손을 들었다. 동수는 총구로 방향을 지시하며 외쳤다. 움직여. 녀석들은 손을 든 채로 주춤대며 총이 향하는 곳을 따라 움직였다. 그들은 자연스럽게 제사상의 병풍처럼 장식의 뒤로 돌아가 섰다.

"손 들어."

총 끝은 무리 중 정확하게 장식을 가리키고 있었다. 동수가 장식에게 가하는 최초의 위협이었다. 그러나 장식은 겁을 먹는 대신 입가에 온화한 미소를 띄웠다. 장식의 팔이 위로 향하는 듯 하다가, 다시 아래로 푹 하니 쳐졌다. 장식의 양손에는 제법 무게가 나가 보이는 검은 가방이 쥐어져 있었다.

"손에 쥔 가방 때문에 팔을 들 수 없잖아."

미소까지 띄우며 마치 나무라듯 동수에게 제스처를 취하는 여유에 동수는 발끈 성이 났다.

"손 들라고, 이 새끼야!"

그리고 감히. 장식이 이번에도 자신의 말을 무시하면 동수는 감히. 수 년간 모셔온 그를 향해 방아쇠를 당길 각오까지 다졌다. 장식과의 관계에서 우월한 곳에 서는 상황은 짜릿한 자극이었다. 간만에 스스로 빚어낸 곧은 기개와 과단함의 흥분이 소름처럼 등골을 타고 올랐다. 어디 한 번 겨루어 보자. 내가 총을 쏠 수 있을지, 없을지. 내가 네 녀석을 쏠 수 있을지, 없을지. 내가 너, 마장식, 광장그룹의 회장 녀석을 죽일 수 있을지, 없을지.

그러나 장식은 손을 올리기에 앞서 오른손에 쥐고 있던 검은 가방을 동수를 향해 마치 토스를 하듯 가볍게 띄웠다. 가방은 마치 레인 위의 공처럼 미끄러져 동수의 발 끝에서 멈추어섰다. 동수의 시선이 자연스레 발 끝으로 향했다. 가방의 주둥이는 열려 있었다. 그리고 그 속으로 누런 종이 뭉치가 보였다. 돈이었다.

"동수야."

다시 한 번 부름이 장식의 나지막한 목소리에 실려왔다. 동수가 돈다발에서 시선을 거두고 장식을 바라보았다.

"고생 많았다."

—

돈 때문에 쥔 총이었다. 그리고 돈이 발끝에 떨어졌다. 긴장감을 미리 거두고 싶지는 않았다. 그러나 총구는 자연스레 아래로 떨어져갔다.

"약속을 지키러 온 것이지?"

그리고 동수는, 자연스럽게, 익숙한 공손함과, 몸에 익은 비굴함과, 마치 아뢰는 듯한 말투로.

"그렇습니다."

"어떻게 되었지?"

"월터, 백원덕. 약속대로 남자를 데리고 왔어요. 제 차에, 차에 있습니다."

"그래. 고생했다. 너, 얼마 받기로 했니?"

동수는 답을 하기에 앞서 잠시 머뭇거렸다. 그리고 머뭇거리는 그 순간, 자신의 손이 이미 배꼽까지 내려와 있음을 깨달았다. 총은 더 이상 필요가 없어졌다.

"일억. 일억 원입니다."

혁수가 약속한 금액은 이억이었건만. 총을 앞세워서 반드시 받아내고자 다짐했던 돈도 이억이었건만. 왠지 모르게 장식에게 내뱉은 금액은 반 토막이 나 있었다. 하루가 늦었다는 죄책감을 떨쳐낼 수 없었다.

말이 떨어지자 마자 장식이 웃음을 쏟아냈다.

"정말이야? 혁수가 그래? 이 힘든 일에 일억 원?"

"충분합니다."

"동수야. 가방 안에 이억이 들어있다. 고생 많았어. 니 돈이다."

침이 꿀떡하고 넘어갔다. 당장이라도 무릎을 꿇고 감사를 표한 뒤, 돈을 집어 채고 떠나고 싶었다. 잠깐동안 물음들이 머리를 스치고 지나갔다. 먼저 동호를 병원에, 아니, 병원에 갈 시간이 있을까? 경찰은 장반장을 발견했을까? 경찰이 나를 쫓지는 않을까? 나랑 동호는 어디로 가면 좋을까, 중국? 동남아시아? 아프리카?

"동수야."

돈다발에 꽂혀 있던 시선이 다시 장식을 향했다.

"혁수가 시세를 몰랐나 보다. 더러운 일에도 시세라는 게 있는 거야."

장식은 왼손에 들린 가방을 들어 보이며 말했다.

"두 형제가 같이 한거지? 그러니까 두 명 몫을 줘야지. 여기, 이억 더.”

장식의 손에 매달린 추처럼 흔들리는 이억. 그래. 동호의 몫. 분명 동호의 몫도 있어야 해. 동호의 몫이라는 생각이 들자 동수는 장식이 들고 있는 돈가방이 너무나 간절해졌다.

“자, 여기 이억도 줄 테니까, 넌 돈을 받고 그냥 가는 거야. 우리 신사 답게 포옹 한 번 하고. 헤어지자.”

장식이 가방을 쥔 손을 앞으로 뻗은 채 조심스레 앞으로 한 발자국 다가왔다. 신사다운 포옹과 이별. 그리고 그것으로 끝. 그것은 동수가 평생 들어보지 못한, 너무나 감미롭고 달콤한 제안이었다. 동수는 무엇이든 받아들일 자세가 되어있었다. 돈을 건네받으면 남은 것은 포옹뿐이었다. 그리고 손에 쥔 총은 포옹에 필요 없었다. 절로 총이 동수의 왼쪽 상의 주머니로 향했다.

“형.”

그리고 그 순간, 안주머니로 향하는 총의 움직임이 멈추어 섰다. 동호가 총신을 움켜쥐고 있었다. 동호는 동수의 오른편에 우뚝 선 채로, 팔을 뻗어 동수가 총을 거두는 것을 막아서고 있었다.

“괜찮아, 동호야.”

시선을 잃은 붉은 눈. 겹겹이 쌓여 있는 피멍. 내 동생 동호. 동수는 동호의 팔을 내리며 동호를 안심시켰다. 눈 앞에 놓인 내 몫 2억과 동호의 몫 2억, 도합 4억 원. 새출발의 종자돈으로는 충분한 돈이었다. 생전 만져보지 못한 큰 돈은 마치 마약처럼 동수에게 스며들었다. 돈을 받고, 남자 답게 포옹을 하고, 새로운 땅으로 떠난다. 동호를 안심시키는 동수의 안광에는 단단한 믿음이 실려 있었다.

전에 보지 못한 형의 강한 의지였다. 총신을 거머쥔 동호의 손에서 힘이 빠졌다. 동수는 총을 왼편 상의 안주머니에 집어넣었다. 돈다발을 든 장식이 서서히 다가왔다. 심장이 세차게 요동쳤다. 그리고 심장 위에 놓인 총의 끝자락이 심박의 탄력에 맞추어 펄떡였다. 한 발자국 앞으로 다가온 장식이 자루를 열어 속을 보여주었다. 띠지에 묶인 오만원권이 가득이었다. 그리고 털썩, 장식이 손을 놓자 동수의 발끝에 사억 원의 현금이 빛나고 있었다.

장식이 양팔을 벌렸다. 품 안에 풍성한 너그러움과 아량이 가득 차 있었다. 동수는 마치 성령에 안기는 어린 아이처럼 품으로 파고들 뻔했다. 치기어린 욕망을 간신히 억누르고 두둑한 배짱을 담아 팔을 펼쳤다. 그리고 장식과의 포옹. 십수 년간의 세월 동안 농축되었던 열등감과, 옥살이를 하는 세월 동안 쌓인 회한, 그리고 옥살이 이후 단단하게 뭉친 원한이 순식간에 녹아내리고 있었다.

"동수야, 하나만 물어보자."

동수와 가슴을 맞댄 채 장식이 말했다.

"아까 왜 일억이라고 했니?"

"그게 말입니다, 하루가 늦어지는 바람에."

"정말? 그래서 절반인 일억만 가져가겠다고 한 거야?"

"네."

"동수야."

"네, 회장님."

"인생에 반이 어딨냐."

"네, 맞습니다."

"다 가져가던가, 안 가져가야지."

동수의 심장 위를 갈고리로 긁어내는 느낌이 들었다. 순식간에 왼쪽 어깨가 가벼워졌다. 장식이 뽑아 든 총이 옆으로 향했다. 동호의 붉은 눈이 동그래졌다. 탕. 굉음이 쏟아졌다.

동호가 쓰러졌다.

—

동호야. 동호의 붉은 눈이 마치 분화구처럼 부풀어 있었다. 동수는 절로 무릎을 꿇고 주저앉았다. 다시 한 번, 동호야. 누운 자리 밑으로 붉은 피의 꽃이 피어올랐다. 마지막으로, 동호야. 답은 없었다.

동호의 얼굴 위로 돈다발 하나가 떨어졌다. 비록 종이이거늘 뭉치로 떨어져 콧대에 닿으니 꽤 둔탁한 소리가 났다. 아파 보였다. 동수는 얼굴 위의 돈뭉치를 손으로 쳐냈다. 그러나 끝이 아니었다. 뒤이어 돈다발이 뭉태기로 동호의 얼굴 위로 쏟아져 내렸다. 돈이 마치 잽처럼 동호의 얼굴을 두들겨댔다. 그만 해, 그만 해. 얼굴에 쌓여가는 돈을 쳐내는 순간, 동수의 머리 위로 돈을 비워낸 가방이 씌워졌다.

눈앞의 동호가 사라지고, 옅은 빛만이 얼기설기 뚫고 들어오는 가방 속에 갇히자 동수의 절규가 터져 나왔다. 이어 양 손목이 케이블 타이로 묶였다. 동수는 어디론가 끌려가 내팽개쳐졌다.

동생의 죽음 뒤에 할 수 있는 것이 없었다. 그저 울고, 짖고, 몸을 뒤틀고, 몸을 접었다가, 폈다가. 감정을 본능에 태워 쏟아내니 짐승이 되어갔다. 한참을 그렇게 짖어 대고, 목젖이 갈기갈기 찢어지는 느낌이 들 즈음, 옆으로 누워서 발버둥치는 동수의 등을 누군가가 발로 밀쳐냈다.

혼자라고 생각한 동수는 예상 못한 발길질에 놀랐다. 반쯤 나가 있던 혼이 다시 제 자리에 담겼다. 타인의 존재는 동생을 잃은 절망을 순식간에 걷어낼 만큼 무서운 것이었다. 타인은 동호의 삶을 앗았고, 동수의 삶도 앗을 수 있다. 동수는 감정의 늪에서 생존의 벼랑으로 몸을 뒤틀었다.

동수의 감각이 예민해졌다. 그러자 다른 사람들이 느껴졌다. 언뜻 두세 명쯤 될까, 그들이 각자 다른 목소리로 흐느끼는 소리가 들려왔다.

그러나 다들 재갈이 물리고, 시야가 가려진 상황. 동수는 그들과 함께 수동적으로 다가올 일을 기다리는 것밖에는 할 수 있는 것이 없었다.

순간 문이 열리는 소리가 들렸다. 여럿이 소스라치며 겁을 쏟아냈다. 누군가의 발소리가 들렸다. 동수의 양팔을 두 남자가 잡아당겨 일으켜 세우고는 머리를 감싼 가방을 벗겨냈다. 장식이었다.

장식이 성난 어조로 말했다.

“저 새끼 왜 저래. 니가 데려온 새끼, 완전히 맛이 갔잖아.”

“네가 죽였잖아. 내가 데려온 동호, 네가 머리에 총알 길을 내 버렸잖아. 동호는 알고 있었어. 총을 쏘라 그랬다고. 총을 내리지 말라 했다고. 그런데, 네가 괜찮다 했잖아, 그래 놓고 구멍 뚫었잖아, 네가 죽였잖아.”

동수는 두 다리에 있는 힘껏 힘을 주어 마치 뛰쳐나가듯 솟아 올리며 아가리를 벌렸다. 허나 양 옆에서 잡고 있는 힘이 막아섰다. 더 이상 몸이 나아가지 않았지만 동수는 목을 최대한 뽑아 당겼다. 확대경에 담긴 것처럼 장식의 성대가 또렷하게 보였다. 동수는 그 성대를 향해 다시 한 번 온몸을 뽑아들었다. 딱, 딱, 딱. 그러나 성대는 씹히지 않았다. 대신 동수의 어금니가 부딪히는 소리만 울려퍼졌다. 남은 무기라고는 아가리밖에 남지 않은 동수는 그대로 가래를 끓여 올려서는 장식을 향해 마치 화살을 쏘듯 뱉었다. 그러나 옆에서 동수를 쥔 자들이 동수를 뒤로 집어 당겼고, 침은 장식에게 닿지 못하고 맥없이 아래로 떨어졌다.

묵직한 무언가가 동수의 관자놀이를 때렸다. 순식간에 흐려지는 시야, 닫혀가는 정신. 동수가 충격에 까무러쳤다.

—

졸개 중 하나가 발로 기절한 동수의 머리를 툭하니 건드렸다. 반응이 없었다. 이번에는 더 세게 차볼까, 졸개의 발이 더 뒤로 당겨졌다. 그러자 다른 졸개가 이를 말렸다.

"인마, 우리는 깨우러 온 거야."

다른 졸개녀석이 쓰러진 동수의 머리를 덮은 자루를 벗겼다. 가볍게 찰싹, 동수의 입에서 얕은 신음이 터져 나왔다.

"이거 봐, 이 꼴통아. 사람한텐 뺨이 자명종이야."

그러자 다른 졸개가 악을 쓰며 답했다. 야, 안그래도 겨울 땅에 삽질하느라 손 아파 죽겠다. 그가 손을 펼쳐 보였다. 손바닥에 핏물자국이 진하게 굳어 있었다. 남자는 이를 무시하고 다시 한 번 동수의 뺨을 때렸다. 찰싹. 동수의 눈꺼풀이 서서히 위로 올라갔다.

"똥수 형님, 일어나쇼."

동수는 온전히 정신이 돌아오지 않은 느낌이었다. 동수의 두 손은 풀려 있었다. 손을 바닥에 짚고 힘을 주려는데 다리에 힘이 들어가지 않았다. 전원이 끊긴 듯 잠시 세상이 새카매졌다가 느리게 밝아졌다. 동수는 무릎을 꿇은 채 한동안 굳어 있어야 했다.

주변을 돌아보았다. 공장에서 문으로 연결된 창고였다. 스무 평 즈음 되려나. 아마도 완성된 관들을 보관하는 곳인 듯했다. 관들이 벽을 타고 무섭도록 고요하게 정돈되어 있었다. 동수 옆에는 여전히 머리에 마대자루를 뒤집어쓴 세 명의 남자가 있었다. 그들이 가쁜 숨을 쉴 때마다 입 부근의 천이 부풀어 올랐다 꺼졌다를 반복하였다.

세 사람 모두 검은 정장에 검은 셔츠, 검은 구두를 신고 있었다. 흰 셔츠를 제외하면 동수와 똑같은 차림새였다. 동수만큼 작은 남자가 하나, 그보다 큰 남자가 하나. 그리고 동수 바로 옆 남자는 한 눈에 봐도 떡 벌어진 장성이었다. 동수는 잠시 그들의 가려진 얼굴을 바라보았다. 엷은 마대자루를 뚫고 죽음을 기다리는 그들의 얼굴이 보이는 듯했다.

연결된 문으로 누군가가 들어왔다. 마혁수였다. 혁수는 동수의 시선을 피했다. 녀석은 어딘지 모르게 잔뜩 겁먹은 눈빛이었다. 혁수가 뒤따라 들어온 졸개들에게 손짓으로 지시를 했다. 그들은 앞에서부터 자루를 뒤집어쓴 남자들을 차례차례 일으켜 세웠다. 동수를 일으켜 세운 졸개가 말했다. 자, 가자. 문은 동수 뒤에 있었다. 두 남자가 동수의 팔짱을 낀 채 동수를 문가로 끌고 갔다.

문이 열리자 하얀 눈밭이 튕겨내는 빛에 동수는 눈을 잃는 기분이었다. 한껏 찡그리고 나서야 따사로운 고통이 가셨다. 공장 뒤편에 있는 너른 공터였다. 그리고 몇 발자국 앞에 장식의 뒷모습이 보였다.

남자들은 장식을 향해 동수를 끌고 갔다. 장식의 어깨가 보일 즈음. 그 너머로 깊게 판 구덩이 다섯개가 동수의 눈에 들어왔다. 엄지발가락 끝의 털부터 정수리 위의 머리칼까지 온몸의 털이 곧게 솟았다. 장식은 가장 왼편에 파여진 구덩이 앞에 서있었다. 장식은 자신의 뒤에 선 동수를 힐끔 바라보고는 고개를 끄덕였고, 이어 동수를 붙잡은 자들은 동수를 오른편으로 끌고 가기 시작했다.

그리고 장식을 지나쳐서 오른쪽을 향할 때, 장식 앞 구덩이 속에 누워있는 남자가 보였다. 동호였다. 부풀어 오른 광대뼈, 무너져버린 콧대, 곳곳에 들러붙은 피딱지, 험하지 않은 것은 감겨 있는 두 눈뿐. 그리고 두 눈 사이에는 작은 총알구멍이 있었다.

두 번째, 세 번째 구덩이를 지나쳐 가는 순간까지도 동수의 고개는 부러질 각오라도 한 듯 뒤를 향해 있었다. 동호의 이마에서 눈을 뗄 수가 없었다. 구멍을 다시 채우고 싶었다. 다시 비어버린 머리를 채워주고 싶었다. 그 비움 속에 숨결을 불어넣고 싶었다. 그러나 동생은 곧 시야 밖으로 사라졌고, 고개를 돌렸을 때 동수는 가장 오른편에 있는 자신의 구덩이 앞이었다. 졸개들이 구덩이 앞에서 동수의 무릎을 꿇렸다.

동수 앞의 구덩이는 다른 구덩이와는 달랐다. 구덩이 속에는 관이 놓여 있었다. 그리고 관 뚜껑이 비스듬히 땅 위에 걸쳐 있었다.

동수의 옆으로 차곡차곡 마지막 숨을 앞둔 자들이 쌓여갔다. 그들은 여전히 머리에 마대자루를 뒤집어쓴 상태였다. 그들의 입은 재갈로 봉해져 있었으나, 동수는 어딘가에서 조용히 기도를 읊는 목소리가 들리는 듯했다. 어딘가에서 절망 섞인 울음소리가 들리는 듯했다. 어딘가에서 제발 살려달라는 애원이 들리는 듯했다. 그러나 결국 네 명 모두 구덩이 앞에서 무릎을 꿇게 되었다.

순식간이었다. 장식이 순식간에 세 발의 총알을 쏘았다. 기도를 읊는 자, 절망 섞인 울음을 울던 자, 살려달라고 애원하는 자가 연달아 도미노처럼 구덩이 속으로 빨려 들어갔다. 순식간에 기도가, 울음이, 애원이 사라졌다.

그리고 동수. 장식이 동수 뒤에 섰다. 죽는구나, 죽는구나, 죽는구나. 그리고 곧 만나겠구나. 동호, 동호, 동호. 동수는 뒷통수를 뚫을 탄환을 기다렸다.

그러나 장식은 방아쇠를 당기는 대신 동수 뒤에서 무릎을 꿇었다. 이어 그가 동수의 뒷통수를 쓰다듬으며 동수의 귀에 대고 속삭이듯 말했다.

"동수, 우리 동수. 고생 많았어. 마지막으로 할 말 있나?"

"왜 죽였어. 내 동생 동호. 왜 죽은 거야."

"왜 죽기는. 니 동생이잖아. 너 때문에 죽었지."

장식이 말을 마치고 일어서서 말했다.

"잘 가라, 동수야."

동수는 마지막 총알이 머리에 박히길 기다리고 있었다. 그렇게 맞이한 마지막 순간, 모든 것이 느리게 흘러가고 있었다. 뒤쪽에서 강한 충격이 전달됐다. 이것이 나의 피부를 가르고, 혈관을 가르고, 뼈를 가르고, 뇌를 가르고, 다시 뼈를 가르고, 다시 혈관을 가르고, 다시 피부를 가르는 충격이구나. 생에 대한 미련이 남은 듯 느리게 흐르는 찰나의 죽음을 받아들이는데, 이런, 죽음이 다시 멀리 달아나는 느낌이 들었다. 동수의 몸이 관 속으로 떨어져 이마가 관 바닥을 찧었고, 이마가 찢어지는 고통이 선명하게 통각을 파고들었다. 그리고 손바닥으로 관 바닥을 짚는 순간까지도. 동수는 살아있었다. 동수는 관 바닥에서 몸을 뒤틀어 장식을 바라보았다.

동수를 밀어 찬 장식은 땅 위에 선 채 동수를 내려보고 있었다. 장식은 무언가를 툭 하니 관 속으로 떨구었고, 그것은 둔탁한 소리를 내며 동수의 흉곽을 때렸다. 동수는 자신의 가슴 위에 있는 그것을 쥐어 들었다. 총, 그것은 총이었다.

동수는 반사적으로 그것을 쥐고는 장식을 향해 겨누었다. 죽어, 죽어! 장전을 하고, 방아쇠를 당겼지만. 권총의 실린더는 헛돌 뿐이었다. 동수는 포기하지 않고 다음 탄을 장전하고, 다시 한 번 방아쇠를 당겼다. 또 다시 빈 탄실이 헛돌고. 또 다시 장전, 그리고 발격. 그렇게 여섯 번의 헛발이 돌아갔다. 총실은 비어 있었다.

여전히 살아있는 장식은 동수를 내리깔아 보며 비웃고 있었다. 양손을 주머니 속에 꼽고 있던 장식은 돌연 주머니에서 꺼내든 무언가를 툭하니 동수에게 떨구고는 말했다. 선물이다. 그것은 동수의 이마를 맞고 관 바닥으로 떨어졌다. 그것은 회전하는 소리를 내며 어깨춤으로 굴러내려갔다. 동수는 손을 뻗어 장식의 선물을 쥐고 확인하였다. 총알이었다.

장식은 이어 손을 좌에서 우로 쓸었다. 졸개들에게 보내는 사인이었다. 동수는 쥐고 있는 총알을 실린더에 넣으려 했다. 그 순간 관뚜껑이 움직였다. 빛이 절반으로 줄어들었다. 긴장한 동수는 그만 총알을 실수로 가슴에 떨구고 말았다. 다시 한 번 동수가 총알을 집어 들고 장전을 마치는 순간, 관뚜껑이 하체를 완전히 뒤덮었다.

그리고 동수가 곧게 팔을 뻗어 장식이 선 곳을 겨누는 순간. 장식 대신, 하늘이었다. 더 이상 장식은 그 자리에 없었다. 관뚜껑이 상체를 덮으며 뚜껑에 밀린 양팔이 굽혀졌다. 그리고, 애석한 관뚜껑이 시야를 덮었다.

어둠이었다.

출발점과 도착점이 교차하는 곳.

회상에 너무 많은 에너지를 써버린 것일까?

남은 기력을 전부 머리 밖으로 분사한 느낌이야.

관은 여전히, 어둠도 여전히.

바깥의 삶에서, 지금의 나와 가장 닮은 것은

지친 하루를 보내고 침대 위에 누운 나.

쉬고 싶어. 과거의 회한, 현재의 고통, 미래의 불안을 내려놓고, 쉬고 싶어.

아직 숨을 쉬고 있으니, 죽을 용기가 돋지 않으니.

잠시만 총을 내려놓고.

잠들어도 되지 않을까?

아주 잠시만.

Day 4 :

12월 31일

고통은 확연하게 살아있음을 증명한다.

오른쪽 귓가에 강렬한 통증이 일었다. 동수는 왼팔을 뻗어 귓볼 부근을 움켜쥐었다. 물컹한 무언가가 손에 잡혔다. 이어 그것이 무엇인지 확인하기 위해 시린 눈을 힘겹게 떴다. 고통에 반응하는 자연스러운 움직임이었다.

왼손에 쥐인 것은 거대하지만 말라비틀어진 쥐. 동수는 기겁을 하고 고개를 돌렸다. 자연스럽게 쥐를 벽으로 내던지려는 순간. 동수는 깨달았다. 이 모든 것이 부자연스럽다는 것을. 팔을 뻗어 귓볼을 움켜쥘 수 있는 공간이 자연스럽지 않았다. 눈 위로 가라앉는 새벽녘의 햇살이 자연스럽지 않았다. 그리고 손에 움켜쥐고 있는 생명체가 자연스럽지 않았다.

관 속이 아니었다. 꿈을 꾸고 있는가? 동수는 혼란스러웠다. 그러나 쥐가 앞니로 질끈 씹어버린 귓볼의 고통이 너무나 생생했다. 꿈인지 확인하기 위해 사람은 자신의 뺨을 때리지 않던가. 그만큼 육체적 고통이란 너무나 또렷한 현실을 살아가는 증거. 동수는 의심을 잠시 거두고 주변을 살폈다.

아버지의 집이었다. 관이라고 느껴졌지만 명백히 관이 아닌

집이자, 어제의 아침을 맞은 곳. 게다가 쥐가 귀를 씹어 잠에서 깨어나는 것도 이미 경험한 일이었다. 다시 한 번 혼란이 일었다. 쥐에게 씹혀서 깨어나는 아침이 이틀 연속일 수 있는가?

동수는 세 가지 가능성을 떠올렸다. 첫째, 나는 이미 지나간 하루를 다시 꿈꾸는 중인가? 순간 손에 부둥켜 쥐고 있던 쥐가 사력을 다해 몸부림을 치는 게 생생하게 느껴졌다. 쥐의 살고자 하는 근육의 뒤틀림, 죽음을 감지하고 세차진 혈류, 그리고 폭발하는 심장 박동까지 손가락 사이로 느껴질 정도였다. 동수는 쥐를 바닥에 내려놓았다. 쥐는 도망치기 시작했다. 쥐는 다리가 부러졌는지 절뚝이며 달렸다. 사람을 씹은 절름발이 쥐가 도망치는 모습. 그 생소한 장면은 꿈이라기에는 너무나 또렷했다. 동수는 지금이 꿈이 아니라는 확신이 들었다.

그렇다면 둘째, 내가 기억하는 어제가 실은 지난 밤의 꿈은 아닐까? 그러나, 동호가 없었다. 동수는 서서히 윗몸을 일으켜 세우고는 옆자리를 바라보았다. 그곳에는 불 같은 열기를 뿜어내며 힘겨운 잠을 이어 나가던 동호가 없었다. 동호는 총에 맞았다. 동호는 죽었다. 그래서 동호는 이제 없고, 그의 죽음은 꿈이 아닌, 지나간 사실이었다. 날이 선 톱니바퀴가 천천히 동수의 옆구리를 파고드는 느낌이었다.

그리고 빌어먹을. 동수의 오른손에는 총이 쥐어져 있었다. 방아쇠에 검지손가락이 걸린 채 말이다. 관 속에서 마지막까지 당기지 못했던 그 자세, 그대로였다. 동수는 권총의 실린더를 열었다. 여섯 개의 구멍 속에는 단 한발, 그 녀석의 선물만이 자리를 잡고 있었다. 분명 그것은, 관을 탈출할 수 있는 유일한 수단이었다.

그렇다면 셋째, 나는 결국 내 머리통 속에 총알을 박고 죽어버린 것인가? 그리고 나를 둘러싼 이 모든 것이 사후세계의 출발점이란 것인가? 자신의 생사에 의심이 들기 시작하자 공포가 찾아왔다. 갑작스레 호흡이 거칠어지고 숨이 가빠오기 시작했다. 이내 숨통이 조이는 느낌에 동수는 두 주먹으로 가슴을 두드리고, 거칠게 기침을 내뱉었지만 소용없었다. 동수는 더 이상 숨을 쉴 수 없을 지경이었다.

누군가가 기도의 양 끝을 움켜쥐고 비틀어 꼬는 듯한 느낌. 숨이 다닐 작은 길을 막고, 좁히는 듯한 갑갑함. 오랫동안 잊고 지냈던 단어가 떠올랐다. 천식, 천식이다, 천식이 재발하였다. 본능적으로 동수는 마치 휘파람을 불듯 입술을 모으고 숨을 뱉어냈다. 풍선처럼 폐를 부풀린 뒤 노폐물을 뱉어내는 듯한 호흡, 어디선가 배웠던 위급 시 호흡법이었다. 그러나 수 년 만에 갑작스레 찾아온 증상이 번지는 것을 막기엔 역부족이었다.

문득, 아버지의 집, 이곳에는 오래 전 약이. 동수는 서랍을 헤집기 시작했다. 카메라, 도장, 살바, 용도를 잃은 잡동사니들이 쏟아져 내렸다. 동수는 깊숙한 곳에서 흡입기를 찾아냈다. 급속도로 조여오는 숨구멍, 동수는 그대로 흡입기의 분사구를 물고는 윗부분을 눌렀다. 칙.

다행이었다. 약이 남아있었다. 다행이었다. 약이 말을 들었다. 다행이었다. 숨이 오가기 시작했다. 숨구멍이 뚫리고 산소가 폐를 채우자 고통이 걷혀 나갔다.

동수는 한동안 깊은 숨을 고르며 자신을 가라앉혔다. 몸은 질식에, 정신은 공포에 질려 있었다. 빌어먹을 천식, 의사가 찬 공기를 조심하라 했건만. 동수가 내뱉는 날숨은 너무나 차게 식어 있었다.

—

전날 입은 양복이 그대로였다. 셔츠 밖으로 삐져나온 목폴라에서는 시큼한 땀냄새가 났다. 동수는 손에 쥐인 총을 내려놓고 몸을 뒤지기 시작했다. 똥차의 차키, 먹통이 된 핸드폰, 라이타가 들어있는 담배갑, 그리고 무의미한 쓰레기들. 어제의 물건, 그대로였다.

동호가 누웠던 옆자리에는 월터의 허리쌕도 있었다. 동수는 가방을 열어보았다. 안에는 자신이 어제 들이켠 약 뭉치, 새총, 그리고 잠드는 콩알 약, 모든 것이 그대로였다. 고민은 무의미했다. 답을 낼 수 없었다. 동수는 가방을 집어 든 채 집밖으로 나섰다.

마당에 새하얀 눈이 쌓여 있었다. 동수는 눈을 한 줌 집어 들고 손가락 끝으로 비벼보았다. 마치 한 번 경험한 듯한 눈의 두께와 질감이었다. 습관처럼 동수는 담배갑을 열었다. 입에 담배를 물고 불을 켜는 순간, 느닷없는 욕지기가 치밀어 올랐다. 절로 터져 나온 헛구역질에 불붙은 담배가 눈바닥 위로 떨어졌다. 동수의 몸이 발작적으로 담배를 거부하고 있었다. 갑작스레 도진 천식 때문이려니, 동수는 담뱃갑을 주머니에 집어넣었다.

똥차가 같은 자리에 있었다. 완전히 파괴되었던 똥차는 예전 모습 그대로 반쯤 망가진 채 서있었다. 혼란을 더할 뿐인 고민은 접어두고 동수는 차에 올랐다. 월터의 가방은 뒷좌석에 던져 놓은 채 차키를 꽂았다. 용케 똥차의 시동이 걸렸다. 달달거리는 똥차 속에서 동수는 식은 듯한 온풍을 맞으며 잠시 생각에 빠졌다. 자, 이제 무엇을? 그러나 갈피가 잡히지 않는 혼란 속에서 어떤 답도 쉬이 낼 수 없었다. 질문이 너무 많은 아침, 동수는 가장 궁금한 하나의 질문부터 답을 찾기로 했다. 동수가 가장 궁금한 것, 동호였다.

동수는 동호의 마지막을 확인하기로 결심했다. 무릉공업소 뒷마당, 그곳에 동호가 묻혀 있는지를 알아내야 했다. 동수는 공업소로 향하기 시작했다. 똥차가 지팡이에 기댄 노인의 다리마냥 달달거리며 바퀴를 굴리기 시작했다.

공업소로 향하는 길은 확연하게 기억속에 남아있었다. 동수는 금세 공업소에 가까워졌다. 어느새 개눈 무리에게 들이 받혔던 교차로 즈음에 달하였다. 두 대의 차가 뒹굴며 남긴 흔적과 그 안에서 흘러나온 피로 물들었던 붉은 눈밭은 마치 지우개로 지운 듯 새하얬다. 개눈의 차에 옆을 받히고, 개눈 무리와 피칠갑이 되어 싸우고, 간신히 살아남아 혁수의 차를 들이받기까지, 경험하지 않았다기에는 너무나 생생한 기억이 되살아났으나. 기억의 또렷함도 눈앞에서 펼쳐지는 현실의 생동감에는 비할 바가 아니었다. 어쩌면 그 기억이란 일어나지 않았을지 몰라, 동수가 점점 현실에 기대는 순간, 육감이 짜릿한 경고를 보냈다. 같은 장소, 같은 느낌, 직감이 울리는 경각심. 동수는 안전벨트를 잡아당겨 클립에 끼웠다. 딸각, 하고 고정되는 소리가 나는 순간,

쿵.

전속력으로 달려온 검은색 SUV가 똥차의 옆을 들이받았다. 똥차는 눈밭 위를 한참 동안 데구르르 구른 뒤, 배를 뒤집어 깐 채 옆으로 자빠졌다.

기억이 현실과 겹쳐지고 있었다.

—

동수는 용케 정신을 잃지 않았다. 한 번 경험해본 충격을 몸이 예상했기 때문이었다. 거기다가 충돌 직전에 꽂은 안전벨트가 충격을 덜었다. 그러나 간신히 정신을 놓지 않았을 뿐, 분명 버거운 충격이 마치 뱀처럼 동수의 온몸을 휘감았다.

정신이 아슬아슬한 줄타기를 하는 사이, 뒤집어진 운전석 창가 너머로 누군가의 얼굴이 겹쳐져 보였다. 그의 얼굴은 마치 물결이 일렁이는 수면 밑에 잠긴 것 같았다. 눈코입이 제각기 얼굴에서 도망치려는 듯 한참을 번져 나가다, 비로소 제 자리에 갇혀 돌아왔을 때.

개눈이었다. 그것도 멀쩡한 개눈.

옆으로 뉘인 차 속에서 동수는 운전석 안전벨트에 매달려 있

었다. 운전석 문 위로 올라탄 개눈은 문을 열고는 주머니 칼을 꺼내 들어 안전벨트를 썰어냈다. 동수가 조수석으로 떨어지려는 순간, 개눈이 멱살을 부둥켜 쥐었다. 그리고는 마치 밭에서 농작물을 뽑아들 듯 동수를 위로 힘껏 잡아당겼다. 몇 번을 힘주어 당겨 동수를 밖으로 끄집어내고는, 마치 비료 가마니를 떨구듯 차 아래로 동수를 던졌다. 눈밭이 푹신해서였을까, 직전의 충격이 너무 커서였을까? 동수는 서서히 정신을 차렸다. 문득 똥차 아래에 초록색 빛을 발하며 번쩍거리는 위치추적기가 눈에 들어왔다.

개눈의 졸개 두 녀석이 동수를 일으켜 무릎을 꿇렸다. 차에서 내려온 개눈이 한쪽 눈을 부라리며 물었다.

"어이, 괜찮냐?"

그것은 동수가 분명 두 눈이 멀었던 개눈에게 묻고 싶은 질문이었다.

"너는 왜 괜찮냐?"

"뭐라는 거야. 너 왜 혼자야. 그 새낀 어디 있어."

동호? 동호가 있었으면 너네는 죽사발이 났어. 운이 좋은 녀석은 한 방에 나가떨어졌지만, 다른 한 녀석은 머리통이 쪼개졌지. 너는 완전한 장님이 되고 말았고. 문득 눈밭 위에서 만신창이의 몸으로 주먹을 휘두르던 동호의 모습이 그려졌다. 전날 시합에서 이곳저곳이 으스러진 몸이었다. 그 몸에다 차가 들이받는 충격이 덧대졌다. 그리고 그 상태로 몽둥이를 든 세 녀석과 맞서 싸운 동호. 새 하얀 눈밭은 마치 캔버스 같았다. 그 캔버스 위에 그려지던 동호의 기억이 조금씩 일그러졌다. 눈물이었다.

"야, 그 새끼 어디 있냐고."

"죽었어."

"뭐?"

"죽었다고!"

동수가 눈물 섞인 고함을 내질렀다. 죽었다는 말이 너른 눈밭 구석구석으로 파고들었다. 놀란 개눈이 황급히 물었다.

"언제, 언제 죽었어."

"어제."

"니가 죽였어?"

"내가? 내가? 내가 왜?"

"그럼 어쩌다가?"

'내 동생 동호는 말이야, 형이 멍청하게도 총을 뺏긴 탓에 말이지, 총알에 이마가 관통 당해 죽었단다. 박힌 곳은 검지손가락 손톱만한 작은 구멍이 났지만, 뚫린 곳은 동호의 주먹만큼이나 큰 구멍이 났지. 그 구멍으로 계속 영혼을 쏟아내며 죽어버렸어.'

동수는 더 이상 말을 할 수 없었다.

"야, 야, 내 눈 똑바로 봐."

개눈이 혼이 나간 듯한 동수의 멱살을 부둥켜 쥐고는 얼굴을 맞대었다. 하나 밖에 남지 않은 눈이 번들거렸다.

"똑바로 보라고. 정말이야? 진짜 죽었냐고. 그 미국에서 왔다는 마약상, 정말 죽었어?"

월터. 그래, 월터. 월터가 있었지. 그러나 동수는 관에 갇힌 후 월터가 어찌되었는지 알지 못했다.

"몰라. 죽었는지 살았는지."

"그래, 그래. 니가 그놈을 죽게 놔두었을 리 없지. 어디 있어 지금?"

"모른다고."

"이 새끼가."

개눈이 동수의 멱살을 부여잡고 세차게 뒤흔들었다. 두개골 벽이 뇌 이곳저곳을 두들기는 느낌이었다. 말이 없는 동수를 두고 개눈은 한숨을 몰아쉬더니, 갑작스레 안대를 벗어 던졌다. 정면으로 굳은 의안에는 차가움이, 분노 섞인 반대편 눈알엔 뜨거움이 서려 있었다. 두 눈의 생소한 불균형은 보는 이로 하여금 불안함을 끄집어냈다.

"동수야, 나도 이러고 싶지 않아요. 나도 말이야, 오늘 같은 날 빗쟁이 꼴로 이러고 싶지 않다고. 나도 씨발, 올 한 해를 정리해야 할 거 아니야. 너 때문에 이게 무슨 꼴이야. 올해 마지막 날에 이게 무슨 헛짓거리..."

"잠깐, 마지막 날?"

동수가 개눈의 말을 자르고 들어갔다. 개눈은 헛웃음을 터뜨리고는 뒤를 돌아 졸개를 바라보며 말을 이어갔다.

"이 자식 미쳤나본… 야 이 새끼야, 너 딴짓거리 중이야?"

머리가 부풀어 오른 녀석이 핸드폰을 붙잡고 손가락을 휘두르고 있었다. 아니요, 제가, 지금 다리가 잘 안 움직여서요, 디스크가 터진 것 같아서, 이게 검색을 좀. 순간 동수가 개눈을 밀치고 머리가 부풀어 오른 녀석에게 달려들어 핸드폰을 빼어들었다.

녀석의 핸드폰 화면에서는 음란물이 재생되고 있었다. 핸드폰을 되찾으려는 녀석이 동수를 부여잡기 전, 동수는 잽싸게 종료 버튼을 눌렀다. 검은 화면 위로 오늘의 날짜가 떴다.

12월 31일이었다.

—

동수는 꽉 끼는 팔을 계속 뒤틀었지만, 옆에 탄 녀석은 갈수록 힘을 주었다. 멍청한 녀석, 여긴 차 안이야, 내가 도망갈 구석이라도 있다고 생각하는 거냐? 동수는 핀잔을 주고 싶었지만, 문득 뒷좌석에서 약봉지를 쥐어 뜯었던 월터 생각이 났다. 멍청한 쪽은 월터를 뒷좌석에 자유롭게 내버려둔 자신이었다.

12월 31일 아침의 월터라면, 분명 동수는 그가 어디에 있는지 알고 있었다. 그는 자신이 죽인 경찰에 묶인 채 창고에 쓰러져 있을 터였다. 지나간 하루가 반복되고 있었다. 동수는 왜 이런 일이 자신에게 일어나는지 알고 싶었다. 이 모든 부조리에 대한 답을 내려줄 수 있는 자가 있다면 그는 신이거나, 월터 이리라.

동수는 개눈 무리와 함께 월터가 있을 창고로 향하고 있었다. 순간 차가 덜컹거렸다. 그리고 잠깐의 진동, 무언가가 동수의 왼쪽 가슴 위를 묵직하게 두드렸다. 장반장의 총. 그리고 그 안에 담긴 마장식의 선물 한 발. 이 총이라면, 월터를 만나고 나서 언제든지 이 사채업자 무리를 제압할 수 있으리라.

그때였다. 개눈이 조수석에서 고개를 돌려 동수를 바라보며 물었다.

"그런데 말이야, 누가 죽었다는 거야?"

"아직 아무도 죽지 않았어."

동호가 죽은 것은 오늘의 오후. 아직 오후는 오지 않았다. 동수는 희망을 섞어 답했다.

"그러면 왜 그 자식을 창고에 둔거야? 아니, 그렇게 힘들게 빼돌려 놓고, 혼자 창고에 뒀다는 게 말이 돼?"

'그는 마약에 쩌들어 있는 광인이야. 통제가 불가능했어. 어딘가 묶어 두는 편이 안전했지. 그는 경찰을 죽였어. 건장한 강력반 형사의 사체에 묶어 두는 것은 꽤나 단단히 동여맨 셈이지.'

동수는 창 밖을 바라보며 건조하게 답했다.

"알 거 없어."

개눈이 욕설을 뱉어내며 불편한 심기를 노골적으로 드러냈다. 지루한 욕이 이어졌다. 언제 너를 죽이겠다, 어떻게 너를 죽이겠다, 너는 몇 등분이 될 것이다. 허나 관에서 살아나온 동수에게는 개눈의 협박 따위는 심술 담은 볼멘소리에 불과했다. 순간, 무언가가 동수의 머리를 따끔하게 쏘아붙였다. 동수는 급하게 개눈에게 물었다.

"잠깐만, 네가 어떻게 월터를 아는 거지? 너가 필요한 건 내가 꿔간 돈 아니야?"

"그랬었지. 어제까지는."

"어제? 무슨 일이 있었는데?"

개눈이 다시 몸을 뒤틀어 동수를 바라보고는 이죽대며 말했다.

"알 거 없잖아?"

—

12월 30일

개눈은 사무실 벽에 걸린 달력을 바라보고 있었다. 개눈은 달력을 좋아했다. 더 이상 달력을 필요로 하지 않는 시대임에도 말이다. 달력 대신 핸드폰 화면이 사람들의 모든 일정을 빨아들였다. 그러나 개눈은 작은 액정 속에 담긴 시간의 흐름이 성에 차지 않았다. 보이는 만큼 아는 법, 크게 봐야 크게 안다. 시간의 가치를 바로 알기 위해서는 큰 달력을 보아야 한다. 세상이 한쪽 눈에만 담기는 개눈의 지론이었다.

사채업자에게는 밋밋하게 흘러가버리는 값 싼 하루가 없었다. 모든 하루하루의 가치가 이자라는 마법에 의해 정확한 숫자로 계산되었다. 개눈은 사무실에 한 달의 가치를 알 수 있는 대형 월력과 하루의 가치를 알 수 있는 일력, 두 가지 달력이 걸어 두었다. 그리고 각각의 달력에 월마다, 주마다, 날마다 더해지는 이자의 가치를 빼곡하게 정리해 두었다. 하루가 마무리될 즈음 일력의 낱장을 뜯어내고, 한 달이 마무리될 때 월력을 갈아치우는 것은 시간의 가치를 새기며 삶을 살아간다는 상징이었다.

그러나 자정이 가까워지는 늦은 시간임에도 불구하고 개눈은 오늘의 달력을 떼지 못하고 있었다. 한 해의 마지막 날은 휴식으로 비워 두었기 때문에 사실상 일과 엮인 마지막 날임에도 불구하고 마지막 하루를 뜯어낼 수 없었다. 달력에는 오늘의 가치가 쓰여 있었다. 강동수, 1억 6423만 원, 그것이 오늘 손에 쥐었어야 하는 시간의 가치이자, 일년을 마무리하는 가치의 마침표였다. 그러나 개눈은 하루를, 일년을 매조지하는 데 실패하였다. 개눈은 실패를 되짚기 시작했다. 기억에 올라타 시간을 거스르자 개눈은 속이 울렁거리기 시작했다.

괴물 녀석이 차의 바퀴를 뽑아들 줄이야. 너무 늦은 시간이라 수리는커녕 집에 오는 차편을 구하기도 어려웠다. 허나 돈놀이의 본질이 무엇이던가. 빚으로 하는 사업, 지역에는 개눈에게 빚진 자가 도처에 널려 있었고, 개중 자동차 정비소를 하는 녀석이 생각났다. 늦은 밤이었지만 녀석은 헐레벌떡 전화를 받고서는 거친 숨부터 몰아쉬었다.

"사장님, 아직 말씀하신 날까지는 시간이 좀 남았는데요."

녀석은 어디서 레카차까지 구해와 차를 견인해갔다. 녀석은 빚을 덜기라도 한 양 능글맞은 목소리로 찐득거렸다.

"저, 저, 사장님. 사장님이 말씀하시면 자다가도 뛰쳐 나와야지요. 어찌 잘 좀 부탁드립니다."

개눈은 도리어 눈알을 부라리며 말했다.

"너, 밤 사이 저 차 고쳐놔라. 내일 아침부터 차 쓸 일이 있어. 만약 내일 아침에 차가 준비되어있지 않으면 말이지, 정비소 일이란게 기름으로 하는 일이지? 쥐좆만한 성냥불이라도 기름을 만나면 얼마나 부풀어 오르는지 보여주겠어."

녀석은 눈물을 글썽이며 말했다.

"내일 아침까지는 때려 죽이셔도 불가능합니다. 하루만, 하루만 주시면 제가 말짱히 고쳐놓겠습니다. 제가요, 내일 아침에 타실 차편은 구해두겠사오니, 하루만 더 주십사 간절히 부탁드립니다."

돈을 꾼 녀석의 말은 한 톨도 믿어서는 안 되는 법. 12월 30일 아침, 녀석이 끌고 온 것은 차가 아닌, 오토바이 세 대였다. 빚진 놈의 집을 기습해야 하는데 번번한 무기도 실을 수가 없었다. 정수리 꼭대기까지 화가 차올랐으나 시간이 없었다. 개눈은 녀석에게 돈 십만 원을 건네며 말했다.

"소화기 한 대 사는데 이만 원 정도 할 거야. 다섯 대 정도 사두는 게 좋을 거야. 오늘 밤에 내가 불을 들고 찾아갈 테니."

전날 녀석의 똥차에 추적기를 붙여 놓은 것은 좋은 선택이었다. 개눈 무리는 세 대의 오토바이에 몸을 싣고 동수의 집으로 향했다. 그리고 그 빌어먹을 삼계탕집, 하필이면 녀석의 집이 닭집 위라는 것부터 무언가가 꼬이는 느낌이었다.

개눈은 닭을 끔찍이도 무서워했다. 닭이 살아 움직이는 것을 보거나, 닭이 들어간 음식을 먹거나, 닭의 모습을 머릿속에만 그려도 온몸에 붉은 열꽃이 피어올랐다. 어제 아침도 마찬가지였다. 삼계탕집 간판에 그려진 엄지를 치켜든 그림 속 닭의 붉은 깃털과 축 늘어진 핑크빛 볏살, 그리고 문앞에 그려진 목이 잘린 뒤 벌거벗은 채 배를 뒤집어 까고 푹 익어 있는 모습까지. 마치 조건반사를 하듯 개눈의 온몸에 열이 후끈하게 올랐다.

그 와중에 만호 자식이 닭집 주인과 시비가 붙었다. 닭집 주인이 집어 던진 국자 속에는 세로로 잘린 닭 반 마리가 통째로 들어있었고, 그 반토막난 닭이 정확하게 개눈의 얼굴 위로 철푸덕 엎혔다. 미끌미끌 기름기 넘치는 껍질 사이로 오톨도톨 솟아난 돌기, 진액을 고아내고 허옇게 바랜 닭 뼈, 갈비뼈 사이사이 남아있는 검붉은 잔여 내장까지. 개눈은 하마터면 본격적으로 일을 시작하기도 전에 기절할 뻔했다.

설사 만인 앞에서 벌거벗은 채 국민체조를 하는 한이 있더라도, 개눈은 자신이 닭을 무서워하는 이유를 그 누구에게도 말하지 않으리라. 개눈이 닭에 극심한 트라우마를 갖게 된 이유는 어언 사십 년 전, 어린 소년 시절의 일화에서 출발한다. 개눈은 초등학교에서 전인교육의 일환으로 진행하는 동물사육에서 닭 담당을 맡았다. 어린시절 개눈은 겁보라는 별명이 있을 정도로 타고나길 겁이 많아 자주 놀림감이 되곤 했다. 그런 개눈이었지만 닭장 안에만 들어가면 왕, 지배자, 정복자 따위가 된 듯 기세가 등등해졌다. 개눈은 닭을 겁주는 법을 알았고, 닭을 달래는 법도 알았기 때문이다.

닭을 겁주는 것은 간단했다. 힘이었다. 닭은 확연히 아둔하고, 미련하고, 열등했다. 작은 머리통을 앞 뒤로 깔닥대는 걸음걸이, 만세만 불러도 화들짝 놀라 날뛰는 푸드덕거림, 갓 태어난 아이의 그것같이 주름 가득한 발까지. 소년 개눈의 눈에 닭은 혐오스러움 그 자체였고, 때문에 아무런 죄책감 없이 닭들을 힘으로 짓누르곤 했다.

심지어, 닭은 달래는 법도 간단했다. 모이였다. 소년 개눈은 수업을 빼먹고 닭장 안에 몰래 들어가 닭들을 패고, 괴롭히다가도 모이를 주어 고개를 조아리게 만들며 닭들을 길들였다. 이 가학적인 주종관계가 굳어지자, 닭들은 빈손의 개눈을 보면 질겁을 하며 날뛰다가도, 모이통만 쥐어들면 졸졸 개눈의 뒤를 따르기 바빴다. 개눈은 직전까지의 겁도 잊고 허겁지겁 모이를 쏘아 대는 닭을 보며 다스림의 쾌감을 즐겼다.

개눈은 깨달았다. 닭들이 자신을 따르는 이유는 오직 모이뿐, 모이를 통해 그들을 굶주림에서 해방시켜 주기 때문이었다. 그로 인해 닭들은 야생에서와는 달리 배를 곯는데서 자유로웠다. 동시에 그것은, 닭들이 자신에게 지고 있는 배부름의 빚이었다. 닭들은 개눈에게 포만감의 빚을 지고 있기 때문에, 개눈의 그 지독한 괴롭힘을 참고 견뎌내야 했다.

그러던 어느 날, 믿기 힘든 일이 벌어졌다. 그날도 어김없이 어린 손의 구타가 이어졌고, 닭들은 헛날갯짓을 하며 호들갑을 떨어댔다. 그리고 신명나게 빛 값을 받아낸 개눈이 먹이로 닭들을 굴복시키는 순간. 수탉 한 마리가 먹이통 근처에 오는 것을 거부하고 홀로 우뚝 선 채 개눈을 노려보고 있었다. 이 새끼가. 개눈은 냅다 발로 수탉을 걷어찼고, 나가 떨어진 수탉은 눈빛을 거두고 낑낑대며 다리를 절어댔지만, 녀석은 그날 끝까지 모이통 앞에 고개를 조아리지 않았다.

그리고 그 다음 날, 또 그 다음 날도 그 녀석은 멀찌감치 개눈을 노려보기만 할 뿐, 모이 앞에서 고개를 처박지 않았다. 마치 개눈에게 절대 빚지지 않겠다는 기세였다. 개눈은 실랑이를 벌여볼까 하다가, 그래, 어디까지 버티나 보자, 굶어 죽을 수 있으면 굶어 죽어 보라지 라는 마음가짐으로 녀석의 저항을 지켜보기로 하였다.

그리고 사흘째 되던 날, 일이 벌어졌다. 닭장은 높은 철제 펜스를 두르고 사이사이에 철망을 덧댄 구조였다. 개눈은 항상 모이통을 닭장 밖에 놔두고 있었다. 체육 시간, 공놀이가 이어지는 가운데 몰래 운동장을 빠져나와 왕 노릇을 즐기려던 개눈은 닭장 앞에서 그대로 굳어버리고 말았다. 그 수탉 녀석이 어떻게 닭장을 빠져나왔는지, 닭장 밖으로 나와 모이통을 뒤집어 엎고는 그 위에 우뚝 서 있는 것이었다. 바닥으로 쏟아진 모이를 전부 쪼아 먹었는지 야위어 가던 몸이 한층 당당해진 느낌이었다. 게다가 그 기세가 범상치 않았다. 철장을 뛰어 넘어 탈출에 성공하고도 수탉은 도망치지 않고, 개눈이 지닌 권력의 원천인 모이통을 뒤집어 엎고는 그 위에 올라타 개눈을 기다리고 있었던 것이다. 성이 난 개눈이 다가가도 수탉은 조금의 움직임도 없이 계속해서 개눈을 노려볼 뿐이었다.

엎어진 모이통과 그 위를 올라탄 수탉. 개눈은 자신이 구축한 왕좌가 무너지는 느낌이었다. 그깟 닭 한마리, 발로 모가지를 걷어차면 그대로 죽고 말 터였지만. 개눈은 그런 야만적인 처단으로는 성에 차지 안을 만큼 분노가 치밀었다. 게다가 코 앞까지 다가갔음에도 꿈쩍도 하지 않는 수탉의 기세를 보니, 반드시 그것을 굴복시키고 싶은 욕망이 샘솟았다.

수탉에게 다가간 개눈은 양손으로 닭의 몸통을 부여잡았다. 역시나 수탉은 꿈쩍도 하지 않고 있었다. 이어 얼굴 앞으로 닭을 들어올리고는 정면으로 닭을 마주보았다. 수탉을 노려보며 개눈은 고함을 질렀다.

"야, 야, 야!"

그리고,

"아악!"

수탉은 꼬깃꼬깃 움츠러뜨려 몸통으로 장전한 목의 근육에 온 힘을 모았다가, 탄환처럼 앞으로 튀어나가며 개눈의 눈동자를 부리로 찍어버렸다. 마치 계란 후라이의 노른자가 얇은 막을 뚫고 터지는 것처럼 무언가가 터져서 흘러나오는 느낌이 들었다. 아앗, 개눈은 수탉을 내치고는 눈 주변을 부둥켜 쥐었다.

눈동자를 향해 다가오는 예리한 수탉의 부리. 그것이 개눈이 두 눈으로 본 마지막 장면이었다. 그 날 이후 개눈은 한쪽 눈으로 살아야 했다.

눈이 찍힌 개눈은 고통은 둘째치고 수탉에게 앙갚음을 할 생각뿐이었다. 수탉은 뻔뻔하게도 뒤집어진 모이통 위에 다시 올라가 있었다. 그래, 어디 한 번 죽어 봐라. 개눈은 수탉을 정면으로 걷어 차 죽일 생각으로 성큼성큼 수탉에게 다가갔다.

그리고 오른 다리를 뒤로 빼들어 장전을 하는 순간. 수탉은 여전히 같은 자리에서 자신을 노려보고 있을 뿐인데, 다리가 움직이지 않았다. 돌부리를 걷어차듯 힘껏 내차면 될 일인데, 다리가 말을 듣지 않고 그대로 굳어버렸다. 온몸이 그대로 굳어버린 가운데 여전히 자신을 노려보는 수탉과 눈을 마주쳤다. 자신을 부라리고 있는 수탉을 향한 초점이 전과 달랐다. 부리 끝에 맺혀 있는 검붉은 액체의 선명도가 전과 달랐다. 무엇보다 다리로 걷어찰 목표물, 수탉과의 거리감이 전과 달랐다. 그제서야 개눈은 자신이 한 눈으로 세상을 보고 있음을 깨달았다.

개눈은 발걸음을 돌려 닭장에서 벗어났다. 그렇게 자신을 노려보는 수탉에게 등을 돌린 채 도망친 이후로 개눈은 닭에 대한 트라우마가 생겼다. 닭은 한 순간에 지배의 대상에서 공포의 주체가 되어버렸다.

물론 처음부터 개눈이 평생 외눈으로 살 것을 알았던 것은 아니었다. 개눈은 하찮은 닭이 자신의 눈을 앗아갔다는 사실이 치욕스러웠다. 언젠가 괜찮아지겠지 라는 어리석은 막연함도 한몫했다. 개눈은 다친 눈이 멀어가는 와중에도 며칠 간 눈을 숨기고 살았다. 누구에게도 이 상황을 설명할 자신이 없었다. 눈이 왜 그래? 닭에게 쪼였어. 겁보 소년 개눈에게도 자존심은 있었다.

결국 눈은 치료시기를 놓치고 썩어버렸고, 부모님에게도 들키고 말았다. 의사는 안구 적출을 하지 않으면 다른 한쪽의 시력도 잃어버릴 것이라 했다. 개눈의 한쪽 눈이 뽑혀나갔다. 의사는 적출 후 의안을 넣지 않으면 빈 공간으로 얼굴이 무너져 내려 양쪽 얼굴이 달라질 것이라 했다. 개눈의 한 쪽 눈에 가짜 눈이 들어섰다. 시선에 따라 움직이지 않는 가짜 눈을 숨길 수는 없었다. 금세 개눈이라는 별명이 붙어버렸다. 부모님, 선생님, 친구들, 그리고 새로 만나는 사람들 모두 개눈에게 물었다. 어쩌다 한 쪽 눈을 잃어버렸어? 그러나 개눈은 단 한 번도 자신과 수탉 사이에 벌어진 일을 말하지 않았다.

개눈이 의안에 대한 컴플렉스로부터 벗어난 것은, 아이러니하게도 누군가에게 눈깔을 뽑아버린다 라고 말했던 그 날 부터였다. 유도를 배웠지만 삶이 잘 풀리지 않았고, 어두운 길로 들어선 어느 날이었다. 누군가를 협박하다 개눈은 평생 벗질 않던 안대를 벗어던진 채 의안을 부릅뜨고 협박을 했고, 그 자는 기겁을 하여 개눈이 원하는 것을 순순히 내뱉었다.

그 날 이후 개눈은 자신의 개눈을 무기 삼았다. 응당 눈은 마음의 창이라 하지 않던가. 개눈의 의안은 굳게 닫힌 마음의 철문이었다. 동조하지 않고 갈라서는 양쪽의 시선은 기괴한 공포감을 불러 일으켰다. 개눈은 평상시에는 안대를 끼고 다니며 무기를 숨겨두었다가, 결정적인 순간에 안대를 벗고 개눈으로 상대방의 기를 죽였다. 시간이 지나자 이는 개눈의 트레이드 마크가 되었다. 닭에게 쪼여서 박은 개눈이 험악함의 상징이 되어버린 것이다.

—

얼굴에 묻은 닭기름은 소매로 아무리 닦아내도 지워지지 않았다. 그 와중에 미끌거림에서 자유로운 것은 안대 속의 의안뿐이었다. 닭을 우려낸 국물 내도 몸에서 떠나지 않았다. 최악의 상태로 작전을 시작한 것 부터가 옳지 못한 선택이었다. 앞장섰어야 하는 만호 녀석이 멍청하게도 줄을 잘못 서는 바람에 소란을 일으킨 것, 현관문과 계단 사이에 깔려 한 동안 갇혀 있었던 것, 개눈은 이 모든게 닭 때문이라는 생각이 들었다.

간신히 계단에서 빠져나왔을 때, 두 형제는 이미 차를 타고 빠져나간 뒤였다. 추적기를 켜보니 녀석들이 향하는 길이 보였지만, 오토바이 모가지가 전부 따인 탓에 따라갈 방도가 없었다. 무엇보다 개눈은 전의를 상실하고 말았다. 개눈은 그저 몸에 묻은 닭기름부터 닦아내고 싶은 마음뿐이었다.

사무실로 돌아가 샤워를 할 생각이었지만, 돌아갈 길이 마땅치 않았다. 대로변으로 나와 택시를 잡으려 했다. 그러나 택시는 다가오다가도 험상궂은 세 남자가 닭기름이 번들거리는 것을 보고는 줄행랑을 쳤다. 하는 수 없이 버스를 탔지만, 나이드신 승객들은 세 남자를 힐끗대고 킁킁대며 몰골과 악취에 대해 불쾌함을 숨기지 않았다. 참다 못한 개눈이 정류소도 아닌 곳에 급하게 버스를 세웠다. 자동차 공업소 앞이었다.

공업소에는 열심히 일하는 수리공이 보이지 않았다. 사 놓으라고 경고한 소화기도 보이지 않았다. 그저 한쪽 바퀴가 빠져버린 SUV가 덩그러니 작업장에 놓여있을 뿐이었다. 개눈은 공업소 구석 쪽방에서 코를 골며 자고 있는 녀석을 끄집어내 그대로 바닥에 엎어뜨렸다. 신음을 하고 있는 녀석의 눈 앞에서 개눈의 안대가 올라갔다. 지금부터 십분 당 니가 꿔간 돈의 이자가 1%씩 복리로 오른다. 당장 차를 고쳐내.

개눈이 수리된 차를 타고 사무실로 돌아온 시간은 어느덧 자정에 가까울 무렵이었다. 차가 수리되는 와중에 개눈은 틈틈이 추적기로 위치를 확인하였다. 차는 한동안 항구를 떠나지 않고 있었다. 개눈은 그들이 도항한 것은 아닌가 걱정이 되어 한시도 마음을 놓지 못했다. 허나 차가 수리를 마쳤을 즈음, 다시금 차가 어디론가 움직이기 시작했다. 다행이었다. 허나 형제는 아침에 급습당한 집으로 돌아갈 만큼 바보는 아니었다. 개눈은 수리된 차를 몰고 급하게 형제의 뒤를 추적하기 시작했다. 그러나 얼마 지나지 않아 산골 속으로 파고 들어가던 녀석의 신호가 끊겨버렸다. 신호도 닿지 않는 깊은 산골이었다. 개눈은 사무실로 돌아올 수밖에 없었다.

띡띡띡. 개눈의 손목시계에서 알람이 울렸다. 하루가 넘어가는 소리였다.

12월 31일, 마지막 날이 되었다.

—

자정이 넘어 사무실로 돌아온 개눈은 과감히 달력을 찢어냈다. 뽀얀 여백이 쉬어가는 하루임을 보이고 있었지만. 개눈은 펜을 꺼내 들어 찢긴 30일의 달력에 쓰인 내용을 옮겨 적기 시작했다. 강동수. 이름을 옮겨 적는데, 힘을 견디지 못한 펜이 뚝하니 부러지고 말았다.

그때였다. 지이이이잉. 누군가가 호출벨을 눌렀다. 개눈과 만호, 창수의 눈길이 한 순간에 벽에 붙은 화면으로 향했다. 이 시간에 사채업자를 찾는 자가 있다고? 만호와 창수가 동시에 개눈을 바라보았다. 그들의 눈빛에는 불안함이 담겨있었다.

멍청한 녀석들, 그 불안한 눈빛은 뭐지? 이 시간에 사채업자를 찾아오는 자란 말이다, 추운 겨울 오밤중에도 사채업자의 문을 두드리는 자란 말이다, 그의 돈에 대한 간절함을 조금이라도 공감해본다면 말이지, 그는 우리의 일 년 농사를 좌우할지도 모를 대어란 말이다. 인생 역전을 기리는 축하포일지 모른단 말이다. 개눈은 화면 앞으로 다가갔다.

적당한 길이로 가르마를 탄 채 포마드로 갈무리한 머리칼. 손재주가 값 비싼 미용사의 가위놀림이 떠올랐다. 윤기가 흐르는 푸른 바탕 위로 흰색 클럽칼라가 도드라지는 셔츠에 짙은 남색 니트타이. 법정을 드나드는 전문직들이나 걸칠 법한 정돈된 개성이 느껴졌다. 한겨울임에도 풍성한 온기가 느껴질 법한 카멜코트까지, 벨을 울린 남자는 도박장에 들이부을 푼돈이나 구걸하는 허투루 삶이 아니리라. 경제적 능력이 충만하여 상환에 대한 우려는 없으나, 사업상의 사유로 급전이 필요한 엘리트. 개눈의 머릿속으로 잽싸게 주판이 돌기 시작했다. 빌려줄 수 있는 최대금액과, 그가 지닌 고급짐에 어울리는 이자, 그리고 이자에 대한 셈법까지.

업장을 찾는 자의 신원을 확인하는 것이 프로토콜이었으나, 개눈은 돈냄새에 대한 본능에 따라 냉큼 문을 열어주었다. 개눈은 전에 없는 환대로 남자를 맞았다.

“원 아이드 캐피탈입니다. 안으로 들어오시지요.”

개눈이 기꺼이 안으로 들이려 한 자는 한 명뿐이었건만. 문이 열리자 그 자를 필두로 여서일곱명이 되는 거한이 줄지어 들어왔다. 옆을 바라보니 창수와 만호의 머리통에는 어느새 누런 마대자루가 씌어진 채 거한들에게 양 옆으로 포박당해 있었다. 이어 개눈의 머리 위로도 마대자루가 씌어졌고, 개눈은 그들에게 이끌려 밖으로 끌려나갔다.

고된 하루를 보낸 개눈은 저항할 힘이 남아있지 않았다. 그들이 이끄는 대로 이끌려 갈 뿐이었다. 마대자루 안에 코가 갇히자 어딘가에 묻어 있던 삼계탕의 잔내가 풍겨왔다. 개눈은 후후 거친 숨을 불며 자루 안을 환기하기 위해 애썼지만 소용없었다.

마지막까지 더러운 일진이군. 이 모든 게 닭 때문이야. 빌어먹을 닭.

—

개눈은 못처럼 꽂히는 기분이었다. 여전히 자루에 쓰여 어디인지 알 수 없는 곳에 도착하자마자 어디론가 푹 하고 꺼지는데, 그 느낌이 마치 땅에 박히는 못과 같았다. 추락하는 속도와 충격에 자연스레 무릎이 꺾였으나, 딱 다리가 꽂힐 만큼의 공간밖에 없는 탓에 그대로 선 채로 있을 수밖에 없었다.

개눈은 닿는 순간 느낌이 왔다. 아, 나는 땅에 박혔고, 이대로 선 채로 묻히겠구나. 이어 축축한 흙이 위에서 쏟아지며 빈 공간을 채워가기 시작했다. 그제야 옆에서 만호와 창수가 지르는 비명소리가 자루를 뚫고 어슴푸레 들려왔다. 멍청한 녀석들, 이제야 눈치챘구나. 매장당하고 있다는 사실을.

딱 못자리만큼만 미리 파 두었는지 금세 흙이 차올랐다. 얼마 지나지 않아 목 위로는 조금도 옴짝달싹할 수 없게 되었다. 겨울 땅에서 느껴지는 한기가 무시무시했다. 흙 알갱이 하나하나가 차디찬 못이 되어 구석구석을 찔러대고 있었다.

누군가가 뒤에서 자루를 벗기자, 강렬한 빛이 하나 남은 눈 위를 직격했다. 개눈은 반사적으로 고개를 뒤틀었으나, 목 아래로는 굳어버린 탓에 빛을 피할 수는 없었다. 서서히 눈이 적응을 하자 눈 앞에 주차된 네 대의 차가 헤드라이트에서 빛을 쏟아내는 것이 보였다.

개눈은 겁이 났다. 개눈 뿐만이 아니었다. 만호와 창수도 겁을 먹고서는 고래고래 비명을 터뜨렸다. 대장이라는 무게가 입을 틀어막던 것도 잠시, 생사의 기로에 섰다는 생각이 들자 개눈도 자존심을 집어 던지고 소리를 질렀다.

"뭐야, 이 씨발, 뭐냐고!"

"왜, 겁먹었어?"

순간 뒤에서 낮게 깔리는 목소리가 들려왔다. 개눈의 머릿속에 남지 않은 목소리였다. 필히 나를 땅에 박아버린 녀석일 터, 개눈은 목을 뒤틀어 녀석을 확인하고 싶은 마음이 간절했지만, 박힌 몸이 말을 듣지 않았다.

돌연 개눈의 머리에 손길이 느껴졌다. 녀석은 개눈의 뒤에 쭈그려 앉아 마치 두더지 게임처럼 튀어나온 개눈의 머리통을 쓰다듬기 시작했다. 정수리를 손바닥으로 몇 번 털더니, 늘어진 머리칼을 손가락 사이에 끼워 부비며 찰랑거리기도 했다. 자신의 생사를 손바닥 안에 쥐고 있는 자와 살이 맞닿자 순식간에 소름이 두피 위를 타고 올랐다. 개눈은 공포심에 자기도 모르게 맞닿은 어금니가 빠개질 정도로 턱을 떨기 시작했다.

"죽을까 봐?"

죽음. 개눈의 이가 딱딱거리는 소리가 더욱 더 크게 울리기 시작했다.

"왜, 뭐 죽을 만큼 잘못한 거 있어?"

녀석이 뒤에서 다시 한 번 손바닥으로 머리칼을 부벼댔다. 개눈은 마지막 남은 의기를 낱알 하나까지 쥐어짜는 심정으로 답했다.

"춥다."

"아이고, 추워서 그러시구나. 나도 춥다. 이런 날은 땅이 더 따뜻혀."

남자의 손이 떠났다. 남자가 일어섰는지 조금 더 높은 곳에서 목소리가 들려왔다.

"잘못한 거 없으면 너무 겁먹지 마라. 어디 사람 죽이는게 쉬운 일인가? 내가 그냥 뭐 좀 물어볼 게 있는데 말이야, 좀 거칠어서 그러니 이해해."

"너 누구냐."

"어이쿠, 이 친구야, 내가 누구냐가 중요한 게 아니라, 저기, 저

기, 저 앞에. 눈깔 보여?"

자동차의 헤드라이트가 강렬한 탓에 앞이 잘 보이지 않았다. 개눈은 눈부심을 참아가며 남자가 무엇을 말하는 것인지 찾기 시작했다. 별안간 옆에 있던 만호가 소리를 질렀다. 씨발, 저거 뭐야, 형님, 저기, 차 사이에 뭐가 있어요!

개눈은 눈을 찡그려 차 사이를 잘 살피다가, 자신도 모르게 오줌을 지릴 뻔했다. 남자가 말한 눈깔이 보이진 않았지만, 엄청난 부피의 무언가가 서성대는 움직임이 보였기 때문이다. 무언가가 차 뒤편을 가로지르고 있었고, 인간의 갑절이나 되는 듯한 그 거대함은 절로 몸서리를 불러 일으켰다.

"뭐야, 저거 뭐야!"

"뭐긴 뭐야. 멧돼지지. 처음 봐? 사람 사냥만 하는 놈이라 모르나?"

남자의 말대로 짐승이었다. 차 뒤편에서 멧돼지의 헉헉대는 소리, 울음소리 따위가 들려왔다.

"여기가 겨울 되면 멧돼지가 자주 내려와요. 민가에서 그리 멀지는 않아서 뭐라도 주워먹을거 없나 하고 말이야. 겨울이면 멧돼지가 먹을 게 없어서 쫄쫄 굶거든. 그러면 미쳐버려요. 돼지새끼 아니랄까봐 뭐라도 처먹겠다고 겁 없이 막 집에도 쳐들어가고. 그래서 예전에 우리 아버지가 하신 말씀이 있지. 이 근방에 우리 할아버지 묘가 있었거든. 겨울에 성묘하러 가면 그러시더라고. 겨울에는 성묘도 조심해야 한다고. 막걸리랑 소주도 뿌리지 말라고 하셨어. 왜 그런지 알아?"

남자가 잠시 말을 쉬어갔다.

"멧돼지가 냄새 맡고 무덤까지 파헤친다고. 시신이라도 파먹을 놈들이거든. 돼지야!"

남자가 별안간 돼지를 불렀다. 여전히 차 뒤편에서 멧돼지가 서성대는 것이 언뜻언뜻 보였다. 멧돼지가 사람의 부름에 응할 리가 있는가, 개눈이 대체 이게 무언가 싶은 순간. 땅이랑 연결된 몸에서 진동이 느껴졌다. 쿵. 쿵. 쿵. 뒤에서부터 느껴지기 시작한 진동이 점점 뒷통수로 다가오더니 머리 앞으로 옮겨갔다. 개눈의 한쪽 눈 옆으로 무언가가 스치고 지나갔다. 사람의 발이었다. 그는 개눈을 지나쳐 몇 발자국 더 나아가더니, 돌아서서 개눈 앞에 섰다.

돼지라고 불린 남자. 과연 그는 돼지로 불릴 만한 자격이 있었다. 엄청난 체구였다. 언뜻 봐도 190에 가까운 장신인데, 엄청난 무게감을 지니고 있었다. 게다가 땅에 박힌 채 아래에서 올려다보는 개눈 무리에게는 몇 갑절은 더 거대하게 보였다. 그는 온몸에 두터운 지방으로 직조한 방탄 살겹을 몇 층은 더 두른 듯했다. 보통의 인간이 단단한 뼈대를 바탕으로 그 위에 살점을 쌓아 올렸다면, 그는 거대한 살점이 무너지지 않기 위해 밖에서 뼈대를 꽂은 듯한 느낌이었다. 이목구비는 지방에 묻혀 그 어떤 개성도 찾아볼 수 없었다. 그저 거대한 찐빵에 빨대로 몇 개의 구멍만 뚫은 듯한 모양새랄까. 턱 밑으로는 이중턱, 삼중턱을 넘어서 살들이 마치 한 여름 고환처럼 늘어져 있었다. 돼지는 어디서 용케 구했는지 정장을 차려 입고 있었는데, 마치 활시위처럼 팽팽히 당겨진 상의 천이 언제든지 단추를 쏘아낼 준비가 된 듯했다.

돼지는 당장이라도 터져버릴 풍선 같았지만, 그 와중에도 끊임없이 입을 쩝쩝대며 무언가를 씹고 있었다. 돼지의 오른손에는 햄버거가, 왼손에는 탄산음료가 들려 있었다. 돼지는 번갈아 이를 씹어 대며 눈을 깔고 묻힌 자들을 바라보고 있었다. 돼지가 두어 번 입질을 하자 큰 햄버거가 단박에 사라지고, 두어 번 빨대를 빨아들이자 종이컵이 쪼그라들었다.

"회장님. 준비됐습니다."

돼지가 입을 열었다. 마치 허연 점토를 덧댄 것 같은 돼지의 얼굴에서는 아무런 표정을 읽을 수가 없었다.

"어이, 니들, 돼지새끼들이 뭘 좋아하는지 알아? 돼지 사료에 사카린 들어가는 거, 모르지? 단거라면 아주 이 새끼들이 환장을 해요. 근데 우리 돼지도 단거를 좋아한단 말이야, 이게 참 안타깝게도 당뇨병에 걸려버렸다지. 이기 뭐 당뇨병 말기라 그랬나, 얼마나 먹어대는지 인슐린도 안 통한대. 그래도 나는 참 우리 돼지가 대견하단 말이야. 돼지야. 저번에 혈당이 얼마라고 그랬지? 오백을 넘겼다고?"

"맞습니다, 회장님. 그리고 어제 팔백도 뚫었습니다."

"아이고, 저, 저 봐 봐. 얼마나 대견해. 거 지저분한 병에 걸려도 말이야, 당당히 맞서 싸우고 있잖아."

남자가 뒤로 한 발자국 물러났다. 조금 멀어진 곳에서 남자의 목소리가 들려왔다.

"돼지야, 가자."

남자의 신호에 맞춰 돼지가 저벅저벅 개눈 무리 앞으로 다가왔다. 돼지는 양 다리를 벌린 채 개눈의 코앞에 바짝 붙었다. 개눈은 돼지의 정강이만 볼 수 있었다.

"뭐야, 뭐야."

개눈은 겁에 질려 고함을 질러댔다.

세차고 뜨거운 물줄기가 떨어졌다. 정수리를 타고 흘러내린 물줄기는 머리칼을 적시고, 안대를 적시고, 입술 위를 적셨다. 마치 화재를 진압하는 소방관의 물줄기처럼 거셌다. 개눈은 고함을 지르던 입을 닫을 수밖에 없었다. 물줄기를 피하기 위해 개눈은 미친듯이 고개를 도리도리 가로저었지만, 그것은 마치 피할 수 없는 한 여름의 볕처럼 개눈의 얼굴 위로 쏟아져 내렸다.

물줄기가 갑작스레 뚝하니 끊겼다. 얼마나 시간이 지났을까? 폭포수 같은 물줄기가 개눈의 머리통을 흠뻑 적시고, 땅에 스며들어 개눈의 가슴팍에 온기까지 전달할 정도로 충분한 시간이었다. 고개를 돌리고 눈을 질끈 감고 있던 개눈이 눈을 뜨자 옆자리의 만호가 보였다. 만호는 놀라움과 기괴함, 그리고 혐오감이 뒤섞인 표정이었다. 이어 돼지가 자리를 옮겨 만호 앞으로 다가섰다.

개눈은 돼지가 물줄기를 쏟아내는 것을 보았다. 개눈을 적신 것은 돼지의 오줌이었다.

만호를 흠뻑 적시고, 창수를 흠뻑 적시고. 돼지는 그제서야 세 머리 뒤로 향했다. 돼지가 지퍼를 올리는 소리가 들렸다.

"다 쌌냐, 돼지야."

"아직도 마렵습니다, 회장님."

남자가 개눈 뒤로 다가와 무릎을 꿇고는 킁킁대다 말했다.

"어우, 이 단내 봐. 어우 냄새가 아주 달다 달아. 이 정도 냄새면 아주 그냥 온 천지의 멧돼지들이 다 모여들겠어. 그러니까 니네는 지금, 고깃덩어리 위에다가 아주 달콤한 잼을 잔뜩 발라 둔 상태야. 내가 말했지, 멧돼지가 뭘 좋아한다고? 이제 멧돼지들이 좋아하는 건 꿀로 양념질을 한 니들 대가리야. 내가 여길 떠나면 멧돼지들이 다가올 거다. 돼지들은 먼저 니들 얼굴 살점부터 뜯어먹다가 땅을 파서 몸뚱이까지 끌어당겨서 온몸을 발라먹을거야. 그러니까 말이야, 내 말 잘 들어. 내가 묻는 말에 잘 대답해줄 수 있지? 알아먹었으면 고개를 끄덕여."

이 사이로 돼지의 오줌이 아교처럼 들러붙었다. 위아래로 들러붙은 끈적한 눈꺼풀이 잘 벌어지지 않았다. 얼굴 곳곳에 펴 바른 끈끈함이 안면근육을 굳히는 느낌이었다. 과연 남자의 말대로 입에서 사탕 녹인 물을 들이켠 듯 달콤한 맛이 느껴졌다. 달짝지근하다, 달콤하다, 달치다. 분명 멧돼지는 나를 좋아할 것이다. 스스로 멧돼지가 좋아할 먹이라는 확신이 들자, 개눈은 목 아래가 땅에 박힌 채 미친 듯이 고개를 끄덕이기 시작했다.

—

"나 마장식이다, 마혁수 애비."

장식은 개눈 앞에 쭈그려 앉았다. 마치 참수당해 몸에서 떨어져 나온 듯한 머리통이 파르르 떨리고 있었다. 나란히 놓인 세 개의 대가리, 장식은 순간 그 머리통까지 파묻고 싶은 욕구가 치밀었다. 그러나 지금은, 그 대가리에서 답을 얻어내야 했다. 머리통은 겁을 먹고 있었다. 장식은 기세를 이어 나갔다.

"간단해. 돼지를 먹거나, 돼지한테 먹히거나. 세 가지 질문을 던질 거야. 넌 그중 하나만 답해도 돼. 그러고 나면 여기서 뽑아 줄 테니까, 내려가서 삼겹살 구워 먹고 그걸로 끝. 그런데 하나도 답을 못 하면, 여기서 돼지밥이 되는 거지. 자, 질문 1번. 지금 혁수 어디에 있냐?"

개눈이 알 리가 없었다. 개눈은 답했다.

"모릅니다."

"2번. 월터, 어디에 있냐?"

개눈은 월터가 누군지도 몰랐다. 개눈은 답했다.

"모릅니다."

"3번, 동수 동호, 요 두 놈. 어디에 있냐?"

구구절절 설명을 덧댈 수는 있었다.

'오늘 아침에 집에 찾아갔는데요, 그 괴물 동생이 힘자랑을 하는 바람에. 추적기를 붙여 놔서 계속 쫓기는 했습니다만, 이게 밤이 되어서 갑자기 신호가 끊겨버린 탓에.' 결국 개눈은 동수 동호가 어디에 있는지 몰랐다. 개눈은 답했다.

"모릅니다."

장식은 모른다는 답을 듣고는 벌떡 일어섰다. 이어 묻힌 자들 뒤로 돌아간 장식이 졸개들에게 외쳤다.

"자, 뒤로 10보."

졸개들을 뒤로 물린 장식이 신호를 보냈다. 일시에 개눈을 비추던 자동차의 헤드라이트가 꺼지고, 짙은 어둠이 가라앉았다.

강렬한 빛이 사라지자 개눈은 어둠 속에서 하나 남은 눈도 멀어버린 느낌이었다. 먼저 어둠에 적응한 것은 두 눈이 멀쩡한 쪽이었다. 창수가 먼저 소리를 질렀다.

"뭐야, 씨발."

"형님, 저기, 저기."

만호도 덩달아 호들갑을 떨어댔다.

"야, 저리 가, 야, 야!"

씩씩대는 콧소리가 들려왔다. 그제서야 개눈의 남은 한 눈도 뜨이기 시작했다. 담배 연기처럼 피어오르는 허연 콧김이 점점 다가오고 있었다. 멧돼지였다.

장식 무리가 뒤로 빠져 멀어지자, 멧돼지는 달짝지근한 냄새를 풍기는 육고기 앞으로 다가섰다. 개눈 무리는 미친듯이 소리를 질러댔다.

"저리 가, 워!"

어디선가 호랑이가 천적이었다는 말을 생각해낸 만호는 어흥어흥을 내뱉어댔다. 자연에 없는 높은 음역대라면 내빼지 않을까 싶은 생각에 창수는 찢어질 듯한 가성을 내질렀다. 그러나 굶주리고 사나운 멧돼지가 땅에 떨어진 고깃덩어리에서 나오는 잡음을 두려워할 리 없었다. 멧돼지는 뒤 편에 무리지어 서있는 사람들을 경계하면서, 조심스럽게 개눈에게 다가왔다.

멧돼지의 무지막지하게 거대한 발굽이 개눈의 눈에 들어왔다. 날카롭게 치솟은 멧돼지의 허연 어금니가 달빛을 머금고 맨들거리고 있었다. 범벅이 된 단내를 포집이라도 하듯 멧돼지는 끊임없이 콧구멍을 벌름거렸다. 콧구멍이 서서히 개눈의 얼굴 앞으로 다가왔다. 달콤하고, 안전한 먹잇감이라고 판단을 한 멧돼지의 아가리가 개눈의 정수리와 턱 사이로 벌어지고 있었다.

멧돼지의 혓바닥이 내뿜는 죽음의 온기가 느껴지고 있었다. 이제, 끝이구나. 나의 삶은 멧돼지의 먹잇감으로 끝나는 구나. 라는 절망감이 녹아 드는 순간.

쿵쿵쿵. 뒤편에서 땅이 울렸다. 멧돼지가 뒷걸음질을 쳤다. 쿵쿵쿵. 지진의 진앙 같은 울림이 개눈을 스치고 지나갔다. 멧돼지가 몸을 돌려 뒤로 몇 발자국 물러났다. 뒤에서 튀어나온 거한이 개눈의 머리 앞을 방패처럼 막아섰다. 몽둥이를 허공에 휘두르고 있는 그는, 장식의 돼지였다. 그 사이 개눈 옆에 다가온 장식이 귀에 대고 말했다.

"멧돼지가 잠시 겁먹은 거야. 작정하고 달려들면 내 돼지도 막을 방도가 없어."

그러나 코 앞까지 다가왔던 죽음에 질겁한 개눈은 제정신이 아니었다. 뚫려 있는 모든 구멍에서 액체가 흐르고 있었다. 개눈은 애원했다.

"살려주세요, 살려주세요."

그때였다. 장식의 전화기가 울렸다. 장식은 급하게 핸드폰을 꺼내 들었다. 혁수의 전화였다. 장식은 급하게 손짓을 했다. 늘어선 차들의 헤드램프가 다시 켜졌다. 순간적으로 밤이 뒤집어지고 낮이 켜진 듯했고, 이에 놀란 멧돼지가 한참을 차 뒤로 뒷걸음질쳤다. 장식은 울고 있는 개눈을 향해 소리질렀다.

"입 닫아!"

고요 속에 통화가 연결되었다. 역시나 예상대로, 아들의 전화기를 통해 들려오는 목소리는 달구, 달구였다.

—

아들로부터 첫 번째 전화가 온 것은 몇 시간 전, 이미 늦은 밤이었다. 전화벨이 울리고 화면에 뜬 아들의 이름을 보자 장식은 불안해졌다. 벨이 울리는 짧은 시간, 조마조마한 마음이 구르는 눈덩이처럼 불어났다. 장식은 전화를 받고도 아무 말도 하지 않았다.

"마장식? 장식아?"

난장판에서 굴러먹은지 어언 삼십 년. 그 사이 마장식의 이름을 편하게 부르던 사람들은 대부분 죽거나, 사라졌다. 직함을 벗어 던진 날것의 이름이 귀에 꽂히자 장식은 낯선 기분이 들었다. 순간 목소리의 주인공이 될 법한 사람들의 얼굴이 머릿속을 훑고 지나갔다. 한 놈, 두 놈, 세 놈, 네 놈, 다섯 놈, 여섯 놈, 그리고 일곱 놈. 내 이름을 편하게 부를 만한 사람은 일곱 놈쯤 되려나.

"나 달구다."

일곱 녀석, 개중 최악. 목소리의 주인공은 달구였다.

달구지파의 수장, 편달구. 장식이 달구를 처음 만났을 때는 삼십여년 전, 달구가 달팔이던 시절이었다. 편달팔, 유별나게 독특한 이름이었다. 이십대 초반, 두 사람 모두 험한 세계에 갓 발을 들인 볼품없던 시절이었다.

지금과는 확연히 다른 시대였다. 옛 이야기 읊는 것을 즐기는 자들은 그 시절의 낭만을 그리워했으나, 풍파를 뚫고 우두머리에 올라선 장식은 달랐다. 기억 속 옛 시절은 강호의 도리 따위를 앞세우며 마주보고 웃고는, 등에 꼽기 위한 칼을 몰래 갈던 시기였다. 차라리 모두가 돈에 눈이 벌건 것을 드러내는 지금이 사람다울 지경이었다.

협객이라 자칭하는 이들은 철저히 영역을 나누어 안에서 곪는 것을 피하려 했다. 피차 사회의 오물이 걸러지고 걸러져 모이는 수챗구멍 같은 업이었지만, 그 중에도 꺼리는 밥벌이가 있었다. 마약이었다. 그들의 고객은 약에 취한 자들이었고, 취한 자들은 대부분 인간성이 결여되어 있었다. 달팔이는 지역에서 마약을 다루는 조직에 속한 똘마니였다.

장식의 조직은 도박, 사람보다 깔끔한 돈을 다루었기에 조직은 마약업을 은근 업신여겼다. 꼴사나운 일들을 하는 자들 답게 무리의 대가리부터 하찮은 수족들까지 험하고 너절하였다. 특히 비슷한 연배의 달팔은 장식의 눈에 도드라졌다. 달팔은 머리가 완전히 쪼개졌다가 간신히 기워낸 듯, 머리에 큰 상처가 있었다. 머리를 꿰맨 흔적이 쪼개진 상처를 따라 마치 두피 위에 큰 길을 낸 듯 허옇게 갈라져 있었다. 하필이면 풍성하고 맥없는 직모를 가진 탓에, 마치 넝마로 덮어놓은 듯한 상처가 움직일 때마다 흔들리는 머리칼 사이로 번뜩였다. 작고 얄상한 바탕위에 이목구비를 잘 그려 놓고, 미간을 프레스로 찍어 누른 듯한 인상이란. 예쁘장한 눈매에 시원스레 큼지막한 눈이었지만, 과하게 돌출된 탓에 괴이한 입체감을 주는 가운데, 안구보다도 낮은 곳에서 출발한 콧대는 요상하게 날렵한 각을 지녀 우뚝 선 콧망울은 얼굴의 불안한 중심을 잡고 있었다. 어수선한 이목구비의 부조화에 덧붙여, 총체적인 추접함과 불결함이 곳곳에 묻어 있었다. 피부병을 심하게 앓아서인지 수시로 몸을 긁어댔고, 벌겋게 흉이 진 목덜미를 긁어댈 때면 허연 각질이 마치 눈발처럼 주변에 날렸다. 킁킁대는 소리를 내며 숨을 쉬는 버릇을 가진 탓에 청각적 혐오도 놓치지 않았으며, 눈알을 번들거리며 눈치를 살필 때면 식탐에 눈이 먼 게걸스러운 잡식 동물이 연상되었다.

세월이 흐르며 자연스레 협객이라는 간판이 쪼개졌다. 돈이 최고의 가치임은 변함이 없었으나, 악인들이 지저분한 가면을 벗어 던졌다. 돈을 놓고 벌이는 다툼이 영역을 가리지 않고 들불처럼 번져 나갔다. 격변의 시기를 거치며 마장식도 자신만의 세를 갖추어 갔다. 그때만 하여도 여전히 마약은 눈길이 가지 않는 지저분하고 위험한 비즈니스였다. 들리는 이야기에 따르면 한때 십수 개의 조직이 나누어 먹던 마약 시장이 한 꼭지점으로 귀결되고 있다 하였다. 달구지파였다.

그러던 어느 날, 달구지파의 대가리라는 녀석이 대담하게도 장식을 찾아 광장빌딩의 문을 두드렸다. 찝찝한 마음으로 문을 열어주자, 한 사내가 장식의 방으로 들어섰다.

"아이고, 안녕하십니까? 편달구라고 합니다."

자신을 달구라 소개하는 남자는 분명, 편달팔이었다. 장식의 오랜 기억 속 달팔이가 달라진 것은 이름뿐만이 아니었다. 줄줄이 쪼개져있던 머리통은 그대로였지만, 시원하게 머리를 밀어버린 탓에, 상처는 숨기고 싶은 흉이라기보다는 불량배의 자랑스러운 훈장 같았다. 번들거리는 큰 눈알은 그대로였지만, 멋드러지게 다듬은 콧수염을 길러 이목구비의 부조화를 가렸다. 세월에 따라 목주름은 늘어났으나, 질환을 걷어낸 목덜미는 매끈했다. 게다가 다부지게 가꾼 덩치에 당당한 걸음걸이와 한결 안정적인 숨소리까지. 과연 대장의 기운이 느껴졌다.

달구는 읍소에 가까운 이야기를 늘어놓았다. 자신이 하고 있는 마약업을 건들지 말아주었으면 하는 요청이었다. 국내에서 마약 제조는 정부의 단속과 규제로 완전히 소멸하였습니다, 일본으로 수출길은 절단이 났습니다, 빈 구멍으로 북한이 스며들고 있습니다, 이럴 때 자신을 지켜주지 않으면 이 시장은 북한에 먹히고, 중국에 먹혀 씨가 마를 것이 분명합니다.

장식은 애시당초 마약 쪽에 관심이 없었다. 장식의 머릿속에는 그 하찮았던 달팔이가 어떻게 저 지저분한 시장을 집어 삼켰나는 궁금증뿐이었다. 장식은 서둘러 말을 자르며 달팔이를 안정시켰다.

"마약은 관심 없습니다."

달팔이는 반쯤은 떠밀려 나서면서도 연신 읍소를 멈추지 않았다.

"회장님, 회장님, 부탁드립니다, 마장식 회장님."

달팔이가 떠난 뒤 장식은 소식통을 불러들여 저짝 동네 이야기를 캤다. 과거 시장을 주름잡던 조직 안에서 온갖 배신과 협잡이 일어난 끝에 너다섯 개로 조직이 쪼개졌고, 한때 달팔이었던 달구가 이름을 바꾸고는 달구지파를 이끌고 있었다. 추가 분산되어 유지되던 마약 시장의 균형이 무너지기 시작한 것은 몇 년 전부터였다. 마약 수요가 서서히 싹을 키우더니, 꽤나 빠르게 몸집을 불리던 때였다. 돌연 몇 주 사이에 마약 조직의 우두머리들이 죄다 옥에 갇히는 바람에 어부지리 격으로 시장을 먹은 놈이 그놈, 유일하게 옥살이를 피해낸 마약조직의 수장, 편달구였다.

"저, 회장님. 편달구는 말입니다, 건드리지 않으시는 게 좋을 것 같습니다."

"왜?"

"뒷배가 있다네요."

장식이 궁금했던 것은 기억 속 모질이가 어쩌다 대가리로 올라섰는가였다. 쥐새끼 같은 자식, 뒷바라지가 없을 리 없지. 장식은 콧방귀를 뀌고는 달구의 기억을 묻어둔 채 지냈다.

그리고 몇 년 뒤, 마약의 광풍이 불었다. 전 세계적인 바람이었다. 바람을 탄 달구지파는 급속도로 덩치를 부풀렸다. 순식간에 지역을 넘어 전국을 쥐고 있는 마약 조직으로 컸다는 소문이 돌았다. 패거리는 항시 근사한 정장을 빼입고는 마치 사업가인 양 으스댄다는 이야기가 퍼졌다. 미국, 중국을 위시한 마약 선

진국과 두터운 외교 관계를 맺고 있다며 점잔을 뺀다는 풍문이 파다했다.

마약 산업이 성장하자 이를 묻고 지내던 장식도 달구를 더 이상 외면할 수 없었다. 달구지파가 점점 신경을 긁어대더니, 어느새 상처에 피가 맺히는 지경이 된 것이었다. 달구가 장식의 도박판에 기웃댄 것은 아니었다. 달구지파는 하던 대로 마약만 다루었다. 그러나 모든 돈이 마약으로 쏠려버린 탓에 달구는 너무 많은 돈을 쓸어 담고 있었다. 마약은 분명, 다른 쾌락이 쥐고 있던 돈의 영역을 잠식하고 있었다.

그리고 몇 달 전, 한때 거물이었던 양반의 장례식에서 장식은 달구와 마주쳤다. 달구는 천연덕스럽게 웃으며 장식을 맞이했다.

"마장식, 장식아!"

장식은 시선을 내리깔았다. 역학관계는 모래알을 다한 시계처럼 뒤집혀 있었다. 이제, 마약의 모래가 흘러내리는 시간이었다.

—

"마장식? 장식아?"

"달구구나."

"오랜만이네."

"왜 내 아들 전화기로 전화하는 거지?"

"자, 자. 우리 신사협정 맺은 것, 기억하지?"

달구의 읍소는 수 년의 세월을 거쳐 신사협정이라는 그럴듯한 말로 표현되었다.

"난 네 사업에 관심이 없다."

"그럼, 알고 말고. 감히 마장식이가 이 달구한테 주머니칼을 겨눌 리 없지. 그런데 말이야. 니 아들 녀석은 아닌 것 같은데."

"지금 같이 있나?"

"그래."

"경고한다. 당장 풀어줘라."

"이거 참, 불같으시네. 자, 일단 아들 목소리 먼저 들어보시고."

달구의 목소리가 전화기에서 다소 멀어지는 느낌이 들었다. 이어 핸드폰으로 달구와 혁수의 대화가 들렸다.

"마혁수. 너 괜찮냐?"

"응."

"기분은 어때."

"아주 좋아."

"어떻게 좋은데?"

"의지는 흐려졌는데, 기억은 뚜렷하네. 잊었다고 생각한 기억이 완벽하게 복구되었어. 거짓이나 가식은 이제 남지 않았어. 그저 팩트, 사실만 남은 것이지. 난 이 해방감이 너무 좋아. 사회적인 압박, 내면적인 부담감, 가족으로서의 위선. 이걸 집어 던지고 진실 앞에만 서 보니 삶이 하나의 선이 되 버렸네. 이제야 알게 되었어. 간소화된 삶은 쾌락에 가깝구나."

아들이 도대체 무슨 소리를 하는건지 장식은 갈피가 잡히지 않았다. 장식이 알던 아들과 전혀 다른 사람이 말을 하는 듯했다.

"혁수야, 혁수야! 다친 데 없어? 혁수야!"

핸드폰을 통해 장식의 외침이 들렸다. 달구가 장식의 말을 이어받았다.

"여기, 니 아버지다. 마장식 회장님이 괜찮냐고 묻는데?"

"아버지? 마장식 회장님?"

"그래. 마회장."

"그 사람이 회장이라고? 웃기는 소리. 그 사람은 말이야, 회장은커녕 반장도 못 할 사람이야."

"어이, 이거 저쪽에서도 다 들려. 마회장이 듣고 있다고."

"마회장님, 저, 마혁수입니다."

수화기 건너편 아비의 귀에 닿도록 혁수가 목소리를 높였다.

"그래, 혁수야. 괜찮니?"

"마회장님. 당신은 그릇이 작아요."

"그게 무슨 소리냐?"

"제가 말했잖아요. 우리도 마약을 해야 한다고."

이 삼 년 전, 혁수가 조심스럽게 말을 꺼냈다. 이제 돈놀이로는 벌이에 한계가 있습니다. 이 동네에서 도박은 죽어가고 있어요. 어차피 우리 벌이는 중독을 사고파는 것입니다. 더 큰 중독으로 나아가지 않으면, 쪼그라들 일 밖에 남지 않아요. 새로운 중독을 팔아야 합니다. 마약을 해야 해요.

장식은 마약으로 스러져간 수많은 자들을 알고 있었다. 심지어 장식의 첫 번째 부인, 혁수의 어미는 마약에 절여져 아들 앞에서 스스로 살갗을 가르기까지 하였다. 마약의 악의는 파는 자도 집어삼켰다. 몇몇 떨거지들이 마약을 팔겠답시고 손에 쥐었다가, 자기 혈관에 쑤셔 넣고 폐인이 되는 꼴도 여럿이었다. 게다가 그들 사이의 갈등도 지독하게 지저분했다. 마약 사업을 하는 자들끼리 등을 돌리면, 그들은 마치 줄넘기를 하듯 서슴지 않고 인간의 금도를 넘나들며 싸웠다.

장식은 개인적으로도, 사업적으로도 마약에 손대지 마라고 강조해왔다. 밑사람은 하라고 하면, 해야했다. 그보다 더 중요한 것은 하지 말라고 하면, 하지 않는 것이었다. 그것은 기강이 바로잡히고, 희생은 나누며, 위험은 피해갈 수 있는 조직 제 일의 준칙이었다. 아들 혁수라도 규율의 뼈대를 뒤흔드는 것은 용납할 수 없었다. 마지막으로 장식의 뜻을 거슬렀던 자는 도가니를 도려내 평생 굽은 무릎을 볼 수 없게 하였다. 장식은 가까스로 노여움을 찍어 누르고, 차갑게 한 마디를 남겼다.

"마약은 안 돼."

그 후 혁수는 다시는 마약을 입에 올리지 않았다. 장식은 모진 충격 없이도 자신의 말이 가진 무게를 혁수가 깨달았다고 생각하였다. 불과 보름 전까지는 말이다.

그 사이 부회장이라는 완장을 찬 혁수는 간부회의에서 단단히 벼르고 있었던 듯 계획을 장황하게 쏟아냈다. 또 다시, 마약이었다. 월터라는 한국인이 있고, 그가 매우 대단한 사람인데, 현재 도피 중이나 자신의 네트워크를 통해 달구지파에 앞서 그를 손에 쥐었으며, 그를 부릴 수만 있다면 마약의 제조와 공급까지 가능해져, 유통만 하는 찌끄래기들의 재롱을 바탕으로 큰 돈을 벌 수 있다는 것. 허튼소리였다. 세상 물정을 모르는 철없는 아이가 함부로 지껄이는 장래희망 같은 사업계획이었다. 게다가, 또 다시 마약이라고? 그것도 달구지파와 얽히는 사업을? 장식은 참지 못하고 명패를 집어던졌다.

"마약은 안 된다고 했지."

그러나 혁수는 지지 않고 맞섰다.

"됩니다, 회장님. 이번에는 반드시 된다고요. 회장님이 벌이신 사업, 얼마나 가겠습니까? 사람들이 왜 아직도 도박판에 가는지 알아요? 도박에서 돈을 따서 마약을 사기 위해서라고요. 격투기? 동네 잡배들 주먹다짐 따위, 그깟 푼돈 긁어모아봤자 여기 모인 사람들 배때지도 못 채웁니다. 시간은 저를 기다리고 있습니다. 이 꼬락서니로 그룹은 제 때까지 가지 않아요. 나의 때가 오기도 전에 저물고 말 거라고요."

까마득하게 넘어버린 선. 장식은 다시 그 선을 또렷하게 그을 필요가 있었다. 장식은 냅다 책상을 건너 넘어가서는 혁수의 턱에 주먹을 날리고는 테이블 위로 눕혔다. 그리고 두 대, 세 대, 연달아 아들의 얼굴에 주먹을 날렸다. 그리고 다음 주먹을 꽂기 위해 귓가로 주먹을 들쳐든 순간, 자신을 바라보고 환하게 웃고 있는 혁수의 얼굴이 눈에 들어왔다.

"회장님, 이제 회장님 주먹은 무섭지 않습니다."

기억 속 주먹이라면 코에서 핏물이 터져 나오고, 광대가 부풀어 오를 만도 하다만. 웃고 있는 혁수의 얼굴은 말끔하기 그지없었다. 순간 장식은 지금 이 순간은 아들이 모시는 윗사람이 아닌, 아들을 바로잡는 아비가 되어야 한다는 생각이 들었다.

테이블 위에 누운 자식을 뿌리치고 장식은 다시 뒤로 물러났다. 다시금 넥타이를 조이며 복장을 가다듬었다. 이어 장식은 자신의 책상 뒤편에 있는 화분 앞으로 다가갔다. 화분에는 큰 떡갈나무가 심어져 있었다. 몇 년 동안 애정을 담아 키운 나무는 어느덧 천장에 닿을 정도로 자라나 있었다. 장식은 그중 두터운 가지 하나를 우지끈 부러뜨렸다. 그리고 그 가지를 움켜쥔 채 말했다.

"테이블 위에 올라서서 바지 내려."

"저기, 헛, 뭐라고 하셨나요?"

"벗겨라."

장식은 간부들을 둘러보며 말했다. 그들은 하나같이 고개를 처박고는 시선을 피하고 있었다. 장식은 창틀이 흔들릴 정도로 고함을 질렀다.

"벗기라고!"

그러자 간부들이 테이블로 다가섰다. 그들은 혁수의 몸통을 붙잡은 뒤 일으켜 세웠다. 혁수는 고래고래 악을 쓰며 반항하였지만, 덩치 큰 폭력배들 앞에서는 헛된 발버둥에 불과했다. 어느새 혁수는 모든 것을 포기한 듯 테이블 중앙에 바지를 내린 채 서 있었다.

장식은 말을 듣지 않는 아들의 종아리에 회초리를 댔다. 벌을 내리겠다 마음을 먹으면, 반드시 벌을 내려야했다. 벌은 무언가를 무너뜨리고, 그것을 다시 쌓아 올리는 과정에서 얻게 되는 배움. 몸이 무너지지 않는다면, 정신을 무너뜨려야 했다. 장식에게는 그것이 아들을 그릇된 길로 가는 것을 막는 아비다운 처신이었다.

매질이 끝나고 혁수가 장식을 바라보는 눈에는 노기가 넘쳤다. 장식은 철저히 뿌리를 도려내 그 독살스러움까지 굽힐 생각이었다. 장식은 전화번호가 쓰인 메모지를 혁수에게 넘겼다.

"이 땅에서 마약 사업은 누가 주인인지 아느냐. 편달구. 그의 전화번호다. 지금 편달구에게 전화를 하여서 언제 어디로 그 자가 들어오는지 말해. 그리고 너는, 손 떼."

혁수는 전화기를 집어 들었다. 누구라고? 마장식의 아들? 마장식이가 누고, 아, 그, 화투만지는 놈? 거나하고 기름기 낀 달구의 말투부터 혁수의 심기가 움찔거렸다. 아들놈이 있는 지도 몰랐는데 말이야, 왜? 돈이라도 필요해? 혁수는 전화기를 집어 던지고 싶었지만 아직까지 회초리를 놓지 않은 장식이 눈을 부릅뜨고 있었다.

"월터, 아시죠? 프란시스 파에서 도망쳐 나왔다는 놈. 그 자가 곧 한국에 들어옵니다."

"뭐시라? 언제? 어디로?"

"12월 30일 오전, 장수항입니다."

"너, 장난이면 말이지, 너랑 니 애비까지 싹 다 말이야, 알지?"

"진짜입니다."

"너는 어떻게 알았어?"

"우연히 도피중이던 월터를 알게 되었습니다. 끈이 닿는 대로 동남아를 거쳐 중국으로 가는 루트를 짰고요, 이래저래 사람들 쓰고, 신분증도."

"잠깐만. 다시 말해봐. 언제, 어디라고?"

달구는 혁수가 얼마나 고된 과정을 거쳐서 월터를 한국으로 끌고 왔는지 관심이 없었다. 혁수가 다시 한 번 날짜와 장소를 말하자 달구는 바로 전화를 끊어버릴 기세였다.

"저기, 저기요, 편달구씨."

"뭐? 이 새끼 말버릇 봐라. 왜."

"월터를 어쩌실 생각이십니까?"

"뭘 어째, 다시 팔아야지. 프란시스 년한테."

전화가 끝이 났다. 장식은 그제서야 혁수를 놓아주었다. 장식은 혁수가 허튼 계획을 완전히 포기했다 생각하였다. 그러나, 전화기를 통해 전달되는 혁수의 목소리는 장식의 생각이 틀렸음을 알리고 있었다.

—

"혁수야, 너 무슨 짓을 한 거냐."

"심지가 굳지 못하고 나약한 노친네에 맞서 싸웠습니다. 살만큼 산 늙은이가 미래가 구만 리인 젊은이보다 죽음을 두려워하는 건 노욕에 지나지 않아요. 교활한 노인은 셈을 하였고, 남은 여생동안 가진 것을 지키며 살아가는 쪽을 택했습죠. 과거를 곱

씹어 돌아보는 시야만 선명하고, 미래를 읽는 눈은 완전히 멀어 버린 장님에 맞서 제 뜻을 펼쳤을 뿐입니다."

"워, 워, 이거 이거, 이쯤에서 그만하기로 하지."

부자간의 날선 대화에 달구는 진절머리가 날 지경이었다. 달구가 대화를 갈라내며 껴들었다.

"장식아, 이해해. 이 친구가 제정신이 아니야. 아니, 너무 제정신인가."

"애가 왜 그래, 대체 무슨 짓을 한거냐."

"그냥, 뭐, 조금 솔직하게 만들었을 뿐이지."

—

진실세럼. 중남미의 밀수꾼이 병을 건네며 진실세럼이라는 이름을 말할 때만 해도 달구는 코웃음을 쳤다.

"그래서, 이걸 혈관에 투여하면 거짓말을 하지 않는다고?"

"맞아요, 그 동네에서는 지저분한 고문 같은 건 사라졌어요. 이거만 있으면 자판기처럼 진실이 튀어나옵니다."

"그래? 난 못 믿겠는데, 당장 네 피에다가 한 번 타볼까?"

밀수꾼은 손사레를 쳤다.

"안 돼요, 안 돼. 이건 마약이 아니에요. 이건 독입니다."

그의 설명에 따르면 독은 거짓말을 할 때 활발히 움직인다는 정수리 부근의 뇌에 침투한다고 하였다. 독은 그 부위를 건드려 남을 속일 때 오는 긴장과 쾌감에 대한 반작용 물질을 과잉 생산하도록 유도한다고 했다. 때문에 독으로 자극받은 사람은 거짓에 대해 극도의 거부감을 보이고, 진실만을 토해낸다 하였다. 달구의 귀에는 그의 모든 말이 거짓 같았다.

몇 달간 서랍 안에 쑤셔 박아 둔 수상한 독이 갑자기 떠오른 것은 그 밀수꾼 때문이었다. 녀석과의 거래에 문제가 생겼다. 그는 자신도 공급처에 속았다며 이를 갈았다. 사람 몇 명만 붙여주면 당장이라도 날아가 사기꾼의 혀를 잘라오겠다고 분통을 터뜨렸다.

돈벌이의 기본은 신뢰이지만, 그림자에 숨어서 하는 일은 의심이 기본이었다. 허나 구만리 밖 중남미에서 벌어진 사기극에 대해 달구는 진실을 밝혀낼 재간이 없었다. 속고 속이는 것도 이 업의 한 조각이거늘, 하고 넘어갈 법했던 그날. 달구는 갑자기 녀석이 준 진실세럼이 생각이 났다. 곧 포박당한 녀석의 혈관으로 몇 방울의 진실이 스며들었다.

녀석의 온몸이 축 늘어졌다. 혓바닥마저 힘을 잃은 듯 말도 느슨해졌다. 달구가 물었다. 날 속였냐? 놀랍게도 녀석의 입에서 나온 것은 사기극의 전말이 아니었다. 그는 달구와 거래해온 지난 십 년에 가까운 세월동안 있었던 모든 도둑질, 횡령, 속임수, 농간과 기만을 줄줄이 뱉어냈다.

피차 달구도 밀수꾼을 속여온 바, 그간 자신이 당해온 농락의 역사보다 놀라운 것은 독의 효과였다. 달구는 이런 저런 질문을 던져보았다. 때마다 마치 그의 영혼을 뜯어보는 듯한 기분이었다. 그는 스스로 자신의 두개골을 열어 젖히고 뇌 속의 세포 하나하나를 까뒤집어 보였다. 진실세럼에 대한 그의 말은 분명, 진실이었다.

이를 직접 눈으로 본 달구의 졸개들이 있었다. 그날 이후, 달구지파에서 거짓은 사라졌다. 진실세럼을 꺼내들 필요도 없었다. 그리고 오늘, 밀수꾼에 이어 두 번째로 독이 묻은 진실을 혁수가 토해냈다.

"그게 무슨 소리야."

"뭐, 추잡스러운 고문의 시대는 지나갔다, 뭐 이런 거지."

"너, 내 아들한테 약 집어넣었냐."

"덕분에 얼마나 쉽게 일이 풀렸냐? 장식아, 이 얼마나 신사답고 좋은 지 아냐? 니 아들녀석 털끝 하나 안 다치고 전부 털어 놨는데 말이야. 자, 이제부터 내가 들은 이야기를 들려 줄게."

스피커폰이 꺼지고 전화가 달구의 목소리로만 채워지기 시작했다.

"자, 여기는 우리 둘 다 알고 있는 사실. 니 아들이 나의 것에 욕심을 냈어. 내 것으로 돈을 벌어볼까 했더만. 감히 말이야, 내가 아도친 밥벌이에 응, 뒷가랑이를 벌리고 오줌을 뿌리려 했단 말이지. 그렇다고 장식이 너를 탓하는 건 아니야. 너는 아들녀석을 막았더라고? 역시 신사야, 신사다워. 우리는 신사협정을 맺은 사이잖아? 그런데 어쩌냐, 네 아들놈은 신사가 아니더라고. 그리고 여기서부터는 네가 모르는 이야기. 니 아들은 원래 내 것이었던 것을 나에게 되파려 했어. 어마어마한 웃돈을 얹어서 말이지. 나로서는 억울하지만, 어쩌겠어. 그만큼 그 사람이 필요했으니까, 뭐, 쿨하게 거래에 응했지. 그런데 말이야, 아들 녀석이 빈 손으로 왔어요. 내 것을 가지고 있지도 않으면서, 나한테 팔려고 했다고. 내가 화가 나지 않겠어? 자, 내 말 잘들어. 난 꼭 그 녀석이 필요해. 월터. 그놈은 지금 강동수, 강동호라는 두 형제녀석이 데리고 있다. 니 자식이 살아있는 이유는 진짜로 두 형제가 어디 있는지 모르기 때문이야. 애비인 니가 찾아와. 내일 아침, 12월 31일 오전까지다. 월터를 무릉공업소로 데리고 오지 않으면, 니 자식은 죽는다. 자, 10초, 부자간에 마지막 인사 나누기."

장식이 뭐라 말을 하기도 전에 수화기가 혁수에게 넘어갔다.

"혁수야, 혁수야!"

"개눈을 찾으세요. 아니면 전 죽습니다."

통화는 아들이 자신의 죽음을 경고하는 것으로 끝이 났다. 아직 핸드폰에는 오랜 통화의 열기가 남아있었다. 귓가와 뺨이 누군가에게 맞은 듯 후끈 달아올라 있었다. 장식은 바로 부하에게 명했다.

"개눈을 찾아!"

—

땅에 박힌 개눈을 앞에 두고 전화기가 울렸다. 달구의 두 번째 전화였다. 달구가 말했다.

"바꿔 봐."

"나다. 내가 마장식이야."

"너 말고, 월터."

"아직이야, 아직. 지금 다 잡았어. 여기, 지금 혁수가 말한 개눈을 찾았어. 시간 문제라고."

"그래서, 못 잡았잖아. 지쳤어. 더는 못 기다려. 이제 끝이야."

"잠깐만, 잠깐만! 아직 새벽이야, 오전까지는 시간이 남았잖아!"

"빌어."

"뭘?"

"니 자식새끼 더 살게 해달라고 빌란 말이다."

제발, 부디, 간절하게, 간곡히, 폭력단의 수장에게 어울리지 않는 한바탕 애절함이 휩쓸고 가고. 전화를 끊고 난 장식이 다시 개눈의 눈앞에 앉았다. 장식의 눈은 더 이상 거칠고 모진 불한당의 눈이 아니었다. 아비의 눈을 한 장식이 말했다.

"너, 정말 모르냐."

"모릅니다."

"그럼 찾아올 수 있냐?"

"네?"

"강동수 강동호, 니가 찾아오면 말이야. 두당 1억씩 그 자리에서 2억을 주마. 그리고 월터까지 찾아오면, 2억을 얹어 4억. 현금으로 4억을 줄게."

큰 돈이었다. 땅 속 냉기에 굳어가던 개눈의 혈관에 금세 뜨슨 피가 돌기 시작했다. 사채업자의 셈이 급하게 돌며 급속도로 열을 끓여 올렸다. 두당 1억, 그 형제의 값은 목숨 값. 그러나 그 녀석들의 목숨 값이 그리 비쌀 리 없지. 4억, 4억은 온전히 그 월터란 자식의 값어치야. 행여나 혁수가 죽어버려 월터라는 자가 마장식에게 더 이상 필요하지 않게 되더라도, 전화 건너편의 그 녀석에겐 여전히 값진 인간일 터. 어쩌면 그자에게는 웃돈을 얹어 4억 이상을 받아낼 수 있을지 몰라.

"정말로 저는 모릅니다. 부회장님이 왜 제 이름을 말한 지 알아요. 부회장님이 그 형 녀석을 저에게 소개시켜 주셨거든요. 강동수가 돈을 빌린 게 있어서 어제 찾아갔는데, 저기, 저놈 머리통 보세요. 동생 녀석 아시죠? 그 괴물이 아주 우리를 박살 냈어요. 그래도 사채업자가 돈을 떼일 수는 없잖습니까. 오늘 아침에는 집으로 찾아갔다가 다시 한 번 개박살이 났고, 그게 끝이에요. 정말로, 정말로 모릅니다."

말의 중간 즈음부터 장식은 다른 곳에 혼이 팔려 있었다. 개눈은 알고 있었다. 방금 이 녀석은 자식의 죽음을 간신히 미루어 낸 뒤, 더 이상 분풀이에는 시간을 쏟지 못할 것이야.

"가자."

장식이 일어서며 말했다. 순간 졸개들이 분주해지기 시작했다. 순식간에 주변이 정리되는 듯하더니, 속속들이 차에 올라탔다. 장식은 차에 기대어 개눈을 아래로 내려보고 있었다. 졸개 하나가 장식에게 물었다.

"저 녀석들은 어떻게 할까요?"

"한 놈만 꺼내 줘."

말이 끝나자마자 덩치 몇이 개눈에게 다가오더니, 두어 번 삽질을 하고 나서는 개눈의 가슴팍을 부여잡고 땅에서 뽑아 들었다. 그리고 그들은 급하게 차를 타고 어디론가 떠났다.

마지막 차에서 무언가가 개눈을 향해 툭하니 떨어졌다. 삽과 차키였다. 개눈은 미소를 지었다. 시간에 쫓기는 자는 상대하기 쉬운 법이었다.

—

땅에 박힌 부하들을 꺼내 주고, 차에서 얼어붙은 몸을 녹이는 와중에도 개눈의 눈은 핸드폰 화면에서 떨어질 줄 몰랐다. 추적기의 신호는 끊겨 있었으나, 언젠가 움직일 것이라는 믿음이 있었다. 그리고, 동틀 무렵 추적기의 신호가 연결이 되었다. 동수를 가리키는 지도 위의 푸른 점이 돈다발로 보였다. 동수의 차는 험한 길을 나오는지 느리게 움직였고, 갓 수리된 개눈의 차는 계기판 끝을 뚫을 속도로 달렸다. 그리고 쾅. 개눈은 동수를 손에 넣었고, 돈뭉치의 끝다발을 쥐었다.

월터가 있다는 창고는 멀지 않은 곳에 있었다. 차에서 내리기 전, 창수가 단단히 경고를 했다. 형님, 저 안에 그 괴물이 있을지 몰라요. 날붙이를 좋아하지 않는 개눈이었지만, 이번만큼은 단단히 날카롭게 무장을 하였다. 창수의 말대로 거인이 나타나 손에 든 몽둥이를 빨대처럼 구부릴 지 모를 일이었다.

개눈은 동수를 시켜 창고의 문을 열게 하였다. 문은 자물쇠가 부수어진 채였다. 동수가 문손잡이를 잡았을 때, 개눈이 갑작스레 동수의 손목을 부둥켜 잡았다. 개눈은 오른손으로는 동수의 손목을 부여잡고, 왼손으로는 서슬 퍼런 날이 선 손도끼를 부여잡은 채, 머리 뒤까지 도끼를 치켜 들어 내리칠 자세를 취하고 있었다.

"너, 장난 쳤다간 팔뚝 날아간다."

동수는 말없이 고개를 끄덕이고는 문을 열었다. 창고 문이 활짝 열렸다. 괴물은 없었다. 창고 안에는 두 남자가 있었다.

체구가 큰 남자 하나가 바닥에 엉덩이를 댄 채, 무릎을 굽히고 그 사이에 머리를 처박고 있었다. 문이 열리자 남자의 머리가 서서히 들어올려졌다. 산 만한 머리통이었다. 잠시 도끼를 쥔 개눈의 손에 힘이 바싹 들어갔다. 그러나 남자는 언뜻 보아도 체구만 클 뿐, 그 괴물 녀석처럼 근육으로 온몸에 갑옷을 두른 야수의 덩어리가 없었다. 언뜻 보이는 늘어진 지방질과 구부린 허리 앞으로 접혀진 두툼한 뱃살이 안도감을 불렀다. 게다가 남자의 눈빛, 절망과 체념이 녹아 있는 듯한 남자의 눈빛에는 살기랄 것이 전혀 느껴지지 않았다.

오히려 개눈을 긴장케 한 것은 그 옆에 있는 남자였다. 그 남자는 얼굴을 바닥에 처박은 채 뒤집혀 누워있었다. 팬티만 걸친 엉덩이는 피범벅이었으며, 누워있는 옆으로 피가 흥건히 고여 있었다. 죽음, 남자의 주변에는 죽음의 냄새가 물씬 흘러 넘치고 있었다.

두 남자의 손목은 수갑으로 연결되어 있었다. 시체 한 구와 시체와 묶여 있는 남자. 월터가 어느 쪽인지는 알 수 없는 일이었다. 순간 살아있는 자가 입을 열었다.

"누구냐."

뒤에 있던 동수가 앞서 나오며 말했다.

"나다."

개눈 무리가 시체와, 시체와 연결된 남자가 그리는 기괴한 미장센에 잠시 머뭇대는 사이, 동수는 월터에게 다가갔다. 개눈 녀석들은 어제의 개눈 녀석들이었다. 동호의 주먹이 그들을 파괴하기 전 그 모습 그 대로였다. 그러나 월터는 어제의 월터가 아니었다. 어제의 월터는 반팔과 반바지를 입은 채 묶여 있었지만, 오늘의 월터는 검은 정장을 입고 있었다. 어제의 월터는 마약에 취한 채 장반장 위에 널브러져 있었지만, 오늘의 월터는 초점 잡힌 눈빛을 갖고 있었다. 월터는 분명, 어제부터 이어진 오늘의 월터였다.

"너, 너도 오늘이 두 번째지?"

"그래."

"난 죽은 거냐."

"아니. 아직."

"아직? 그럼 죽는 다는 것이냐?"

"사람은 누구나 죽지. 언젠가는."

동수는 쪼그려 앉았다. 그러자 월터는 무릎 사이에 고개를 처박아 시선을 피했다.

"대답해. 이게 어떻게 된 일이야. 넌 알고 있잖아. 왜 오늘이 반복되는 거지? 왜 오늘을 두 번 사는 거냐고."

"약."

"약? 무슨 약?"

"차에서 터진 그 약."

"그게 무슨 약인데."

"니 말 대로. 두 번 사는 약."

"그러면 동호는, 동호도 약을 마셨잖아. 동호는?"

순간 개눈이 뒤에서 쭈그린 동수의 목덜미를 부여잡고는 그대로 뒤로 집어 당겼다. 동수가 뒤로 데굴데굴 굴러갔다. 개눈은 동수와 같은 자리에 쪼그려 앉았다.

"니가 월터냐."

"그래."

"옆에는, 죽었냐."

"그래."

"넌 왜 시체랑 묶여있는거지?"

"모른다. 아마도 저 녀석이 묶어놨겠지."

"누가 죽였는데?"

"내가."

"왜? 누군데?"

월터는 답이 없었다. 개눈이 고갯짓을 했다. 뒤에 있던 창수와 만호가 나섰다. 두 사람이 시체에게 다가섰다. 창수가 발로 시체의 엉덩이를 밀었다. 엉덩이는 발이 미는 대로 잠시 들렸다가 제자리로 돌아왔다. 이어 엉덩이에서 무언가가 쏟아져 내리기 시작했다. 피와 변과 장이 섞인 그것은 지독한 냄새를 풍겼다. 창수와 만호, 개눈은 자기도 모르게 악취에 얼굴을 찡그리고 고개를 돌렸다. 그리고 그때, 만호의 눈에 옆에 떨어진 지갑이 눈에 들어왔다. 만호는 지갑을 주워 들고는 펼쳐보았다. 만호의 얼굴이 순식간에 굳어졌다.

"형님, 형님. 이 새끼 경찰인데요."

만호가 지갑을 펼쳐 들고는 개눈에게 다가왔다. 지갑에는 경찰공무원 신분증이 있었다. 개눈은 지갑을 들고는 그대로 쓰러진 남자의 머리 쪽으로 다가섰다. 남자의 얼굴은 바닥과 마주하고 있었다. 개눈은 쭈그려 앉아 남자의 뒷머리를 잡고 고개를 돌려 얼굴을 확인했다. 빌어먹을, 지갑 속 사진의 그 남자였다.

경찰이 죽어 있었다. 눈앞에서 아른거리던 돈다발이 순식간에 불타올라 재로 변했다. 개눈의 뇌가 순식간에 표백제에 담군 듯 허옇게 물들었다. 아직까진 목격자일 뿐, 목격자에 머무를 때 재빨리 벗어나야 했다. 개눈이 떨리는 목소리로 말했다.

"애들아, 가자."

"가긴 어딜 가."

개눈이 소리를 좇아 고개를 돌렸을 때. 그곳에 동수가 있었다. 그리고 개눈과 동수의 시선이 맞닿는 가운데에, 총구가 있었다. 동수가 해머를 뒤로 당기며 장전을 하였다. 개눈은 쪼그려 앉은 채 그대로 얼어붙었다. 옆을 보니 만호와 창수, 겁쟁이 졸개 두 녀석은 이미 양팔을 바짝 위로 올리고는 만세 자세를 취하고 있었다. 개눈은 다시 한 번 동수를 바라보았다.

사채업자로 먹고사는 기본은 사람보는 눈을 갖추는 것이었다.

꼴만 보아도 돈이 급한 녀석인지, 평생 없을 녀석인지, 바르고 곧은 녀석인지, 거짓에 능수능란한 녀석인지를 가려내야 했다. 반토막으로 보는 대신, 두 배 깊게 본다, 개눈은 이를 신조같이 여기며 사람 보는 눈을 갈고 닦았고, 사람 보는 눈만큼은 누구에게도 뒤지지 않는다고 자신하였다.

동수의 눈빛이 달라져 있었다. 더 이상 빚을 지고 도망이나 다니는, 동생 뒤에 숨은 겁보의 눈빛이 아니었다. 언제든지 방아쇠를 당겨 시체 옆에 다른 시체를 뉘일 준비가 된 듯 보였다. 작은 눈 사이로 열기가 이글거리고 있었다. 개눈의 양팔도 겁쟁이 졸개 두 녀석의 그것처럼 하늘을 향해 솟아올랐다.

동수가 총구를 옆쪽으로 살짝 돌렸다. 그러나 아무도 총을 따라 움직이지 않았다. 세 사람 중 총에 익숙한 사람은 없었다. 동수가 총으로 방향을 가리키고 있음을 아는 사람도 없었다.

"이 등신새끼들아, 저기로 가라고."

동수가 다시 한 번 총구로 옆쪽을 가리켰다. 그곳에는 부러진 의자 두 개, 온전히 선 의자 하나가 있었다. 마치 아래에 불구덩이가 타오르는 외줄을 타듯, 조심스레 세 사람은 양팔을 치켜든 채 그곳으로 발걸음을 옮겼다.

—

마치 등줄기에 꽂힌 작살처럼 총구는 월터를 떠나지 않았다. 손목으로 연결된 장반장을 질질 끌고 개눈 무리에게 다가가, 동수가 던져준 테이프로 세 사람을 한데 묶는 마무리까지, 동수의 총은 월터를 한 순간도 놓치지 않고 따라다녔다. 염색 약품용 니트릴 장갑을 뭉쳐 그들의 입을 틀어막고 나서야 월터는 한숨을 돌릴 수 있었다.

젖은 걸레를 쥐어짠 듯 월터의 온몸이 땀에 젖어 있었다. 동수는 개눈 무리가 묶여 있는 곳에서 다소 떨어진 곳으로 월터를 불렀다. 장반장을 죽인 장반장의 총, 총은 여전히 월터의 가슴팍을 겨누고 있었다. 두 사람의 대화가 시작되었다.

"이게 어떻게 된 일이야."

"그 총부터 좀 내려."

"너 이 총이 뭔지 알아? 저기, 저 경찰 총이야. 네가 약 처먹고 경찰 죽일 때 쓴 총이라고."

"알고 있어."

월터가 깊은 한숨을 뱉고는 시선을 아래로 내리깔았다.

"난, 약에 취한 새끼는 믿지 않아. 특히 약에 취한 너는 절대."

"어쩌나? 우린 지금 둘 다 약에 취해 있는데."

"그게 무슨 소리야. 어제 차에서 터진 약, 그거 대체 뭐야."

"약에서 벗어나기 위한 약."

"그게 뭔 개소리야. 자세히 말해봐."

"들어봐."

—

화공학 석사에 생명공학 박사. 이후 제약사 연구개발팀 입사. 근사하다기엔 다소 모자라지만, 중간선에서는 몇 보 정도 앞서 나간 백원덕의 삶. 그런 원덕의 삶이 모래사장에 떨어진 꽈배기처럼 뒤틀린 것은 약 10년 전, 회사가 그에게 새로운 업무를 부여하고 나서부터였다. 마약 연구개발이었다.

마약은 옛부터 돈이 되는 질병이었다. 그 질병에 전 세계가 병들어가고 있었다. 질병 답게 마약은 잡놈의 사업이었다. 숨어서 제조를 하고, 밀수를 하고, 칼날을 갈고 총기를 닦아 영역 다툼을 벌이고. 마약은 잡놈의 사업답게 수십 년에 걸쳐 야금야금 인류를 곪아 들어갔다.

잡놈들은 이 비린내나는 불결한 돈은 언제까지나 자신들의 것이리라 여겨왔지만. 돈에는 맛도, 냄새도 없는 법. 책상머리에 앉은 말끔한 녀석들이 그 돈을 채가기 시작했다. 돈의 새로운 주인은 제약회사였다.

새로운 마약을 개발하여 질병이나 진단에 대한 효과적인 치료법을 개발하는 목적. 그럴싸한 미명 하에 제약회사에서 만든 약이 퍼져 나가기 시작했다. 밀림 어딘가에서 오물과 뒤섞여 만들어지던 마약을 방진복을 입은 자들이 무균실에서 만들어냈다. 듬성듬성 이빨이 빠진 너저분한 딜러 대신, 말쑥하게 가운을 걸친 약사들이 약을 건넸다. 그들을 막어서야 할 경찰, 군인, 공권력은 고개를 돌리고 눈을 감았다. 새로이 탄생한 배급망은 순식간에 시장을 잠식해 나갔고, 순식간에 인류의 몸통까지 고름이 차올랐다.

이것이 성공한 사업 모델임을 앞선 나라에서 증명한 뒤였다. 원덕의 회사는 뒤늦게 냄새를 맡고는 이 새로운 돈의 파도에 올라타고자 했다. 회사는 개발팀에서 일하던 원덕에게 더욱 더 강력한 진통제 디자인을 주문하였다.

도파민을 과잉 생산하도록 유인하는 약물의 설계. 새로운 약물 구조를 쏟아내는 것은 컴퓨터의 몫이었다. 원덕은 어떤 구조가 약효에 부합하는지 시뮬레이션을 하거나, 실제 합성이 가능한지를 판별하는 업무를 이어갔다. 합성이 불가하거나, 결합이 되지 않는 무수한 구조들이 버려지는 가운데, 원덕의 눈에 이상한 물질이 들어왔다. 도파민 생산량을 적정 범위 내에서 억제할 수 있는 약물, 그 녀석은 개발의도와는 정반대의 결과물이었다.

그것은 어쩌면 마약을 완전히 퇴치할 수 있는 약물이 될 수도 있었다. 외부의 자극으로부터 완벽하게 도파민 생산량의 변화를 방어할 수 있었고, 동시에 마약의 중독을 유발하는 유전자 자극도 무효화시켰다. 분명 그것은 시험을 해 볼만한 가치가 있는 물질이었다.

그러나 회사가 원하는 것은 도파민 생산의 오남용이었다. 회사는 단칼에 물질 개발을 중단시켰다. 그러나 원덕은 마치 마약에 중독되듯, 그 기괴한 물질에 사로잡혀 버렸다. 타의에 의해 개발이 중단되자, 인류를 구원할 위대한 약물을 개발할 기회를 앗겼다는 열패감이 원덕을 떠나지 않았다. 원덕은 물질이 실제로 합성이 되고, 효과를 보이는지 스스로 확인하기로 마음먹었다. 허가되지 않은 실험은 불법이었다. 그러나 지금은 제약회사의 연구원에 불과한 자신이 이름을 드날릴 눈부신 과학자로 거듭날지도 모른다는 헛된 욕망과 공명심이 원덕의 의지에 불을 지폈다.

자신만의 실험실을 만드는 것에서부터 출발이었다. 불법으로 화학물질 원료나 장비 따위를 구하기 쉬운 곳, 장수항 인근이 제격이었다. 실험 과정에서 발생하는 악취와 유독가스를 숨기기 위해 한적한 장소가 필요했고, 운 좋게 장수항 인근 마을에 빈 창고를 발견할 수 있었다. 원덕은 자신만의 공간을 만들고는 주말마다 창고로 향해 물질을 합성하기 시작하였다.

실패가 끝없이 반복되어갔다. 원덕은 디자인을 지속적으로 수정하여 이론상으로는 완벽에 가까운 물질을 만들어냈지만, 이를 실물로 만들어내는 것은 쉬운 일이 아니었다. 거듭된 실패에 먼저 비어 버린 것은 원덕의 지갑이었다. 원료를 불법적으로 수입하는 비용이 만만치 않았다. 원덕은 모아 놓은 돈을 전부 탕진하고, 빚을 내는 수준에 접어들었다.

이어서 비어 버린 것은 원덕의 영혼이었다. 연달은 실패에 지친 원덕은 작은 성공부터 이루자는 미명하에, 검증된 화합물을 합성해보기 시작했다. 메스암페타민, 필로폰이었다. 순도높은 필로폰이 실험실에 쌓여가기 시작했다. 지쳐버린 원덕의 영혼은 마약을 멀리할 만큼 건강하지 못했다. 실패를 거듭할 때마다 조금씩 들이켜던 마약은, 어느새 원덕을 통째로 잡아 삼켰다.

얼마 지나지 않아 원덕의 일자리가 비어 버렸다. 원덕은 정상적인 생활을 할 수 없을 만큼 실험과 마약에 젖어 있었다. 점점 깡말라가는 체구와, 수시로 긁어 대는 피부, 마치 두 배속으로 삶을 사는 듯한 산만함. 눈치를 챈 회사는 원덕의 중독이 마약 개발 업무와 연관될 것이 두려웠고, 급하게 원덕의 자리를 뺐다. 두둑한 퇴직금을 챙긴 원덕은 아예 창고 근처로 이사를 하고, 더욱 더 실험에 빠져들었다.

마지막으로 비어 버린 것은, 꿈이었다. 4년이 넘는 시간 동안 자신의 모든 것을 약의 개발에 쏟아 부은 원덕은 완전한 빈털털이가 되어버렸다. 더 이상 실험에 드는 돈을 마련할 수 없게 되자, 원덕은 이를 포기할 수밖에 없었다. 야망이 넘치던 실험실은 필로폰 가루가 휘날리는 마약굴이 되어버렸고, 지독한 중독자가 되어버린 원덕은 반토막난 체중에 불규칙적으로 펄떡거리는 심장을 꿰맨 시체처럼 살아갔다.

그 글을 온라인에 올렸을 때에도 원덕은 제정신이 아니었다. 흠뻑 취해있던 어느 날, 원덕은 홀린듯이 인터넷에 무언가를 올리고 쓰러졌다. 사흘에 걸친 길고 긴 잠, 몸이 다음 약을 받아들일 수 있을 때까지 회복하는 시간이었다. 잠에서 깨어났을 때, 원덕이 올린 글 밑으로 굴비처럼 엮인 수많은 반응들은 환희를 넘어 공포스러울 지경이었다.

원덕은 게시한 것은 자신의 물질이 뇌에서 어떻게 반응하는지에 대한 시뮬레이션 결과물이었다. 그것만으로는 물질이 어떤 구조를 가졌는지도 알아낼 수 없었다. 그저, 컴퓨터 상으로 합성된 두 단백질이 어떤 효과를 내는지에 대한 단순한 가상 실험의 결과일 뿐이었다. 원덕은 정보의 바다 위에 그저 스포이드로 한 방울을 떨구었을 뿐이었건만. 사흘 사이 그것은 쓰나미처럼 거대한 물결로 부풀어 올라 있었다.

이 약물은 마약으로부터의 해방인가 ― 이 약물은 인류 이성의 온전한 회복을 의미하는가 ― 이 약물의 피할 수 없는 부작용은 어찌할 것인가 ― 국경을 넘나드는 현업, 전공자, 석박사들의 논쟁은 그저 스크롤 한 바퀴로 넘기면 그만이었건만, 아래로 내려갈 수록 글쓴이의 신상을 묻는 코멘트가 등장하기 시작하더니, 종국에는 이 자의 신상을 알려주면 돈을 주겠다는 글들이 마치 현상금이 적힌 수배 포스터처럼 올라왔다. 겁이 난 원덕은 잽싸게 글을 지웠지만, 이미 원덕의 개인 계정으로 온갖 언어로 된 이메일이 쌓여가고 있었다. 원덕은 통신선을 뽑고 컴퓨터를 껐다. 그리고 마약 한 움큼을 쥐어 들고, 집으로. 원덕은 약기운을 타고 자신의 세계로 숨어들었다.

그리고 얼마 뒤. 원덕의 집으로 누군가가 들이닥치고, 유리 박힌 발로 경찰서에 뛰어가 읍소에 가까운 자수를 하고, 옥에 갇히는가 싶었건만 화물선의 짐칸에 갇힌 채 미국으로 향할 때까지. 이 모든 일이 닷새 내에 이루어졌다.

―

처음 경험하는 금단 증상이었다. 몇 날 며칠간 약을 들이켜지 못한 원덕은 제정신이 아니었다. 자신을 납치한 자와 맞이하였지만, 원덕의 본능은 약에 대한 갈구로 가득 찬 나머지 겁이 들어설 틈이 없었다. 게다가 마주한 자는 푸른 눈의 중년 여성, 그리고 그녀의 뒤를 둘러싼 거대한 덩치의 외국인들. 마치 무대 위에 오른 것처럼 비현실적인 상황에 원덕은 더욱 더 거침없이 공격성을 토해냈다.

"야 이 년아, 니 년이냐? 너, 약파는 새끼지? 니들 말이야, 내가 만든 약이면 니들 싹 다 알거지 될까 봐 이 지랄병인 거 모를 줄 알아? 죽여, 어차피 죽이려고 왔으면, 죽여!"

저주 섞인 욕설에도 꿈쩍없는 외국인들, 원덕이 내뱉는 한국어에는 귀가 닫힌 자들이었다. 그때 치마 밑으로 가녀린 두 다리를 마치 끓는 물에서 솟아난 김처럼 떨고 있던 익숙한 윤곽의 여자가 영어로 말을 옮겼다.

그녀는 분명 분노를 거르고 정제하여 전달하였으리라. 통역사의 말을 들은 중년 여성은 건조한 말투로 무어라 말을 하였고, 통역사는 바들거리는 목소리로 그녀의 말을 원덕에게 전했다.

"선생님, 저, 선생님. 이 분이 말씀하시길,"

통역사는 침을 꿀떡 삼키고는 말했다.

"죽이려면 한국에서 죽였겠지."

이어서 수트를 차려입은 한 남자가 원덕에게 다가와 무언가를 건넸다. 어두침침한 공간에서도 마치 주변의 빛줄기를 빨아들이기라도 한 듯 유달리 밝은 빛을 튕겨내는 묵직한 물체, 그것은 금으로 만들어진 무언가였다. 마치 금괴처럼 세로로 기다란 그것은 가운데에 홈이 파져 있었고, 홈을 따라 하얀 가루가 채워져 있었다. 이를 손에 쥔 원덕은 일초의 고민도 없이 마치 하모니카를 불듯 콧구멍으로 홈을 쓸어내렸다. 그리고 쾅. 마약 성분이 고스란히 뇌를 때리자 원덕은 균형을 잃고 뒤로 넘어갔고, 뒤에 있던 남자들이 붕괴하는 원덕을 받아냈다.

전에 없던 강도의 각성과 환각이 몰아쳤다. 심박을 빼고는 모든 것이 정지된 듯한 신체 속에서 뇌에만 과부하가 걸렸다. 얼마쯤 시간이 흘렀을까, 순간 무언가가 콧구멍을 파고들었다. 그리고 얼마 지나지 않아 놀랍게도 약의 효과가 반토막이 나고, 서서히 육체가 지시를 따르기 시작했다. 눈이 보이기 시작했을 때, 눈앞에는 한 남자가 서있었다.

"어때, 어때. 괜찮지?"

머리털부터 눈썹까지, 털 한 오라기 없는 기괴한 몰골의 중년 남자였다. 뼈가 붙기 전 머리통을 마치 볼링공처럼 굴리기라도 한 듯 울퉁불퉁한 두상 안에 구겨진 듯한 이목구비가 담긴 남자였다. 귀에는 마치 공들여 키운 듯한 낭종이 마치 포도열매처럼 주렁주렁 매달려 있었다. 남자는 두 눈에 호기심을 가득 담은 채 원덕에게 괜찮냐며 물었다. 원덕은 고개를 끄덕였다.

"괜찮지? 그래, 너, 너, 한 번 일어서 봐."

남자는 원덕의 반토막만했다. 그가 낑낑대며 원덕을 일으켜 세웠다. 그러나 아직 기운이 남은 원덕은 서자마자 휘청하고는 다시 쓰러지고 말았다. 쿵, 놀란 남자가 다급한 목소리로 말했다.

"괜찮아? 괜찮아?"

서서히 통증이 파고드는 이마를 붙잡고 원덕이 답했다.

"응."

남자가 말을 이어갔다.

"괜찮긴, 씨발."

마치 끌개로 요철판을 쓸어내리는 것 같은 날카로운 금속성 목소리, 남자는 별안간 욕설을 뱉어내고는 원덕을 다시 앉혔다.

"난 이게 한계야. 나도 너처럼 해독제를 만들려 했는데, 난 이 정도밖에 못해냈다고. 너, 그거 어떻게 한 거야? 대체 그건 어떻게 만든 거지?"

남자는 채근하듯 질문을 이어갔지만 원덕은 답을 할 정신이 아니었다.

원덕은 눈을 감고 잠시 쉬었다. 그러나 알 수 없는 불편함이 따갑게 몸을 찔러 대는 느낌이 지속됐다. 원덕은 살짝 눈을 떴다. 일미터쯤 되는 거리, 남자가 의자에 앉아 혼탁한 눈빛으로 원덕을 계속 쏘아보고 있었다. 찌그러진 머리통에 일그러진 채 뚫려 있는 남자의 눈. 그것은 자괴감, 패배감, 체념, 무기력 따위가 어울리는 눈이었다. 그러나 눈에는 집착적인 의지가 서려 있었고, 원덕은 불쾌해졌다.

원덕은 남자의 눈을 피해 시선을 돌렸다. 그리고, 빌어먹을. 그곳은 실험실이자 제조소였다. 원덕이 창고에 구축한 것과는 비교도 되지 않을 정도의 엄청난 설비가 너른 공간에 정교한 동선으로 들어서 있었다. 제약회사의 그것과 비견해도 부족함이 없을 정도의 시설, 한 순간에 원덕의 정신이 제 자리를 찾아 돌아왔다. 원덕은 깨달았다. 내가 잡혀온 이유, 이곳이구나.

"너, 누구냐."

"나? 나 과학자지. 과학자는 씨발, 곧 죽을 시체다. 너도 과학자잖아. 같은 신세인게야. 여기 갇혀서 마약을 만들고 있거든. 이래봬도 말이야, 내 통장 안에 저 어기, 아프리카 어딘가 나라 하나 정도는 살 돈이 있다고. 나는 부자, 부자란 말이야. 부자는 씨발, 쓰지도 못하는 돈. 그 여자? 프란시스를 만났구나. 그 여자가 우리 보스야. 보스는 씨발, 악랄한 년. 남들이 그러던데. 전 세계를 주름잡는 마약 여왕? 여왕은 씨발, 하긴, 원래 여왕이란 악랄한 법이지. 그래서 니가 왜 왔냐면 말이지, 일하러 왔지. 내가 앞으로 삼 일간 당신이 해야 할 일을 알려줄 거야. 뭐, 해봤으니 잘 알겠지만, 마약을 개발하는 일이지. 삼 일이 지나면? 오 년이고 십 년이고 성공할 때까지 계속 일을 하는 것이지. 일은 씨발, 넌 나를 묻어줘야 할 거다, 이 장의사 녀석아."

중구난방으로 맥락없는 이야기들이 쉴 새 없이 끊어지고 이어졌다. 마치 틱처럼 뱉어내는 욕설 뒤에는 앞에 뱉은 말과 전혀 다른 말이 튀어나왔다. 남자는 뇌의 어딘가가 으깨진 순두부처럼 녹아내린 듯 제정신이 아니었다. 남자의 말을 듣는 것만으로도 질려버린 원덕은 폭포수 같은 잡담이 쏟아져 내리는 와중에 질끈 눈을 감고 고개를 돌려버렸다.

"그래, 첫날이니까 피곤할테지. 여긴 미국이야, 자유의 땅. 자유는 씨발, 내가 미국에 갇힌 지 벌써 십 년쯤 되었나? 그래도 아직 이틀이 남았으니까 오늘은 좀 쉬도록 해. 오늘은 여기, 간이 침대긴 하지만 잠드는 데는 문제가 없을 거야. 그, 나는 말이지. 낙하산을 맨 채 떨어지는 와중에도 잠들 수 있는 방법을 알거든. 자, 이거, 이거 봐 봐. 이 작은 콩알 같은 가루, 이거 내가 만든 거 중에 하나거든? 여기 갇히고 나서 불면증이 십 년이 넘어서 말이야, 몰래 일이 년 동안 개발해서 만든건데요, 여기서 나를 위해 한 유일한 일이지. 나를 위하긴, 씨발. 저 새끼들은 내가 이걸 만든 걸 몰라. 여긴 씨씨티비가 있으니까 몰래 넣어 줄게. 자, 잠시만."

남자는 마스크를 쓰고는 원덕의 인중에 작은 가루뭉치를 올린 후, 손 끝으로 힘주어 찍어 내렸다. 작은 열매처럼 뭉쳐 있던 가루들이 톡하니 터지며 하얗게 피어올랐고, 원덕의 코가 들숨을 빨이들이는 순간. 원덕은 순식간에 깊은 잠에 빠져들었다.

눈을 떴을 때, 여전히 남자의 불쾌한 눈빛이 원덕을 바라보고 있었다. 남자가 아침인사 대신 건넨 것은 마약이었다. 천장을 뚫을 듯한 쾌감이나 각성보다는 잔잔한 만족감이 이어지는 가운데 묘한 집중력이 더해졌다. 남자는 하루 종일 원덕에게 제조소와 각종 설비의 사용법, 주의 사항 따위를 이야기해 주었다. 하루 종일 이어진 교습이었지만, 약의 기운 때문인지 단 한 번의 설명으로도 원덕은 이를 평생 잊지 않으리란 느낌이었다. 그리고 그날 밤도 원덕은 그가 건넨 작은 콩알로 깊은 잠을 이루었다.

그리고 삼 일째 아침. 그는 원덕을 마주앉힌 채 이야기를 하기 시작했다. 그의 이야기는 거짓이라기엔 너무 구체적이었고 현실이라기엔 너무 비참했다.

—

머리가 비상했던 남자는 의사였다. 그는 환자를 돌보고 싶었다. 그러나 교수의 한 마디가 남자의 미래를 뒤틀었다.

"의사는 불결해서는 안 돼."

남자가 되물었다.

"교수님, 저는 온몸에 털 한가닥 없는 무모증입니다."

교수의 표정이 순간 불쾌해지며 남자를 향한 독설이 쏟아져 내렸다.

"모르겠는가? 학생, 자네는 선천적으로 구강구조가 뒤틀려 있어. 교수에게 상담을 받는 지금도 침을 질질 흘리고 있지 않은가? 게다가 그놈의 액취증은 어떻게 할 것인가? 당장이라도 거대한 향수통에 소방호스를 꽂아 이 방에 뿌리고 싶은 심경일세."

"그러면 제가 어떻게 하면 좋을까요?"

"모르겠는가? 당장 이 방을 나가주었으면 하네."

"그게 아니라, 제 미래 말입니다."

"학생, 이것은 인생의 선배로서 하는 충고일세. 자네를 마주하는 것은 인내심이 필요해. 그리고 환자들은 세상에서 가장 인내심이 약한 족속이야."

교수는 끝내 답을 주지 않았다. 다만 환자를 대하는 의사의 길에 예리한 가시밭을 깔아 두었을 뿐이었다. 방에서 쫓겨나며 남자는 결국 꿈을 접었다. 그 길로 그는 유학을 떠났다. 미국에서 의과학을 배운 그는 연구원이 되었다.

남자는 잠에 관심이 많았다. 아니, 꿈에 관심이 많았다. 꿈이 아니면 남자는 외롭고 불행한 삶에서 숨어들 곳이 없었다. 그래서 그는 뇌과학, 그 중에서도 수면과 꿈에 관련된 연구를 지속하였다. 괴짜로 소문난 교수와 죽이 잘 맞은 것도 남자가 꿈 연구에 집중한 중요한 이유였다. 성정체성의 혼란을 겪던 교수는 의학 교수 중 드물게 불행한 사람이었고, 꿈을 좋아하는 사람이었다.

꿈을 관상하는 시각피질과 시간을 인식하는 뇌의 네트워크 사이의 연관성을 파헤치는 연구. 교수님, 어쩌면 현실보다 꿈에서 더 오랜 시간을 보낼 수 있게 되지 않을까요? 교수는 남자의 아이디어를 매우 마음에 들어 했다. 교수와의 연구는 언제나 즐거운 일이었다. 남자는 교수의 모든 것을 배우려 했다. 다만, 그가 남 몰래 마약을 즐기는 것을 제외하면 말이다.

그러던 어느 날, 교수는 마치 흘러내린 눈물 방울처럼 순식간에 증발해버렸다. 어디에서도 그를 찾을 수 없었다. 누구도 상상하지 못한 실종에 뒷말이 무성히 흘러나왔다.

그자가 중독자였던 것을 알아? 마약에 너무 많은 돈을 퍼붓다 못한 나머지 마약 조직에게 빚을 져 제거당했다더군. 무슨 소리, 그 자가 양성애자였던 것을 알아? 그자의 첩이 질투에 눈이 멀어 살인을 했다더군. 무슨 소리, 그 자가 괴짜들과 어울린 것을 알아? 제자 중 하나가 동양에서 온 괴짜인데, 그의 자리를 노렸다더군.

교수는 행방불명되고, 남자의 꿈은 꺾였다. 새로 온 교수는 남자의 연구에는 아무런 관심이 없었고, 남자의 불결함에만 질겁을 할 뿐이었다. 결국 그는 연구직을 등지고 말았다. 오 년 가까이 타국에서의 폐인 생활이 이어졌다. 그렇게 남자의 삶이 저물어가고 있었다.

어느 날, 남자는 누군가의 손에 이끌려 어디론가 향했다. 그곳에, 교수가 있었다. 꽤나 풍채가 좋았던 교수는 삼분의 일토막이 난 반시체가 되어 거동도 제대로 할 수 없는 꼴로 죽어가고 있었다. 교수는 남자의 손을 잡고 말했다.

"자네, 아직도 꿈을 꾸고 있는가?"

꿈을 꾸긴, 씨발. 교수님 꼬라지를 보세요. 아가리만 근사하게 놀릴 게 아니라, 빌어먹을 여긴 어딘가요? 왜 병원에 가지 않고 이런 간이 침대 위에서 죽어가고 있는게요? 남자는 오 년간 많이 변해 있었다. 교수가 그제서야 그럴듯한 표정을 거두고 눈물을 찔끔거리며 말했다.

"여기, 사설 감옥이야. 나는 오 년 동안 갇혀 있었어. 그리고 미안하지만 다음 죄수는, 너야."

교수가 해풍에 건조한 듯 바싹 마른 입술로 뱉어낸 악취나는 전말은 이러했다. 교수의 연구팀이 시간과 꿈에 대한 연구를 진행 중이라는 사실에 관심을 갖고 다가온 자가 있었다. 교수는 그녀의 관심에 허튼 소리를 장황하게 내뱉었다.

"이 연구가 성공하면 말입니다, 우리는 꿈 속에서 살아가게 될지 몰라요. 저희 팀은 이미 특정 약물의 자극을 통해서 꿈 속에서 오감을 현실 수준으로 극대화하는 방법을 찾아냈어요. 꿈에서 맡은 냄새, 꿈에서 먹은 음식, 꿈에서 느낀 추위가 기억이 나나요? 저희는 꿈이라는 가상의 공간에서 현실 수준의 감각을 이끌어 내는데 성공했다는 말입니다. 이제 남은 것은 시간뿐이에요. 오감이 인식하는 시간을 꿈 속의 시간과 일치시키는 것입니다. 꿈 속의 시간은 현실의 그것보다 몇 갑절은 빨라요. 오 분의 낮잠을 통해서 다섯 시간의 이야기가 펼쳐지는 곳이 꿈이란 말입니다. 만약 이 오감이 발현하며 인지하는 시간의 흐름을 고속으로 흐르는 꿈 속의 그것과 일치시킨다면 말이죠, 단언코 말하는데 그것은, 영생에 가까운 삶을 누리는 법입니다."

얼마 후 그녀가 다시 교수를 찾았다. 총부리를 들이민 채 말이다. 그렇게 그녀가 준비한 연구실로 끌려온 교수는 홀로 연구를 시작했다. 말만 하면 원하는 모든 것을 갖출 수 있었다. 별다른 재촉도 없이 꽤나 자유로운 연구를 이어갈 수 있었다. 다만, 엄격한 단절만은 반드시 지켜야했다. 교수의 종적은 흔적도 없이 사라져야 했고, 밖으로 나서는 것도 일이 마무리되기 전까지는 금지되었다. 그럼에도 불구하고 교수가 연구에 집중할 수 있었던 것은 어마어마한 벌이 탓이었다. 월마다 쌓여가는 가상화폐의 단위는 일반적인 부자를 까마득하게 넘어서는 엄청난 규모였다.

교수는 스트레스를 마약으로 풀었다. 마약은 식욕을 걷어냈고, 교수의 영양 상태가 나빠지기 시작했다. 그렇게 연구의 성과와 교수의 체중이 반비례하여 늘어나던 중, 먼저 불이 켜진 쪽은 교수의 건강이었다. 교수는 성공을 목전에 두고 쓰러지고 말았다. 뇌혈관, 췌장, 동맥, 주요한 대부분의 기관이 순식간에 터져버렸다. 그리고 다시는 일어서지 못 했다.

—

"그래서 후임으로 널 지목한 거야. 그냥, 그런거지."

죽음을 앞둔 교수는 남자에게 미안하단 말 한마디 없었다.

"그 동안 연구의 성과는 잘 정리해 두었어, 네게 필요한 것은 시간, 시간일 뿐이야."

교수는 도리어 아량이라도 베풀었다는 듯 자랑스러운 말투로 말했다. 그리고 다음 날, 교수는 침대에 실린 채 감옥을 떠났고, 남자는 새로운 죄수가 되어있었다.

별 수 없었다. 남자는 연구를 이어갔다. 교수의 말대로 필요한 것은 시간뿐이었다. 교수는 연구의 끝이 보인다고 하였지만, 남자는 교수만큼 영특하지 못했다. 오 년의 시간이 더 걸렸다. 그러나 결국, 남자는 해내고 말았다. 남자는 하얗게 정제된 흰 가루를 들고서 처음으로 프란시스 앞에 섰다.

"시뮬레이션 상으로는 말입니다, 복용하면 시간이 역으로 흐르게 됩니다. 약은 머릿속에서 시간을 담당하는 부분을 건드리고, 기억을 관장하는 부분을 활성화시킵니다. 가장 생생한 기억을 토대로 꿈을 재구성하는 것에서 출발입니다. 가장 생생한 기억, 그것은 바로 잠들기 전의 하루. 어제입니다. 그 어제가 지나가면, 이틀 전입니다. 약효가 점점 강해지면서 묻혀 있는 과거의 기억들이 하나 하나 마치 현실처럼 꿈에서 다시 펼쳐지는 것이지요. 그러나 기억은 꿈 속의 현실을 재구성하는 토대에 불과합니다. 여기서 어떤 행동과 선택을 하는가, 그것은 온전히 꿈꾸는 자에게 달려있습니다. 여기서부터는 단순히 기억이 아닌, 새로운 삶이 됩니다. 선택의 결과는? 아무도 예측할 수 없지요. 자신의 뇌가 의지와 무관하게 가장 현실과 닮은 답을 내놓을테니까요."

"한 번 잠들면, 얼마나 오래 전까지 돌아가는 것인가?"

"용량의 적정성에 대해서는 아직 물음표입니다. 어찌되었건 약은 잠이 들면서부터 효능이 나타나는데요, 용량에 따라 잠자는 기간 동안 얼마나 오랜 과거까지 되돌아 가는지는 알 수 없습니다. 사람마다 그 효과가 다를 텐데, 다수를 상대로 시험을 해볼 수가 없으니까요."

"그럼, 안전한가?"

"네. 독성시험은 전부 마쳤습니다."

"못 믿겠는데."

"네?"

순간 덩치 큰 누군가가 남자가 만든 약을 남자의 코에 쑤셔 박았다. 고운 가루의 약은 순식간에 남자의 호흡기 속으로 파고들었다.

침묵 속에서 십 분이 지나갔다. 남자는 멀쩡히 숨을 쉬었다. 프란시스가 확인하려 한 것은 남자가 죽는냐, 사느냐였을 뿐. 그녀가 물었다.

"죽지는 않네. 그 다음은 뭐지?"

"약은 잠이 들어야 효과가 납니다. 오늘 밤에는 과거로 돌아갈지도 모르겠네요."

"밤까지 기다려야 한다고?"

"그렇습니다. 잠을 자야 한다니까요."

"기다릴 필요가 있나? 간단한 것을."

프란시스가 남자의 뒤에 선 부하에게 신호를 보냈다. 남자는 그가 자신의 뒤로 다가오는 것도 알지 못했다. 순간 그의 양팔이 남자의 목을 감쌌다. 순식간에 그의 강인한 전완근이 남자의 경동맥을 조여들었다. 남자의 몸은 저항할 틈도 없이 축 늘어졌다.

—

"전혀 행복하지 않았지. 고스란히 실험실에서의 일주일이 역으로 반복되었을 뿐이니까. 놀랍긴 했어. 꿈 속에서 다시 잠들어 전 날로 돌아가면, 기록해둔 모든 연구의 성과도 그 전날의 것으로 대체되어 있었거든. 내 뇌가 이 모든 디테일한 연구의 진행을 일 단위로 저장하고 있을 줄은 말 그대로 꿈에도 알지 못했지."

"그런데 나는, 나는 왜 필요한 거죠?"

"너, 그래 너. 너는 내 뒷 사람. 내가 교수의 뒷 사람이었으면, 넌 나의 뒷 사람. 연구를 이어 갈 사람."

"왜요, 성공했다면서요."

"그래, 성공은 했지, 성공은 씨발, 그 빌어먹을 약쟁이 새끼들이 문제야. 프란시스를 비롯하여 그 약이 필요한 녀석들은 말이지, 전부 마약에 중독되어 있는데 말이야. 문제는 이 약을 처먹고 과거로 돌아가면 말이지, 마약이 말을 듣지 않은 거야. 그러니까 전부, 본인의 과거 속에서 금단현상에 시달리다가 깼을 뿐인거지."

남자가 다시 말을 이어나갔다.

남자가 온전히 깨어났음을 확인한 프란시스는 두 번째로 자신의 부하 중 하나에게 약을 먹였다. 남자의 말대로였다. 부하는 일곱시간 잠들어 있다가, 깨어나서는 미친 듯 마약부터 빨아들였다. 반쯤 제정신이 아닌 상태로 치사량에 가까운 양을 한꺼번에 들이켠 탓에 거의 죽음 직전까지 갔다가 깨어난 그가 말했다.

"정말이에요. 과거를 다시 살아요. 난 한 달 정도 과거로 돌아갔습니다. 현실과 완전히 다를 바가 없었습니다. 모든 욕망이 그대로예요. 그런데 빌어먹을, 마약이 듣질 않습니다. 왜인지 모르겠어요. 음식을 먹으면 배가 부르고, 잠을 자면 머리가 가벼운데, 아무리 약을 해도 꿈 속에서는 약이 듣질 않아요."

프란시스가 남자에게 고함을 질렀다.

"빌어먹을 녀석, 문제를 해결해 와."

"무슨 문제요? 꿈에서도 약기운을 느낄 수 있게 하라고요? 그건 어렵습니다. 이 약도 뇌를 자극하는 것이라 마약이랑 기본적인 원리가 같아요. 뇌가 감당할 수 없을 것입니다."

"아니, 꿈 속에서는 마약에 대한 욕구가 없어야 할 거 아니야!"

"불가능합니다."

"그게 계약이었다고!"

성이 난 프란시스의 총이 불을 뿜었다. 과거를 다시 살되, 약에 대한 욕구가 없어라. 교수에게 듣지 못한 이야기였다. 그러나 총성이 울렸고, 남자는 이를 따라야 했다.

"프란시스는 약에는 통달한 년이야. 온갖 종류의 마약에 수 년간 뇌를 절여왔거든. 대부분 독성에 취한 채 삶을 살아온 거야. 그러다 보니 회한이 남았다더만. 회한은 씨발, 뻔한 약쟁이의 후회일 뿐이지. 이년은 꿈에서라도 해독된 삶, 쾌락이 도려내진 건조한 삶, 뭐 이딴걸 다시 살고 싶다던데. 뭐? 바른 정신으로 딸을 만날 수 있다면 억만금이라도 내놓겠다고? 딸년은 씨발, 이년은 태생이 장사꾼이야. 그년이 유일하게 약쟁이들한테 약을 못 파는 때가 언제인지 알아? 그 새끼들이 잠들어 있을 때야. 그년은 그때도 약을 팔고 싶은게지."

"그런데 너는 마약은 잘 알지 못했던 것이군."

"그래. 그 뒤로 또 다시 오 년을 연구에 매진했지만, 이젠 연료가 엥꼬났어. 소진되어버렸다고. 더 이상 무언가를 새로 배우고 연구할 힘이 없어. 네가 쓴 글을 봤어. 너라면 할 수 있어. 너라면 이 일을 마무리할 수 있다고. 그래서 프란시스에게 부탁했지. 이 친구가 필요하다고."

"왜 이 일을 마무리 지으려는 거야?"

"뭐? 알잖아. 그래야 여기서 나갈 수 있고, 그 동안 번 돈도 쓸 수 있고."

"아니, 너도 알잖아. 넌 나갈 수 없어. 돈도 쓸 수 없고. 교수도 그랬고, 너도 그럴 거야. 널 내보내 줄 리가 없다고."

남자는 대답을 못 하고 한참을 두리번거리며 눈을 피하더니, 이내 한참 동안 시선을 내리깔고 말없이 굳어 있었다. 으레 궁지에 몰린 자들이 입을 닫을 때는 바닥을 바라보는 법, 원덕은 그의 시선이 바닥에 묶인 줄 알았다. 그러나 남자의 시선은 원덕의 발에 닿아 있었다. 남자는 작은 소리로 웅얼대고 있었다. 끈이 있는 신발은 안 되는데, 끈이 있는 신발은 안 되는데.

다음 날 아침, 원덕의 신발 끈이 풀려 있었다.

남자는 문고리에 목을 매어 죽은 채로 발견되었다.

—

남자는 살짝 문을 열어 절묘한 각도로 CCTV를 가린 뒤 목을 맸다. 남자의 시체가 치워진 후, 방 안에 한 대의 CCTV가 추가되었다. 원덕은 세 번째 무기징역수가 될 생각이 없었다. 원덕은 저항하였다. 결연한 의지를 단식으로 보였다. 원덕은 침대 위에 앉은 채 CCTV를 노려보며 부동자세로 맞섰다. 이대로 굶어 죽으면, 그렇게 죽는게지.

그리고 채 48시간이 지나지 않아 원덕은 무너졌다. 원덕을 굽힌 것은 매 끼니마다 문 앞에 놓이는 진수성찬이 아니었다. 그 옆에 놓이는 작은 약봉지, 반쯤은 이성을 잃은 채 원덕은 약봉지를 열고 약을 털어 넣었다. 허기보다 몇 배는 강렬한 쾌감에 대한 욕구 앞에서 원덕은 의지를 등진 동물과 다름없었다.

한참 동안 쾌감 속에서 허덕이다 반감기에 달하고 나서야 슬며시 이성이 고개를 든 원덕은 자신이 얼마나 다루기 쉬운 존재임을 깨달았다. 처음부터 팽팽할 수 없는 줄다리기를 시작한 셈이었다. 자신이 남자와 다를 바 없다는 것을 알았다. 그러나 별 수 없었다. 원덕은 삼 일 만에 프란시스에 무릎을 꿇었다.

그렇게 연구가 시작되었다. 교수와 남자가 개발한 신종 물질에 자신이 개발한 물질을 배합하는 것. 연구와 실험의 나날이 끝없이 이어졌다.

프란시스는 남자에게서 얻은 교훈이 있었다. 원덕의 의지를 이어가라. 원덕에게는 보랏빛을 띤 가루가 하루에 한 번씩 지급되었다. 약은 인위적인 활력을 어마어마하게 쑤셔박았다. 약을 들이켜면 무기력이 한순간에 휘발되고, 뇌를 불태우는 기세로 연구에 몰두할 수 있었다. 연료가 소진될 일도 없었다. 마약은 끊임없이 발화를 이어갔고, 뇌의 열기로 인해 잠을 잊은 나날이 이어질 정도였다. 잠을 자려고 누워도 온갖 분자식과 약물구조가 현란한 지도를 그리며 펼쳐진 탓에, 원덕은 잠을 뒤로하고 핏발선 눈으로 연구를 이어나가곤 했다. 연구가 매서운 속도로 진전되는 것이 눈에 보이자, 약에 대한 의존도가 점점 심해지는 악순환이 이어졌다. 원덕은 점점 약이 없으면 연구는커녕 쉬는 것조차 쉽지 않을 정도로 마약에 삭고 찌들어갔다.

프란시스는 교수에게서 얻은 교훈이 있었다. 원덕의 건강을 신경써라. 오랜 시간 동안 고속으로 회전하는 뇌는 엘리트 선수 수준의 열량을 필요로 했다. 보랏빛 약은 식욕을 강렬하게 자극하였다. 뇌는 수시로 영양을 공급해달라 아우성쳤다. 메세지 한

줄이면 원하는 모든 음식이 문 앞에 놓였다. 퀭함으로 상징되던 깡말랐던 원덕의 체중이 두 배 가까이 불어나는 데는 채 석 달이 걸리지 않았다.

그렇게 지나간 오 년의 시간. 원덕은 마침내 약을 개발하였다. 50년의 여명을 1/10으로 압축한 듯한 고효율의 세월이었다.

—

"월터."

프란시스가 월터의 이름을 불렀다. 원덕이 자신이 월터로 불리고 있음을 처음 알게 된 순간이었다.

접견실 따위로 쓰일 법한 방은 호화로움으로 가득 차 있었다. 긴 마호가니 테이블을 둘러싸고 화려한 터키식 문양이 그려진 육중한 의자가 놓여있었다. 테이블 위에는 정체를 알 수 없는 갖가지 종류의 마약이 금괴로 만든 듯한 도구 위에 놓여있었고, 얼음이 가득 찬 샴페인 쿨러도 눈에 들어왔다. 테이블 끝에 앉은 프란시스의 옆에는 왼팔과 오른팔로 보이는 듯한 사내 둘이 근엄한 얼굴로 나란히 서있었으며, 반대편 끝에 앉은 원덕의 옆에는 졸개로 보이는 자가 서 있었다. 그리고 테이블도 아니고 구석도 아닌 어정쩡한 곳에 아주 오래 전 보았던 통역사가 여전히 스커트 밑으로 종아리를 떨며 서 있었다.

그리고 월터가 만든 약, 그 약이 봉지에 담긴 채 프란시스 앞에 있었다. 프란시스가 다시 월터를 불렀다.

"월터."

월터는 목을 맨 남자를 통해 들어서 알고 있었다. 약을 처음으로 들이켜는 실험 쥐는 자신이 될 것이란 사실을. 월터는 왼손으로는 입을 가리고, 오른손으로 중지를 쳐든 채 프란시스에게 말했다.

"다시 그 실험실로는 돌아가지 않아. 이 썩을 년아."

통역사의 다리가 더욱 더 거세게 흔들렸다. 통역사가 얼마나 진실되게 말을 전했는지는 알 수 없지만. 적어도 곧게 뻗은 중지가 월터의 의지를 전달했으리라. 그러자 월터의 옆에 서 있던 남자가 총을 꺼내 월터의 관자놀이를 겨누었다. 통역사는 입을 두 손바닥으로 틀어막았다.

별안간 프란시스가 고함을 지르며 총을 겨눈 남자에게 일갈했다. 남자는 연신 죄송하다는 말을 남기며 총을 거두고 뒤로 물러섰다. 월터가 말했다.

"저 년이 뭐래."

"학자분께 무례하게 굴지 말라고 하셨습니다."

이어 프란시스가 미소를 날리며 나긋나긋한 목소리로 말했다. 그녀의 말은 떨리는 통역사의 목소리를 통해 전달되었다.

"어차피 당신에게 줄 생각은 없었어. 당신은 꽤 비싼 사람이거든."

프란시스의 손짓에 따라 월터의 옆에 섰던 졸개가 그녀에게 다가섰다. 통역사는 입을 닫아버렸지만, 월터는 짧은 영어와 눈치로 그 둘의 대화를 알 수 있었다.

"너, 마약 하지?"

졸개는 잠시 머뭇대다가 답했다.

"네."

"너, 어제도 마약했지?"

"네."

"자, 이 약을 해 봐."

졸개는 프란시스의 명령에 거침이 없었다. 졸개는 그대로 허리를 굽혀 홈이 파인 금괴 위로 적당한 양의 약을 소분하고는 그대로 빨아들였다. 킁, 킁, 킁. 그렇게 오 분의 시간이 지나갔다.

"어때?"

"아무렇지 않습니다."

"잘 했어, 월터. 바로 죽지는 않네."

잠시 졸개의 얼굴이 싸늘하게 식었다. 졸개는 순간 너무 표정에 불쾌한 티를 낸 것은 아닐까 겁을 먹었다. 순간적으로 잽싸게 다시 무표정으로 돌아가려 했지만, 거기까지였다. 순간 졸개 옆에 있던 오른팔이 주먹으로 그의 턱을 후려쳤기 때문이다. 졸개는 싸늘하게 식은 표정 그대로 나자빠졌다.

주먹에 맞아 정신을 잃은 졸개는 놀랍게도 곧장 코를 골기 시작했다. 대화가 불가능한 수준의 코골이 소음이 마치 드럼을 치듯 울려댔다. 프란시스는 불쾌한 듯 인상을 구겼지만, 월터는 안심하였다. 불편한 침묵이 들어설 틈이 없었다. 그러나 프란시스의 인내심은 오래가지 않았다. 졸개가 기절한 지 십오 분, 이십 분은 되었을까? 프란시스가 짜증섞인 날카로운 목소리로 말했다.

"깨워."

이번에는 왼팔이 나섰다. 그는 와인 쿨러에서 샴페인을 꺼내 들고는 정중한 자세로 프란시스에게 한 잔을 올렸다. 이어서 들고 있던 얼음 사발을 졸개의 얼굴에 쏟아부었다. 짜릿한 냉기와 숨통으로 스며드는 물기에 졸개가 허우적대며 깨어났다. 그는 코골이를 마치고는 잠꼬대를 이어가는 듯했다. 그는 휘둥그레진 눈으로 연신 감탄사를 내 뱉었다. 오, 마이 갓. 오, 마이 갓. 오, 마이 갓.

"꿈을 꾸었는가."

"오, 이럴 수가. 이것이 꿈이었나요? 하긴, 꿈이 아니면 삶이 이토록 달콤할 수는 없겠지요. 어제였습니다. 그리고 자고 일어나면 모든 것이 리셋된 채로 또 다시 어제로. 써도 써도 끝이 없는 돈, 비워지지 않는 금고가 있었습니다. 전 재산을 매일 다 탕진해도 아무런 문제가 없었어요. 오, 이럴 수가."

"그만. 말해봐. 그 꿈 속에서, 약을 했는가?"

졸개는 한참 동안 생각에 잠기더니, 서서히 입을 열었다.

"신기하네요. 생각도 나지 않았습니다."

순간 프란시스가 벌떡 일어나더니 박수를 치기 시작했다. 오른팔과 왼팔, 그리고 졸개까지 마치 도미노처럼 연달아 프란시스를 따라 박수를 치고 있었다. 통역사도 눈치껏 두 손바닥을 마주쳤다. 프란시스가 박수를 멈추고 말을 이어갔다.

"마약이 일상에서의 해방이라면, 이 약은 중독에서의 해방이야. 그리고 곧 이 약은 마약 중독자들에게 또 다른 마약이 될 것이고. 게다가, 영생을 부른다고 해도 되지 않을까."

말을 전하는 통역사의 어조도 상기되어 있었다. 프란시스는 아주 만족스러운 표정을 지어보였다.

"잘 했어, 월터."

말을 마친 프란시스는 바로 허리를 굽혀 약을 빨아들였다. 그리고 의연한 자세로 소파에 몸을 묻고는, 자신의 팔뚝에 프로포폴을 투여하였다. 흥분과 기대감으로 가득 찬 프란시스의 눈이 서서히 흐려지더니, 이내 굳게 감겼다.

—

프란시스의 왼팔, 토미는 프란시스가 잠이 들자 심장이 벌렁대기 시작했다. 토미는 졸개에게 물었다.

"너, 정말이야?"

"맞습니다. 눈을 떴을 때는 어제 아침이었습니다. 모든 것이 기억 그대로 흘러갔어요."

"아니 그게 아니라, 써도 써도 닳지 않는 금고가 있다며."

"맞습니다. 뒤로 이틀쯤 되돌아갔을 때 알게 되었습니다. 그날은 카지노에 간 날이었습니다. 혼란스러운 탓에 상당한 돈을 잃었지만, 다시 그 전날이 되자 돈은 그대로였습니다."

토미는 덩어리 침을 꿀꺽 삼켰다. 그리고 프란시스의 오른팔, 지미를 바라보았다.

"형, 들었어?"

토미의 두 살 위 형, 지미는 잠긴 프란시스의 눈 앞에 손바닥을 펼친 채 휘저었다. 이어 푹하고 옆구리를 찔러보기도 하였다. 프란시스는 깊게 잠들어 있었다. 지미는 이어 프란시스가 갖고 온 프로포폴 병을 들어보였다. 병은 비어있었다.

"빌어먹을 년. 다 썼어."

"형, 우리도 가자."

"어딜."

"어제로."

"뭐하게."

토미는 잠시 프란시스를 바라보다가 말했다.

"저 썩을 년을 그냥 콱."

"야, 야. 입 조심해."

"형, 저년한테서 자유가 될 수 있어."

지미는 답이 없었다.

"형, 화끈하게 보내는 거야. 카지노도 쇼핑도."

"돈은 이미 넘칠 만큼 있잖아."

토미가 시무룩해졌다. 지미는 토미에게 다가가 토미의 뒷목을 붙잡고 이마를 맞댄 뒤 말을 이어갔다.

"잘 들어. 집에 가는 거야. 엄마가 마약을 계속하면 평생 얼굴 볼 일이 없다고 하신 게 벌써 십 년이 넘어. 맨정신이 된다 하니까, 집으로 가서 엄마를 만나자."

"지미! 지미! 엄마 보고 싶어."

"프란시스가 약 맞고 잠들면 반나절은 기본이야. 우리는 그 전에 깨어나기만 하면 돼."

"좋아. 그런데 우리 둘, 어제로 돌아가면 만날 수는 있나?"

"모르지만. 해보는 거지."

지미가 졸개를 바라보며 말했다.

"보스는 열 두 시간 정도는 잠들어 있을 거다. 여덟 시간 정도 뒤에는 네가 우리 둘을 깨우는 거야. 아니면, 알지? 다시는 약을 못 빨도록 성대를 썰어버릴 테니까."

졸개는 위아래로 세차게 고개를 끄덕였다.

지미와 토미는 합을 맞춰 소파 의자의 위치를 조정하였다. 이어 그들은 의자 위에 몸을 파묻고는 위 아래로 살짝살짝 몸을 띄우며 의자의 푹신함을 가늠했다. 그리고 월터의 약, 둘은 거리낌 없이 약을 빨아 들고는 테이블 위에 올라섰다. 두 사람은 정면으로 마주 섰고, 지미가 숫자를 세기 시작했다. 셋, 둘, 하나. 그리고 쾅. 두 사람은 전력을 다해 서로의 이마를 맞부딪쳤다. 그리고 동시에 뒤로 쓰러졌다. 낙하지점을 잘 조절해둔 탓에 두 사람의 몸은 마치 의자가 빨아들이기라도 하듯 의자 속으로 파묻혔다.

과거로 향한 사람 셋, 현재에 남은 사람 셋. 월터와 졸개, 그리고 통역사의 지루한 기다림이 이어졌다. 월터는 서서히 신호가 오는 것이 느껴졌다. 차차 의식이 흐려졌다가 별안간 또렷해지더니, 헛것이 보이고 헛소리가 들리기 시작했다. 양손은 지속적으로 전기 고문이라도 받는 듯 파르르 떨려오기 시작했고, 순간 몸을 휘감은 한기에 온몸이 땀에 젖었다 식었다를 반복했다. 불과 일 미터 앞, 눈 앞의 테이블 위에 각종 진귀한 마약들이 놓여 있었지만, 세 사람이 잠들고 난 뒤로 계속해서 자신을 겨누고 있는 졸개의 총 때문에 애써 금단현상과 다투며 버틸 뿐이었다.

얼마 지나지 않아 월터는 결국 임계점에 달했다. 지렁이가 온몸을 휘감고, 각다귀가 여기저기를 파먹어 온몸의 껍데기를 찢어발기고 싶은 상태까지 몰리자, 월터는 눈 앞의 유혹을 더 이상 참지 못하고 벌떡 일어서서 테이블에 다가갔다. 그러나 졸개가 든 총이 월터를 막아섰다.

어떻게든 간청하고 애원하여 한 줌의 가루라도 빨아들일 수 있게 아량을 구걸하려던 차, 월터는 자신보다 더 욕망에 버거워하는 졸개의 눈빛을 읽었다. 그의 두 눈은 이미 붉게 핏발이 차올라 마치 김치찌개 안에 푸른 눈동자가 담겨있는 듯한 꼴이었다. 그의 시선이 향한 곳은 테이블 위의 약이었다. 월터가 졸개에게 말했다.

"같이 하자. 저 중에 아무거나."

통역사가 월터의 말을 전하고, 이어 다시 졸개의 말을 전했다.

"안 돼."

월터가 되물었다.

"왜, 상관없잖아, 저들은 앞으로 몇 시간이나 잠들어 있을거야. 우리는 그냥 적당히 취한 채 버티기만 하면 되는 것이고. 안 할 이유가 없잖아?"

졸개가 답했다.

"싫어. 마약은 더 이상 하기 싫어. 내가 하고 싶은 것은 저거야."

졸개의 총구가 흡입구가 파여진 금괴를 가리켰다. 월터가 만들어낸 대략 1kg의 약이 금괴 사이에 파묻혀 있었다. 졸개는 약을 향한 총구를 몇 번이고 들었다, 내렸다를 반복하며 번뇌에 쌓인 괴로움을 여실히 드러내고 있었다.

"야, 안 돼. 너 저게 얼마짜리인줄 알아? 프란시스가 널 죽일 거야."

그러나 월터의 만류는 졸개의 귀에 닿지 않았다. 통역사가 입을 닫고 있었기 때문이다. 월터가 세차게 성을 내고 나서야 통역사는 월터의 말을 전해주었다. 졸개도 이를 알고 있다는 듯, 머리를 긁고, 이마의 땀을 닦아내고, 자신의 뺨을 때려가며 유혹과 다투고 있었다.

졸개는 대담한 반칙을 혼자 하기는 겁이 났는지 은근 슬쩍 손바닥을 펼쳐서 월터를 가리키며 말했다.

"같이 할래?"

"노, 노, 노, 노, 노."

월터를 기다리는 어제는 실험실, 감옥. 월터를 기다리는 이틀 전도 감옥, 삼 일 전도 감옥. 월터는 거세게 약을 거부했다. 월터의 반응을 본 졸개는 온몸을 파르르 떨며 바닥에 누운 채 마치 태아처럼 무릎과 허리를 구부렸다.

마약 중독자들의 또 다른 마약. 월터는 프란시스가 한 말이 이해되었다. 월터의 약에는 그 어떤 중독성도 없었다. 순전히 그것은 영혼의 중독, 월터의 약을 향한 졸개의 갈망은 중독자들의 마약을 향한 그것과 다름없어 보였다. 그리고 월터는 답을 알고 있었다. 그 어떤 위험에도 그는 마약을 포기하지 않을 것임을.

졸개는 벌떡 일어서더니 저벅저벅 금괴로 다가가 약 봉지에서 소량의 약을 내린 뒤, 그대로 콧속 점막으로 빨아들였다. 이미 한계치에 도달한 월터의 도파민 수용체는 졸개가 약을 빨아들이는 것에 자극받아 더욱 더 간절해졌다. 월터는 애끓는 목소리로 외쳤다.

"그대로, 그 앞에, 그것, 보라색, 그것만 전해줘."

또 다시 통역사는 말이 없었다. 월터는 고개를 돌려 통역사에게 간절히 청했다. 제발, 제발, 보라색 약을 달라고 말을 전해줘.

통역사의 표정은 심히 구겨져 있었다. 그녀는 통역을 해주는 대신 월터에게 중지를 쳐들었다. 저 년을 그냥. 발끈한 월터가 그녀에게 다가가려는 순간, 졸개 녀석이 그녀의 손에 총을 쥐어 주었다.

"저 새끼, 움직이지 못하게 해."

이어 졸개는 넥타이를 풀어헤친 뒤 월터에게 다가와 소파의자의 팔걸이 사이로 월터의 두 손목을 꽁꽁 묶었다. 그리고 그는 방을 둘러보며 무언가를 찾기 시작했다. 월터는 본능적으로 이것이 마지막 기회임을 감지했다.

"잠깐만, 제발, 그 전에, 그 전에. 약을 줘, 약을."

졸개는 잠들 곳을 찾고 있었다. 월터의 외침에도 아랑곳하지 않고 졸개는 테이블 반대편 끝으로 다가가 모서리에 이마를 힘껏 들이받고는 그대로 쓰러졌다. 졸개의 머리에 일자로 길쭉한 상처가 패이며 피가 터져 나왔다. 그러나 용케 졸개는, 잠드는데 성공하였다.

도와줄 사람이 통역사밖에 남지 않은 월터는 더욱 더 조급해졌다. 심장이 불규칙하게 뛰며 혈압이 수시로 요동쳤다. 월터는 간절한 목소리로 통역사에게 말했다.

"제발, 제발. 저기 위에 있는 것 아무거나 좀 건네 줘. 제발, 같은 한국인끼리 좀."

"어디서 하찮은 한국놈이 나를 시다 취급해? 이 썩을놈의 약쟁이 새끼가."

통역사의 단호한 어조와 날선 반응에 월터는 순간 당황하였다. 그녀는 양팔을 쭉 펴고 총을 겨누며 월터에게 약을 전해줄 의지가 없음을 분명히 했다.

"이러지 마, 간단하잖아."

"닥쳐, 너 같은 약쟁이 새끼들은 살아갈 필요가 없어, 뒈져, 너도 그냥 뒈지라고, 저 등신들처럼 대가리 처박고 알아서 뒈지면 되잖아."

월터는 그녀의 도움을 받는 것을 포기하고 묶인 양팔을 힘껏 잡아당겼다. 매듭은 단단했다. 그러나 의자가 슬쩍 끌렸다. 월터는 다시 한 번 온 힘을 다해 팔을 당겼다. 육중한 소파의자가 또 다시 살짝 옮겨졌다. 좋아, 이거야, 이렇게 끌어서 테이블 앞까지 간 다음에, 그대로 고개를 처박는 거야. 그러나 둔탁한 무언가가 월터의 옆 머리를 콩하고 박았다. 총으로 월터의 머리를 찍은 통역사가 월터를 겨누고 있었다. 통역사는 결의에 찬 얼굴로 말했다.

"이 씨발놈의 약쟁이 새끼야, 일인치도 움직이지 마."

괴력이란 무릇 절체절명의 순간에 발현된다던가. 완전히 약욕에 잠식된 채 이성이 찢긴 월터는 두 손으로 팔걸이를 움켜쥐고는 그대로 벌떡 일어서며 의자를 들고 휘둘렀다. 끌기에도 버거운 무게의 소파의자가 월터의 손에 부여잡힌 채 마치 대파줄기처럼 가볍게 공중을 갈랐다. 의자의 다리가 통역사의 머리통을 강하게 후려쳤다. 뚝, 무언가가 끊어지는 소리, 혹은 쩍, 무언가가 쪼개지는 소리가 났다.

월터가 쓰러진 통역사를 본 것은 거침없이 약을 들이키고, 한참 동안 강렬한 약기운에 젖어 있다가, 슬며시 이성이 비집고 들어왔을 즈음이었다. 벌레의 겹눈을 씌운 듯 세 개, 다섯 개, 일곱 개로 겹쳐 보이던 통역사의 머리통은 시간이 지나자 완전히 쪼개지고, 바스라져있음이 눈에 들어왔다. 안 돼, 이건 아니야, 이건 내가 아니야. 괴물이 된 듯한 느낌, 월터는 훌쩍거렸다.

잠이 든 넷 중 누군가가 코를 골다가 컥, 하고 숨통이 막히는 소리를 냈다. 끄으응, 누군가는 서서히 잠에서 깨어나는 소리를 냈다. 누군가는 벌떡 전신을 부르르 떨다가 사그라들었다. 누군가는 얕은 잠꼬대를 뱉으며 서서히 정신을 부여잡고 있었다. 월터는 도망쳐야 했다. 테이블 위에는 약봉지를 자르는 가위가 있었다. 월터는 매듭을 잘라내고는 정신없이 약을 챙기기 시작했다. 갖가지 마약들을 쓸어 담고, 마지막으로 자신이 만든 마약을 가방에 쑤셔 박았다. 그리고 차, 자신이 어디인지도 모르는 월터는 졸개의 주머니에서 차키를 챙겼다. 문을 나서는 마지막까지 통역사 손에 쥐인 종이 눈에 걸렸으나, 마치 녹즙기의 사출구처럼 뇌를 쏟아내는 동족의 유품을 앗는 것만큼은 차마 할 수 없었다.

전력을 다해 도망쳐 출입구 문을 열었을 때, 월터의 눈 앞에 펼쳐진 것은 너른 사막이었다. 처음 마주보는 미국의 땅이었다.

—

"눈물겹군."

"아직, 미국에서 장수항까지 와서 빌어먹을 너네 형제를 만나기 까지가 남았지."

쥔 것은 허연 가루뿐인 월터에게 미국 땅은 그 자체로 하나의 거대한 감옥이었다. 프란시스는 월터가 공항, 항구, 국경, 아니면 머나먼 어딘가로 향했을 것이라 생각했다. 그러나 미국을 모르는 월터는 끝없이 펼쳐진 너른 땅만 보고도 주눅이 들어버렸다. 미국을 탈옥할 만한 재주도, 깜냥도 없는 월터는 이내 나라를 벗어나겠다는 생각을 접고는 인근의 다운타운으로 숨어들었다.

가진 것은 마약뿐인 월터는 자연스레 약쟁이들이 모인 거리에 녹아 들어 흔한 길바닥 위의 약쟁이 중 하나가 되었다. 프란시스의 눈길이 쉬이 닿는 앞마당이었다. 허나 월터의 약이 주는 비교불가한 쾌락에 눈이 뒤집힌 그녀가 도리어 먼 곳을 바라본 탓에 월터는 삶을 이어갈 수 있었다.

돈이 필요했다. 그간 실험실에서 쌓아 둔 노동의 대가에는 닿을 방법이 없었다. 도시 구석구석에 프란시스의 조직이 스며들어 있기에 위험하기 짝이 없었으나, 약값을 벌기 위해서는 도리가 없었다. 졸개의 밑에서 약을 소분하는 일 따위를 하던 월터가 동향 사람의 눈에 띈 것은 우연이었다. 즐길 거리 삼아 가볍게 약을 찾다가 한국인을 만난 남자는 유독 월터에게 살갑게 굴었다. 짧은 영어 탓에 대화를 잃고 살던 월터도 흥이 돈아 말이 길어졌다.

취한 월터가 주절주절 마약에 대한 이야기를 늘어놓자 남자는 단박에 그의 정체를 알아차렸다. 월터가 뱉는 말은 흔한 저잣거리 약쟁이의 잡담 수준이 아니었다. 월터라는 자의 목에 걸린 현상금을 알았던 남자는 잽싸게 머리를 굴리기 시작했다.

그는 미국 시장에서 새는 짜투리 마약을 한국에 들이는 잡스러운 밀수꾼이었다. 월터를 프란시스 쪽에 넘겨 현상금을 노릴까도 생각했지만, 그간 프란시스의 유통망에 뚫은 구멍으로 새는 콩고물을 먹고 살아온 과거가 마음에 걸렸다. 쥐새끼 노릇을 해온 탓에 정작 덩어리 살코기를 보고도 앞니를 대지 못하는 상황이었다.

그때 문득 누군가가 생각이 났다. 동남아시아에서 마약을 제조하는 사내가 알려준 남자였다. 한국에 코찔찔이 하나가 있는데, 이 자식이 시장에 발끝을 적실라고 환장해 있다. 남자는 냉큼 그에게 연락을 취했다. 다음 날, 사내가 말한 코찔찔이, 마혁수가 남자에게 월터를 한국으로 데리고 가고 싶다며, 두둑한 월터의 몸값을 보내왔다.

한국 땅을 밟게 해주겠다는 제안에 월터는 눈깔이 뒤집혔다. 이어진 혁수와의 통화, 월터는 간절히 빌었다.

"한국에서 약을 만들 수 있소?"

"돌아갈 수만 있다면 뭐든지 다 할 수 있습니다. 비커랑 스포이드만 있다면 뭐든 만들어 내겠습니다."

"프란시스가 당신이 갖고 달아난 약을 찾고 있다던데. 갖고 있소?"

"물론입니다. 그리고 이걸 만들 수 있는 사람은 나뿐입니다."

"그게 대체 무엇이오?"

"값어치는 모릅니다. 팔린 적이 없기 때문이지요. 팔리기야 한다면야, 어쩌면 프란시스랑도 해 볼만 하지 않을까요?"

혁수가 짜둔 루트를 따라 미국에서 중남미로, 중남미를 거쳐서 동남아로, 동남아를 거쳐 중국으로, 그리고 중국을 거쳐 장수항으로. 귀향길은 고되기 짝이 없었다.

"그리고 다 와서 장수항에서 말이야, 이 꼴이 나버렸네."

—

"그럼 네 말은, 지금 우리가 그 약에 취해서 과거로 돌아가고 있다는 거야?"

"이론과 경험에 따르자면, 그렇다."

"그게 어떻게 가능하지? 이렇게 생생할 수가 있냐고."

"기억과 경험을 분리해야 해. 기억은 경험의 일부일 뿐이야. 네 감각기관을 통해 들어온 시각, 청각, 후각, 청각, 촉각 이 모든 정보들은 경험으로서 뇌의 특정 부분에 쌓인다. 너는 그 산더미 같은 경험 속에서 선별작업을 통해 일부를 기억으로 남겨두는 것이지. 이 약은 뇌 속 경험을 저장하는 곳에 엄청난 자극을 주어, 묻혀 있던 경험을 끄집어 내고는 현실을 재창조하는 거야."

동수는 찬찬히 주변을 훑어보았다. 쏟아지는 빛줄기 속에 먼지조각이 공중을 부유하고 있었다. 버려진 무언가에서 날 법한 퀘퀘한 냄새가 창고에 번져 있었다. 천식기운이 다시 도지는지 허파에 간질간질한 느낌이 들었다.

"그러니까 보이는 것, 냄새, 내 기분까지. 이 모든 게 경험을 바탕으로 한 상상이라는 거야?"

"그래."

"그걸 믿으라고?"

"믿지 않아도 돼."

"그럼 지금 너랑 나랑 대화하는 것은 누구의 꿈이라는 것이야?"

"아마도. 너에게는 너의, 나에게는 나의."

동수가 벌떡 일어서며 말했다.

"그래, 이게 다 현실이 아니라면, 꿈 속에서 사람 하나 뒈지는 게 무슨 문제야, 죽여버리겠어."

동수는 총을 들고 개눈에게 다가섰다. 이어 그의 미간에 총을 댔다. 총구가 미간을 가르는 안대의 고무줄 위에 닿았다. 동수는 그대로 개눈의 안대를 벗겼다.

총을 든 동수의 눈빛을 보고 개눈은 죽음을 직감하였다. 살인에 거리낌이 없는 눈빛이었다. 어떻게든 생에 대한 구걸을 늘어놓고 싶었지만 입이 막힌 탓에 할 수 있는 것이 없었다. 개눈의 눈에 눈물이 차올랐다.

기괴한 울음이었다. 의안을 박은 개눈의 한쪽 눈은 너무나도 총명한 가공된 빛을 띈 채로 밝게 빛나고 있는데, 반대편 눈은 잔뜩 짓이겨진 채 잘게 늘어진 주름 사이사이로 눈물이 차올랐다. 동수는 그간 의안을 한 자의 울음을 본 적이 없었다. 그 울음의 생경함이란, 처음 마주하는 현실 그 자체였다. 동수는 눈 앞의 이 생생함이 기억으로 짜깁기한 날조에 불과하다는 사실을 도무지 믿을 수 없었다.

그렇게 총을 미간에 맞닿은 채 동수가 개눈의 울음을 바라보는 사이, 장반장의 사체를 질질 끌고 다가온 월터가 조심스레 동수의 손목을 잡고는 위로 들어올렸다. 총구는 월터의 이끔에 따라 미간을 지나 정수리 위로 떴다.

"하지 마."

"왜."

"하지 않는 게 좋아."

"무슨 소용이야."

"약에 취하든, 안 취하든. 현실에서든, 꿈에서든. 사람은 사람이어야 하더라고."

—

"이제 어떻게 되는 거지?"

"오늘 잠들면, 어제의 아침이 열린다."

동수는 어제의 하루를 역으로 곱씹었다. 아버지 집에서 잠이 들고, 장반장이 죽고, 월터가 장수항에 도착하고, 개눈 무리가 집을 급습하고. 그리고 때마다 동수의 곁에 있었던, 동호.

"잠깐만, 그럼 정확하게 어디서부터가 거짓인 거야."

"약을 한 이후 언젠가부터."

"똑바로 말해, 정확하게 언제냐고."

"이 모든 것을 정확하게 아는 사람은 없어."

"난 어제 한 번만 정신을 잃었어. 약봉지가 뜯어지고 차에 받혔을 그때. 혹시 그때 이후로 모든 것이 다 머리통 속에서 벌어지는 연극인 거 아냐?"

"차에 받힌 이후에는 어떻게 되었지?"

"산채로 관에 갇혔다."

"묻힌 다음에는?"

"잘 모르겠어. 기억이 나지 않아. 근데 말이야, 들어봐. 약을 먹고, 관에 갇히고. 그 사이에 내 동생 동호가 죽었다고. 가정을 해보자고. 나는 약을 먹고 정신을 잃은 뒤에, 지금 사고가 난 눈밭위에 기절해 있는 거야. 그러면 내 동생은, 동호는 지금 살아있는 것 아냐?"

"알 수 없어. 그런데 그 뒤가 있다면, 약을 먹은 뒤로도 시간이 바른 방향으로 흘렀단 것 아냐?"

"내 눈으로 확인해야겠어."

"뭘?"

"동호, 동호가 어떻게 되었는지."

—

개눈의 손도끼를 치켜든 동수의 팔이 부들부들 떨렸다. 이를 지켜보는 도끼주인, 그리고 그의 부하들의 눈빛도 부들부들 떨렸다.

"자, 간다."

장반장의 손목을 겨냥한 동수의 도끼질, 수갑을 풀기 위해서는 어쩔 수 없었다. 월터는 쭈그려 앉은 채 무릎 사이에 고개를 처박고 있었다.

콱. 도끼 날이 장반장의 손목부분을 파고들었다. 그리고 끔찍한 비명이 창고 안에 울려 퍼졌다. 마치 손목이 토막 나기 시작한 장반장이 지르는 고함이라도 되는 양, 참혹하고도 지독한 비명이었다. 월터의 비명이었다.

월터의 전신이 요동치고 있었다. 그는 도끼질에 겁먹은 것이 아니었다. 월터는 어깨 위에 심령이라도 올라탄 듯, 한껏 몸을 움츠린 채 떨고 있었다.

개눈의 휴대용 손도끼는 사람의 살점을 찢어내는 수준이지, 뼈를 토막 낼 정도의 날카로움이나 무게감은 없었다. 손목 살이 뜯어지며 허연 뼛조각이 보였지만, 한 번의 내리침으로 손목이 떨어져 나가는 일은 없었다.

월터의 몸이 극심하게 떨린 탓에 연결된 장반장의 손목도 움직이고 있었다. 다시 도끼를 위로 치켜든 동수가 입을 열었다.

“너 왜 그래.”

월터는 반응 없이 계속해서 고개를 처박고 떨고 있을 뿐이었다. 문득 동수는 이런 생각이 들었다. 이 모든게 마약에 의한 머릿속의 환상일 뿐이라면, 지금의 월터는 내가 그려낼 수 있는 월터가 아니야. 나의 경험 속에 저런 모습의 월터는 없어. 그리고, 도끼질이 뼈를 파고드는 이 감각, 손바닥부터 저려오는 이 느낌과 꺼림칙한 기분. 이것이, 과연 이것이 현실이 아닐 수가 있을까?

동수는 두 번째 도끼질을 하였다. 그리고 세 번, 네 번, 다섯 번. 굳어버린 몸통에서 손이 분리되어 떨어져 나가며, 수갑에서 장반장의 손목이 빠져나갔다. 월터는 장반장의 몸에서 팔뚝이 분리되자 끔찍한 울음소리를 냈다.

동수는 월터를 일으켜 세운 뒤 창고 밖으로 나섰다. 아직 충격에 빠져왔는 월터를 개눈의 차에 태우고, 동수는 다시 창고로 되돌아왔다.

개눈 무리는 테이프로 이어진 채 바닥에 앉아있었다. 동수는 미리 모아둔 개눈 무리의 핸드폰 세 대를 그들의 발 끝 앞에 나란히 두었다. 그리고 도끼를 집어들고서는 쾅, 쾅 쾅. 연달아 세 대의 핸드폰을 박살냈다. 도끼가 발끝을 내리 찍을 때마다 개눈

무리는 움찔거리며 서로의 몸을 바싹 붙였다.

"내가 고민이 있다. 내가 깡패 생활을 해보긴 했는데 퇴물로 몰린 지 오래라 이런 상황을 잘 몰라요. 아직 현역으로 팔팔하게 뛰고 있는 니들한테 물어본다. 나는 이제 저 차를 타고 여길 뜰 거다. 그런데 니들은 이 총이 떠나면 말이지, 어떻게든 잔대가리를 굴려서 여길 벗어나려 할 거야. 난 그게 싫어. 그래서 여기, 이 도끼로 니들 오른 발등을 한 번씩 찍어주고 가야하나 고민하고 있거든. 어이, 대장. 말해봐. 여기서는 네 발등을 찍는 게 나을까, 그냥 가는 게 나을까?"

개눈은 한치의 머뭇거림도 없이 말했다.

"그냥 가시는 게 백번 천번 옳습니다."

"왜지?"

"저희는 이미 겁을 먹었습니다. 경찰이 죽어 있는 것을 봤어요. 죽은 경찰의 팔뚝이 잘리는 것도 봤고요. 그냥 이 모든 것에서 도망칠 거에요. 잠잠해질 때 까지는 몇 달이고 아무것도 하지 않을 겁니다. 육 개월이고 일 년이고 숨어들 생각을 하는 사람들한테 고작 몇 시간, 반나절, 여기 묶어 두는 것은 아무런 의미가 없습니다."

"말이 길어. 그래서 뭐."

"발등이 도끼에 찍히든, 말든. 저희는 사라질 것입니다. 그러니까 괜한 힘을 빼지 않으시는 것은 어떨까요?"

"말은 좋은데 말이야."

동수의 고개가 갸웃거렸다.

"믿지를 못 하겠어."

동수는 개눈의 오른 발등을 내리 찍기 위해 손도끼를 치켜들었다. 무리가 기겁을 하고 비명을 질러 댔다. 개눈이 너저분하게 지껄이는 사이, 동수의 머릿속에도 계산이 돌아갔다. 몸은 그대로이나, 잠이 들면 어제의 하루가 시작되는 곳에서 깨어나는 것. 오늘 아침, 어제 관에 갇혔을 때 옷차림과 쥐고 있던 총을 그대로 들고 깨어났으니 변치 않는 몸은 나, 그리고 월터뿐. 이 녀석들은 어제 동호에게 반쯤은 죽을 만큼 맞았으나, 오늘은 그대로인 것을 보니, 여기서 발등을 쪼개놓아도 또 다시 어제가 시작되면 괜찮을 것이야. 그렇게 동수가 개눈의 발등을 내리 찍으려는 순간. 동수의 귓가를 무언가가 스치고 지나갔다. 그것은 개눈의 미간 사이를 때리고는 마치 연기처럼 피어 올랐다. 그리고 불과 이, 삼 초가 지났을까? 개눈의 고개가 그대로 떨구어졌다.

"그럴 필요 없어. 이게 있어."

뒤를 돌아보니 새총을 들고 있는 월터가 서 있었다. 이어 연달아 두 개의 허연 가루뭉치가 뒤에서 날아왔다. 세 사람이 정신을 잃고 깊은 잠에 빠져드는 데까지는 채 십 초가 걸리지 않았다.

—

"괜찮아?"

공업소로 향하는 길, 운전대를 잡은 동수의 몸이 간헐적으로 들썩거렸다. 숨을 들이켜는 것과 내뱉는 것, 모두가 버거워 보였다.

“빌어먹을, 천식이 도져서.”

동수는 마른 입 속으로 흡입기를 뿌렸다. 숨이 답답해지는 간격이 부쩍 좁아 들었다. 때마다 질식이라는 단어가 눈앞에 아른거렸다. 동수는 호흡이 가라앉자 월터에게 물었다.

“근데 말이야. 이거 언제까지 어제로 돌아가는 거야?”

흡수된 약이 효능을 다하면 잠에서 깨어나고 현실로 돌아가겠지만. 차에서 터진 약은 약 1kg, 불과 몇 그램의 약을 흡수한 자들이 몇 달의 과거까지 거슬렀던 것을 고려하면. 많은 약을 빨아들인 만큼 뇌는 약을 기름삼아 무시무시한 고속으로 회전할 테고, 꿈 속의 삶은 현실의 시계와 비교도 못할 만큼 빠르게 돌아갈 테니. 어쩌면. 어쩌면. 평생을 다시 거슬러 올라가 다시 살아도 못 깨어날지도 몰라.

월터는 차마 이 말을 하지 못했다.

“나도 몰라.”

그때였다. 반대편 차선의 저 멀리에서 세단 한 대가 다가오는 것이 보였다. 눈에 익숙한 차였다. 동수는 시간을 확인했다. 기억 속의 시간과 지금의 시간을 얼추 맞추어 보면 그것은, 혁수, 총을 지닌 혁수의 차. 어제의 기억이 되살아났다. 빌어먹을 녀석에 대한 복수가 필요했다. 동수가 급하게 페달을 차는 소리가 났다.

“월터, 안전 벨트 매.”

개눈의 차는 똥차와는 달리 묵직한 술렁임을 보이며 속도를 끌어올렸다. 페달은 이미 운전석 하단을 뚫고 나갈 기세로 바닥에 맞닿아 있었다. 순식간에 거리가 좁혀지고, 조수석에 앉은 혁수의 얼굴이 눈에 들어왔다. 그리고 그 순간 동수는 핸들을 꺾어 세단의 우측 전면을 그대로 들이받았다.

세단은 한참을 옆으로 데구르르 굴러갔다. 멈추어 선 채 받혔던 어제보다 더 멀리, 거세게 굴렀다. SUV도 충격에 좌초할 뻔했으나, 용케 균형을 잡아내 도로에 섰다. 순간적인 충격에 동수의 온몸이 지근거렸다. 이틀만에 벌써 네 번째 충돌이었다. 충격으로 동수의 가슴팍 단추 두 개가 튀어나갔다. 셔츠의 틈 사이로 상체를 예리한 일본도로 빗겨 베어낸 듯 벨트가 닿은 부분 아래로 붉은 피멍이 보였다. 월터도 충격에 정신을 못 차리고 헤매고 있었지만. 어느새 정신을 되찾은 동수는 공업소로 인도할 페달 위로 발을 올렸다.

—

차는 정면에서 전속력으로 달려오는 육중한 SUV와 충돌 이후 공중으로 떴다가, 한참을 구른 뒤 멈추어 섰다. 조수석의 혁수가 잠시 정신을 잃었다가 눈을 떴을 때, 차 안은 신음소리로 가득 차 있었다. 정신이 자리를 비웠다가 되돌아온 순간, 혁수의 머릿속에 각인된 것은 SUV의 핸들을 쥐고 있는 동수였다.

운전석의 도수는 혁수의 오른팔이었다. 도수는 고개를 뒤로 젖힌 채 거친 숨을 힘겨이 내뱉고 있었다. 혁수는 도수가 살아있음을 확인하고는 천천히 차 밖으로 나섰다. 촘촘히 바늘이 박힌 멍석에 온몸이 김밥처럼 똘똘 말린 느낌이었지만, 어쨌든 사지는 지시대로 움직여주고 있었다.

혁수는 뒷자리로 다가가 깨진 창문 너머로 뒷좌석의 두 녀석을 살폈다. 차에 실릴 때부터 위태로웠던 두 녀석은 죽거나, 죽은 것과 다름없는 상태였다. 혁수는 다시 조수석으로 돌아와 올라탔다. 거친 숨을 몰아쉬는 도수에게 혁수가 말했다.

"차 말이야. 움직일 수 있겠지?"

"아마도 굴러가긴 할 겁니다."

"돌아가자."

"네? 어디로요?"

"공업소."

"저기 형님, 병원부터 가면 안 될까요."

"뒤에 두 사람은 걱정하지 마. 이미 죽거나, 죽은 것과 다름없어."

"아니요, 제가."

도수의 눈이 아래로 향했다. 혁수도 도수의 눈빛을 따라 시선을 아래로 옮겼다. 피로 물든 도수의 배에는 단검이 박혀 있었다.

도수는 무지막지한 정글도를 휘두르는 것을 즐겼다. 그러나 우악스럽게 크고 무거운 정글도는 상대방을 겁줄 때나 쓰임새가 있을 뿐, 실로 상대방과 맞붙어 치고 받을 때는 가볍고 예리한 군용 단검이 제격이었다. 오늘도 정글도를 부여잡고 공업소에 들어섰지만, 정작 상대방을 파고든 것은 군용 단검이었다.

보스는 현장이 마무리되자 허튼 소리를 늘어놓는 혁수를 한시라도 빨리 병원에 데리고 가야 한다 하였다. 겉으로는 멀쩡해 보였지만 온몸에 독이 퍼진 상태라 하였다. 당장 병원으로 향해야 할 사람은 셋이었다. 그 중 둘은 상태가 위급했다. 결국 운전대를 잡은 것은 왼쪽 허벅지에 단검이 박혔을 뿐인 도수였다.

그리고 사고가 났다. 충격에 허벅지를 빠져나온 단검이 핸들에 걸렸다가 그대로 상복부를 파고 들었다. 죽음이 도수의 배를 가르고 들어서는 느낌이었다.

"우리는 병원으로 가지 않아."

박힌 단검을 보고도 혁수는 감정적인 동요 없이 차가운 목소리로 답했다.

"부회장님, 지금 병원에 가면 살 수 있습니다. 살려주세요."

"네가 죽고 사는 문제는 나의 결정에 영향을 미치지 않아."

"부회장님, 제가 몇 번이나 살려드렸지 않습니까? 그렇게 말씀하지 마시고, 제발 병원부터 가주세요."

"너는 그러라고 고용된 거야. 나를 구해내라고, 나 대신 죽으라고. 그 이상인 적은 없어."

"저기요, 부회장님. 그러면 그냥 구급차만 불러 주십시오. 살려달라고 말씀드리지 않겠습니다. 살 길만 놓아주고 가주세요."

"그래도 넌 죽을 거야. 이 동네에는 그렇게 칼이 깊게 박힌 남자를 살려낼 수 있는 의사는 없어. 너를 본 의사는 더 큰 병원으로 가야 한다며 널 떠밀 것이야. 그러면 너는 더 큰 병원으로 가는 길에서 죽을 거야."

진실세럼의 약효가 아직까지 남아있는 혁수는 극도로 날이 서고 비관적인 말들을 그 어떤 감정도 섞지 않은 채 건조하게 내뱉었다. 분명 그것은 진실이었다. 그렇지만 도수는 진실을, 그리고 죽음을 받아들이는 것에 저항했다.

"부회장님, 자세히 보세요. 이게 옷 때문에 깊이 박힌 것처럼 보이지만, 아직 손잡이까지 날이 들어가지 않았어요. 이거, 이거, 깊지 않습니다. 저, 살 수 있어요."

도수는 옷을 헤쳐가며 칼날을 드러냈다. 벌어진 살점과 칼 손잡이까지는 삼사 센티의 날이 남아있었다.

"그렇네. 완전히 박히지 않았네."

"맞습니다. 그러니까 제발."

"만약에 칼이 완전히 박혔었다면 어땠을 거 같아? 포기했을 것 같아?"

"그럼요, 이건 정말 하늘이 내린 운입니다. 이렇게까지 운이 좋지 않았다면 저는 살 생각도 안 했을 겁니다."

순간 혁수는 두 손으로 칼손잡이를 잡고는 힘주어 칼을 도수의 배 속 깊이 밀어 넣었다. 깊게 박힌 단검의 손잡이 주변으로 뱃살이 부풀어 올랐다. 마치 온천 물이 끓어오르듯 갈라진 틈 사이로 피가 새어 나왔다. 도수는 한참 동안 끔찍한 비명을 질렀다.

잠시 정신을 잃은 도수가 눈을 떴을 때, 맑은 겨울 하늘이 눈에 들어왔다. 일어나 주변을 둘러보고 싶었지만, 찢어진 복근 탓에 전신 어디에도 힘을 줄 수 없었다. 고개를 돌려보니 눈밭이었다. 이미 감각이 죽기 시작한 듯 눈밭 위에 놓인 몸이지만 등이 차갑지 않았다. 옆에는 차 뒤에 탄 두 명의 조직원이 죽은 채 누워있었다.

고개를 돌릴 때 마다, 눈알을 굴릴 때마다, 숨을 쉴 때마다 배에서는 피가 흘러 넘쳤다. 옆자리에는 혁수가 앉아있었다. 혁수는 멍하니 눈밭을 바라보면서 휘파람을 불고 있었다. 도수는 팔을 뻗어 혁수의 다리를 건드렸다.

"부회장님."

혁수가 휘파람을 멈추고는 도수를 돌아봤다.

"어, 금방 깨어났네."

"여긴 어디지요?"

"사고가 난 곳."

"저를 바닥에 버린 셈이네요."

"그렇지. 이미 죽은 두 사람도 마찬가지야."

"왜입니까."

"뭐가?"

"왜 병원에 가지 않은 거지요?"

"죽어도 아쉬울 게 없거든."

"이렇게 저는 죽는 것입니까."

"이제 포기하고 받아들여."

혁수는 도수와 눈도 마주치지 않은 채 잔인하고도 솔직한 답을 이어갔다. 눈밭에 등이 맞닿아 있었지만 도수는 등이 뜨거워지는 느낌이었다. 배에서 솟아난 핏물이 흘러내린 탓이었다. 도수는 혁수의 말을 받아들이고 삶을 놓아주었다.

잠시 대화가 끊긴 사이, 혁수가 다시 휘파람을 이어 나갔다.

"부회장님."

"응?"

"휘파람은 왜 부시는 거죠."

"어때?"

"아름답네요."

"휘파람은 주변에 위험을 알리는 신호로도 쓰이거든. 너는 극도로 위험한 상황이니까, 휘파람 소리를 들으면 심리적으로 안정이 되지 않을까."

혁수가 분 휘파람은 세월 지난 대중가요의 멜로디였다. 도수는 휘파람 소리에 맞추어 노래를 따라 흥얼대기 시작했다.

도수의 흥얼거리는 노래 가락이 멈추었다. 도수는 뜬 눈으로 죽어 있었다. 혁수는 시간을 확인하였다. 이십 분. 사고가 나고 도수가 죽기까지 걸린 시간. 혁수는 세 구의 사체를 눈밭위에 둔 채 차에 올라탔다. 앞유리를 비롯하여 온갖 창이 깨지고, 전면, 측면, 후면, 여기저기가 구겨진 차였지만 용케 시동이 걸렸다.

공업소에 돌아갈 시간이었다. 계약을 망친, 사업을 망친, 하루를 망친 동수를 찾아가 벌을 내릴 시간이었다.

—

"똥수?"

달구지파 녀석들은 중국에서 수입하는 관뚜껑에 약을 숨겨 들여왔다. 하여간 잔머리는 대단해, 광장파 건달들은 혀를 차며 빠루로 관을 부수며 약을 찾고 있었다. 허리가 끊어지는 듯한 뻐근함에 허리를 곧추세웠을 때, 공업소로 들어서는 두 남자가 보였다. 그리고 그 중 하나는 동수였다.

"어이, 똥수가 왔는데."

동수가 왔다는 말에 관을 부수던 남자들의 허리가 하나 둘씩 펴졌다. 밤새 회장님은 동수를 찾았지만, 동수는 나타나지 않았다. 그 뒤로 하룻밤 꼬박, 오늘 아침까지 이어진 위험천만한 고난의 연속. 동수는 더 이상 식구가 아니었다. 남자들은 손에 들고 있던 연장을 바로잡았다. 연장이 무기가 되는 순간이었다.

그들이 힘주어 무기를 되잡은 이유는 동수 때문이 아니었다. 작은 체구, 아둔한 머리, 모자란 뱃심, 타고난 겁보 동수 따위는 혁대만 풀어도 제압할 수 있으리라. 그러나 괴물 동생, 반도 제일의 주먹이라는 동호의 존재감이 마치 유령처럼 동수를 따라다녔다. 행여나 동호가 함께 왔을지 모른다는 두려움이 무기를 쥔 손에 힘을 보탰다.

그러나 동호는 보이지 않았다. 동수의 옆에는 거대한 덩어리 하나가 있을 뿐이었다. 한동안 동수 뒤를 살피며 동호의 존재를 찾던 남자들은, 둘뿐이란 사실을 알고 이내 긴장이 느슨해졌다.

"똥수, 늦었네!"

남자는 손에 쥐고 있던 빠루를 들고 공중에 휘둘렀다. 둔중한 쇠지렛대가 위압적인 소리를 내며 공기를 갈랐다. 그리고 빠루를 한쪽 어깨에 걸치는 순간. 탕. 귓가를 스치고 지나간 소음이 지렛대를 강타하였고, 어깨에 걸친 빠루가 뒤편으로 날아갔다.

"손 들어."

총을 든 동수가 말했다.

빠루를 쥐고 있던 남자는 손바닥이 매질을 당한 듯 얼얼했다. 자기도 모르게 양손을 비비며 얼얼함을 달랬다. 이어 남자는 뒤를 돌아보며 날아간 빠루를 찾았다. 그 무겁던 빠루가 뒤편 저 멀리 날아가 있었다. 순간 연달아 쇠뭉치들이 바닥에 떨어지며 만들어내는 짧은 멜로디가 울려 퍼졌다. 다시 몸을 틀어 주변을 바라보았을 때, 아직도 얼얼한 손바닥을 하늘 위로 향하지 않고 있는 사람은 남자가 유일하였다.

"너."

동수가 남자를 가리키며 총구를 까딱거렸다.

"저요?"

"그래, 방금 전에 뒈질 뻔한 너 말이야. 가서 대가리 데리고 와."

"네?"

"마장식이 데리고 오라고, 이 새끼야."

말을 마친 동수가 해머를 당겨 총을 장전했다. 남자는 잽싸게 뒤로 돌아 보스가 있는 방으로 향했다.

—

나이가 들고, 몸이 낡고. 노욕을 경계한다지만 욕심이 거세된 지 오래. 신중히 판단한다지만 과단성이 사그라든 지 오래. 위험을 회피한다지만 한가득 겁을 들이마신 지 오래. 장식은 자신의 노화와 퇴행을 받아들였고, 이에 따라 몇 년간 조직의 세는 불지 않았다.

혈기가 돌고, 몸이 싱싱하고. 아들녀석은 달랐다. 부쩍 맞부딪히는 경우가 잦아졌지만, 아직은 꺾이고 싶지 않았다. 때로는 혁수의 뜻이 옳을 때도 있었다. 그러나 옳고 그름은 중요하지 않았다. 힘겹게 구축한 위계질서였다. 스스로 내려오던가, 억지로 끌어당겨지던가. 그 순간이 오기 전 까지는 그 누구에게도 뜻을 굽히거나, 자신이 그릇될 수도 있다는 것조차 보이기 싫은 장식이었다.

그래서 더욱 더 혁수에게 모질었다. 혁수를 이르게 부회장직에 앉힌 것은 조직의 미래를 같이 그리자는 명분이었으나, 때마다 결정을 내린 것은 장식의 승부욕이었다. 아들과 뜻이 맞부딪혀 승부가 펼쳐지면 장식은 아들을 꺾어 패자의 자리로 내리고는, 짓누르고 뭉개어 의지를 굽히고 모욕을 주곤 했다.

그런 장식이 달구지파를 급습하는 과감한 일을 벌일 줄은 자신도 알지 못했다. 오랜 시간 무뎌진 장식의 과단성을 다시 갈고닦은 것은 결국 혁수였다. 달구는 혁수의 명줄을 담보로 월터라는 녀석을 요구했지만, 아무리 애를 써도 그 자의 행방을 찾을 수 없었다. 개눈에게도 답을 얻지 못하자, 장식은 과감한 결단을 내렸다. 지금 당장, 달구지파를 친다.

예상치 못한 행운도 따랐다. 달구지파의 부두목을 비롯해 힘 좀 쓰는 녀석들이 항구에서 경찰들과 붙는 바람에 전부 철창 뒤에 묶여 있었다. 새벽녘에 기습적으로 쳐들어간 달구지파의 본거지에는 잔챙이들만 남아있었다. 수적인 열세와 기울어버린 힘의 균형 속에서 마지막까지 배짱을 보인 녀석은 달구 뿐이었다.

그렇게 고초 끝에 간신히 구해낸 아들이건만. 대체 무슨 독을 맞고 맛이 갔는지 감사는커녕 모진 말만 내뱉어 댔다.

“월터를 못 찾아냈지요? 그럴 줄 알았습니다. 회장님은 이제 날이 무뎌지고 녹이 들러붙었거든요. 달구를 제꼈다고 으스댈 필요는 없습니다. 머리를 써서 기회를 만든 것은 저이고, 회장님의 졸개들은 힘을 썼을 뿐이지요. 제가 아니었으면 회장님은 평생 저 등신에게 머리를 조아리며 살았을 겁니다.”

도무지 혁수를 이해할 수 없었다. 결국 너는 실패한 일을 벌인 것이고, 이 모든 난장을 거두어 바로잡은 것은 나이니, 또 다시 내가 옳고, 내가 이긴 것이 아닌가? 오만한 청사진은 발기발기 찢긴 셈, 귀퉁이를 잡아 준 액자에 고개 숙여야 하는 것 아닌가? 당혹스러워진 장식은 도수를 시켜 아들녀석을 병원으로 치워버렸다.

자, 그리고 이제 앞으로는. 순간 골치가 썩어 들기 시작했다. 앞뒤를 재지 않고 달구지파를 젖혀버리자, 철저한 계획 없이 벌린 사달에 대한 청구서가 밀려들고 있었다. 결국 마약업에 발을 담궈야 하는 것인가? 아는 것이 하나도 없는데? 달구지파는 라이벌은 없는가? 만약 그 녀석들이 치고 들어온다면? 달구는 뒷배가 있다던데, 혹시 경찰은 아닐까? 머리가 지끈거리는 와중에 또렷한 계획은 단 하나뿐이었다. 달구는 죽는다, 내가 원하는 방식으로.

순간 작업장에서 총소리가 들렸다. 장식의 간담이 서늘해졌다. 경찰인가? 장식은 본능적으로 총으로 손이 향했다. 이십 년 전, 야쿠자에게 의리의 징표로 받은 권총을 장식은 마치 두 번째 심장처럼 애지중지 여겼다. 위험한 상황을 앞두고는 부적처럼 반드시 총을 챙겨 다녔다. 불과 몇 시간 전에도 총의 주둥이가 달구의 미간에 닿았고, 달구는 그 자리에서 무릎을 꿇었다. 잠깐만, 그리고 나서. 여기, 여기 책상 위에다가 잠시 놔두고, 혁수가 방에 들어와 설전을 주고받았었는데. 총이 없었다. 빌어먹을 자식새끼가 내 심장을 훔쳐갔구나. 종종 총을 빌리거나 드러내 놓고 탐을 내더니만 결국. 장식의 이마에 푸른 핏대가 바짝 섰다.

얼마 지나지 않아 졸개 하나가 다가와 문을 두드렸다.

"회장님, 동수입니다."

"뭐? 동수?"

"네, 동수가 회장님을 찾고 있습니다."

"뭐? 동수 새끼가?"

"네, 그런데 말입니다, 총을 들고 있습니다."

"뭐? 동수 새끼가 총을?"

"네. 그리고,"

"잠깐만, 동생놈은?"

"없습니다."

장식은 안도하였다. 경찰을 걱정했건만, 동수라니. 동호가 없는 동수라면 권총이 아니라 핵무기를 들고 와도 무서울 게 없었다. 그래, 이 참에 동수녀석을. 동수야 말로 이 모든 변고의 씨앗이자 불행의 원흉 아니던가. 장식은 혁수를 배신하고 위험으로 몰아넣은 동수를 반드시 처단하기로 마음먹었다.

장식은 총을 찾는 것을 멈추었다. 동수에게는 총보다 적합한 무기가 있었다. 그래, 사람에 따라 맞는 무기가 있는 법이지, 동수에게는 이 녀석이 제격이야. 장식은 옷 매무새를 다잡았다. 이어 그는 구석에 있는 무기를 쥐어 들고 방을 나섰다.

돈다발이었다.

—

"네가 월터구나."

장식은 양손에 오만원권 다발이 든 가방을 들고 나왔다. 분명 동수의 총은 장식을 겨누고 있었다. 그러나 장식은 동수 따위는 안중에도 없다는 듯 월터를 보고 말했다.

동수는 장식이 총을 겨눈 자신에게는 눈길조차 주지 않는 상황을 선뜻 받아들이기 어려웠다. 문득 총이 비어 있는 것을 장식이 눈치챈 것은 아닐까 덜컥 겁이 들었다. 동수에게는 장식이 어제 선물이라며 준 총알, 단 한 발의 총알뿐이었다. 그리고 그 탄환은 장식의 졸개들을 겁주는데 써버린 뒤였다. 물론 장식의 졸개들이 총을 전혀 두려워하지 않았었기에, 어쩌면 꼭 필요했을 한 발이었을지도 모르지만. 정말로 누군가를 쏘게 될지도 모른다는 불안과 공포에 섣부른 발포를 한 것도 사실이었다. 결국 빈 총 한자루와 담력 하나로 장식을 상대해야 했으나. 시작부터 장식은 동수를 업신여기며 초장을 잡고 들어갔다.

"월터 맞냐고, 이 새끼야."

장식은 채근하듯 월터를 다그치며 물었다. 월터는 고개를 처박고는 아무런 말을 하지 않았다.

"마장식."

참다 못한 동수가 장식을 불렀다. 장식의 이름 석자를 부르는 혓바닥이 빳빳해지는 기분이었다. 십수 년을 깎듯이 모셔온 장식, 쉽게 내뱉기에는 그 이름의 무게가 만만치 않았다. 그러나 장식은 동수의 부름에도 눈초리조차 주지 않고 월터를 바라볼 뿐이었다. 순간 동수는 욕지기가 끓어올랐다. 보이지 않는 손들이 위장을 뒤틀고, 융털을 잡아 뜯는 기분이었다. 그토록 배짱을 끄집어내려 했건만.

"마장식."

장식의 이름을 다시 부르는 동수의 목소리는 마치 내시가 이를 앓듯 가늘고, 크게 떨렸다.

"동수야. 왜 너만 왔냐."

"뭐?"

"이 등신 같은 새끼야. 그 덜 떨어진 동생은 어디다 두고 혼자 왔냔 말이다. 동생을 그렇게 쪽쪽 빨아 쳐 먹더니, 정작 필요할 때는 못 써먹고 왜 혼자 있냐고."

순간 장식이 가방을 동수에게 던졌다. 떨어지는 소리에서 가방의 무게감이 느껴졌다. 가방은 지퍼가 열려 있었다. 벌려진 틈새로 오만원권 다발 몇 개가 튀어나와 미끄러지며 동수의 발끝에 닿았다.

“됐지? 썩 꺼져.”

장식은 어제와 또 달라져 있었다. 동수는 그제야 깨달았다. 동호가 없는 동수를 상대로 장식은 거침이 없었다. 그나마 장식이 보였던 호의, 가증스러웠던 연기는 동수의 옆에 선 동호 때문이었다는 것을. 총보다 무서운 무기, 동호를 안심시키기 위한 위선이었다는 것을. 그리고 동호를 먼저 제거하기 위함이었다는 것을.

동수가 장식을 향해 돌진했다. 총을 앞세운 채 갑작스럽게 뛰어든 탓에 장식을 포함한 모두가 그대로 얼어붙었다. 동수는 총을 장식의 미간에 그대로 쑤셔 박았다. 탄알을 쏟아내고 아직 뜨거운 열기를 품고 있는 총구가 장식의 눈썹 사이를 파고들었다. 이내 마치 벌건 인두로 지지기라도 한 듯, 장식의 눈가에서 살익는 연기가 피어올랐다.

“죽여, 죽여, 죽여버릴 거야.”

놀란 장식은 눈 사이가 익어가는 고통에도 비명조차 지르지 못했다.

—

동수는 장식의 넥타이를 목 뒤로 돌려 손에 휘감아 마치 목줄처럼 뒤에서 장식을 휘어잡았다. 총으로 장식의 뒤통수 정 가운데를 겨눈 채 동수는 뒷걸음질을 쳤다. 장식은 양팔을 치켜든 채 목줄이 잡아당기는 대로 이끌려갔다. 양손이 등 뒤로 묶인 두 명의 부하가 장식을 마주보는 자세로 따랐다. 가장 서열이 높은 간부 두 녀석이었다. 공업소를 점거한 광장파 녀석들을 전부 다룰 수는 없기에, 동수는 인질삼아 두 녀석도 장식을 따르게 했다.

등 뒤로 무거운 돈가방을 멘 월터가 재고창고로 향하는 문을 열어주었다. 동수와 장식이 뒷걸음질 쳐 창고 안으로 들어섰다. 빈 관들이 차곡차곡 쌓여 있었다. 그리고 구석에 마대자루에 머리가 쌓인 채 죽음을 기다리고 있는 무리가 있었다. 동수는 번뜩 어제가 기억났다. 기다리던 세 녀석은 뒤통수에 총을 맞고 죽어버렸다. 만약 그들이 살아 있다면, 동호도 살아 있지 않을까? 그들의 얼굴은 가려져 알 수 없었으나, 동수는 언뜻 유독 기골이 좋았던 남자가 기억났다. 동수는 잠시 걸음을 멈추고는 남자의 머리를 감싼 자루를 벗겨내고, 그의 입에 물린 재갈도 풀었다.

"너 누구냐."

남자가 답했다.

"나? 죽을 놈."

그는 주변을 두리번대다가, 동수에게 붙잡힌 장식을 보고는 돌연 기괴한 웃음소리를 내기 시작했다. 한과 분을 쏟아내는 듯한 웃음을 뱉어낸 남자가 말했다.

"마빡에 아주 과녁을 박았네. 늙은 여우새끼. 먼저 뒈지는구나."

장대한 기골에 장식에게 품은 원한, 그는 분명 동수 옆에서 죽은 남자가 분명했다. 그가 살아 있다면, 어쩌면 동호도. 동수는 다시 뒷마당으로 통하는 출구로 뒷걸음질 쳤다. 월터가 문을 열었고, 드디어 동수는 자신이 어제 묻혔던 뒷마당에 닿았다.

동수는 장식과 간부 둘을 일렬로 무릎 꿇렸다. 그리고 월터에게 총을 쥐여주며 말했다.

"알지?"

한 발의 총알에 셋의 목숨을 메다는 일직선. 월터가 미용의자에 장반장과 동수, 동호를 일렬로 앉혔을 때의 그림 그대로였다. 총을 받아 든 월터가 장식의 미간을 겨누었다. 장식이 미리 매장할 터를 봐 둔 듯, 눈밭 위에는 삽이 뉘여 있었다. 동수는 삽을 주워들었다. 동호의 생사를 확인할 차례였다.

"잠시만."

월터가 동수를 멈추어 세웠다.

"나, 못 하겠어. 못 쏴."

"무슨 소리야. 너, 인마 이렇게 몇 발이나 쏴봤잖아."

"그때는 그때고. 지금은 아니야."

오염되지 않은 정신의 월터는 총으로 누군가를 위협할 수 있는 위인이 아니었다. 잠시 총을 들고 있는 동안, 팔뚝이 파르르 떨리고 시선이 흐려졌다. 빈 총임을 알고 있음에도 자신을 바라보는 세 사람의 눈빛을 견디기 어려웠다. 그리고 이 심리적인 혼돈을 셋 중 하나라도 알아챈다면, 벼랑 끝에 몰린 자가 보일 법한 강단만 있어도 일이 꼬일 터였다.

하는 수 없었다. 동수가 총을 뺏어 장식을 겨누었다. 월터에게 삽을 건네고 동호가 묻혔던 곳을 쳐다보는 순간. 돌아간 고개가 한 동안 그대로 굳어버렸다. 뒷마당에는 전날 내린 눈이 수북히 쌓여 있었다. 그러나, 두 자리만 예외였다. 그곳에만 눈이 걷혀 있었다. 그곳은 형벌이 내려진 시작과 끝, 동호와 동수의 자리였다.

월터는 삽을 들고 동수가 가리킨 곳으로 향했다. 눈이 쌓이지 않은 것도 의아했지만, 삽을 대기 전부터 땅의 질감이 다른 것이 보였다. 빳빳이 얼어붙은 겨울 땅, 삽 한 자루로 월터 혼자서 땅을 파내는 것은 쉬운 일이 아니었건만. 동수가 가리킨 곳은 마치 갓 땅을 파내고 다시 뒤덮은 듯 땅이 무른 상태였고, 때문에 몇 번의 삽질로도 쉽게 흙이 퍼올려졌다. 월터가 돈가방을 내려놓고 본격적으로 땅을 파기 시작했다.

"쓸데없는 짓이야."

이를 지켜보던 장식이 말했다.

"왜지."

"거기엔 아무것도 없어."

"아무것도 없다면야. 네 묘자리가 생기겠지."

"대체 왜? 내가 무슨 잘못을 했길래? 난 총을 들고 설치는 네게 돈을 준 것밖에 없어."

"네가 날 묻었으니까."

"뭐? 내가 너를 묻었다고? 내가 잘못 들었나? 다시 한 번 말해봐."

"네가 날 묻었으니까."

"완전히 미쳤군."

그 순간, 월터의 삽 끝에 무언가가 닿았다. 삽을 빼자 삽 끝에 작은 핏물이 묻어 있었다. 그리고 삽을 뽑아든 작은 공간 사이로 허연 살점이 보였다. 월터는 삽을 놓고 손으로 흙을 퍼내기 시작했다. 그리고 얼마 지나지 않아, 땅 속에 묻힌 존재가 드러났다.

두 눈을 감은 동호는 흙을 덮고 잠을 자고 있는 듯했다. 두 눈 사이에 총알 구멍이 난 채로 말이다.

월터가 동수를 불렀다. 동수는 고개를 돌려 월터를 바라보았다. 월터가 고개를 까딱였다. 동수는 잠시 총을 내리고 월터에게 다가섰다. 월터와 마주선 동수는 시선을 내리깔고 죽은 동생을 보았다. 동수는 동호를 보자마자 고개를 뒤틀고 뒤돌아섰다. 동생의 마지막 모습을 기억에 담고 싶지 않았다. 그러나 동수는 알고 있었다. 차디찬 죽음이 내리 앉은 창백한 그 얼굴을 평생 잊지 못할 것임을. 동수는 거친 발걸음으로 장식에게 되돌아갔다.

당장이라도 방아쇠를 당겨 동생과 같은 벌을 내리고 싶었건만. 동수가 가진 것은 빈 총 뿐이었다. 동수는 총 주둥이를 돌려 잡고는 손잡이로 내리쳐 장식의 두개골을 쪼개기 시작했다. 한 번, 두 번, 세 번, 폭죽처럼 피가 터졌다. 장식은 피가 터질 때마다 외쳤다.

"왜, 왜, 왜!"

동수는 장식의 미간에 총구를 댄 채 멱살을 부여잡고 말했다.

"왜라니, 네가, 네가 동호를 죽였잖아."

순간 창고에서 단발의 총소리가 들렸다. 모두의 눈이 창고로 쏠렸다. 문을 열고 뒷마당에 선 남자는, 혁수였다. 혁수 뒤로 공장에 남아있던 광장파의 잔당들이 잇따라 나왔다. 혁수의 오른

손에는 총이 들려 있었다. 혁수의 왼손은 무언가를 휘감고 있었다. 동수가 장식의 넥타이를 잡아 끌었듯, 혁수도 넥타이를 휘감고 무언가를 잡아 끌고 있었다. 머리에 총상을 입은 달구의 사체였다.

혁수의 오른팔이 들렸다. 총구가 동수를 향했다. 동수는 잽싸게 장식의 뒤로 돌아서며 장식의 관자놀이에 총을 겨누며 맞섰다. 장식 뒤에 앉아있던 간부들은 잽싸게 튀어 무리 뒤로 몸을 숨겼다.

동수는 빈 총, 상대방은 탄환이 찬 총을 들고 있었다. 힘의 균형은 애초부터 존재하지 않았다. 다만 마장식을 인질로 삼고 있으니 혁수도 거칠게 굴지는 못하리란 계산이었다. 자, 이렇게 마장식을 방패삼아 일단 공업소를 벗어나는 거야. 그것이 내가 가진 유일한 생존법. 동수가 이래저래 머리를 굴리는 가운데, 혁수가 먼저 입을 열었다.

"패를 잘못 골랐어."

혁수가 해머를 당기며 말했다. 이를 본 장식이 다급히 말했다.

"동수야, 내 아들이 지금 독을 마셨어. 그, 그, 독을 마셔서 헛소리를 할 지도..."

"입닥쳐."

동수는 차갑게 말을 자른 뒤, 혁수에게 되물었다.

"무슨 패."

"너가 쥔 패 말이야."

"그게 뭔데."

"총이 향한 부위를 보면 알 수 있지. 내가 쥐고 있는 패는 네 목숨이고, 니가 쥐고 있는 패는 회장님의 목숨이고. 너는 이 두 패가 같은 값어치라고 생각하고 나와 거래를 하려는 것이잖아. 근데 그게 잘못되었다, 이 말이지."

"무슨 개소리야."

"동수 삼촌. 저 친구를 패로 삼았어야지요."

혁수의 총구가 옆을 향했다. 동수의 시선도 총이 가리키는 방향으로 향했다. 총은 월터를 가리키고 있었다. 이어서 총은 다시 동수에게로 돌아왔다. 그리고 순간. 동수가 잠시 아차 하는 사이.

탕. 혁수의 총이 총알을 뱉었다. 총알은 장식의 가슴을 파고들었다. 장식은 신음을 뱉으며 미끄러지듯 동수에게서 빠져나갔다. 너무나 손쉽게 앗겨버린 복수의 목표. 동수는 멍하니 발등 위에 쓰러진 장식을 바라보았다.

혁수 뒤의 무리도 장식이 총에 맞고 쓰러지는 것을 보고 질겁을 하며 경악을 토해냈지만, 개중에도 눈치가 빨라 본능적으로 힘의 추가 어디로 옮겨간 지를 아는 자가 있었다. 한 녀석이 동수에게 뛰어들었다. 그러자 뒤에서 두 녀석이 그를 따랐다. 동수는 무리에게 붙들려 쓰러졌다. 쥐고 있던 빈 총은 뒤로 날아갔다. 순식간에 세 사람이 동수를 짓눌렀다.

—

혁수는 쓰러진 장식에게는 아무 관심이 없다는 듯 지나쳤다.

이어 마치 넝마를 걷어내듯 발로 겹겹이 쌓여 있는 부하들을 밀쳐냈다. 총을 겨눈 채 한동안 쓰러진 동수를 내리깔아보다가, 생각을 바꾸고는 총을 뒷허리에 꽂았다. 혁수는 안주머니에서 단도를 꺼내 들었다. 단도의 끝에는 검붉은 피가 굳어 있었다.

혁수가 털썩하고 동수의 위로 올라앉았다. 이어 몸통 위에 올라탄 채 허리를 틀어 왼손으로 동수의 왼 손목을 부여잡았다. 그리고 칼을 동수의 왼손 중지 끝에 댄 채 말했다.

"난 묻는 게 싫어. 묻는 건 지루해. 난 뜯는 게 좋아."

그렇게 동수의 중지 끝마디를 뜯어내려는 순간, 혁수는 몇 시간 전 차에 받혔을 때와 같은 충격을 받았다. 있는 힘을 다해 뛰어온 월터가 혁수의 몸을 그대로 들이받은 것이었다. 작은 체구의 혁수는 월터에게 받히고 그대로 나가떨어졌다. 동수의 몸 위를 월터가 덮고 있었다. 월터가 다급히 말했다.

"이거 쥐어, 쥐라고."

월터는 동수의 손에 돈다발이 든 가방을 쥐어주었다. 웅성거리는 소리에 월터는 옆을 바라보았다. 화들짝 놀란 혁수의 부하들이 달려들고 있었다. 월터는 다급히 고개를 틀어 동수를 향했다. 월터의 손에는 하얀 콩알이 있었다. 월터는 동수의 인중에 약을 올리고는 손바닥으로 이를 내리치며 말했다.

"장수항에서 보자."

월터가 터뜨린 가루가 동수의 호흡기로 녹아 들었다. 동수의 의식이 순식간에 흐려져갔다. 동시에 가슴을 짓누르던 육중함이 덜어졌다. 고개를 옆으로 돌리자 광장파의 졸개들에게 둘러 쌓인 월터가 보였다. 월터는 하얀 가루가 남아있는 손바닥에 코와 입을 처박고 부비고 있었다.

그것을 마지막으로, 동수는 잠이 들었다.

Day 5 :

12월 30일

쾅. 꿈은 없었다. 쾅 쾅쾅. 문 두드리는 소리, 알람이 울렸다. 그리고 우지끈, 문이 부수어지며 넘어가는 소리. 동수는 잠에서 깨어났다.

현관문이 부수어진 곳에 한 남자가 서있었다. 머리통이 부풀어 올라있는 개눈의 졸개, 만호였다. 그가 방 안으로 들어섰다. 창수와 개눈이 뒤를 이었다.

동수는 바닥을 짚으며 재빠르게 상체를 일으켰다. 손이 편치 않았다. 무언가가 들려 있었다. 총이었다. 그리고 손목에는 검은 가방 끈이 감겨 있었다. 그러니까, 어제의 아침 그대로였다. 그리고 총을 쥔 채로 관에서 잠든 그대로였다. 다만, 잠들기 전 월터가 쥐어준 가방이 더해져 있었다.

난입한 개눈 무리는 집안 구석구석을 살폈다. 그들은 동수에게는 아무런 관심이 없어 보였다. 섣부르게 훑은 탓에 손에 쥐인 총도 알아차리지 못했다. 동수는 그들이 무엇을 찾는지 잘 알고 있었다. 죽은 동생, 동호였다.

잠시간의 틈을 타 동수도 주변을 둘러보았다. 구석구석에 삼계탕 냄새가 베어 있는 초라한 집. 개눈이 찾아와 집에서 깨어난

12월 30일이었다. 동수는 여전히 검은 정장을 입고 있었다. 목을 감은 폴라티에서 올라온 시큼한 냄새에 동수는 고개를 돌렸다. 거친 하루의 냄새가 진하게 배어 있었다. 그리고 손에 쥐인 총과 가방, 월터가 약을 뿌려 잠이 들었던 어제의 어제임이 분명했다.

작은 방을 다섯 개의 눈이 훑는 데는 오랜 시간이 필요하지 않았다. 개눈이 입을 열었다.

"동생 어디갔어."

동수는 지긋지긋했다. 다시 개눈 무리와 드잡이를 할 생각을 하니 헛구역질이 나는 듯했다. 그러다 문득, 가방에 든 돈이 생각났다. 그래, 이 녀석들은 꾼 돈을 받으러 왔지. 동수에게도 총보다 강한 무기가 있었다.

동수는 총을 슬쩍 뒤로 숨기고는 가방을 털어 돈다발을 쏟아냈다. 가방의 절반 정도가 비워졌다. 2억 원 즈음, 동수의 빚보다 많은 돈. 동수는 마치 오물을 치우듯 발로 돈다발을 밀고 걷어차 개눈 쪽으로 보냈다. 오만원권 다발이 발에 채이는 현실, 한 두 다발쯤이 더 들어가고 덜 들어가는 것 따위는 신경조차 쓰이지 않는 상황. 미래에 대한 겁이 사라지자 돈의 의미도 흐려졌다. 동수는 만 원 한 장, 한 장에 삶을 걸고 살아왔던 과거가 낯설게 느껴졌다.

"뭐야."

"꾼 돈에 이자에, 맷값까지. 가져 가."

개눈이 손짓을 했다. 만호와 창수가 정신없이 바닥의 돈다발을 쓸어 담았다. 마치 자신들의 돈이라도 되는 양, 마지막 한 뭉치를 맞잡은 만호와 창수가 신경전을 벌였다. 그러나 개눈은 이에 여의치 않고 돈만 바라보고 있었다. 아직 가방 안에 남아있는 돈을 말이다.

"어디서 났지?"

"알 거 없어."

"더러운 냄새가 나는데."

"싫으면 놓고 꺼져."

"그럴 리가. 더러운 돈만큼 맛있는 게 어디 있다고. 왜인지 알아?"

개눈이 씨익 웃어 보이며 말했다.

"더러운 돈은 주인이 없거든."

남은 눈깔 한 알이 희번덕거렸다. 동수가 입을 열었다.

"당신, 이 돈 보이나?"

"현미경으로 보는 것 같은데?"

"오늘 내가 할 일이 있거든. 오늘만 나 도와주면, 이 돈 다 줄게. 어때?"

"싫어, 안 할래."

"왜?"

"그냥 가져갈 거거든."

말을 마친 개눈이 갑작스레 허리를 숙이며 돈가방을 부여잡았다. 가방의 천 너머로 지폐의 빳빳한 질감이 느껴지는 듯했다. 콧속으로 솔솔 갓 찍어낸 잉크의 향기가 느껴졌다. 가지런히 열을 맞추어 넘어가는 돈 세는 멜로디가 들려왔다. 그러나, 개눈은 더 이상 돈에게 다가갈 수 없었다.

동수의 손에 쥐인 권총이 미간을 막아섰기 때문이다.

—

12월 30일. 내일의 경험은 가설을 세우고, 오늘의 경험은 계획을 세운다.

동수의 머릿속에 몇 가지 가설이 세워졌다. 하나, 오늘은 월터를 만날 수 있는 마지막이다. 월터는 12월 30일 장수항에 도착하였고, 12월 29일부터는 한국에 없다. 이 모든 난장 속에서 헤어나오려면, 기댈 것은 월터뿐이었다. 때문에, 오늘 장수항에서 월터를 만나야 한다.

둘, 장반장이 살아있다. 12월 30일, 장반장이 죽은 날. 머리에 총을 맞고 뒷마당에 묻혔던 달구지파는 시간이 뒤로 흐르자 살아났다. 분명 장반장도 되살아나 장수항에서 월터를 기다리고 있을 터였다. 때문에, 장반장을 염두에 두어야 한다.

셋, 나는 죽을 수 있다. 동호는 죽었다. 그리고 부활은 없었다. 월터의 약을 먹은 세 사람은 역행하는 시간 속에서 순행하는 삶을 살고 있었다. 어제의 새로운 날의 밝아도 전날의 상처는 그대로였고, 전날의 옷도 그대로였으며, 몸에 닿은 물건도 그대로였다. 몸이 상하면 죽음이 서성대는 불변의 진리에서 예외가 아니었다. 때문에, 살아야 한다.

놓일 위치가 표시된 퍼즐조각들이 연달아 손가락에 들러붙는 느낌이었다. 동수는 개눈 무리에게 계획을 읊기 시작했다. 계획은 익숙한 노랫가락처럼 줄줄이 흘러나왔다. 마치 미래가 눈에 보이는 듯한, 혹은 어제를 다시 사는 듯한 기분. 동수는 자신감으로 가득 차 있었다.

계획을 읊는 동수의 오른손에는 총이 들려 있었고, 왼손에는 돈가방이 쥐어져 있었다. 무릎을 조아린 채 동수의 지시를 받는 개눈은 관자놀이에 핏발이 섰다. 불과 어제만해도 공중에 목이 매달린 채 살려 달라 발버둥을 쳤던, 왜소하고, 못나고, 아둔하고, 가난한 동수녀석. 하룻밤만에 눈에 총기를 가득 담은 채 대장 노릇을 하는 꼴에 배알이 뒤틀렸지만, 때마다 돈을 위해 산다 라는 신조를 되새기며 꾹꾹 성을 찍어 눌렀다.

"여기까지다. 이 정도면 알아 처먹었었게지. 가자, 돈 값 해야지."

개눈은 급하게 고개를 처박고 입가를 숨겼다. 동수의 계획은 소꿉장난을 준비하는 것마냥 엉성하기 짝이 없었다. 게다가 허튼 떠벌림 끝에 결의가 흘러 넘치는 비장한 마무리까지. 동수는 위험하기 짝이 없는 납치나 협박 따위를 계획하면서, 그 연결고리에 허무맹랑한 확신을 깔아 두고 있었다. 이렇게 하면, 저렇게 될 거야. 저렇게 하면, 이렇게 될 거야. 개눈은 동수의 허황된 자신감과 곤욕스러운 무지함에 대한 비웃음을 간신히 숨겼다.

"내 뒤를 따라."

팔을 뻗어 권총을 자신의 관자놀이 부근까지 올린 뒤, 총구를 까딱거리며 등을 돌리는 결말. 이봐요, 강동수씨. 나쁜 짓은 그렇게 뜻대로 되지 않아요. 개눈은 더 이상 웃음을 숨기지 못하고 입가를 피식거렸다.

—

똑똑똑.

누군가가 차창을 두드렸다. 장반장은 갑작스레 짜인 계획을 마무리하느라 정신이 없었다. 장반장은 소음에 반응조차 하지 않았다.

똑똑똑.

장반장은 거세게 창문을 내렸다. 차가운 바깥공기가 차 안을 찌르듯 파고들었다.

"뭐야!"

"장반장님?"

"누군데."

"저 혹시, 잃어버린 것 없으신가요?"

"없어."

"정말요?"

"이 새끼가, 바쁘니까 꺼져!"

"정신없으신가보네. 왜, 가슴, 왼쪽 가슴에 말이에요."

왼쪽 가슴. 장반장은 반사적으로 손을 올려 가슴을 만졌다. 그리고, 가슴이 비어 있었다. 있어야 할 총이 없었다.

"뭐야, 씨."

황급히 몸을 뒤틀어 창밖의 불청객으로 고개를 돌렸을 때, 장반장은 한눈에 알아보았다. 그가 손에 쥐고 자신을 겨누고 있는 것은, 장반장 자신의 총이라는 것을.

—

장반장은 총을 들이민 자가 누구인지, 자신이 어디로 향하는지 도무지 감이 잡히지 않았다. 그는 장반장의 두 눈을 가리고 입을 틀어막은 뒤, 차를 강탈하였다. 도착한 어딘가에서 의자에 앉은 채 테이프로 온몸이 칭칭 감기는 순간까지도 장반장은 그 빌어먹을 녀석이 도대체 어떻게 총을 훔쳐갔는지 이를 갈며 생각하고 있었다.

미용 의자에 묶인 장반장은 몸을 들썩거리며 저항하고 있었다. 이를 뒤에서 바라보던 동수는 고개를 갸우뚱댔다. 액자를 둘러싸며 박힌 조명이 환한 빛을 뿜는 공주거울을 뒤로 한 채, 푹신한 의자 위에 앉아있는 장반장의 그림이 영 마음에 들지 않았다. 동수가 개눈에게 물었다.

"이 자식이 좀 불쌍해 보였으면 하는데. 그림 좀 그럴싸하게 그려줄 수 있나?"

개눈이 씨익 웃어 보였다.

얼마 뒤, 장반장은 차디찬 바닥에 무릎을 꿇고 있었다. 허연 삼각팬티만 제외하면 하반신이 벌거벗겨진 채 말이다. 개눈은 지독하게 꼼꼼했다. 테이프를 둘러 장반장의 입을 빈틈없이 틀어

막은 뒤, 눈꺼풀서부터 뒷통수까지도 테이프를 빙빙 둘러 시선을 가렸다. 이어 가위날로 바지의 허릿단을 갈라냈다. 바지를 찢어낸 다음은 팬티였다. 그러나 팬티에 가위질을 하려는 개눈을 동수가 막아섰다.

"거기까지만."

결국 팬티만 입은 채 양말과 신발까지 벗겨내는 것에서 합의가 이루어졌다.

귀는 뚫려 있었기에 장반장은 험한 말이 오고 가는 것을 고스란히 들을 수 있었다.

"피칠갑일수록 좋습니다. 머리통을 깨놓는 것이 시각적으로는 가장 임팩트가 있지요. 상상력을 자극하는데는 손톱을 뽑아내는 것이 제격입니다. 조금 더 기괴한 공포를 주려면 혁대를 모가지에 감아 두고 짐승처럼 끓리는 게 좋지요."

"됐어, 여기까지만."

동수가 말했다. 장반장은 자기도 모르게 안도의 한숨을 코로 뿜었다.

"어이, 어이."

불청객이 장반장을 툭툭 치며 불렀다. 입이 막힌 장반장은 끙끙댈 뿐이었다.

"맞으면 고개를 끄덕여. 여기, 마지막 통화에 있는 영복이란 놈. 이 녀석이 현장 책임자지? 장수항에 나가 있는?"

장반장은 고개를 끄덕였다.

"좋아."

동수는 장반장의 전화기로 영복에게 영상통화를 걸었다.

—

월터 입항 삼십 분 전. 팽팽한 긴장상태가 이어졌다. 특히 출입구 쪽에 서성대는 덩어리 녀석들이 눈엣가시처럼 걸렸다. 상황실의 영복은 CCTV를 지켜보는 것만으로도 혈관이 터져 나가는 듯했다. 순간 영복의 전화기가 울렸다. 장반장, 개자식 장반장의 전화였다. 헌데 영상통화라니? 이제 일이 어떻게 되어가는지 영상으로만 확인하겠다는 것인가? 자신의 몸은 따스운 곳에 처박아 두고? 허나 부하들이 있는 곳에서 상사인 장반장에게 거칠게 굴 수는 없었다. 영복은 상황실을 빠져나와 영상통화를 수락했다.

화면에는 벌거벗은 남자가 포박당한 채 무릎을 꿇고 앉아있었다. 남자의 눈과 입은 은색 알루미늄 테이프로 돌돌 감싸져 있었다. 등 뒤로 모인 손목에도 테이프가 감겨 있었다. 화면은 남자의 전신을 비추었다가, 조금 더 자세히 보란 듯이 남자의 얼굴 앞으로 다가섰다가, 다시금 뒤로 빠지며 다시 전신을 보여주었다. 화면 밖에서 목소리가 들려왔다.

"누굴까요."

"모른다."

"모른다고? 이 전화번호가 누구 건데?"

"장반장."

"그럼 누군지 알고 있네."

"모른다."

"이 새끼가 장난하나? 여기, 장반장이다."

영복은 그대로 전화를 끊어버렸다. 빌어먹을 장반장. 영복의 얼굴이 삽시간에 붉어졌다. 그리고, 삼 분쯤 지났을까? 다시 장반장의 전화가 걸려왔다. 이번에도 영상통화였다.

"자, 이래도 모르겠어?"

화면의 절반 정도를 채우고 있는 것은. 총이었다. 경찰이 쓰는 9mm 리볼버. 남자는 총신을 부여잡고는 손잡이로 장반장의 이마를 내리쳤다. 살짝 빗겨 찍은 탓에 장반장이 쓰러지지는 않았지만, 핏물이 터져 나와 광대를 타고 흘러내렸다. 영복은 더 이상 모르는 체할 수 없었다.

"그래, 반장님이네. 근데 그래서 뭐?"

동수는 영복의 차가운 반응에 순간 굳어버렸다. 자기도 모르게 시선을 돌려 개눈을 바라보았다. 그러나 개눈은 녹아내리는 빙산처럼 땀을 철철 쏟아내며 얼어붙어 있을 뿐이었다.

동수가 잠시 답을 잃은 사이, 영복이 말을 이어 나갔다.

"그래서, 뭐 어쩌라는 건데? 팀 전원이 반장님이 지시하신 일을 하고 있는 중이다. 이 일을 물리고 반장님을 찾으러 가라고? 웃기는 소리, 반장님을 모르는구만. 그 분은 자신보다 일을 중시하는 분이시란 말이다. 그래, 반장님. 구해드려야지. 그런데 번짓수를 잘못 찾았어. 번호 알려 줄게. 일, 일, 이."

영상통화가 끊겨버렸다. 순간 동수의 숨이 조여왔다. 또 다시 천식, 동수는 흡입기를 빨아들인 뒤 장반장에게 물었다.

"경찰 맞아? 아니, 경찰이 납치되었다는데 같은 경찰이 관심도 없어."

갑작스레 소란이 벌어지기 시작했다. 장반장이 정신이 나간 듯 날뛰기 시작한 것이다. 장반장은 벌떡 일어서 벌어지지 않는 입으로 애써 고함을 뱉어내다가, 순간 다시 무릎을 꿇고는 얼굴을 바닥에 비벼대기 시작했다. 얼굴을 거세게 바닥에 부비자 찢겨진 상처가 점점 벌어져 피가 쏟아져 내렸다. 이어 눈을 감싼 테이프가 피에 젖어 밀려나가며 두 눈이 드러났다. 놀란 동수는 다급히 장반장을 일으켜 세우고는 얼굴의 테이프를 벗겨냈다.

"다시 걸어."

장반장이 성이 가득 담긴 목소리로 말했다. 동수는 카메라를 장반장에게 들이민 채 다시 영복에게 전화를 걸었다. 영복이 통화를 수락하자마자 장반장은 일장 연설을 쏟아냈다.

"영복이 너 이 새끼, 잘 들어. 작전은 변경됐다. 월터는 어제 일자로 장수항을 통해서 입국했다. 나는 오늘 아침 첩보를 입수하고 단독으로 뒤를 쫓다가 월터의 뒤를 봐주는 무리에게 잡혀 있다. 나도 여기 있고, 월터도 여기 있으니 당장 장수항에서 철수하고 여기로 와라. 이건 공적인 업무 명령이고, 불복할 시에는 지시사항 불이행으로 당장 파면처리 할 것이다."

말을 마친 장반장은 화면을 향해 얼굴을 들이밀더니 혀를 내뽑아 혀끝으로 종료 버튼을 터치했다. 통화가 끝나버렸다.

"잘 들어, 지금 당장 다시 그 새끼한테 전화 건 다음에 여기 위치를 말해."

순간 장반장의 뒤에 숨어있던 개눈이 테이프를 뜯어 장반장의 눈을 가렸다. 입은 살아있는 장반장이 쉼없이 거친 말을 뱉어냈다. 감히 대한민국 경찰을 납치해? 사지를 갈갈이 찢어. 장반장의 입이 테이프로 봉해졌다.

동수는 다시 영복에게 전화를 걸었다.

"그래서, 장반장 지금 어디에 있는데."

바싹 마른 목소리로 묻는 영복에게 동수가 답했다.

"광장빌딩."

—

"이 미친 새끼."

테이프질을 끝낸 개눈이 전화를 마친 동수를 향해 뛰어 들었다. 개눈은 동수의 멱살을 부여잡은 뒤 그대로 몰아붙였다. 한참을 밀려나간 동수의 등이 창고 벽에 받혔다.

"뭐? 장반장? 너 경찰을 납치한 거야?"

"우리가 한거지"

"이거 완전 또라이 아냐? 돈 필요 없어. 놓고 갈 거야."

"안 돼."

"뭐?"

"갈 거면 목숨을 놓고 가."

개눈의 턱 밑에 총구가 닿았다.

"니 부하들이 곧 월터를 데리고 올 거야. 그때까진 기다려."

개눈은 말을 잇지 못했다. 멱살을 부여잡은 아귀에 힘만 더 들어갈 뿐이었다.

"그리고 그거 알아? 아침에는 총알이 하나밖에 없었어요. 근데 아까 저기 저분한테서 총알을 얻어서 말이야, 이제는 꽉 차 있단 말이지."

동수가 총의 해머를 당겼다.

개눈은 바락 쥔 손에서 힘을 풀 수밖에 없었다.

—

"철수다."

영복이 철수명령을 내렸다. 예상했던 반응이 쏟아졌다.

"네? 뭐라고요? 곧 월터가 입항할 시간이에요, 새벽부터 준비했는데 이유가 뭡니까, 이게 말이나 되는 일입니까?"

영복은 가뭄 속 논바닥처럼 지독히 건조하고 갈라진 목소리로 말을 이어 나갔다.

"장반장의 지시다."

누군가가 볼멘소리를 뱉어냈다.

"장반장 이 개자식이 허튼 소리를."

"월터는 이미 어제 한국에 들어왔단다."

"어제라고요? 어제의 장반장은 월터의 존재조차 몰랐을 겁니다."

"장반장은 독자적으로 월터를 추적하다가 광장파에 잡혔단다."

"추적이요? 독자적으로 빼돌릴 생각이었겠지요."

"이제 장반장을 구출하고 월터를 잡기 위해 광장빌딩으로 이동한다."

결국 참다 못한 후배 중 하나가 앞서 나서며 말했다.

"장반장님을 믿습니까?"

"내가 믿고 안 믿고는 중요하지 않다. 니들이 믿고 안 믿고도 중요하지 않다. 지시에 따라 당장 철수하고 광장빌딩으로 가는 것, 그뿐이다."

영복은 경찰인력을 장수항에서 물리고 광장빌딩으로 향하게 하였다. 경찰들이 순식간에 네 대의 차에 나누어 장수항에서 빠져나갔다.

그러나, 영복은 아니었다. 영복의 차는 장수항을 빠져나가지 않았다. 영복은 차 안에서 장수항을 주시하고 있었다. 영복은 그 누구보다 장반장을 믿지 않았다. 절대로 믿어서는 안 되는 자였다. 장반장, 그 개자식 말이다.

그리고 너른 주차장에 선 영복의 차 옆에, 월터를 기다리는 자들이 탄 또 한 대의 차가 있었다. 똥차와, 똥차 속 만호와 창수였다. 동수는 만호와 창수에게 월터를 데리고 올 것을 지시했다. 월터, 백 팔십, 백 킬로, 검은 정장, 휠체어, 짧은 머리, 노란 안경. 월터, 백 팔십, 백 킬로, 검은 정장, 휠체어, 짧은 머리, 노란 안경. 두 사람은 동수를 따라 마치 앵무새처럼 이를 외우고 또 외웠다.

영 못미더운 두 녀석이었지만 동수도 별 수 없었다. 장반장을 통해서 경찰을 물리면 두 얼간이도 월터를 찾을 수 있을 거라 믿어야 했다. 그러나 동수는 알지 못했다. 동수와 동호가 월터를 손쉽게 얻을 수 있었던 것은 입국장 앞에서 경찰과 달구지파가 한바탕 소란을 벌였기 때문이란 것을. 달구, 달구도 월터를 손에 넣기 위해 장수항으로 부하를 보낼 계획을 세워 둔 상태였다.

그러나 장수항에서 경찰들과 드잡이를 했어야 할 운명의 남자들은 당일 아침까지도 벌거벗은 채 덜덜 떨고 있었다. 금고 속의 돈이 사라졌기 때문이다. 달구는 돈의 행방을 찾겠답시고 부하들을 전부 벌거벗기고는 뒤뜰에 일렬로 세워 두었다.

현금이 오고 가는 업의 특성 상 달구는 금고안에 큰 돈을 쌓아두고 있었다. 매일 아침, 금고 안의 두둑함을 들여다보는 것은 달구의 습관이었다. 오늘 아침 따라 금고 문을 여는 것이 영 마뜩치 않았다. 전날 밤, 그러니까 12월 29일, 금고 안에 있던 돈 절반 이상을 강탈당했기 때문이다. 캬악 퉷, 어젯밤 일에 성이 오른 달구는 진득한 가래를 끌어올려 뱉어내고는 금고문을 열었다가 그대로 뒤로 자빠지며 자신이 뱉은 가래 위로 주저앉았다. 금고가 비어 있었다.

다시 일어나 살펴보니 몇 개의 돈다발이 남아있었다. 달구는 내용물을 전부 꺼내 액수를 확인하였다. 비어 버린 돈은 정확히 사억 원이었다. 어제, 그러니까 12월 31일, 동수가 쥐고 잠든 돈가방 속에 있던 4억 원은 오늘 아침 동수의 손에 쥐어져 있었고, 달구가 이 사실을 알 리가 없었다.

달구는 하룻밤만에 알거지가 되어버렸다. 십억 원 가까운 현금으로 채워졌던 든든한 금고는 하룻밤만에 텅 비어버린 채 지폐 몇 장이 나뒹굴 뿐이었다. 달구는 눈이 반쯤 뒤집힌 채 부하들을 급하게 한 자리로 모았다.

어떻게 번 돈이던가. 중국에서 오동나무 관을 수입하며, 열개 중 하나꼴로 관뚜껑에 약을 숨겨 들어오며 번 돈 아닌가. 그 약이 공업소에서 소분이 되고, 지역의 배급망을 타고 현금으로 바뀌어 들여오는 데까지 수많은 고초를 겪으며 번 돈 아니던가. 머리끝까지 배신감이 치밀어 오른 달구는 발가벗은 채 떨고 있는 졸개들을 상대로 돈의 행방을 추적했으나 무의미한 일이었다.

달구는 조직을 다루는데 강한 자신감이 있었다. 보상에 후하거나, 인품이 뛰어나거나, 극도로 포악해서가 아니었다. 진실 세럼, 달구가 그것을 쥐고 있다는 것은 조직 내에서 거짓을 지워냈다. 조직원들은 진실 세럼을 극도로 두려워했다. 그 독에 취한 자가 얼마나 적나라하게 자신의 진실과 위선, 욕심과 계략을 드러내는지를 목도한 뒤로는, 취조받는 상황 자체를 두려워한 나머지 거짓 없이 달구를 대하고 있었다.

그러나 오늘만큼은 조직원들은 진실 세럼을 두려워하지 않았다. 먼저 입을 연 것은 오른팔 녀석이었다.

회장님, 반드시 그 배신자를 밝혀내야 합니다. 여기 있는 전원에게 진실 세럼을 투여하여 어떤 개자식의 짓인지를 밝혀내야 합니다. 그러자 왼팔 녀석도 거들었다. 달구지파는 거짓과 배신이 없는 조직입니다. 전원이 진실 세럼을 맞겠습니다. 대신, 제게 약속 하나만 부탁드립니다. 반드시 제게 배신자의 혓바닥을 썰어낼 수 있는 기회를 주신다는 약속 말입니다.

전원이 진실 세럼을 맞겠다며 억울함을 드러냈으나, 문제는 진실 세럼은 녀석들의 목숨보다도 비쌀만큼 귀한 것이란 사실이었다. 달구는 이 중 가장 의심스러운 두 녀석을 추려냈다. 한 녀석은 백혈병이 걸린 네 살배기 딸이 있었다. 한 녀석은 아버지와 형이 모두 절도로 옥에 있었다. 두 녀석을 콕 집어서 불러냈지만, 도리어 누명을 벗어서 다행이라는 당당한 태도에 달구는 세럼이 아까울 지경이었다. 뱉어놓은 말이 있으니 달구는 아쉬운 마음으로 진귀한 세럼을 들이 부었으나, 역시나 두 녀석 모두 돈의 행방과는 무관하였다.

새벽부터 실랑이를 벌인 탓에 이미 계획보다 꽤 늦은 출발이었다. 본디 달구는 오른팔과 왼팔을 앞세워 열에 가까운 부하를 보낼 생각이었으나, 여전히 신뢰는 비어 있는 상황. 당장 믿을 녀석은 결국 진실을 토해낸 두 녀석뿐이었다. 달구는 급하게 둘을 데리고 장수항으로 향했다.

—

온몸이 배겼다. 피가 제대로 돌지 않아 팔다리가 썩어 드는 기분이었다. 관절 마디마디에 시멘트를 들이부어 굳힌 듯한 느낌이었다. 간신히 엉덩이를 끼겨 넣은 낡고 좁은 휠체어 위에서 잠이 깬 월터는 신음부터 내뱉었다. 반사적으로 자리에서 일어나려고 허리에 힘을 주었다가 다시 주저앉았다. 돈으로 산 엄마는 신음소리를 듣고는 그를 슬몃 보더니, 고개를 돌리며 못 본 채 다시 눈을 감았다.

서해를 건너는 배편의 창가로는 아직 햇빛이 달하지 않았다. 배는 어슴푸레 어둑어둑한 바다를 헤치고 나아가고 있었다. 월터는 문득 오늘 밤 잠이 들고 내일을 맞이하면, 두 배는 뒤로 돌아가 있을 무의미한 전진이라는 생각이 들었다. 마치 앞으로 쏘기 위해 잠시 뒤로 잡아당기는 새총 같은 삶. 오늘이 한국에 머무를 수 있는 마지막 날이라는 생각이 들자 절망이 땀구멍 하나하나를 뚫고 들어오는 기분이었다.

그리고 가방. 무릎 위에 허리쌕이 놓여있었다. 월터는 지퍼를 열기 위해 손을 옮겼다. 순간 손목에 감겨 있는 한쪽 수갑이 눈에 들어왔다. 월터는 잽싸게 수갑을 소매 속으로 감추었다. 그리고 지퍼를 열었다. 가방 안에는 저주의 약이 고스란히 들어있었다. 헛구역질이 절로 치밀었다.

이윽고 장수항에 도착하고, 가짜 엄마와 미끼 남자와 같이 배를 나섰다. 월터는 엄마행세를 하는 초로의 여인에게 물었다.

"혹시 밤 사이에 달라진 것이 없습니까?"

그녀는 무미건조한 목소리로 답했다.

"옷이 달라졌네."

월터가 되물었다.

"옷이 왜 달라졌을까요?"

그녀는 시선을 마주하지도 않은 채 답했다.

"내 알 바 아니라우."

심사관을 거쳐 입국 게이트 앞. 미끼 남자의 바짓단 사이로 허연 가루가 피어오르고 있었다. 월터의 속이 조금씩 타들어갔다. 입국장의 자동문이 열리면 깡패 녀석들이 남자를 덮치고, 이에 맞서 경찰 패거리가 난투를 벌이고. 틈을 보며 조심스레 휠체어를 내달려 동수를 만나야 하건만.

기억 속 하루는 달라져 있었다. 입국장 앞에는 아무도 없었다.

관광객이 복작거리는 통로를 뚫고 휠체어는 출구로 나아가고 있었다. 월터는 고개를 빼어 들고 동수를 찾았다. 그러나 어디에서도 동수를 발견할 수 없었다. 그때 뒤에서 누군가가 한쪽 휠체어 손잡이를 부여잡았다. 월터가 뒤를 돌아보았다. 어제 만난 뒤통수가 크게 부풀어 오른 남자, 만호였다. 만호가 물었다.

"월터?"

월터는 아무런 반응을 보이지 않았다. 만호가 다시 물었다.

"동수가 보낸 사람입니다. 백 팔십, 백 키로, 검은 정장, 휠체어, 짧은 머리, 노란 안경. 월터 맞습니까?"

월터가 고개를 끄덕였다.

만호는 휠체어 반대편 손잡이를 잡으려 손을 뻗었으나, 여자가 손잡이를 부여잡고 버티고 있었다.

"이 아줌마 뭐야."

옆에 있던 창수가 월터의 가짜 엄마를 붙잡았다. 그러나 여자는 한치도 지지 않겠다는 듯 손잡이를 부둥켜 쥐고 말했다.

"돈."

창수와 만호, 두 사람은 어리둥절한 채 시선을 주고받고는 물었다.

"무슨 돈?"

여자가 휠체어를 두드리며 말했다.

"휠체어 값."

순간 휠체어에 앉아있던 월터가 벌떡 일어섰다. 창수와 만호, 그리고 가짜 엄마까지, 세 사람이 화들짝 놀랐다. 월터는 잠시 기지개를 피며 몸을 풀고는 휠체어를 가짜 엄마에게 밀며 말했다.

"이제 갑시다."

월터가 먼저 장수항을 나섰다. 창수와 만호가 월터를 뒤따랐다. 월터는 야외주차장에서 잠시 걸음을 멈추고는 깊은 숨을 들이 쉰 뒤, 주변을 훑었다. 그리고는 저벅저벅 똥차를 향해 나아갔다. 월터가 어떻게 차를 찾아냈는지 창수와 만호는 알 길이 없었다. 여전히 어리둥절한 두 사람이 운전석과 조수석에 올라타자, 뒷좌석의 월터가 마른 목소리로 말했다.

"강동수에게 갑시다."

—

뒤늦게 항구에 도착한 달구는 게이트 앞에서 입국하는 사람을 하나하나 훑었지만, 월터를 찾아낼 수 없었다. 심지어 눈 앞에서 지나가는 휠체어를 보고도 달구는 그 자가 월터임을 알아차리지 못했다. 달구가 월터를 미국으로 넘긴 것도 벌써 칠 년 전, 그 사이 월터는 족히 삼사십킬로는 살이 붙었기에 쉬이 알아차리지 못하는 것도 당연한 일이었다.

입국하는 행렬이 끝나갔다. 달구의 기운 머리통이 지끈거렸다. 그때 터미널을 두리번 거리던 달구의 눈에 무언가가 잡혔다. 먼 발치에서 휠체어에 탄 남자가 우뚝 일어서는 모습이었다. 일어선 남자는 다른 사람들에 비해 도드라지게 키가 컸다. 달구는 직감했다. 월터다.

월터는 주차장으로 나서고 있었다. 이미 그를 따라잡기에는 늦은 상황, 달구는 부하들과 함께 잽싸게 가까운 문으로 나갔다. 월터가 나간 출구와 반대편 출구였기에 부리나케 달려야 했다. 주차장에 있는 차로 뛰어가는 도중, 저 멀리 월터가 두 명의 남자와 함께 누런 차에 올라타는 것이 눈에 들어왔다. 누런 차는 출구 근처에, 달구의 차는 입구 근처에. 달구는 급한 나머지 직접 운전대를 잡고 시동을 걸었다.

영복은 나란히 주차된 낡은 차에서 내린 두 남자를 주시하고 있었다. 개중 한 녀석의 부풀어오른 머리가 유독 눈에 띄었다. 두 녀석은 터미널에 들어가서는 얼마 지나지 않아 거대한 덩치에 검은 정장, 그리고 노란 안경을 쓴 남자와 함께 나타났다. 영복도 그가 월터임을 직감하였다. 이내 세 남자가 차에 오르고, 주차장을 빠져나갔다. 적당한 거리를 두고 그들의 뒤를 좇기 위해 영복이 시동을 거는 순간, 고급 세단 한 대가 요란한 소리를 내며 출구로 달음질쳤다. 거친 운전과 고급진 기종을 고려하면 일행이 아님이 분명했다. 오호, 꼬리가 붙었군. 영복은 매끄러운 솜씨로 월터의 꽁지에 붙은 꼬리 뒤로 따라붙었다.

—

광장빌딩으로 향하는 경찰 무리는 마음이 무거웠다. 눈 앞에서 외통수를 물리는 기분이었다. 광장파는 비교적 점잖은 깡패 집단이었다. 도박 쪽에 빨대를 꼽고, 여기서 빨아들인 양분으로 기껏해야 부동산이나 건설 쪽을 기웃대는 녀석들인지라, 지저분하기 짝이 없는 마약업에 발을 들였다는 것부터 썩 미덥지 않았다. 게다가, 그런 녀석들이 경찰을 납치했다니. 장반장을 납치한다는 것은 밀입국한 마약사범을 품는 것과는 차원이 다른 범죄였다. 명령에 따르자면 나라가 들썩일 법한 범죄가 일어나고 있다는 것인데, 그 주인공이 장반장과 광장파라는 것이 영 꺼림칙하니 와닿지가 않았다.

역시나였다. 광장파의 수장은 순순히 문을 열어주었다. 빌딩 구석구석을 이 잡듯이 뒤져도 장반장이나 월터의 흔적은 찾을 수 없었다. 기습작전마냥 들이닥쳤지만, 빈손으로 돌아나설 모양새였다. 애먼 트집잡기나 화풀이가 없을 수 없었다.

"당신이 노름질로 밥벌이하는 자라는 건 다 아는 사실 아니요, 영장이니 뭐니 골치 아픈 일 벌릴 생각하지 마쇼. 카지노가 영 시원치 않다더니 요새 쌈박질까지 엮어 들어갔다며? 내 몰라서 그냥 물러나는 게 아니야. 하여간 끗발로 먹고사는 놈들은 남의 돈도, 지 똥도 잘 숨긴단 말이야."

장식의 얼굴이 붉으락푸르락 달아올랐다. 그때 경찰 중 누군가의 전화기가 세차게 울렸다. 그가 다급하게 장식의 방에서 튀어나가 전화를 받았다. 금세 돌아온 그가 장식에게 모욕을 뱉던 남자에게 귓속말을 건넸다.

남자는 귓속말을 듣고는 고개를 끄덕였다. 이어 남자가 장식 앞으로 다가섰다.

"뭐, 오늘은 이정도 합시다. 앞으로 우리가 주목해서 볼 테니, 고생 좀 하시고. 아 그리고, 깜냥도 안되시는 분이 괜히 마약 같은 거 한답시고 기웃대지 마쇼. 간땡이를 배때지 밖으로 꺼내지 말란 말이야."

남자는 손가락으로 장식의 명치를 쿡쿡 찔러 댔다. 말을 마친 그는 속히 경찰 무리를 뒤로 물렸다. 한바탕 광장파를 뒤집어 엎은 경찰 무리는 쏜살같이 등을 돌려 빠져나갔다.

—

동수의 똥차 뒷좌석에 실린 월터의 눈에 창고가 보이기 시작했다. 층고 칠미터, 넓이 약 백평의 창고. 창고는 짙은 초록색 강판이 벽을 이루고 있었다. 마치 긴 장마를 지나고 난 막바지의 여름 같은 짙은 녹색, 월터는 그 색이 마음에 들었다.

창고는 크지도, 작지도 않은 시골 마을의 중심부에 있었다. 창고를 소개해주던 중개사는 침을 튀겨가며 강조했다.

"여, 여, 여, 여기 앞으로도 길이 나 있고, 저, 저, 저 뒤편으로도 길이 나 있죠? 앞 뒤로 물건을 실어 나르기에 아주 딱, 딱, 딱이라니까. 게다가 요, 요, 요 앞에 주차공간을 봐. 트럭 대여섯대는 거뜬히 세운다니까. 쪼매난 차는 죠오기, 죠오기 뒤쪽으로 들어와서 뒤편에 대면 딱, 딱이라니까."

허나 원덕은 되도록이면 외진 곳을 찾고 있었다. 빙 둘러가는 길 위로 앞 뒤가 뚫린 듯한 창고는 접근하기 너무 좋았다. 게다가 주변에 있는 몇 채의 민가도 눈에 걸렸다. 원덕은 고개를 가로저었다. 여기는 너무 뚫려 있는데요, 라고 말을 하려던 순간, 눈치 빠른 뱁새눈의 중개인이 급하게 다시 침을 튀기기 시작했다.

"근데 사장님, 길이 이렇게 좋은데 말이야, 내 이런 이야기까지 드려야 하는지 모르겠지만 말입니다. 동네 사람들이 이 근방으로는 얼씬을 안 해요. 왜 동네마다 그런거 있잖아, 뺑 둘러서 돌아가는 뭐, 좀, 그러니까 동네 주민들이 창고의 그, 독립성을 존중해준다고나 할까? 여가 주인이 말이지, 이 촌동네 출신인데 손재주가 좋아서 깍새로 잘나가더니 말이야, 말년에 아주 기가 맥히게 돈을 쓸어 담았거든. 미용실 프랜차이즈를 해가지고 말이야, 전국에 뭐 지점이 이백 개, 삼백 개, 하여간 떼부자가 된기라. 그 사람이 말이지 여기다가 즈그, 응? 미용실 용품들 같은거 보관해둘 용도로 말이야. 즈가 나고 자란 고향 땅을 사다가 이래 창고를 지어버린거지. 안에서 응? 뭐라 그러누, 미용 실습이라 연습이라 해야 하나, 머리 깎고 감기고 그런 기술도 알려주고 말이지. 어허, 근데 아시다시피 요새 시골에 애들이 있나, 또 그 애들이 여서 자라서 나중에 뭐 되기가 쉽나? 동네에 여고생 하나가 있었는데 말이야, 여서 기술배우면 돈 번다는 말에 홀라당 넘어간 거지. 그래 저 안에서 그 놈팽이한테 미용 기술을 배우다가 말이지, 뭔 일이 일어났는지 몰라. 여기, 모가지에 미용가위가 꽂힌 채 고냥 죽어버렸지 뭐야. 자세히 말해 뭐해, 고놈이 수컷질을 할라 한게지. 뭐, 그 뒤로 감옥에 가고 동네 뒤집히고 난리가 났지. 고 애가 말이여, 이 동네에서 마지막 남은 애였다우. 근데 그 애가 그리 죽어버렸으니, 그래서 말이야, 이 동네 할배 할매들은 여를 얼씬도 안한다요."

중개사의 말은 사실이었다. 창고 근처에는 누구도 얼씬거리지 않았다. 창고 안에는 불에 그을린 자국이 있었다. 중개사는 소유주가 경찰에 잡히기 전 자살기도를 한 흔적이라고 했다. 창고 안은 아직 치우지 않은 미용 용품으로 가득 차 있었다. 선반 위에 줄지어 놓인 마네킹 머리는 모두 똑같은 표정과 얼굴이었지만, 누구는 매끈한 민머리, 누구는 짧은 쇼트머리, 누구는 장발의 웨이브머리를 한 채 기묘한 눈빛을 쏘고 있었다.

원덕은 과학에 의거하여 살아가는 사람이었다. 불우한 기운이나 음험한 옛 이야기 따위로 값이 후려쳐지고, 사람들이 접근을 꺼리는 창고는 최적의 장소였다. 허나 막상 거래를 하러 나온 부인이 말을 바꾸었다. 그녀는 뿌리를 알 수 없는 단단한 기운이 똘똘 뭉쳐 있는 눈을 갖고 있었다. 부인은 거침없는 말투로 말하기 시작했다.

"창고의 소유주는 남편이에요. 옥살이를 하고 있지요. 변호사가 말하더군요. 소유주가 감옥에 있는지라 저는 팔고 싶어도 팔 수가 없다고. 보상을 위해서 돈이 필요해요. 생계도 문제이고요.

임대 계약은 어떨까요? 창고 값의 절반에 해당하는 돈을 장기 임대로 나누어 주세요. 임대 계약이 끝나면 그때는 당신에게 창고를 넘기겠습니다."

마다할 리 없는 조건이었다. 원덕은 곧바로 계약을 했다. 계약서에 도장을 찍기 전, 원덕이 물었다.

"그런데 왜, 27년인가요?"

살인자의 배우자가 답했다.

"그때 그 사람이 출소를 할 거거든요. 완전한 알거지가 되는 거죠."

계약을 마치고 마지막으로 중개사와 창고를 둘러보던 중, 원덕은 외벽에 알 수 없는 문양이 그려진 종이로 도배가 된 곳을 발견하였다. 원덕이 물었다.

"이건 뭔가요?"

"동네 주민이 붙여 놓은 부적이네요. 여긴 뭐 다들 저주받은 곳이라 하니까. 죽은 원혼을 달래주는 내용일 텐데, 어디 보자, 이건."

중개사가 부적 중 하나를 부욱 뜯어 살펴보고는 입을 열었다.

"다시는 여기서 사람 죽는 일은 막아 달라는 부적 같은데."

창고에 들어선 월터의 눈에 가장 먼저 들어온 것은. 테이프를 칭칭 감은 채 묶여 있는 남자, 장반장이었다.

—

만호와 창수는 의기양양한 발걸음으로 창고 안으로 들어섰다. 온몸이 테이프로 묶인 남자, 그리고 개눈이 뿜어내고 있는 팽팽한 긴장감, 두 녀석이 이를 알 리가 없었다. 그들은 배짱 좋게 소리를 지르며 개눈에게 향했다.

"형님, 월터란 놈, 여기 대접합니다."

개눈의 하나 남은 눈이 마치 뽑혀 나갈 듯 둘을 쏘아보고 있었다. 개눈은 검지 손가락을 입에 갖다 대며 온몸으로 입 닫으라는 뜻을 전했다. 그제서야 만호와 창수의 눈에도 심상치 않은 개눈의 기운이 느껴졌다.

한겨울이지만 개눈의 정수리에서 용천수가 터진 듯 땀이 흐르고 있었다. 전기 충격이 가해지 듯 눈가가 파르르 떨려왔다. 말을 하고 싶어도 울대가 안으로 먹힌 듯 쉽사리 입이 열리지 않았다. 더러운 돈을 쓸어 담으면서 온갖 못된 짓과 못볼 짓을 해온 개눈이었다. 그러나 그들은 경찰을 납치한 것에 비하면 잡범의 소매치기 수준이었다. 개눈은 자신이 휘말려 들어간 일을 곱씹어 후회하고 있었다.

창수와 만호가 월터라 불리우는 남자를 끌고 온 것은 그나마 다행이었다. 월터는 총잡이 녀석이 제시한 해방의 조건이었다. 개눈은 동수에게 다가가 낮은 목소리로 물었다.

"월터 맞아?"

"응."

"이제 가도 돼?"

"차키."

개눈은 만호에게서 차키를 받아 동수에게 건넸다. 그러자 동수가 돈다발이 든 가방을 들어올리며 말했다.

"여기 가져 가."

가방 손잡이의 한쪽은 동수의 손에 있었고, 한쪽은 아래로 늘어져 있었다. 개눈은 다른 손잡이를 부여잡았다.

그때였다. 장반장이 숨이 넘어가는 소리를 꺽꺽대기 시작했다. 장반장의 코에서 피가 흐르고 있었다. 입이 막힌 채 코로만 호흡을 하다가 코피가 터지니 숨구멍이 막혀버린 것이다. 월터가 급하게 장반장의 입을 두른 테이프를 찢어냈다. 장반장은 한동안 거친 숨을 쉬다가 말했다.

"너, 너, 아까 뒤에 있던 새끼. 다시는 내 입에 테이프 말지 마라. 경찰 납치범으로 남을래, 경찰 살인범이 될래?"

개눈은 한시라도 빨리 장소를 뜨고 싶었다. 개눈은 고개를 돌려 만호와 창수에게 말했다.

"가자."

"그냥 그렇게 가려고? 외눈박이 양반."

개눈의 전신이 순간 빳빳해졌다. 납치를 하던 때부터 주의했지만, 경찰임을 알고 난 뒤로는 더욱 더 자신을 노출하지 않으려 신경을 썼다. 그러나 외눈박이라는 말이 모든 것이 허사였음을 드러냈다. 순간 장반장이 묶여있는 의자 앞 미용거울이 눈에 들어왔다. 뒤에서 눈에 테이프를 감는 개눈을 장반장은 거울을 통해 보았던 것이다.

개눈은 즉시 들고 있던 가방을 뿌리치고 눈이 봉해진 장반장 앞으로 달려가 무릎을 꿇고 빌기 시작했다.

"반장님, 반장님. 저, 저, 장마동 사는 박기춘이라고 합니다. 네, 보신대로 눈에 장애가 있어서요, 개눈이라 부르는 사람도 있는데요, 저요, 전 진짜 몰랐습니다. 아니, 제가. 얼간이도 아니고 경찰 나으리한테 이런 짓을 한다는 걸 알면서 했겠습니까? 안 그래도 먹고 살기 힘든데, 오늘 아침에 저치가 도움을 주면 돈을 준다고 하길래 그냥 용돈벌이나 할 겸 그러자고 했건만. 이게 왠일입니까? 경찰이라뇨. 아, 아, 그리고 저 사람이 총으로 위협까지 했어요. 정말 억지로, 억지로, 그것도 모르고, 전혀 모르고 한 일이에요."

"그러니까, 납치를 하는 대가로 돈을 받기로 했는데, 납치하는 사람이 경찰인 건 몰랐다, 이거야?"

"네. 네? 아니 그게. 그, 저 사람이 총도 있고."

"들리는 걸 보니 말이야, 그래서 너는 경찰을 납치하고 니 동생들은 월터라는 사람을 납치했나 보네."

"아니, 반장님. 그러니까 좀 살려주십시오. 잘못했습니다."

"돈이 좋긴 좋네. 납치라니."

"아닙니다, 돈 필요 없어요, 여기 돈, 돈 다 놓고 갑니다. 저, 정말 돈 필요 없으니 용서해주세요."

"넌 내가 풀려나면 뒤질 줄 알아, 애꾸새끼야."

장반장은 소리가 들리는 곳으로 퉤하고 침을 뱉었다. 침은 개눈의 뜬눈 위를 때렸다.

개눈의 선택지는 두 가지뿐이었다. 장반장이 죽던가, 자신이 도망치던가. 동수라는 남자는 장반장을 죽일 위인이 되어 보이지 않았다. 특별히 장반장에게 원한이 있어 보이지도 않았다. 결국 그는 어설프게 원하는 것을 찾다가 일을 그르치고 훗날 길고 긴 옥살이의 동지가 될 것이리라. 도망치는 것도 쉬운 일이 아니었다. 아직 회수하지 못한 빌려준 돈이 무더기였다. 정작 오늘 손에 쥐고 도망칠 수 있는 돈은 많지 않았다. 차라리 지금, 장반장을 죽여 입을 봉하는 것이 가장 그럴싸한 계획이었다.

외눈이 급하게 돌아갔다. 장반장 앞에 놓인 미용거울 앞에 가위가 보였다. 개눈은 잽싸게 손을 뻗어 가위를 부둥켜 쥐고는 그대로 장반장의 목을 향해 찍어 내렸다. 그러나 날은 장반장의 동맥에 닿기 전에 멈추어 섰다. 개눈의 손목이 월터에게 붙들려 있었다. 다급한 개눈이 힘을 쏟아보았지만, 거구의 월터는 꿈쩍도 하지 않은 채 말없이 고개를 좌우로 흔들 뿐이었다.

뒤에서 단단한 무언가가 개눈의 정수리를 툭툭 건드렸다. 동수의 총이었다. 가위를 쥔 개눈의 손에 힘이 순식간에 풀렸다. 개눈은 가위를 떨구고는 힘없이 일어섰다. 가자. 질겁한 만호와 창수가 개눈을 따라 일어섰다.

개눈은 슬몃슬몃 뒷걸음질을 치다가 돈가방을 쥐어 들고는, 다시금 자연스레 뒷걸음을 쳤다. 그러나 이번에도 동수의 총이 개눈을 막아섰다.

“가방 내려 놔.”

"왜, 약속과 다르잖아."

"아까 뭐라 그랬어, 필요 없다며?"

개눈은 돈가방을 떨굴 수밖에 없었다. 동수는 썩 물러나라는 듯, 맥아리 없는 움직임으로 총구를 까딱거렸다.

세 사람은 빈 손으로 창고 문을 나섰다. 만호가 불안 가득한 눈으로 개눈에게 물었다.

"그냥 이렇게 가는 겁니까? 이제 어떻게 되는 건가요?"

"곧바로 한국을 떠야지."

"왜요?"

"전국에 경찰이 십이만이야. 내일이면 그들을 적으로 돌리게 생겼어."

"어떻게 가게요?"

"남은 시간이 얼마 없다. 잽싸게 장수항으로 튀어 가야지."

"아니요, 일단 여기서 어떻게 나갈지가."

빌어먹을 차키는 동수에게 있었다. 당황한 개눈은 뒤를 돌아보았지만 다시 창고 안으로 들어갈 엄두가 나지 않았다. 그러나 당장 몇 시간 뒤에는 한국을 뜰 생각을 하고 있는 개눈에게는 그깟 차가 중요한 것이 아니었다. 문제는 돈이었다. 개눈의 돈은 대부분 빚으로 묶여 있었다.

문득 그 순간, 개눈의 머릿속으로 한 남자가 스치고 지나갔다. 마혁수. 자신에게 동수를 소개해준 자는 마혁수였다. 푼돈을 꾸고 다니던 동수가 어떻게 그 큰 돈을 갖게 되었을까? 돈을 주고 경찰을 납치하라고 지시한 자가 마혁수는 아닐까? 그런데 그 동수가 경찰에게 자신의 위치를 마혁수의 본거지인 광장빌딩이라 속였다. 어쩌면 내가 모르는 물고 물리는 배신이 일어난 것은 아닐까? 혹시나, 마혁수가 동수가 어디있는지를 돈을 주고 사려 하지는 않을까?

개눈은 전화기를 뽑아들었다.

"개눈입니다."

"바쁘다. 할 말만 해."

"경찰 때문이죠?"

"말 해."

"강동수입니다. 그 자식이 경찰에 거짓정보를 흘렸어요. 게다가 지금 월터란 사람까지 데리고 있습니다."

"당장 간다. 어디야."

"저기, 선생님. 거기서부터는 값이 붙습니다."

"너, 당장 이야기 안 하면 내가 죽여버린다. 내가 너 까짓 돈놀이꾼 하나..."

개눈은 대차게 전화를 끊어버렸다. 막바지에 달한 개눈은 무서울 것도, 가릴 것도 없었다. 창고의 주소 값, 그것이 당장 오늘밤이라도 한국을 뜰 때 쥐고 있을 밑천이었다. 게다가 마치 바로 옆에서 고막을 직격하듯 느껴지는 혁수의 노기와 다급함. 배짱을 부려볼 법한 상황이었다.

역시나 얼마 지나지 않아 혁수의 전화가 걸려왔다.

"얼마야."

"일억."

"흥정은 건너뛴다. 정확히 오천만 원. 대신 삼십 초 안에 보내준다. 십 초 내에 결정해."

간결한 협상이었다. 개눈이 답했다. 콜. 그리고 얼마 지나지 않아 개눈의 계좌로 오천만 원이 이체되었다는 문자가 찍혔다. 확인한 개눈은 주소를 읊었다. 거래가 끝이 났다. 허나 마혁수는 누가 뭐래도 아직 이십대 풋내기, 감정을 삭히는 법을 익히기엔 너무 어렸다. 감히 네가 나를 상대로 뜯어. 넌 24시간도 안 남았어. 내가 널 갈갈이 찢어서. 욕설을 늘어놓는 혁수에게 개눈이 답했다.

"너 인마, 운 좋은 줄 알아, 씹새야."

말을 마친 개눈은 전화기를 껐다. 더 이상 혁수놈과 엮일 일은 없었다. 막힌 속이 뚫리는 기분이었다.

그래. 혁수 그 씹새 녀석은 운이 좋은 셈이지. 오천만 원이라는 싼값에 귀한 정보를 얻었으니 말이야. 창고 가서 동수니 뭘터니 지지고 볶고 알아서 하라고. 그런데 말이지, 중요한 걸 깜박하고 못 전해줬네. 그 창고 안에 경찰이 납치되어 있다는 사실을 말이야.

개눈은 굳게 닫힌 입술 사이로 실소가 씰룩거리며 비집고 나오는 것을 참을 수 없었다. 개눈은 미소를 씰룩거리며 창수와 만호에게 말했다.

"니들 뭐하고 있어?"

"네? 전화 통화하시고 계셔서."

"전화 끝났잖아?"

"네?"

"그럼 뛰어, 이 새끼들아."

개눈 무리가 내달리기 시작했다.

—

전화 통화가 이어지는 와중에도 혁수는 장식의 방에서 들려오는 소란에 온갖 신경이 쓰였다. 무도한 경찰 놈들은 집중적으로 회장님의 방을 들쑤셨다. 책장이 쓰러지는 소리, 서랍이 바닥에 부딪혀 박살나는 소리, 무언가가 깨지는 소리가 연달아 들려왔다.

그리고 소란 속에서 얻어낸 값비싼 진실, 경찰의 기습은 동수가 흘린 거짓 정보 때문이다. 비록 큰 돈을 뜯기긴 하였지만, 동수와 월터가 함께 있는 곳을 알려준 개눈은 사냥개로서의 역할을 충실히 한 셈이었다. 혁수는 급하게 오른팔과 왼팔을 불러낸 뒤, 곧바로 빌딩 밖으로 튀어나갔다. 경찰의 수색은 여전히 진행 중이었다. 엄격하게 출입을 통제한 탓에 뒷문을 통해 몰래 빠져나가야 했다. 경찰의 눈을 피해 몰고 나갈 수 있는 차는 건물 뒤편에 주차된, 졸개 중 하나가 망해버린 건설 현장에서 돈 대신 끌고 왔다는 15톤짜리 덤프트럭 뿐이었다. 차를 가릴 때가 아니었다. 혁수는 급한대로 날랜 움직임으로 트럭 위로 올라탔다.

동수를 너무 얕잡아 보았다는 후회에 핸들을 부여잡은 두 팔이 떨렸다. 비루한 동수 놈이 감히 월터를 욕심 내고, 경찰을 속여가면서까지 광장파의 뿌리를 뽑아내려 할 줄이야. 자신의 담대한 계획을 망치고, 조직에 마를 드리운 원흉을 알아낸 혁수의 목표가 또렷해졌다.

창고로 향한다. 월터를 찾는다. 그리고, 동수를 죽인다.

—

그 시각, 진녹색의 창고 외벽에 납작하게 붙어있는 세 남자가 안도의 한숨을 내쉬었다. 달구와 진실된 그의 졸개 둘이었다. 창고로 똥차가 들어서고, 월터가 내리는 것을 보자 달구는 냅다 차로 들이받아 일을 벌릴 생각이었지만, 아직 세럼의 약효가 남은 졸개녀석들이 단호하게 달구를 말렸다.

"보스, 그랬다간 당합니다. 창고 앞에 다른 차가 있습니다. 안에 누가 있을지 먼저 확인해야 합니다. 보스, 냉정해져야 합니다. 머리를 써야 한다는 말입니다. 보스, 보스는 생각이란 것을 할 줄 모릅니까, 생각하는 법을 배운 적이 없나요? 보스, 또 잃고 싶은 것이군요. 오늘 아침에 돈을 잃어버린 것처럼, 보스와, 우리 두 사람의 목숨을 잃고 싶은 것인가요?"

졸개 녀석들이 세차게 속을 긁어댔지만, 진실 세럼을 먹인 것은 자신이기 때문에 애써 꾹하고 성을 눌러야 했다. 몰래 공장 근처에 차를 대고, 자세를 낮추어 창고 근처로 다가선 순간, 창고문이 열리며 씩씩대는 세 녀석이 빠져나왔다. 급하게 몸을 낮추고 외벽의 옆면으로 돌아 몸을 바싹 붙여 숨었다. 개중 두 녀석은 장수항에서 본 두 녀석이었다. 그러나 다른 녀석은 월터가 아니었다. 월터는 아직 창고 안에 있음이 분명했다. 달구와 패거리는 조연 녀석들이 사라질 때까지 그늘 속에 자신을 감추고 있었다.

안에서 무언가 목소리가 높아지고 있었다. 차디찬 외벽에 아무리 귀를 바싹 대어도 무슨 말인지 들리지는 않았다. 세 사람은 조심스레 창고에 난 창가로 다가섰다. 다행히 창을 통해서 내부를 염탐할 수 있었다. 달구가 먼저 고개를 돌려 슬쩍 안을 살폈다. 그리고, 무언가를 보자마자 급하게 머리를 아래로 내린 뒤 옆으로 몸을 뺐다.

"야, 너, 저 안에서 뭐 보이는지 봐 봐. 씨발, 내가 잘못 봤나? 거기, 작은 놈이 뭘 들고 있는지 보라고."

달구 대신 밀리듯 창가로 다가간 부하가 안을 살피고는 말했다.

"총입니다. 총을 들고 있네요."

"너, 너, 거기에 그대로 있어. 지금부터 안에서 뭔 일이 일어나는지 빠짐없이 전달해 줘."

달구는 그대로 땅에 주저앉은 뒤, 서너 걸음을 기다시피 움직여 거리를 벌렸다. 훔쳐보는 눈을 발견한 녀석이 난사라도 한다면, 얇은 외벽이 총탄을 막아줄 리 없었다.

눈을 향할 총알이 무서운 것은 솔직한 졸개도 마찬가지였다. 달구가 멀찌감치 거리를 벌린 후에도, 녀석은 그저 창틀 아래로 머리를 처박고 있을 뿐이었다. 성이 난 달구가 낮은 목소리로 외쳤다.

"야, 보라고, 안에 보라고!"

그러나 녀석은 달구를 바라볼 뿐 꿈쩍도 하지 않았다. 달구는 주변의 돌을 주워 졸개에게 던졌다.

"야, 알아 들었어? 안에 보라고!"

녀석은 그제야 고개를 슬쩍 들어 창문에 눈을 바짝 붙였다. 녀석의 눈은 창고 안을 향했지만, 손은 달구를 향했다. 목숨을 건 염탐을 하는 녀석의 중지가 곧게 뻗은 채 달구를 바라보고 있었다.

솔직한 녀석 같으니라고.

—

창고 속의 월터와 동수, 그리고 장반장. 동수는 기시감이 느껴졌다. 문득 약에 취한 채 거침없이 광인의 본색을 드러내던 월터가 떠올랐다. 12월 30일, 같은 날과 같은 장소였다. 양손에 헤어드라이기를 들고 마치 무법자처럼 허공에 휘젓던 모습, 열풍과 온풍을 번갈아 쏘며 혀를 구워 내던 모습, 한 발로 세 사람의 머리를 뚫겠다며 조준하던 모습. 그러나 지금의 월터는 그때와는 확연히 다른 사람이었다.

월터는 장반장 주변을 불안한 걸음걸이로 맴돌았다. 일정한 호를 그리며 움직였지만, 매달린 추처럼 몸을 앞뒤로 흔들거리며 걸었다. 중간중간 안경을 벗어서 렌즈에 입김을 불고는, 다시 쓰고 손가락으로 브릿지 부분을 흔들어 대는 것을 반복했으며,

흉부의 근육이 긴장을 한지 얕은 호흡이 불규칙한 패턴으로 이어지고 있었다.

"월터, 진정해."

"왜, 왜 또 이 사람이지."

"어쩔 수 없었어."

"이 자가 어떻게 된 지는 잘 알고 있잖아."

"월터, 그때랑 지금은 다르잖아."

"뭐가?"

"그때는 네가 미친놈이었지."

월터는 잠시 매섭게 동수를 쏘아보고는 장반장에게 다가갔다. 월터는 장반장의 눈을 가리고 있는 테이프를 벗겨내기 시작했다. 접착면에 붙은 살점이 늘어졌다가 쩍쩍 소리를 내며 테이프가 떨어져 나갔다.

이어 월터가 테이프로 몸통을 묶어 둔 의자에 손을 대자 동수가 막아섰다.

"월터, 거기까지. 눈은 상관없어. 지금 봐도 내일이면 우리를 잊어버리니까. 몸은 안 돼. 지금 날뛰면 어떻게 될지 몰라."

"이 사람이 여기 있는 이유가 뭐야."

"정신차려, 너 장수항에 경찰들 있던 거 몰라? 장반장 안 뺐으면 너도 이 자리에 없어."

"그냥 풀어 줘."

"안 돼."

"그냥 풀어 주라고."

동수가 버럭 소리를 질렀다.

"안 돼, 안 된다고. 너 왜 이래?"

"내가 죽였잖아. 내가 죽였다고. 저 사람 내가 죽였어."

월터는 온몸을 덜덜 떨고 있었다.

"그건 지난 일이야. 진정해. 자, 여기, 다시 봐 봐."

동수가 장반장의 턱을 부여잡고 좌우로 흔들며 말했다.

"살았지? 살아있지? 잘 됐네. 다시 살아 돌아왔네. 자 자, 죽였던 사람이 다시 살아 돌아왔으니까, 너도 잘못한 거 없는 거고. 알아서 죄를 사하여 주셨네. 됐어?"

"분명히 내가, 분명히 내가 총을 쏴서. 죽었는데, 죽었는데."

월터는 머리를 감싸쥔 채 고개를 숙였다가, 손끝으로 머리통을 벅벅 긁은 뒤, 힐끔 장반장을 보고는, 다시 머리를 감싸쥐었다. 불안정한 심리가 고스란히 행동으로 드러나고 있었다. 장반장의 죽음은 너무나 또렷한 기억이었다. 살아 숨쉬는 장반장 위로 항문부터 명치까지 곧게 꿰뚫린 구멍으로 모든 것을 쏟아낸 장반장이 겹쳐 보였다. 장반장의 싸늘한 사체 위에서 눈 뜨던 아침의 기억이 선명했다. 장반장의 토막난 팔뚝에서 쇠고랑이 흘러내리는 모습이 생생했다.

"월터, 잘 들어. 장반장이 중요한 게 아냐. 우리가 할 일부터 집중하자."

"우리가 할 일이 뭔데."

"일단 목표를 정하고 거기에 따라 움직여야지."

"목표라고? 웃기고 있네. 좋아, 들어나 보자. 니 목표가 뭔데."

동수는 한치의 고민도 없이 답했다.

"복수."

"복수? 무슨 복수?"

"마장식. 그 개자식이 내 심장 위에서 총을 훔쳐내 동호의 뇌 속을 조각냈다."

머리통이 늘어선 선반에 기대어 있던 동수가 마네킹 머리를 부여잡고 말했다. 손가락 끝에 바싹 들어간 힘이 마네킹 머리를 찌그러뜨리고 있었다. 마네킹은 서서히 표정이 일그러지더니, 이마가 푹 꺼지며 균열이 났다.

"복수는 의미 없어. 너도 알잖아. 그 복수는 내일이면 사라질 복수야."

"상관없어. 오늘 하루라도 그 자식을 죽이면 만족하겠어."

"내일 멀쩡히 다시 살아날 텐데."

"그럼 또 죽이겠어. 보여? 이 총이 매일 아침 내 손에 쥐어진다고. 한 달 이건, 일 년 이건. 반복해서 그 개자식을 죽여버리겠어."

"매일 사람을 죽이는 삶을 살아가겠다. 괴물이네."

동수는 쥐고 있던 머리통을 던졌다. 마네킹은 바닥에 튕겨 나가며 이목구비가 산산이 흩어졌다.

"괴물? 그래, 괴물로 사는 것도 괜찮지. 그 개자식을 매일 매일 잡아먹는 괴물, 그게 나한테 뭘 의미하는지 알아? 내 꿈이 이루어진다는 거다."

"그래, 꿈. 그래서 그건 아무 의미도 없는 거야. 넌 지금 얼어붙은 땅바닥 속에 묻혀 있어. 그게 네 현실이야. 꿈 속에서 매일매일 난도질을 해봤자, 너를 묻은 마장식은 현실에서 웃고 있을 거라고."

"그래? 이게 내 망상이라고? 그럼 저 자는, 저 자도 죽어 있단 말이네, 맞지? 넌 말이야, 현실에서 저 사람을 죽였어. 경찰을 죽였다고. 현실의 네가 바로 괴물이야. 차라리 환상 속에서 사는 걸 받아들이지 그래?"

괴물. 월터가 고개가 깊게 떨구어졌다.

"잠깐만, 어이, 다같이 진정하지."

먼저 진정하지 못한 쪽은 장반장이었다. 자신을 납치한 남자가 월터라는 이름을 꺼내든 순간부터 진땀이 새어 나오기 시작했다. 칠 년 만의 월터, 체형이 변했고 그간의 고초가 묻은 바랜 얼굴이었지만 분명 자신이 넘긴 백원덕이 분명했다. 더불어 두 사람이 벌이는 미치광이 소란극. 장반장 자신을 과거에 죽였다는 대화가 오고 가자 장반장은 두 사람이 미치광이라는 결론에 이르렀다. 미치광이 앞에서는 살아남는 잔재주가 무의미했다. 그저 두 사람을 어떻게든 침착하게 잠재우고 시간을 벌어 구출되기만 기다리는 수밖에 없었다.

"자, 내 말 들어봐. 월터, 월터? 사람을 죽였다는 말은 쉽게 하는게 아냐. 아니, 나를 죽였다니, 그게 무슨 소리야."

다시 한 번 월터의 눈에 죽은 장반장과 겁먹은 장반장이 겹쳐 보였다. 월터는 장반장을 잠시간 멍하니 바라보고 있었다.

"그냥 그건, 망상 같은 거야. 그러니까 더 이상 그런 말 하지 마."

"망상이라고."

"그래. 나, 나 여기 살아있잖아. 난 너한테 죽은 기억이 없어."

"나의 기억을 말해주지. 난 약에 취해 있었고, 제정신이 아니었다. 너를 비리경찰이라 생각했어. 지금처럼 너를 꽁꽁 묶고 나서 네게 고문을 가했다. 저 서랍안에 들어있는 헤어드라이기 두 대를 번갈아가며 목젖부터 위장까지 익혀버렸어. 결국엔 네 항문에 총알을 쑤셔박았고, 넌 명치가 뚫린 채 죽어버렸어."

등골을 타고 흘러내린 땀이 장반장의 엉덩이 밑에 고이고 있었다.

"미안하다, 장반장."

월터는 장반장을 지나쳐 동수 앞에 섰다.

"맞아. 네 말 대로 현실의 내가 괴물이었네."

월터는 작은 웃음과 함께 말을 이어갔다.

"지금이 나쁘진 않아. 봐 봐. 내 몸은 더 이상 마약이 필요 없어. 정신도 맑고, 몸도 가벼워. 내가 만든 약은 성공인거야. 그런데 말이야, 내일이 무서워. 한국에 돌아오는데 칠 년이 걸렸어. 그런데 오늘이 마지막이야. 내일이면 또 다시 어제가 찾아올 거고, 나는 더 먼 바다 위에 있겠지. 그리고 다시 어제, 그리고 어제, 나는 점점 지옥에 가까워질 거야."

월터는 동수에게 한 발자국 더 가까이 다가섰다.

"내일이 무서워서 깨어나고 싶었어. 현실로 돌아가고 싶었다고. 그런데 잊고 있었네. 현실에서 내가 어떤 녀석인지. 약에 중독되어서, 정신이 흐려지면 사람을 고문하고, 그러다 죽이기도 하고."

월터는 동수의 어깨에 양손을 올린 뒤 말을 이어 나갔다.

"강동수. 목표가 생겼다. 온전한 정신으로 지옥에서 살거나, 괴물의 정신으로 현실에서 살거나. 난 둘 다 고르지 않겠어."

"그게 무슨 소리야."

"잘 들어봐. 자, 약을 먹은 뒤에 네 동생은 죽었어. 그 뒤로 모든 것이 과거로 흐르기 시작했지만 단 하나 그대로인 것은 죽은 네 동생 뿐이야. 네 동생은 이 뒤로 가는 빌어먹을 시간에서 죽음을 통해 벗어난 것이지. 난 이렇게 생각해. 그것만이 유일한 방법이야."

"뭐?"

"게다가 이건, 나의 죄를 덜 수 있는 마지막 기회야."

말을 마친 월터의 왼손이 재빠르게 움직였다. 동시에 동수 상의 왼쪽 옷깃이 팽팽하게 당겨졌다. 이어 월터의 왼손이 동수의 상의 가슴팍을 파고들었다. 안주머니에는 장반장의 총이 있었다.

익숙한 움직임. 두 번 당하지 않는다. 동수는 월터의 손이 총에 닿기 전, 그의 손목을 붙잡았다. 그러나, 거구인 월터의 완력이 우위였다. 월터는 기어코 총을 부둥켜 쥐고는, 총을 동수의 안주머니에서 끄집어냈다. 잠시간의 힘겨루기가 이어졌다. 동수는 있는 힘을 다해 월터의 손에 총이 넘어가는 것을 막아냈다.

현실이든, 망상이든. 물리법칙은 동일했다. 맞잡은 네 손 사이에서 총은 동수의 뜻대로 움직이지 않았다. 그러나, 어느 순간 총 손잡이가 동수의 손에 쥐어져 있었다. 동수가 총을 쥔 것은 동수의 의지도, 예상치 못했던 운 때문도 아니었다. 손잡이를 동수에게 넘긴 대신 총신을 부여잡은 월터는 해머를 당겨 총을 장전한 뒤 총구를 자신의 가슴 팍으로 잡아당겼다.

"동수야, 총을 줘. 아니면 날 쏴."

월터의 손가락이 동수의 검지를 부여잡고 방아쇠 쪽으로 당기고 있었다. 총을 두고 힘겨루기를 한 기억이 되살아났다. 그때와는 정반대였다. 월터는 탄알이 자신을 향하도록 힘을 쓰고 있었다. 이미 경험한 같은 상황, 그때도 총은 월터의 뜻대로 불을 뿜었다. 동수는 힘을 쓰고 저항할 수록 자신의 손으로 월터를 죽이게 될 것을 직감했다. 맥이 풀린 동수는 그대로 총에서 손을 떼었다.

월터는 동수가 힘을 무를 것을 알기라도 한 듯 총을 바로잡았다. 월터는 허리에 차고 있던 가방을 풀어 동수 앞에 떨구었다. 거기에 필요한 것이 있을 거야. 이어 그는 등을 돌려 저벅저벅 걸어나갔다. 장반장을 향해서였다. 미친 자식, 결국엔 나를 죽일 줄 알았어. 장반장의 등골이 공포에 굳어갔다. 그러나 월터는 장반장 앞에서 돌연 무릎을 꿇었다. 월터는 도살을 앞둔 짐승을 안심시키듯 닭껍질처럼 소름이 돋아오른 장반장의 허벅다리를 가볍게 두어번 두드렸다.

월터는 돌연 자신의 얼굴을 장반장의 허연 삼각 팬티 위로 처박았다. 두 손이 테이프로 묶인 장반장은 기습적으로 자신의 국부를 향해 얼굴을 정면으로 들이민 월터를 손으로 막아내지 못했다. 순간 장반장은 월터가 강인한 턱으로 자신의 생식기를 씹어 도려내는 기분이었다. 뒤늦게 묶인 양손을 얼굴과 팬티 사이를 비집고 들이 밀었으나, 마치 온 체중이 얼굴에 쏠린 듯 깊숙히 파고든 탓에 두 손은 공간을 만들지 못하고 찌그러졌다.

날숨의 뜨슨 기운이 불쾌하게 장반장의 하반신을 휘어 감았다. 하복부가 거북해진 장반장은 헛구역질이 나는 것을 간신히 참았다. 도대체 이 미친 자식은 내 거시기에 면상을 처박고 뭘 하는 것이지? 순간 축축한 기운이 속옷의 얇은 천을 뚫고 스며들었다. 설마, 침인가? 뒷통수의 터래기 한 가락 한 가락이 빼족히 곧추섰다. 그러나 그것은 타액이 아니었다. 월터의 눈물이었다. 월터는 장반장의 배뇨기관에 얼굴을 맞대고는 눈물을 흘리고 있었다.

"날 용서해 줘."

월터의 몸이 들썩이고 있었다. 장반장은 이 모든 상황을 도무지 이해할 수 없었다. 장반장은 애끓는 눈빛으로 동수를 바라보았다. 제발 이 고약한 상황에서 나를 끄집어 내줘. 그러나 동수 역시 마치 굳어버린 미라처럼 장반장을 바라볼 뿐이었다.

월터의 얼굴이 들썩거리는 사이, 장반장의 물컹한 살점 위로 단단한 무언가가 느껴졌다. 끝자락부터 느껴진 단단함이 복부 아래까지 타고 올랐다. 순간 월터의 강인한 손아귀가 장반장의 묶인 두 손을 움켜쥐었다. 장반장이 정신을 차렸을 때, 장반장의 손에는 권총이 들려 있었다. 그리고 월터는 총끝을 목젖 깊숙한 곳에 쑤셔 박은 채 총을 물고 있었다.

어떻게 힘을 쓰기도 전에 월터가 장반장의 손가락을 찍어 눌렀다. 장반장의 검지 끝으로 미세한 저항이 느껴졌다가, 그대로 주저앉으며.

탕.

월터의 뒷통수가 산산조각 났다.

—

"이상하네요."

"뭐가."

"저 덩치 큰 놈이 뭘 하는지 보세요."

"위험하지는 않아?"

창가를 통해 내부를 보고 있던 달구의 부하는 대답없이 경멸하는 눈빛으로 달구를 쏘아볼 뿐이었다. 멋쩍어진 달구는 다급한 움직임으로 창가로 다가가 조심스레 머리를 들어올렸다.

산만한 덩치의 남자가 무릎을 조아린 채 속옷만 걸친 한 남자의 생식기에 입을 맞추고 있었다. 장반장과 월터였다. 달구는 나지막하게 입에서 욕을 내뱉었다. 차마 눈으로 보기 힘든 끔찍한 광경이었다.

허나 그것은 다음에 벌어질 일에 비하면 참을 수 있을 법했다. 달구는 숨을 죽인 채 무슨 일이 벌어지는 지 주시하고 있었다. 그러나, 다음 장면에서 달구는 자기도 모르게 자리에서 벌떡 일어나 창문을 깨부수고 말았다.

총성과 함께 월터의 소중한 머리통이 쪼개졌다.

장반장에 의해 말이다.

—

"장동철이!"

달구가 짱돌을 주워들어 창문을 깨며 큰 소리로 장반장의 이름을 외쳤다. 장반장은 생각했다. 달구가 왜 여기에. 그러나 달구보다 급한 일이 아랫도리 위에서 벌어지고 있었다. 장반장의 눈은 이내 자신의 아래로 향했다. 자신의 아랫배에 얼굴을 파묻은 남자의 머리 뒤가 뚫려 있었다. 월터의 머리에서 흘러나온 시뻘건 피가 뇌수에 뒤섞여 장반장의 국부를 적시고 있었다. 장반장은 피에 절여져 뜨근해지는 아랫도리를 어찌할 바 몰랐다.

"장동철이 니가 백원덕을 죽여?"

장반장은 다시 고개를 쳐들고 달구를 바라보았다. 장반장이 예상하지 못했던 시나리오가 흘러가고 있었다. 달구가 장반장이 원덕을 죽였다고 생각한다, 시나리오는 비극으로 흐르고 있었다.

유리창은 듬성듬성 깨져 있었다. 아직 창틀에 갓 찢어진 예리한 유리조각들이 날서 있었다. 잔뜩 성이 난 달구는 이를 개의치 않고 창문으로 몸을 집어넣었다. 쪼개진 유리 날이 달구의 손바닥을 파고들었다. 바싹 치밀어 오른 부아가 손바닥이 찢어지는 아픔을 지웠다. 창틀을 부여잡은 채 오른발을 딛었다. 칼날로 변한 창문조각이 달구의 종아리를 갈랐다. 열과 화로 마비된 감각은 핏물이 터져나오는 것도 에웠다. 창고 안으로 들어선 달구는 저벅저벅 장반장을 향해 다가섰다.

"편달구, 편달구. 오해야, 내가 죽인 게 아니야."

위협을 느낀 장반장은 본능적으로 손에 쥔 총을 움켜잡았다. 그러나 월터의 입에 물린 총은 쉬이 빠져나오질 않았다. 팔뚝까지 통으로 테이프로 묶인 탓에 움직임이 자유롭지 않은 것도 한몫 했다. 달구가 점점 다가오고 있었다. 방도가 없었다. 장반장은 월터의 머리통 안에 있는 손을 움직여 장전을 하였다.

"오지 마, 오지 말라고!"

탕. 월터의 머리 안에서 총이 발사되었다. 총은 달구를 스치고 지나갔다. 뒤편에서 비명소리가 들렸다. 놀란 달구는 발걸음을 멈추었다. 죽은 자의 뒤통수에서 발사된 총이었다. 장반장이 총을 쥐고 있지만, 움직임이 자유롭지 않은 것을 파악한 달구는 옆으로 움직였다. 장반장은 어떻게든 몸을 튕기고 다리를 휘저어 달구를 따라 의자를 회전시키려 하였으나, 역부족이었다. 달구는 순식간에 장반장의 뒤로 돌아가서는, 의자를 부둥켜 잡았다.

장반장은 간절한 목소리로 달구에게 오해임을 말하고 있었다.

"내가 죽인 게 아니야, 내가 방아쇠를 당긴 건 맞는데, 아니, 내가 당긴 게 아니라 이놈이 당기게 했어서, 그래서 내가 죽인 게 아니라."

달구는 의자 뒤에서 두 번이나 뒤통수가 쪼개진 월터를 보고 있었다.

그때 달구가 뚫고 들어온 쪼개진 창문이 옆으로 밀렸다. 피 묻은 창이 활짝 열렸다. 그 사이로 달구의 졸개가 넘어 들어왔다. 녀석이 말했다.

"광진이가 죽었습니다. 총알이 벽을 뚫었어요. 머리가 없어졌습니다."

창문으로 상황을 지켜보던 광진이. 네 살배기 딸이 백혈병에 걸렸다던 광진이. 한없이 진실된 마지막을 살다 간 광진이. 달구는 한 손으로는 의자를 부여잡아 회전하는 것을 막은 채, 한 손을 뒤로 뻗어 선반 위에 있는 마네킹헤드 하나를 부여잡았다.

"내가."

달구는 마네킹헤드로 장반장의 정수리를 한 번 내리쳤다.

달구가 달팔이던 시절. 한국 마약시장의 뿌리라고 불리던 대장이 허무하게 세상을 떴다. 대장은 심각한 마약 중독자였다. 본인이 약의 맛에 통달한 만큼, 그는 약의 순도와 청결에 집착했다. 약이 오염되어 가치가 떨어지는 것을 극도로 혐오했다. 당시 비닐에 쌓인 채 유통되는 필로핀의 가장 큰 적은 쥐새끼였다. 대장은 곳곳에 쥐약을 뿌려 두어 쥐새끼들이 약 근처에 오는 것을 차단했다. 그리고 어느 날, 약에 심하게 취한 그는 가루 쥐약을 마약으로 착각하고 양껏 들이마셨다가 그대로 저세상으로 가버렸다.

대장이 죽자 조직이 쪼개졌다. 대장의 오른팔, 왼팔, 눈과 귀를 자처하던 자들이 떨어져 나왔다. 조직이 쪼개지며 튀어나온 달팔이도 졸개 몇몇을 모아 보잘것 없는 세력을 만들었다. 별 볼 일 없던 달팔이가 몇 년 만에 죽은 대장을 뛰어넘는 세를 구축한 것에 대해 여전히 의아한 사람들이 있었다. 덜떨어진 달팔이가? 촌티나는 이름을 바꾸었다고? 달구지파, 그게 조직의 이름이야? 정답을 아는 사람은 단 두 사람뿐이었다. 달구, 그리고.

"너한테."

달구는 마네킹헤드로 장반장의 정수리를 두 번 내리쳤다.

장반장이 퍼져 나가는 마약의 불씨를 잡겠다는 특명을 부여받고 서울에서 지역으로 내려온 지 세 달. 달구지파는 장반장이 잡아들인 첫 번째 마약 조직이었다. 대형 공판장 옆에 매대를 벌려놓고 약장수가 노인들에게 보약 장사하듯 헐값에 마약을 파는 녀석이 있었다. 잡아 놓고 이야기를 들어보니 보약을 맛본 노인들은 다시 자신을 찾을 거라며, 미끼 상품을 뿌릴 셈이었단다.

나름 마약판에서 씨알이 굵지만, 어딘가 모자라 보이는 녀석. 이대로 감옥에 가면 이십 년은 썩게 될 거야. 한 마디에 달구는 벌벌 떨었다. 과거 같은 조직이었던 옛 동료들의 이름이 주둥이에서 술술 흘러나왔다. 장반장은 이를 바탕으로 실적을 쌓아갔다.

"얼마나."

달구는 마네킹헤드로 장반장의 정수리를 세 번 내리쳤다.

달구의 모든 경쟁자가 옥에 갇혀갔다. 허나 장반장과 손을 잡은 달구는 예외였다. 어느덧 장반장은 높은 자리에 올랐고, 달구도 시장을 먹은 독점 조직이 되어있었다. 허나 달구는 항시 굶주렸다. 장반장의 세금 탓이었다. 뒤를 봐주는 대가로 장반장이 거두어가는 세금은 고리대금 업자 따위는 선량해 보일 정도로 무시무시했다. 몇 년 전부터 마약 시장이 급속도로 커지자 장반장은 세율을 올려버렸다. 아무리 많이 벌어도 장반장의 세금을 제하면 떨어지는 돈은 비슷한 덩어리였다. 마치 월급을 받는 기분, 그러나 달구는 꼬박꼬박 거르지 않고 장반장에게 세금을 바쳐야 했다. 장반장은 그 많은 돈을, 그 오랜 시간 동안, 빠짐없이 거두어 갔다.

"찔러줬는데."

달구는 마네킹헤드로 장반장의 정수리를 네 번 내리쳤다.

백원덕이 한국으로 온다는 소식을 들은 달구는 안도감이 들었다. 원덕이 사라진 순간부터 프란시스는 달구를 숨이 막힐 지경으로 몰아붙였다.

"월터는 필히 한국에 갔을 것이야. 네가 잡지 못하면 내 손에 죽을 줄 알아."

프란시스가 민감한 시기에는 중국을 통해 들어오는 공급라인을 끊어 달구의 배를 곯게도 하였다.

"네가 잡지 못하면 굶어 죽을 줄 알아."

문득 장반장이 칠 년 전, 백원덕을 미국에 넘기던 일이 기억났다. 경찰의 손에 있던 백원덕을 장반장이 빼돌렸다. 프란시스는 백원덕의 몸값으로 아늑한 액수의 돈을 건넸다. 그러나 달구는 그 돈을 구경조차 못했다. 장반장이 고스란히 자신의 호주머니에 넣은 탓이었다.

때문에 달구는 이번만큼은 직접 백원덕을 처리하고자 했다. 그러나 지난 밤, 자정을 앞둔 시간에 장반장이 불현듯 공업소를 찾아왔다.

"너, 백원덕 이야기 들었지?"

달구의 동공이 흔들렸다. 달구는 애타는 목소리로 물었다.

"반장님, 반장님. 경찰도 알고 있나요?"

장반장이 웃음기를 섞어가며 답했다.

"나는 경찰도 아니란 말인가?"

장반장의 제안은 이러했다. 백원덕의 정보를 아는 것은 나뿐이다. 내가 눈을 감아주면 너는 오늘 오전에 백원덕을 손에 넣을 수 있으리라. 그러나, 나의 눈은 매우 비싸다.

빌어먹을 장반장. 경찰과 얽힐 수는 없었다. 반장님 눈 값이 얼마요? 한 알 당 오억, 도합 십억이다. 달구는 읍소에 읍소를 거듭했다. 그렇게 죽는 소리를 뱉어가며 한쪽 눈값만 현찰로 건네는 것으로 타협이 되었다. 장반장이 눈을 감아주는 대가, 오억 원이 금고에서 비어 버렸다.

그 장반장이, 백원덕을 죽여버렸다.

—

네 번 내리치자 마네킹헤드가 산산조각이 났다. 장반장의 정수리가 붉게 물들어 있었다. 달구는 손에 쥐고 있는 조각을 집어던졌다. 눈치가 빠른 부하 녀석이 잽싸게 다른 마네킹헤드를 달구의 손에 쥐어주었다.

장반장은 계속 오해라는 말을 읊조리고 있었다. 느려진 말투가 서서히 흐려져가는 정신을 드러내고 있었다. 오해라도 상관없었다. 월터는 죽었고, 달구는 알거지가 되었다. 갑작스럽게 찾아온 가난의 고통을 위로해줄 것은 장반장의 죽음뿐이었다.

이어받은 마네킹을 다시 높게 쳐들었을 때, 찢어진 장반장의 정수리 사이로 허연 두개골 뼈가 보였다. 붉은 핏물 속에서 허옇게 드러난 뼈는 마치 눈 앞에 조준경을 댄 듯한 느낌이었다. 좋아, 할 수 있어. 두어 번만 내리치면 장반장의 골통을 쪼개놓을 수 있어.

그러나 거기까지였다. 달구는 마네킹을 휘두르지 못했고, 장반장의 골통도 쪼개놓지 못했다.

창고 문을 열고 경찰 배지를 보이는 남자가 총으로 달구를 겨누며 다가왔기 때문이다.

영복이었다.

—

"뒤로 물러서."

정면으로 자신을 조준하고 있는 총을 따를 수밖에 없었다. 달구는 마네킹을 든 채 뒤로 물러섰다. 옆에 서있던 달구의 똘마니도 마찬가지였다. 두 사람은 총의 지시에 따라 천천히 뒷걸음질쳐 벽에 붙었다.

월터의 죽음부터 달구의 등장, 그리고 뒤늦게 나타난 경찰까지. 짧은 시간 안에 많은 일들이 마치 환상처럼 흐르고 있었다. 동수는 달구가 나타나자 월터의 허리쌕을 챙기고는 선반 뒤로 몸을 숨겨서 한 발자국 떨어진 채 눈앞에서 벌어지는 촌극을 지켜보았다. 월터의 끔찍한 죽음은 거칠고 무시무시한 현실이다가도, 두 번째 죽음으로 치닫는 장반장은 비현실적으로 다가왔다.

게다가 월터가 옳았을 줄이야. 갑자기 난입한 남자는 어제 죽음을 기다리던 마약상, 장반장은 부패경찰이었다. 월터는 약에 취해 제정신이 아닐 때 진실을 알아차리고, 맑은 정신으로는 무의미한 참회를 한 셈이었다. 현실에서 묻혀있었던 진실이 환상에서 드러나며 끝없이 뒤엉키는 혼란스러운 느낌이었다. 월터는 어떻게 되었을까? 죽음을 거쳐 현실에서 깨어났을까, 죽음을 거쳐 또 다시 어제의 아침을 맞이했을까, 아니면 동호처럼 죽음 그 자체가 되어버렸을까?

영복은 달구 패를 뒤로 물리고 서서히 장반장에 다가가던 도중, 선반 사이에 숨어있는 동수를 보았다. 화들짝 놀라 총을 동수에게 향한 영복은, 총구를 휘저어 동수도 달구 옆에 세웠다. 동수가 달구 옆에 서자 달구가 나지막한 목소리로 물었다.

"넌 누구냐."

"나?"

동수는 잠시 숨을 고르고는 답했다.

"죽을 놈."

영복은 장반장 앞에 선 채 상황을 보고 있었다. 쉽사리 전후 사정이 짐작되지 않는 기이한 광경이었다. 장반장의 생식기 위에 엎어져 있는 남자는 대체 어쩌다 죽은 것이며, 창고 벽 뒤에 죽어 있는 남자는 누구의 총에 맞은 것인가? 그러나 고민의 틈도 잠시, 장반장이 영복을 채근하기 시작했다.

"빨리 테이프 벗겨."

"장반장님, 이 자가 월터 맞지요?"

"영복아, 내가 묶여있잖니? 빨리 풀어."

영복은 한 손으로는 달구를 향해 총을 겨눈 채, 미용가위로 장반장을 묶은 테이프를 찢어냈다. 양팔이 풀린 장반장은 팔을 사용하여 월터의 끔찍한 얼굴을 뒤로 밀어냈다. 쿵 소리를 내며 거구의 월터가 뒤로 넘어갔다.

그리고, 월터의 머릿속에 숨겨져 있던 총이 나왔다. 어랏, 왜 저기에서 총이. 그것은 영복의 생에 마지막으로 품은 생각이었다. 장반장은 머릿속에서 뽑혀 나온 총을 영복의 턱에 들이밀었다. 탕. 장반장이 쏜 총알은 영복의 아래턱을 찢고 들어가 정수리를 관통한 뒤, 창고의 천장을 뚫고 나갔다.

—

탕. 영복이 쓰러지자 장반장은 방향을 틀어 달구를 향해 총을 쏘았다. 옆에 있던 달구의 똘마니가 픽 하니 쓰러졌다. 다시 탕, 그리고 다시 탕. 두 발의 총탄이 간발의 차로 달구와 동수를 빗겨갔다. 달구는 잽싼 몸놀림으로 동수를 선반사이로 밀치고, 자신도 선반 사이로 파고들었다.

장반장은 쓰러진 영복의 총을 주워들어 잽싸게 실린더에서 실탄을 빼내고는, 자신의 총에 장전을 했다. 이어 숨어있는 동수와 달구를 향해 외쳤다.

"나와."

진땀이 몽글몽글 솟아올라 범벅이 된 달구의 허연 머리통이 돌연 휙 돌아갔다. 달구가 몸을 뒤틀어 동수를 바라보았다. 달구가 말했다.

"니가 나가."

동수가 똑같이 말을 받았다.

"니가 나가."

달구가 순간 눈을 부릅떴다. 이어 달구는 동수의 멱살을 붙잡아 냅다 한 바퀴 돌리고는 발로 허리를 걷어 차 동수를 밀어냈다. 동수는 균형을 잃고 앞으로 쏠려 나가 얼떨결에 장반장 앞에 섰다. 동수는 총 앞에 선 채 서서히 양팔을 위로 들어올렸다.

"너도 나와. 편달구."

달구는 체념을 한 듯 서서히 걸어 나왔다. 총 앞에 맞설 무기라도 되는 양 쥐고 나온 헤드마네킹이 안쓰러울 지경이었다.

"너, 저기 저 가방, 나한테 던져."

달구 옆에는 돈가방이 놓여있었다. 달구는 가방을 집어서 장반장 앞으로 던졌다. 장반장은 가방을 한쪽 어깨에 멨다. 그렇게 달구는 그것이 그토록 애타게 찾던 자신의 돈인지도 모르고 장반장에게 건넸다. 그러나 이를 알 리 없는 달구는 애달픈 목소리로 읍소하기 시작했다.

"장반장, 들어봐. 내가 너한테 월터 때문에 얼마를 줬는지 알잖아. 아까 그 일은 말이지, 뭐 없던 일로 치고, 다시, 다시 파트너로 돌아가는 거야. 어차피 나도 이 일을 계속 할거고, 너도 경찰로 계속 살아갈 거 아니야. 그러니까."

"병신."

달구의 말을 동수가 자르고 들어왔다.

"니 말대로 장반장은 경찰로 살아야 하니까 넌 죽을 수밖에 없어. 목격자가 있으면 안 되니까."

"똑똑하네."

장반장이 씨익 웃어 보였다.

그때였다. 장반장 뒤편에서 마치 폭격이라도 맞은 듯한 소리가 들렸다. 반사적으로 세 사람이 몸을 움찔거리며 소리가 나는 곳을 바라보았다. 대형 트럭이 창고 문을 부수고 밀고 들어오고 있었다. 마약 제조 도구와 선반들이 차례로 박살이 나고 있었다. 순식간에 중앙까지 밀고 들어온 트럭은 그대로 장반장을 받아버렸다. 붉은 피로 물든 삼각팬티만 걸친 장반장은 마치 만화 속 영웅처럼 한참을 날아가다가 떨어지고는 그대로 굳어버렸다.

장반장을 들이받고 나서야 트럭은 멈추어 섰다. 이어 트럭에서 세 명의 남자가 내렸다. 마지막으로 트럭에서 내린 사람은, 마혁수였다.

—

"그래, 편달구 강동수. 니네 둘이 편을 먹었다, 이건가."

당황한 달구와 동수가 동시에 서로를 바라보았다. 방금 전까지 먼저 죽으라고 다투던 두 사람은 혁수에 의해 순식간에 같은 패로 묶였다.

"월터 어딨어."

마혁수의 질문에 달구와 동수의 눈이 동시에 죽은 월터에게로 향했다. 혁수는 월터에게 다가가서는 끔찍한 몰골을 보고 바로 고개를 돌렸다. 월터의 죽음. 죽음의 값을 치러야 할 사람은 달구와 동수. 혁수는 부하 둘에게 달구를 가리켰다. 그러자 두 사람이 순식간에 달구에게 달려들었다. 그리고 자신은 자신만만한 미소를 띤 채 동수에게 서서히 다가갔다.

주먹다짐이 오고 가는 난장이 벌어졌다. 달구는 불량배 집단의 우두머리 답게 두 녀석이 달려드는 것도 곧잘 버텨냈다. 쥐고 있던 마네킹으로 한 녀석의 머리를 내리치고는, 다른 녀석이 허리춤으로 파고들어 태클을 거는 것도 힘으로 버텨내고 있었다.

왜소한 골격, 과도한 지방, 부족한 근력, 가득한 나이. 동수가 악을 쓰며 달려드는 젊은 혁수를 상대하는 일은 버거운 일이었다. 며칠간 연달아 힘을 쓰며 보낸 탓에 체력이 완전히 바닥나 있었다. 혁수의 주먹이 연달아 지친 동수의 광대와 관자놀이에 얹혔다.

그러나 분명, 지나온 며칠간 쌓인 폭력의 역사가 동수의 마음가짐을 바꾸어 놓았다. 주먹은 아프지만, 두렵지 않았다. 동수는 주먹을 맞고도 쓰러지지 않고 버텨냈다. 해를 입히는 것은 익숙하지는 않지만, 거부감이 없었다. 동수는 곧바로 주먹을 뻗어 혁수에게 반격을 가했다. 한 번의 주먹질에 혁수의 눈두덩이가 찢어져 붉은 피가 터졌다. 둘 중 하나, 살고, 죽는다. 나는 산다. 동수는 의지를 다졌다.

허나 정신력만으로는 확연한 체력의 열세를 극복할 수는 없는 법. 몇 번의 주먹질이 오고 가고, 결국 먼저 넘어간 쪽은 동수였다. 동수가 쓰러지면서 등 뒤에 메고 있던 월터의 허리쌕이 떨어져 나갔다. 혁수는 잠시 숨을 고르고는 가방 쪽으로 다가섰다.

혁수가 월터의 허리쌕을 집어 들고 지퍼를 열었다. 안에는 두툼한 약뭉치와, 새총, 그리고 허옇게 뭉친 알갱이들이 들어있는 비닐백이 있었다. 혁수는 그 중 묵직한 약을 꺼내 들었다. 어디선가 들었는데, 프란시스가 눈이 뒤집혀서 찾는 약이 있다고. 혁수가 샅샅이 약뭉치를 뜯어보고 있는데, 뒤에서 달려든 동수가 뛰어올라 혁수의 뒷덜미를 물었다. 혁수는 비명과 함께 약을 떨구고는 다시금 동수와의 싸움을 이어갔다.

혁수가 직접 주먹을 맞대고 싸움판을 벌인 경험은 많지 않으나. 나름 격투기 사업을 하고 있는 사업가로서 수많은 싸움을 보아온 이력이 있음에도. 동수의 움직임은 일반적인 싸움의 그것과 사뭇 달랐다. 동수는 양자간의 협의가 있는 것은 아니지만, 깊은 밑바닥에 있는 암묵적인 싸움의 법칙에서 벗어나 있었다. 들러붙은 동수는 다른 자들처럼 힘으로 짓누르거나, 주먹을 휘두를 생각을 하기보단, 어금니를 딱딱거리며 살점을 물어 뜯으려 했다. 바닥에서 뒹구는 동수는 다른 자들처럼 위에 올라타거나 목을 조를 생각을 하기보단, 고환을 쥐어 잡고 뜯으려 했다. 위에 올라탄 동수는 다른 자들처럼 주먹이나 팔꿈치를 퍼붓기 보단, 손가락을 파묻어 동공을 뭉개려 했다.

동수의 개싸움, 완전히 질려버린 혁수는 발로 동수를 밀어내고 주저앉은 채 뒷걸음질 쳤다. 동수는 허리쌕을 쥐어 들고는 가방 안으로 약을 집어넣었다. 동수가 일어서자 혁수가 외쳤다.

"오지 마, 이 짐승 같은 새끼가, 오지 마!"

그때 문득, 동수의 눈에 가방 안에 들어있는 새총이 들어왔다.

달구는 결국 젊은 두 녀석을 이겨내지 못하고 일방적으로 두들겨 맞고 있었다. 절반이 뜯겨져 나간 달구의 수염이 싸움의 처절함을 말하고 있었다. 그리고 그 앞에, 뒷걸음질 쳐 거리를 벌린 혁수가 주저앉아 있었다.

동수는 가방을 떨구었다. 가방을 떨군 손에는 월터의 새총이 쥐어져 있었다. 동수는 입고 있던 폴라티의 목부분을 위로 끄집어 당겼다. 접혀 있던 목부분이 길게 늘어나며 마치 복면처럼 동수의 코와 입을 가렸다. 보드라운 탄알이 자신의 손에서 흩어질까 봐였다. 이어 동수는 혁수를 향해 새총을 잡아당겼다. 알이 부서지지 않도록, 조심스럽게 탄알을 가죽으로 감싸고, 마치 활을 쏘듯 뒤로 힘껏. 그리고 마치 유리구슬을 튕기듯, 날카롭게 손가락을 튕겼다.

탄알이 날아가 혁수의 이마에 맞았다. 마치 요정의 가루처럼 하얗게 피어오른 약이 서서히 혁수의 콧대 위로 내려앉았다. 킁킁. 혁수의 몸이 뒤로 넘어갔다.

그리고 다음 녀석, 또 다음 녀석, 그리고 마지막 달구까지.

네 사람이 연달아 잠이 들었다.

—

멀리서 경찰차의 사이렌 소리가 들렸다. 영복의 부름을 받고 달려오는 경찰이었다. 동수는 급히 허리색을 두르고 뒷문으로 튀어나갔다. 창고는 난장판이었다. 총에 맞아 죽은 자만 넷, 동수는 뉴스에서나 들릴 법한 이야기의 중심을 지나고 있었다.

뒷문을 열기 직전, 신음소리가 들려왔다. 트럭에 치여 날아간 장반장이었다. 운이 좋다면 살아날 수 있으리라. 그러나 운이 없다 하여도 슬플 일은 아니리라. 내일이 되면 다시 살아날 테니까. 문득 동수의 눈에 장반장의 손에 쥐여 있는 총과, 장반장의 어깨에 메인 돈가방이 들어왔다. 사억 원과 총 한 자루, 둘 중 하나. 찰나의 순간도 고민할 필요가 없었다. 동수는 총을 챙겨 창고를 나섰다.

그리고 거기에, 동수를 반기는 똥차가 있었다. 동수는 급하게 차에 올라타 시동을 걸었다. 사이렌 소리가 점점 가까워졌다. 똥차야, 똥차야. 넌 하루 하루 어려지고 있으니까. 젊음을 보이렴. 용케 똥차의 시동이 단박에 걸렸다. 동수는 손바닥으로 핸들을 치며 환호성을 질렀다.

구불구불한 시골길이었다. 경찰차가 호들갑을 떨며 속력을 내봤자 굽이굽이 길을 따를 수밖에 없었다. 그 사이 똥차는 지옥이 되어버린 창고에서 자연스럽게 빠져나왔다.

목표가 생긴 동수의 정신이 한 끝으로 모였다. 복수, 복수, 복수. 복수의 대상은 마장식. 복수의 이유는 강동호. 가야할 곳은 광장빌딩. 복수의 힘은. 동수는 왼손으로는 핸들을 부여잡은 채, 오른손으로 허리춤에서 무언가를 끄집어내 들었다. 다시 한 번 장반장의 총, 다시는 이 녀석을 쉬이 앗기는 얼치기 실수는 없으리라. 동수는 다짐했다.

—

우사항 인근 창고에서 총격전 발생. 경찰 한 명 포함 사망자 넷. 참극의 현장에서 아들이 발견되었다는 소리에 마장식은 휘청였다.

"혁수, 어디에 있는데?"

"병원에 있다고 합니다."

"많이 다친 거야?"

"아닙니다."

"그런데 왜 병원이야."

"그게 말이지요, 큰 외상은 없습니다만."

잠시 머뭇거리던 부하 녀석이 말을 이었다.

"깊게 잠이 든 것 같다고 합니다."

경찰은 마약을 운운하며 온 빌딩을 까뒤집었다. 마약이라면 그렇게 거리를 두라고 했건만, 결국 안방까지 털린 장식은 온몸에 오른 열을 제어할 수 없었다. 난장판이 된 방 안에서 물건을 집어 던지며 제 멋대로인 아들녀석과, 그 따위로 아들을 낳은 약쟁이 어미를 욕하고 저주했지만. 혁수가 총격전에 휘말려 병원에 갔다는 말을 들으니 눈이 까뒤집혔다. 장식은 운전수와 함께 급하게 차에 몸을 실었다.

주차장을 나서 도로로 합류하는 길. 무조건 밟아서 최대한 빨리 가라는 보스의 주문에도 불구하고, 도로에 들어선 운전수는 본능적으로 브레이크를 밟았다. 전방 칠십 미터 즈음. 건너편 도로에 차 한 대가 마치 자신을 노려보듯 서 있었기 때문이다. 멀리서 보아도 초라한 크기에 낡음이 드러나는 차, 언뜻 보면 고장이 난 것인가 착각할 법했지만. 운전대를 잡은 사람 사이에 느껴지는 살기가 전해졌다. 운전수는 자기도 모르게 멈칫했지만, 보스는 이 틈새도 놓치지 않았다.

"뭐 하는 거야 이 새끼야, 빨리 밟아!"

보스의 채근에도 운전수의 오른 다리에는 힘이 실리지 않았다. 반대편의 차가 구르며 다가오기 시작한 것이다. 그것은 마치 등허리에 창을 잔뜩 꽂은 채 피를 흘리면서도, 붉은 천을 향해 달려드는 서반아 황소의 마지막 돌진을 연상시켰다.

"빨리 가라고!"

엑셀을 밟을까 하다가 잠시 멈칫, 그 멈칫하는 순간에도 반대편의 차는 점점 커져갔다. 운전수는 보스의 말을 따르는 대신, 보스에게 지시를 하였다.

“안전벨트 매세요.”

“뭐?”

운전수는 급하게 기어를 바꾸고 뒤를 돌아봤다. 재빠르게 뒤로 빠지는 것이 충격을 최소화하는 유일한 방법이었다. 상황을 눈치챈 장식이 안전벨트를 부여잡고, 운전수가 마치 경기를 일으키는 환자처럼 엑셀을 밟는 그 순간. 똥차의 머리통이 장식의 차 머리통을 그대로 들이받았다.

이제 더 이상 차끼리 부딪히는 것은 두려움이 없는 동수였다. 똥차는 순식간에 본네트가 김밥처럼 말려들어갔다. 충격에 동수도 핸들을 이마에 받았다. 부여잡은 핸들을 통해 본능적으로 알 수 있었다. 똥차의 죽음. 수고했어. 동수는 핸들을 쓰다듬고서는 비틀거리는 다리를 부여잡고 차 밖으로 나섰다.

장식의 차는 덩치가 컸다. 들이받은 것도 똥차였고, 더 크게 다친 것도 똥차였다. 운전수는 별 일 아니라는 듯 고개를 좌우로 끄덕거리며 내렸다. 들이받은 차에서 나온 녀석은 터틀넥을 끌어당겨 얼굴의 절반을 가리고 있었지만, 운전수는 맞선 자가 누군지 한눈에 알아볼 수 있었다. 똥수, 니가 미쳤구나. 운전수가 응징을 위해 어깨를 크게 한 번 돌리는 순간, 이마 위에서 살포시 터져버린 하얀 총탄. 운전수는 그대로 쓰러졌다.

동수는 차 안을 들여다보았다. 안전벨트를 매지 못해 고스란히 충격을 빨아들인 장식은 조수석에서 신음소리를 내고 있었다. 동수는 그대로 운전석에 올라타 운전대를 잡았다. 정신이 혼미한 장식이 옆자리의 동수를 보고 흐린 목소리로 말했다.

"죽고 싶냐."

장식의 위협은 허장성세였다. 한시라도 빨리 아들을 찾아야 하는 급박한 상황에서, 어디로 향하는 지도 알 수 없는 길을 달리는 와중에도 장식의 입은 굳게 닫혀 있었다. 피칠갑을 한 권총의 주둥이가 자신의 옆구리에 깊게 박혀 있었기 때문이다.

—

겨울의 갈대밭은 금가루를 뿌린 빙수 같았다. 누렇게 익은 갈대 위로 하얀 눈이 쌓여, 마치 곳곳에 금을 갈아 뿌린 듯했다. 겨울의 갈대밭은 숨어들기 제격이었다. 사람 키를 훌쩍 넘는 갈대들이 즐비했다. 그 사이에, 장식과 동수가 있었다.

양손을 묶은 채 무릎을 꿇리고, 뒤에서 총을 쏘는 것. 장식이 즐겨하는 처형 방식. 동수는 목 뒤로 느껴지는 서늘한 죽음의 기운이 기억났다. 오늘은 반대였다. 장식의 양손이 묶이고, 장식의 무릎이 꿇린 채, 장식의 목 뒤에 총이 겨누어졌다.

손이 묶인 채 무릎을 꿇고 처형을 기다리는 것, 그것 자체가 삶에 대한 포기를 의미했다. 장식은 등 뒤로 손목이 묶일 때에도 삶의 끈을 놓지 않은 채 거세게 저항했다. 동수가 묵직한 돌로 손등을 찍고 나서야 장식의 두 손목이 이어졌다. 무릎을 꿇을 때에는 마치 죽음과 몸싸움을 하듯 극렬하게 맞섰다. 총알이 장식의 오른쪽 종아리를 뚫고 나가 더 이상 설 수 없게 된 뒤에야 그의 무릎이 굽혀졌다. 무릎을 꿇고 나서도 장식은 들판을 잠재우는 거센 바람소리와 맞서 싸우듯 고래고래 소리를 질러댔다.

동수는 무릎을 꿇은 장식의 뒤에 선 채 잠시 숨을 골랐다. 길어야 남은 반나절짜리 무의미한 고통을 주었을 뿐일지라도, 사람의 신체를 파괴하는 것은 즐거운 일이 아니었다. 장식의 무릎 아래가 피로 물들어 갔다. 끔찍한 꼴에 숨이 조여온 동수는 다시 한번 흡입기를 코에 대고 들이켜야 했다.

쉴 새 없이 고함을 질러 대던 장식이 작전을 바꾸어 낮은 목소리로 기기 시작한 것은, 목 뒤에서 딸각 거리는 장전 소리를 듣고 난 뒤였다. 장식에게 남은 것은 온갖 감언이설을 늘어놓으며 삶을 구걸하는 것뿐이었다.

"동수야, 동수야. 제발 이러지 마라. 이럴 필요 없잖아? 너, 너, 광장파, 먹고 싶어서 그래? 이 빌어먹을 돈놀음 깡패새끼들, 다 너 줄게. 다 가지라니까."

"필요 없어."

"그럼 왜, 왜 이러는데. 날 대체 어쩌려고."

"넌 이제 죽는다."

"왜, 왜. 내가 너한테 무슨 죽을 잘못을 했냐."

멈칫. 동수는 잠시 호흡을 가져가고는 말을 이었다.

"내 동생을 죽였다."

"내가?"

"그래."

"언제."

"12월 31일"

"그건 씨발 내일이잖아."

"지나간 내일. 너가 동호를 쏘아 죽였다. 그리고 넌 나도 묻었지. 이 겨울 땅에 생매장을 했어."

"그게 무슨 개소리야. 혹시 내 생각을 말하는 거야? 난 그럴 생각 없어. 내가 너를 왜 죽이고, 니 동생을 왜 죽여."

"아니, 실제로 죽였다."

장식이 흐느끼기 시작했다.

"동수야, 강동수. 정신 차려. 정신 차리라고. 너 지금, 사람 죽이는 거야. 너, 너. 혹시 마약이라도 했냐?"

마약이라도 했냐. 답하기 어려운 질문이었다. 입이 막혀 새어나가지 못한 답변이 파르르 떨리며 손끝으로 빠져나갔다.

"동수야. 자, 진정하고 들어봐. 나는 내일, 12월 31일. 네 동생을 죽이고, 너를 생매장 할 거야. 그렇지? 너는 그 죄를 물어 나를 벌하려는 것이고. 그러면 지금, 지금. 12월 30일. 나는 아직 아무런 잘못도 한 게 없는 거네. 맞아?"

다시 한 번 동수의 손 끝이 떨렸다. 덩달아 총구도 흔들렸다.

"아직 나는 아무런 죄도 짓지 않았어. 왜 내가, 지금 벌을 받는 거지?"

"죄를 지었어. 내 두 눈으로 똑똑히 봤다."

"그럼 그때의 나를 죽이지 그랬어!"

동수의 말문이 막혀버렸다. 장식의 목덜미를 겨누던 총이 아래로 내려갔다.

뒤죽박죽 꼬여버린 시간의 흐름이 모든 인과관계를 무질서하게 엉켜 놓았다. 미래와 과거의 결과는 또렷하였으나, 둘 간의 경계선이 혼탁했다. 동수는 힘겹게 마련한 복수의 장을 눈앞에 펼쳐 두고도 차마 끝을 내지 못하고 머뭇거리고 있었다.

등 뒤에서 거세게 불던 바람이 갑자기 방향을 뒤틀었다. 세찬 바람이 동수의 얼굴을 훑고 지나가고 있었다. 모든 것을 체념한 장식의 울음 소리도 더 이상 앞으로 뻗지 못하고 뒤에 선 동수에게 흩뿌려졌다. 그러나, 갈대들은 여전히 같은 방향으로 누워있었다. 그들은 바뀐 흐름에도 굴하지 않고 있었다.

문득 이 모든 혼란의 뿌리, 역으로 흐르는 시간. 이 시간의 흐름에 맞설 수 있다면. 내가 본 미래를 현실로 끌어당길 수 있다면. 번쩍하는 섬광이 뇌를 때렸다. 나는 알고 있다, 미래를 알고 있다. 맥없이 늘어졌던 팔에 힘이 돋았다. 굽어가던 목이 빳빳이 섰다. 파르르 떨리던 손가락이 단단히 자리잡았다.

"월터의 말이 맞아. 지금 널 벌하는 것은 의미가 없어. 네가 다시 살아나서가 아니야. 네가 벌받은 것을 잊는 다는 것이 문제지. 네 말도 맞아. 넌 아직 죄가 없어. 죄를 짓고 나서 벌을 받는 것이 맞겠지. 좋아, 매일 너를 벌해주마. 지금의 네가 아닌, 죄를 짓고 난 너를."

죽음의 공포 속에 귀가 닫힌 장식에게 동수의 말은 닿지 않았다. 장식은 언제 목덜미를 파고들지 모르는 총탄을 기다리며 두 눈을 질끈 감고 벌벌 떨고 있었다. 순간 눈 앞에서 인기척이 느껴졌다. 누군가가 뒤에서 머리를 쏘면, 고통을 인식하기도 전에 죽음을 맞이한다던가. 그렇다면 눈앞의 존재는, 지옥의 문지기쯤 되려나.

장식은 용기를 내어 실눈을 떴다. 무릎을 꿇어앉은 동수가 얼굴을 맞대고 있었다.

"어제 만나자."

장식의 콧구멍 속으로 무언가가 파고들었다. 장식은 한쪽 콧구멍이 꽉 차는 느낌이 들었다. 이어 동수가 손바닥으로 장식의 콧망울을 강하게 눌렀다. 장식은 그대로 뒤로 넘어졌다. 그리고 채 등이 바닥에 닿기도 전, 마치 고통을 인식하기도 전에 뒷목을 관통하는 총탄을 맞은 것처럼. 장식은 잠이 들어 버렸다.

마약이 들어있는 가방. 되살아날 똥차의 열쇠, 천식 호흡기, 그리고 주머니 속 각종 잡동사니들. 동수는 가진 것들을 잘 살펴 챙겼다. 어제의 아침을 같이 맞을 동료들이었다. 그리고 총, 동수는 피묻은 총을 찬찬히 보다가 던져버렸다. 어차피 어제의 아침에도 손에는 총이 들려 있으리라.

갑작스레 마치 납덩이 같은 피로가 얹혀졌다. 아직 완전히 해가 지지 않은 한겨울의 초저녁. 동수는 더 이상 어디론가로 움직일 힘도, 시간도 없었다.

일찍 잠드는게 좋겠지. 마지막 밤은 말이야.

동수는 자신의 콧속에 하얀 탄알을 쑤셔 박았다. 그리고 손바닥으로 가볍게, 한 쪽 콧구멍을 탁.

동수는 어제로 향하는 깊은 잠에 빠졌다.

Day 6 :

12월 29일

고소한 닭 우린 내, 베갯잇의 매캐한 곰팡내, 이를 덮는 시린 웃풍의 싸늘함. 집이었다. 밤새 골아 댄 코로 말라붙은 기도, 콧구멍으로 스며드는 쾨쾨한 입 냄새, 흘러내린 침이 허옇게 굳어 빳빳해진 뺨까지. 숙면이었다. 동수는 간만에 안락함을 느끼며 잠에서 깨어났다.

12월 29일, 또 다시 어제였다.

손에는 총이 들려 있었다. 매일 매일 총을 쥔 채 깨어나는 아침이란. 동수는 총을 내려놓고 심호흡을 하며 찬찬히 자신을 살폈다. 첫 번째 어제의 아침은 시간이 역으로 흘렀음을 알지도 못한 채 지나갔다. 두 번째 어제의 아침은 개눈의 습격으로 인해 추스를 틈도 없이 지나갔다. 그리고 맞이하는 세 번째 어제, 이것이 마지막이다. 동수는 어제의 아침은 오늘로서 끝을 내리겠다며 마음을 다잡았다.

총의 실린더에는 여전히 한 발의 총알 만이 남아있었다. 관에 갇힌 동수 스스로 몸에 박으라고 던져준 총알. 장식은 그 총알을 선물이라 불렀다. 관 속에서 만약 방아쇠를 당겼더라면. 내 손으로 생을 마감하는 과감함과 결단력이 있었더라면. 시간의 아이러니 속에서 헤매이며 반복되는 고통에서 벗어날 수 있었겠건만. 마음이 연해지자 동수는 자신의 뺨을 세차게 치며 의지를 다졌다. 이것은 기회다. 그릇됨을 바로잡는 기회, 동생의 죽음에 대한 원한을 갚을 수 있는 기회, 나의 죽음에 대한 복수를 할 수 있는 기회.

한쪽 어깨가 뻐근하였다. 어깨에 멘 월터의 가방 때문이었다. 관에 누웠을 때 상태로 반복되는 매일에, 잠들기 전 몸에 닿은 것이 더해진다. 이것이 역행하는 아침의 기본 조건이었다. 달구의 돈가방이 그러했고, 월터의 약가방도 그러했다. 동수는 가방을 위 아래로 털털 털었다. 뭉치약이 먼저 떨어지고, 새총과 탄알이 그 위로 떨어졌다. 그것이 월터가 남기고 간 전부였다. 월터는 뜻대로 삶을 마무리하였을까, 아니면 서해바다 어딘가에서 같은 아침을 맞았을까, 아니면 현실의 아침에서 눈을 떴을까.

검은 목폴라에 누래진 흰 셔츠, 검은 정장으로 차려 입은 상하의. 동수는 수의 치고는 나쁘지 않다는 생각이 들었다. 관에서의 상태 그대로 반복되는지 며칠 간 험한 일을 함께하고도 크게 상한 테가 나지 않았다. 그러나 몸, 몸은 분명 그대로였다. 주먹질로 상한 손등, 광대뼈에 깃든 푸른 멍, 위태롭게 흔들리는 어금니. 거친 시간을 관통하고 있음을 드러내는 수많은 흔적이 몸에 남아있었다. 게다가 냄새, 온몸이 며칠간 씻지 못해 나는 삭은 내를 뿜고 있었다.

동수는 아주 오랜만에 차가운 물로 샤워를 했다. 차가운 물줄기가 정수리에 닿자 전신이 팽팽히 당겨지는 기분이었다. 동수는 쏟아지는 냉수 물줄기에 맞서듯 한참을 샤워기 아래에서 우두커니 서 있었다.

29일, 30일, 31일, 30일 그리고 다시 29일. 오일 전 이 즈음. 동호와 함께 병원에 갔었구나. 동수는 기억을 더듬었다. 힘겹게 잡은 진료 예약은 환자가 죽어 의미를 잃었다. 그러나 허투루 보낼 수 있는 시간은 없다. 동수는 옷장을 열어 하루를 맞을 채비를 하기 시작했다. 활동이 편한 셔츠와 항공 점퍼를 꺼내 들었다. 그래도 이 녀석이 꽤나 쏠쏠했단 말이지, 약가루를 막아주는데는 말이야. 동수는 셔츠를 입기 전, 살내에 찌들고 탄력을 잃어 다소 늘어졌지만 코와 입을 탄탄히 보호해줄 천조각을 다시 집어 들었다. 토시처럼 목덜미만 보호해주는 검은 목폴라를 말이다.

—

가설이 맞다면 동수와 월터, 그리고 동호를 제외하고는 온 세상이 하루를 단위로 어려져 간다. 똥차도 마찬가지였다. 차에 받고, 받히고, 이미 엉망이 된 상태 위로 수많은 진창이 얹혔지만, 또 다시 어제인 똥차에 격한 사고의 흔적은 보이지 않았다. 수월히 시동이 걸렸다.

어렴풋이 복수의 밑그림이 그려지고 있었다. 믿는 것은, 악인의 악의. 그의 악행이 고스란히 재현되어 복수의 이유를 확보해야 한다. 이를 위해서는 스스로 함정을 향해 들어서야 했다. 그러나 불확실한 가설에 기댈 수밖에 없었다. 정교한 복수를 도모할 수록 의구심이 꼬리를 물어갔다. 만약, 내가 경험한 미래가 반복되지 않는다면. 만약, 약이 가설과 다른 효과를 낸다면. 만약, 마장식이 다른 판단을 하여 살인을 하지 않는다면.

그러나 정답이 없기에 그것이 미래이다. 항시 변수로 가득 찬 미래를 관통하며 살아온 삶 아니던가. 같은 날을 살아본 두 번의 경험은 값진 무기, 동수는 그 무기를 실마리 삼아 뜻대로 미래를 빚기로 했다. 그리고, 미래를 맞이하기 위한 단 하나의 전제,

잠 들지 말라.

동수는 잠들지 않아야 했다. 한 순간도 놓치지 않고 맨정신으로 시간을 뚫고 나아가야 했다. 그것만이 미래를 향하는 유일한 방법일 테니까.

삼 일간 펼쳐질 계획의 출발점, 동수는 그곳으로 향하고 있었다. 굳건한 쇠창살과 철문이 내부를 꽁꽁 싸맨 그곳, 원 아이드 캐피탈. 동수는 개눈을 찾아 인터폰의 버튼을 눌렀다.

—

일주일쯤 되었을까? 개눈은 사무실 한 켠에 펼쳐진 간이 침대에서 밤을 보내왔다. 만호와 창수도 군소리를 달고 지내면서도 어려운 시간을 함께했다. 돈 쓸 일이 많은 연말은 사채업자에겐 대목이었다. 천륜을 등진 패륜아는 말했다. 부모님께 연말 선물은 챙겨드려야지요. 방만경영으로 망하기 직전의 공장 사장은 말했다, 직원들을 빈손으로 보낼 순 없지 않습니까? 이별선고를

받았다는 실업자 총각은 말했다, 마지막 이별 여행이라도 함께 해야겠어요.

연말이면 개눈은 너른 마음으로 그들에게 돈을 빌려주었다. 어느 정도 쥐어짜면 받아낼 법한 적당한 돈에다가 고리의 꼬리표를 붙인 채 말이다.

물론 개눈이 연말의 따스한 기운에 취해 돈을 뿌리는 것은 아니었다. 회수가 쉬운 돈이었다. 그들이 돈을 받아 향하는 곳은 가정도, 직장도, 여행지도 아닌, 도박판이었다. 운수를 점친다는 연말 연초의 기운이 모인 도박판은 호황을 이루었고, 개눈은 백이면 백 빈털터리가 된 채무자들을 쥐어 잡고 비틀어 단기간에 돈을 불려 되받을 수 있었다.

허나 이번 연말은 유독 찬바람이 세게 불어 배를 곯아야 했다. 며칠 전 단속반이 지역을 너덜너덜하게 쑤셔댄 탓에 대부분의 도박장이 숨어들었다. 신경이 예민할 수밖에 없는 아침, 인터폰 소리에 아침 잠에서 깨어난 개눈은 화면 속 동수를 확인하고는 신경이 곤두섰다. 잠깐만, 저 녀석이 돈을 갚을 생각인가? 아직 조금은, 조금은 이른데? 개눈은 문을 열어 동수를 안으로 들였다.

"빈손이네."

개눈은 한숨을 내쉬며 짜증 섞인 말투로 동수를 맞았지만 빈손에 마음 한 구석이 놓였다. 동수는 갚을 돈이 없는, 여전히 돈이 필요한 사람이어야 했다. 마혁수의 뜻에 따라 말이다.

마혁수, 사채판에서 벌어먹는 자들은 혁수를 모를 수 없었다.

도박 쪽에 뿌리가 깊은 제법 큰 조직을 일군 우두머리의 외아들. 그러나 그것은 명패에 불과했다. 불알 한 짝에는 오만함, 다른 한 짝에는 거만함, 빳빳한 좆대가리처럼 모가지를 숙이는 법을 모르는 흉악한 무뢰한. 이 정도는 내뱉을 수 있어야 혁수를 잘 안다고 할 수 있으리라. 개눈은 잔챙이들 중에선 누구보다 혁수를 잘 안다고 자신할 수 있었다. 몇 년 전 외지에서 들어온 도박사기단에 멋모르고 돈을 빌려주었다가, 농간을 알아챈 혁수가 녀석들을 싸그리 베어내는 바람에 닿은 악연이 이어졌다. 줄곧 이 돈을 가져와라, 저 돈을 가져가라, 종처럼 부려먹으며 상전 노릇을 하면서도 떨구는 이윤에는 인색하기 짝이 없었다.

몇 달 전, 마혁수가 전화로 전했다.

"조직에 반만 발을 담근 퇴물 놈이 있는데 말이야, 니가 적당한 이를 붙여서 돈을 꿔 줘."

"네? 얼마나 말입니까?"

"달라는 대로 줘."

"누구이지요?"

"강동수."

"아니요, 그 강동수가 어떤 사람인데요."

"잔말 말고 하란 대로 해."

"누군지도 모르고 돈을 빌려주란 말씀이십니까, 그럼 저는 그 돈을 어떻게 받아 내나요."

"그건 니가 할 일이지, 이 노랑이 새끼야."

교만한 자세와 업신여김이 들어찬 말. 개눈은 그 말에 따를 수

밖에 없었다. 그 날 저녁, 강동수라는 어수룩한 자가 찾아와 돈을 빌었다. 돈의 쓰임새를 묻는 것은 통과 의례였다.

"뭐하는데 돈이 필요합니까."

동수는 집을 사야한다고 했다. 동생이 머물 신혼집이 필요하다고 했다. 그 와중에 동료가 헐값에 집을 내놓았는데, 일주일밖에 시간이 없다고 했다. 전과가 있어 은행이 등을 돌린 상황이라 급전을 구할 길이 없었는데, 조직에서 친히 원 아이드 캐피탈을 소개시켜 주었다 했다.

돌려받지 못할 위험이 큰 돈인만큼 개눈은 평상시보다 박하게 따져 물었다.

"동생이 무얼 하오, 여자는 만나 보았소, 여자는 어떤 사람이오, 동료는 왜 집을 내놓았소, 그 집은 가보았소, 왜 헐값에 넘긴다오."

동수는 구구절절 대답을 늘어놓았다. 돈 앞에 절박한 자들은 말이 길어진다. 그리고 긴 말 사이에서 진실과 거짓이 드러난다. 동수는 말은 모두 진심이었다. 말 속에 거짓이 담길 틈이 없었다. 문제는, 동수의 진심을 제외한 모든 것이 거짓이란 것이었다.

의심의 터럭 하나 없이 중대한 의사결정을 내려버린 철없는 얼치기 녀석. 개눈의 눈에는 거짓이 보였다. 여자는 거짓이었다. 결혼도 거짓이었다. 헐값도 거짓이었다. 집도 거짓이었다. 돈을 빌려주는 것도 거짓이었다. 모든 것은 함정이었고, 눈앞의 천치는 구덩이를 덮은 헐거운 너스레 위로 발을 딛기 직전이었다.

이런 어수룩한 자에게 돈을 빌려주었다간 골치를 썩을 것이 분명하였지만, 마혁수가 찔러댄 탓에 도리가 없었다. 개눈은 돈을 내어주며 에둘러 경고를 했다.

"조심하시오. 내 돈은 쉬운 돈이 아니야. 꼭 집을 사야 해, 내게도 담보가 필요하니까. 언제 계약을 한다고? 삼 일 뒤? 집을 사본 적은 있어? 그 날 내가 부하 직원 하나를 보낼테니, 그 녀석이랑 같이 가도록 하쇼. 아니, 아니. 내가 직접 가겠어. 계약할 때 같이 갑시다."

그리고 그 등신은 돈을 쥐고 나간 지 반나절 만에 돈을 잃어버렸다.

개눈은 자신의 일을 했다. 동수는 빳빳하게 말라버린 거적때기였고, 개눈은 어떻게든 동수를 짜내야 했다. 개눈은 매일 매일 정해진 시간에 원금과 불어난 이자를 셈하여 문자로 알리며 동수가 뜯어질 때까지 뒤틀어갔다.

인내의 만기가 다가오고, 서서히 출구 전략을 세워야 했다. 개눈은 며칠 간 동수의 주변을 둘러보고, 가족을 캐고, 가장 약한 부위를 살폈다. 그러나 방법이 없었다. 동수는 알거지인데다, 돈이 나올 구석도 없었다. 상환 기일을 연장하여 받지도 못할 이자가 올라가는 것으로 마음의 위안을 삼는 것 외에는 답이 없었다. 개눈은 날이 다가올수록 숨이 턱턱 막혀갔다.

그리고 어제, 혁수의 전화가 왔다.

"강동수, 여전하지?"

"네?"

"빌려간 돈, 못 받았잖아."

"네. 못 받았습니다."

"넌 받지 못 해."

"예?"

"그 자식은 알거지야."

"그럼 저는 어떻게 합니까?"

"나한테 빌어야지, 돈 받는 법을 알려달라고."

개눈은 어금니를 씹어가며 말했다.

"제발 알려주십시오. 돈을 돌려받는 방법을."

"낮시간에 광장빌딩으로 찾아와. 강동수가 여기 있을 거야. 일단 동생한테서 떨어뜨려 놔야 해. 적당한 곳으로 끌고 가. 그리고 말이지, 돈을 더 빌려줘."

"네? 강동수에게 돈을 더요?"

"곱게 빌려주지는 말되, 손에는 쥐어줘. 대신 말이야, 그 돈을 베팅하는데 쓰도록 해."

"뭐요? 돈을 빌려주고 나서 그 돈을 도박판에 붓도록 하란 말입니까?"

돈을 빌려가는 온갖 그럴싸한 이유들, 하나같이 눈물 돋는 사연이 묻은 그 돈을 수챗구멍처럼 빨아들이는 것이 도박판이었다. 도박을 하라고 돈을 빌려주는 일은 마치 죄수를 사면하는 조건으로 범죄를 종용하는 것과 다름없었다. 개눈은 강한 어조로 혁수에게 따져 물었다. 그러나 혁수는 날 선 말을 남기고 전화를 끊어버렸다.

"넌 잔말이 많아. 주둥이도 눈깔처럼 두 개였다면 하나를 따버렸을 거야. 하라는 대로 해. 외눈박이 새끼야."

어쩌겠는가? 그림자 속 야생에서 밥벌이를 하는 자들은 덩치와 힘이 전부인 것을. 개눈은 외눈을 껌벅이며 불 붙은 속을 달래는 수밖에 없었다.

때문에 혁수의 말을 따르자면, 오후에 광장빌딩에서 잡아왔어야 할 동수가 아침 해가 뜨자마자 먼저 개눈을 찾아온 것이었다. 어떻게 하면 동수를 잡아오고, 어찌하여 돈을 더 달라는 말을 뱉게 하며, 무슨 수로 그 돈을 노름질에 물릴까, 그리고 노름질로 잃을 돈은 대체 어떻게 받아내야 하는가 고민하던 터에, 대뜸 동수가 찾아오자 개눈은 불안했던 것이다. 행여나, 돈을 갚고 모든 관계를 끊어버리진 않을까? 그로 인해 혁수의 미움을 사는 것은 아닐까? 이모저모 불안하던 참에 동수의 빈손은 도리어 반가울 나름이었다.

"왜 빈손이냐고."

"지금은 갚을 돈이 없다."

"이 새끼가 뭐 잘했다고 당당한 거 봐."

"지금 없을 뿐이야."

"너 오늘까지 갚아야 하는 거 몰라?"

동수는 벽에 걸린 시계를 바라보며 말했다.

"오늘이 아직 끝난 건 아니지."

"그럼 언제, 뭐 언제 갚는다는 건데."

"오후에는 부자가 되어있을 거야."

"씨나락 까처먹고 있네. 부자?"

"대신 니가 해야 할 일이 있어. 돈을 더 빌려줘."

"뭐?"

"일억을 빌려줘라. 그리고 오후 다섯시까지 그 돈을 다섯배로 불릴 거다. 네게 꾼 돈을 갚기에는 충분하지."

"무슨 수로?"

동수의 시선이 개눈 뒤로 향하며 창수와 만호를 번갈아 보다가, 창수에게 꽂혔다. 광장빌딩에서 녀석은 동호에게 돈을 걸었다며 승리를 빌어주었다. 창수는 분명 격기판의 도박을 아는 녀석이었다.

"너, 이쪽으로 나와 봐."

창수는 당황한 눈빛으로 중앙에 놓인 철제 테이블로 걸어 나왔다. 동수는 주머니에서 종이쪽지를 꺼내 들더니 이를 테이블 위에 펼쳐 놓고는, 개눈을 향해 들이밀었다.

"오늘 광장빌딩 지하에서 벌어지는 챔피언 전. 여섯 게임의 승패이다. 여기다가 1억을 걸어라. 거기 너, 너 도박하는 새끼지? 저 자식 계좌로 말이야."

개눈은 테이블 위의 쪽지를 살펴보았다. 김난주 승, 황구 승, 쏨차이 승… 쪽지에는 여섯 게임의 승자가 적혀 있었다.

개눈은 헛웃음을 터뜨렸다. 미친 녀석. 그 자리에서 바로 목에다가 매듭을 걸어버릴까 생각했지만. 미친 녀석은 혁수의 말 그대로였다. 돈을 더 빌리고, 그 돈을 도박에 걸고. 녀석의 말을 따르면 혁수의 숙제가 일시에 해결될 일이었다. 개눈이 사뭇 진지해졌다.

"그래, 나야 어차피 이자 놀음만 하면 되니까, 그 돈으로 뭘 하든 그건 당신 마음이지. 알겠어, 빌려주겠어. 우리가 이 사람들의 승리에 걸면 되는거지?"

동수가 화답이라도 하듯 쓴웃음을 지어 보였다.

—

동수의 예상대로였다. 개눈은 돈을 빌려줘야 했다. 금액이 얼마나 크건, 돈의 쓰임새가 얼마나 허망하건, 회수를 위해 얼마나 고되건 간에. 개눈은 돈을 빌려주어야 했다. 동수에게 함정을 파야 했기 때문이다.

상대방은 절름발이, 삼척동자도 가늠할 수 있는 언더독. 챔피언의 패배에 걸면 큰 돈이 들러붙는 상황에서 코치는 승부를 조작하고픈 유혹에 흔들린다. 그러나 코치는 아둔하다. 확실한 함정을 파야 했고, 때문에 개눈이 앞장서 도박판으로 동수를 이끌었다.

승패는 중요하지 않았다. 동호가 그토록 처절하게 맞서 싸웠어도, 이기고 지는 것은 처음부터 큰 관심사가 아니었던 것이다. 중요한 것은, 코치로서 승부조작에 참여했다는 것. 그것이 약점이 되어 동수와 동호는 장수항으로 향해야했다. 이 과정에서 개눈이 득을 볼 구석은 없었다. 돈을 따든, 잃든, 그것이 개눈의 주머니로 갈 일은 없었다. 개눈은 그 뒤로도 돈을 받아내기 위해 지겹도록 형제에게 들러붙었다. 결국 흙을 판 자는 마혁수, 흙을 묻은 자는 마장식.

"근데 당신, 원래 이렇게 터무니없나?"

"무슨 소리야."

"돈 빌려서 도박하겠다는 사람에게도 돈을 빌려주냐고."

"내가 그렇게 허투루는 아니지. 네가 오늘 뛰는 선수의 형인건 알고 있어."

"내가 동생의 게임 말고도 다른 승패까지 좌우할 수 있다는 말이야? 그리고 잘 봐, 오늘 정해진 게임은 총 일곱 게임, 그 중 내 동생이 나오는 마지막 게임의 승패는 제외한 나머지 여섯 게임에 거는거야. 승부조작 같은건 없어. 순전히 운, 운이지."

잠시 꿀먹은 벙어리처럼 말을 잃은 개눈은 종이와 동수를 번갈아 보다가 말했다.

"장난하는 건가?"

"내가 그렇게 허투루는 아니지."

"멋대로 하쇼. 두고 보자고. 잃고 싶으면 마음껏 잃어. 무슨 수를 써서라도 원금에 이자까지, 반드시 받아낼 거야. 마지막 게임이 끝나는 그 순간, 거기서부터야."

"애쓸 필요 없어. 저 녀석의 계좌로 돈이 꽂힐 거야. 그 중에 네 몫을 떼내고 남은 돈을 나한테 갚으면 된다."

내가 돈을 갚으라고? 눈 앞의 머저리 채권자 녀석에게? 순간 개눈의 혈압이 솟구쳤다. 그러나 어쩔 도리가 없었다. 개눈은 말을 잃었고, 거래는 성사되었다. 동수는 자리에서 일어나며 다음 단계로 나아갈 채비를 했다. 등을 돌리려는 찰나, 개눈이 질문을 던졌다.

"그런데 말이야, 마지막 게임, 니 동생이 하는 거 아냐? 이게 젤 확실한 건데 이건 왜 뺐어."

동수는 등을 돌려 개눈을 빗겨 바라보며 답했다.

"난 선수의 코치거든. 승부를 조작하면 안 되지."

말을 마친 동수가 다시 고개를 돌려 앞을 바라보았다가, 다시 살짝 고개를 틀며 개눈을 바라보며 물었다.

"야, 너는. 그 마혁수 개새끼가 그렇게 무섭냐?"

개눈은 동수가 문을 열고 벗어날 때까지 아무런 말도 할 수 없었다. 동수가 나간 뒤, 개눈이 책상 위 쪽지를 창수에게 건네며 말했다.

"1억 원 걸어. 저 자식이 알려준 대로."

—

철창의 쇳내라면 쇳내이고, 선수들의 핏내라면 핏내가 베어 있는 광장빌딩의 지하경기장. 곧 시작될 게임을 앞두고 준비가 분주해 보였다. 동수는 경기장 주변을 둘러보았다. 철창 곳곳에 동호의 흔적이 묻어 있는 느낌이었다. 동호의 땀, 동호의 핏물, 동호의 조각조각들. 잠시 철창에 손바닥을 대 보았다. 멈춰, 멈춰. 맞아, 맞아. 그리고, 져, 져. 동수의 마음이 아려왔다. 동호는 조금 더 멋진 은퇴경기를 가질 자격이 있었는데.

동수는 마혁수에게 할 말이 있었다. 선수가 죽어버려서 게임을 할 수 없어 ─ 진실을 말할 수는 없겠지만, 경기를 할 수 없음을 전해야 했다. 그러나 동수에게 승부조작이라는 죄를 덧씌워야 하는 혁수가 자신을 쉬이 만나주지조차 않으리란 것도 알고 있었다. 다른 방법이 필요했다. 동수는 소화기를 집어 들고 케이지 안에 들어섰다.

케이지 안은 비어 있었다. 동수는 소화기를 내려놓고 케이지 중앙으로 나섰다. 원, 투. 원, 원, 투. 동수는 쉐도우 복싱을 하기 시작했다. 좋은 리듬이었다. 동호와 합을 맞추어 수백 번은 더 해본 것이었다. 그러나 엉망이었다. 미트를 낀 동수는 언제나 주먹을 받아내는 편, 동호의 주먹을 흉내낸들 그것은 광대놀음에 불과했다. 그러나 동수는 동호의 연타를 머릿속에서 되새기며, 엉터리 헛주먹을 공중에 연신 날려댔다.

케이지 주변에서 경기 준비를 하던 녀석들이 동수의 허우적대는 모습을 보고 킥킥대는 소리가 들려왔다. 챔피언의 반토막인 코치놈이잖아. 정신이 나가버렸나? 그러나 동수가 멈추지 않고 계속 주먹을 뻗어 대자 분위기가 조금씩 달라졌다. 이내 심판녀석이 동수를 진정시키기 위해 케이지 문을 열었다.

"형님, 뭐하는 짓이에요. 그만해요."

그래도 격투기판의 녀석들은 동수에게 박하지 않았다. 심판 녀석도 광장그룹의 일원답지 않게 존대를 하며 동수를 나무랐다. 그래도 운동하는 녀석들이라 예의를 알아. 동수는 종종 그들을 버르장머리가 바로 박혔다며 치켜세웠지만, 실은 그들은 챔피언 동호가 두려울 뿐이었다. 허나 무엇이 되었든, 동수는 그들이 자신을 험하게 다루지 않을 것을 알고 있었다.

동수는 케이지 문을 열고 들어오는 심판의 인중에다가 오른손 펀치를 꽂아 넣었다. 심판녀석이 뒤로 굴러떨어지자 갑자기 주변이 웅성거리기 시작했다.

"뭐야, 저 새끼, 뭐야."

덩치 큰 두어 녀석이 쓰러진 심판을 넘어 케이지 문으로 들어오고 있었다. 동수는 소화기 호스를 부여잡고 그들을 향해 쏘았다. 녀석들은 허연 분말가루를 정통으로 맞았다. 그들은 본능적으로 손을 휘저어가며 가루를 막기 바빴다. 그제야 큰 소란이 들려오기 시작했다.

"막어, 저 새끼, 막어."

두어 녀석이 펜스를 뛰어넘어 동수에게 달려들어 뒤를 부여잡았다. 그러자 허옇게 분칠을 한 두 놈도 동수의 팔뚝을 부여잡았다.

"아 형님, 왜 이래요. 미쳤어?"

얼굴이 허옇게 뜬지라 누군지 알 수도 없는 덩치 녀석이 말했다. 동수는 그의 얼굴에 후 하고 바람을 불었다. 콧대를 중심으로 허연 가루가 피어오르며 뭉툭한 이목구비가 눈에 들어왔지만, 그가 누군지는 중요한 일이 아니었다. 동수가 말했다.

"마혁수에게 전해라. 할 말이 있다고."

—

"개판쳤다며. 왜?"

혁수가 심드렁한 말투로 양팔이 부하들에게 잡혀 있는 동수에게 말했다.

"오늘 강동호 경기는 없다."

"뭐?"

심드렁하던 혁수의 말투에 갑자기 불꽃이 튀겼다. 동수는 찬찬히 말을 이어나갔다.

"동호는 이제 더 이상 격투기를 하지 않아. 오늘 아침에 병원에 갔었어. 의사가 그러더군. 더 이상 경기를 하면 안된다고."

"이 새끼가 미쳤나, 세상에 어떤 의사가 격투기를 하라고 그래? 의사들은 다 그래."

"만성 외상성 뇌병증."

"뭐?"

"동호가 받은 진단."

"그게 뭔데."

"더 이상 경기를 하면 안 되는 병 이름이야."

무슨 말인지 귀에 담기지조차 않는 병명이 튀어나오자 혁수는 참아오던 짜증이 터져 나왔다. 혁수는 돌연 자리에서 일어나 벽에 늘어진 칼집 중에서 단도를 꺼내 들고는 동수를 보며 말했다.

"너, 오늘 이 경기가 어떤 게임인지나 알아? 이걸 그냥 엄살 부려서 안 뛰겠다고?"

"그래도 니 선수인데. 아프다는데 상태가 어떤지부터 묻는 게 정상 아니냐."

"씨팔, 내가 그딴 새끼 알게 뭐야."

"몸은 아주 건강하다. 단지 머리를 너무 많이 맞아서 더 이상 경기를 하면 안될 뿐이야. 본인은 힘이 넘쳐흘러서 어쩔 줄 모르지만, 어쩔 수 없어. 내가 못 하게 막을 거야. 경기는 없다. 그래서 말인데."

동수가 잠시 말을 끊었다가 이어갔다.

"돈이 필요해. 혹시, 할 수 있는 일이 없을까? 무슨 일이라도 좋아."

—

혁수는 백원덕을 반드시 손에 넣고 싶었다. 오랜 시간 공들인 계획이었다. 우연찮게 손에 넣은 백원덕을 해외에서 들여오는 것은 값비싼 일이었다. 몇 개국에 걸친 탈출 경로, 그를 도와줄 자들, 거짓 신분증, 하나같이 아주 많은 돈을 필요로 하는 일이었다. 혁수는 원덕을 손에 넣기까지 자신이 가진 돈 대부분을 썼다.

원덕을 손에 넣고 나서 펼쳐질 미래를 준비하는 것은 더욱 더 값비싼 일이었다. 달구지파 녀석들은 외산 마약을 몰래 들여와 유통만 할 줄 아는 그야말로 잡놈들, 백원덕과 함께라면 직접 마약을 제조하여 나라를 주름잡는 큰손이 될 수 있었다. 두어 군데에 이미 숨겨진 마약공장을 차려 두었고, 값비싼 장비들을 세팅해 두었다. 혁수는 원덕과 함께할 미래를 준비하기까지 조직이 가진 돈 상당부분을 썼다.

그럼에도 불구하고, 꼰대 아비는 이 모든 노력 위에 가래침을 뱉었다. 편달구를 한 순간에 뉘일 수 있는 무기를 쥐고도, 담력이 약한 아비 탓에 무력하게 건네주고 말았다. 그러나 그렇게 간단히 손을 털고 나올 수 있는 상황이 아니었다. 자신의 주머니는 오래 전 텅 비어 버린 상황에서, 아버지께 말도 없이 조직의 돈을 양껏 끌어다 쓴 후였다. 백원덕을 끌어들여 일을 벌리는 것은 물거품이 된 상황이지만, 그렇게 마치 동전 하나를 튀기듯 다른 이의 손에 백원덕을 넘길 수는 없었다.

혁수는 백원덕이 장수항을 통해 밀입국을 할 것이란 정보를 직접 경찰에 찔렀다. 덧붙여 달구지파가 장수항에서 백원덕을 맞을 준비를 하고 있음도 알렸다. 백원덕이 감옥에 가도 좋다. 쏟아 부은 그 많은 돈이 범죄자를 옥에 쳐 넣는 헛된 비용으로 흩어져도 좋다. 곱게 차려 놓은 상 위에 다른 이의 혓바닥이 닿는 것 만큼은 참을 수 없었다.

경찰이 정보를 알게 된 이상 장수항에서는 백원덕을 두고 달구지파와 경찰이 크게 붙을 터. 만약, 그 혼란 속에서 기회가 피어난다면. 그리고 누군가가 그 기회를 붙잡아 내게 건네 줄 수 있다면. 회장님도 결국 나를 인정하고, 나의 등을 밀어 주리라.

혁수는 자신이 있었다. 백원덕만 손에 넣을 수 있다면 모든 것이 뜻대로 이루어지리라. 달구지파는 경찰에 의해 망가질 것이 분명했다. 행여 편달구가 직접 장수항으로 나서기라도 한다면, 조직 전체가 풍비박산이 날 가능성도 있었다. 목양견이 사라지면 양도 사람을 무는 법, 편달구에 겁먹은 늙은 애비도 생각이 달라질 것이다. 달구지파를 넘어 나라를 쥐어 잡을 기회, 아비가 아무리 늙었겠거늘 이를 마다할 만큼의 얼간이는 아니리라.

허나 회장님의 부릅뜬 눈을 피해 원덕을 손에 넣어야 했다. 조직 내 누군가의 도움을 받을 수는 없었다. 다행히 혹시 모를 미래에 대비하여 격투기 선수 중 궁지에 얽어 놓은 녀석이 하나 있었다. 혹처럼 달려있는 형 놈이 있었으나, 이미 조직에서 버려진 지 오래였다. 조금만 더, 조금만 더 길을 잘 닦아 놓으면. 녀석들은 늪인지도 모르고 발을 담굴 것이었다.

그러나 두 가지 문제가 있었다. 첫째, 동호는 조직 바깥의 사람, 지시만으로 움직이지 않는다는 것이었다. 혁수는 가죽에 사를 먹인 채찍과 달콤하기 짝이 없는 당근을 동시에 준비했다. 없는 자의 몸을 움직이게 하는 것은 돈, 형제의 빚 위에 빚을 더할 계획을 짰다. 혁수는 함정을 파서 그들을 곤궁하게 만들었고, 더 깊은 함정을 파서 그들의 미래까지 궁핍하게 만들었다.

두 번째는 신뢰, 두 사람은 믿을 만한 자들이 아니었다. 특히 형 녀석은 앙금이 남아있었다. 일을 그르치고 숨어들 우려, 웃돈을 받고 백원덕을 편달구에 넘길 우려, 혁수는 우려를 잠재우기 위해 자신이 아는 최고의 사냥개를 형제 뒤에 붙였다. 개눈, 녀석은 받아낼 돈 냄새는 구만리 밖에서도 맡는 놈이었다.

그렇게 정교하게 짜인 계획이 있었건만, 대뜸 찾아온 동수가 먼저 일을 달라고 할 줄이야. 그러니까, 돈을 꾸게 하고, 거액을 걸 법한 게임을 짜고, 승부조작을 했다며 압박을 가할 계획들이 의미를 잃었다고?

혁수가 되물었다.

"무슨 일이라도 할 수는 있는 거냐."

"그래."

"아니 너 말고, 동호 말이야."

"철창 안에서는 질 수도 있고, 이길 수도 있겠지. 그러나 경기장 밖에서라면 무슨 일이든 할 수 있어."

"동생을 그렇게 끔찍히도 아끼시더니. 이제 와서 왜 이러실까."

"돈이 필요해. 병원비가 만만치 않아. 아침에 원 아이드 캐피탈에 들렀다 오는 길이다. 그래도 모자라."

오호, 알아서 사냥개를 찾아가 꼬리를 내주었다. 마다할 이유가 사라졌다. 혁수가 패를 꺼낼 시간이었다.

"다들 나가 있어."

—

동수가 광장빌딩을 나설 즈음, 이미 두 번째 게임이 끝나 있었다. 촌각을 쪼개는 동물적 판단을 겨루어 승부가 결정나는 격투기이건만. 수많은 변수와 가능성에도 불구하고 승패는 경험한 미래를 벗어나지 않았다. 동수는 여유와 함께 원 아이드 캐피탈로 향했다.

돌아가는 길, 동수는 시내에 들렀다. 먼저 손에 쥔 것은 지독할 만큼 많은 카페인을 품은 커피였다. 원액으로만 텀블러 다섯 개를 가득 채웠다. 커피는 한 모금만으로도 마치 사약과도 같은 썩은 쓴내를 혓바늘에 찔러 넣었다. 절로 오감이 찌뿌려지는 맛이었으나 동수는 각성을 위해서 물처럼 마셔 댈 계획이었다.

의료기 상사의 주인은 당황한 표정으로 다시 물었다.

"네? 제일 무디고 고통스러운 채혈기요? 아니, 그런 걸 어따 쓰시려고."

그가 먼지 쌓인 구석에서 들고 온 것은 전체가 금빛을 띈 묵직한 사혈기였다. 황금 용 조각이 붙어있는 사혈기는 피에 쌓인 독을 빼낼 때 쓰는 것이라 하였다. 시험삼아 손끝을 따니 묵직한 핏방울이 순식간에 터져 나왔다. 피부가 찢기는 따끔함이라기보다는 살점이 뚫리는 묵직함. 마음에 드는 고통이었다.

"장거리 운전을 해야 하는데 잠을 못 자서요."

약사는 고개를 끄덕이며 카페인이 잔뜩 들었다는 약을 들이밀었다.

"저기, 저 캔디도 효능이 좋다던데 한 번 드셔볼라우."

비싼 가격표가 붙어있었지만 아깝지 않았다. 평생 잠이 모자란 삶을 살아본 적 없는 동수는 마치 전쟁터에 나가는 기분으로 준비를 하였다.

똥차의 트렁크에 차곡차곡 미래와 맞설 무기들이 쌓였다. 더불어 눈과 귀를 가릴 자루 복면과, 동수가 아침마다 함께했던 검은 양복까지.

원 아이드 캐피탈에 도착했을 즈음에는 다섯 번째 게임이 끝나가고 있었다. 두터운 철문 밖으로 안에서 내지르는 환호성이 들려왔다. 동수가 안에 들어서자 창수는 하얗게 질린 얼굴로 말했다.

"이건 기적이에요. 기적이라고요."

컴퓨터 모니터로 경기를 같이 지켜본 개눈도 얼굴이 벌겋게 달아올라 있었다. 베팅에 쓰는 사이버머니를 보여주는 게이지가 쌓이고 쌓여 씨벌건 막대 끝에 달해 있었다.

"저게, 얼마여."

"종이돈으로 손에 쥐면 말이죠, 어디 보자. 얼추…"

창수가 개눈을 바라보며 말했다.

"육억."

개눈의 목으로 침이 절로 넘어갔다. 동수의 원금에 이자까지 모든 빚을 갚고도, 4억이 조금 넘는 돈이 더 들어와 있었다.

"너, 어떻게 알았냐."

"뭘."

"부자가 된다고 했잖아. 승패를 어떻게 알았냐고."

동수가 가벼운 웃음을 날리며 답했다.

"미래가 보인다고 하면, 믿어주겠어?"

"형님, 저거 정말입니다. 이번 회 자체가, 이게 체급별로 챔피언 결정전이라서요, 돈이 이빠이 몰렸을 텐데요, 이거 보세요. 세 번째 게임 같은 경우는 이거 완전히 업셋이라고요. 이건 도저히 맞출 수가 없어요. 저 새끼 눈깔에 미래가 보이는게 맞다니깐요."

흥분한 창수가 주절주절 말을 이어가다가, 개눈이 손끝으로 턱을 올려치고 나서야 입을 닫았다. 그래도 여전히 창수의 입에는 웃음기가 떠나지 않았다.

"너 왜 웃냐."

동수가 창수에게 물었다.

"나? 돈 땄으니 웃지."

"니 돈이냐?"

순간 분위기가 싸늘해졌다. 동수에게 다가와 바싹 붙어 이마를 맞댄 창수가 으르렁대듯 말했다.

"그럼, 니 돈이냐?"

그때 빈 플라스틱 컵이 창수의 뒤통수를 맞고 떨어졌다. 창수가 불붙은 눈빛으로 뒤를 돌아봤다. 개눈이었다.

"창수야. 주접 떨지 마."

"형님. 어차피 공돈인데 말입니다, 퇴직금 삼으시죠. 저 그냥 이 짓 그만하고 나가볼라니까. 확 그냥."

창수의 말이 끝나기도 전에 번개같이 개눈이 다가와 창수를 번쩍 들어 메쳤다. 마치 바닥을 들어 후려친 듯한 고통이 창수의 온몸을 타고 번졌다. 그제서야 창수는 정신이 번쩍 들었다. 개눈은 창수의 가슴팍 위에 올라타고는 옷깃을 부여잡고 목을 조르며 말했다.

"이 새끼가, 도박판에서 굶어 죽어가는 걸 거두어 줬더니 주제도 모르고."

이를 지켜보던 동수가 나지막한 목소리로 말했다.

"진정해. 어차피 너도 그 돈 줄 생각 없잖아?"

옷깃을 조르던 개눈의 악력이 풀렸다. 개눈은 창수 위에 걸터앉은 채 멍하니 동수를 바라보았다.

"갚은 돈까지 까고 나면, 4억쯤? 내가 알지. 그 정도면 너를 살 수 있다는 걸. 너네 셋. 올해 까지만 나를 도와라. 돈 벌어야지."

"올해 까지라고?"

"그래. 오늘이 29일이니까. 30, 31일, 삼 일만."

"무슨 일인데?"

"니가 가리는 일이 있나?"

"이 새끼가."

개눈이 대뜸 창수 위에서 일어섰다.

"내가 왜? 왜 네가 시키는 대로 해야 하지?"

"시킨다니. 난 제안하는 거야. 노동의 대가로 그 돈을 준다, 이 말이야."

"돈?"

개눈이 아래에 깔린 창수와 뒤에 앉은 만호를 번갈아 바라보았다. 개눈은 만호를 향해 호탕한 웃음을 웃어 보이며 말했다.

"저기요, 돈은 나한테 있는데?"

"여기 돈 보다 강한 게 있지."

고개를 돌려 동수를 바라보았을 때. 검은 눈이 금속성의 날카로운 눈빛으로 개눈을 쏘아보고 있었다. 총. 동수의 손에는 총이 들려 있었다.

"내일 아침, 장수항에 간다."

—

동수는 원 아이드 캐피탈에서 떠나지 않았다. 개눈 무리도 마찬가지였다. 동수는 그들이 어디론가 새어 나가지 못하게 철저히 방 안에 가두어 두었다.

밤이 깊어가고 있었다. 동수는 한 손에 총을 든 채, 문 앞에 둔 의자에 앉아 세 사람을 시야 안에 두고 있었다. 작당을 못 하도록 핸드폰도 뺐어 한 군데 모아놓았다. TV는 시덥지않은 소리만 줄창 쏟아내고 있었지만, 지겨움을 죽이는 데는 그만한 것이 없었다.

졸개들은 TV 앞에 한없이 늘어지다가 이른 잠에 빠져들었지만, 개눈은 달랐다. 호시탐탐 동수의 빈틈을 노리고 있었다. 힘에서는 개눈의 상대가 되지 않는 평범한 체격의 오십 대 동수였다. 힘을 가진 것도 개눈, 사람 수가 많은 것도 개눈, 돈을 가진 것도 개눈이지만 손에 든 작은 총 한자루가 균형을 파괴하고 있었다. 밤이 되면 기회가 올 거야, 총만 빼앗을 수 있다면. 개눈은 눈을 감았다 떴다 하며 동수의 동태를 살피고 있었다.

깊은 밤이 다가왔다. 의자에 파묻힐 줄 알았던 동수가 도리어 우뚝 일어섰다. 동수는 마치 링거주사의 약이 떨어지듯, 정확한 간격을 두고 커피를 홀짝이고 있었다. 절대 잠들지 않겠다는 의지, 개눈도 동수의 결의를 감지하고는 빈틈을 포기하고 잠이 들었다.

개눈이 슬금슬금 기회를 엿볼 때 까지만 하더라도 긴장감이 있었건만. 개눈마저 잠이 들어 드르렁 코를 골기 시작하자 동수는 갑작스러운 피로감을 느꼈다. 오 분 간격으로 들이켜던 커피 원액 한 모금, 덜고 덜어 어느새 두 번째 텀블러의 바닥이 보이고 있었다. 분명 각성 효과가 쉬이 잠이 스며드는 것을 막아서고 있었지만, 속이 더부룩하고 헛구역질이 절로 나기 시작했다. 카페인 치사량은 에스프레소 약 백잔, 이 정도로는 죽지 않아. 과량의 카페인이 부른 불편한 속과 구역질은 성실히 잠과 맞서 주었다.

새벽 네 시 즈음, 위기가 찾아왔다. 머릿속이 잠시 하얗게 질렸다가 되돌아온 것이다. 안 돼, 잠시 졸거나 정신을 잃어도 어제로 돌아간단 말이야. 동수는 채혈기를 꺼내 들었다. 탁, 두터운 바늘이 검지손가락 끝을 찢어 놓았다. 동수는 마치 즙을 짜내듯 손가락 끝을 쥐어짜 바닥에 피를 쏟아냈다. 검붉은 핏빛의 시각적인 자극과 팔꿈치까지 저려오는 고통이 과연 정신을 말끔히 되돌려 놓았다.

동이 트고 있었다. 엷은 빛줄기가 서서히 스며들었다. 첫 번째 밤, 버텨내었다 생각이 들 즈음. 순간적으로 호흡이 조여왔다. 가슴에 팽팽히 부풀어오른 풍선이 들어있는 듯한 압박감이 느껴졌다. 동수는 급하게 흡입기를 꺼내들고는 숨을 뱉어낸 다음, 약물을 흡입하였다. 증상이 서서히 가라앉는 것을 느끼며 일 분 뒤에 한 번 더 흡입. 천식이 더욱 자주, 거칠게 동수를 움켜쥐고 있었다. 이 지긋지긋한 병까지도 내가 잠드는 것을 막아주는구나.
동수의 거친 숨이 서서히 가라앉았다.

Day 7 :

12월 30일

두 대의 차가 장수항 주차장에 들어섰다. 동수와 개눈이 탄 똥차, 창수와 만호가 탄 검은 SUV. 해가 완연히 낯빛을 드러내기 전이었지만, 장수항에는 소란스러운 기운이 은밀하게 흐르고 있었다.

첩보를 입수한 경찰들은 이미 장수항에 배치된 채 백원덕을 기다리고 있었다. 상황실에서는 CCTV가 제대로 작동하는지, 입국 동선은 어떻게 되는지, 작전에는 문제가 없는지를 확인하는 경찰들이 부산스럽게 움직이고 있었다. 장반장 대신 작전을 진두지휘 하는 영복은 바늘 비가 쏟아지는 느낌이었다. 미국 최대 마약 조직의 두뇌, FBI가 나서서 찾는다는 범죄자, 노벨 마약상. 그에게는 화려한 꼬리표가 달려있었다. 영복은 긴장감과 설렘을 동시에 지닌 채 배가 항구에 닿기를 기다리고 있었다.

"잠시 자리를 비워야겠어."

그럴 줄 알았어, 장반장 이 개자식. 장반장이 월터 입항 한시간을 앞두고 돌연 영복의 속을 긁었다. 안 그래도 최근 들어 부쩍 구설수가 많은 장반장이었다. 문이 두 개인 외제차 몇 대를 굴린다는 둥, 손목부터 어깨까지 양팔을 휘감아도 시계가 남는다는 둥, 첫째 첩, 둘째 첩, 셋째 첩 여자가 호박줄기처럼 주렁주렁 이라는 둥 말이 많았다. 저 양반, 언젠가 크게 한 몫 잡아 조직을 뜰거야, 안 그래도 김빠지는 풍문이 많은데 이런 큰 일을 앞두고도 장반장이 또 다시 내빼는 모습을 보이니 영복은 성이 치밀었다.

"아니, 반장님. 지금 사건이 코앞인데 어딜 가십니까."

예상 외로 영복의 반발이 거세자 장반장도 당황하였다. 그러나 조직 생활에 닳고 닳은 장반장은 이내 버럭 핏대를 세우며 계급으로 부하직원을 순식간에 찍어 눌렀다.

"가만 보니 이 새끼가 완장 달아줬더니 모가지 쳐들고 윗사람한테 말이야. 어? 첩보 들어왔다고 이 새끼야. 내 직접 가서 확인하고 올 테니까 말이야, 별일 없는지 화면에 눈깔이나 잘 박아 두고 있어."

뻔뻔한 말을 남기고 장반장은 홀연히 현장을 떴다. 영복은 잡생각은 걷어내고 일에 집중하기로 했다. 그래도 두 단어가 머리를 떠나지 않고 반복해서 쏟아져 내렸다. 장반장, 개자식, 장반장, 개자식, 장반장, 개자식.

—

주차장 가장 구석에 차를 대놓은 장반장은 히터를 켜지 않았음에도 진땀이 흐르고 있었다. 남은 여생을 좌우할 중대한 일들이 하루 안에 휘몰아칠 예정이었다. 장반장의 인생이 세차게 꼬이고 있었다. 고작 반나절 뒤 미래를 알 수만 있다면, 신의 호주머니에 억만금이라도 쑤셔 넣겠건만. 핸들 뒤로 깊이 몸을 파묻은 장반장의 몸이 땀에 젖어가고 있었다.

불과 몇 시간 전인 어제, 마약반이 호들갑을 떨기 시작했다. 이어 대뜸 영복이 들고 온 문서에는 백원덕에 대한 정보가 새겨져 있었다.

"백원덕, 아시지요? 반장님, 제가 전화를 받았는데 말입니다, 이 자식이 내일 장수항으로 밀입국을 한답니다."

백원덕? 장반장의 뒷골에 정신이 바짝 들었다. 장반장은 하나하나 따지고 들었다.

"제보를 한 사람은 누구야."

"모릅니다. 신분을 밝히지 않았습니다."

"그럼 대체 뭘 믿고. 날려."

"안 됩니다. 제가 직접 그 자와 통화를 하였습니다. 백원덕에 대한 모든 것을 알고 있어요. 언제 미국으로 넘어갔고, 언제 프란시스를 등지고 도망쳤으며, 그간 어디에서 무얼했는지까지. 모든게 맞아 떨어져요. 분명한 정보입니다."

"그럼, 한국에는 왜 들어온대?"

"연어인 셈이지요. 뒤지기 직전 강물을 거슬러 고향을 찾는."

이상한데. 그건 아닐 거야. 확실하지 않아. 장반장은 잡히는 대로 꼬투리를 걸고 넘어져 영복을 찍어 누르려 했지만, 영복은 직을 건 각오로 일을 밀어붙였다. 영복이 최후통첩을 날렸다. 이 일 막으시면, 대통령 찾아갑니다. 장반장은 당장 서울로 향한다며 호들갑을 떠는 영복 앞에서 물러서야만 했다.

몇 년 전, 백원덕은 자신이 중대 마약사범이라며 경찰서를 찾았다. 그때나 지금이나 마약은 편달구의 업, 장반장은 편달구에게 정보를 넘겼다. 뭔 미치광이 박사 같은 녀석이 경찰서를 찾아왔는데 말이야, 누군가가 자기를 찾는다던데? 얼마 후 편달구가 백원덕의 몸값을 물어왔다. 설마 하며 배짱 좋게 지른 오억이 장반장의 손에 안겼다.

만약 백원덕이 경찰의 손에 넘어가서 진실을 털어내면 그것으로 끝. 장반장은 본능적으로 경찰로서의 자신의 삶이 마무리 되어감을 직감했다. 장반장은 두통을 핑계대고 집으로 튀어갔다. 그리고 한국을 떠날 채비를 하기 시작했다. 조달 가능한 최대한의 현금을 빼내들었고, 금과 같이 값진 물건들을 트렁크에 옮겨 실었다. 그러나, 반세기 가까이 박혀 있던 뿌리를 하루만에 뽑아 들어 옮기는 일은 쉽지 않았다. 버리고 두고 갈 재산, 그것이 눈에 밟힌 장반장은 간장이 썩어들어가는 기분이었다.

결국 돈, 언제든지 남의 주머니로 옮겨 탈 수 있는 검은 돈, 장반장은 편달구를 찾아갔다. 경찰이 눈을 감아준다는 거짓말로 오억 원을 뜯어냈다. 그제서야 숨통이 트인 장반장은 그간 키워온 악행의 뿌리를 캐내며 자신의 살길을 뚫어갔다. 신분을 세탁해줄 녀석, 밀항을 준비해줄 녀석, 거주지를 마련해줄 녀석. 그렇게 숨가쁘게 밤을 보내고, 장수항에 들러 얼굴을 비춘 뒤, 차 안에서 마지막 준비를 마무리하던 와중에.

똑똑똑.

차 밖에서 누군가가 창문을 두드렸다.

—

장반장의 차는 주차장 구석 그늘진 곳에 숨어있었다. 조심스레 근처에 차를 댄 동수는 운전석에 잠들어 있는 장반장을 가리키며 말했다. 저 자야. 저 자를 데리고 올거야. 똥차의 조수석에 앉은 개눈은 답답한지 연달아 캐물었다.

"그러니까 말이야, 알겠어. 납치를 한다는 거 아냐? 그런데 그게 대체 누구냐고, 누군지는 알아야 할 거 아냐."

"모르는 게 좋아. 안다는 게 일을 그르치기도 하니까."

"그래. 그럼 이것만 말해봐. 왜, 왜 납치를 하는 거지?"

동수는 또 다시 장수항을 찾았지만, 월터 때문이 아니었다. 월터는 오늘 아침, 배 위에서 마치 해무처럼 흔적도 없이 사라졌으리라. 장수항도 마찬가지이다. 경찰과 달구지파, 두 녀석들이 헛심을 쓰는 것 말고는 아무 일도 발생하지 않을 것이다.

그러나 동수의 목표는 경험한 과거를 고스란히 되살리는 것, 반복을 거스르는 변수들은 최대한 줄여야 했다. 납치를 통해 사건의 흐름에서 걷어내었던 장반장이 물줄기에 남아있는 것은 변수 그 자체였다. 달구지파와 비리로 얽힌 악질경찰, 그가 사건의 중심에 함께한다면 동수의 경험대로 미래가 흘러가는데 방해가 될 위험이 높았다.

"왜 말이 없어. 납치는 대체 왜 하는 거냐고?"

"운명. 정해진 운명이야."

동수는 장반장에게 들이밀 총과 장반장의 눈을 가릴 복면을 챙겨서 차를 나섰다. 여전히 내뱉을 볼멘소리가 남아있는 개눈도 어쩔 수 없이 동수를 따라 나섰다.

—

진녹색 강판, 앞 뒤로 트인 출입구와 진입구, 구석구석 붙은 저주를 피해가는 부적. 똥차가 창고 전면의 경사진 진입로를 피해 뒷마당으로 들어섰다. 똥차를 따라 창수와 만호의 SUV도 뒷마당에 들어섰다. 월터의 창고였다.

창고 옆면 구석, 바깥쪽까지 그을음이 묻어 있는 벽 틈을 덮고 있는 헝겊. 동수는 헝겊을 들추고 열쇠를 빼내 들었다. 선반에 줄지어 늘어선 머리들은 과연 위압적이었다. 개눈 무리는 창고 문이 열리고, 마네킹헤드에 반사되는 뽀얀 빛을 보고 흠칫 놀랐다.

동수는 장반장을 의자 위에 앉히고는 은박 테이프로 온몸을 마치 미라처럼 칭칭 감기 시작했다. 수갑이 새어나와서는 안 된다, 지갑이 흘러내려 공무원증이 떨어져서는 안 된다, 넘어진 의자 위에서 개처럼 사람을 물어뜯으려 하면 안 된다. 장반장은 격렬히 저항했지만, 목에서 출발한 테이프가 배를 지나 다리를 넘어가자 마치 회쳐진 생선마냥 움직임이 줄어들었다. 저렇게까지 할 필요가 있나, 개눈 무리는 편집증적으로 인질을 옭아매는 동수를 보며 헛가래를 꿀꺽 삼켰다.

장반장을 온통 은빛으로 꽁꽁 싸맨 뒤, 동수는 잠시 호흡을 고르며 한 숨 쉬어갔다. 그러나 장반장을 보는 것 만으로도 조금씩 숨이 차오르는 느낌이 들었다. 격렬한 움직임 때문인 걸까, 아니면 결박된 장반장의 숨막히는 꼬락서니 때문일까? 기도가 급하게 부어오르는 느낌이 들었고, 동수는 두어차례 흡입기를 빨아들여 간신히 숨구멍을 다시 뚫어냈다.

"오늘 밤은 여기서 지낸다."

동수는 오른손을 왼쪽 허리춤에 올리며 말했다. 불편한 곳에 위치한 손, 장반장의 총 위였다. 그것은 개눈 무리에게 전하는 수신호였다. —이것은 명령이다.—마땅히 누울 곳도, 앉을 곳도 없는 냉하고 시린 창고, 불만이 절로 터져 나올 법하였으나 동수의 오른손이 그들의 입을 잠궜다.

그리고 그 순간, 혁수가 건넨 전화기가 울렸다. 기억과 같은 시간이었다.

"어떻게 됐어."

"같이 있다. 일단 빈 창고로 숨어들었다."

"빈 창고? 무슨 창고?"

"자, 이제 사진을 찍어 보내면 되나? 그리고 다음 지침을 줄 때까지 기다리면 되고?"

수화기 너머로 침이 꼴깍 넘어가는 소리가 들렸다.

"아니, 사진은 됐어. 전화 줄 테니까 기다리고 있어."

동수는 혁수의 말이 채 끝나기 전에 통화를 종료했다. 자, 이제 어쩌지. 기억이 답을 하였다. 월터의 새총에 맞고 잠이 든다, 그 사이 혁수의 전화는 받지 못한다. 동수는 기억의 지시에 따라 핸드폰 울림을 꺼버렸다.

—

낑. 낑. 낑. 그것은 죽어가는 개가 내는 소리 같았다. 발끝부터 축적된 포박의 고통이 의사표현이 가능한 유일한 기관인 목젖을 만나, 손수건으로 틀어 막힌 주둥이의 틈새를 비집고 나오는 울부짖음. 꽁꽁 묶인 채 아무것도 할 수 없는 장반장은 끔찍한 앓는 소리를 내고 있었다.

개눈 무리는 멍하니 시간을 죽이는 것밖에 할 일이 없었다. 억 원이 넘는 일당을 준다는 고용주 녀석은 아무런 지침도 내리지 않은 채, 몇 시간을 허비하고 있었다. 허망한 시간을 보내는 와중에 고막에 독을 바르는 듯한 언짢은 고음이 지속되자 개눈이 참지 못하고 말했다.

"형씨, 저 사람 저렇게 놔둘 거야? 저러다 죽어."

"괜찮아. 사람은 산 채로 관 속에 갇혀도 몇 시간은 버텨."

"관 속이 낫지, 저게 산송장이 아니고 뭐야? 눈코입 다 틀어막고, 움직이지도 못하게 하고. 저러다가 똥오줌이라도 마려우면 어쩌려고? 저럴 바엔 그냥 콱."

동수는 벌써 몇 차례 손가락 끝을 따가며 잠기운과 다투고 있었다. 개눈의 일침은 일리가 있었다. 동수의 정신이 번쩍 뜨였다. 장반장의 생사 따위야, 굳이 따지자면 죽어 마땅한 녀석임에도.

바로 흐르는 시간을 보내기로 한 이상 죽는 사람이 나타나서는 안 되었다. 어제로 돌아가 죽은 자를 소생시키는 선택지는 잠과 맞서면서 의미를 잃은 후였다.

그래도 장반장에게는 아주 조금의 빈틈도 주고 싶지 않았다. 차라리 녀석을 재워버릴까, 잠들면 고통이 경감될 터이니? 동수는 장반장에게 잠이라는 가호를 내리기로 하였다.

동수는 가방에서 잠드는 약과 함께 새총을 꺼내 들었다. 그리고 장반장에게 다가가 복면을 홀랑 벗겼다. 이어 동수는 눈과 귓구멍을 틀어막은 테이프를 뜯어냈다. 새어 나온 눈물이 접착제를 불렸는지 테이프는 쉬이 뜯겨 나갔다.

개눈 무리는 안쓰러운 눈빛으로 장반장을 바라보았다. 극한의 고통을 겪기에는 너무나 평범한 얼굴이었다. 자를 대고 그은 듯 가로로 얇게 찢어진 두 눈은 눈물로 퉁퉁 부어올라 있었다. 길게 늘어진 콧대 끝에 달린 콧망울은 바르르 떨리고 있었다.

"자, 다들 여기 와 봐."

동수가 4~5미터 거리에서 장반장을 정면으로 마주본 채 개눈 무리를 불렀다. 개눈 무리가 동수의 뒤에 서자, 동수는 터틀넥의 목덜미를 끌어 올려 코와 입을 가렸다. 이어 조심스럽게 봉지 안에서 허옇게 뭉친 가루탄 하나를 꺼내 들었다. 새총의 고무밴드와 연결된 고운 가죽 위에다가 탄알을 올리고, 조심스럽게 가죽을 구부려 마치 만두피처럼 가루탄을 감싼 뒤. 마치 활을 쏘듯 고무줄을 잡아당긴 뒤에, 탕.

가루탄이 장반장의 미간 사이에 부딪혔다. 가루탄은 닿는 즉시 고운 가루로 흩날리며 아래로 가라앉았다. 영문을 모르는 장반장의 가벼운 호흡 한 번, 쓰읍. 장반장의 고개가 그대로 아래로 떨구어졌다.

"뭐야, 죽은 거야?"

"아니, 잠든 거다."

일순간에 장반장을 잠재운 새총을 보고 개눈 무리는 놀라움을 금치 못했다. 동수의 친절한 설명이 뒤를 따랐다.

"잘들 보고 기억해. 핵심은 잘 쥐는 것이야. 가죽 끝을 모아서 이렇게, 감싸듯이 잡아야 가루탄이 흩어지지 않아."

"이걸 왜 보여주는거지?"

"내일 니들이 쏘게 될 것이거든."

"뭐? 너는 우리한테 권총을 들이밀면서 협박해 놓고, 우리 보고는 새총이나 쏘고 있으라고?"

순간 개눈이 거세게 동수를 뒤로 밀쳤다. 뒤로 날아가다시피 밀려난 동수는 그대로 한 바퀴를 뒤로 굴렀다. 마치 허수아비가 밀쳐지듯 맥없이 밀려난 동수였지만, 구르기를 하고 난 오른손에는 권총이 들려 있었다.

"진정해. 역으로 생각해 봐. 그 많은 돈을 버는데 가장 위험한 짓이란 게 고작 새총이나 쏘는 것뿐이야."

"결국 폭력이 필요하단 것 아니야. 그렇다면 이 정도 값으로는 안되겠어."

비열한 녀석. 동수의 눈에는 개눈의 속내가 훤히 보였다. 어떻게든 꼬투리를 잡아 돈을 더 뜯어낼 심산, 사채꾼의 야비한 습성이 노골적으로 드러나고 있었다. 순간 동수의 머릿속에 또 다른 사억 원이 스치고 지나갔다. 마장식이 쥐고 있던 사억, 개눈의 하루를 더 사기엔 충분한 돈이었다.

"하루 값으로 4억을 더 주마. 대신, 후불이다."

"뭐? 너 그 돈이 있기는 해?"

"내일 생긴다."

"그걸 어떻게 믿으라고?"

"어제도 믿지는 않았잖아."

동수의 말이 진실이더라도, 별 볼 일 없는 사채꾼 셋의 일당으로 지급되는 4억 원. 정상적인 경제관념이라면 통용되지 않는 씀씀이였다. 지금의 동수에게 돈이 무의미하다는 것을 알리 없는 개눈은 의심을 거두지 않았다.

"이해가 안 돼. 대체 뭔 일을 하겠다고 이리 호들갑이야. 아니, 이렇게 큰 돈을 때려 박으면서 대체 뭘 하겠다는 거냐고."

동수는 개눈을 자극하는 법을 잘 알고 있었다.

"내일, 마혁수를 제낀다."

—

21시, 마두사 앞 주차장. 혁수가 검붉게 달아오른 귀에 전화기를 대고는 안절부절 못하고 있었다. 마두사는 뒤편에 말의 대가리를 닮은 산을 두고 있어 붙은 절 이름이었다. 툭 튀어나온 바위와 길쭉한 산능성, 그리고 그 위로 갈기를 연상시키는 나무가 자라난 산은 제법 말의 대가리와 닮아 있었다.

마두사의 주지스님은 뱀 같은 눈을 뜨고 베팅을 하고는, 돈을 잃으면 잠시간 마치 굳은 듯 꿈쩍을 하지 않았다. 혁수는 민머리의 그를 메두사라 불렀다. 그는 장식의 시대부터 광장의 단골 고객이었다. 도박 중독 말기인 그는 노름판의 큰 손이었다. 자신의 땀이 직접 묻지 않은 돈을 쥔 꾼은 상실의 두려움을 모르는 도박판 최고의 손님, 장식과 혁수는 극진히 그를 대접하였다. 때로는 보시삼아 개평을 해주며 나름 지역 종교계에도 영향력을 넓히고 있었다.

마두사는 꽤나 깊은 산중턱에 자리잡은 절, 밤이 되면 근처에 얼씬거리는 사람조차 없었다. 혁수는 종종 은밀하거나 험악한 일을 처리해야 할 때 감히 절 근처로 향했다. 인적이 드물고, 주지스님이 쉬이 눈을 감아 줄 마두사는 일을 벌리거나 혹은 덮을 때 제격이었다.

혁수가 동수에게 21시 마두사 앞 주차장으로 백원덕을 데리고 오라는 문자를 보낸 지 벌써 다섯 시간이 지나가고 있었다. 동수는 다섯 시간 동안 아무런 응답이 없었다. 약속 시간 두 시간 전부터 다급해진 혁수는 쉼없이 전화를 걸어 댔지만, 역시나 동수는 아무런 응답이 없었다.

왜인지 일이 잘 풀린다 싶었다. 동수가 원덕을 손에 넣었다는 전화를 받고 난 뒤, 혁수는 반도가 가슴팍으로 굴러들어오는 느낌이었다. 운석처럼 신이 점찍은 곳으로 떨어지는 운 따위가 아니었다. 그것은 정교하게 계산된 각도로 밀어친 당구알에 가까웠고, 완벽한 동선을 그린 뒤 혁수의 주머니 속으로 굴러 떨어졌다.

뜻한대로 장수항에서 경찰과 달구지파의 소란이 빚어졌다. 달구지파의 주요 인물들이 전부 철창 뒤에 갇혔다. 그 와중에 동수는 원덕을 거머쥐었다. 이제 남은 것은 품에 들어온 반도를 회장님께 펼쳐내고, 자신이 옳았음을 인정받고, 당신이 옳지 못했음을 사과받는 것.

그러나 무엇 하나 이루어지지 않았다. 혁수는 회장님을 자신의 방으로 초대하여 백원덕에 대한 이야기를 꺼냈다. 두 번째 시도였다.

"지시대로 편달구에게 백원덕에 대한 정보를 넘겼습니다, 그러나 편달구는 경찰이랑 얽히는 바람에 백원덕을 놓쳤습니다, 그런데 제가 재빨리 움직여 백원덕을 손에 넣었습니다, 그리고 또."

그것이 끝이었다. 반도의 지도가 파주쯤에서 펼쳐지다 멈췄다. 혁수가 말을 늘어놓던 와중에 회장님은 자리에서 일어서더니, 혁수의 책상 위에 있던 명패를 집어들었다. 명패를 손에 쥔 채 혁수를 노려보는 눈, 혁수는 매질을 당했던 종아리가 욱신거리는 느낌이었다. 그는 명패를 다시 책상 위에 올려놓았다. 그러나, 명패는 뒤로 돌아간 채 아무것도 쓰이지 않은 뒷면을 보이고 있었다. 회장님은 아끼는 오른팔에게 전화를 했다.

"이 시간 부로 네가 부회장직을 맡는다. 마혁수는 광장을 떠난다. 이를 광장그룹 전체에게 속히 알려라. 그리고 너는 전임이 벌린 일에 대해 샅샅이 뜯어 봐라. 내가 모르는 비용이 샜는지 모르니까."

혁수는 하고 싶은 말이 남아있었다. ─제가 경찰을 통해 달구지파를 쪼개놨다고요, 제가 어떻게 백원덕을 갖게 되었는데요, 제가 앞으로 어떻게 마약사업을 진행할 것인데요, 제가 이래서 회장님보다 뛰어난 사업가란 말이에요. ─그러나 아버지의 급진적인 반응에 얼이 빠진 혁수는 그저 어, 어, 어, 당황섞인 탄식만 내뱉을 뿐이었다.

"백원덕은 오늘 편달구한테 넘겨라."

"네?"

"뭐해? 안 나가고."

"네? 여기 제 방인데요."

마장식은 뒤집어진 명패를 쓰다듬는 것으로 답을 대신하였다.

혁수가 꿈꾸었던 마약 제조업으로의 진출은 회사의 자금이 뒷받침되지 않으면 물거품이었다. 꿈이 토막 나고, 심장이 조각으로 흩어지는 고통이 밀려들었지만. 자존심, 모욕감, 수치심보다 무서운 것은 돈이었다. 혁수는 꿈을 준비하는데 너무 많은 돈을 들이부었다. 당장 비어 버린 돈구멍을 메울 수 있는 유일한 자산은 백원덕 뿐이었다.

넘기란 말은 있었지만, 공짜로 넘기란 말은 없었다. 혁수는 계산기를 두드리기 시작했다. 회사의 돈, 다시 말하면 아버지의 돈을 끌어다 쓴 것만 약 4억. 혁수는 백원덕에게 4억의 가격표를 붙였다. 그 돈을 받고 원덕을 넘겨도 자신은 빈털털이가 되는 셈이었지만, 다른 방도가 없을 정도로 궁지에 몰린 혁수였다. 혁수는 전화기를 집어들었다.

"저번에 인사드렸던 광장의 마혁수입니다. 원하신다면 백원덕을 넘겨주겠습니다."

"뭐? 그 자식이 왜 광장에 있어?"

"광장이 아니라, 나, 마혁수한테 있단 말입니다."

"왜?"

"장수항 근처 노름판 말입니다. 우연히 기웃대던 뜨내기 녀석을 잡았더니만, 백원덕, 월터이더군요."

"나보고 믿으라고 하는 말이야?"

"뜻대로 하시죠."

"지금 당장 넘겨 줘."

"오늘 내로 넘겨드립니다. 그런데 이 친구 몸값이 말이지요, 부르는 게 값으로 알고 있습니다만."

"말 해."

"4억."

"알았으니까 말 해."

"네? 뭘?"

"4억 들고 언제 어디로 가면 되는지 말 하라고."

—

달구가 거울을 통해 자신의 존재를 처음으로 인식하던 날, 달구의 눈에 들어온 것은 이목구비가 아닌 머리통의 흉이었다.

“네 어미는 혼이 빠진 아낙네였지. 된장을 푼답시고 장독대 위에 어린 너를 올려놨다가 네 골통을 전부 깨어먹었어. 겁을 먹은 니 어미가 응급치료를 한답시고 푸던 된장을 쪼개진 머리에 덧바른 건 엎친데 덮친 격이었지. 달팔아, 구구단을 외기 어려운 것은 네 탓이 아니야. 네 어미 탓인 게야.”

달구의 아버지는 도망간 엄마와 달구의 흉, 그리고 뒤떨어지는 학습능력을 잘도 엮어냈다.

달구는 골치가 아프다 못해 어린 시절 애써 이어 붙인 골통의 조각들이 다시금 부스러기들로 쪼개지는 기분이었다. 장수항으로 가장 믿을 만한 녀석들을 보냈건만, 전부 수갑을 차고 말았다. 다급히 장반장에게 전화를 걸었지만, 장반장의 전화는 죽어 있었다. 장반장, 개자식. 갈취와 약탈을 일삼는 부패경찰 녀석.

더불어 마장식의 새끼 녀석이 함정을 팠다는 생각이 머리를 떠나지 않았다. 달구의 쪼개진 머리 속에 적개심의 풍랑이 휘몰아쳤다. 피가 거꾸로 솟고, 안에서부터 차오른 뇌압에 머리통이 폭발할 것 같은 그때, 마혁수의 전화가 왔다.

“백원덕을 갖고 있고, 백원덕을 넘겨주겠다.”

그 치의 말 한마디가 보약 그 자체였다. 순식간에 달구의 머리가 개운해졌다.

‘그깟 4억, 프란시스에게 몇 배는 더 받아낼 수 있어, 당장이라도 건네 주겠어, 백원덕만 손에 넣을 수 있다면.’

골치가 아파 용암처럼 뇌수를 폭발하기 직전의 달구는 백원덕을 가진 자에게 전 재산을 내놓을 준비가 되어있었다. 복수는, 다음이었다.

밤 아홉시, 마두사 앞 주차장. 약속을 정한 달구는 금고를 싹싹 털었다. 간밤에 장반장이 반 토막을 낸 금고가 또 다시 돈을 내뱉고는 비어버렸다. 불행히도 믿음직한 녀석들은 죄다 묶인 탓에 홀로 마두사로 향해야 했지만, 마혁수, 코흘리개 녀석을 감당하는 것쯤이야. 달구는 입맛을 다셨다.

—

112. 동수의 머릿속에 박혀 있는 숫자, 장반장을 납치하고, 월터의 창고에 묶였다가, 장반장이 월터에게 죽임을 당한 뒤, 소란이 마무리되고 확인한 전화기에 찍혀있던 마장식의 부재중 전화수였다. 동수는 번호로 전화를 걸었다.

"강동수?"

"그래."

"내가 누군지 알아?"

"알지."

"말 해봐. 내가 누군데."

"잘 들어. 골통 까진 놈."

혹시 나를 아는가? 달구가 눈빛에 의문스러움이 들어차는 순간.

"넌 말이야, 뒈질 놈이야."

"뭐? 뭐라고 그랬어?"

"자, 마혁수 바꿔."

"응?"

"마혁수 바꾸라고, 이 새끼야."

달구는 동수의 기세에 눌려 엉겁결에 마혁수에게 전화기를 넘겼다.

"강동수."

"니가 지금 뭔 약을 잘못 처먹었는지는 몰라도, 거짓말은 안 한다는 것을 알아. 내 질문에 답 해."

"원하신다면."

"돈. 동호의 집을 살 돈. 예전에 내가 빌린 그 돈. 네가 가져갔냐."

"아니."

"여자, 동호랑 결혼할 여자. 그 여자냐?"

"맞아."

"네가 꾸민 것이지? 그 모든 것?"

"맞아."

"만약에, 만약에 말야. 내가 월터를 제 시간에 네게 넘겼다면. 그랬다면. 어떻게 할 생각이었어?"

"그건 상관없어."

"뭐?"

"제 시간에 넘겼다면, 더 빨리 죽었겠지. 지금쯤이면 죽어 있겠군."

잘 들어, 이 개자식아. 널 죽여버리겠어, 동호만큼이나 차가운 땅에 네 구멍난 몸통을. 동수는 욕지기가 끓어올랐으나. 무의미한 감정의 배설에서 풍기는 악취를 느끼고는 입을 닫고 전화기를 꺼버리고 말았다.

—

미래가 현재로 바뀌는 순간들, 경험대로 이어지고 있었다. 그리고 내일이 바로 미래가 바뀌는 날. 동수의 마음이 차분히 가라앉았다. 어느덧 밤이 둘러싸고 있었다. 다시금 잠과 싸워야 할 시간이었다.

네 남자가 내뿜는 코골이가 기묘한 리듬과 화음으로 어우러지고 있었다. 가장 우렁찬 소리를 뱉는 자는 고개가 뒤로 젖혀진 장반장이었다. 목부분이 의자에 칭칭 감겨 있는 그의 연주는 고통을 쥐어짜내 호흡을 뱉는 듯한 구슬픔이 서려있었다. 개눈은 평상시 내세우는 기개와는 달리 가늘고 찢어지는 듯한 하이톤의 울림을 갖고 있었다. 창수의 드르렁, 만호의 컥. 만호의 드르렁, 창수의 컥. 두 사람은 마치 박자를 주고받듯 근사한 호흡을 보이고 있었다.

멜로디 속에서 동수는 잠과 처절한 혈투를 보내고 있었다. 영혼은 지치고 고달프며, 몸은 노곤하고 고단했다. 두 축이 위태롭게 흔들리는 틈을 잠이 무지막지한 기세로 파고들었다. 한순간이라도 이성을 놓치면 모든 계획이 물거품이 되며 머나먼 어제로 돌아간다는 공포를 쉼없이 아로새겼지만, 이틀째 맞는 밤까지 뜬 눈으로 지새우는 것은 도통 쉬운 일이 아니었다.

준비한 커피는 전부 들이마신 지 오래였다. 동수는 불안해졌다. 갈수록 더욱 더 큰 각성이 필요했다. 동수는 가루커피를 뜯어서는 물에 섞지도 않고 입 속으로 털어 넣었다. 커피가루는 혀끝부터 목젖까지 진득하게 달라붙었다. 이를 침으로 녹여 식도를 넘기기까지는 아주 오랜 시간이 걸렸다. 고약한 쓴맛이 혀를 넘어 위장으로 퍼져 나갔지만, 그래도 잠이 반 보 물러나는 듯한 느낌이 만족스러웠다.

입술로 내뱉는 푸른 연기가 잠을 쫓는데 도움이 되는 것을 몸이 알고 있었지만. 이상하게 담배는 전혀 당기지가 않았다. 입에 대보아도 역한 헛구역질만 날 뿐이었다. 월터의 말 그대로였다. 그가 만든 약은 모든 약물에 대한 혐오를 이끌어냈다.

때때로 머릿속에 공기만 들어찬 듯 비어 버리는 순간들이 찾아왔다. 어떤 이성도 감성도 없는 사고의 고갈상태, 동수는 이 순간이 두려웠다. 잠을 깨고자 하는 의지도, 잠이 든다는 두려움도 없으면 육신은 쉬이 점령당하리라. 동수는 끊임없이 뇌를 굴리며 머릿 속을 채워 나갔다. 곧 다가올 아침부터 시작될 마지막 하루에 대한 정교한 계획을 세웠으며, 동생이 죽던 순간을 되돌리며 복수심에 열을 가했다.

그래도 스멀스멀 잠이 스며드는 순간이 다가오면. 육체적 고통뿐이었다. 동수는 허벅지에다 새총을 고정하고 고무와 가죽으로 채찍질을 가했다. 과녁을 조금씩 옮겨가며 새총으로 허벅지

살갗을 부풀렸지만, 새벽이 다가올 즈음에는 온 허벅다리가 전부 부풀어오르고 말았다. 결국 같은 곳을 두 번 세 번 때려야 했고, 찢어진 틈으로 새어 나온 피가 바지에 붉은 무늬를 남기기까지 하였다.

어느덧 고무 채찍질이 허벅지를 타고 올라와 가슴팍을 부풀리고 있었다. 고통은 서서히 기계적으로 변해갔다. 마치 어떤 둔탁한 리듬을 타는 것처럼, 탁, 쓰읔, 탁. 새총을 당기고, 새총이 살을 파고드는 고통의 간격이 일정해졌다. 작열감이 온몸에 스며들었지만, 동수의 몸은 이를 자연스럽게 받아들이기 시작했다. 기계적인 가학이 익숙해지자, 현실인지 꿈인지 구분하기 어려운 무언가가 혼을 뒤흔들기 시작했다.

"동호야."

"형. 그거 알아?"

"뭘?"

"자살 말이야. 자기 몸을 해하여서 죽는 거."

"그런데?"

"사람은 자신의 의지로 굶어서 죽을 수도 있대. 눈 앞에 먹을 게 쌓여 있어도 말이야, 먹고 싶은 마음을 참고 견디다가 죽을 수도 있다는 거야. 말이 돼? 도무지 이해할 수 없어."

"그런 사람이 있다고 하더라."

"그런데 말이야, 아무리 의지가 강해도 불가능한 자살법이 있는데, 뭔지 알아?"

"몰라."

"질식사. 자기 코랑 입을 막고 오분 버티면 죽는 것인데, 인간은 이 방법으로 죽을 수는 없대."

머릿속에서 동호와의 대화가 오고 가고 있었다. 잠깐, 동호 너는 죽었잖아. 순간 동수가 이것이 착란임을 인식하자 동호의 목소리가 끊겨 사라졌다. 허나 동수의 머릿속에는 동호의 조언이 여전히 남아있었다.

죽음에 달할 수는 없는 고통, 질식. 동수는 비닐봉지를 가져와 자신의 얼굴에 뒤집어썼다. 봉지는 밀폐된 공간을 만들어냈고, 공기의 흐름을 제어했다. 헉, 후. 헉, 후. 몇 차례의 호흡이 이어지자 산소가 바닥나기 시작하며 숨이 거칠어졌다. 헉헉, 후, 헉헉, 후. 봉지 안은 동수가 내뱉은 이산화탄소로 가득 차 있었다.

동호의 말은 사실이었다. 동수는 참지 못하고 비닐 봉지를 머리에서 벗겨낼 수밖에 없었다. 숨막힘에 대한 반사적인 생존본능이었다. 그러나 말라버린 산소가 확실히 잠을 쫓아낸 뒤였다. 거친 숨이 잦아들고 다시 몸 안에 산소가 들어서자, 동수는 다시 한 번 비닐 봉지를 뒤집어썼다.

Day 8 :

12월 31일

쩍쩍. 테이프를 뜯어내는 소리가 창고를 가득 채웠다. 동수는 테이프를 뜯기 전, 장반장에게 다시 한 번 새총을 갈겼다. 장반장은 이내 깊은 잠에 빠져들었고, 동수는 쉬이 테이프를 뜯어내고 있었다.

"당신, 이틀째 한 숨도 안 잔 거야?"

테이프를 뜯어낸 소리에 잠에서 깬 개눈이 동수에게 물었다. 동수는 고개를 끄덕였다.

"꼴이 말이 아닌데."

"여기 와서 돕기나 해."

동수는 개눈과 함께 장반장을 벽 쪽으로 질질 끌었다. 동수는 장반장을 벽에 붙인 채, 개눈으로 하여금 장반장이 쓰러지지 않도록 잡게 하였다. 발목부터 두 번째 결박이 시작되었다. 은색 테이프를 길게 뜯어 벽과 장반장을 붙여 두는 것, 눈부신 은빛이 발목부터 정수리를 향해 서서히 올라오고 있었다.

한참이 지나고, 장반장의 정면이 턱 끝까지 테이프에 붙어버렸다. 잠에 취해 힘없이 아래로 고개가 떨구어져 있었지만, 겹겹이 쌓아 붙인 테이프가 단단히 장반장을 선 채로 벽에 붙게 고정하고 있었다. 그 모습은 마치 박제된 애벌레같아 보는 이로 하여금 소름을 돋게 하였다.

“왜 이렇게까지 하는거야?”

개눈이 물었다.

“졸렸어. 시간도 남아있었고, 테이프도 많았으니까.”

동수는 바닥을 굴러다니는 다 쓴 테이프 심지 중 하나를 발로 걷어차며 말했다. 장반장을 이대로 홀로 두면 죽을 지도 모를 일이었으나, 동수에게 남은 것은 반나절뿐. 시간에 못 이겨 죽는 타인의 죽음 따위는 신경 쓸 필요가 없었다. 도리어 몇 번이고 묶인 상태에서도 사고를 친 장반장을 핀으로 확실히 박아 두는 것이 중요했다.

“이제 곧 출발하는 거야?”

“그래. 짐들 챙겨.”

동수가 선반에 놓여있던 수갑을 집어 들어 가방에 넣으며 말했다. 동수는 장반장을 벽에 묶기 전, 그의 안주머니에서 수갑을 챙겨 두었다.

“잠깐만, 그거 수갑 아냐?”

“맞다.”

동수는 개눈에게 수갑을 들키자 잠시 뜨끔하였다. 경찰을 납치했다며 호들갑을 떨어 대며 꽁지를 내뺀 기억이 났기 때문이다.

“아니, 그게 있으면 그냥 그걸 쓰지 그래. 너무하잖아. 손목이랑 저 어디 배관이랑 쇠고랑으로 연결만 해두면 되는데.”

"다른 곳에 쓸데가 있어."

동수는 표정을 숨기기 위해 무심히 답하고는 가방을 들쳐 매고 뒤로 돌아섰다. 개눈과 창수 그리고 만호도 창고를 뜰 채비를 하였다.

"아저씨, 우리 어디로 갑니까."

창수가 거친 목소리로 물었다. 그러나 동수는 이미 창고 뒷문으로 나간 뒤였다. 개눈이 동수를 대신하여 답했다.

"이 등신아, 마혁수를 잡는다잖냐? 광장빌딩으로 가야지."

—

동쪽을 향해 가는 길. 차 앞유리를 뚫고 얼굴에 닿는 겨울 햇살이 동수의 활력을 돋우었다. 아직은 이른 아침, 볕이 더 강했으면 했지만 겨울의 태양은 쉬이 자신을 드러내지 않고 있었다. 12월 31일, 동수는 다시 한 번 일 년 중 마지막 날의 햇살을 맞이하고 있었다.

조수석에 앉은 개눈은 낡은 차의 핸들을 잡고 있는 동수를 불안한 눈빛으로 지켜보고 있었다. 덜덜거리며 죽어가는 똥차의 꼬락서니도 꼬락서니거와, 벌써 이틀째 잠을 자지 않은 운전수가 언제 고꾸라질 지 모를 일이었다. 동수의 눈은 마치 붉은 팥죽 위에 놓인 새알처럼 검붉어져 있었다.

"어이, 아저씨 괜찮아?"

"그래."

질문을 한 뒤 한참 있다가 되돌아온 답변. 질답의 간극이 더욱 더 개눈을 불안하게 만들었다.

똥차의 핸들이 덜덜 떨리고 있었다. 언제든지 뽑혀 나갈 것처럼 앞뒤로 출렁이고 있었다. 개눈이 물었다.

"이 차 불안한데."

"어차피 마지막이야. 버려 두고 올 거야."

"올 때는 어쩌게? 아니, 그것보다 대체 거기 가서 뭘 어쩌겠다는 거야."

"차를 바꿀 거야."

"뭐? 그게 마혁수랑 무슨 상관이야. 그리고 그 새끼가 바꿔 주기라도 한데?"

"조용히 해. 입 벌릴 힘도 없다."

차의 출렁임에 따라 동수의 벌어진 상의 틈으로 주머니 속 총이 보였다. 개눈은 문득 그 총을 뽑아들어 동수의 관자놀이에 겨누고, 이 모든 엉성함에 위태롭게 목숨을 걸고 있는 꼴에서 도망칠까 싶었지만. 문득 이 불안한 녀석에게서 흐릿한 신뢰가 느껴지고 있음을 깨달았다. 동수는 단 한번도 돈에 대한 욕심을 보이지 않았다. 개눈은 평생 돈에 대한 욕심이 없는 자를 마주한 적이 없었다. 분명 그는 돈보다 더 큰 무언가를 좇고 있었다. 그 차이점이 어쩌면, 녀석이 다시 한 번 기적을 반복할 지도 모른다는 희미한 믿음을 주고 있었다.

어느덧 광장빌딩의 주차장. 차에서 내린 개눈이 뒷좌석의 창수와 만호에게 말했다.

"준비해."

창수와 만호는 세 개의 몽둥이를 들고 나왔다. 각자의 허리에는 단도, 발목에는 주머니칼, 단단히 무장을 한 채였다. 동수는 몽둥이로 마치 리듬을 타듯 손바닥을 두드리는 개눈에게 말했다.

"그런 거 필요 없어."

"너야 필요 없겠지. 총이 있으니까."

"지금 여기엔 아무도 없다. 오늘 새벽에 전부 다른 곳으로 갔어."

"뭐야 그럼."

"우린 거기로 간다. 저 차를 타고."

동수가 가리킨 곳에는 거대한 트럭이 있었다.

—

개눈이 창수에게 물었다.

"너 이런 것도 털어본 적 있냐."

"그럼요. 의외로 짭잘합니다. 트럭 모는 사람들이 현금을 많이 쥐고 다니거든요. 저건 좀 오래된 거라 핸들 밑을 따면 될 겁니다."

오랜만에 실력을 뽐낼 시간이 온 창수는 양손에 침을 탁탁 뱉으며 의욕을 보였다. 이깟 낡은 트럭은 특별한 도구 없이도 충분히 문을 따고, 시동을 거는데 문제가 없었다.

"저기요, 그런데 말이에요."

"뭐."

"대체 저런 차를 어디다 쓰려고 그러지요?"

덩치가 산만한 차. 힘은 좋지만 속도가 너무 느렸다. 집 한 채를 부수어야 할 때나 쓸 만한 법, 도망치기에도 적합한 차가 아니었다. 개눈도 이해할 수 없다는 듯 고개를 좌우로 까닥댈 뿐이었다.

창수의 손재주가 빛을 발했고, 트럭의 엔진이 벌떡대기 시작했다. 동수는 트럭에 오르기 전, 자신의 낡은 똥차를 쓰다듬었다. 도색이 벗겨져 마치 때가루처럼 밀려나왔다. 문틀 사이에 아직 동호의 핏자국이 남아있었다. 동수는 굳은 피를 떼어낸 뒤 후하고 불었다. 똥차와의 작별이었다.

이번에도 운전대를 잡은 것은 동수였다. 대형 트럭이었지만 실내 공간은 네 명의 남자가 복잡거리기에는 비좁았다. 순간 갑작스레 기도가 좁아져 왔다. 동수는 핸들을 붙잡은 채 고개를 처박고는 흡입기를 수차례 빨아들이고 나서야 간신히 호흡을 가라앉힐 수 있었다.

호흡은 돌아왔지만, 잔기침이 남아있었다. 쿨럭, 쿨럭, 쿨럭. 동수의 기침에 따라 광장빌딩을 나서는 트럭도 삐걱대고 있었다.

—

매복을 하기에 적절한 장소. 도로가 합류하는 지점은 오르막의 정상 즈음이며, 오르막을 오르는 먹잇감은 시야가 막혀 있고 속도를 낼 수 없는 곳. 바로 그곳에서 개눈의 SUV로 혁수의 차를 들이받은 기억이 생생했다. 동수는 그곳에 트럭을 대고는 망원경으로 길의 끝자락을 바라보고 있었다.

혁수는 나타나야 할 때, 나타났다. 저 멀리서 작은 점으로 나타난 혁수가 탄 세단은 렌즈 속에서 점점 그 크기를 불리고 있었다. 덩치가 큰 만큼 닿기만 해도 차는 빠그라질 터, 혁수가 오기 전 남는 시간 동안 수차례 돌진과 후진을 반복하며 감을 잡은 동수였다. 동수는 다가올 충돌에 자신감이 있었다.

부아앙. 트럭의 심장이 굉음을 냈다. 서서히 도움닫기를 시작한 트럭은 가속이 붙자 꽤나 힘차게 구르기 시작했다. 그리고 혁수의 세단이 오르막을 올라 정점을 맞이했을 때.

쾅.

트럭에 받힌 세단이 저 멀리 날아갔다.

—

마치 기울어진 사발에 담긴 술처럼. 들어선 것도, 흘러내린 것도 아닌 흐리터분한 정신. 혁수가 흐린 눈을 떴을 때 먼저 보인 것은 맑은 하늘이었다. 몸이 시린 기분, 손바닥을 쥐었다 폈다, 눈덩이가 손에 잡혀 이내 녹아내렸다. 혁수는 눈밭 위에 누워있었다.

살짝 고개를 비틀어 옆을 바라보았다. 떨어진 곳에 네 명의 남자가 보였다. 초점이 맞았다, 어긋났다를 반복했기에 그들이 누군지 알아차리기 쉽지 않았다. 큰 소리로 떠벌리며 열정적으로 입을 놀리는 남자가 눈에 들어왔다. 잠깐만. 얼굴을 가리는 저 철렁거리는 머릿결, 저 녀석은. 그래, 개눈. 수족으로 부려도 아무 말 못 하는 너절한 사채업자 녀석. 그래도 끈질긴 면이 있어서 사냥개로 붙여 둔. 맞아, 그 개자식 동수는 어디로 간 것이지. 반드시 찾아낼 거야. 지옥에 숨었어도 찾아낼 거야. 그나저나, 개눈 앞에서 떠드는 저 녀석은, 이 눈밭 위에서 무얼 그리 떠들어 대는 게냐? 그러니까 저 녀석은 말이지.

혁수의 흐린 눈이 간신히 남자의 얼굴에 초점을 잡았다. 동수였다. 간신히 동수를 눈에 담은 혁수는 다시금 정신을 잃고 말았다.

—

철썩. 뺨을 맞은 혁수의 고개가 휙하니 돌아갔다. 다시 한 번 철썩. 반대편으로 고개가 돌아갔다. 반쯤 기운 채 팽이처럼 돌아가던 혁수의 정신이 그제서야 서서히 균형을 잡아갔다. 혁수의 맥없는 눈꺼풀이 힘겹게 벌어졌다.

눈 앞에는 동수가 있었다. 자연스레 두 손이 동수의 목으로 향했다. 의식은 명하고 있었다. 동수의 모가지를 부여잡아라, 엄지와 검지 사이에 경동맥을 끼워 넣어라, 뇌로 가는 길목을 틀어막아 한 줌의 핏방울도 흐르지 못하게 하여라. 그러나 의식보다 충격이 앞서 있었다. 목덜미를 향하던 두 팔은 이내 힘없이 아래로 떨구어졌다.

혁수는 주변을 둘러보며 자신이 처한 상황부터 파악했다. 차디찬 바닥이 느껴졌다. 이어 냉기를 한껏 머금은 벽이 느껴졌다. 뚫려 있는 천장과 입구, 바닥에 남아있는 모래. 트럭의 짐칸이었다. 혁수는 짐칸 한 구석에 기댄 채 앉아있었다.

동수의 목을 조를 힘은 없었지만, 총을 쥘 힘은 있었다. 혁수의 손이 허리춤의 총으로 향했다. 몰래 훔쳐온 아버지의 총. 그러나 총이 없었다. 허리 주변을 둘러가며 몇 번이고 손을 더듬었으나, 총은 없었다. 그 사이 혁수는 자신의 옷이 달라졌음을 깨달았다. 위 아래로 검은 정장을 입고 있었다. 아직 새 옷 냄새가 빠지지 않은 검은 셔츠도 함께였다. 신고 있던 스니커즈 대신 발에는 검은 구두가 신겨 있었다.

"이거 찾아?"

동수가 자켓을 살짝 들추어 바지 허리에 끼워 둔 총을 보여주었다. 그래, 그걸 찾았어. 혁수는 답을 하는 대신 물음을 던졌다.

"뭐지."

"뭐가."

동수는 갈아 입힌 혁수의 옷가지를 트럭 밖으로 걷어찼다. 다행이었다. 자신의 검은 정장이 혁수의 몸에 잘 맞았다.

"뭐야?"

"뭐가."

이제 준비가 마무리되었다. 동수는 가죽 장갑을 끼고 목폴라를 끄집어올렸다. 탄성을 지닌 천이 탄탄하게 동수의 코와 입을 막아주었다. 이어 가방에서 약뭉치를 꺼내 들었다. 동수는 약을 위아래로 흔들며 무게를 가늠했다.

"뭐야?"

동수는 대답대신 혁수의 얼굴을 발로 걷어찼다. 이어 혁수의 두 다리를 질질 끌어 짐칸의 정 가운데로 혁수를 뉘인 뒤, 두 무릎을 혁수의 겨드랑이 사이에 끼운 자세로 가슴 위에 올라탔다. 혁수가 아래에서 잠시 낑낑댔으나, 이내 저항을 포기한 듯 움직임이 사그라들었다. 동수는 겉면의 종이 포장지를 뜯은 다음, 조심스레 속의 비닐 포장을 찢었다. 이어 옆에서 무언가를 집어들고는 그것을 혁수의 입에 꽂았다. 중간 부분을 잘라낸 페트병의 주둥이였다. 마치 확성기를 입에 댄 사람처럼, 혁수의 주둥이에 깔대기가 꽂혔다.

그리고 동수는 깔대기에 약을 붓기 시작했다. 고운 가루들이 혁수의 입으로 떨어지기 시작했다. 혁수가 밑에서 움찔대는 것이 느껴졌지만 동수는 더욱 더 하체에 힘을 주며 혁수의 움직임을 틀어막았다. 어느 정도 약이 차오르자 혁수가 고개를 비틀어대며 잔기침을 했지만 동수는 개의치 않고 약을 퍼부었다. 가루가 입 안을 가득 채우고, 식도까지 어느 정도 들어차자 혁수는 숨이 막히는지 컥컥대며 가루를 내뱉었다. 그러나 동수는 쥐고 있는 무게가 절반이 될 때까지 계속해서 약을 쏟아부었다.

절반쯤을 덜어내고 나서 동수는 조심스레 약봉지를 내려놓았다. 혁수의 주둥이를 가득 채우고도 흡수되지 않은 약들이 깔대기 위로 차올라 있었다. 동수는 옆에 준비해둔 물통의 뚜껑을 열어 깔대기 위에 부었다. 그러자 약들이 물에 녹아 혁수의 목 안으로 빨려 들어가기 시작했다. 사오백 그람 정도는 되었을까? 동수는 그렇게 쥐고 있던 약의 절반분을 혁수의 주둥이에 쑤셔 넣고 나서야 혁수의 몸통 위에서 내려왔다.

혁수는 바로 몸을 옆으로 뉘이고는 구역질을 하기 시작했다. 입으로 콩국물같은 허연 물이 뿜어져 나왔다. 혁수는 온몸을 뒤틀어가며 펌프처럼 속을 비워냈다. 허나 시간이 지나자 차차 토악질도 가라앉고, 혁수는 눈물, 콧물, 토사물로 범벅이 된 얼굴로 동수에게 물었다.

"이게 뭐냐."

동수는 남은 약을 잘 감싸서 가방 안에 넣었다. 반쯤 남은 물병, 페트병 깔대기까지 빠짐없이 챙겨 넣었다. 이어 장갑을 벗어서 집어 트럭 밖으로 집어 던졌다. 공중을 떠다니던 가루가 서서히 바닥으로 가라앉자, 동수는 코와 입을 뒤덮은 목폴라를 끌어내리며 말했다.

"약."

"난 어떻게 되는 건데."

"너, 동호라고 아냐?"

"니 동생이잖아. 싸움꾼."

"동호가 어떻게 되었는지 아냐."

"내가 어떻게 알아."

"넌 그렇게 될 거다. 동호처럼."

말을 마친 동수가 신호라도 보내듯 트럭의 옆면을 두드렸다. 그러자 짐칸 위로 세 명의 남자가 올라탔다. 개눈과 그의 졸개들. 혁수가 재빨리 입을 놀리기 시작했다.

"개눈, 개눈. 살려줘. 돈 줄게. 얼마, 얼마 필요해. 말만 해. 말하는…"

동수가 은박 테이프로 혁수의 주둥이를 봉했다. 이어 혁수의 몸을 옆으로 뉘이고는 케이블 타이로 혁수의 양 손목을 묶었다. 그렇게 혁수는 양팔이 묶이고, 주둥이가 막힌 채 짐칸에 누워있었다.

개눈의 얼굴이 누운 혁수의 얼굴 앞으로 다가왔다. 그제야 혁수는 자신이 판도를 잘못 읽었음을 알아차렸다. 하나 남은 그의 눈은 항상 돈에 대한 욕심, 욕망, 탐욕뿐이었다. 그러나 지금, 개눈의 하나 남은 눈은 멸시, 증오, 적의로 가득 차 있었다. 그것은 돈으로 덜어낼 수 없을 만큼 단단하게 동공의 중심에 자리잡고 있었다.

순간 어둠이 마주한 개눈의 눈을, 하늘을, 그리고 빛을 덮었다. 동수가 복면을 혁수의 머리 위에 뒤집어 씌운 것이다. 혁수가 공포에 질려 앞뒤로 요동치며 심하게 꿈틀대기 시작했다. 개눈은 지긋이 혁수의 가슴통을 밟았다.

"이제 출발한다. 꽉 잡고 있어. 어떻게 해야 할지 잘 알고 있지?"

창수와 만호가 긴장된 눈빛으로 고개를 끄덕였다. 이어 개눈이 답했다.

"그래. 네 말대로 한다. 네 말대로 이 자식도."

개눈이 거세게 혁수의 가슴팍을 찍어눌렀다.

"잘 모셔가마."

—

장식은 옛부터 묻는 것을 좋아했다. 어린 시절 돌팔매질로 죽인 새를 묻은 것이 시작이었다. 중학생 시절, 덩치 큰 녀석에 맞서다 씹어버린 녀석의 중지 한 마디도 뒷산에 묻었다. 심지어 깡패 집단에서 일하면서 처음으로 받은 푼돈도 곱게 비닐에 싸서 앞마당에 묻었다. 무언가를 파묻는 것은 항상 즐거운 일이었다.

십여 년 전, 며칠만에 집에 돌아오니 앞마당이 뒤집어져 있었다. 금단현상이 혁수 엄마를 괴롭히던 시기였다. 온종일 숨겨둔 마약을 찾기 위해 온 집을 헤매던 그녀는 반쯤 정신이 나간 채 앞마당을 파기 시작했다. 앞마당에서는 별별 것이 다 튀어나왔다. 여자 속옷, 혁수의 장난감, 아버지의 유서. 아주 오랜 시간 장식이 웃음지으며 파묻었던 것들, 그녀가 찾지 못한 것은 마약뿐이었다. 본인도 마약에 굶주려서 제정신이 아닌 상태였지만, 혁수 엄마는 간절한 목소리로 말했다.

"혁수아빠. 당신, 정신병이야. 병원에 가 봐."

혁수 엄마는 재활원으로, 장식은 정신과 의사에게로, 두 사람은 약속을 하였다. 께름칙 하였지만 약속을 지키기 위해 찾아간 의사를 장식은 한 눈에 알아보았다. 돈을 잃고도 당당했던 그의 귀를 붙잡고 반쯤 칼로 썰었던 기억이 났다. 귀에 흉이 진 의사는 환자를 보며 벌벌 떨고 있었다.

그, 환자분은 자연을 굉장히 중시하시는 분이신것 같습니다. 묻는다는 것을 하나의 자연의 순환 과정으로 보시는 것이지요. 에, 그러니까 묻는다는 것은 모든 것은 자연의 일부로 존재하며, 자연과 일체화되는 행위를 통해 삶의 지속 가능성을 추구하는 것입니다. 저기, 그러니까 묻는다는 것을 통해 환경에 대한 경의와 존중을 상징적으로 나타내는 것이고요.

겁에 질린 의사는 헛소리를 늘어놓았다. 그는 장식에게 정신적 문제가 있다고 말할 배짱도 없는 놈이었다. 장식은 그의 헛소리를 중간에 끊고 자리를 박차고 나왔다. 그저 좋은 것이다. 난 묻는 것이 좋도록 설계가 된 놈인게다. 장식은 그 뒤로도 끊임없이 무언가를 묻으며 살아왔다.

편달구의 공업소. 녀석은 관을 수입하는 일을 하고 있었다. 장식은 쌓여있는 관들을 보며 탄식을 하였다. 아, 나는 왜 이런 일을 할 생각을 하지 못했던가. 만약 내가 이 일을 하였다면 천직이 되었을 텐데. 장식은 즐거운 마음으로 눈 앞의 남자들을 바라보았다. 하나, 둘, 셋. 장식은 한꺼번에 셋이나 묻을 생각에 온몸이 짜릿짜릿한 기분이었다.

세 녀석에게 재갈을 물리고, 복면을 씌운 뒤 재고창고에 밀어 넣었다. 그들에게도 남은 삶을 정리할 시간을 주는 것이 예의였다. 아니지, 굳이 그들의 시야를 가리고, 소리를 가리고, 입을 틀어막은 것은. 신체적 감각을 차단하여 영혼이 오롯이 하나의 공포에 집중하기 위함인 게지. 곧 죽는다는 공포에 말이야.

마침 재고 창고 뒤편에 너른 뒷마당이 있었다. 이를 발견한 장식은 휘파람을 절로 불었다. 관 자재 따위를 무덤 위에 쌓아 두면 십수 년이 지나도 찾지 못할 것이었다. 발길이 드문 곳에 위치한 공장, 그리고 공장 뒤편에 남은 자재나 폐기물을 쌓아 둔 뒷마당. 편달구와 그 무리들에게 그보다 안락한 무덤은 없으리라.

더불어 마치 하늘에서 떨어진 상여금처럼. 달구의 방에는 현금이 가득 찬 돈가방이 있었다. 약 사억 원쯤, 현찰로는 구경하기 쉽지 않은 돈이었다. 장식은 달구의 방에서 오만원권 뭉치 하나를 집어들고 냄새를 맡았다. 더러운 돈일 테지만 어김없이 향기로운 냄새가 났다.

그 순간, 마치 포탄이 떨어진 듯한 소리가 들렸다. 굉음에 이어 공장이 마치 무너질 듯 흔들렸다. 이어 쾅, 쾅, 쾅. 장식은 본능적으로 책상 아래로 숨어들었다. 잠시 시간이 지나고 여기저기서 고함소리가 들려왔다. 장식은 그것이 지진도 폭격도 아님을 깨달았다. 그것은 습격이었다. 장식은 총을 둔 곳을 찾아 손을 뻗어 더듬었지만, 그의 총은 사라진 후였다.

혁수, 이 빌어먹을 놈.

—

공업소 진입 약 백 미터 전, 동수는 낡은 트럭의 가속력을 한계치로 몰아붙이듯 거세게 페달을 짓밟았다. 6기통의 엔진이 폭발하듯 바퀴를 굴렸다. 속도계가 구십을 넘어 백 언저리를 서성일 즈음, 그러니까 트럭이 하소연이라도 하듯 자신이 폭발 직전임을 온몸으로 드러낼 즈음, 동수는 앞마당을 지나 그대로 공업소 안으로 돌진했다.

관을 오르고 내리기 위해 마치 커튼막 같은 가리개만 늘어진 공장의 하역장은 내부를 뒤집어 놓는 통로로 제격이었다. 공장 내부로 진입하자 광장파의 몇몇 녀석들이 화들짝 놀라는 것이 눈에 들어왔다. 녀석들은 거대한 짐승의 몸통에 치이거나, 발에 밟히지 않기 위해 정신없이 몸을 피하기 바빴다. 관을 제작하거나 수리하는 몇몇 공구들이 트럭에 받혀 풍비박산 나고, 바닥에 뉘여 있던 관들이 바퀴에 짓이겨져 바스라졌다.

동수는 재고창고 앞 즈음, 급하게 핸들을 꺾으며 브레이크를 밟았다. 재고창고 앞을 트럭으로 막아버릴 생각이었다. 그러나 생각지 못한 일이 발생했다. 대형 트럭 운전이 서툰 탓에 핸들을 꺾자마자 트럭이 균형을 잃고 호를 그리며 옆으로 넘어간 것이다. 쿵. 트럭이 넘어졌다. 뜻한 대로 트럭은 재고창고를 막아서긴 하였다. 배를 뒤집어 까고 옆으로 뉘인 채이긴 하지만 말이다.

충격에 까딱하면 정신을 잃을 뻔한 동수였지만 초인적인 집중력으로 맨정신을 지켜냈다. 밖에서 고함소리가 들리기 시작했다. 동수는 정신을 차리고 조수석 창문으로 기어오르기 시작했다.

조수석 창문을 부여잡는 순간, 동수의 정수리를 향해 빠루가 내리 꽂혔다. 반쯤은 빗나가고, 반쯤은 피해낸 빠루가 문틀에 찍혀 있었다. 반대편에서 기어오른 녀석이 휘두른 것이었다. 녀석은 빠루를 뽑아 들고는 다시 한 번 위로 치켜들었다. 녀석의 눈에는 동수의 정수리가 호박 만하게 보였다. 내리 찍기만 하면 누런 호박살이 튀어 흐르게 할 자신이 있었다.

그러나, 아래로 찍어내리던 스윙이 한 순간에 멈추어섰다. 빠루를 막아선 것은, 정확하게 자신의 머리통을 조준하고 있는 총이었다. 놀란 녀석은 서서히 빠루를 내려 아래로 떨구고는, 트럭 아래로 내려갔다.

조수석으로 올라선 동수는 총을 쥐고 주변을 경계했다. 트럭 주변에 모여든 졸개들이 총을 보고는 긴장된 모습을 보였다. 동수는 녀석들 하나 하나를 겨냥하며 그들을 뒤로 물렸다. 하나, 둘, 셋, 넷, 그리고 다섯 녀석. 그리고 반대편, 사무실에 숨어있을 한 놈. 마장식.

"회장님!"

동수가 장식을 부르는 소리가 공장 안을 가득 채웠다.

—

경찰도 아니었고, 군대도 아니었다. 동수의 목소리가 들리자 장식은 바삐 뛰던 호흡이 고르게 가라앉는 느낌이었다. 동수라니. 고작, 동수라니. 허나 안심하기엔 일렀다. 장식은 조심스럽게 방을 나섰다. 돈다발이 든 가방을 쥔 채 말이다.

부하 녀석들이 팔을 하늘로 향해 치켜든 채 엉거주춤 서있었다. 동수가 자빠진 트럭의 배 앞에서 총을 들고 그들을 겨누고 있었다. 장식은 먼저 주변을 살폈다. 바삐 움직이는 시선 속에서 동수는 마치 스쳐 지나가는 배경처럼 느껴졌다. 장식의 눈은 동수가 아닌, 동호를 찾고 있었다.

"동수야, 혼자 왔냐."

동수가 고개를 끄덕였다.

"왜?"

"왜 혼자 왔냐고?"

"그래."

"왜 덜 떨어진 동생 없이 혼자 왔느냐, 그렇게 쪽쪽 빨아 처먹을 때는 언제고, 중요한 때에 왜 동생이 없느냐, 이 말이지?"

동수가 자신을 꿰뚫어 보고 있었다. 장식은 뜨끔하였지만 말을 이어갔다.

"이런. 이거, 우리 동수가 생각보다 똑똑한 친구였네. 알면서도 혼자 온 거면, 그래. 총을 쥐고 있지만 힘을 쓸 생각은 없는거지. 그지? 힘을 쓸 거였으면 총 보다도 동생을 데리고 왔을 테니 말이야. 그래, 이번에는 내가 맞춰보지. 여기 왜 왔냐면 말이야."

장식이 돈가방을 던졌다. 벌려진 가방의 주둥이 사이로 오만원권 다발이 보였다. 가방이 동수의 발 끝을 향해 미끄러져 왔다.

동수는 자신을 향해 오는 가방을 오른발로 냅다 걷어찼다.

가방이 뒤집어지고, 안에 있던 돈다발이 쏟아져 나왔다. 검은 고무밴드에 묶여 있던 돈 중, 다발을 빠져나온 오만원권 수 장이 바닥에 흩뿌려졌다. 동수는 총을 겨눈 채 말했다.

"이제 역겨워. 돈이라는 거."

—

트럭이 쓰러진 재고창고의 정반대 편 작은 방. 동수는 그 안에 광장파 졸개들을 전부 몰아넣었다. 동수는 문 앞에 장식을 세워 둔 채, 여전히 총으로 그를 겨누고 있었다. 장식의 손에는 두 번째 돈가방이 들려 있었다. 동수는 손가락을 까딱거려 장식에게 가방을 넘겨받았다. 동수는 무릎을 굽힌 채 가방을 휘적였다. 허술하게 고무줄에 묶인 오만원권 다발이 가득 차 있었다.

동수는 이 중 뭉치 하나를 집어 들었다. 백장 묶음, 오백만 원. 가볍기 짝이 없는 오백만 원의 무게. 동수는 돈을 우두커니 서 있는 장식을 향해 던졌다. 돈은 장식의 아래턱을 때리고는 떨어졌다. 그리고 다음 돈다발, 또 다음 돈다발. 동수는 계속해서 장식에게 돈뭉치를 집어던졌다.

장식이 마흔 개의 돈다발을 얻어맞는 데는 꽤 오랜 시간이 걸렸다. 던지던 중, 재고창고에서 다소 소란스러운 소리가 들렸다. 장식과 동수, 두 사람의 시선이 재고창고로 꽂히자 동수가 먼저 질문을 찌르고 들어왔다.

"뭐야, 저기 누가 있어?"

"그래. 곧 뒈질 놈들이었지."

"뒈질 놈, 편달구?"

장식이 고개를 끄덕였다.

그리고 마지막 마흔 개째 돈뭉치, 장식의 발 앞에 이억 원의 돈이 쌓여 있었다. 뭉칫돈 외에도 고무 묶음에서 벗어난 지폐가 꽤 너저분하게 어질러져 있었다. 동수는 돈을 전부 집어 던지고 나서야 자리에서 일어섰다.

별안간 돌풍이 휘몰아쳤다. 장식 밑에 쌓여 있던 지폐가 바람에 휘날렸다. 충분한 시간이 흘렀다. 동수가 입을 열었다.

"나, 돈 필요 없다."

"세상에 돈이 필요 없는 사람은 없어."

"나한테 왜 주는거지?"

"빈손으로, 총을 들고. 강도짓이잖아. 강도가 필요한 건, 돈 아니야?"

"아니, 아니, 아니! 너, 나한테 잘못한 거 없냐?"

"전혀. 손톱만큼도."

"너, 나를 죽일 생각 아니었어?"

"아니."

"정말이야?"

"이 개새끼야, 이젠 개소리 지긋지긋해. 그래서 뭐, 이제 어쩌겠다고. 짖는 소리만 늘어놓을 거면 왈, 왈, 왈, 제대로 짖어보던가. 허구한 날 깨갱깨갱, 병든 개같은 놈아, 쏠테면 쏴!"

동수는 총을 거두었다. 그리고 천천히, 자신의 왼쪽 상의 안주머니에 집어넣었다.

"그냥 묻고 싶었다. 정말로 잘못한 게 없는지, 잘못한 일을 만들 생각이 없는지. 돈은 필요 없어. 이대로 사라질 테니까. 그만하자."

동수는 몸을 돌렸다. 이어 서서히 공업소 출입구 쪽으로 발을 뗐다. 돈이 밟히는 길을 열 보쯤 나아간 그 순간.

"잠깐."

동수는 발걸음을 멈춘 채 뒤를 돌아보았다.

"털고 가야지."

장식이 양팔을 활짝 펼친 채 온화한 미소를 담고 있었다. 몸을 돌려 장식을 향해 다가서는 동수도 같은 미소를 지었다.

—

한 발자국, 한 발자국 장식에게 다가서는 길. 경험한 미래가 방향을 튼다면, 길의 끝에는 죽음이 있을 지 모를 일이었다. 그러나 동수는 죽음이 두렵지 않았다. 미래에게 참회의 기회를 주었건만, 그것은 우직히 정해진 길을 따를 뿐이었다.

두 남자의 가슴이 맞닿고. 헐떡대는 심장의 박동을 잠시간 공유하고. 심장 사이의 거리가 벌어지는 순간. 한 남자의 손이 다른 남자의 가슴 속을 파고들고. 심장을 끊어낼 그것을 심장 위에서 훔쳐 드는 순간. 갑작스런 이물체의 침투에 잠시 심장이 졸아드는 찰나. 두 사람의 간극을 널리 벌리는 발길질.

동수는 돈 다발 위에 쓰러졌다. 가두어 둔 장식의 부하들이 순식간에 쏟아져 나왔다. 케이블 타이로 손목을 뒤로 묶고, 입에 재갈을 쑤셔 박고, 비어 버린 돈가방이 머리를 감싸고. 일련의 과정은 잘 훈련된 병사들의 제식 같았다.

묶여버린 동수는 질질 끌려가기 시작했다. 이내 동수는 트럭을 지나 재고창고 안으로 내던져졌다.

—

장식이 가리킨 곳을 따라 뒷마당이 파헤쳐지고 있었다. 얼어붙은 겨울 땅은 단단했지만, 남자들은 이미 땅을 파는데 익숙하였다. 몇 번의 곡괭이질과 삽질에 땅은 쉬이 깨어지고 파내어지기 시작했다.

장식은 몇 년 전, 뜨내기 도사에게 풍수지리를 익혔다.

"도사님, 원수를 파묻을 때는 어디다 묻는 게 좋나요?"

도사는 답했다.

"조상보다 신경 써서 묻어야 하는게 원수입니다. 원한 있는 망자의 집은 기깔나는 명당에 세워야 산 사람의 운명에 때가 안 묻죠."

너른 뒷마당 앞에 병풍처럼 펼쳐진 수려한 미관의 삼나무 숲. 그리고 그 너머로 보이는 너른 바다의 수평선. 공업소 뒷마당은 대자연이 불구대천의 원수를 품기 위해 다져 놓은 곳 같았다. 달구지파 세 녀석과 강동수, 장식은 네 사람이 썩어갈 곳 네 군데를 찍었다. 네 명의 장정이 네 곳의 구덩이를 파던 중, 가장 왼쪽에서 땅을 파던 남자가 비명을 질렀다.

"뭐야!"

장식은 땅을 보고는 고개를 갸웃거렸다. 땅에서 나온 것은 사람의 얼굴이었다. 강동호가 죽어 있었다. 동호의 이마에 총알이 지나간 흔적이 있었다. 강동호가 왜 여기에? 그러나 동호는 이미 죽고, 묻혀 있었다. 죽은 자의 죽음을 고민하기엔 다가올 설렘에 너무 들떠 있었다.

"멍청한 동생녀석이 헛짓을 하다가 달구에게 죽었군."

장식은 대수롭지 않게 발로 흙을 모아 동호의 얼굴을 덮으며 말했다.

"여기, 바로 옆에다 새로 파."

이번에는 가장 오른쪽을 파던 남자가 소리를 질렀다,

"뭐야!"

장식은 땅을 보고는 대뜸 성을 냈다.

"관이잖아, 여기가 관 수입하는 데인 거 몰라?"

문득 관 속에 누가 잠들어 있을까 궁금하였지만. 뚜껑이 닫힌 관을 열기위해서는 모든 흙을 걷어내야 했다. 그 역시도 다가올 설렘을 늦추기에는 너무 번거로웠다. 별 볼 일 없는 녀석이 헛짓을 하다가 달구에게 죽었겠지. 장식은 대수롭지 않게 옆자리를 손가락질하며 말했다.

"여기, 바로 옆에다 새로 파."

그렇게 파헤쳐진 네 개의 구멍. 재고창고에서 네 명의 남자가 끌려 나왔다. 그들은 장식의 지휘에 따라 차례대로 자신의 구멍 앞에 섰다. 장식은 다가올 처형에 들뜬 마음을 숨기기 어려웠다. 한겨울에도 볼이 발그레 상기되고, 어깨가 들썩거렸다. 그리고 네 명의 남자가 무릎을 꿇고, 여기저기서 앓는 소리가 새어 나오자 장식의 심장은 폭발하듯 뛰기 시작했다.

처형. 복면을 씌워 무릎을 꿇게 하고 뒤에서 총격을 가하는 방법. 죽인다는 것에만 방점을 찍는다면 몹시 번거로운 방식이리라. 때때로 장식은 자신이 살인을 엔터테인먼트 따위로 여기며, 죽음에서 쾌감을 얻는 사이코패스는 아닌가 의심스럽기도 하였지만. 장식은 죽음에는 전혀 즐거움을 느끼지 않았다. 도리어 그것은 끔찍하고 혐오스러웠다. 그래서 장식은 희생자의 머리에 복면을 씌웠다. 복면은 육체가 파괴되는 지독한 가혹함을 가리기 위한 덮개에 불과했다.

즐거움은 구덩이에 있었다. 머리에 총상을 입고 구덩이로 굴러 떨어지는 모습은 지옥불에 머리를 담그는 모습을 연상시켰다. 그들은 그렇게 자신의 죄와 직면한다. 그리고 그들 위로 뿌려지고, 쌓이고, 다져지는 흙. 그들의 죄는 그렇게 묻힌다.

네 명의 남자는 각기 다른 마음가짐으로 묻힐 준비를 하고 있었다. 첫 번째 남자는 발버둥을 치고 있었다. 재갈 물린 입에서 새어 나온 신음이 복면 밖에서도 들릴 지경이었다. 손으로 어깨를 누른 채 강제로 무릎을 꿇려 놓았지만, 온몸이 들썩거려 하마터면 중심을 잃고 그대로 구덩이로 굴러 떨어질 뻔하였다. 그는 본능적으로 자신이 처한 상황을 잘 알고 있는 듯했다. 장식은 인내심을 갖고 그의 삶에 대한 미련이 잦아들기를 기다렸다. 공포에 질려 요동치는 것도 육신의 한계에 맞닥뜨리게 되면 쉬어가는 법. 이어지는 적막에 그의 몸이 잠시 움직임을 멈추었을 때, 탕. 첫 죄인이 자신의 죄를 묻었다.

그리고 두 번째 남자. 그는 첫 번째 남자와는 다르게 다소 차분한 모습이었다. 시각이 차단당한 상황에서 자신이 죽음과 맞닥뜨린 상황임을 감히 예상하지 못한 것이다. 그러나, 총소리가 들리면 다르다. 그가 뒤늦게 목덜미에 서린 죽음을 알아차리고 필사의 난동을 부리기 전, 잽싸게 탕. 두 번째 죄인도 자신의 죄를 묻었다.

세 번째 남자, 달구. 과연 우두머리 답게 그는 마지막까지 처연한 모습을 보이려 애쓰고 있었다. 총소리를 듣고도 무릎을 꿇은 채 꿈쩍하지 않는 것만으로도 대단한 결기를 보인 셈이었다. 장식은 그것이 마음에 들지 않았다. 일부러 총구를 목덜미에 댄 채 슬쩍 밀어보았다. 달아오른 총구가 꽤나 뜨거웠으나, 달구는 여전히 움찔조차 하지 않았다. 기분 나쁜 녀석. 간신이 이어 붙인 네 머리가 다시 조각이 될 차례다. 탕, 세 번째 죄인도 자신의 죄를 묻었다.

정장을 차려 입은 세 남자가 도미노처럼 연달아 구덩이로 굴러 떨어지고, 남은 자는 동수. 장식의 발걸음이 동수 뒤에 멈추어 섰다. 그러나 동수의 몸에 닿은 것은 총알이 아닌, 장식의 손바닥이었다. 장식은 정수리 끝을 부여잡고 복면을 위로 벗겨냈다. 이어 재갈을 풀어내고, 케이블 타이를 끊어냈다.

동수의 눈 앞에 관이 보였다. 산 사람에게 허락된 공간이라기엔 너무나 비좁은, 형벌에 가까운 갑갑한 여백. 관 속에서 보낸 시간들이 기억 속에서 되살아나자 동수의 등판이 땀으로 흥건해졌다. 차라리 나는 애원했어야 했어. 제발 방아쇠를 당겨 발사를 해달라고 죽음을 빌었어야 했다고. 공간은 죽음보다 끔찍한 죽어감이었다.

직면한 공포에 반사적으로 입술이 떨리면서도, 동시에 웃음소리가 새어나왔다. 앞서 울린 총성이 부른 앙갚음의 통쾌함, 그것이 두려움과 불안이 어우러진 웃음을 자아낸 것이었다. 그리고 서서히 통쾌함이 격양되어가며 공포를 완전히 짓눌렀다. 희열은 어느새 온몸으로 퍼져나가, 동수의 어깨는 기괴망측한 웃음소리와 함께 격하게 들썩대고 있었다.

동수의 뒤에 선 장식은 관을 보고 겁에 질린 동수가 보이는 마지막 몸부림을 여유롭게 즐기고 있었다. 그러나 점점 동수의 움직임이 예사롭지 않았다. 점점 공포를 벗어나는 듯한 동수의 웃음소리에 장식은 별안간 초조해졌다. 웃음소리가 널리 울려 퍼지기 시작하자 장식은 그대로 동수의 등허리를 걷어찼다. 동수는 앞으로 구르며 관으로 떨어졌다. 관 바닥에 머리를 찧어 피가 흐르는 와중에도 동수는 웃음을 그칠 생각이 없었다.

심기가 불편해진 장식이 말했다.

"너, 이제 뭘 어찌될지 알고나 웃는 거냐?"

"관에 가둘거잖아. 산 채로."

"그게 무슨 의미인지 알아?"

"상관없어. 니가 총을 던져줄거잖아. 까짓 거 그 총으로 뒈지면 되지. 그런데 말이야 그 총, 어디서 났을까?"

잠깐만, 그러고보니 이 총은. 손에 쥐인 총의 손잡이, 그곳에 장식의 총을 의미하는 인장이 새겨져 있었다. 도리어 너무나 익숙하게 손에 쥐어 있던 탓에, 동수가 가져온 총이라는 인식이 흐려졌던 것이다. 이 총은 분명, 혁수 녀석이 가져갔을 터인데. 혁수, 그러고 보니 혁수가.

"혁수, 어딨어."

"혁수, 어디 있을까?"

총을 들고 땅 위에 선 장식, 맨손으로 관에 누운 동수. 두 사람의 역학관계가 뒤집혀가고 있었다.

"이 개새끼, 당장 쏴 죽이겠어"

아들을 잃고, 총을 든 자의 말, 위험이 차고 넘치는 협박이었으나. 동수는 도리어 벌떡 일어서며 총신을 잡고는 총구를 이마 정중앙에 대며 말했다.

"쏴! 쏘란 말이야. 쏴 보라고!"

총을 쥔 장식의 손이 세차게 후들거렸으나, 장식은 차마 총을 쏘지 못하고 머뭇대고 있었다. 동수가 웃음기를 거두지 않은 입을 열었다.

"잘 했어. 나를 쏘면 너도 죽는다."

"그게 무슨 소리냐?"

맞닿아 있던 동수의 시선이 슬며시 어딘가로 비켜갔다. 두 눈은 장식 너머 뒤편 어딘가를 보고 있었다. 장식은 고개를 돌려 동수의 시선이 향한 곳을 쫓았다. 한쪽 눈이 안대 속에 가려진 한 남자가 보였다. 남자는 장식을 향해 총을 겨누고 있었다.

—

"이제부터 내 말 잘 들어. 우리가 들이받은 저 차 안에는 마혁수가 있다. 우리는 마혁수와 이 근방의 무릉공업소로 갈 거야. 공업소는 달구지파의 본거지다. 거기서 관을 수입하고, 해체하고, 다시 만들지. 그 자식들은 수입한 관의 뚜껑에 마약을 숨겨서 들여오거든. 그리고 그곳은, 오늘 아침에 마혁수의 애비, 광장의 마장식이 기습하여 점령한 상태다. 마장식은 처형을 하는 자신만의 방법이 있다. 구덩이를 파고는 그 앞에 무릎을 꿇리고, 머리에 복면을 씌운 상태로 뒤에서 총을 쏜다. 난 마장식이, 아들 마혁수를 처형하게 만들 것이야. 광장파는 지금 달구지파의 우두머리, 편달구를 포함해서 세 녀석을 잡아두었다. 그리고 곧 그 녀석들을 처형할 계획이다. 난 이 트럭을 몰고 그 공업소로 쳐들어 갈 거야. 그리고 달구지파를 가두어 둔 재고 창고 앞에 트럭을 세워 둘거다. 그러면 너희 셋은 마혁수와 짐칸에 있다가, 빠져나와서 재고 창고로 들어가. 내가 시간을 끄는 사이, 너희 셋이 할 일이 있다. 먼저 묶여 있는 녀석들 중에 제일 체구가 작은 녀석이 있어. 그 녀석을 끄집어내서 비어 있는 관 속에 넣어라. 그리고 복면을 벗겨서 그 녀석의 주둥이에다가 이 약을 털어 넣어. 한 알이면 충분히 잠들 거야. 그리고 관뚜껑을 닫는다. 자, 그러면 한 놈이 비겠지? 그 자리를 마혁수가 채우는 거야. 그놈의 복면을 마혁수에게 씌운 다음에 달구지파 무리가 있는 곳에 던져 둬. 달구지파 녀석들은 모두 검은 정장을 입고 있어. 난 마혁수에게 검은 정장을 입힐 거야. 복면까지 쓰고 있으니 애비라도 마혁수를 알아볼 수 없어. 그 다음에는 너희들이 숨는다. 창고엔 너지러진 관들이 많아. 관은 뚜껑이 가벼운 싸구려 오동나무 관이야. 각자 뚜껑을 비스듬하게 관에 걸쳐 세운 다음에 들어가서 누우면 쉽게 닫을 수 있어. 그리고, 기다린다. 관 속에서 기다리는 것이 쉽지 않아. 그렇지만, 기다려. 총소리가 들릴 때까지. 세 발의 총성이 들리면 나온다. 관에서 나오면 광장파 몇 녀석이 있을 수도 있어. 그러나 너, 개눈. 그들은 네 말을 잘 듣게 될 거야. 넌, 이 총이 있으니까."

동수는 개눈에게 장반장의 총을 넘겼다. 총을 건네받은 개눈은 아직도 얼떨떨한 눈빛이었다.

"내가 이 모든 걸 어떻게 아냐고 궁금하겠지만, 내가 해줄 말은 이거밖에 없다. 난, 오늘을 경험해 봤거든."

—

장식은 오른 손목에 수갑을 찬 채 관 속에 누워있었다. 땅 위에서는 개눈이 총을 겨눈 채 장식을 거꾸로 마주보고 있었다. 동수가 손에 무언가를 쥐고 나타나서는 양 발을 장식의 겨드랑이 사이에 닫으며 관 속으로 들어왔다. 동수는 코 끝까지 목폴라를 끄집어 올리고 있었다. 동수는 그대로 장식의 가슴팍 위에 주저앉았다. 안 그래도 비좁은 관 안에서 동수의 체중이 가슴팍에 고스란히 실리자 장식은 꼼짝도 할 수 없었다.

무언가가 장식의 입안을 쑤시고 들어왔다. 배가 잘려 나간 페트병 주둥이였다. 동수가 페트병에 하얀 가루를 쏟아붓기 시작했다. 고운 가루가 순식간에 장식의 입 안을 가득 채웠다. 숨이 막힌 장식이 잔기침을 하자 가루는 호흡기로 밀려 올라가 콧구멍 밖으로 가루가 뿜어져 나왔다. 그러나 동수는 거침없이 가루를 다 들이붓고는 생수병 안에 담긴 물까지 들이부었다.

호흡기관 곳곳에 끈덕진 가루약이 눌러 붙어 장식이 숨을 쉬기까지는 꽤 많은 기침과 구토가 필요했다. 간신히 숨을 다시 뚫은 장식이 동수에게 물었다.

“이거 뭐야.”

동수가 목티를 끄집어 내리고는 답했다.

“어제의 너를 만나는 약.”

“무슨 씨나락 까먹는 소리야.”

동수가 장식 위로 일어섰다. 동수는 한쪽 발을 장식의 허리 사이로 옮기고는, 땅 위에서 둔중한 무언가를 끄집어 내렸다. 동수가 끄집어내린 것이 장식 위로 떨어졌다. 그리고 그것이 몸 위에 올라타는 순간, 장식은 본능적으로 존재를 알아차렸다. 그것은 사람, 그것도 죽은 사람.

동수는 굴러 떨어진 사체를 장식 옆의 공간으로 끌어내렸다.

산 자가 눕고 남은 비좁은 공간에 죽은 자가 뉘어졌다. 동수는 그 자의 손목에 남은 수갑의 반대편을 채웠다. 이어 동수가 땅 위로 올라섰다. 안 돼, 안 돼. 무언가를 직감한 장식이 이미 낮은 목소리로 흐느끼고 있었다. 동수는 양다리를 활짝 벌려 구덩이 가에 걸치고는 불경한 자세로 장식을 바라보며 말했다.

"혁수가 어디 있냐고?"

말하지 마, 이 개새끼야, 말하지 마. 야, 야, 잠깐만, 치워. 이 사람 치우라고. 너, 너, 아무 말도 하지 마. 비좁은 관 속이었지만, 장식은 마치 너른 바다를 헤엄치는 바다사자처럼 온몸을 뒤틀어 대며 괴로워했다.

동수가 죽은 자의 복면을 움켜쥐었다. 그리고 그것을 벗겨 드는 순간, 장식이 동수의 손목을 잡아챘다. 장식은 말이 없었다. 그저 고개를 좌우로 흔들어 댈 뿐이었다. 소리 없는 애원이었다. 그러나 동수는 개의치 않고 힘주어 복면을 마치 뜯어내듯 벗겨 낸 후 관 밖으로 던졌다. 이마에 붉은 구멍이 뚫린 혁수의 머리가 드러났다. 장식의 품에 안긴 채.

눈을 질끈 감았다가, 고개를 좌우로 흔들어 댔다가, 발작처럼 온몸을 떨고, 입에서 거품을 토해내고. 동수는 잘 알고 있었다. 거대한 정신적 고통을 받아낼 그릇이 되지 못하는 신체가 온전한 정신을 비워내고 착란으로 채워내는 것. 동수는 주머니에서 잠드는 약이 담긴 비닐 팩을 꺼내 들었다. 다시금 코끝까지 목티를 끌어올린 뒤, 동수는 비닐 팩을 열고는 남은 약을 전부 장식의 얼굴 위로 떨구었다. 혁수의 구멍난 얼굴을 쓰다듬던 장식의 움직임이 순간 굳어버리고, 눈알 위를 아른거리던 눈물이 평온히 닫히는 눈꺼풀에 떠밀려 쏟아져 흘러내렸다.

월터의 약. 혁수와 장식이 반 씩, 아주 오랫동안 어제로 돌아가게 되겠지. 약을 먹고 죽은 동호가 변치 않는 죽음이 되어버린 것처럼, 혁수도 굳은 죽음으로 남게 될 것이야. 그리고 내가 매일 아침 총을 쥐고 깨어나듯, 너는 매일 아침 죽음에 묶여 깨어날 거야.

그 매일의 아침이 바로 동호의 복수, 그리고 나의 복수.

동수는 관뚜껑을 덮었다.

—

동수는 개눈에게 마지막 지시를 내리고 있었다. 마장식의 관 위로 흙을 차곡차곡 쌓아줘. 광장파 녀석들은 창고 속 관에 넣고 나무못으로 봉하고. 그리고 또, 그리고 또. 지시가 끊겼다.

지시를 듣는 사이, 개눈은 계속해서 주머니 속에서 주머니칼을 펼쳤다, 접었다를 반복하고 있었다. 돈이 손에 쥐어지기 전까지는 언제든지 배신의 틈을 살펴온 터였다. 그러나 동수가 심상치 않았다. 마지막 지시를 내리던 중, 동수는 가슴을 부둥켜 쥔 채 무릎을 꿇고 말았다. 개눈은 손에서 칼을 놓은 채 쓰러진 동수의 등을 쳐주며 폐에 들어 찬 이산화탄소를 밀어냈다.

발음이 뭉개지자 뜻도 무뎌졌다. 동수는 도무지 알아들을 수 없는 말들을 웅얼거리기 시작했다.

"오우, 오우, 오우."

개눈에게 날랜 눈치가 없었다면 그것이 흡입기를 뜻한다는 것을 알아차리지 못했으리라. 개눈은 주머니에서 흡입기를 꺼내 동수의 입에 쑤셔박고 양껏 뿌렸다. 잠시 호흡이 고르게 되나 싶더니만, 동수는 돌연 몸을 웅크리고는 입에서 타액인지 위액인지 알 수 없는 액체를 쏟아내기 시작했다. 개눈도 더 이상 할 수 있는 것이 없었다.

동수는 깊은 물 속에 잠겨가는 기분이었다. 폐에서 알 수 없는 액체가 끝도 없이 뿜어져 나왔다. 눈, 코, 입, 모든 구멍으로 뱉어내도 마치 깊은 바다 속에서 아가미를 들썩거리는 느낌이었다. 더불어 서서히 숨이 조여갔다.

뜻대로 복수가 마무리된 뒤, 어떤 기분이 들까? 만족감일까 후련함일까, 아니면 후회일까? 잠을 등진 이후, 동수의 복수는 본질적으로 장식의 악행을 유도하는 과정이었다. 때문에 동수도 복수 이후의 감정을 자신할 수 없었다. 그러나 막상 끝을 맞이한 동수에겐 감정이 들어설 틈이 없었다. 급속도로 정신이 혼미해져갔다. 잠에 굶주린 뇌가 바짝 메말라 쪼그라들고, 빈 공간들이 순식간에 팽창하여 사고와 감정을 밀어내고는, 뿌옇고 흐린 무언가를 채워 넣는 느낌이었다.

혼탁해져가는 정신. 동수는 그간 미뤄둔 잠이 일시에 쏟아지는 것인지, 아니면 지독한 천식이 호흡을 틀어막는 것인지 구분할 수 없었다. 깨기 위해, 혹은 살기 위해 무엇인가 해야만 했다. 동수는 짜내듯 뇌에서 두 가지 기억을 뱉어냈다. 두 기억은 모두 월터의 목소리에 실려 있었다. 첫째, 약물에 반응하는 신체는 사라지는 거야. 약에 빠지면 모든 약물 반응이 무의미해진다고 하였다. 그렇다면, 천식약은? 어쩌면 이 흡입기도 천식에 아무런 도움이 되지 못한 것은 아닐까? 그렇다면, 천식은. 천식 증세가 나타난 것은 맞는 것일까? 어쩌면 이것은, 숨이 차오르는 이것은, 천식이 아닌.

둘째, 넌 지금 얼어붙은 땅바닥 속에 묻혀 있어. 그게 네 현실이야. 동수는 장식이 묻힌 관 옆을 바라보았다. 푸다 만 흙이 너지러져 끝자락이 드러난 관이 보였다. 현실의 나는 저곳에 있는 것인가? 이 모든 것은, 내가 현실의 나와 마주하는 것으로 끝이 나려나. 동수는 자신의 관을 향해 다가서기 시작했다.

그러나, 몸이 말을 듣지 않았다. 숨이 차오른 탓에 모든 것이 뿌옇게 뭉개져 있었다. 힘겹게 초점을 잡아도 이내 시야가 흐려지고 눈 앞에 그림자가 드리웠다. 간신히 방향을 잡고 다리를 움직이려 해도 마치 묻혀 있는 누군가가 발목을 쥐어 챈 듯 다리가 떨어지지 않았다. 동수는 앞으로 쓰러졌다. 차가운 바닥이 안면을 때렸으나 고통도 느껴지지 않았다. 그래도 나아갔다. 동수는 굳어가는 팔을 허우적대며 자신의 무덤을 향해 조금씩 움직였다.

팔로 걷는 걸음은 한 보가 반 보이고, 반 보가 반의 반 보였다. 혼신을 다해 기어갔지만 남은 공간은 마치 무한대로 쪼개지는 간극처럼 끝이 보이지 않았다. 간신히 손 끝이 살짝 모습을 드러낸 관 뚜껑에 닿았다. 동수는 뚜껑 위에 쓰러진 채, 두 손으로 흙을 걷어내기 시작했다.

동수는 끝없이 헤엄을 쳤다. 지친 영혼 위로 잠이 쏟아지는 것인지, 아니면 지친 영혼이 몸을 떠나려 하는 것인지. 모든 것이 흐려지고, 이에 따라 움직임도 무뎌져갔다. 점점 깊은 바다로 빠져들어갔지만, 익사 직전의 발버둥처럼 동수의 두 팔은 흙을 걷어내고 또 걷어냈다.

관 뚜껑의 한쪽 귀퉁이가 온전히 드러났다. 동수는 무의식 속에서 그것을 부여잡았다. 그리고 그대로, 뚜껑을 끌어당겨서 산소가 말라버린 관 속에 공기를 넣기 위해 몸부림을 쳤으나. 자신의 몸에 깔린 뚜껑은 꼼짝을 하지 않았고.

동수는 정신을 잃었다.

동수는 날숨에 잠겨갔다.

동수는 잠이 들었다.

죽음과 닮은 잠이었다.